KB234396

새로운 스토리텔링의 모색을 중심으로

한국고대문학사상의 탐구 상

새로운 스토리텔링의 모색을 중심으로

한국고대문학사상의 탐구 상

윤경수 지음

한국학술정보(주)

한국인 의식의 총집합체라고 할 수 있는 단군교육 366사(事)(366가지 일)는 1년 366¼일(원칙으로 1년은 365일 5시간 46초)을 기준으로 하여 사람이 행할 바를 나타낸 내용인데, 환웅과 단군이 366사(事)를 백성들에게 가르침으로 인해 홍익인간[弘益人間, 널리 인간을 유익하게 함, the greatest service for the benefit humanity(안호상 박사 영역)]의 이화세계(理化世界)를 세워 동북아 일대 8천 리에 걸치는 강대한 나라를 세웠다. 따라서 단군교육 366사(事)는 한국사상과 문화의 시원이 된다라고 할 수 있다. 366사(事)는 366일의 날짜 수와 일치하고 인체의 366혈(血)과 366골(骨)과 체온이 36.5°인 천지이수(天地理數)와 너무나 잘 부합된다. 본고에서는 단군의 뿌리정신을 근본으로 하여 366가지[366사(事)] 각 조항마다 고전문학과 현대문학의 다양한 문장을 예로 들어 설명하였다.

근래(2008년) 경제협력개발기구(OECD)가 실시한 50개국 대상 국제학력평가(PISA)에서 핀란드가 두 번 연속 1위를 차지하면서, 교육 여행의 명소(hot spot)가 됐다는 신문보도가 났다. 핀란드의 중·고등 교육은 세계 최고이지만 각국이 저마다 다른 방법을 개발해야 최선의 결과를 얻을 수 있다는 외신보도가 있다. 따라서 우리는 반만년의 역사미(das geschichtlich Schöne)의 교육으로 체질화된 홍익인간 이화세계를 이룬 366사(事)를 배워야 할 것이다.

단군이 기원전 2333년에 고조선을 세운 후 366사(事)의 내용을 교육하여 동북아 일대에서 가장 훌륭한 나라를 세웠으니, 오늘날 그 형태를 배워 앞으로 청소년들이 꿈을 키우고 무한한 상상력을 발휘해야 할 책무가 있다.

고조선은 366사(事)인 뿌리의식의 교육내용으로 빛나게 되었는데, 오늘의 교육도 단군시대의 지덕체(智德體) 교육을 참고하거나, 아울러 문학의 원천을 찾는 내용을 기울이면 한국문학의 패러다임(a paradigm: 보기, 범례, 모범, 이론적인 틀)을 이해하는 데 도움이 될 것이다.

왜냐하면 366사(事)는 청동기 농경문화를 배경으로 한 것이므로 권선징악과 관계를 이루기 때문이다. 366사(事)는 농경문화의 유산이니, 농사를 잘 지으면 복(福)을, 그렇지 않을 경우 화(禍)를 당하게 되므로, 누구나 아는 인과응보와 권선징악의 의식이 들어 있다.

단군교육 366사(事)는 1년 366¼일 동안 농경에 힘써 많은 식량을 증산하는 내용으로 이뤄진 것이다. 366사(事)는 농경에 힘써 식량을 창고에 가득 저장하여 남을 돕는 내용이니, 생활이 풍족해야 남을 돕는 홍익인간(弘益人間)을 행할 수 있는 것이고, 이렇게 다스려진 사회가 이상적으로 다스려진 이화세계(理化世界)이다.

366사(事)는 홍익인간 이화세계를 세우는 교육이므로 오늘의 경제대국을 세워 남을 돕는 교육 형태인 것이다. 한국인이 이 유산으로 남을 돕는 일에 남다른 정을 보이는 것은 홍익인간의 수용이라 할 수 있다. 따라서 366사(事)는 친환경과 윤리도덕적인 권선징악과 경제적으로 부하게 되는 지덕체(智德體)의 내용이다.

『삼국유사』(三國遺事) 권1 고조선(古朝鮮) 조(條)에는 천상에서 환웅이 태백산(太白山=白頭山) 꼭대기 신단수(神檀樹)에 내려 신의 고을을 이루고 삼상(三相)[① 풍백(風伯), ② 우사(雨師), ③ 운사(雲師)]과 오부(五部)[① 곡(穀), ② 명(命), ③ 병(病), ④ 형(刑), ⑤ 선악(善惡)]을 맡은 신하로 하여금 360여(餘) 가지(366事)를 맡아서 백성들에게 교화(教化)하여 홍익인간의 재세이화(在世理化: 理化世界)를 세웠다고 하였다.

360여(餘) 가지 일, 즉 366사(事)는 오랜 역사를 통하여 농경과 관계를 이루어 내려왔기 때문에 권선징악이 한국문학에 널리 펼쳐져 있는 관계로 많이 읽혀져 이에 따라 친숙한 독서 맥락이 창출되어 가독성(可讀性)을 불러일으킨 것이다.

환웅시대는 청동기시대다. 이때는 수렵생활에서 농경으로 정착된 시기이므로 교육도 농경에 따라 실시했다. 농경은 춘하추동의 시기를 잘 선용하면 풍작을 기할 수 있고, 시기를 놓치면 흉작을 만나게 되므로 성실과 근면으로 경작에 힘써야 1년을 편히 지낸다. 예로부터 "농자는 천하지대본야"(農者天下之大本)란 말이 전하여 온 것은 농경이 모든 일에 근본이 됨을 일컫기 때문이다.

권선징악과 관련된 문학은 농경문화의 유산이므로 한국 문학의 주류를 형성하고 있는데, 본고의 경우 일일이 366사(事)의 내용을 문학과 관련시켜 예를 들었다. 한국의 고대설화나 고소설을 비롯하여 현대문학에 이르기까지 권선징악의 내용이 주류를 이루고 있는 것은 농경문화의 유산인 366사(事)에서 온 친연성과 관계가 깊다.

우리는 권선징악의 내용이 특히 고소설에서 주류를 이루었는데 그중 대하소설인 『완월회맹연』(玩月會盟宴, 180권)의 여주인공 소교완은 후처로서 종주권을 차지하기 위해 입양한 정인성을 독살하려고 했으며, 그 부인, 자녀, 사위까지 독약을 먹이는 등 후처콤플렉스로 인해 강샘을 내어 악인이 되었으나, 후에 개과천선하여 여생을 편히 지냈다.

『명주보월빙』(明珠寶月聘, 100권)에 나타난 문양공주는 정진홍과 결혼했으나 위로 네 명이나 되는 처가 있고, 아래로 열 명이나 되는 첩을 두어 애정결핍으로 하극상의 악녀가 되었다. 그녀는 14명이나 되는 여인은 물론 자식까지도 해하려는 악녀였으나 개과천선으로 살았다.

연작형 삼대록계 국문장편소설로 『현몽쌍용기』의 후편인 『조씨삼대록』은 40권 40책의 내용에도 부덕의 내조와 절개를 지키는 여인과 추녀가 등장하지만 덕이 있는 여인, 악하고 투악한 여인을 책망하는 내용과 효자, 악한 형제를 벌해야 하는 내용을 중원(中原)의 전고(典故)를 인용한 것 또한 권선징악의 관념과 관계된다.

악행을 한 여인 중 개과천선하지 않고 악행을 계속하면 『장화홍련전』의 계모 허씨나 『사씨남정기』의 후실 교씨의 경우와 같이 화를 당하여 죽게 되니, 권선징악인 농경문화의 유산인 366사(事)에서 수용된 것이다.

366사(事)는 농경을 배경으르 1년 사시절을 자연에 따른, 즉 천리에 맞춰 행하는 것을 말한다. 한민족은 예로부터 조상숭배와 천신숭배관념이 남달라 조상숭배가 곧 천신사상으로 이어졌는데, 각종 제천의식에서 알 수 있는 바와 같다.

환웅이 신단수 아래에서 신의 고을을 이룬 것은 천군(天君)이 하느님께 제사 지내던 곳이지만 소도교육(蘇塗敎育)의 장으로서, 환웅과 단군시대의 정치 · 종교 · 교육의 중심지로 볼 수 있다.

소도(蘇塗)란 소(蘇)자(字)는 '소생할 (소)'이고, 도(塗)는 '진흙 (도)'이니 진흙에서 소생하는 뜻을 지닌 관계로 성인식(成人式)과 같은 교육을 행하는 배움의 전당인 것이다.

소도교육은 단군신화에서 곰이 웅녀로 환생한 입시식의 내용과 관계를 이루니, 한국문학 도처에 고난을 극복한 후 해피엔딩을 이루는 내용으로 점철되어 있는 것도 그 수용이라 할 수 있다.

소도(蘇塗)는 속세와 격리된 신성한 곳이므로 일정기간 동안 절제하고 인내하는 교육을 받게 되니, 동물의 물격(物格)에서 벗어난 후 천신과 영합하는 참인간이 되는 교육을 하는 곳이다.

웅녀가 인간으로 환생하기 전 곰의 상태에서 쑥과 마늘을 먹으며 3.7일간(21일) 지낸 후 사람으로 변신한 것은 그 시대 속성을 나타내 주는 것으로 농경문화의 유산으로 볼 수 있다.

이는 무슨 뜻인가 하면 곡식의 낱알이 땅속에 들어가 썩어야 싹이 터 꽃도 피고 열매를 맺는 것이니, 웅녀가 행한 일과 부합된다. 웅녀는 곰에서 사람으로 환생한 후 신단수 밑에서 아들 낳기를 빌어 환웅이 웅녀의 지극한 정성으로 신성혼(神聖婚)을 이루어 단군을 낳았다.

단군신화는 300자(字) 정도로 되어 있는데, 단군시대를 배경으로 제의식(祭儀式)을 거행한 내용으로 이해하면 신화와 역사의 시비가 없을 것으로 믿는다. 환인과 환웅 그리고 환검(단군)의 조부손(祖父孫)의 3대를 제의식을 거행할 때 연희(演戱)된 내용이 구전으로 또는 문자로 전한 것이『삼국유사』권1 고조선 조(條)인 것이다.

한국의 문학 중 기자(祈子) 정성으로 태어난 인물은 『춘향전』의 춘향을 위시해 『심청전』의 심청의 탄생과정도 단군신화의 수용이라 할 수 있다. 신화는 역사성과 관계된 것이니 신화를 거슬려 올라가면 역사도 보이게 된다.

단군은 환웅이 366사(事)로써 교화(敎化)를 이루어 마을사화를 훌륭히 이룬 것을 치화(治化)로 다스려 중원에서 군자국(君子國)이니, 동방예의지국(東方禮義之國)이라 했다.

단군시대 사람들은 환인(桓因), 환웅(桓雄)과 단군(檀君)이 이상적인 나라를 세우는 데 기여가 커 3대에 걸쳐 제의식(祭儀式)을 실연(實演)한 것이 오늘의 전하는 『삼국유사』(三國遺事) 권1 고조선(古朝鮮) 조(條)의 내용이라 할 수 있다. 3대에 걸친 내용 중 신화성과 역사성이 함유되어 있는 것은 제의식 때 연희(演戲)된 것을 전했기 때문이다. 따라서 곰이 사람으로 환생한 이야기는 이런 맥락으로 이해하면 문제될 것이 하나도 없는 것이다.

단군교육은 360여(餘) 가지라 했으니, 오늘에 전하는 366사(事)인데, 춘하추동의 농경과 관련되어 있으므로 천리를 본받아 행하는 교육내용이다. 천지자연의 이치는 음양조화를 이루는 데 있는 만큼 사계절의 이치로 보면 된다.

봄은 파종기이므로 싹이 트면 가꾸게 되니, 하늘의 ① 정성(精誠)과 하늘의 합쳐지는 ② 믿음(信)이 따라야 한다. 여름에 곡식이 자란 것을 자비로운 마음인 ③ 사랑(愛)으로 키워야 하고, 또 때를 놓치지 않고 곡식을 가꾸는 데 도움을 주어야 하니, 남을 돕는 ④ 제(濟)는 때를 놓치지 않아야 된다.

구제(救濟)는 덕(德)에다 착함을 더하고 도력에 힘입어 남에게 미치게 되는 내용이니 홍익인간을 실천하는 내용이다.

구제에 대한 문학은 많이 전해오나 덕진이란 처녀가 주막에서 일한 돈을 모아 덕진교 다리를 세워 사람들에게 편히 다닐 수 있게 해 『덕진교』 전설이 전남 영일군 덕진면과 영암 사이를 흐르고 있는 덕진천에 『덕진교』 전설을 예로 들었다.

⑤ 화(禍)의 교훈은 가을이 추수기이므로 1년 중 가장 바쁜 시기다. 이

때에 힘써 일하지 않으면 쥐·새·짐승들의 피해가 겹치므르 ⑤ 화(禍)를 당하게 된다. 제4장 ⑤ 화(禍)에서는 사람에게 교훈을 주는 내용으로 나타냈는데, 나쁜 마음을 먹거나 악한 행동을 하는 사람에게는 반드시 재앙이 따른다고 했다.

반대로 가을에 부지런히 곡식을 추수하면 ⑥ 행복(幸福)하게 살아간다는 내용을 나타냈는데, 착한 사람에게 돌아오는 몫이다.

⑤ 화(禍)를 당하거나 ⑥ 행복(幸福)하게 살아가는 내용은 『흥부전』에서의 놀부와 흥부의 경우로 이해하면 될 것이다.

겨울에는 인과응보에 의해 봄에서 가을까지 힘써 행한 ⑦ 갚음(報)으로 살아가게 된다. 악한 사람에게는 재앙이 내리고 착한 사람에게는 복록이 돌아오는 것이 천리이기 때문에 착하게 살아야 함을 나타냈다. 그리고 ⑧ 응(應)함에 대해서 말한 것은 사람이 행한 대로 하늘이 응하여 갚아줌을 가르치고 있으니, 인과응브로 이해하면 될 것이다.

⑦ 갚음(報)에는 『장화홍련전』의 계모 허씨로, 『김인향전』의 계모 정씨로, ⑧ 응(應)함의 경우 『구운몽』의 주인공 성진→양소유→성진의 생활상에서 극락왕생하게 된 내력과 관계된다.

366사(事)는 366¼일 동안 행하는 만큼 천리(天理)에 의해 살아가는 방식이나, 농경방식에서 생겨난 형태이므로 행한 대로의 몫이 돌아오는 것을 말한다. 즉 제1장~제8장까지의 내용인 366사(事)는 사계절을 천리에 의해 ① 성(誠), ② 신(信), ③ 애(愛), ④ 제(濟), ⑤ 화(禍), ⑥ 복(福), ⑦ 보(報), ⑧ 응(應)으로 나눈 것인데, 이를 구체적으로 이해하기 위해선 일 년 사계절을 음양조화에 의해 조명할 필요가 있으므로 아래와 같이 소개한 바를 간략하게 살펴보기로 한다.

제1장 ① 성(誠)은 초춘(初春)~중춘(仲春)이니, 양기가 발산하는 따듯함을 나타내는 계절이다. 이 계절은 1년 중 가장 추운 제8장 ⑧ 응(應)을 나타내는 중동(仲冬)~계동(季冬)과 조화를 이루는 것으로 보면 된다.

초봄은 힘써 파종하고 가꾸는 정성이니, 숭고미(das Erhabene Schöne)으 의식이다. 사람들은 그 보람으로 동절을 편히 지낼 수 있다. 봄날의 따듯한 양기와 관련은 하늘을 상징하는 건괘(乾卦☰)와 겨울을 나타내는 음양 상에서 음과 땅을 나타내는 곤괘(坤卦☷)와의 조화관계가 된다. 다시 말하면 음양조화의 결합을 짝수(die Gerde Zahl) 미학(Ästhetik)인 대성괘(大成卦)가 지천태괘(地天泰卦☷☰)를 이루는 과정으로 보면 지상낙원의 환상적인 태평세계를 맞이하는 것이다.

제2장 ② 믿음(信)인 중춘(仲春)~계춘(季春)은 만물이 자라는 녹음이 짙어가기 시작하는 때다. 제7장 ⑦ 보(報)의 계절인 초동(初冬)~중동(仲冬)과 추워지기 시작하는 절기와 조화를 이룬다.

중춘(仲春)~계춘(季春)은 사람들이 즐거워하는 시기로 태괘(兌卦☱)의 상징인 연못과 관계된다. 이 절기는 제7장 초동(初冬)~중동(仲冬)과 관계인 간괘(艮卦☶)인 산(山)과 조화를 나타내며 음양조화인 대성괘(大成卦)는 택산함괘(澤山咸卦☱☶)니, 사람들이 즐겁게 살아가는 것을 나타낸다.

봄에는 연못의 고기들이 유영하고 겨울에는 산의 나무가 무성하게 자란 결과로 새들이 즐긴다는 뜻이다. 이 봄날은 화풍난양(和風暖陽)한 계절이므로 신혼생활과 같이 즐겁게 살아가게 되니, 미의식(ästhetisches Bewußtscin)으론 신의미(信義美, das Redlichkeit Schöne, das Treuo Schöne)로서 살아간다.

제3장 ③ 애(愛)의 절기는 초하(初夏)~중하(仲夏)에 해당하므로 무더워지는 시기니, 불·태양·번개를 상징하는 이괘(離卦☲)와 제6장 ⑥ 복(福)은 중추(仲秋)~계추(季秋)인 서늘한 바람이 일어 추워지기 시작하는 절기이므로 물(水)을 상징하는 감괘(坎卦☵)와 관계된다. 이 두 괘의 대성괘(大成卦)는 수화기제괘(水火旣濟卦☵☲)를 이룬다. 이 괘의 물불(水火)의 음양조화는 물이 위에 있고 불이 밑에 있는 형상이다. 물을 지펴 구수한 국물을 끓이는 것으로 볼 수 있으니, 구수한 국 맛으로 행복이 되는 이치로 비유하면 된다.

③ 애(愛)는 애미(愛美, das Liebchen Schöne)의 승화된 의식으로 살아가면 되는 것이니, 사랑하는 마음으로써 살아가야 할 것이다. 제4장 ④ 제(濟)는 중하(仲夏)~계하(季夏)에 해당하므로 무더운 여름날이면서 더위가 한풀 꺾이는 진괘(震☳)로, 우레를 상징하는 제5장 ⑤ 화(禍)는 초추(初秋)~중추(仲秋)의 아침저녁으로 소슬한 바람이 일게 되는 절기니, 손괘(巽卦☴)에

해당한다. 이 두 괘(卦)가 음양조화의 조화미(調和美, das Harmonie Schöne)로 대성괘(大成卦)를 이루면 풍뢰익괘(風雷益卦☴☳)가 되어, 남을 구제할 경우 우레나 바람과 같이 신속 대응해야 한다. ④ 제(濟)는 남을 돕는 데 의의를 지니는 동시에 만물을 구제하는 구제미(救濟美, das Hilfe Schöne)로서 살아가야 할 것이다. 아울러 제5장 ⑤ 화(禍)는 천리에 어긋나는 행위로 재앙을 받는 것이지만, 그로 인해 권선징악의 교훈으로 받아들여 높은 가치를 부여하는 의식으로 살아가면 초복제화(招福除禍)하게 되어, 추(醜, das Häßliche)의 미로 거듭나게 된다.

제6장 ⑥ 복(福)은 행복하게 살아가는 것이나 세속에서의 행복주의(Eudämonismus)와는 무관한 것이며, 자기만이 아닌 남과 함께 공유하는 최대다수 최대행복(the greatest happines the greatest number)으로 나타날 때 의미가 주어진다.

제7장 보(報)는 착하게 살거나 악하게 살면 그 갚음을 받는 내용으로 되어 있으니, 미추(Schöne u Häßliche)관계로 나타냈다. 제8장 응(應)은 인과응보의 내용인데 덕선미(das die angehäufte Tugent Schöne)를 베풀면 상응하는 복을 유종의 미로 거두는 내용이다.

366사(事)는 천리에 의한 생활 방식이므로 천지인(天地人)과의 조화관계를 나타내면 홍익인간의 이화세계를 이루게 된다. 천지인(天地人)의 조화관계는 인류훈(人類訓)이라 일컫는『천부경』(天符經)과『지부경』(地符經),『인부경』(人符經)의 이치와『삼일신고』(三一神誥)의 내용으로 설명하면 원만하게 이해할 수 있게 다뤘다.『천부경』(天符經)을 위시해『지부경』(地符經)과『인부경』(人符經)은 환웅이나 단군시대 이전부터 있었던 것으로 되어 있고, 366사(事)인『참전계경』은 환웅이 마련하여 소도교육을 실시하여 활용한 것으로 볼 수 있다.

『지부경』(地符經) 100자(字)와『인부경』(人符經) 108자(字)는 필자가 중국의『신선통감』(神仙通鑑)과『천기요』(天機要)에 수록되어 있는 것을 처음으로 소개하고 해석한 것이다.『천부경』(天符經) 81자(字)는 고운(孤雲) 최치원(崔致遠)이 발견한 이후 1,000년이 지났지만 100% 해석은 이루지 못했다.

필자가 『지부경』(地符經) 100자(字)와 『인부경』(人符經) 108자(字) 도합 208자(字)를 해석하는 데 7년이라는 세월이 흘렀지만 80% 정도로 해석은 이뤄졌다고 본다. 그 해석과 해설은 하권(下卷)의 부록(附錄)을 참고하기 바라며 앞으로 완벽한 해석이 이뤄질 때까지 계속 힘쓸 것이다.

이 세 경전은 『천부경』(天符經) 81자(字)로 천지인(天地人)의 이치로 말할 수 있다. 따라서 『천부경』(天符經)은 동양학의 총본산이라 할 정도로 사상이 함유되어 있고, 특히 오늘날의 첨단과학·의료학·열역학(熱力學)의 개념인 제1법칙~제10법칙을 활용한 수학논리 등이 발견되고 있어 한민족의 자랑이며, 세계문화의 유산이라 할 만한 경전이다. 그런데도 한국인은 단군관계와 관련된 것이면 부인하는 관계로 강단학계에서는 연구를 하지 않고 재야학자들에 의해 해석에 매달리고 있는 실정이다.

환웅은 세 경전과 366사(事)와 『삼일신고』(三一神誥)를 삼상(三相) 오부(五部)에게 백성을 가르치도록 명하여 이들이 소도교육을 실시하여 홍익인간의 이상향인 마을사회를 세우게 된 것이다. 웅녀 또한 동굴에서 소도교육의 일환인 성인식을 통하여 인간으로 환생하여 천신 환웅과의 신성혼(神聖婚)을 이뤄 단군을 낳았는데, 단군도 웅녀의 교육을 받아 고조선을 이상적으로 다스렸다.

366사(事)는 환웅에 의한 교화(敎化)로 고을사회를 이루고, 단군이 치화(治化)로 나라를 다스리어 완성국가인 홍익인간(弘益人間)의 이화세계(理化世界)를 기원전 2333년에 세웠다.

366사(事)는 농경을 배경으로 도덕적으로나 경제적으로 문화적으로 나라를 완성단계에 이루는 것이므로 천지인(天地人)이 삼위일체를 이루는 내용으로 이해하면 될 것이다.

광복 후 1949년 12월 31일 법률 제86호로 교육법을 공포하면서 교육법 제1조 제1조항에 나라의 교육이 홍익인간 이념 아래 설정된 것을 볼 수 있다. 366사(事)는 천지자연의 이치와 부합하는 교육으로 교육부에서 단군의 뿌리교육을 참고하여 행했다면 한국의 교육이 빛났을 것이다.

광복 후 사람들은 단군의 시대 삼상(三相) 오부(五部)에 의해 교육을 베풀었던 366사(事)의 행함을 뒤르한 채 60여 년 가까이 교육을 행했으니, 단군이 행한 홍익인간의 교육이 이뤄질 리 없어 오늘의 시점에서 국민들로부터 외면당하고 있는 것이다.

교육을 담당한 당국자들은 366사(事)인 『참전계경』(參佺戒經)의 내용을 읽어보지도 않고 홍인인간의 교육을 세우려고 했으니, 교육이 성공할 리가 없었다. 홍익인간이 무엇인가는 366사(事)인 『참전계경』의 내용에 나타나 있는 바와 같다.

문학에서 홍익인간의 이상이 가장 잘 반영된 작품은 『흥부전』의 흥부의 생활이라 할 수 있다. 그는 움집과 수숫대 집에서 입사식의 고난을 겪었으나 천리에 따르는 홍익인간을 실천한 관계로 그 보응으로 천상의 보물이 창고에 가득 차 지상에서 가장 재물과 보물이 많은 부호가 되어 부귀영화를 누리며 신선생활을 하게 된 것이다.

그런데 오늘에는 366사(事)인 뿌리의식의 뒷받침이 없었던 것으로 인해 학계에서나 일반국민들이 홍악인간(弘惡人間)인 놀부를 홍익인간(弘益人間)을 실천한 흥부보다 더 선호하고 있다. 심지어 놀부에 대해선 장학회가 있고 홈페이지도 개설되고, 놀부 음식점이 많고 놀부보쌈이 흥부보쌈보다 더 비싼 상태다.

한국인들이 흥부보다 놀부를 더 선호하는 것은 한국교육의 현주소를 보여주는 실상이라고도 할 수 있는데, 앞으로 경제적으로 부를 누린 흥부를 놀부보다 더 선호해야 한다. 놀부는 악행을 한 사람이고 동식물에 무소불위로 행한 홍해인간(弘害人間)이고 천벌을 받아 패가망신하였다. 이에 반해 흥부는 놀부를 형제간의 우애(友愛)로써 패가한 형 놀부를 살게 도왔으니, 흥부를 본으로 삼아 경제적으로 부하게 살아가야 할 것이다.

2007년 3월 고등학교 역사교재에선 기원전 2333년 전에 단군이 나라를 세웠다는 것이 때늦게 인정되었다. 이런 인정을 하기까지는 숱한 수난이 있었다. 1905년 을사늑약과 1910년 한일 합방 이후 일제강점기 단군 말살운동으로 국민들이 보유한 고대 역사서 20만 권을 수탈해 불태웠다. 또 일제는 단군을 신화로 변조시켜 2007년 이전 단군을 부인하기까지 합치면

100년이 넘는 기간에 걸친다. 이 기간 동안 국민들은 단군에 대한 교육을 받지 못하고 광복 후 이승만 대통령 친일정국에서 친일파·친일학자나 그 제자에게 배웠으니, 단군실존에 대해 부인하는 이들이 많게 됐다.

단군이 반만년 전에 나라를 세웠다는 것은 『삼국사기』, 『삼국유사』, 『제왕운기』, 『고려사』, 『조선왕조실록』과 중원의 『이십오사』(二十五史)와 경전(經典)과 사서오경(四書五經)에 나타나 있으니, 이에 대한 증거는 본고의 내용을 참고하면 이해될 것이다.

광복 후 정부는 1949년 개천절(開天節)을 4대 국경일에 하나로 선포하여 양력으로 매년 10월 3일을 개천절로 기념하게 되었으나, 역사교과서에서 친일파들이나 그 제자들이 교묘하게 단군을 "기원전 2333년에 세웠다고 한다"라고 기술하여 긍정이 아닌 쪽으로 실렸다. 심지어 개천절 기념식엔 대통령도 참석하지 않는 관례가 되었고, 오늘의 시점에서도 국민들이 대다수가 단군을 국조(國祖)라 하는 데 많은 의문을 지녀, 단군이 국조임을 부인하는 이들이 대부분이다.

일반 국민들에겐 오랫동안 단군 교육을 받지 못했던 것으로 인해 곰 이야기로 부인하니, 국조(國祖)를 인정하지 않는 경향이다. 여기에 한국인은 5천만 인구 중 1천만 이상이 개신교들이니, 이들이 또한 단군을 국조로 인정하지 않는 경향으로, 많은 어려움이 따른다. 그러나 이런 악조건 하에서도 2008년 오늘에 이르러 한국에선 단군연구에 관한 논문이 1,710여 편이나 되고, 작가들이 단군을 소재로 출간한 소설이 50권이 넘는다.

이런 가운데 국조를 인정하지 않는 나라는 지구상에 한국이 유일하다. 그러나 오늘에는 단군의 강역(疆域)인 중국 요하(遼河)문명권이 개발되고 황하문명보다 1,000년을 앞서는 가운데 그 일대에서 단군과 관계된 유물 유적이 발굴되어 단군연구에 활기를 더해주고 있다.

우리는 이럴 때 증산(甑山)의 어록의 "환부역조자(換父逆祖者: 아비를 바꾸고 조상을 거역하는 자는 다 죽으리라" 하였고, "자손이 선령을 박대하면 선령도 자손을 박대하노니, 큰 재난을 받으면 선령을 박대하는 자는 다 죽으리라"라고 한 것을 생각해 볼 필요도 있다. 필자는 증산교도가 아니지만 교당 안에 환인·환웅·단군의 신위(神位)를 모시는 액자가 걸려 있는 것을 보고, 민족의 뿌리를 생각한다는 뜻에서 깊은 감명을 받았다.

단군교육 366사(事)는 국가백년대계(國家百年大計)를 이루는 한민족 교육의 담론임을 인지하고 일독을 권한다. 본 저술에서 고전과 현대 한국문학작품의 전반의 예문을 각 조항마다 들었는데, 양반유자의 경우 순수하게 산 학자의 작품을 택했다. 그리고 현대문학의 경우 친일 문인의 작품은 인용하지 않았다. 그리고 광복 후는 혼란하고 국민들이 어렵게 살았을 때 영달을 위해 날뛴 어용문인의 작품도 자료로 활용하지 않았다. 이들은 비순수적이며 가추악(假醜惡)으로 살아온 홍악인간(弘惡人間)이기 때문이다.

결론적으로 366사(事)는 366¼일 동안 권선징악을 내용으로 일일일선(一日一善)을 행하면 인과응보에 의해서 물산이 풍부한 홍익인간(弘益人間) 이화세계(理化世界)를 세우게 된다는 것이다. 한국인의 의식 중 설화나 이야기는 거의 착하게 살아 부귀영화를 누리거나 승천하는 내용으로 되어 있는데 단군신화의 수용이라 할 수 있다.

단군신화에서의 곰이 웅녀로의 변신과 환웅과의 신성혼(神聖婚)으로 단군을 낳아 366사(事)로 홍익인간의 이화세계를 세웠으니, 경제대국을 세우는 것과 통하는 내용이므로 21세기 한국인이 본받아야 할 사항이다.

고난 많은 사바세계를 벗어나 홍익인간의 신선세계에서 사는 것은 이상향의 지향이다. 환웅과 단군은 366사(事)로써 백성을 교화(敎化)하고 치화(治化)하여 홍익인간의 이화세계를 세웠으니, 이 이상향을 모델로 한 상상력으로써 정치발전은 물론 한국문학을 재정립하는 데 힘써야 할 것이다.

끝으로 요즘 출판계 사정이 좋지 않음에도 한국학술정보(주)의 배려로 본 저서를 상·중·하 3권으로 출판하게 되어 진심으로 감사를 드리고,

출판사업부 이주은 양과 디자인편집부 김은정 양의 노고에 감사드린다. 그리고 독자들에게 아낌없는 성원과 건강을 빌면서 이만 줄인다.

단기 4344년(2011년) 1월 10일

용인 죽전 서재에서 윤경수 씀

차례

제2장 믿음론(信義論) / 273

제3장 사랑론(愛論) / 455

제1장

정성론(精誠論)

Ⅰ. 들어가며

단군 교육 366가지 일(366事)은 일 년 366¼일인 사계절을 각각 두 계절로 나눠 8장(章)으로 분류되었는데, 단군이 8장으로써 홍익인간의 이화세계를 세웠다. 366사(事)는 단군이 고조선을 세우는 데 있어서나 후대에 나라들이 건국하는 데 많은 기여가 되었으며, 신화 설화 문학 등에서도 단군의 이상 정치를 본으로 삼아 상상력을 발휘해 훌륭한 문화국가를 세우고 문학을 발전시키는 데 기여를 해 왔다.

상상력의 발휘는 앞으로의 국가 발전과 문학발전에 지대한 영향을 미치게 되므로 본고에서는 제1장(章)부터 그 상상력의 원천을 어떻게 나타냈는가를 조명하고 서술해보기로 한다.

제1장(章) 성(誠)은 언(言)과 성(成)의 합성어니, 말로 이루었다는 뜻의 글자는 하늘을 대신하는 성인이나 철인의 말씀으로 이뤄진 것을 뜻한다. 천지는 대인(大人)인 하느님이 정성으로 창조하였다는 것을 가리킨다. 곧 정성이란 하늘인 태양과 같은 천심(天心)에서 우러나오는 것이 되어 하느님이 하나(一)의 정성으로 천지를 창조한 것과 같은 마음으로써 참 본성을 지켜 행하는 것이다.

정성이란 하느님의 우주적 창조의 에나지를 하나의 마음으로써 행함을 본받아 천상으로 나아가게 하여 하늘의 참 본성(神性)을 자각적으로 실천하는 것을 의미한다.

사람은 하늘이 부여한 참 본성을 성실히 이행함으로써 육체적 자아(corporal self)를 우주적 자아(cosmic self)로 진전시켜 하늘을 감동케 하는 것을 말한다.

작가는 제1장 성(誠)이 여섯 가지 본체(6體) 마흔 일곱 가지 작용(47用)인(1+6+47=54) 54가지일(54事)이 있다. 이를 하늘의 정성과 관련시켜 작가 나름의 작품을 디지털 스토리텔링으로 나타내면 독자들이 하늘의 참정성을 이해하는 데 도움을 줄 것이다.

『삼국유사』(三國遺事)권1 기이(紀異) 제(第)1 고조선(古朝鮮) 조(條)에는 단군의 아버지 환웅(桓雄)시대 삼상(三相: 風伯·雨師·雲師)·오부(五部: 穀·命·病·刑·善惡) 등의 신하들이 360여 가지 일(360餘事)을 맡아서 다스려 홍익인간(弘益人間)의 이화세계(理化世界, 천리로 다스린 이상세계)를 세웠다는 기록을 접할 수 .있다.

단군은 환웅이 360여(餘) 가지 일로 백성을 교화(敎化)하여 마을 사회를 이룬 것을 치화(治化)로 나라를 다스려 부족연맹인 통일국가를 최초로 건국하였다.

360여(餘) 가지는 오늘에 전하는 366사(事)를 이른다. 366이란 수(數)는 원칙으로 일 년이 366¼일이므로 하루에 한 가지 실천하라는 뜻이 담겨 있다. 오늘에는 편의상 일 년인 366¼일을 365일이라 하게 되었다.

단군이 360여(餘) 가지 일은 『성경팔리』(聖經八理)로 전해 왔는데 『참전계경』(參佺戒經)으로 보완한 것이다. 그중 제1장 성(誠)·정성은 366사(事)(366가지 일) 중 첫째로 중요한 덕목이다. 1년은 춘하추동(春夏秋冬) 사계절(四季節)로 되어 있다. 366¼일을 팔리(八理) 또는 팔장(八章)이라 함은 어떤 이유에서 일까. 즉 봄은 초춘(初春)~중춘(仲春, 양력 2월 4일경~3월 20일경)과 중춘(仲春)~계춘(季春, 양력 3월 21일경~5월 5일경)으로 둘로 나눈다. 춘화추동 사계절(四季節)을 각각 둘로 나누면(4×2=8) 팔리(八理)·팔장(八章)이 된다.

팔장(八章) 중 제1장 정성은 농부가 봄날에 파종하는 정성으로 이해하면 참고가 될 것이다. 미의식은 숭고미(das Erhabene Schöne), 계절은 초춘(初春)~중춘(仲春), 농경(農耕)으론 파종기(播種期)와 성장기, 인생의 나이는 태어나서 9세까지로 유년기(幼年期)에 해당한다.

제1장 성(誠)의 교훈은 제1조항~제54조항에 이르며, 한국문학과 관계는 주로 『흥부전』에서 흥부의 행함에서 볼 수 있다. 흥부는 1년 사계절을 성

실히 살아온 관계로 빈곤에서 헤어나 거부가 된 것이다.

사계절 중 초춘과 중춘은 겨울의 한기를 물리쳐 양기가 발생하기 시작해 만물을 낳고 키우는 시기이니, 『역경』(易經)의 건괘(乾卦☰)와 상관관계를 이룬다. 농경은 권선징악(勸善懲惡)의 교훈이라 함은 누구나 아는 상식이다. 초춘~중춘에 부지런히 일한 정성은 늦겨울(季冬)을 편히 지내게 된다.

늦겨울은 음(陰)이 극성을 부리게 되는 때니, 곤괘(坤卦☷)의 속성과 부합하는 면이 있다. 만약에 초돋인 파종기에 정성되게 힘써 일을 하지 않으면 겨울에 굶게 된다. 따라서 366일과 팔리(八理) · 팔장(八章)의 교훈은 권선징악의 교훈이라 할 수 있다.

초춘(初春)과 늦겨울은 음양 관계의 이치로 보면 조화가 잘 이루어진다. 이 두 계절의 음양조화는 따듯한 봄날을 상징하는 소성괘(小成卦)인 건괘(乾卦☰)와 추운 겨울을 상징하는 곤괘(坤卦☷)와 결합하면 짝수(die Gerde Zahl) 미학(Ästhetik)으로 음양조화를 이루게 된다. 그 미학은 천지조화인 기하학적 미(美)로서 대성괘(大成卦)인, 지천태괘(地天泰卦☷☰)로 태평시대를 나타낸다.

이 태평천국은 지상낙원과 연관되니, 10차원에 이르는 천궁(天宮)과 같이 인류가 지향하는 신선세계를 일컫게 된다. 이 천궁과 같은 삶은 하늘이 봄날의 따듯한 햇볕을 비춰 생물을 낳고 자랄 수 있게 온 정성을 다하는 것과 같이 하늘의 숭고한 정신으로 본받지 않으면 안 되는 것이다.

10차원 세계는 지천태괘(地天泰卦☷☰)와 같이 천지음양의 조화가 잘 이뤄진 상태이며, 물질이 풍부한 나라를 서워 백성들 모두 의식주의 걱정이 없이 부귀영화와 수복강녕(壽福康寧)으로 지상낙원의 삶을 누리는 것을 말한다.

10차원 세계는 지상천국과 지상낙원이니, 단군이 지상을 홍익인간으로 다스려 환상적인 이상향을 누리게 한 후 산신(山神)이 되는 것과 같은 맥락으로 이해하면 될 것이다. 자세한 것은 본장의 마무리 제8장 응(應)에서 밝히기로 하고, 366사(事)는 여덟 가지 이치인 팔리(八理)로 나눈다.

제1장 ① 성(誠)은 일리(一理), 성리훈(誠理訓)

제2장 ② 신(信)은 이리(二理)→신리훈(信理訓)

제3장 ③ 애(愛)는 삼리(三理)→애리훈(愛理訓)

제4장 ④ 제(濟)는 사리(四理)→제리훈(濟理訓)

제5장 ⑤ 화(禍)는 오리(五理)→화리훈(禍理訓)

제6장 ⑥ 복(福)은 육리(六理)→복리훈(福理訓)

제7장 ⑦ 보(報)는 칠리(七理)→보리훈(報理訓)

제8장 ⑧ 응(應)은 팔리(八理)→응리훈(應理訓)

이 팔리(八理)는 곧 ① 성(誠), ② 신(信), ③ 애(愛), ④ 제(濟), ⑤ 화(禍), ⑥ 복(福), ⑦ 보(報) ⑧ 응(應)을 이름 하니, ①·②는→봄, ③·④는→여름, ⑤·⑥은→가을, ⑦·⑧은→겨울에 해당한다. 즉 성(誠)은 초춘(初春)~중춘(仲春, 양력 2월 4일경~3월 20일경)이니 태어나서→유년기(1~9세), 신(信)은 중춘(仲春)~계춘(季春, 양력 3월 21일경~5월 5일경)이니→소년소녀기(10~19세), 애(愛)는 초하(初夏)~중하(仲夏, 양력 5월 6일경~6월 20일경)→청년기(20~29세), 제(濟)는 중하(仲夏)~계하(季夏, 양력 6월 21일경~8월 7일경)→장년기(30~39세), 화(禍)는 초추(初秋)~중추(仲秋, 양력 8월 8일경~9월 22일경)→중년기(40~49세), 복(福)은 중추(仲秋)~계추(季秋, 양력 9월 23일경~11월 6일경)→노년기 초년(50~59세), 보(報)는 초동(初冬)~중동(仲冬, 11월 7일경~11월 21일경)→노년기 중년(60~69세), 응(應)은 중동(仲冬)~계동(季冬, 12월 22일경~2월 3일경)→노년기 말년(70세~끝)에 해당해 일 년 366¼일 사계절과 밀접한 관계를 이룬다.

이 366¼일 동안 실천하는 팔리(八理)·팔장(八章)은 홍익인간의 이화세계를 세우는 한민족의 건국이념을 이룬 뿌리의식이며, 인간완성을 이루는 실천교육인 것이다.

이와 동시에 팔리(八理)인 366사(事)는 한민족의 혼(魂)이 들어 있으며, 한민족 교육의 효시(嚆矢)가 되는 교육내용이라는 데 역사적인 의의를 지닌다. 『환단고기』(桓檀古記) 소도경전본훈(蘇塗經典本訓)에는 고구려 국상(國相) 을파소(乙巴素 ?~203)가 백운산에 들어가 366사(事)를 구해 고구려의 젊은이에게 가르쳐 13년 동안 고구려를 다스려 7백 년의 역사를 융성하게 했다는 것으로 전하고 있으나 이를 믿고 안 믿고 간에 고구려는 단군조선

의 전통을 이어받은 나라이다

환웅이 360여사(餘事)로서 택성들을 교화(敎化)하여 마을 사회를, 단군 또한 360여사(餘事)로서 백성을 치화(治化)하여 한민족 최초의 부족연맹국 가를 탄생시켰다.

한국사학계에선 『환단고기』를 후세인의 작으로 보고 믿지 않는 경향이 나 물론 신화적인 내용이 많이 가미되어 있는 것이 사실이나 역사적으로 맞는 부분도 있다. 그러나 후세인의 작으로 볼 수 있는 개연성이 많은 데 는 인정하면서도 예로부터 전하는 집단 무의식의 내용이 들어 있어 단군 시대를 비쳐보는 데 손색이 없을 정도로 친연성과 친밀관계가 이뤄져 있 다. 1990년도 이전에 『환단고기』가 위서라고 학계에서 발표했음에도 수십 만 권이 팔린 것으로 미루어 우리의 정서와 밀착되어 있음을 의미한다. 2010년 들어 숙명여자대학교 도서관에서 계연수의 『환단고기』의 원본을 공개함으로써 『환단고기』의 위서논란은 종지부를 찍게 되었다.

을파소가 366사(事)를 고구려인에게 가르쳤다는 것은 『환단고기』의 기 록이나, 고구려가 단군정신에 의해 세워진 나라라는 것은 주몽신화에서 나타나는 바이니, 『고기』(古記)를 인용한 『삼국유사』(三國遺事) 권1 고조선 조(條)를 수용한 내용이 닳이 반영되어 있다.

단군이 360여사(餘事)로 홍익인간을 세웠다는 기록이 전하니, 을파소와 같은 국상이 고구려 백성에게 가르쳤다고 주저할 필요가 없으며, 아울러 고구려를 이어 230여 년 가까이 해동성국(海東盛國)을 이룬 발해(渤海)까지 이어오게 하는 원동력이 되게 했다고 본다. 더구나 후세 신라 · 가락의 건 국신화는 단군신화에서 수용되었으니, 한민족의 정통성은 단군에서 뿌리 를 찾아야 하는 데는 누구도 부인하지는 못할 것이다.

고려 또한 고구려의 정신을 이어받았고, 조선조 또한 단군의 뿌리 정신 으로 세워진 나라임은 국호 중 화녕(和寧)과 조선(朝鮮)을 명(明)의 주원장 (朱元璋, 1328~1398)에게 지정해 주기를 앙청했을 때 조선(朝鮮)이란 윤허 (允許)를 받았다.

조선조는 1393년 2월 15일 새벽부터 국호를 조선(朝鮮)이라 공식적으로 일컫게 된 내력이『태조실록』권2 태조원년 임신 조와『태조실록』권3 태조원년 계유 조에 전한다. 권근(權近, 1352~1409)은 명(明)의 태조에게 제신(提申)한 응제시(應製詩)「호개벽동이주」(好開闢東夷主)는 단군이 국조임을 밝히는 데 좋은 자료이다(권근,『양천선생문집』권1 응제시「호개벽동이주」). 명의 태조는 권근의 시를 보고 그 정당함을 인정하여 그 내용을 사적에 올려서 후세에 전하라고 명한 역사적 사실이『동국통감』(東國通鑑) 외기(外記)에 전한다.

그러면 고구려 을파소가 366사(事)를 어떻게 전했는가. 자세한 내력은 전하지 않으나 김염백(金廉白, 1828~1896)이 366사(事)인『성경팔리』(聖經八理)로서 포교하였음이 전하고, 후에 백봉(白鳳)이 대종교가 중광(重光)되기 전에 두일백(杜一伯)에게, 두일백(杜一伯)이 1908년 정훈모(鄭薰模)에게 전한 것을 1921년에 단군교본부(檀君敎本部)에서 발행한 것으로 인해 오늘에 전하게 된 것이다.

이『성경팔리』(聖經八理)는 현재 한국학중앙연구원 www. aks.ac.kr 장서각→고문전, 제목『단군교팔리』[檀君敎八理=聖經八理 편집: 정훈모(鄭薰模, 1921)]로 되어 있다.

『성경팔리』(聖經八理)는 공주(公州)에 사는 박노철(朴魯哲)에 의해 1965년에『단군예절교훈팔리삼육육사』(檀君禮節敎訓八理三百六十六事)란 명칭으로 충청남도(忠淸南道) 대덕군(大德郡) 유성면(儒城面) 갑동리(甲洞里) 일구(一區) 182번지에 있는 단군예절교훈철학연구원(檀君禮節敎訓哲學硏究院)에서 출판하였는데, 대종교(大倧敎)에서는『참전계경』(參佺戒經)이라 하였다.

대종교에서는 1998년 10월 3일『성경팔리』(聖經八理)를『단제예절교훈팔리삼육육사』(檀帝禮節敎訓八理三六六事)로 서울특별시 서대문구 홍은 2동 13-78호의 소재 대종교총본사(大倧敎總本司)에서 발행했다.

본고에서는『참전계경』(參佺戒經)을 본으로 서술하기로 한다. 본 1장(章) 성(誠)은 54조항으로 되어 있다. 이 조항을 원만하게 이해하기 위해 한국문학의 만남으로 조명한다. 아울러『삼일신고』(三一神誥)와『천부경』(天符經)과 신자료『지부경』(地符經),『인부경』(人符經)의 내용으로서 분석하고, 미학적으론 숭고미(das Erhabene Schöne, the Sublime beauty)를 중심으로 한다.

문학 방면에는 성실성을 바탕으로 한국신화 중 단군신화를 근간으로 하고 한국문학 전반에 걸친 설화·고소설·한시·시가·가사·시조·현대문학 등 전반에 걸쳐 밝히고 디지털 스토리텔링(Digital storytelling: 디지털 형식에 따라 다양한 이야기 만듦)의 새로운 작품의 모색의 패러다임(paraigm: 이론적인 틀)을 선토이는 내용으로 조명하여 보기로 한다.

Ⅱ. 성장(誠章)

제1사(事) 성(誠)-웅녀문화콘텐츠 개발과 숭고미-

제1事 성(誠, 정성)-『삼국유사』(三國遺事) 권1 고조선 조(條)-

제1사(事) 성(誠)은 하늘의 도를 본받아 성실함을 이루게 되는데 6가지 정성의 본체와 47가지 쓰임(6體 47用)으로 모두 54가지 일(54事)로 형성되었다[성장(誠章): (1+6+47=54조항) 366사(事;366가지 일)]. 중 54사(事)를 실천하면 성실한 사람이 된다. 366사(事)는 『삼국유사』(三國遺事) 권1 고조선 조(條)의 360여 가지(餘事)에서 유래된 것이다.

환웅이 태백산 신단수에 내려 삼상(三相) 오부(五部)에게 백성들을 360여사(餘事)로 가르쳐 사람들이 동물과 공생하는 교화를 베풀어 이상적인 마을 사회를 마련한 것이 홍익인간의 이화세계(理化世界)이다. 이때 곰과 범이 찾아와 환웅과 같은 사람이 되고자 하여 환웅이 쑥과 마늘을 주면서 동굴에서 100일 동안 먹으면서 정성을 들이면 사람으로 환생할 수 있음을 알려 주었다. 이 내용은 동북아 일대의 곰 토템에 의한 의식을 내용으로 연희(演戲)한 내용이다.

그러나 이들 두 짐승 중의 범은 그간에 고통을 참지 못하고 탈굴(脫窟)하고 곰이 그 약정기일을 지켜 100일 정성의 약정기일을 단축시켜 3.7일

(21일)만에 사람으로 환생한 것이다. 이것은 곰이 정성 중의 정성인 참정성을 쏟은 데서 79일을 앞당겨 웅녀로 변신하였다.

단군신화에서의 곰의 정성은 충심(衷心)이며 혈성(血誠)을 기울인 데서 일궈진 것이니, 그 입사식의 고난을 극복하는 내용을 알 수 있는 내용이다. 한국인이 은근과 끈기로 어려움을 견디고 참을성이 있고 한번 약속에 죽음도 불사하는 것은 웅녀상(熊女像)의 숭고한 정신에서 말미암은 것이다.

곰이 웅녀(熊女)로의 환생은 소도교육(蘇塗敎育)이며, 한국인 교육의 시원을 이루는 것이라 할 수 있다. 소도(蘇塗)란『삼국지』(三國志) 권30 위서(魏書)30 오환선비동이전(烏丸鮮卑東夷傳) 제(第)30 마한(馬韓) 조(條)에 보이는 바와 같이 신성한 공간이며, 소(蘇)자는 '소생할 (소)'이고, 도(塗)자(字)는 '진흙 (도)'이니, 고난을 이겨내고 절제하고 인내하는 교육을 받으면 동물과 다름없는 인간이 인간다운 인격을 갖춘 진인(眞人)이 되는 입사식의 교육현장이다. 이런 교육을 받는 소도교육 장은 바로 고조선시대 정치·종교·교육의 중심지인 곳이다.

단군은 환웅과 웅녀와의 신성혼(神聖婚)으로 인해 태어났으니, 천인(天人)의 존재로 태어나 소도교육을 받아 지상을 천상의 천궁(天宮)과 같이 신선(神仙)의 나라라는 지상낙원을 세워 신선의 종주국이 되었다.

단군은 웅녀로부터 성인식의 교육과 환웅이 360여사(餘事)로 나라를 다스려 마을사회를 이룬 가르침을 받게 되어 훗날 나라를 치화(治化)로 부족연맹 통일국가를 홍익인간의 이화세계로 세웠다. 오늘의 한국인의 교육은 366사(事)인 지덕체(智德體)의 교육이 뿌리내려져야 한다.

단군은 웅녀의 가르침으로 나라를 다스렸으니, 웅녀가 후세에 끼친 것은 막대한 것이다. 사실상 우리의 역사관이나 철학·사상·문화·윤리 등 기타 한민족의 정신문화는 단군신화로부터 유래되었다는 것이 통설인데, 오늘의 실상은 한국인들이 단군의 실존을 인정하지 않는 데 문제가 있다. 그 중 웅녀의 동굴모티프의 수용은 은근과 끈기의 인내력을 키워주는 역할을 하여왔는데, 후세 건국신화와 문학의 경우 기본적인 틀을 형성케 했는데 그 관계를 도표로 나타내면 다음과 같다.

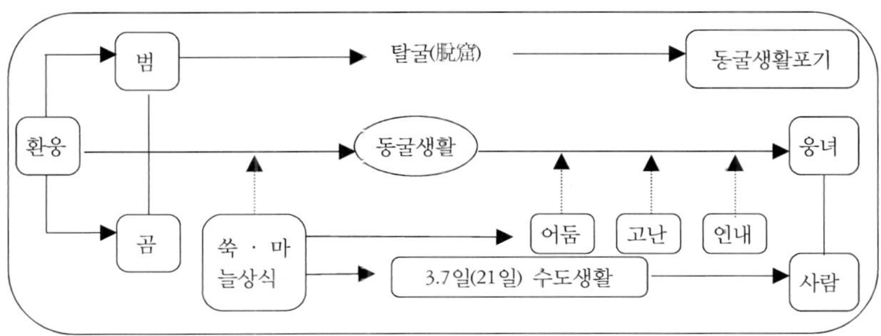

단군신화의 동굴모티프

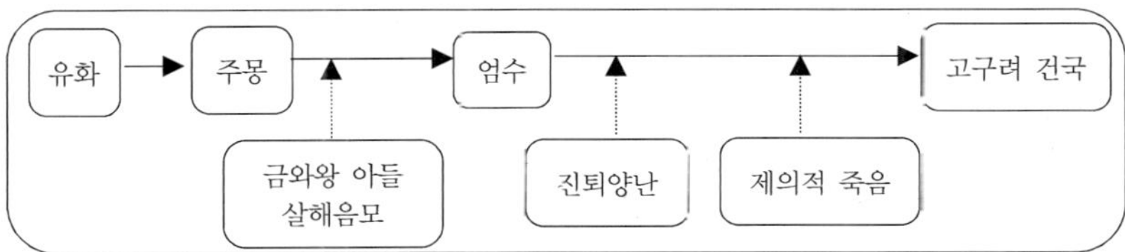

주몽신화의 입사식 고난

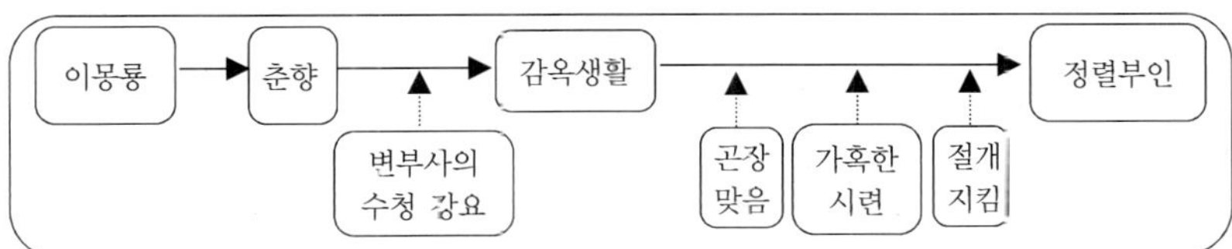

『춘향전』의 통과의례

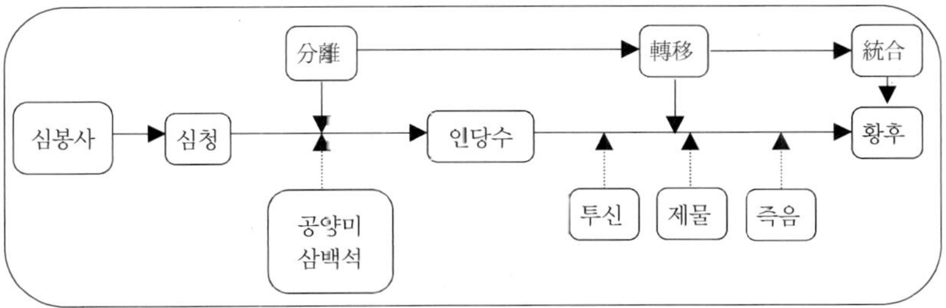

『심청전』의 제의적 죽음

『나는 왕이로소이다』의 동굴모티프 수용

단군신화의 동굴모티프는 현대문학 등에서 찾아볼 수 있다. 그중 노작
(露雀) 홍사용(洪思容, 1900~1947)은 1922년 시 동인지『백조』(白潮)를 창간
하여 제3호 1923년 9월에 시『나는 왕이로소이다』등 4편을 발표했다. 이
때는 1919년 일제에 항거했던 三一운동이 일어난 지 5년이 지난 시기로 민
족의 좌절감을 극복하는 운동을 작가 나름대로 상상력으로써 시적 이미지
를 시적 승화로 표출하였다. 그 시의 내용은 다음과 같다.

> 나는 왕이로소이다. 나는 왕이로소이다. 어머님의 가장 어여쁜
> 아들 나는 왕이로소이다. 가장 가난한 농군의 아들로서…
> 그러나 십왕전(十王殿)에서도 쫓기어 난 눈물의 왕자이로소이다.
> "맨 처음으로 내가 너에게 준 것이 무엇이냐" 이렇게 어머니께서
> 물으시며는 "맨 처음으로 어머니께서 받은 것은 사랑이었지요마는
> 그것은 눈물이다 하겠나이다. 다른 것도 많지요마는… "
> 할머니 산소 옆에 꽃 심으러 가던 한식날 아침에
> 어머니께서는 왕에게 하얀 옷을 입히시더이다.
> 그리고 귀밑머리 단단히 땋아주시며 "오늘부터 아무쪼록 울지 말아라."
> 아아, 그때부터 눈물의 왕은 어머니 몰래 남모르게 속 깊이
> 소리 없이 혼자 우는 그것이 버릇이 되었소이다.

『백조』(白潮) 제3호 1923년 9월

위의 시에서 백의민족의 왕자는 어머니로부터 받은 것은 사랑이지만
눈물이라 하였는데 민족의 슬픔이었다. 왕자는 식민지 지배하에 자주 울
었다고 할 수 있다. 어머니께서는 귀밑머리 땋아주며 오늘부터 울지 말라
는 것은 굳은 의지로 그 슬픔을 참고 정진하라는 당부이다.

단군신화에 나타난 곰과 어린왕자가 고통을 극복하는 것만이 자아실현
할 수 있는 것이다. 따라서 어린왕자는 남 보이는 데는 울지 않고 민족적
슬픔을 마음속으로 생각했다는 것이니, 보다 강한 의지를 간직하였음을
나타내는 내용이다.

위의 시는 단군신화의 원형적(archetype) 사고로서 다른 개체가 되는 재생적 이미지의 표출이라 할 수 있다. 단군신화는 홍사용 시인에게 집단적 무의식으로 수용되었는데, 그의 시를 단군신화와 관계해서 도표로 나타내면 다음과 같다.

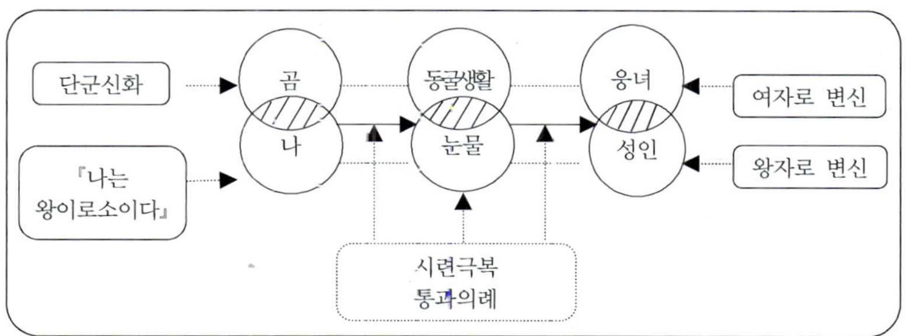

위와 같이 단군신화의 동굴모티프는 후대 건국신화나 후세 고소설이나 현대문학에서 수용된 것으로 볼 수 있다. 사실상 단군신화는 한국문학상에 지대한 영향을 미치었는데 그중 설화와 고소설에는 그 수용이 현저하게 나타나 있다. 요즘은 단군을 신화적 인물이라고 하면 단군의 역사는 신화가 아니고 사화라고 해야 맞는다고 한다. 그러나 신화란 서구의 myth 가념에서 온 것이니, 일제가 단군신화라고 한 것은 단군을 부정하기 위해 사용한 말과 다르다. 오늘에는 신화가 세계적 용어인 것을 감안하면 단군신화라고 해도 문제될 것이 없다. 단군은 신화적 내용이 사화적인 내용보다 더 많은 부분을 차지하고 있다. 웅녀의 동굴 모티프도 신화적인 내용이지만 한국인은 고난을 극복하는 사상이 되어왔다.

한국인은 부부가 한번 백년가약을 했으면 부인의 경우 목숨을 버리면서 절개를 지키는 것도 웅녀상의 숭고미의 정신을 본으로 삼은 데 있다. 특히 지난날 한국여인들이 소원을 빌 때 정성을 들이는 것은 단군신화에 나타난 곰→웅녀로의 환생담(幻生譚)을 수용한 것이다. 제1사(事)는 타고난 착한 본성과 관련한 것으로 보고, 그 내용을 인용하여 본다.

제1사(事) 성(誠): (6體 47用)(6가지 본체와 47가지 쓰임)

誠者는 衷心之所發이오, 血性之所守니 有六體四十七用이오.
성자   충심지소발   혈성지소수   유육체사십칠용

해석: 정성(精誠)이란 마음속에서 발동함이오, 혈성(血性: 타고난 참 본성)을 지키는 바이니, 여섯 가지 정성의 본체와 마흔일곱 가지 정성의 쓰임이 있느니라.

정성은 마음속에서 우러나야 하니, 혈성(血性)인 타고난 참 본성을 지켜 나가야 할 것이다. 사람은 하늘의 이치로써 태어났으므로 우주의 숭고한 정신으로 살아가면 성실한 사람이 된다.

정성은 1년 사계절 중 춘절에 해당하는데, 그중 초춘(初春)~중춘(仲春)과 관계되니. 인생의 나이로는 1~9세이다. 유아기(幼兒期)는 만물이 생동하는 초춘~중춘과 같은 시기니, 자연력을 본받아 자라면 성실한 아이로 자란다.

위의 내용은 정성에 대한 것인데, 충심(衷心)이 솟아오르는 것이니, 하늘의 도를 가리킨다. 하늘의 도는 정성스런 것이다. 하루도 쉼이 없이 주야를 교체하여 지구상의 생물을 키우고 있다.

사람은 하늘의 참 본성을 본받아 마음속에서 우러나는 착한 하늘의 정성을 본받아 행하면 하늘이 감동하여 응보가 있다고 하였다.

이는 성(誠)자(字)의 자의(字意)에서도 밝혀진다. 성자(誠字)는 머리말에서 대강 밝힌바와 같이 말씀(언, 言)자(字)와 이룰(성, 成)자(字)의 합성어(合成語)이니, '말씀을 아루었다'라는 뜻의 글자이다. 이 말은 하늘을 대신하는 철인(哲人)·대인(大人)의 말씀으로 이해하면 될 것이다.

환웅(桓雄)은 360여사(餘事)로써 백성들을 교화(教化)하여 홍익인간(弘益人間)의 이화세계(理化世界)인 마을사회를 세웠다고 했으니, 환웅의 말이라고 할 수 있다.

360여사(餘事)는 춘하추동의 자연의 이치가 들어 있는 내용인데, 1년 366¼일 동안 366사(事)를 실천케 하여 지상(地上)인 인간계를 천궁(天宮)과

같이 지상낙원인 신선의 나라를 세우라는 뜻이다.

이 이치는『지부경』(地符經)의 삼십육궁(三十六宮)에서 찾아볼 수 있다. 삼십육궁(三十六宮)은 음양조화인 천지조화가 이상적으로 다스려진 상태이니, 지상을 천궁과 같이 신선의 나라를 세우라는 뜻이다.

36수(數)는『천부경』(天符經)의 3진법에 의해 밝혀지며 360수(數)나 일년 일수 366수(數)도 이에서 밝혀진다. 그뿐 아니라 36수(數)는 팔괘(八卦)에서 볼 수 있는데, 이상미(理想美)의 세계라 할 수 있다. 제1장 성(誠)은 환웅의 말로 지상을 홍익인간의 이화세계를 세우라는 뜻이다.

그 내용을 도표로 나타내면 다음과 같다.

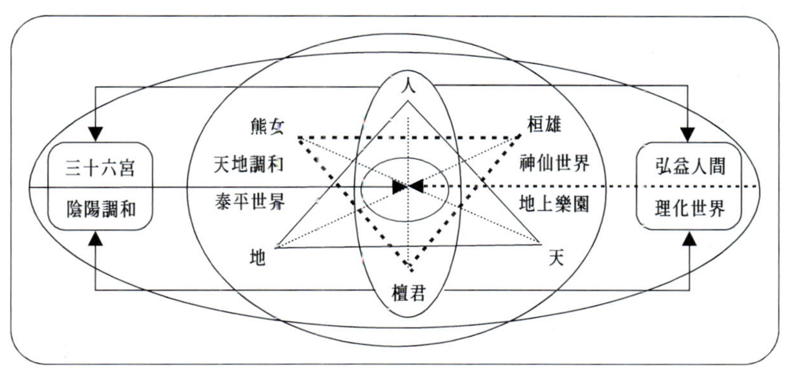

하늘나라 천궁(天宮)은 36수(數)를 나타내는데,『지부경』(地符經)의 삼십육궁(三十六宮)에서 밝혀진다. 이 삼십육궁(三十六宮)은 음양조화 곧 천지조화가 이상적으로 이뤄진 완성의 나라를 의미한다.

다시 말해 36수(數)는 팔괘(八卦)인 ☰ ☱ ☲ ☳ ☴ ☵ ☶ ☷에서 음효(陰爻--)가 24개이고 양효(陽爻一)가 12개이니, 합하면(24+12=36) 36개이다.

이 음양의 효(爻)가 36개인 것은 우주자연의 천지조화를 나타낸 수(數)이다. 천지조화는 만물을 풍성케 하고 번성번영을 하는 데 있는 것이니, 지상을 태평세계 지상낙원을 이루는 것은 하늘나라인 천궁(天宮)과 같이 신선국(神仙國)이며 경제적으로 부(富)한 나라를 세우라는 뜻이다.

환웅은 제1사(事) 성(誠)에서 6가지 근본 틀과 47가지 쓰임[6체(體) 47용(用)]으로 이뤄져 모두 54사(事)를 나타냈으니, 하늘의 이치를 본받아 행하라는, 즉 환웅의 말로 이해하면 될 것이다.

단군은 환웅이 360여사(餘事)로써 교화를 펴 홍익인간의 마을사회를 치화(治化)로 통일국가를 세웠다.

원칙으로 360여사(餘事)는 366사(事)를 말하니, 366¼일에서 온 것이다. 1년은 365일 5시간이 약간 넘어 사람의 체온도 36.5°가 정상이니, 본 조항 54사(事)의 조항은 성(誠)을 실천하는 환웅의 말씀으로 알고 실천하면 된다. 또한 『삼일신고』(三一神誥)는 366자(字)로 형성되어 있다.

366사(事)와 연계해 단군신화에 나타난 동굴모티프의 의미는 곰이 웅녀로의 변신은 본 조항의 내용과 일치되는 참된 정성에 의해 이뤄진 것이다. 따라서 그 내력에 대해서 살펴보면 본 조항을 이해하게 되리라 본다.

우리는 단군신화하면 곰과 호랑이를 말한다. 이들 짐승들은 천신(天神)인 환웅(桓雄)이 366사(事)를 백성에게 실천케 하여 홍익인간(弘益人間)의 이화세계(理化世界)를 이루어 짐승들과 사람들이 공생하는 마을사회를 이루어 사람이 되고자 환웅을 찾아왔다. 환웅은 짐승이 사람이 되고자 하면 짐승의 속성을 씻어야 사람이 되는 것을 알려 준다. 그 방법은 정성이 뒷받침돼야 이뤄진다고 다음과 같이 알려준다.

환웅은 이들 짐승에게 마늘 이십 개와 쑥 한 다발을 주면서 동굴에서 100일 정성을 들이라는 것이다. 이 두 짐승은 사람이 된다는 호감에 실천하겠다고 하여 동굴생활에 들어갔다. 마늘과 쑥은 이 동물들이 먹어서는 안 되는 식품이다. 곰은 자신의 몸이 죽어가는 고통을 감내하면서 삼칠일간 견디었다. 그러나 범은 그 안에 견딜 수 없어 탈굴(脫窟)했다. 환웅은 곰이 어려운 고통을 감내하는 정성을 높이 사서 웅녀로 환생하는 은총을 베풀었다.

곰이 사람이 되었다는 것은 환웅의 숭고한 정신을 받아들여 자신이 지닌 동물성을 완전히 씻어버려 천지의 진리가 함유된 인간으로 환생한 것을 의미한다. 웅녀는 자신이 죽는 고통을 감수하면서 극복해 마침내 환웅과 신단수 아래에서 신성혼(神聖婚)으로 단군을 낳았다.

단군은 고조선을 홍익인간의 이화세계를 세웠으니, 숭고미로 장식한 인물이다. 그녀는 단군으로 하여금 홍익인간의 이화세계를 다스리게 했으므로 숭고미의 삶으로 자신의 삶을 승화시켰다고 할 수 있다.

우리는 단군하면 일제가 왜곡한 역사를 배운 세대들이 계속 후진을 지금까지 배워오는 관계로 단군을 역사 중 곰이 웅녀로 환생한 상징에 대해 인정하려들지 않는 경향이 짙다.

물론 곰 토템은 우리만이 있는 의식이 아니니, 범세계적으로 보면 인식하게 될 것이다. 곰이 웅녀로의 환골탈태는 단군시대가 청동기시대였으므로 농경사회였으니, 곰을 곡식에 낟알로 보면 된다. 곡식의 낟알은 땅속에 들어가 썩어야 싹을 틔울 수 있다.

단군이 웅녀의 교훈으로 환상적인 이상향에 홍익인간의 이화세계로 나라를 치화(治化)했으니, 태평국가와 지상낙원을 세워 마침내 신선국의 종주국이 되게 한 것이다.

지상낙원은 물질이 풍부한 나라를 세우는 데 있다. 366사(事)의 일명 『참전계경』(參佺戒經)은 글자 그대로 풀이하면 '한결 같이 신선에 참여하여 온전한 인간의 도리를 지켜는 경전'의 뜻을 지니고 있으니, 신선의 나라를 세우는 데 의미가 주어진다. 신선국은 참된 의식인 정성이 수반돼지 않고서는 이뤄질 수 없는 것이다

제1사(事) 성(誠)은 계절적으로 초춘~중춘에는 파종기에 곡식이 자라는 시기이다. 중춘의 시기는 식물이 초록으로 자라기 시작하는 것과 같이 유아기이니, 자연의 이치를 실천하면 성실한 사람이 된다.

사람이 하늘을 움직이게 하기 위해선 성실한 사람이어야 할 것이니, 하늘의 이치를 본받아 살아온 사람일 경우 하늘을 감동시킬 만큼 성실성으로 살아온 사람이 수없이 많다.

유아기에 이 여섯 가지 본체를 실천하면 성실한 사람이 되어 천신(天神)인 하느님을 감동케 하게 된다. 제1사(事) 성(誠)의 실천 방법은 여섯 가지

본체의 틀로 이뤄졌음을 다음과 같이 나타냈다.

성육체(誠六體)

성육체 \ 내용	주제 내용	조항	대상
1. 경신(敬神)	지극한 정성을 다하여 하느님을 공경함	제 2사(事)	하느님
2. 정심(正心)	하느님의 마음으로써 바르게 살아감	제12사(事)	하느님
3. 불망(不忘)	참된 정성은 천연으로 잊어지지 않음	제22사(事)	참된 본심
4. 불식(不息)	정성은 천도와 같이 쉼이 없이 계속됨	제29사(事)	참된 정성
5. 지감(至感)	정성을 다하는 사람은 하느님이 감응함	제37사(事)	하느님
6. 대효(大孝)	지극한 효성은 천하 사람들을 감동시킴	제47사(事)	하느님

제1장 성(誠)은 제1사(事)와 위의 육체(六體)와 여기서 나눠지는 47사(事)의 쓰임으로 구성되었으니, 54사(事)가 된다[성장(誠章): (1+6+47=54, 54조항이 있음].

이 54조항을 실천하면 성실한 사람이 되어 사람은 물론 하늘도 움직이게 할 것이다. 우리는 이러한 교훈은 곰이 사람이 되려는 정성을 다하여 결국 천신(天神)인 환웅이 감동을 한 바로 100일 약정을 앞당겨 21일 만에 인간으로 변신을 이룬 것이다.

곰은 웅녀로 변신을 하였는데 미인으로 환생했다. 웅녀는 신단수에서 100일 정성을 들여 환웅과 같은 남성을 만나 아들을 낳게 해달라고 빌었다. 그런데 환웅은 그녀의 정성에 감동하여 그녀와 신성혼(神聖婚)으로 단군을 낳았다.

곰이 웅녀로의 환생과 단군을 낳은 것은 참된 성(誠)의 경지에서 이뤄진 것이다. 훗날 아들을 낳기 위해 명산에 가서 아들 낳기를 치성으로 비는, 즉 기자정성(祈子精誠)은 단군신화의 수용으로 볼 수 있다.

한국서사문학에서 기자정성(祈子精誠)으로 태어난 이들은 수없이 많다. 그중에서 너무나 잘 알려진 『춘향전』의 춘향과 『심청전』의 심청, 『유충열전』의 충렬은 기자정성으로 태어난 주인공이고, 또 정성으로 생활을 실천하여 신분상승으로 자아실현을 이뤘다.

그 밖에 한국인은 하늘의 참 본성을 본 받아 행하고 어려운 상황에서 절개와 지조를 지킨 이들이나, 참정성을 행하여 하늘을 감동케 한 작품도 있으므로 본고에서 이에 대해서 소개한다.

1. 고려 말 직제학(直提學) 음촌(陰村) 김약시(金若時)의 충절과 한시(漢詩)

광산김씨 음촌(陰村) 김약시(金若時, 1335~1406)는 고려 말 직제학(直提學)을 역임한 두문동 72인 중 한 분이다. 두문동 72인들은 고려가 명(明)을 정벌하라고 한 계획을 배반하고 조선을 세운 태조 이성계를 죽음으로써 항거한 충신들이라 500년을 거쳐 오는 이들이라 잘 알려지지 않았다.

우리 역사에는 충신들이 수없이 많지만 그중 고려 5백 년의 전통을 지켜 온 충신들 중에는 포은 정몽주를 위시한 두문동 72인을 들 수 있는데, 본고에서는 음촌(陰村) 김약시(金若時)의 절개를 본 조항과 관련해 소개한다.

음촌(陰村)은 지금 경기도 성남시 중원구 금광동[당시 광주(廣州) 금광리(金光里)]에 은거하였다. 그는 두문동 72인 중 한분으로 금광리(金光里)에 조선조의 신흥세력들에게 협조하지 않겠다는 뜻으로 은거하여 청맹(青盲: 눈 뜬 장님)으로 지냈다.

오늘에 금광동이란 그가 살은 데서 생긴 이름이며, 요즘 이곳에 사는 사람들이 '금꽹이'란 명칭을 쓰는 이들도 있으나 그 유래를 아는 사람이 많지 않다.

조선 태조는 음촌과 막역한 친구 간이라 금광리(金光里)에 사는 것을 알아내 원래의 고려관직 직제학을 하사하였으나 청맹으로 위장해 살며 사양하였다.

광산 김씨 대종회 이사·용일빌딩대표(경기 성남)·창령공업고등학교 이사 겸 경남 남해군 남해고등학교 이사장 김용석(金容錫 71)은 조선조정에서 음촌(陰村)이 진짜 청맹인가를 수시로 살폈다고 한다. 음촌은 청맹으로 위장해 조선조정에 벼슬하지 않게 되었다. 음촌은 하늘을 쳐다보고 태조 이성계가 역사를 그르쳤음을 한탄했다고 한다. 하기야 당시 이성계 장군이 고려의 명을 어기지 않고 명(明)을 공격했다면 고려가 요동을 점령하게 되고 나아가서는 중원을 차지할 수 있는 좋은 기회였다. 당시 명(明)은 부정부패와 흉년이 겹쳐 나라의 기강이 해이해져 공격만 하면 명(明)은 붕괴되게 상황이 되었던 때 고려가 그 절호의 기회를 이용한 것이다.

순조(純祖)는 음촌에 대해 그에 대해 증직(贈職)하는 은전을 내리도록 한 내력이『순조실록』[순조 19년(1819) 기묘(己卯) 5월 7일(丁卯)]에 다음과 같이 보인다.

純祖十九年 己卯 五月七日丁卯… 若時以遯跡貞節 著名前朝 吏曹請大臣收議覆啓也. 後又儒生上言 禮曹覆啓許諡. 純祖二十年庚辰3월11日己卯 諡望下批 贈吏曹判書金若時忠定.

해석: 순조 19년(己卯) 5월 7일(丁卯)…약시는 종적을 감추었고 절개로 전조 고려에서 이름이 나타나 이조(吏曹)에서 대신에게 수의할 것을 청하여 복계(覆啓)한 때문이다. 또 유생의 상언에 인하여 복계(覆啓)하니, 시호 내리는 일을 허락하였다. 순조 20년 경진(庚辰) 三月 十一日(己卯) 시망에 하비하여 증이조판서(贈吏曹判書) 김약시에게 충정(忠定)의 시호를 내렸다.

이 사실에 자세한 것은 사영(思穎) 남공철(南公轍)의 『고려명신록』 권12 일민(逸民) 김약시에 대해 다음과 같이 소개하였다.

嗚呼! 高麗之亡 全節成名之士 衆矣. 而史多闕而不傳 豈不惜哉. 異之而無稱 於斯時也 獨立而不懼者 難矣. 吾得十二人焉. … 金若時.
右議政南公轍 皆以爲若時忠節 合施褒美之典 教依議施行 遂贈吏曹判書大提學 諡曰忠定.

해석: 슬프다! 고려가 멸망하자 절의를 지켜 이름을 이룬 선비가 많았느니라. 사적에 많이 빠져 전하지 않으니, 어찌 애석하지 않는가. 뜻을 달리하면 일컬음이 없으니, 이런 때 홀로 우뚝이 서서 위태롭지 않기 어려우니라. 내가 12인을 얻었으니, … 김약시이다.
우의정 남공철이 약시의 충절을 포상(褒賞)하는 특전을 내리는 것이 합당하니, 의론대로 시행하라고 분부하여 이조판서 대제학을 증직하고 시호를 충정이라 하였다.

오늘에 성남의 금광동은 광산 김씨 음촌(陰村) 김약시가 살던 마을이기에 붙여진 이름이다. 그는 중원(中原)에 가는 둘째 형 약항(若恒)을 전송하는 시에서 다음과 같이 충절을 지키는 내용으로 시를 지었다.

> 중국에는 아직도 노련(魯連)이 제나라에 있는데,　　　　中州尙有魯連齊.
> 바다로 뛰어드는 지금엔 서쪽으로 갈 것 없네.　　　　蹈海如今不必西.
> 뇌수(수양산)에는 백이(伯夷) 일컫는 사람 없는데,　　　雷首無人稱伯世,
> 고사리 캐며 부르는 노래 목 메여 꿈마저 혼미하네.　　薇歌激咽夢全迷.

『杜門洞書院志』卷2 陰村金先生奉安文

여기 시에는 노련(이름: 魯仲連)과 백이(伯夷) 숙제(叔齊)가 나타나 있다. 전자는 전국시대 제(齊)나라의 고사(高士)로서 진(秦)나라 황제를 받들면 동해에 뛰어들어 죽을지언정 그 나라 백성이 되기를 원치 않았다는 인물이다.

후자는 백이(伯夷) 숙제(叔齊)에 대해 지었다. 음촌(陰村)은 약항(若恒)에게 명(明)나라엔 이들 없고, 후자인 백이(伯夷) 숙제(叔齊)가 고사리 캐며 부르던 노래 소리-미가(薇歌)-가 꿈속에서도 귓전에 들리는 듯하다는 내용이니, 그러한 절개 있는 사람을 시적 화자를 통해서 자기의 심정을 나타낸 것이다.

위와 같이 음촌(陰村)은 고려의 충신이니, 절개를 잃지 않고 지킨 것을 숭고(The sublime) 중에 어떠한 강대한 장애도 뛰어넘는 위력 있는 역학적 숭고(das dynamisch Erhabene)라고 할 수 있는 미적 승화로 지어진 절개미(節槪美, das Treue Schöne)를 나타낸 시라고 할 수 있다.

2. 남명(南冥) 조식(曺植)의 단성소(丹城疏), 상소문(上疏文)의 우국충성(憂國衷誠)

남명(南冥)조식(曺植, 1501~1572)은 조선의 학자로서 단성현감(丹誠縣監)의 사직상소는 당시 명종(明宗, 1534~1567)의 실정(失政)과 대비(大妃)인 문정왕후(文定王后, 1501~1565)의 수렴청정(垂簾聽政)도 아무런 도움을 주지 못하고 궁중 안의 과부에 불과함을 위국충정으로 지적하였다. 이로 인해 왕과 대비를 진노케 하였고 조정의 신하와 지식인들 모두에게 손에 땀을 쥐게 하였다.

그럼에도 그의 상소문은 육신에 와 닿는 우국충성으로 나타난 관계로 문제가 되지는 않고, 훗날에 『선조실록』에 게재하는 영광을 입게 되었다. 그가 감히 대비의 잘못과 왕의 잘못을 신랄하게 상소한 것은 목숨을 담보한 일이니, 조선조 5백 년 역사상 전무후무한 그 상소문(上疏文)을 소개한다. 먼저 왕의 실정을 소개하면 다음과 같다.

抑殿下之國事已非, 邦本已亡, 天意已去, 人心已離, 比如大木, 百年蟲心, 膏液已枯, 茫然不知飄風雨何時 而至者久矣. 在廷之人, 非無忠志之臣, 夙夜之士也. 已知其勢極而不可支, 四顧無下手之地, 小官憘憘於下, 姑酒色是樂, 大官泛泛於上, 唯貨賂是殖. 河魚腹痛, 莫肯尸之, 而且內臣樹援, 龍挐于淵, 外臣剝民, 狼姿于 野, 亦不知皮盡, 而毛無所施也. 臣所以長想永息, 晝以仰觀天者數矣. 噓唏掩抑, 夜以仰看屋者久矣.

해석: 전하의 국사가 이미 잘못되고, 나라의 근본이 이미 망할 지경에 이르러, 하늘의 뜻이 이미 떠났고, 인심도 이미 떠난 지 오래입니다. 비유적으로 말하면 마치 1백 년 된 큰 나무에 벌레가 속을 갈아먹어 진액이 이미 말린 상태에 회오리바람과 폭우가 어느 때 몰아닥쳐올지 전혀 모르게 된 지 오래됐습니다.

조정의 사람 중엔 충의로운 신하와 그 뜻을 지닌 신하, 근면한 선비가 없는 것은 아니지만, 그 형세가 극도에 달하여 지탱해 나아갈 수 없고, 사방을 돌아보아도 손을 쓸 곳이 없음을 이미 알고 있습니다.

아래의 소관(小官)은 기쁜 웃음 지으며 주색이나 즐기고, 위의 대관(大官)은 슬며시 뇌물을 챙기고 재물을 불리는데도 근본 병통을 바로잡으려 하지 않습니다. 더구나 내신(內臣)은 자기의 세력을 심어서 못 속에 용처럼 세력을 독점하고, 외신(外臣)은 백성의 재물을 긁어모아 들판에 이리처럼 동분서주식으로 날뛰며 살아가니, 이 또한 가죽이 다 해지면 털도 빠지는 것을 모르는 처사입니다.

신은 이런 연고로 낮이면 하늘을 바라보며 깊은 생각에 장탄식을 한 것이 여러 차례이며,

밤이면 천장을 쳐다보고 탄식하며 아픈 마음을 억누른 지가 오래됐습니다.

남명이 명종임금에게 올린 글은 그야말로 그 자신의 육신의 소리이다. 그의 말은 심장에서 우러나오는 말은 말마다의 지극한 충성 어린 소리이니, 어디 한곳이라도 거짓됨이나 과장도 없는 것이다. 이실직고식에 상소문은 조선조 오백 년간 왕의 잘못을 사실적으로 나타낸 신하는 없을 정도다.

왕정시대 왕에게 실정을 똑바로 말할 수도 없고, 그뿐더러 조정의 소관이나 대관들의 잘못을 왕에게 곧바로 전한다는 것은 목숨을 내놓고 해야 한다. 그럼에도 남명은 우국충성으로 왕이 왕답지 않게 나라를 다스려 신하들이 백성의 재물을 약탈하는 것을 지적했으니, 왕정시대의 경우 죽을 각오가 서지 않으면 남명과 같은 상소문을 올리지 못한다.

남명은 대비 문정왕후의 단점도 거론했으니, 당시 제도에서 목숨을 내놓고 쓴 것이다. 대비는 명종이 어린 나이에 왕으로 등극하여 10년간 수렴청정(垂簾聽政)을 제대로 하지 못한 것을 다음과 같이 지적했다.

慈殿塞淵, 不過深宮之一寡婦, 殿下幼沖, 只是先王之一孤嗣. 天災之百千, 人心之億萬, 何以當之, 何以收 之耶. 川渴雨粟, 其兆伊何, 音哀服素, 形象已著, 當比之時, 雖有才兼周, 召, 位居鈞軸, 亦未如之何矣. 況 十微身(村), (材) 如草芥者乎. 上不能持危於萬一, 下不能疵民於絲毫, 爲殿下臣. 不亦難乎. 若賣斗筲之名, 而賭殿下之爵, 食其食, 而不爲其事, 則亦非臣之所願也.

해석: 자전께서 생각이 깊다고 하지만 깊은 궁중의 한 과부에 불과하고, 전하께서는 어리시어 단지 선왕(중종)의 한낱 외로운 후사일 뿐이니, 수만 가지 종류의 천재(天災)와 억만 갈래의 인심을 어찌 감당해내며 어떻게 수습하겠습니까.

강물이 마르고 곡식이 비 오듯이 내렸으니, 이 무슨 징조입니까. 음악소리는 슬프고 옷은 소복이니, 형상에 이미 나쁜 조짐이 나타났습니다. 이러한 때를 당함에 비록 주공(周公)과 소(召)의 재주를 겸한 자가 신하의 자리에 있은들 어찌할 수 없을 것인데, 하물며 초개 같은 미천한 자의 재질로 또한 어찌하겠습니까.

　위로는 위태로움을 만분의 일도 구원하지 못하고, 아래로는 백성에게 털끝만큼의 도움도 되지 못함이니, 전하의 신하되기가 또한 어렵지 않겠습니까.

　하찮은 명성을 팔아 전하의 관작을 사고 녹을 먹으면서 맡은 일을 해내지 못하면 이 또한 신이 원하는 바가 아닙니다.

　남명은 중종(1488~1544)의 제2계비 문정왕후에 대해서 바르게 수렴청정을 하지 못하는 과부에 불과하다고 비하하는 말을 써 가며 상소를 하였으니, 나라를 구하는 참정성이 우러나는 참마음이 있지 않고서는 간하기 어려운 일이다. 더구나 당시 명종은 17세에 불과하고 국사가 문정왕후에서 좌우하게 되니, 왕후를 폄하하는 말을 왕에게 올리는 것은 죽을 각오가 서지 않으면 쓰기 어려운 것이다.

　명종이 실정(失政)을 한 과오는 단성소(丹城疎)를 1505년에 올렸으니, 명종의 재위가 1545(6)~1562년이니 10년간 수렴청정을 할 때다. 이때 문정왕후는 을사사화(乙巳士禍)를 일으켜 많은 사람을 죽게 하고 세력을 부려 나라가 어지러울 때 남명이 죽을 각오를 하고 나라를 바로잡기 위해 충성어린 상소문을 올린 것이 단성소(丹城疎)이다.

　남명은 16세기 매관매직이 성행하여 나라의 기강은 실종상태이고 백성은 구할 수 없는 상황에서 단성현감을 제수한 것은 성은이 망극한 은혜이나 남명은 나아가지 않겠다는 뜻을 나타냈다. 남명은 왕에게 마음을 바로 하는 것으로 백성을 다스려 왕도정치를 세우라는 당부를 다음과 같이 나타냈다.

　伏願, 殿下必以正心爲新民之主, 修身爲取人之本, 而建其有極, 極不極, 則國不國矣. 伏惟睿察, 臣植不勝 隕越屛營之至, 謹昧死以聞.

　해석: 바라건대 전하께서는 반드시 마음을 바로잡는 것으로 백성을 새롭게 하는 것을 위주로 하시고, 몸을 닦는 것으로 사람을 임명하는 근본을 하시어 왕도의 법을 세우시고, 왕도의

법이 아니면 나라가 나라답지 못합니다. 삼가 밝게 살피시옵소서. 신 조식은 황송함을 이기지 못하고 삼가 죽음을 아룁니다.

『純祖實錄』卷6, 5年(1572 壬申) 2月 8日 乙未條

단성소(丹誠疎)는 1555년 남명이 50대 후반에 쓴 것이나, 『순조실록』에는 18년 후에 신하가 왕을 보필하는 본보기를 삼기 위해 게재한 것이라 할 수 있다.

남명은 왕이나 신하를 가리지 않고 바른말로 나라를 바르게 하려고 힘써 관직에 나아가지 않고 인재를 키운 공으로 대사간(大司諫)에 추증(追贈)되고 영의정이 더해졌다.

남명이 단성소(丹城疎)를 올린 것은 본 조항의 정성이 충신(衷心)에서 솟아오르고 참된 성품인 혈성(血性)을 지키는 것과 관계되어 소개한 것이다.

3. 어사(御使) 박문수의 장원(壯元) 한시 『낙조』(落照)

참된 정성은 하늘을 감동시킨다는 말이 전해오듯이 정성을 다하면 하늘의 감음이 있게 된다. 어사(御使) 박문수(朴文秀 1691~1756)가 과거를 보기 위해 경기도 안성(安城)의 칠장사(七長寺)에서 있을 때 부처님에게 과거 급제의 소원을 빌고 투숙하였는데 꿈속에 한 노인이 그 내용의 과거시(科擧詩) 작품을 일러주더라는 것이다.

박문수는 한양 과거장에서 시험을 볼 때 한 노인이 꿈속에서 알려준 대로 내용이 출제되어 칠언절구 8절 중 낙구(落句) 한 구절만 지은 것이 장원이 되었다고 한다. 그런 연고로 요즘 칠장사에는 입시철이면 많은 학부형이 이 절을 찾아와 자녀 대학입학의 소원을 이루기 위해 불공을 드리는 풍경을 이룬다.

이 시는 안내원이 칠장사를 찾아오는 이들을 위해 『낙조』(落照)를 인용하면서 설명해 준다. 그 장원작품을 소개한다.

낙조토홍괘벽산(落照吐紅掛碧山)
　　　　　지는 해가 붉은 노을 푸른 산을 물들였는데.
한아척진백운간(寒鴉尺盡白雲間)
　　　　　찬 갈매기 떼들이 흰 구름 새로 사라지네.
문진행객편응급(問津行客鞭應急)
　　　　　나루터 묻는 길손 채찍질이 바삐 더해지고,
삼사귀승장불안(尋寺歸僧杖不閑)
　　　　　절로 돌아가는 스님들 지팡이 한가롭지 않네.
방목원중우대영(放牧園中牛帶影)
　　　　　방목하는 동산 소 그림자 길게 늘어지고,
망부대상첩저환(望夫臺上妾低鬟)
　　　　　부군 맞는 대위에 아내 쪽진 머리 나지막하네.
창연고목계남로(蒼烟古木溪南路)
　　　　　푸른 연기 낀 고목 남쪽 시내 길에는,
단발초동농적환(短髮樵童弄笛還)
　　　　　단발 나무꾼 애들이 피리 불며 돌아오네.

안성(安城)의 칠장사(七長寺) 소장(所藏) 박문수(朴文秀) 장원(壯元)
과시(科詩)

　위의 시에서 8구 중 7구는 백발노인이 꿈에 계시한 구절이고, 밑줄 친 부분만 박문수가 지은 것으로 전해오고 있다.

　위의 시는 깨끗하고 산뜻한 농촌의 풍경이 사실적으로 나타나 소박미와 담백미의 정서가 물씬 풍긴다.

　박문수는 평시에 과거에 급제하기 위해 몸과 마음의 온 정성을 쏟은 데서 꿈속에서 한 노인이 성몽으로 계시(啓示)한 것으로 볼 수 있다.

　이러한 꿈이 꾸어진 데는 본 조항의 내용과 같은 정성을 기울인 데 있다. 이러한 꿈은 청소년들이 수학문제가 풀리지 않을 때 꿈속에서 알려준 대로 풀어본 것으로 해결되었다는 말을 가끔 들을 수 있으니, 미화된 표현으로 볼 필요가 없다.

　예전사람은 오늘의 사람과는 달리 마음이 순수하고 환경오염이 없었던 때이고, 생활환경이 친자연적이어서 청정(淸淨)의 기운 가운데 심신이 맑고 거짓이 없이 살았던 것으로 인해 맞는 꿈이 많았다.

60년대 사랑방에 모이면 꿈 이야기로 화젯거리가 되고, 또 남의 꿈도 꾸어 알아맞히는 일도 많았다. 오늘날의 태몽은 부부가 꾸게 되는데, 앞날을 예시하는 것으로 믿고 있다. 선인들은 100% 믿었다는 사실을 참고적으로 밝힌다.

안성에 사는 이들은 오늘에도 박문수가 급제한 꿈을 칠장사에서 꾼 관계로 입시철이면 학부모들이 찾아와서 불공을 드린다. 박문수는 과거급제 하려는 지극 정성뿐이어서 꿈속에서 노인이 알려주는 꿈을 꾼 것이다.

일반적으로 박문수 암행어사는 조선조 500년간 암행어사 700명 배출된 가운데 가장 유명하게 알려졌기 때문에 안성 칠장사에는 입시철이면 학부모들이 찾아 예불하는 이들이 많다.

4. 『혈죽가』(血竹歌)의 주인공 민영환(閔泳煥)

구한말의 정치가이자 순국지사인 민영환(閔泳煥, 1861~1905)은 망국적인 을사늑약이 체결되자 1905년 11월 30일 2천만 동포에게 "가! 조금도 실망하지 말지어라! 우리 대한제국 2천만 동포 형제에게 이별을 고하노라"라고, 또 각국 외교사절들에게도 "한국의 자유와 독립을 보전하는 데 힘써 달라"라는 유서를 남기고 단도로 자신의 목을 찔러 자결했다.

이듬해 7월 민 충정공이 자결할 때 입었던 선혈이 낭자한 옷과 단도를 마룻바닥 밑에 두었는데, 그 자리에 대나무가 마룻장을 뚫고 솟아올라 장안의 화젯거리였는데, 1960년 때까지 인구에 회자되었다.

요즘 젊은이에게 이런 말을 하면 소설적인 이야기라고 할 것이다. 그러나 이런 일이 일어나 1906년 7월 5일 이 대나무를 국전사진관에서 촬영한 「고 민충정공 영환혈죽」(故 閔忠正公 泳煥血竹)이라 쓴 사진이 현재 고려대학교 박물관에 보관되어 있다.

민충정공의 피 묻은 옷에서 대나무가 솟았다는 것이 전국적으로 알려져 많은 사람들이 혈죽을 보러오는 이들이 쇄도했다. 그중 인천(仁川) 영화(永化)학교 대표들이 와서 혈죽을 보게 되었다. 그중 최영창 학생이 『혈죽가』를 지었는데 그 노래를 소개하면 다음과 같다.

빛나도다. 빛나도다. / 정충(貞忠) 절죽(節竹) 빛나도다.
절사(節死)함은 빛나도다. / 우리 독립 위함일세.

『대한매일신보』 1906년 8월 9일

민충정공의 옷에서 대나무가 솟았다는 것은 본 조항의 의식과 통하는 것이라 할 수 있다. 특히 제1장 정성은 54사(事)(54가지 일)로 이뤄져 만물을 낳은 근원이 된다. 이 혈죽은 민충정공의 영(靈)과 천지의 화육(化育)과 통하는 바로 인해서 대나무가 솟은 것이라 할 수 있다.

흔히 사람들은 "정성을 다하면 하느님이 감응한다"든가 "지극한 효성은 천하 사람들을 감동시킨다"라고 했다. 따라서 민충정공의 혈죽이 피 묻은 옷에서 대나무가 솟았다는 것은 애국충정(愛國衷情)의 승화로 인한 천지인의 합일에서 이뤄진 것이라 할 수 있다.

그는 대나무와 관계가 깊다. 그의 묘(墓)가 경기도 용인시 구성면 미북리에 있다. 중부지방은 대나무가 잘 자라지 않는데 용인시에 죽전(竹田)이란 지명이 생긴 것은 충신 포은 정몽주의 묘소가 경기도 용인시 처인구 묘현면 능원리, 조광조의 묘가 경기도 용인시 수지구 상현동에 있기 때문에 곧은 절개를 지키는 고장으로 알려진 곳이다.

5. 정성을 다하는 작중 주인공

정성 중의 정성을 다하게 되면 단군신화에서의 곰이 웅녀로의 환골탈태와 웅녀가 단군을 낳기까지의 정성과 웅녀가 단군을 키우며, 360여 가지 일(360餘事)로써 단군을 가르쳐 단군이 그 교육으로 힘이 되어 홍익인간의 통일국가를 세우게 된 것이라 할 수 있다.

작가는 작중의 주인공을 웅녀의 환생담과 단군을 낳아 내성외왕의 철인정치가로 키운 것을 본으로 하여 행함을 나타낸다면 모든 일이 잘 이뤄지게 된다. 작중의 주인공을 단군신화를 바탕으로 하여 성실한 인간으로 나타낸다면 훌륭한 인간상으로 독자들이 본을 받을 것이다.

작가들의 주인공의 설정은 우선 진실한 인간으로 나타나는 데 독자들의 호응이 있게 된다. 보통사람의 등장인물도 훌륭한 주인공의 행함을 본받게 되어 있다. 작가는 참된 인간성으로 행하는 주인공을 작중에 나타내면, 본고에서의 내용으로 내건 스토리텔링을 이루는 데 도움이 되어 독자들의 활용가치가 있으리라 본다.

제2사(事) 경신(敬神: 신을 공경함)-『심청전』의 심청문화콘텐츠개발-

본 조항의 제목은 경신(敬神)이니, 곧 하느님을 공경한다는 뜻이다. 우주는 광활(廣闊)한 데 비해 인간은 그 크기에 미미한 존재에 불과하다. 우주는 대우주라 한다면 인간은 소우주이니. 이 소우주 안에는 천지의 이치가 들어 있어 하늘을 공경하게 된다.

따라서 하늘은 해, 달, 별과 같이 유형의 하늘과 무형의 하늘이 있는데, 사람이 착한 일을 하게 되면 응보에 따라 돕는 하늘이 무형의 하늘인데 곧 하느님이다. 가령 『심청전』의 심청은 부친의 안맹을 뜨게 하려고 공양미 삼백 석에 팔려 인당수의 재물이 되었을 때 도운 것은 무형의 하늘인 하느님이라 할 수 있다.

한국서사문학류는 무형의 하늘이 선악을 구별하여 선행을 한 자에게 행운을 안겨주는 것으로 나타난다. 작가들은 선악을 행한 자에게 무형의 하늘이 그 행한 바에 따라 행운과 불행이 돌아오는 과정을 작품으로 나타내면 독자들이 자기의 행함을 경계하는 내용으로 처신할 것이다.

이런 관계에서 우리는 심청의 효성을 『심청전』에 나타난 바로 거론할 것이 아니라 심청 문화콘텐츠를 개발하여 상상적인 내용으로 작품을 선보일 필요가 있다. 그런 의미에서 본 조항의 내용을 다음과 같이 소개한다.

제2사(事) 경신(敬神): (誠 1體)(성, 1째 본체)

敬者는 盡至心也요 神은 天神也라. 日月星宸과 風雨雷霆은
是有形之天이오 無物不視하며 無聲不聽은 是無形之天이라.
無形之天을 謂之天之天이라하니 天之天은 卽天神也라 人不
敬天이면 天不應人하야 如草木之不經雨露霜雪이니라.

해석: 공경이란 지극한 마음을 다하는 것이며, 신은 한얼님이라. 해와 달과 별과 바람과 비와 우레는 이것이 형상이 있는 하늘이요, 물건을 보지 않음이 없으시며 소리를 듣지 않음이 없으심은 이것이 형상이 없는 하늘이라.

이 형상이 없는 하늘을 하늘의 하늘이라 이르나니, 하늘의 하늘은 곧 한얼님이시라. 사람이 하늘을 공경하지 않으면 하늘도 사람에게 응하지 않아 마치 풀과 나무가 비와 이슬과 서리와 눈이 내리지 않는 것과 같으니라.

사람들은 눈에 보이는 해와 달보다 눈에 보이지 않는 하느님에 대해 관심을 보인다. 유형의 하늘은 눈에 보이지만 무형의 하늘은 하느님인 관계로 볼 수 없다. 사람은 하느님을 볼 수 없지만 참된 정성으로 행하면 하는 일에 결과가 이뤄지는 것에서 알 수 있다.

유형과 무형의 하늘은 『삼일신고』(三一神誥)의 세계훈(世界訓)과 천훈(天訓)에서 알려져 있는데 무엇이나 싸지 않는 것이 없음을 나타냈는데, 유형(有形)의 하늘을 소개하면 다음과 같다.

제4장 세계훈(世界訓: 누리 가르침)

爾觀森列星辰하라. 數無盡하고 大小와 明暗과 苦樂이 不同하나니, 一神이 造群世界하시고 神이 勅日世界使者하사 割七百世界하시니 爾地自大나 一丸世界니라. 中火震盪하야 海幻陸遷하야 乃成見象하니라. 神이 呵氣包底하시고 煦日色熱하시니 行翥化游栽의 物이 繁殖하니라.

해석: 너희들은 총총히 널린 별들을 바라보라. 그 수가 다함이 없고 크고 작음과 밝고 어둠과 괴롭고 즐거움이 서로 같지 않느니라. 한얼께서 뭇 누리를 창조하시고 신께서 해 누리 맡을 사자를 칙명하사 칠백누리를 거느리게 하시니, 너희 땅이 스스로 크다 할 것이나 하나의 작은 한 알의 누리니라.

땅속불이 터지고 퍼져 바다로 변하고 육지가 되어, 마침내 모든 현상을 이루었느니라. 신께서 기운을 불어 밑까지 싸시고 햇볕과 열을 쬐시니, 걷고(포유류), 날고(조류), 탈바꿈하고(곤충류) 헤엄치고(어류) 심는 온갖 물건(동식물)들이 번성하게 되었느니라.

제4장 세계훈(世界訓)은 72자로 형성되었는데, 한얼님의 조화신공(造化神功)으로 우주가 이루어졌음을 밝히고 있다. 한얼님께서는 우리가 사는 지구도 불로써 터뜨려 바다와 육지를 마련했다는 것은 오늘의 과학으로도 증명되는 사실이며, 오랜 세월 동안 햇볕을 쪼여 동식물과 인류를 만들어 번식시킨 창세의 과정을 말씀하신 내용이다.

우주창조의 운행은 『천부경』(天符經)의 "일석삼극무진본"(一析三極無盡本)[일(1)을 나누면 세 극점(天地人)이 되지만 근본은 다함이 없느니라] 한얼이 천지인(天地人)을 창조할 때 하늘을 첫 번째로, 대지를 두 번째로, 사람을 세 번째로 하였다.

한얼님인 환인은 우리가 사는 누리를 창조하시고 환웅과 3천 무리를 보내어 700누리를 거느리게 하였는데, 태양을 중심으로 돌고 있는 수성, 금성, 지구(地球), 화성, 목성, 토성, 천왕성, 해왕성, 명왕성 등 9개의 행성과 60여 개의 위성, 그밖에 소행성, 혜성, 유성 등을 합한 숫자를 말한다고 할 수 있다. 한얼님은 천하를 다스리게 하였는데, 환웅이 삼상(三相) 오부(五部)로 하여금 온 누리를 다스리게 하여 천상과 지상과 인간세계가 삼위일체를 이루는 홍익인간의 이화세계를 세워 만물이 공생으로 번영하게 되었다.

위의 내용을 칭송한 글에는 다음과 같이 전한다.

질그릇 돌리듯 누리를 만드시니	陶輪世界
별들이 길고 넓게 그물로 이었네.	星絡轇轕
참이치로 말미암아 일어나니	依眞而起
바다의 물거품 뿜음과 같네.	如海憤沫
태양이 다니는 힘을 따라	太陽線躔
별도 따라 도네.	七百回斡
온갖 생물이 움직이는 가운데	群生芸芸
물이 닥치고 불이 문지르네.	水激火擦

위의 내용을 알기 쉽게 이해하기 위해 도표로써 나타내면 다음과 같다.

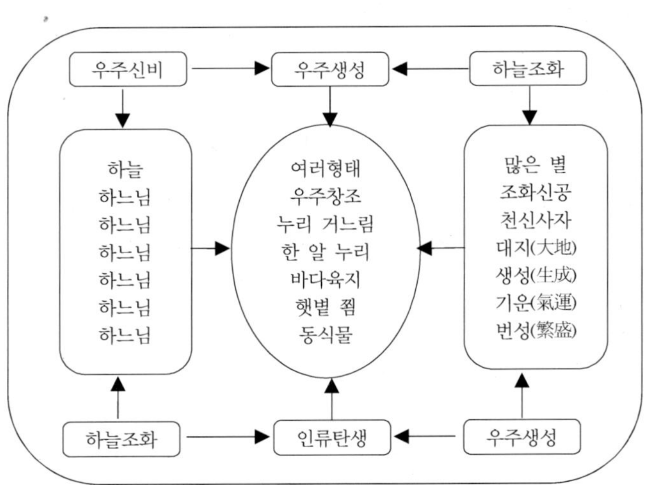

이와 같이 한얼님은 유형의 하늘을 창조하여 대지에 만물이 존재케 하며 인간이 만물의 영장으로 살아가게 된 것이다. 이에 반해서 무형의 하늘은 보이지 않으면서 있지 않는 것이 없다고 했으니, 그 내용을 다음에서

소개한다.

제1장 천훈(天訓, 하늘 가르침)

> 帝曰元輔彭虞아 蒼蒼이 非天이며 玄玄이 非天이라 天은 無形質하며, 無端倪하며 無上下四方하여 虛虛空空이나 無不在하며 無不容이라.

해석: 한배님께서 이르시되 원보 팽우야 저 푸르고 푸른 것이 하늘이 아니며, 저 검고 검은 것이 하늘이 아니니라. 하늘은 허울과 바탕이 없으며 시작과 끝이 없으며, 위아래 사방이 없어서 비고 비어 있으나, 있지 않은 데가 없으며 무엇이나 포용하지 않음이 없느니라.

본장은 36자로 이뤄졌다. 한배검(단군)이 오늘의 총리 격인 원보와 산천을 다스리는 팽우에게 36자(字)로써 하늘의 가르침에 대해서 가르친 내용이다. 단군은 원보와 팽우에게 육안으로 보이는 유형상의 보이는 것이 하늘이 아니고, 무형형상의 보이지 않는 하늘에 대해서 일러 주었다.

유형천(有形天)은 무형천(無形天)과 상대적인 관계이므로 전자가 현상적인 3차원적인 세계에서 우리가 보는 하늘이라면 후자는 보이지도 않으면서 있지 않은 데나 포용하지 않는 것이 없다고 했으니, 그 정체는 초월적인 하늘이다. 이 유형천과 무형천은 현상적인 우리가 사는 3차원 세계와 상징적인 10차원 세계이니, 이 양자를 도표로 나타내면 다음과 같다.

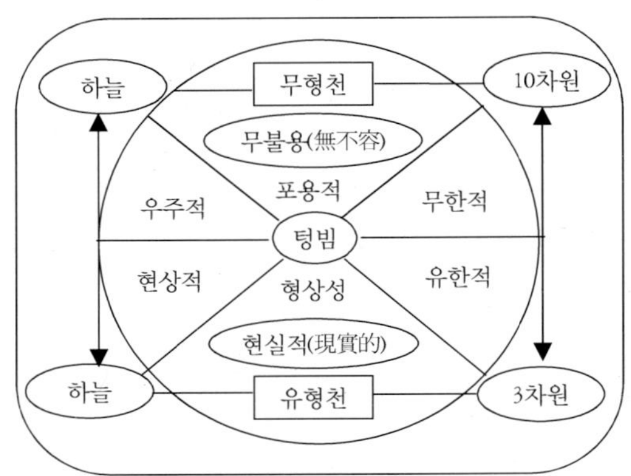

　자연의 이치는 누가 시켜서 되는 일도 아니고 스스로 되는데, 그를 이루는 것은 하나(一)의 이치이니, 하나(一)가 곧 유일신인 하늘로 보면 된다.

　다음은 무형천(無形天)에 대해서 설명하기로 하는데, 먼저 무형천(無形天)을 기린 시를 소개하면 다음과 같다.

이치는 하나 없는 데서 일어나고	理起一無
몸은 만 가지 있음을 쌌네.	體包萬有
텅 비어 아득하니,	冲虛曠漠
비겨 의론함 얻으랴 말랴하네.	擬議得否
바른 눈으로 보아오면	正眠看來
창문 연 듯 환하네.	如啓窓牖
비록 신비한 기틀을	雖然羅機
누가 짝 한다 하지 못하네.	疇能作耦

　『천부경』(天符經)에서의 하나(一)는 우주의 원기인 시공을 하나로 통일된 연속체로 받아들이면, 보이지 않으면서 끊임없이 전개되어 세상만물을 낳는 무형천(無形天)을 하늘이라고 깨닫게 된다.

　하나(一)는 우주의 무한한 에너지이므로 하늘도 하나를, 땅도 하나를, 사람도 하나를 지니는 것으로 인해 사람을 소우주라고 하는데, 천지는 대우주이므로 지상공간인 인간의 삶에서 편재(遍在)되어 포용하지 않는 것이 없는 것이다. 즉 하나의 진리를 본받으라는 것이 단군의 가르침이니, 하나(一)의 진리를 지닌 하느님이 무형천이다.

무형의 하느님의 행함은 고소설 중『심청전』에서 심청이 안맹(眼盲)인 부친을 개안(開眼)하기 위해 공양미 삼백 석에 팔려가 인당수의 제물이 되어 하늘의 도움으로 환생하여 황후가 되어 부친의 눈을 뜨게 한 내용에서 나타난 바와 같다.

이런 효녀에 심청문화콘텐츠는 새로운 스토리텔링으로 출판과 방송을 비롯하여 만화 애니메이션 영화(비디오) 개인 캐릭터 음악 등 문화상품을 보인다면 사람들로부터 각광을 받게 될 것이며, 경제에 끼치는 영향 또한 크다 할 수 있다.

사람이 하느님을 공경하며 바른 마음으로 살아가면 착하게 살게 되어 하늘에 응함이 은연중 자기도 모르는 가운데 돌아온다.

심청은 인당수의 제물이 되었을 때 무형의 하늘인 신성자(神性者)인 옥황상제의 도움으로 살아나 황후가 되고, 부친의 안맹을 개안하였다. 그는 부친을 위해 몸을 바치는 바로 인해서 부귀영화를 누리는 행운을 맞았다.

우리 선인들은 무형의 하느님을 삼신(三神)인 환인이나 환웅과 단군이 주관하는 것으로 여겨왔으니, 이들 삼신을 뿌리조상의 숭배대상으로 삼아야 할 것이다. 심청은 본 즈항의 내용을 활용하여 심청문화콘텐츠를 엔터테인먼트 스토리텔링(Entertainment storytelling)으로 개발하면 나름대로 좋은 성과가 나타나리라 믿는다.

1. 현대 작중 인물 중 무형의 하느님을 의식하는 주인공

현대 작가는 현실성에 맞게 작품을 써야 하는데, 인물을 현대적으로 설정하기 위해선 한국인은 단군의 뿌리 정신을 바탕으로 하여 현실감 있는 작품을 써야 할 것이다.

주인공이 심청과 같은 이를 패러디한 작품을 쓸 경우『심청전』에서와 같이 소녀 가장이 학교를 다니며 노모를 부양하고 힘든 생활을 하면서 열심히 공부를 하고 졸업한 학생들이 생활 주변에 많다. 이들이 졸업을 한 후 훌륭한 부군을 만나 해피엔딩을 이루는 내용으로 나타내면 독자들이 그 주인공을 훌륭한 여인이라고 칭찬할 것이다.

또한 『심청전』의 심청과 같은 캐릭터를 영화나 애니메이션(an animated cartoon;an animation.)으로 개발하면 선풍적인 인기를 얻으면 경제적으로 도움을 주게 된다. 여기에 외국인들이 선호하는 내용으로 심청문화콘텐츠를 개발하여 한류를 일으켜 외화 수입으로 경제수익도 올리면 금상첨화격이라고 할 수 있다. 지구상에는 200개 나라가 있다고 하고 오래잖아 70억 인구로 증가할 것이니, 심청문화콘텐츠를 엔터테인먼트 스토리텔링(Entertainment storytelling)으로 개발할 필요가 있는 것이다.

경신(敬神)의 실천방법에는 첫 번째 바탕(體)을 아홉 가지로 다음과 같이 나눴다.

경신구체(敬神一體)

조항 명 \ 내용	중심 내용	대상	조항
1. 존봉(尊奉)	사람은 하느님을 온 정성을 다하여 섬김	하느님	제3사(事)
2. 숭덕(崇德)	철인은 하늘의 덕을 부지런히 힘써 받듦	하느님	제4사(事)
3. 도화(導化)	철인은 조화를 깨닫도록 자세히 지도 함	하느님	제5사(事)
4. 창도(彰道)	바른 도로써 행하면 하늘의 도가 드러남	하느님	제6사(事)
5. 극례(克禮)	하느님을 극진하게 공경하면 기쁘게 임함	하느님	제7사(事)
6. 숙정(肅靜)	기운을 바로 세우면 하늘의 신령을 봄	하느님	제8사(事)
7. 정실(淨室)	하느님을 높이 받드는 곳은 깨끗해야 함	하느님	제9사(事)
8 .택재(擇齋)	하느님에게 심신을 정이 하고 기도드림	하느님	제10사(事)
9. 회향(懷香)	향 피우면 향연(香煙)에 싸여 몰아경의 듦	하느님	제11사(事)

위의 경신(敬神)은 아홉 가지로 분류하였는데, 선인들이 행하여오던 것이니, 생소하게 느끼지 않고 요즘 젊은이들에게 하느님을 공경하는 방법을 알려주고 있다. 요즘 노인 간에는 하느님에게 정성을 들이기 전에 목욕재계를 하거나, 또 정신을 한곳으로 집중할 때 향을 피우는 분이 있다는 말을 간혹 듣는다.

하느님은 세상을 창조한 절대자이니, 소원하는 바를 빌을 때는 심신일체의 정성을 다하는 일체감으로 『삼일신고』의 "극진한 음성과 기운으로 원하며 기도하면 친히 알게 됨"이나 "너의 머릿골 속에 하느님은 내려와 않아 계시다"고 하는 정성으로 하느님을 공경해야 할 것이다.

무형의 하느님은 볼 수가 없지만 정성을 다하여 받들어 행하면 자기에게 돌아오는 바를 알 수 있게 되어 무심하지 않다는 것을 알 수 있다, 상고시대 고조선을 다스렸던 삼신(三神)인 환인, 환웅, 환검(단군)을 숭배하는 것은 국조라는데 21세기 세계화시대에도 숭배대상으로 삼아야 한다.

특히 이들 삼신(三神)은 무질서했던 고대인을 366사(事)와 같은 가르침으로 동식물과 공생하는 이상적인 통일국가를 건국하여, 오늘에도 그 전통문화가 우리생활에 숨어 있기 때문에 숭조의식을 드높일 필요가 있다.

작가는 이들에 대해 신화적 상상력을 근간으로 시공간을 넘나드는 새로운 스토리텔링을 모색하는 작품을 출간하면 숭조의식을 그취시키는 한 방법일 것이다.

제3사(事) 존봉(尊奉: 높이 받듦)-고려 이숙기『묘지명』(墓誌銘)-

본 조항 존봉(尊奉)은 천신을 받들어 존경하는 뜻하니, '높이 받듦'을 말하여 단군을 가리킨다. 단군은 지상을 1500년간 다스리고, 1908세까지 수를 누리다가 산신(山神)이 되었다고 했으니, 10차원 세계인 천궁(天宮)으로 돌아가 거(居)한 것으로 볼 수 있다.

단군이 산신이 되었다는 것은 천상에 있는 천궁과 가까운 거리에 있는 것으로 보게 된다. 한국인의 의식 안에 신선에 대해 잠재되어 있는 것은 단군의 산신(山神)이 된 유래에서 유래된 것이다.

단군은 천궁에서 후손들을 지켜보고 있는 가운데 거하고 있는 것으로 볼 수 있으니, 단군에게 부끄럼이 없이 살아가야 한다.

고려 충숙왕 12년(1325)에 이숙기(李叔琪)는 조연수(趙延壽, ?~1325)의 묘지명(墓誌銘)에서 선인(仙人) 단군왕검이 평양에서 이 땅을 다스려 천년이 넘게 수하고 신선이 되었는데 그 후예가 끊이지 않고 이었음을 한시로 지었다. 이 시로 인해 단군이 신선의 종주국이 되게 고조선을 다스렸다는 것을 증명해 주는 사례이기도 하다.

본 조항 제3사(事)에서는 고조선을 개국하고 홍익인간으로 다스려 지상낙원을 세우고 1908세까지 살고 산신이 된 국조 단군을 기리는 내용과 관련되는 그 원문을 인용하면 다음과 같다.

제3사(事) 존봉(尊奉): (誠 1體 1用)(성, 1째 본체, 1번째 쓰임)

尊은 崇拜也오 奉은 誠佩라 人而尊奉天神이면 天神이 亦降
精于人하야如乳於赤喘하며 依於凍體하고 若無誠而存之면
且聾하고 且盲하야 聽之 無聞하고 視之無見하나니라.

해석: 높인다는 것은 숭배함이요, 받든다는 것은 정성스럽게 간직함이라. 사람이 천신을 높이 받들면, 천신이 또한 사람에게 정기를 내려주시니, 마치 어린아이에게 젖을 먹이고 언 몸에 옷을 입히는 것과 같고, 만약 정성이 없이 높이면, 또한 귀가 멀고 또한 소경과 같아서 들으려 해도 들리지 않으며, 보려 해도 보이지 않느니라.

삼신(三神)은 하늘을 상징하는 인물로서 보면 될 것이다. 무형의 하늘인 하느님은 한자의 표기로 천제(天帝) 환인(桓因)이고 환웅은 자신(子神)이니, 천신(天神)적 존재이고, 손(孫)인 단군(檀君)이다. 단군은 환웅과 웅녀의 신성혼으로 태어났으니 천인(天人)·신인(神人)적 존재니, 하늘을 상징하는 인물로서 보게 된다.

단군시대 사람들은 순박하였으므로 단군을 지성으로 공경하였다. 백성들은 단군의 치화(治化)를 따르고 실천하니, 마침내 홍익인간의 이화세계를 이룬 것이다. 고조선인들은 단군이 훌륭한 나라를 세운 것으로 인해 조상승배와 천신숭배로 이어져 내려왔다. 후인들은 단군을 공경하고 그 정신적 뒷받침으로 이상미(das Reinschöne)의 나라를 세워 문학작품에서 기렸다.

제3사(事) 존봉(尊奉)은 정성을 다하여 천신인 하느님을 숭배하면 하느님이 무심하지 않고 정기(精氣)를 내려준다고 했으니, 하늘의 도를 실천하라는 내용으로 받아들이면 된다.

고대인들은 순수하게 하늘을 정성스럽게 믿었다. 그러나 요즘 사람들은 진리대로 살아가라는 믿음으로 볼 뿐 하느님이 직접 복을 주지는 않을 것이라 생각한다.

요즘 세대들은 신을 맹목적으로 믿으라는 데는 동의하지 않으나 사람의 도는 하늘의 진리를 본 뜬 것이니, 진리대로 살아가면 복이 돌아오는 것으로 믿으면 된다. 세상사는 선인선과(善人善果)로 얻어지고 행한 만큼 결과가 돌아오기 때문에 무형의 하느님이 진리의 길로 인도해 주는 안내자로 생각할 것이다.

역사적으로 진리대로 나라를 세운 나라는 번성하고 번영을 오랫동안 누려왔다. 반대로 진리를 배반하고 악인(惡因)→악과(惡果)로 다스린 나라는 일찍 패망한 것으로 보아드 진리의 길을 걸을 때 나라나 개인에게도 행복을 오랜동안 누리게 된다는 사실이다.

1. 이숙기(李叔琪)의 시(詩)

고려 충숙왕 12년(1325) 때 이숙기(李叔琪)는 한민족이 단군의 자손임을 다음과 같이 시로써 남기었다.

평양을 개창한 조상은 선인 왕검인데,	平壤之先 仙人王儉,
오늘에 이르러 그 유민으로 사공이 있네.	至今遺民 堂堂司空.
평양군자 그분은 삼한 전에 있었는데,	平壤君子 在三韓前,
천년 넘어 수하고 그 위에 또 신선 되었던가.	壽過一千 胡考且仙

『韓國金石全文』司空 趙延壽「墓誌銘」亞細亞文化史, 1984.
1132~1134쪽

한민족은 단군을 반만년 국조로 섬겨왔기 때문에 그 경배사상이 남달 랐다. 오늘날 조상숭배 관념의 유풍은 반만년 동안 이어져 내려와 명절 때 민족이동을 할 만큼 고향에 내려가 조상을 경배하고 있다. 그런데 오늘에 는 식민지교육과 외래 종교에서 단군의 존재를 부인하는 것으로 인해 국 조를 섬기는 관념이 경시되고 있는 실정이다.

고려 충숙왕 12년(1325) 이숙기(李叔琪)는 조연수(趙延壽)의 「묘지명」(墓 誌銘)에서 선인 단군왕검이 평양에서 이 땅을 다스려 천 년이 넘게 수하고 신선이 되었는데 그 후예가 끊이지 않고 이어졌음을 나타냈다. 단군은 기 원전 2333년에 나라를 세웠으니, 이를 기점으로 계산할 때 고려 충숙왕 때 까지 거의 3700년을 경배하여 온 것이다.

위의 시의 내용을 보다 알기 쉽게 위해 다음과 같이 도표로 나타내 보 기로 한다.

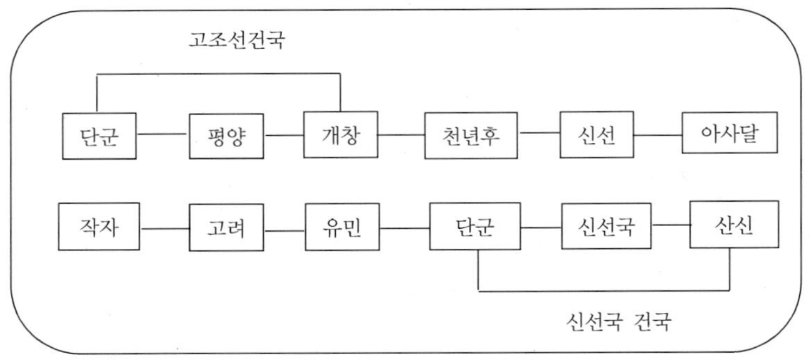

단군이 신선의 종주국(宗主國)으로 나라를 다스렸다는 것은 단군조선을 지상낙원의 신선국으로 세웠다는 것을 증명하게 된다.

앞으로 한국문학에 나타난 신선사상은 도교관계의 수용으로 보면 안 되고, 단군이 지상을 다스리고 돌아간 후 신선이 된 것으로 보아야 한다. 중국의 도교는 우리의 것이 수입된 것이고 우리가 현실에선 역수입하고 있 으니, 신선국의 종주국임을 보다 그 근원적으로 면밀하게 연구해야 한다.

그런 점에서 이숙기(李叔琪)의 시는 단군이 신선이 되었다는『삼국유사』권1 고조선조의 내용이해에 도움을 주는 데 의미를 더한다.

2. 신선을 주제로 한 작품

단군은 신선국의 종주국이 되게 나라를 훌륭하게 다스렸으니, 이에 대한 작품을 출간해야 한다. 신선에 대한 내용은 소설이 아니더라도 문화콘텐츠의 하나인 컴퓨터 게임이나 애니메이션 등으로 개발하여 선보인다면 사람들에게 호응도를 높이는 데 도움이 될 것이다.

특히 요즘 한국의 대학생 간에는 동영상(動映像)인 UCC(User Created Content, 사용자 제작 콘텐트) 열풍의 계층이 대학생들의 76%가 UCC 중 주로 · 연예 · 오락 분야 콘텐트 시청에 치중하게 있다는 연구결과도 나왔을 정도로 호응도가 높다. 앞으로 UCC가 활용할 분야로는 '기업의 마케팅 활동'이 될 것이라고 예상하고 있으니, 단군문화콘텐츠의 관심을 기울이면 독자들에게 관심이 많아져 단군조선을 바로 알게 하는 데 도움이 될 것이다.

단군에 대한 역사는 일제가 단군에 대해 부인하고 36년간 교육받지 못한 것으로 인해 앞으로 단군문화콘텐츠에 대해 관심을 기을여야 한다.

앞으로 신선국의 종주국(宗主國)이 된 단군신화에 나타난 산신(山神)에 대해 관심을 기울여 개발하고 발전시키면 지상에서 신선답게 살아갈 수 있을 것이다. 단군은 고조선 사회를 홍익인간으로 다스려 이상 국가를 세운 내력을 주인공으로 등장시켜 전문가가 아니더라도 UCC도 나타내면 많은 호응이 있을 것이라 기대한다.

제4사(事) 숭덕(崇德: 덕을 숭상함) -『매월당문집』, 「단군묘」(壇君廟) -

본 조항의 숭덕(崇德)은 '덕을 숭상함'이란 뜻이니, 천덕(天德)을 정성껏 받듦을 말한다. 작가들은 바른 도리로서 살아가는 주인공을 하늘의 덕을 높이는 내용으로 나타내면, 독자들이 자연의 삶으로 살아가게 하는 데 도움을 줄 것이다.

동봉(東峰)·매월당(梅月堂) 김시습(金時習, 1435~1493)은 세종대왕 때 평양에 세운 단군묘(壇君廟: 檀君廟라 하지 않았음)를 탐방해 단군이 천덕(天德)으로 나라를 세운 후 산신이 된 유래를 칭송했다. 단군이 산신이 된 유래를 동봉이 한시로 지은 것은 환웅이 366사(事)로써 홍익인간의 마을사회를 세운 것을 치화(治化)로 발전시켜 환상적인 이상적인 나라를 세워 지상천국을 세운 후 산신이 된 유래를 나타낸 것이다.

단군이 산신이 된 유래를 동봉이 밝힌 것은 본 조항을 이해하는 데 도움이 된다. 단군은 천신천인(天神天人)적 존재이니 하늘의 덕으로써 나라를 다스려 지상을 신선의 나라로 세운 것이다. 본 조항의 내용을 소개하면은 다음과 같다.

제4사(事) 숭덕(崇德): (誠 1體 2用)(성, 1째 본체, 2번째 쓰임)

崇은 尊之也오 德은 天德也라 天德者는 甘霖於旱土하고 陽春
於陰谷之類也라 造次之間에 苟未有天德이면 人而不爲人하
고 物而不爲物하니 是 以로 哲人은 孜孜하여 頌天德하느니라.

해석: 숭배한다는 것은 높임이요, 덕은 곧 하늘의 덕이니, 하늘의 덕이란 가문 땅에 단비가 내리고, 그늘진 골짜기에 봄볕이 쪼임과 같으니라. 잠깐 동안이라도 진실로 이 하늘의 덕이 있지 않으면 사람이 사람답지 못하고, 물건이 물건답지 못하니, 이런 까닭으로 철인은 부지런히 힘써 하늘의 덕을 기리느니라.

본 조항은 하늘의 덕을 신비스러움으로 여기고 있는데, 단군이 홍익인간의 이화세계를 세운 것으로 인해 그 덕을 본받으라는 뜻으로 받아들일 수 있다.

단군이 환상적인 나라를 세운 것은 환웅이 360여사(餘事)로 교화(敎化)하여 홍익인간의 이화세계를 세운 것을 치화(治化)로써 발전시킨 데 있는 것이다.

단군은 천인(天人)적 존재로 나타나 360여사(餘事)를 치화(治化)로 백성을 다스려 공자(孔子)도 『논어』(論語) 권9 자한(子罕) 편, 『후한서』(後漢書) 권28 지리지(地理志)와 『삼국지』(三國志) 위지(魏志) 권30 동이전(東夷傳)에도 도덕을 귀히 여기는 나라임을 칭송했다.

단군은 천인(天人)으로서 부왕(父王) 환웅(桓雄)이 천신(天神)이었으므로 그 왕업을 계승하고 국모(國母)인 웅녀에 의해 전수받아 홍익인간의 이화세계를 치화(治化)로 다스려 동방예의지국(東方禮義之國)을 세웠다.

단군은 천덕(天德)을 귀히 여기고 나라를 360여사(餘事)로 다스렸던 것으로 인해 마침내 『회남자』(淮南子) 숙진훈(俶眞訓)에는 고조선을 '대인지조선'(大人之朝鮮)이라 칭송했다.

본 조항은 철인(哲人)의 경우 정성을 다하여 천덕(天德)을 기린다고 하였다. 사람은 천덕(天德)을 입고 살면서도 잊는다고 했으니, 철인과 같이 잊지 않고 살아가야 함을 나타냈다.

1. 김시습(金時習)의 단군묘(壇君廟) 참배

동봉(東峰) 김시습(金時習, 1435~1493)은 평양에 단군묘(壇君廟)를 탐방해 단군이 나라를 세운 시조임을 숭고미로 기리고, 산신(山神)이 된 유래를 다음과 같이 노래했다.

단군은 민족의 시조로서,	壇君民鼻祖,
태백산의 영묘한 자취 남기셨네.	太白有靈蹤.
하늘이 도와 임금 위어 오르시고,	天眷立元首.
신령이 도와 나라를 다스렸네.	神綏釐大東.
천 년 뒤에 아사달의 산신이 되시고.	千年立斯達
자손만대에 홍업을 열었네	萬代判鴻濛
옛 임이 그리워 가던 길 멈추니,	好古蜘躕久.

서산에 낙조가 붉네.   西山落照紅.

『매월당문집』(梅月堂文集)하권(下卷) 「단군묘」(壇君廟)

동봉은 단군이 한민족의 시조로서 환상적인 진선미에 일환인 숭고미의 나라를 세운 데 대해 예찬한 것이다. 단군이 고조선사회를 홍익인간으로 다스려 신선의 나라를 세운 후 산신이 된 유래를 밝혔다. 본 조항의 철인이 천덕을 기리는 내용과 관계를 이룬다.

단군은 하늘의 진리를 본으로 한 1년 사계절의 내용을 366¼일 날짜로 366사(事)의 내용을 가르쳐 사람과 동식물이 물아일체를 이르는 나라를 세웠다. 이를 홍익인간의 이화세계(理化世界)라고 한 일연(一然)이『삼국유사』(三國遺事) 권1 고조선(古朝鮮) 조(條)에서 밝히고 있다.

2. 단군문화콘텐츠를 스토리텔링 개발

작가는 본 조항과 동봉의 「단군묘」(壇君廟)와의 관계를 첨단 기술로써 단군이 신선의 나라를 세운 내력에 대해 단군문화콘텐츠를 스토리텔링으로 개발하여 선보인다면, 오늘날 단군에 대해 부인하는 인식이 달라질 것이다.

동봉은 단군이 국조임을 주장했으니, 오늘에 단군을 부인하는 학자나 국민들이 깊은 반성이 있어야 한다.

세종대왕은 평양의 숭령전(崇靈殿)을 세우고 동봉이 단군에 대해 국조임을 기렸다. 역사적으로 단군은 고조선을 홍익인간의 이화세계를 세우고 후세 고구려, 발해, 신라, 가야의 건국신화에도 단군의 건국이념으로 세웠으니, 단군이 한민족의 국조임이 여실히 드러난다.

이런 업적을 남긴 단군에 대해서, UCC로 홍보할 가치가 있으니, 작가의 활동이 있어야 하겠다.

작가들은 단군의 국조이고 훌륭한 나라를 세운 내력에 대해 국민에게 홍보하는 내용이 여러 가지 방법이 있으니, 그중 몇 가지 방법을 행해도 단군에 대한 역사적 부인에 대해 큰 수확이다.

제5사(事) 도화(導化: 교화하여 인도함) -『춘향전』의 절개미(節槪美) -

본 조항의 도화(導化)는 '교화하여 인도함'이란 뜻이니, 선각자들이나 철인들이 천공조화(天工造化)에 대해서 후학들에게 자세히 성심성의껏 지도하면 살아가는 데 도움을 줄 것이다. 작가들 또한 독자들에게 하늘의 조화를 가르쳐 이끄는 내용으로 작품을 쓰면 독자들이 하늘의 정성을 깨닫게 하는 데 도움을 주게 된다.

한국문학의 사사문학 중 『춘향전』에 나타난 절개미(節槪美 das Treue Schöne)는 단군신화 중 웅녀의 동굴모티프에서 수용되었다. 웅녀의 전신은 곰이다. 곰이 웅녀로 환골탈태(換骨奪胎)한 것이라든가 천기(賤妓)소생인 춘향이 영상(領相)의 부인이 되고 임금으로부터 정렬부인의 칭호를 받아 신분 상승을 하게 된 것은 웅녀상의 수용이라 할 수 있다.

웅녀는 환웅에 의해 사람으로서 환생하였고, 춘향은 모(母) 월매의 가르침으로 자라서도 변 부사 앞어서 수청강요를 물리쳐 절개를 지킨 여인으로 일컫게 된 것이다.

단군신화에서의 곰이 웅녀로의 변신은 환웅의 가르침을 따른 것이고, 『춘향전』의 춘향 또한 모친 월매의 가정교육이 큰 역할을 하였다, 자녀들의 성공 중 특히 고대 신분 상승의 경우 모두 윗사람의 가르침에 의함이 대부분을 차지해 왔다. 따라서 춘향의 신분 상승은 본 조항과 관계선상으로 조명해 볼 필요가 있다.

본 조항은 일반사람의 경우 하느님의 조화(造化)를 잘 알지 못하게 되는데, 이러한 진리를 알기 위해선 철인이 하늘의 조화(造化)를 밝혀야 뒷사람들이 알 수 있게 됨을 다음과 같이 소개했다.

제5사(事) 도화(導化): (誠 1體 3用)(성, 1째 본체, 3번째 쓰임)

導는 指引也오 化는 天工造化也라. 人이 不知有天工造化則
昧於天人之理하야 不知我賦性이 從何而受矣오 亦不知我身
體自何而來矣라 覺不先此이면 無所餘覺이니라. 哲人은 宜開
하야 導後人할지니라.

해석: 지도한다는 것은 가르치어 이끄는 것이고, 조화는 하늘이 우주를 창조한 조화이라. 사람이 그 조화를 알지 못하면 하늘과 사람의 이치에 어두워서, 나 자신이 타고난 성품을 어디로부터 받았는지 알지 못할 것이오, 또한 나의 몸이 어디로부터 왔는지 알지 못할지니라. 먼저 이를 깨닫지 못하면, 다른 깨달은 바도 없느니라. 철인은 마땅히 깨달음을 열어서 후세 사람을 인도하여 가르침에 힘써야 할 것이니라.

사람들은 창조주(創造主)의 조화(造化)가 신비롭다는 것을 알고 있지만 심오함은 잘 알지 못한다. 철인은 우주의 진리를 통효한 사람이므로 우매한 백성에게 환인(桓因)인 하느님이 우주를 창조하였음에 대하여 그 조화(造化)를 가르쳐 주어야 하는데, 동이족에게는 『천부경』(天符經)의 이치가 전하여오고, 또 366사(事)의 이치를 담은 『성경팔리』 또는 『참전계경』이 전하여오는 관계로 천지인(天地人) 삼재(三才)의 이치를 알 수 있게 하였다.

특히 366사(事)인 『성경팔리』 또는 『참전계경』은 일 년 사시절(四時節)에 대해 사람이 행할 바를 교훈한 내용이므로, 이를 실천해 단군이 홍익인간의 이화세계를 세운 것이다.

철인(哲人)이 후인들에게 환인의 조화(造化), 환웅의 교화(敎化), 단군의 치화(治化)를 알려주는 것은 위정자가 백성들을 천지의 이치로 잘 다스리라는 데 의미가 있다. 위정자와 백성들의 행할 바를 나타낸 것이 366사(事)인 『성경팔리』와 『참전계경』이다. 이 두 경전은 일 년 366일 동안 자연의 이치로 살아가는 내용을 밝힌 말로 하면 천지조화에 의해 살아가는 삶의 방식이 담겨진 내용이라 할 수 있다.

1. 춘향의 절개 고수(固守)

우리 문학에는 어려서 훌륭한 가르침을 받아 훌륭한 인물이 된 주인공이 많다. 그중에 『춘향전』의 춘향은 변 부사의 수청을 거부하여 혹독한 고문과 옥살이를 하면서도 절개를 변치 않았다. 그 결과로 천기(賤妓)의 소생인 춘향은 이 도령과 결혼하여 양반의 아내가 되고 정렬부인이 되었다. 춘향의 신분 상승은 웅녀와 닮은 점이 있다.

춘향의 열녀불경이부(烈女不更二夫)의 절개는 단군의 조상숭배관념인 순수한 혈통을 지키는 전통에서 유래된 것이다. 따라서 그의 절개미(das Treue Schöne)는 한민족(H)의 한사상(H)에 의해 본 조항과 같은 의식의 관련으로 볼 수 있다.

요즘은 특히 유년기와 청소년 소녀들의 교육이 잘 이뤄져야 한다. 21세기 생활환경은 물질위주의 생활환경으로 바뀌어 단군전래의 순수미적인 뒷받침이 해이해진 경향이 짙다. 춘향은 모(母) 월매에게 여성의 행실과 바르게 살아가는 가르침을 받아 남원사또 변 부사의 수청을 거절하여 정절을 지켰다. 춘향은 절개고수로 인해 임금이 정렬부인의 칭호를 내리고 영상(領相)의 부인이 되었다.

본 조항은 하늘의 조화(造化)를 철인이 열어 보임으로써 일반 백성을 인도한 내용이니, 웅녀와 춘향도 각기 철인이나 모친으로부터 가르침을 받아 국모가 되고 양반의 아내로 신분 상승을 이룬 것이다.

2. 유아기의 아이들의 교육

사람은 어려서 생활환경의 영향이 크게 좌우되므로 여기에 윗사람의 가르침이 중요한 것으로 되어 있다. 우리는 먼저 인간다워야 하므로 사람이 사람다워야 할 것이다. 사람은 자란 배경이 인간형성의 각대한 영향을 끼치게 되어 있는 것도 이 때문이다.

웅녀는 환웅을 찾아간 것으로 인해 곰이 웅녀로 변신하였고, 춘향은 월매가 기생이란 자기의 전철을 밟게 하지 않으려고 가르친 바로 변 부사의 수청을 물리치고 절개를 지켰다.

작가들은 웅녀의 환생담이나 춘향의 절개미를 새로운 작품으로 쓴다면 자라나는 세대들의 본이 될 것이다. 특히 만화영화, 인형만화, 동화(童話) 등으로 작품을 낸다면 유아기의 아이들이나 청소년 소녀에게 바람직한 교육이 무의식적으로 이뤄질 것이라 기대해 보게 된다.

성인용으로는 작가 나름의 소설 시 등을 본 조항과 관련해 웅녀와 춘향의 일대기를 스토리텔링으로 작품을 출간하면, 단군신화의 내용을 이해하는 데 도움이 된다.『삼국유사』권1 고조선 조(條)의 내용에는 역사적인 내용과 신화적인 두 가지를 공유하고 있다. 이중에 웅녀상의 동굴모티프는 신화적인 내용이므로 춘향에게도 전수(傳受)되었다는 것을 잊어서는 안 될 것이다.

제6사(事) 창도(彰道: 바른길을 밝힘)-단군문화콘텐츠 개발-

창도(彰道)란 창(彰)이 '밝을 (창)'이고, 도(道) '길 (도)'이니, 하늘의 도를 밝히는 것을 말한다. 작가들이 작중의 주인공이 한결같은 하늘의 정성으로써 하느님의 바른 도리를 밝혀 바르게 살아가는 내용으로 나타내면 독자들이 본받을 것이다.

문학은 허구적인 내용으로 쓰게 되는 만큼 작가들이 상상력으로 하여금 독자들에게 그 무엇으로 새로운 창조인간이 되도록 인도하는 것으로 나타내야 한다.

단군은 기원전 2333년 인물이니, 그 시대로서 단군을 나타내면 할아버지 단군으로밖에 인식하게 된다. 작품에 나타난 단군은 살아 있는 청장년과 같이 활력이 있는 단군으로 나타내야 할 것이다.

단군문화콘텐츠는 다양한데 단군정신으로서 국호를 조선이라 한 것은 권근(權近 1352~1409)의 응제시(應制詩)「호고개벽동이주」(好古開闢東夷主)에서 찾아볼 수 있다.

조선이란 국호는 아침에 햇살이 떠오르는 광명을 상징하는 뜻이 들어 있으니, 홍익인간의 나라를 세우라는 뜻이 함유되어 있다. 단군이 홍익인간의 나라를 세운 것은 백성을 366사(事)로 다스린 데 있으니, 중용미(Mäβigkeit)가 큰 역할을 한 것으로, 본 조항을 다음과 같이 인용한다.

제6사(事) 창도(彰道): (誠 1體 4用)(성, 1째 본체, 4번째 쓰임)

彰은 贊也오 道는 天神正道也라 人이 以正道則妖怪가 不
창   찬야   도   천신정도야   인   이정도즉요괴   불
能顯其狀하고邪魔가 不能逞其奸하니라. 夫正道者는 中道
능현기상   사마   불능령기간   부정도자   중도
也니 中一其規하면 天道乃彰하느니라.
야   중일기규   천도내창

해석: 나타난다는 것은 밝힘이며, 도는 천신의 바른길이라. 사람이 바른 도리로써 하면 요사스런 괴물이 그 모습을 드러내지 못하고, 사악한 마귀가 그 간사함을 부리지 못하니라. 대저 바른길은 중도(中道)이니 하나를 중심으로 법도를 삼으면 하늘의 도가 이게 나타나느니라.

창도(彰道)는 바른길을 밝힌다는 뜻이다. 바른길은 사람으로서 밟아야 할 길이다. 본고에서는 삼신(三神)의 도를 이른다. 삼신의 도는 환인(桓因)의 조화(造化), 환웅의 교화(敎化), 단군(檀君)의 치화(治化)를 이르니, 천리를 준칙으로 살아가는 도리를 의미한다. 조화(造化)란 천지를 창조하여 자연의 힘과 재주를 의미하니 신통하게 된 사물을 이른다. 곧 하느님이 우주를 창조한 신비로움을 말한다.

환인은 천지를 창조하는 영통한 재주를 지녔으니, 곧 하느님의 조화를 이룬 이라 할 수 있다. 환인의 자신(子神) 환웅은 366가지 일(事)로서 하늘의 이치대로 백성을 교화(敎化)하여 만인 평등으로 살게 했다. 단군은 환웅의 교화를 치화로 나라를 다스려 홍익인간의 이화세계를 이루었다.

366사(事)는 366¼일, 즉 365일 동안 농경에 힘써 농산물이 풍부한 나라를 세워 풍요다산의 나라를 세우는 가르침이다. 홍익인간의 이화세계는 농산물을 비롯한 각종 산물을 풍부하게 생산하는 데 의미가 주어진다. 오

늘날의 경제적으로 부한 나라를 세우는 것과 같다. 인간생활은 물질이 풍부하여야 남을 유익하게 도울 수 있다.

환웅과 단군은 환인(桓因)의 조화(造化)로써 백성을 교화(敎化)하고 나라를 치화(治化)로써 다스려 모든 만백성과 짐승들이 함께 이상향에서 살게 했다. 그 실천은 일 년 사계절의 이치를 나타낸 366사(事)로써 행한 것이다. 366사(事)는 천지의 도로 살아가는 것을 의미하니, 중도(中道)를 실천하는 길이다.

1. 권근(權近)의 응제시(應制詩)

단군이 나라를 세운 유래는 권근(權近, 1352~1409)의 오언율시(五言律詩)에서 확인할 수 있다. 이 시를 짓게 된 것은 명(明)나라 태조 주원장(朱元璋 1328~1398)이 권근에게 명하여 지은 시다.

주원장은 단군조선에 대해서 잘 알고 있었기에 조선의 국호를 조선(朝鮮)으로 정하고 권근에게 시를 지으라고 명한 시가 응제시(應制詩)「호고개벽동이주」(好古開闢東夷主)이다. 그 시를 소개하면 다음과 같다.

신이 들건대 아득한 옛날 옛적에,
단군이 단수 옆에 하강하셨네.
조선의 임금으로 처음 즉위하시니,
그때가 요임금과 같은 때라네.
그의 후대는 몇 새로 전하였는지 알 수 없으나,
그 내력은 천년이 지났다네.
후에 기자가 와서 대신 왕이 되었는데,
나라 이름은 전과 같이 조선이라 하였네.

聞說鴻荒日,
檀君降樹邊‘.
位臨東國土,
時在帝堯天.
傳世子知幾,
歷年會過千.
後來箕子代,
同是號朝鮮.

『양천선생문집』 권1 응제시 「호고개벽동이주」

위의 시에서 조선(朝鮮)이란 아침에 햇살이 온 누리에 비치는 나라라는 뜻이니 밝은 광명의 나라를 세우는 것을 말한다.

단군조선은 중원에서 군자국(君子國)과 동방예의지국(東方禮義之國)이라 칭송한 것은 중용미(Mäßigkeit)로써 나라를 다스린 데 있으니, 본 조항은 단군조선을 이해하는 데 도움을 준다.

상고시대 단군은 이상향의 나라를 세워 후세 각국의 건국신화에서 단군신화를 수용한 것은 이의가 없을 것이다. 단군은 1500년간 나라를 다스려 그 강역(疆域)이 8천리에 이른다는 것은 『삼국지』(三國志) 위지(魏志) 동이전(東夷傳)에 밝히고 있는 바와 같다.

요즘에는 단군의 강역인 요하문명이 황하문명보다 1,000년을 앞서게 되어 그 요하유역에서 각종 유물이 발견되어 단군조선의 실체를 이해하는 데 많은 도움을 주고 있다.

단군은 홍익인간으로 훌륭한 나라를 세웠으니, 할아버지 단군보다 더 활기찬 청년단군의 기개로 세계 속에 빛나는 단군과 같은 나라를 세워야 할 것이다.

2. 단군문화콘텐츠를 스토리텔링으로 개발

단군조선은 오늘의 입장에서 재조명하는 것이 단군조선을 돋보이게 하는 것이니, 이를 알리기 위해서는 스토리텔링의 개발이다.

요즘은 책을 읽지 않는 수가 늘어가는 추세이고 보면 책을 읽도록 개선책이 필요하다. 초등학생들은 만화를 즐겨보는 것에 맞추고, 청소년은 무협지와 추리소설을 즐겨 읽으니, 단군조선을 모티프로 개발하고, 어른들은 실용·취미 도서를 많이 읽게 되니, 어른들의 취향에 맞게 스토리텔링으로 개발하여 선보인다면 책을 읽게 하는 방안이 될 수 있다.

요즘 작가들은 단군 조선에 대해 『삼국유사』유형, 『환단고기』유형, 가상소설유형으로 단군관계소설을 출판하여 독자들이 읽는 데 공헌이 컸다. 앞으론 이보다 새로운 내용으로 역사적인 내용을 가상적인 인물과 사건으로 환치하여 이색적이고 환상적인 내용이면 더 읽을 것이다.

21세기는 문화의 시대니 단군문화콘텐츠를 스토리텔링으로 선보이면 단군에 대해서 인식이 새로워져 많은 독자층이 형성되리라 믿는다.

단군은 본 조항의 내용과 같이 하늘의 진리인 중용의 도로써 홍익인간의 이화세계를 이루어 환상적인 이상미(das Rein Schöne)의 나라를 세웠으니, 그 내용으로 작품을 쓰면 될 것이다.

자연의 진리인 366사(事)는 중용의 도로 실천하면 이상국이 세워진다는 것으로 본 것인데, 앞으로 이에 대해서는 여러 조항에서 나타나게 되므로 참고하면 된다.

제7사(事) 극례(克禮: 지극한 예)-단군신화의 곰 →웅녀환생-

제7사(事) 극례(克禮)에서 극(克)자의 풀이로는 '지극하다'이고, 예(禮)는 '예절'이니, '극진한 예'란 말이다, 우리는 보통 '지성(至誠)이면 감천(感天)한다'라는 말을 자주 사용한다. 사람이 하는 일 중에서 지성을 들이면 하늘이 무심하지 않고 돌본다는 말을 듣는다.

단군신화 중 곰→웅녀환생은 첫째 천신 환웅과의 약속을 짐승이라도 입사식에 고난을 겪음에도 철옹성같이 지키고, 둘째 정성이 지극하면 천지인(天地人) 삼신일체의 천도를 체득하게 되므로 천신의 감응이 있음을 알 수 있다. 셋째 한국서사문학 중에는 곰→웅녀환생과 같이 신분상승하는 주인공이 많이 등장하리라 믿는다.

작가는 작중 주인공을 통해 극진한 예로써 천리에 따르는 정성을 다하는 내용으로 나타내면 독자들이 그 주인공의 성공담을 본받을 것이다. 미천한 존재가 고귀한 신분에 오른다는 것은 지극한 정성에서 천신이 무심하지 않고 응함이 있다는 표현을 다음과 같이 나타냈다.

제7사(事) 극례(克禮): (誠 1體 5用)(성, 1째 본체, 5번째 쓰임)

克은 極也오 禮는 敬天神之禮也라 無禮則不恭하고 不恭則
無誠하나니 若盡禮하며 盡敬이면 天神이 穆臨于上하시리라

해석: 극진하다는 것은 지극한 것이고, 예는 천신을 공경하는 예라. 예가 없으면 공손하지 못하고, 공손하지 못하면 정성이 없으니, 만약 예를 다하고 공경을 다하면 천신이 위에서 임하여 보시리라.

위의 내용은 지극한 정성과 예로써 공경하면 천신의 감응이 있게 된다는 것이니, 이를 보다 알기 쉽게 도표로 나타내면 다음과 같다.

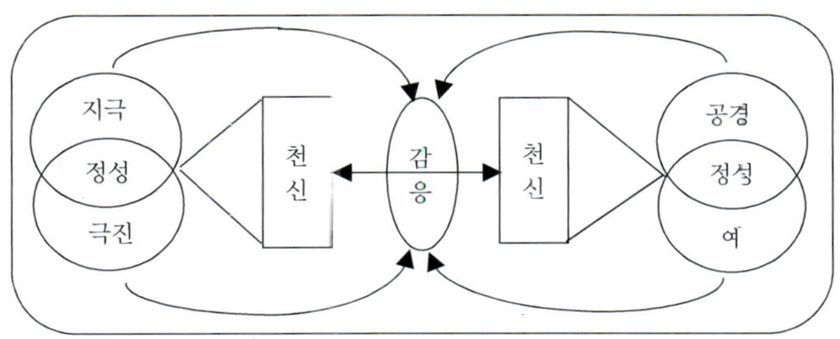

곰이 웅녀로, 웅녀가 신단수 아래에서 아들 낳기를 빌 때 환웅이 웅녀의 지극한 정성으로 감동되어 신성혼으로 단군을 낳은 것이다.

우리는 사람이 지극한 예로써 창조주 하나님을 공경하면 그 공경에 비례해서 정성에 대한 갚음이 내리게 된다는 것을 알 수 있다.

본 조항의 내용은 지극한 예로서 창조주 하나님을 공경하면 그 감응이 있게 된다는 가르침이니, 작가들 또한 그러한 내용으로 작품을 쓰면 독자들이 창조주 하느님을 공경할 것이다. 사람이 하느님을 공경하면 하느님 또한 지극한 정성으로 갚음을 내린다.

이 내용은 『천부경』(天符經)의 내용과 부합되는데, 사람의 마음은 태양의 밝음이 근본이니, 마치 열역학(熱力學)에서 높은 열이 낮은 온도로 옮겨가는 것과 같다. 따라서 단군의 366사(事)의 이치는 하늘과 세상이치의 총집합체의 근본이 된다.

사람들이 이러한 366사(事)의 이치를 알면 우주자연의 이치가 담긴 『참전계경』(參佺戒經)의 내용을 본받아 행할 것이다.

우리는 『천부경』(天符經)의 이치로 본 조항을 보면 일맥상통하는데, 그것이 열역학(熱力學)의 제2법칙과 통하는 것을 알 수 있다. 높은 열→낮은 데로 이동한다는 것은 본 조항의 극진한 예로서 창조주 하나님을 공경하면 하나님→사람에게 그 정성이 내려지는 것과 통한다.

곰이 웅녀로 환생한 것도 곰이 입사식의 고난을 겪으면서 지극한 정성을 다했기에 천신 환웅이 그의 소원을 내려준 것이다.

1. 단군신화에 나타난 변신모티프

우리는 단군신화에서 곰이 웅녀로 환생한 것은 지극한 정성에 의한 보응이라 할 수 있다. 이는 곰이 천신이라 일컫는 환웅과의 약속을 지켜 웅녀로 환생할 때까지 동굴에서 삼칠일간 고통을 감내한 것에서 환웅의 마음을 움직였기 때문에 100일간에 동굴 생활을 79일간이나 앞당겨 웅녀로 환생한 것이다. 곰이 웅녀로 환생하고 훗날 국모로 추앙받게 된 것은 예(禮)로써 환웅을 지극정성으로 받든 데 있는 것이니, 본 조항의 교훈을 깨닫게 된다.

이러한 서사문학 중 『춘향전』의 춘향은 이 도령과의 백년가약을 옥지환으로써 선물하고 이 도령 또한 춘향에게 불망기(不忘記)를 써 줌으로써 약속을 철옹성같이 지켰다. 그로 인해서 춘향은 변 부사가 수청을 들라는 청을 거절하여, 후에 그 절개를 인정받아 천기(賤妓)의 딸이 영상의 아내로 신분 상승을 이룬 것이다. 춘향의 신분 상승은 하늘의 보응이니, 본 조항과 통하는 의식이라 할 수 있다.

2. 웅녀모티프 유형의 문학

곰이 웅녀로의 환생은 환상으로 웅녀유형의 콘텐츠 문학으로 개발할 수 있다. 사람들의 욕구는 새로운 것을 좋아한다. 21세기에 사는 사람들은 웅녀에 대해 『삼국유사』 권1 고조선의 신화적인 내용으로 상상력에 나타냄이 없고 나타내면 옛날이야기에 지나지 않아 새로운 욕구를 충족시키지 못하게 된다. 우리는 이런 것을 대비하여 새로운 웅녀문화콘텐츠를 마련해야 할 것이다.

웅녀는 환웅이 나타나지 않는 점으로 미루어 단군을 낳아 홀로 키워 고조선을 홍익인간으로 다스려 지상천국을 세워 국모로 추앙받게 된 것이다. 고대로부터 모(母)의 가르침으로 훌륭한 인물이 된 이는 셀 수 없을 만큼 많다. 그중에서 웅녀는 국조 단군을 낳아 홀로 키워 훌륭한 나라를 세우게 했으니, 작가들이 웅녀를 국모로서 새로운 웅녀문화콘텐츠 문학으로 개발하여 나타내야 할 것이다.

제8사(事) 숙정(肅靜: 엄숙하고 고요함) - 「관서악부」(關西樂府), 제17곡(曲) -

숙정(肅靜)이란 '엄숙하고 고요함'이란 뜻이니, 기운을 바르게 세우고 마음을 차분히 하여 창조주 하느님을 정성을 다하여 받들면 하늘에 있는 신령을 본다는 내용이다. 작가들이 작중 인물을 숙정(肅靜)의 내용으로 나타내면 앞을 내다보는 작품을 쓰게 될 것이다.

사람은 천지가 대우주(大宇宙)인 데 대해서 소우주(小宇宙)에 속한다. 소우주인 인간이 대우주인 천지의 이치를 알기 위해선 바른 기운으로 마음을 세우고 살아가면 사(邪)된 마음이 사라져 하늘의 신령을 훤히 볼 수 있게 된다는 것이 본 조항의 내용이다.

작가들이 주인공의 인물됨을 나타낼 때 하늘에 있는 신령들도 훤히 볼 수 있을 정도로 앞을 내다보는 작품을 쓰면 훌륭한 작품으로 평가받는다.

18세기 번암(樊巖) 채제공(蔡濟恭, 1720~1799)은 평양감사로 부임하였다. 석북(石北) 신광수(申光洙, 1712~1775)는 번암을 위해 평양은 아름답고 화려하기로 나라 안에 이름나 있고, 특히 평양은 분꽃향기가 날리는 사치스런 땅으로 미녀들이 많기로 이름나 있으니, 경계심을 가지고 처신할 것을 권하는 내용과 함께 선정을 베풀 것을 권하는 내용으로 「관서악부」(關西樂府)를 지었다.

석북은 번암에게 평양의 미인들이 미녀의 추파와 관현의 가락으로 유혹하더라도 항상 마음을 바르게 지니는 수행법을 생각한다면 사람을 탐닉할 수 없다는 것을 선가수주(禪家數珠)로 삼아 「관서악부」(關西樂府) 108곡을 지은 것이다.

번암은 석북의 「관서악부」(關西樂府)를 생각했음인지 훌륭한 치적을 남겨 청렴결백한 감사로 전하고 있다. 석북은 「관서악부」(關西樂府) 108곡(曲) 중 제17곡(曲)에서 번암이 단군사당(檀君祠堂)을 찾아 정성된 마음으로 단군을 참배하였음에 대해 지었다.

본 조항은 엄숙하고 고요한 마음으로 하늘을 공경하라는 뜻이니, 하느님을 공경하는 마음으로 국조를 존경하라는 내용이다. 본 조항은 번암의 행함과 상통하여 그 조항의 내용을 소개하면 다음과 같다.

제8사(事) 숙정(肅靜): (誠 1體 6用)(성, 1째 본체, 6번째 쓰임)

肅은 立氣也오. 靜은 定心也라. 立氣則物慾이 不作하고 定心則天理自明 하니 如日下掛鏡하여 陰暗映輝니라. 以肅靜敬之하면 能覩在天之靈이니 라.

해석: 엄숙하다는 것은 기운을 세우는 것이고, 고요하다는 것은 마음을 정함이라. 기운을 바르게 세우면 물욕이 일어나지 않고 마음을 정하면 하늘 이치가 스스로 밝아 마치 해 아래 거울을 걸어 놓음과 같이 그늘지고 어두운 것을 밝게 비칠 것이니, 엄숙하고 고요함으로 하늘을 공경하면 하늘에 계신 신령을 훤히 보게 되리라.

위의 내용은 마음을 바르게 하고 하느님을 공경하면 무형체인 하느님과 영통(靈通)할 수 있게 된다는 것이다. 마치 이 경지는 이기이원론적(理氣二元論的) 일원론(一元論)의 세계로 인식하면 본 조항을 이해하게 된다.

고대 한민족은 하느님을 삼신(三神)으로 여기며 섬겨왔으니, 한결같은 마음으로써 사기(邪氣)를 둘리쳐야 한다. 삼신인 환인, 환웅, 단군 중 단군은 고조선을 홍익인간의 이화세계를 세워 훌륭한 나라를 세웠다. 이로 인해 한민족의 시조는 단군이라 일컫기 된다.

사람의 욕심은 한이 없으므로 하늘의 마음으로 마음을 차분히 하여 마음의 향방을 정기로써 세우고 창조주 하느님을 정성껏 섬기면 영통할 수 있다고 본 조항에서 나타냈다.

번암은 미인이 많기로 유명한 평양의 미기(美妓)들 사이에서 마음의 흔들림 없이 국정에 임하여 어려운 백성들을 위해 자기의 녹봉(祿俸)으로써 탕감(蕩減)해 두고 남은 돈을 평양도민을 위해 희사하였다는 기록이 전하다.

번암은 남인(南人)으로서 서인(西人)들이 집권하는 판세에서 국상에 오르고, 누구나 부러워하는 평양감사로 부임한 것은 영조의 탕평책으로 남인에게 주어진 기회로 조정에 진출한 것이다. 석북은 번암어게 남인의 체면을 위해서도 선정을 펼 것을 당부한 것이라 할 수 있다.

1. 번암(樊巖) 채제공(蔡濟恭)이 단군사당(檀君祠堂) 참배

석북(石北) 신광수(申光洙)는 평양감사 채제공(蔡濟恭)이 단군사당(檀君祠堂)을 참배한 일을 악부체(樂府體)로 다음과 같이 국조 단군에 대해서 지었다.

<table>
<tr><td>밝은 아침엔 문묘에 가 알성하고,</td><td>文廟平明謁聖廻,</td></tr>
<tr><td>단군사당 앞에서 잗깐 거닐었네.</td><td>檀君祠下一徘徊.</td></tr>
<tr><td>요임금 때 병진 년에 신시를 열은 후,</td><td>堯代丙辰神市後,</td></tr>
<tr><td>동방 풍속이 이때 열었네.</td><td>東方風氣此時開.</td></tr>
</table>

『석북문집』(石北文集) 권(卷)10, 관서악부(關西樂府), 제 17곡(曲)

석북은 민간설화를 소재로 단군이 나라를 세운 해를 병진년(丙辰年)이라 했다. 그러나 오늘에는 『동국통감』(東國通鑑)의 설(說)에 의해 무진년(戊辰年 B.C. 2333)을 개국연대로 보고 있다. 한편 북한에서는 이 연대보다 훨씬 이전으로 보고 있으니, 학자들이 주장하는 바에 따라 연대가 다르게 나타나 있다.

위의「관서악부」제17곡(曲)은 칠언절구(七言絶句)니, 창(唱)할 경우 단군이 천지의 기운으로써 동방예의지국(東方禮義之國)을 세워 동방의 풍기가 풍긴다고 하였다. 번암 체제공은 한민족의 시조(始祖) 단군을 본 조항의 내용으로 단군과 영통하는 마음으로 경배하였을 것이다.

석북은 번암의 마음을 읽어「관서악부」제17곡(曲)에서 나타내 단군으로부터 모든 제도가 이뤄진 것이라 했다.

사실상 한국의 사상, 윤리, 문화는 단군에서 비롯되었으니, 이런 내용을 본 조항과「관서악부」(關西樂府), 제17곡(曲)을 스토리텔링으로 잘 나타내면 단군이 한민족의 국조를 나타내는 데 많은 도움이 되리라 믿는다.

번암은 국조를 참배하는 마음가짐으로 국정에 임하여 훌륭한 업적을 이루어 조정에서 그를 인정하게 되어 명상으로 일컫게 되었다. 그의 지위가 높아진 것은 석북이 선정을 베풀라는 당부도 크게 작용된 것으로 볼 수 있다.

2. 한국문화콘텐츠의 원형 스토리텔링 개발

한국문화의 원형은『삼국유사』권1「고조선」조(條)의 300자(字) 안에서 수용된 것이라고 하면 의아하게 생각할 것이다. 이 300자(字) 안에는 한국인의 사상, 윤리, 문화가 함유되어 있다. 작가들이「고조선」조(條)에 나타난 바로 작품을 쓰거나 그 내용을 소개한다면 독자들이 단군조선의 뿌리의식 깨닫는 데 도움을 줄 것이다.

오늘의 단군사상은 외래문화의 영향이 침투한 가운데에도 불구하고「고조선」조(條)를 연구하는 이들도 많다, 작가들이「고조선」조(條)를 소재로 작품을 쓰면 5,000년 배달겨레의 문화를 이해하는 데 많은 도움이 될 것이다.

오늘의 젊은 세대들은「고조선」조(條)의 내용을 새로이 연구하고 작품을 쓰면 민족문화를 새로이 여는 데 도움이 되리라 믿는다.

작가들은 광복 이후 일제하 친일파들 못지않게 단군의 존재를 부인해 온 이들인 데 반해서 단군이 국조로서 나라를 세운 내력에 대해서 작품을 쓴 이들이 많다는 것을 소개하지 않을 수 없다.

앞으로 작가는 단군문화콘텐츠의 내용을 스토리텔링을 거발하여 나타내면 단군에 대해 새로운 인물로 부각시키는 데 도움을 줄 것이다.

제9사(事) 정실(淨室: 정결한 곳)-현진건의 『단군성적순례기』(檀君聖跡巡禮記)-

본고에서의 정실(淨室)은 조상의 위패를 모신 사당이나 국조를 모신 단군성전(檀君聖殿)이라 할 수 있다. 이런 곳은 주위가 오염되지 않아야 할 것이다.

조상님들은 정실을 명당에 지어 후손들이 참배하였는데, 요즘은 관리가 문제로 되어 있다. 특히 단군을 모신 성전은 참배객들이 뜸하고 단군에 대한 인식이 별로 없어 쓸쓸한 느낌을 준다.

작가들은 조상들이 단군을 숭배한 것처럼 단군성전을 참배하는 내용으로 작품을 써서 국민들로 하여금 국조에 대해서 경외(敬畏)하는 마음을 지니게 해야 할 것이다.

빙허(憑虛) 현진건(玄鎭健, 1900~1941)은 『단군성적순례기』(檀君聖跡巡禮記)에서 국조를 모신 정실(淨室)에 대해 일제 식민지 시절 국조를 모신 곳이 경매에 붙여졌다고 하는 기록을 볼 수 있고, 국조를 모시지 못함에 대해 참회하는 내용을 나타냈다.

우리는 단군을 국조로 인정하고 기존에 단군의 영정을 정실에다 모신 것도 제대로 돌보지 않고 있는 실정이다. 그런 점에서 본 조항은 그 해결점을 다음과 같이 나타냈다.

제9사(事) 정실(淨室): (誠 1體 7用)(성, 1째 본체, 7번째 쓰임)

淨室者는 尊奉天神之處也라. 卜陟乾하여 禁葷穢하고 絶喧譁
하며 勿繁式 할지니라. 器具는 不在重寶요 質潔이 是要니라.

해석: 정실(淨室)이란 천신을 높이 받드는 곳이라. 높고 마른 곳을 가려서 냄새와 더러움을 금하고 시끄러움을 끊고 번거로운 형식을 없이 한다. 그릇과 도구는 보배로운 것이 아니라 질이 깨끗한 것이 중요하니라.

삼신(三神)은 한민족의 조상이므로 그 모시는 정실(淨室)은 조용하고 정결한 산수미(山水美)가 풍기는 곳이어야 한다. 그런데 일제 식민지지배하에선 돌보지 않았고 광복 후에도 오늘날까지 관리 소홀로 인해 전국 곳곳에 있는 정실이 제대로 관리가 이뤄지지 않고 있는 실정이다. 심지어 제사 때 쓰던 제기와 도구 또한 제대로 관리하지 않아 대부분 소실된 상태이다.

한민족은 일제식민지 정책과 외래종교와 친일세력들에 의해서 단군을 우상숭배로 격하시켜 국민들이 숭조의식을 잃게 하여 삼신을 모신 정실이 훼손상태로 방치되고 있는 실정이다.

요즘은 관광객들이 유명한 곳이면 내왕하게 되므로 자연과의 조화를 이루는 일환으로 정제미(整齊美)와 관광미(觀光美)도 겸한 조경(造景)이 이뤄진 곳에 한국인의 국조를 정실(淨室)에 모셔야 된다. 이런 환경에서 국조를 존숭하면 뿌리의식을 찾는 의미에서 좋은 교훈이 될 것이나 현실에선 이뤄지기 어려운 실정이다.

얼마 전에는 단군상(檀君像)의 목이 개신교들에 의해 파괴되는 일이 여러 곳에서 일어났으니, 위정자가 단군에 대해 국조 운운(云云)했다간 큰일이 벌어질 것이다. 특히 여당이건 야당이건 단군에 대해서 국조(國祖)라고 하면 선거 때 개신교도들이 천만 이상이 되니, 10월 3일 개천절 행사에 참배하고 싶어도 못하고 있다.

10월 3일은 개천절이다. 이날은 국경일로서 단군을 기념하는 날이지만 광복 후 아홉 분의 대통령이 관심이 없었으니, 앞으로 국정을 운영하는 책임자라면 그런 전철을 밟지 말고 다른 나라와 같이 국조를 섬기는 마음가짐을 지녀야 한다.

종교는 개인이 믿는 것이므로 대통령은 종교를 초월해야 한다. 2008년 이명박 대통령은 개신교의 장로로 알고 있다. 개신교는 단군을 국조로서 부인하는 이들이 많다고 하더라도 임기 5년간 동언 개천절 행사에 참석해야 한다.

1. 빙허(憑虛) 현진건(玄鎭健)의 『단군성적순례기』(檀君聖跡巡禮記)

빙허(憑虛)는 1932년 동아일보 기자생활을 할 때 억울하거 일제 밑에서 민족의 양심을 구원하기 위해, 묘향산 단군굴을 찾아 식민지 지식인의 한을 단군님 앞에 회개하는 눈물을 흘리며, 지은 것이라고 월탄(月灘) 박종화(朴鍾和, 1902~1981)는 밝히고 있다.

빙허(憑虛)가 『단군성적순례기』(檀君聖跡巡禮記)에서 일제하에서 단군을 모신 정실(淨室)이 경매에 붙여졌다는 현실을 보고 탄식한 내용을 소개하면 다음과 같다.

> 무슨 낮으로 무슨 염의로, 무슨 주제로, 여기 온고, 올 생의라도 하였던고? 하도 기막히 고 답답하기에 집안 어른을 뵈러 온 것이다.
> 모든 것을 지니신 한배검을 찾아온 것이다. 그 뼈가 내 뼈에든 뼈인들 아니 저리시며, 그 피가 나 피어든 핏줄인들 아니 땅기시랴. 역정도 나시지만 그래도 눌러 보시이다. 괘심도 하시지 만 그대로 거두어 주시리라. 밉기도 하시지만 그래도 엿 들고 받들어 주시리라. 두 팔을 벌리시고 오라. 오라! 부르신지 오래인지 모르리라.
> 맘을 졸이시며 왜 안 오나, 왜 아니 오나! 바라신지 오래인지 모르리라. 억천만겁(億千萬劫)을 윤회(輪回)한들 임 주신 피야 가실 줄이 있으랴. 아아, 염통이 뛴다. 고동(鼓動)하는 이 가슴에 임의 손을 얹어 보소서.

> 玄鎭健, 『檀君聖跡巡禮記』, 藝文閣 1948, 36~37쪽.

우리는 빙허가 지적한 바와 같이 지난날에 잘못을 거울삼아 국조를 받드는 풍조가 일어나야 할 것이다. 2007년 3월 신학기부터 단군이 기원전 2333년 전에 고조선을 세웠다는 내용을 역사교과서에서 실리어 정식으로 배우게 되었다. 그러나 단군이 늦게나마 국조로 인정한 것은 다행한 일이나, 친일파의 후손이나 개신교 측에선 단군에 대해 부인하는 경향이다. 단군의 존재를 부인하는 이들에게 반성이 있어야 하겠지만 무슨 근거로 신화적인 인물로 보는지는 이해하기 어렵다. 일제 식민지 시대도 아니고 종교는 자유로 믿는데 국조를 인정하지 않는 것은 역사성을 고려하지 않는 것으로 볼 수밖에 없다.

2. 단군을 국조로 섬기는 의식

매년 양력 10월 3일이면 단군이 나라를 세운 날로 국가에서 국경일로 정하고 기념식을 올리고 있다. 대통령이 참석하지 않고 국무총리 하에 30분 정도 기념식을 올리는 것으로 끝나니, 국민들이 별로 관심을 기울이지 않는다. 나라에서 단군을 국조로 인정하는 데는 성과를 거두지 못하고 있으니, 작가에 의해서 단군을 국조로 숭배하는 작품을 펴면 성과가 있으리라 본다.

작가들은 국조를 받드는 내용으로 새로운 스토리텔링 모색을 『삼국사기』·『삼국유사』·『환단고기』 등에서 역사미(das Geschichtlich Schöne)를 소재로 한 작품을 출간하면 국민의 인식이 달라질 것이다.

작품은 허구적인 내용이라도 실감 있게 쓰면 되니, 단군이 국조로 나타내면 역사적으로 관련해서 알게 되기 때문에 국민들이 단군을 국조로 보는 작품이 필요하고 절실하다.

제10사(事) 택재(擇齋: 가려서 재계)−참성단(塹城壇) 태종어제(太宗御製)−

본 조항 택재(擇齋)는 '가려서 재계'함을 뜻하니, 좋은 날을 가려 심신을 깨끗이 한 후에 기도를 드려야 하느님께 굽어보신다는 내용이다.

고려 말의 학자는 강화도 참성단의 재궁(齋宮)에서 재숙(齋宿)하면서 단군의 덕을 기렸다. 조선조의 태종(太宗) 이방원(李芳遠, 1367~1422)도 재궁(齋宮)에 재숙하면서 단군을 기리는 시를 지었다.

오늘에는 대종교가 주관하여 강화도 마니산 참성단에서 단군이 돌아간 음력 4월 15일 어천절(御天節)이나 양력 10월 3일을 개천절(開天節)에 기념행사를 시행하고 있다.

심지어 외국인들 중 일본인 중에는 일제 식민지 정책을 사과하는 이들이 참성단을 찾아 참배하는 이들이 있어 눈길을 끈 적도 있다. 그런데 한국인들은 단군을 국조르 섬기지 않고 폄훼(貶毀)하는 이들이 있어 반성해야 된다.

마니산 참성단은 고려 말 문인이나 조선조의 태종도 재궁(齋宮)에 재숙하면서 단군을 기렸으니, 오늘의 문인들도 기념행사에 참버하고 작품을 남기면 단군문학을 활성화하는 데 많은 도움이 될 것이다.

본 조항은 한결같은 정성스런 마음으로 국조 단군을 기리는 내용과 밀접한 관계로 보고 다음과 같이 소개한다.

제10사(事) 택재(擇齋): (誠 1體 8用)(성, 1째 본체, 8번째 쓰임)

擇은 至精之儀也오 齋는 靜戒之意也라 雖有所禱나 以六感
택   지정지의야   재   정계지의야   수유소도   이육감
餘使로 猝然求之면 此는 慢天神也니 必擇日戒心하야 一道
여사   졸연구지   차   만천신야   필택일계심   일도
誠線이 盤榮于胸次然後에 乃行則 天神이 俯瞰하시니라.
성선   반영우흉차연후   내행즉 천신이 부감

해석: 가린다는 것은 지극한 정성으로 행하는 의식이고 재계한다는 것은 고요히 마음을 경계하는 뜻이라. 비록 기도하는 바가 있어도 여섯 가지 감정을 부려서 갑자기 구하면, 이는 천신을 모독함이라. 반드시 날을 가려 마음을 경계하고 한 길 같은 정성 줄이 가슴속에 서린 뒤에 행하면 천신이 굽어보시니라.

위의 내용은 삼신에게 소원한 바를 빌 때 정성을 다하는 일환으로 날을 가려 기도를 드리면 삼신이 굽어 살핀다는 내용이다.

고조선시대 인들은 자신의 소원하는 바를 빌 때 삼신(三神)에게 빌었다. 이런 삼신에게 소원을 빌었던 것은 60대만 하더라도 더러 있었다. 그런데 지금은 소원할 일이 있으면 절이나 교회에 가서 비는 풍속으로 바뀌었다.

위의 원문 중 '이육감여사'(以六感餘使: 육감의 넘쳐나는 여세를 부려)는 『삼일신고』(三一神誥)에 나오는 '희(喜: 기쁨), 구(懼: 두려움), 애(哀: 슬퍼함), 노(怒: 성냄), 탐(貪: 탐냄), 염(厭: 싫어함)'의 육감(六感)으로 예를 들었다. 기원자는 삼신에게 육감(六感)에 치우치게 소원하는 바를 빌 경우 오히려 삼신에 대한 오만 방자한 태도로 비쳐 노여움을 삼게 된다는 것이다.

현대인들 또한 자기만을 위한 육감(六感)으로 초월자 중심과 내재적 자기도취로 분에 넘치게 소원을 신에게 비는 행위가 다반사로 일어나고 있다. 이를 구제하는 일환으로 범재신론(汎在神論, panenthiem)이란 학설이 나오게 되어 도취적인 신앙을 교정해 주니, 중용적인 조화미의 신앙관이 바람직하다고 믿는다.

1. 강화도 재궁(齋宮)에서 단군을 그린 태종의 한시(漢詩)

조선조는 고려왕조가 하던 그대로 참성단에서 성신(星辰)에 제사를 지냈으며, 아래 재궁(齋宮)에서는 재숙(齋宿)하면서 단군에 대한 제의를 거행했다는 것이 『신증동국여지승람』 제12권 강화도호부 사단(祠壇)에 전한다.

태종이 재궁(齋宮)에 재숙하면서 단군에 대해 한시(漢詩)로써 단군을 찬미하였는데『신증동국여지승람』 제12권에서는, 발견되지 않는다. 본고에서 태종어제(太宗御製)는 필자가 마니산 참성단에 올라가는 도중에 시판에 게재된 시를 소개한다.

인기척 드문 오지에서,　　　　　　　　地僻人稀處,
맑은 마음으로 밤낮 재계하였네.　　　　清心日夜齋.
황국 우물가에 드리웠고,　　　　　　　黃菊臨井水,

층계 이끼 적시는구나.　　　　　　　　白露浸塔塔.
헌수를 간절히 빌어야지,　　　　　　　獻壽祈何切,
샛별은 점점이 기울어져 가네.　　　　　明星廳白排.
봄가을 때를 잃지 말고 찾아가서,　　　春秋期不失,
성스러운 단군님의 덕 품어나 볼까.　　聖德赤懷哉.

태종이 국조 단군을 기릴 때는 재계하는 맑은 마음으로 기렸으니, 본 조항과 같은 의식과 통한다. 조선조 태종은 강화도 참성단을 참배할 정도로 단군을 기렸으니, 재임 중어는 봄·가을어 관리에게 명하여 단군에 대해 제사를 지내게 하여(『태종실록』 권24 태종 12년 7월) 그 후 이어졌다.

2. 단군의 덕을 찬양한 시

태종의 한시(漢詩)는 강화도 참성단을 참석하고 단군의 어진 덕을 기렸다. 현대 시인들도 강화도 마니산 참성단을 방문하여 시를 지어 올라가는 데 시판(詩板)을 세우면 어떨까? 태종의 한시는 있는데 많은 시인 중에서 한번 실행하길 바란다.

현대인은 마음이 복잡하여 살아가는 데 신경을 많이 쓰게 된다. 이럴 때 본 조항의 내용과 같이 정성된 마음으로 단군을 기린다면 뿌리의식을 생각하게 되어 행하는 일이 잘 이뤄질 것이다. 아울러 한국인이 국조를 존숭하는 정성된 마음으로 작가들 또한 단군문학을 선보인다면 국민들이 국조에 대한 숭조의식이 일어나리라 믿는다.

오늘에는 단군을 기리기 위해 개천절이나 어천절에 강화도 마니산 참성단을 찾는 이들이 각각 200명~300명에 이르고 있다. 한 시간 이상 올라가는 힘든 길인데 80세 고령이 참배하는 것을 볼 때 감격하지 않을 수 없다.

이들 고령자들은 선조 때부터 마니산 참성단을 찾아 단군의 덕을 기린다고 한다. 이런 기회에 작가들이 참성단을 찾아 단군문학을 선보인다면 국민들도 관심 있게 읽을 것이다.

제11사(事) 회향(懷香: 향을 품음)–이색(李穡)의 한시(漢詩)–

회향(懷香)이란 '향을 품음'이란 뜻이니, 지극 정성으로 향을 피우고 기도드리면 향불의 연기도 흩어지지 않고 정성을 들인 사람을 감싸주면 몰아의 경지에 들게 된다는 말이다.

고려 말에 시인 목은(牧隱) 이색(李穡, 1328~1396)·서예가 이강(李岡, 1333~1368)·정치인 이방원(李芳遠, 1367~1422)은 강화도 재실에서 향을 피우고 재를 올릴 때 지은 시가 전한다. 본고에서는 이방원의 시는 전 조항에서 소개했으나, 앞의 두 시인이 가을에 강화도 마니산 참성단을 찾아 단군님을 참배하고 재궁(齋宮)에서 재숙(齋宿)하면서 지은 시에 대해 서술하기로 한다.

본 조항의 내용은 향을 피우고 마음을 한결같이 하니, 신선의 경지에 이른 것에 대해 읊고 있다. 그런 경지는 본 조항의 내용과 같이 "그윽한 향연은 날아 흩어지지 않고, / 님 향한 지성이 깊어만 가네"라고 한 바와 같이 임을 그리게 되니, 단군을 그리게 되는 것으로 볼 수 있다.

현대 작가들도 단군을 '님'으로 나타내면 친숙하게 되어 단군을 할아버지로 생각하고 가까이 하게 될 것이니, 그러한 작품을 기대해 본다. 그런 의미에서 본 조항을 소개한다.

제11사(事) 회향(懷香): (誠 1體 9用)(성, 1째 본체, 9번째 쓰임)

懷香詩에 曰 欲供一爐奉하면 恭懷千里心하라 香煙이 飛不散하느니 定向至誠深이니라.

해석: '향불을 올리고자'라는 시에서 읊었다.

한 받듦을 향로에 올리고자, / 공손히 천리 길 같은 마음 품도다.

그윽한 향연은 날아 흩어지지 않고, / 님 향한 지성(至誠)이 깊어만 가네.

예전에 선비들이나 문인들은 향을 피워 물아의 경지에 들게 하는 방법
을 행했다. 본 조항에서는 향을 피워 정성된 마음으로써 정신을 집중하면
그 향연이 흩어지지 않고 정성을 들이는 사람을 감싸줌을 이르고 있는데,
실지 향연이 그렇게 감싸준다. 향을 피우면 향연은 사람을 따르는 양 널리
퍼져 사람의 머리 위를 맴돌고 있는 것을 보게 된다.

요즘은 젊은이들이 향을 피워 정신을 집중하는 것을 행하는 이들이 없
지만 노인층에서 이러한 방법을 행하는 이들이 더러 있다. 사람들이 정성
된 마음으로 천신에게 향을 피워 물아일체의 경지에 이르게 되면 소아를
버리고 대아와 일체화하는 마음이 생긴다. 그 마음은 『천부경』(天符經)의
"본심본태양앙명"(本心本太陽昻, 사람의 근본은 마음이요 태양의 근본은
밝음이다)에서와 같이 사람의 본심이 태양과 같이 밝아짐을 느끼게 된다.

이런 밝은 마음은 인격을 수양하고 완성인간의 경지에 이른 후 이뤄지
니, 단군이 홍익인간의 이화세계를 세울 것을 이해하면 될 것이다. 그 요
체는 단군이 신하나 관리들로 하여금 먼저 366사(事)를 실천케 하고 백성
들에게 가르친 데 있다.

더구나 단군은 지상의 인간계를 지상낙원의 신선이 사는 나라와 같이
홍익인간의 이화세계(理化世界)를 세우고 산신(山神)이 되었으니, 단군을
그리하는 대상으로 나타내면 좋을 것이다.

1. 강화도 재실(齋室)에서 향 피우고 단군을 기림

고려 말에 시인의 목은(牧隱) 이색(李穡) · 서예가 이강(李岡) · 정치인 이
방원(李芳遠)은 강화도 재실에서 향을 피우고 재를 올릴 때 지은 시가 전
하는데 그중의 목은(牧隱)의 칠언율시(七言律詩)를 소개하면 다음과 같다.

소향(燒香)하고 잠잠히 앉아 시 읊으며
머리를 갸우뚱하니,　　　　　　　　　　　　焚香淸坐側吟頭,
한 방이 비고 맑은데, 조기가 배(舟) 같네.　　一室虛明小似舟.
가을빛을 가장 사랑하여 지게문 열고 들이는데,　最愛秋光開戶入,
다시 산 그림자 맞아들여 들에 가득이

머물게 하네.　　　　　　　　　　　　　　　更邀山影滿庭留.
몸은 가뿐하여 때가 없으니 봉황 타길 생각하고,　　身經無垢思騎鳳,
맘은 고요하고 기틀을 잊었으니 갈매기를

가까이 하려 하네.　　　　　　　　　　　　心靜忘機欲近鷗.
단을 만들어 신선되기 구할 필요 없다.　　　　不用煉丹求羽化,
육착(六鑿)만 제거하면 바로 천유(天遊)일세.　　掃除六鑿便天遊.

『신증동국여지승람』 제12권 강화도호부 사단(祠壇) 조(條)

이색은 본 조항의 내용과 같이 향을 피운 향내는 온몸을 정화시키고 향연(香煙)이 몸 주위를 감쌀 때 그 경지는 염담(恬淡)이란 말과 같이 편안하고 고요함이 물 맑은 것과 같이 세사(世事)를 잊고 신선이 되는 기분에 젖는다는 것이다. 이 경지는 이기(理氣)가 합일되는 과정이라 할 수 있는 곧 『천부경』에 하나(一)의 수에 이르게 된다는 것을 의미한다.

위의 시에서 미연(尾聯)에 육착(六鑿)은 불경(佛經)에서 눈·귀·혀·몸·코·뜻(義)의 육근(六根)과 같은데, 이것이 본성을 잃게 하는 매개자인 것이다. 사람은 육근(六根)만 제거하면 하늘 공간을 날아다닐 수 있다는 것이니, 인간세상에서의 속세의 사악한 기운이 장애가 된다. 이는 곧 장자(莊子)의 "마음의 천유(자유)가 없으면 육착(六鑿)이 덤빈다"라는 말에서 유래를 찾아볼 수 있다.

향불은 인간체 내의 본성을 흐리게 하는 육착(六鑿)을 제거시키면 신선이 되는 길을 체험할 수 있는 것이다.

고려 때 이강(李岡)은 강화도 재실에서 향을 피울 때 자신의 몸이 신선이 되려는 기분에 휩싸인다는 것을 칠언율시로 남겼는데 기연(起聯)만을 소개한다.

심신이 고요하고 한가해 뼈가 신선이 되려하니,　　心靜身閑骨欲仙,
멀리 인간을 생각하니, 참으로 정신이 없구나.　　邈思人事正茫然.

『신증동국여지승람』 제12권 강화도호부 사단(祠壇) 조(條)·
『환단고기』 고려국본기.

이강은 이색이나 이방원과는 한 차원 더 깊이 재를 올릴 때 향내가 주변을 감싸 뼈 속까지 숨어들어 신선이 되는 기분이라고 지었다.

앞에서 예를 든 3인은 강화도 재실에서 개천일에 재를 올릴 때 경지를 염담미(恬淡美, das Einfachheit Schöne)로 승화시켰음을 알 수 있다.

오늘에도 단군님이나 조상님 전에 나아가 향을 피우고 제의식(祭儀式)을 거행하면 향불의 연기가 흩어지지 않고 감싸주어, 하늘의 마음을 얻을 수 있는 염담미(恬淡美)의 경지에 이르면 조상숭배의 관념이 남다를 것이다.

향불을 피워 정신을 맑게 하는 방법은 요즘 젊은 사람에게 체험케 하면 심성을 닦는 데 도움이 되리라 본다. 이런 의식은 향불을 피우고 하얀 연기가 피어오를 때 마음이 따라가면 이는 선신의 경지를 체험하는 것이니, 단군의 환상적인 홍익인간의 이화세계를 이해하는데 도움이 된다. 이런 경험담은 순수미적인 것이니, 많은 사람들의 정신수양에 도움이 되는 한 방법이기도 하다.

2. 신선의 경지에 이르는 체험담과 그 시(詩)

요즘 시인들도 이색(李穡) · 서예가 이강(李岡)과 같이 향을 피우고 여기에서 체험한 바를 시로 나타내면 단군에 대해서 새롭게 인식될 것이다. 상상력과 체험담을 시로써 나타내면 독자들에게 새로움을 생각하게 하고, 아울러 본 조항과 위의 예를 든 작품의 경지를 이해하는데 도움이 될 것이다.

신선체험을 청소년들에게 체험시키는 방법은 심신을 하나로 통일시키면 이뤄지는 것이라 했다. 청소년들은 향불을 피우고 하얀 연기가 피어오를 때 그 연기가 몸을 감싸며 머리 위를 돌면서 천장으로 피어오를 때에 마음을 가라앉히고, 그 향연(香煙)을 바라보면 신선의 경지에 드는 느낌을 받게 되리라 본다.

작가는 이런 경지에 이른 체험을 문학으로 나타낸다면 신선의 경지를 느끼는 작품으로 인정받을 것이다.

제12사(事) 정심(正心: 바른 마음)-원천석의 『운곡행록』(耘谷行錄)-

본 조항은 마음을 바르게 하는 것이니, 천심을 지니는 것으로 볼 수 있다. 운곡(耘谷) 원천석(元天錫, 1330~?)은 58살 때(1387) 수신(修身)을 잘 하는 데 따라 천명을 알고 천지조화를 찬양할 수 있고, 천지 참여할 수 있음을 『운곡행록』(耘谷行錄) 권(卷)3 삼교일리(三敎一理)에서 시를 지었다.

그는 고려 말의 정치가 문란하여 치악산(雉岳山)에 들어가 농사를 지으며 이색(李穡) 등과 사귀면서 시사(時事)를 개탄하였다고 전한다.

그는 태종(太宗)을 왕자시절에 가르친 바 있어 태종이 즉위하여 불렀으나 응하지 않았다고 한다.

그는 천심으로 살아가는 은사(隱士)이니, 세속적인 부귀영화 같은 것은 뜬구름과 같이 여기고 살았다.

작가들은 운곡(耘谷)의 행적으로 소설을 지으면 바른 마음으로 산 그의 행함을 보고 사람들이 그를 사숙하는 사람들이 있게 될 것이다.

본 조항은 사람이 바른 마음을 지니면 정신이 맑아지며 기운이 넘치게 됨을 밝혔으니, 정심(正心)은 곧 바른 몸을 지니는 데, 곧 수신(修身)하는 데 있는 것이니, 그 내용을 소개하면 다음과 같다.

제12사(事) 정심(正心): (誠 2體)(성, 2째 본체)

正心者는 正天心也니라. 心有九竅하니 六感이 弄焉이면 求天理而不可得也니라. 若一片靈臺가 巍然獨立하면 太陽光明에 雲霧消滅之하고 大洋汪洋에 塵埃杜絶之하리라.

해석: 바른 마음이란 하늘마음을 바르게 함이라. 마음에는 아홉 개의 구멍이 있어 여섯 느낌으로 희롱하면 천리를 구하려 해도 얻을 수 없느니라. 그러나 만약에 한 조각 맑은 정신 영대(靈臺: 영혼의 경지)가 우뚝 솟아오르게 할 것 같으면 빛나는 햇살에 운무가 걷히고 바다가 크고 넓으면 티끌이 사라지는 것이니라(것과 같으니라).

제12사(事) 정심(正心)은 '바른 마음'이란 뜻이니, 수신(修身)하는 데 기본이 되므로 이를 내용으로 스토리텔링으로 작품을 낸다면 어린이나 청소년들이 바른 마음으로 살아가게 하는 길잡이가 될 것이다.

위의 원문인 『성경팔리』에는 "심유칠규(心有七竅)하니 칠정(七情)이 농언(弄焉)"이라 했다. "심유구규(心有九竅)하니 육감(六感)이 농언(弄焉)"은 『참전계경』의 내용이며, 두 가지는 그 나름대로 뜻이 있는 것이다.

마음에는 일곱 개의 구멍이 있다고 했는데, 이는 사람의 얼굴에 있는 일곱 구멍, 즉 이목구비(耳目口鼻)를 통한 마음의 활용을 뜻한 것으로 볼 수 있으며, 여기에 칠정(七情)이 발동하면 하늘의 이치를 얻지 못한다고 했는데, 곧 희(喜)·노(怒)·애(哀)·구(懼)·애(愛)·오(惡)·욕(欲)의 일곱 가지 감정을 가리킨다.

후자에는 마음의 아홉 구멍이 있다 함은 이목구비(耳目口鼻)의 일곱 구멍에다 두 변공(便孔)을 말한 것이다. 육감(六感)은 희(喜)·구(懼)·애(哀)·노(怒)·탐(貪)·염(厭)을 가리킨다.

본 조항에서 마음을 바르게 하면 영대(靈臺)가 높이 솟아 이기(理氣)의 합일된 힘이 생겨 태양의 광명과 같이 밝은 천지가 도래될 것이다. 그러나 이러한 감정은 바른 마음을 가지면 하늘의 경지에 이를 수 있다고 하였다.

이러한 놀라운 자연력(우주력)은 하늘의 마음인 순수한 다음에서 생긴다. 이런 하늘의 마음을 어릴 때 지니면 완전무결한 인간이 되어 홍익인간의 나라를 세우는 위정자가 될 것이다.

이런 마음의 두 번째 바탕에는 아홉 가지가 있는데, 다음과 같이 분류된다.

정심이체(正心二體)

조항 ＼ 분류	의미 내용	대상
1. 의식(意植)	천리로 몸과 마음을 세워 흔들리지 않음	철인(哲人)
2. 입신(立身)	철인은 몸가짐을 곧고 바르게 함	철인(哲人)
3. 불혹(不惑)	마음이 바르면 물질에 현혹되지 않음	철인(哲人)
4. 일엄(溢嚴)	바른 마음을 품은 사람은 엄숙한 넘침	철인(哲人)
5. 허령(虛靈)	마음에 물욕이 없으면 천계까지 들여다 봄	철인(哲人)
6. 치지(致知)	바른 마음이면 모든 것을 알 수 있게 됨	철인(哲人)
7. 폐물(閉物)	철인은 쓸데없는 욕심을 버리고 이치를 엶	철인(哲人)
8. 척정(斥情)	감정과 정욕을 물리치면 바른 마음이 생김	철인(哲人)
9. 묵안(黙安)	맑고 깨끗한 마음은 욕심을 끊는 바탕이 됨	철인(哲人)

이와 같이 제12사(事) 정심(正心)은 봄날 중 중춘(仲春)의 기운으로 마음의 육감(六感)을 버리면 하늘의 마음을 가지는 순수한 사람이 될 것이라 믿는다.

이러한 경지로 시를 지은 이는 고려 말에 운곡(耘谷) 원천석(元天錫, 1330~?)이 『운곡행록』(耘谷行錄) 권(卷)3 삼교일리(三敎一理)의 시를 58살 때(1387) 수신(修身)을 하는 데 따라 천명을 알고 천지조화 찬양할 수 있음에 대해 다음과 같이 지었다.

격물하고 수신하여 현묘이치 궁구하고,   格物修身窮理玄.
마음 다해 천성 알고 또 천명 아네.   盡心知性又知天.
이제부터 천지조화 찬양할 수 있으니,   從玆可贊乾坤化,
맑고 밝은 달과 바람 시원함과 더불어 보네.   霽月光風共洒然.

『운곡행록』(耘谷行錄) 권(卷)3 삼교일리(三敎一理)

삼교일리(三敎一理)인 천지인(天地人) 일체(一體)의 내용은 본 조항을 이해하는 데 도움을 준다. 하늘의 마음은 『천부경』에서의 일(一)의 경지와 통하는 의식이다. 일(一)은 하늘에 있으면 천도(天道), 땅에 있으면 지도(地道), 사람에게 있으면 인도(人道)니, 천심을 얻으면 천지조화에 참여할 수 있는 인물이 될 것이다.

일(一)의 마음을 지닌다는 것은 불경(佛經)에서의 일체유심조(一切唯心造)라는 말과 통하는 의식이다.

일(一)의 마음은 어린아이와 같이 순박한 마음을 말하니, 탁미(樸美)·소박미(素朴美, das Einfachheit Schöne)에서 얻어지는 순박한 마음씨라고 보면 무난하게 이해될 것이다.

사람이 어릴 때부터 일(一)의 마음으로써 살아가면 훗날 위정자가 될 경우 철인정치가로서 훌륭한 나라를 세울 것이니, 곧 단군과 같이 홍익인간의 이화세계를 세우는 위대한 정치가가 될 것이라 믿는다.

어른들은 마음을 바로 하는 희(喜)·노(怒)·애(哀)·구(懼)·애(愛)·오(惡)·욕(欲)의 일곱 가지 감정을 적절히 조화하는 내용을 어린이에게 들려주거나 동화나 영상매체로 알리면 올바른 마음을 지니게 될 것이다.

본 조항은 운곡(耘谷) 원천석(元天錫)의 『운곡행록』(耘谷行錄) 권(卷)3 삼교일리(三敎一理)의 시를 이해하는 데 도움을 준다.

1. 마음을 바로 하며 사는 수기치인(修己治人)

작가는 훌륭한 위정자를 주인공으로 내세울 때 단군과 같은 내성외왕(內聖外王)의 철인정치가(哲人政治家)를 등장시켜야 할 것이다. 단군은 위정자나 관리나 백성들의 삼위일체인 일체감을 조성하는 일환으로 366사(事)를 배우게 하여 우선 사람이 되게 했다. 위정자나 관리들에겐 수기치인(修己治人)하는 데 있었다.

단군이 삼상(三相) 오부(五部)의 신하들에게 366사(事) 지혜를 가르치게 한 것은 관리나 백성들이 먼저 인간이 되게 하는 데 있다. 그 결과 단군의 정치는 홍익인간의 이화세계를 세운 것이다.

작가는 이상형의 위정자상을 작품에 주인공으로 등장시키면 오늘날의 부정비리를 일삼는 정치가와는 다르게 인식되어 그런 위정자상을 독자들이 목마르게 기다리고 있다. 따라서 작가는 새로운 단군문학의 주인공을 새로운 스토리텔링 모색을 중심으로 나타내야 할 것이다.

제13사(事) 의식(意植: 뜻을 심음)-『구운몽』의 성진의 생활상-

본 조항의 의식(意植)은 '뜻을 심음'이란 뜻이니, 천심에 뿌리를 내려 움직이지 않은 것을 말한다. 흔히 사람은 변화무쌍한 세상을 살아간다고 하는데, 이럴 때일수록 뜻을 천신에다 기준을 두고 깊이 심어야 동요하지 않고 마음의 밭을 균형 있게 갈아 천심에 뿌리를 내릴 수 있는 것이다.

우리는 『구운몽』(九雲夢)의 성진이 육관대사의 수제자로서 불도를 착실히 닦아 외물에 동요되지 않을 정도로 스승의 신임을 받았다. 그런데 어느 날 팔선녀(八仙女)들과 만나 수작한 것으로 마음의 동요를 일으켰다. 말하자면 비구승이 된 것을 후회한 것이다. 그는 마음의 밭에 천심을 깊이 뿌리내리지 못한 데 있다. 더구나 성진은 신동으로 알려졌으니, 유가(儒家)의 도리를 배워 과거급제를 하면 높은 관직에 오르게 된다. 그럴 경우 그는 선녀와 같이 미인을 처첩으로 거느리고 일생을 보낼 것이다. 그는 깊은 산중에서 허무하게 살다가 죽으면 남는 것이 없음을 후회했으니, 뜻을 마음의 밭에 깊이 심지 못했음을 의미한다.

성진은 승려가 된 것을 후회하였는데, 본 조항과 관련해서 조명할 때 그는 천심에 기준하여 그의 마음이 깊지 못한 것으로 동요를 일으킨 것이다. 그런 의미에서 본 조항은 하늘의 마음으로써 뜻 밭을 고르게 갈아야천심에 뿌리를 내리면 움직이지 않게 세우게 된다.

작가들은 『구운몽』(九雲夢)의 내용을 만화로 선보여 어린이들 사이에도 성진의 생활을 잘 알고 있다. 그는 몽유공간에서 여인들과의 엽색생활(獵色生活)을 뉘우치고 잠에서 깨어난 후 부처의 교리를 잘 닦아 극락에 돌아갔다는 내용이니, 개과천선의 소설이다.

1940년대 사랑방에서 『구운몽』(九雲夢)을 재미있게 구연한 사람들이 있으니, 오늘에 어린들이 만화로 보고 있는 것과 대조를 이루게 된다. 작가들은 어린이들이 만화에서 보는 것으로 그칠 일이 아니고, 영화인들과 합작으로 애니메이션과 영화로 제작하여 대중에게 선보이면 된다.

본 조항은 마음의 밭을 균형 있게 잘 갈아야 바르게 운영된다는 의미가 들어 있다. 한 때 성진은 팔선녀를 보고 마음의 중심을 잃었다. 성진이 그녀들과 대화하는 장면을 연상하면 본 조항의 내용과 상통하는 의미를 지닌다. 그런 점에서 본 조항을 소개하면 다음과 같다.

제13사(事) 의식(意植): (誠 2體 10用)(성, 2째 본체, 10번째 쓰임)

意는 受命於心者也오. 植은 株植而不移也라. 意不受命於天心하고 從人慾而妄動則百體反命하고 終不收功而風枝에 遂搖根矣니라. 欲正天心이면 先耕意田 于衡이라야 乃運하니라.

해석: 뜻은 마음에서 명령받는 것이고, 심음은 뿌리를 심어 옮기지 않음이라. 뜻이 하늘마음에서 명령을 받지 않고, 사람의 욕심을 따라 망령되게 움직이면 온몸이 명령을 거슬러 끝내는 공적을 거두지 못하고 바람 타는 가지를 따라 마침내 뿌리까지 흔들리게 되느니라. 하늘의 마음으로 바르게 하려면 먼저 뜻의 밭을 갈고 운용해야 하니라.

사람은 하늘의 마음으로써 중심을 잡고 살아가면 마음의 요동이 없이 살아갈 수 있다. 그 기준은 천리에다 기준을 두면 된다. 사람은 소우주인 관계로 천지와 같은 대우주에다 마음을 맡기면 마음이 움직이지 않는다.

우리는 마음의 동요를 일으키지 않는 교훈을 단군신화에서 곰이 웅녀로 환생하는 것을 볼 수 있다. 곰은 동굴 안에서 쑥과 마늘을 먹으며 100일 동안 도를 닦으면 사람이 될 수 있다고 하여 실천하는 데 괴로움이 따랐으나, 동요됨이 없이 견딘 결과 3.7일(21일) 만에 웅녀로 환생했다.

이에 대해 범은 환웅과의 약속을 지키지 못하고 굴을 나와 사람이 되지 못하고 짐승의 세계로 돌아가 사람이 되는 길을 영원히 잃었다. 그 원인은 괴로움을 이겨내는 은근과 끈기가 결여되고 여기에 한결같은 하늘의 마음을 지니지 못한 것으로 인해 사람이 되는 일에 실패했다.

사람이 행할 바를 나타낸 『인부경』(人符經)에는 "천십지일"(天十地一)이라고 하였다. 『천부경』(天符經)에서 십수(十數)는 완성수이고 일(一)은 시작하는 수이다. 원래 십(十)이란 수(數)는 음양의 조화를 나타내는 수이고 때론 하늘과 대지를 나타내기도 한다.

일(一)은 하늘을 나타내는 수이니, "천십지일"(天十地一)은 하늘의 완전함과 대지의 한결같은 마음을 지니면 바른 뜻을 세울 수 있는 것이다. 사람은 이런 뜻으로 살아가면 마음의 동요를 일으키지 않게 된다.

1. 『구운몽』에 나타난 성진의 생활상

우리는 문학작품에서 마음의 중심을 잃은 『구운몽』의 주인공 성진의 생활상을 살펴볼 필요가 있다. 그는 승려이면서 팔선녀를 만난 것으로 마음의 갈피를 잡지 못하고 자제력을 잃었다.

스승 육과대사는 제자 성진이 속세 유가(儒家)의 생활을 동경하여 도력으로써 원하던 생활을 꿈 속 생활에서 선몽(禪夢)에 들게 한다. 그는 몽중(夢中) 생활에선 당나라 양반유가의 자제 양소유로 태어났다. 양소유는 신동으로 이름나고 과거급제 입신양명하게 되니, 여인과도 가까이 하는 생활을 하게 되는데, 그 여성들은 전생에 만났던 팔선녀들이다. 양소유는 이들 여성과 한 번씩 만나는 생활을 하게 된다. 여덟 선녀와 일가화락(一家和樂)하는 몽중생활이니, 엽색을 일삼는 생활을 마음껏 누리는 생활을 한다.

그는 몽중(夢中)에서도 마침내 전일에 잘못을 크게 뉘우치고 선몽(禪夢)에서 깨어났다. 그가 몽중(夢中)에서 깨어나 깨달은 바는 인생의 부귀영화는 일장춘몽에 지나지 않는다는 것이다. 그는 불도를 열심히 닦아 극락왕생하기에 이른다.

그는 몽중생활을 60년 동안 여인과 운우의 정을 누리며 살았으나 진리의 대도로 살아가는 것이 가장 좋은 길이라는 것을 깨닫고 육관대사 밑에서 불도를 깊이 닦아 극락왕생하였다.

『구운몽』의 주인공 성진은 팔선녀들을 석교(石橋) 상에서 만난 후 산중에서 젊음을 비구승이 되어 지내는 것을 후회하였다. 신동이라 불리는 청춘기에 유교 공맹(孔孟)의 도리를 공부하고 과거에 급제하면 선녀들과 같은 미인 처첩을 거느리고 살 것이다. 그런데 그는 비구승으로서 적막한 산중에 도를 닦다가 죽으면 허무하다는 생각을 지니며 후회막급으로 자신의 신세를 한탄하였다.

이로 인해 스승 육관대사가 성진의 마음을 도력으로 꿰뚫어 보고 선몽(仙夢)에 들게 하고, 첫째 성진이 원했던 소원대로 유가의 가문에 신동으로 태어났다. 이름은 양소우란 이름으로 젊어서 과거 급제하여 이름을 드날려 출장입장(出將入相) 식이니, 전생에 인연이 있었던 팔선녀 화신들과 벼슬살이를 할 때마다 그 임지에서 만나 살아간다.

그는 몽유공간(夢遊空間)에서 미인들과 화락하는 생활을 여한이 없이 지낸다. 그러나 양소유는 몽유공간일지라도 여인들과 한평생 상열을 한들 남는 것이 없게 됨을 뉘우친다. 그런 가운데 육관대사는 도력으로 꿈속에서 양소유가 여인들과의 엽색을 일삼은 것을 뉘우치고 깨어나게 한다. 성진은 몽유공간에서 세속의 부귀공명의 생활이 허무하고 일장춘몽에 불과하다는 것을 마음속 깊이 깨닫고 육관대사 밑에서 불도를 열심히 닦아 훗날 극락왕생하였다는 내용이니, 본 조항의 내용과 통하는 의식이다.

『구운몽』의 성진은 '성진-꿈속생활(양소유)-성진'의 재탄생의 과정이니, 단군신화의 구조와 연관돈 동굴모티프인 '곰-동굴생활-웅녀'의 환생과 관계된다. 이러한 구조는 분리(Separation)-전이(Transition)-통합(Incorporation)과 상응한다고 볼 수 있다.

이 삼자 관계를 도표로 나타내면 다음과 같다.

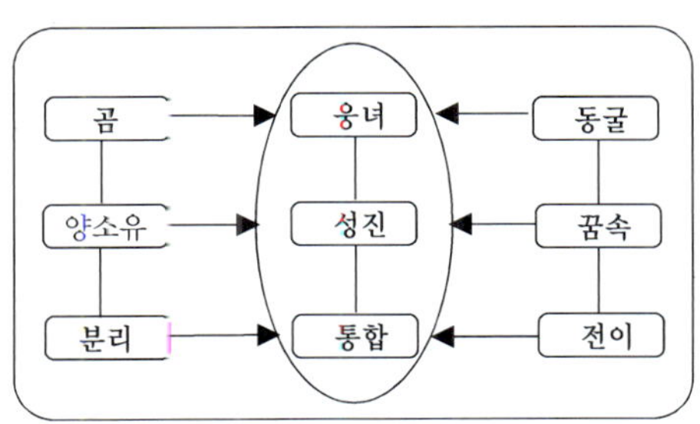

본 조항 제13사(事) 의식(意植)이란 "하늘의 마음으로 바르게 하려면 먼저 뜻의 밭을 갈고 운용해야 하니라"에서와 같이 된 경지는 통합단계라고 할 수 있을 때 『구운몽』의 성진의 생활은 웅녀의 환생(幻生, reincarnation)과 맥락을 같이하게 된다.

2. 『구운몽』의 픽션

『구운몽』은 작가들 나름의 상상력으로 작품을 쓰기도 하고 텍스트를 그대로 살려 만화와 현대소설을 선보이기도 했다. 그러나 『구운몽』은 작가특유의 상상력을 구사하여 스토리텔링으로 형상화시켜야 독자들이 호감을 가지게 현대성과 관련하여 픽션으로 나타내야 할 것이다.

성진은 팔선녀를 보고 마음의 갈등을 일으켜 스승 육관대사가 선몽(禪夢)에 들게 해 타락의 생활을 체험케 하여 개과천선케 했다. 그리고 그는 스승의 도를 이어 착실한 수도자가 되어 극락왕생했으니, 사제동행의 길을 걷게 되었다는 데 의미가 있다.

작가들은 본 조항과 관련하여 성진의 생활상을 재조명하고 예술적으로 작품을 선보여야 할 것이니, 픽션으로 재창작되어야 할 것이다. 특히 영화계에서 관심을 기울여 영화로 사실과 픽션과의 관계에서 『구운몽』을 선보이면 사람들이 관심을 가질 것이다.

제14사(事) 입신(立身: 몸을 세움)-윤동주의 「서시」-

입신(立身)이란 '몸을 세움'을 뜻하니, 몸가짐을 곧고 바르게 함을 말한다. 곧 수신(修身)이 된 자의 자세이다. 작가들은 작중의 주인공이 입신(立身)한 이가 사회를 바로 세우는 내용으로 나타내면 독자들이 그의 행함을 본받으려고 할 것이다.

우리는 시인 윤동주(尹東柱, 1917~1945)를 생각하면 젊은 나이에 항일시를 쓴 것으로 인해 일본 경찰에 검거되어 28세에 세상을 떠난 것을 생각하게 된다. 그는 일본 유학 중 조국에 대한 향수를 그리며 일제에 대해 항거하는 시를 썼는데, 순수미로 쓴 것으로 볼 수 있다.

마치 이는 본 조항의 내용에서와 같이 마음에 부끄러움이 없이 조국이 일제에 식민지 생활을 하고 있는 현실에 대해서 쓴 것이 문제가 된 것이다. 그는 일본 도시사대학(同志寺大學) 재학 중 1943년 7월 귀국하다가 일본 경찰에 검거되어 시의 원고를 조사받아 항일독립운동의 죄목으로 투옥되어 1944년 6월에 2년형을 선고받았다. 그는 1945년 2월 16일에 28세 젊은 나이로 일본 후카오카 형두소(福岡刑務所)에서 순국했는데 일 년 남짓 더 살았다면 조국광복을 맞았을 것이다.

윤동주의 「서시」는 1941년 11월 20일에 쓴 것인데 이때는 일제가 친일파를 앞세워 광분하고 태평양전쟁 준비를 전시체제에 돌입하기 직전에 저항시를 쓴 시이다. 그의 저항시는 친일학자와 친일문인들이 일제의 정책을 정당화시키는 곡학아세(曲學阿世)를 일삼는 이들에게 깨우치는 내용이라 할 수 있다.

일제시대 어용학자들은 양심이 없는 이들이라 할 수 있으므로 부끄러운 바가 없는 가추악(假醜惡)의 인간군상(人間群像)이다.

요즘도 친일문학상을 수여하는 내용을 신문광고에 또는 고재에서 배우게 하는 일이 척결되지 않고 있으니, 양심 있는 문학도들이라면 그런 상(賞)에 연연하지 말고 거부해야 한다. 이들 친일문인들은 본 조항의 입신(立身)을 하지 못한 것으로 간주하고 다음과 같이 그 조항의 내용을 소개한다.

제14사(事) 입신(立身): (誠 2體 11用)(성, 2째 본체, 11번째 쓰임)

立은 直也오 身은 躬也라. 無所愧於心然後에 乃直躬하여 立於世矣라. 不 正心則隱微之間에 惱懣이 交至하야 精散而氣衰하니라. 是故로 哲人은 粹 潤하고 衆人은 傴僂하니라.

몸가짐을 바로 세운 사람이 도덕적인 사람이라 할 수 있다. 입신은 모든 행위에 중심적인 역할을 하게 되므로 작가들이 작품을 쓸 때 이에 대해 중점적으로 다뤄야 할 것이다. 『대학』(大學)의 팔강령 중 수신(修身)이 중심체가 된다. 수신(修身)한 연후에 입신(立身)이 되는데 몸가짐이 바로 서지 않고서는 바른 사람이라 할 수 없다.

『인부경』(人符經)에는 '천지십일'(天地十一)을 나타낸 바는 앞에서 설명한 바와 같다. 십(十)은 사통팔달의 의미를 지닌 완전함을 이르는 수이고, 일(一)은 하늘의 기본수이므로 사람이 천지의 한결같음으로써 행하는 것이 수신(修身)의 길이다. 자기 몸을 세운 위정자는 성군(聖君)이며 단군과 같이 정치를 홍익인간으로 다스려 이화세계를 세울 수 있는 것이다.

사람이 하늘의 마음을 가지고 처신하면 문제 될 것이 없으며 순수미적인 소박미(素朴美)에서 출발하면 아무런 하자가 발생되는 일이 없게 된다. 따라서 유년기에 수신으로써 인격연마가 이뤄져야 입신이 원만하게 이뤄진다.

1. 윤동주의 순수미적인 「서시」

입신(立身)의 경지의 문학은 윤동주의 『하늘과 바람과 별과 시』의 「서시」에서와 같이 순결(純潔)한 마음이 담겨 있는 것과 관계된다.

특히 「서시」에서는 자신의 입지를 나타냈는데 친일학자 친일 문인들과 같이 어용문인이 되지 않겠다는 의지가 "죽는 날까지 하늘을 우러러 한 점 부끄럼이 없기를"에서 본 조항과 관련되는 내용이라 할 수 있다.

친일 학자들은 입신(立身)이 제대로 되지 않는 인물들이다. 그는 이들 어용인들을 바라볼 때 안타까운 심정으로 "잎 새에 이는 바람에도 나는 괴로워했다"라고 했다. 1941년에 광복군이 대일선전포고(對日宣戰布告)를 했다. 그럼에도 어용 친일파와 문인들은 일본에 협조하는 현실을 시적 화자인 시인이 괴로워한 것이다.

시인은 시적 화자를 들어 "별을 노래하는 마음으로 모든 죽어가는 것을 사랑해야지"라고 한 것은 캄캄한 하늘에 반짝이는 별을 나타내 조국광복을 상징화했다. 지금 조국의 실상은 일제의 가혹한 탄압으로 모든 국민들이 우리말을 못 하게 벙어리같이 살아가는 현실에서 이들을 구하는 일을 사랑으로 표출한 것이다.

시적 화자의 강한 의지는 "그리고 나한테 주어진 길을 걸어야 겠다"라고 나타냈다. "오늘밤에도 별이 바람에 스치운다"라고 했다. 세계대세는 일제가 멸망할 단계에 이르러 천운의 바람이 어둠을 반짝이는 별을 스치고 있으니, 손꼽아 광복의 날을 별을 세듯 기다리면 찾아들 것이라 시적 화자를 통해 말하고 있다.

위와 같이 「서시」의 내용을 대충 일별해 봤다. 시인은 "죽는 날까지 하늘을 우러러 한 점 부끄럼이 없기를"이라는 구절에서 입신의 경지를 찾아볼 수 있다. 이 시구는 맹자(孟子)의 삼락(三樂) 중 둘째 "우러러보아서 하늘에 부끄럽지 않고, 굽어보아서 사람에게 부끄럽지 않는 것이 그 둘째의 즐거움이요"(『孟子』 盡心章句)라고 한 것을 떠올리게 되는데, 당시 친일파들을 경계하는 내용이기도 하다.

민족을 배반하는 친일파들은 수신(修身)이 제대로 이뤄진 사람이 아니다. 이들은 수신하기 전에 정심(正心)을 지니지 않은 상태에서 민족을 배반한 이들이다. 친일파들은 천추만대에 씻지 못할 죄를 지었지만 반성을 하지 않고 세상을 떠났다. 그러나 이들 매국노의 자손들은 오늘에도 한국의 정계 재계 학계 등 주름을 잡을 정도로 중진급에 포진되어 있다. 이들 또한 반성하는 기미가 전혀 보이지 않고 일제식민지 통치를 미화하고 특히 단군의 존재를 부인한다.

이들은 현행고등학교 역사교과서에서 단군의 존재를 인정하지 않게 묘하게 기술해 놓았다가 양심 있는 학자들이 단군조선이 존재한다는 학설과 유물유적이 증거가 확연하게 드러나 일제어용학자의 학설이 역사 속에 사라지게 됐다.

양심 있는 학자들이 서둘러 2007년 역사교과서에 단군이 기원전 2333년에 고조선을 세웠다고 기술하게 되었다. 이전에는 묘하게 부정하는 내용으로 "기원전 2333년에 세웠다고 한다"를 이번에 대폭 수정했으니, 민족의 앞날을 위해서도 바람직한 일이다.

일제에 의해 1905년 한일합방 후 36년과 광복 후 2007년 이전에 단군이 국조라는 인식이 부인(否認)되어 100여 년의 세월이 경과된 후에 단군이 국조로 제자리를 찾은 것이다. 일제가 가장 힘을 들여 강조한 것은 역사왜곡이니, 단군조선 부인(否認)이다. 친일파의 후손들이나 제자들이 인정하려들지 않다가 이제는 할 말이 없게 되었다.

친일파들은 일제로부터 막대한 은사금을 받고 대대로 고생하지 안하고 살아왔고, 앞으로도 잘 살게 기반이 다져졌으니, 뉘우칠 리가 없다.

윤동주는 일제식민지 시절 입신(立身)의 마음으로써 살았으니, 소박미의 행함이라 할 수 있다. 「서시」는 화자를 통해서 작자자신의 행함을 나타낸 것이다. 그런 데 비해 친일파후손들은 지금도 자신의 조부가 일제로부터 많은 토지를 하사받고 미처 등기에 올리지 않은 토지를 차지하려고 재판을 하기도 한다. 재판결과 그 자손이 승소하여 차지하게 되었으나, 2007년 들어 차지하지 못하게 판결이 내려졌으니 다행한 일이다.

이런 판결은 독립 운동가들이 이미 세상을 떠났지만 영혼이라도 기뻐했을 것이다. 윤동주도 그중에 한 사람일 것이다. 그러나 이에 다시 일부 후손이 그 판결이 부당하다고 제소했다.

2. 입신(立身)의 경지를 나타낸 작품

작가들은 요즘 10대 이전에 유년기에 아이들이 본 조항의 내용과 「서시」의 내용을 올바로 실천하는 내용으로 동화로써 나타내면 한국의 미래상이 밝아질 것이고, 다시는 친일파와 같이 나라를 팔아넘기는 반민족 행위를 하지 않을 것이다.

유년기는 부모의 가정교육고 이들이 주로 읽는 만화나 동화가 이들 성장에 정상적인 영양소와 같은 구실을 하게 되므로 입신을 니용으로 하는 작품을 이들에게 선도역할을 하게 된다.

앞에서 소개한 시인 윤동주는 독립운동가인 아버지 윤영석(尹永錫)의 영향을 받아 그의 시에서 항일의식이 강하게 나타나 있는 것으로 볼 수 있다. 어린이들이 어려서 읽는 작품은 이들의 앞날을 좌우하게 되므로 작가들의 좋은 작품을 기대해 볼만하다.

작가들은 앞으로 할 일이 많으니 책임이 크다 하지 않을 수 없다. 작가들은 입신의 경지로 단군이 나라를 세운 역사와 가상(假想)적인 내용으로 소설을 쓴다면 독자들이 입신(立身)의 경지를 한층 의미 있거 실천하게 될 것이라 믿는다.

그런 점에서 본 조항과 윤등주의 「서시」는 어린이들뿐만 아니라 성인들도 반드시 실천해야 하는 과제를 남긴다.

제15사(事) 불혹(不惑: 미혹하지 않음)—『춘향전』의 변 부사—

제15사(事) 불혹(不惑)은 남에게 현혹되지 않는다는 뜻이다. 일찍이 공자(孔子)는 40세에 이름을 불혹이라 했다. 인생은 장년(壯年)이 지난 후 40세에 이르면 사물에 미혹되지 않아야 할 것이나, 현실은 사람들이 유혹이 심하여 40대가 되어도 남에게 현혹되는 사람이 많다.

한국서사문학에서 마음을 바르게 쓰지 않고 본 조항의 내용과 같이 행한 주인공은 헤아릴 수 없이 많다. 그중 우리가 너무나 잘 아는『춘향전』의 변 부사는 전형적인 탐관으리(貪官汚吏)라는 것은 그의 생일연에서 이몽룡이 암행어사의 신분을 숨기고 말석에서 음식을 얻어먹은 후 한시(漢詩)를 지은 내용에서도 드러난다.

남원고을의 원은 목민관으로서 백성을 잘 다스려야 함에도 불구하고 재물을 약탈하고 아무 죄 없는 어린 춘향을 압송하여 수청을 들라고 하는 등 그의 비리는 백성의 원성(怨聲)으로 번져 하늘에 닿았다.

본고에서는 변 부사가 백성을 바르게 다스리지 않고 사특한 마음으로 다스려 결국 이 어사(李御使:李夢龍)가 봉고파직(封庫罷職)시켰으니, 가추악(假醜惡)의 말로가 좋지 않다는 것을 알려준다. 그런 점에서 본 조항은 위정자나 일반사람들이 바른 마음으로 행해야 함을 나타낸 것이라 할 수 있다.

우리의 위정자는 조선조의 경우 매관매직이 성행한 때도 있었고 부정비리로 인해 백성들이 고향에서 살지 못하고 유민이 되어 아사자(餓死者)가 많이 발생하고, 민란이 일어난 적도 있다.

그럴 때 우리는 단군이 366사(事)로써 나라를 홍익인간으로 다스린 것을 소개할 필요가 있음을 절감하게 된다. 단군의 정치가 1,500년간 홍익인간의 이화세계를 세운 것은 위정자가 우선 하나의 마음으로써 나라를 다스린 데 있는 것이다. 다시 말하면 그 시대인들은 위정자를 위시한 관리와 백성들이 천지인의 일체감으로 삼일(三一)사상을 실천한 데 지상낙원의 나라를 세웠다.

단군의 정치가 이상적으로 다스려진 것은 366사(事)의 예절교훈을 실천하여 5천 년 역사를 이어오게 한 근원이 되게 했다. 366사(事)는 일 년 사계절 동안 농경생활과 직결된 권선징악의 가르침이기 때문에 천리에 의해 살아가는 방식이니, 누구를 속일 필요가 없는 것이다. 농경은 이른 봄부터 가을까지 일한 만큼의 대가를 받게 되는데, 단군시대가 바로 이런 인과응보의 나라였다.

단군조선은 농경문화의 유산으로 마음을 세우고 일한 만큼의 소득을 올리는 마음으로 살아온 결과로 인해서 남에게 현혹되는 일이 발생하지 않고, 그런 행함으로 살아온 결과로 인해서 환상적인 나라를 세운 것이다.

사람은 천리대로 살아가면 외인(外人)에게 현혹되지 않을 것이며 특히 유년기에 366사(事)의 가르침을 받고 자라면 정상적인 사람일 것이며, 장래 위정자가 될 경우 나라도 정상적으로 잘 다스린다.

작가들은 『삼국유사』 권1 고조선 조에서 밝힌 바와 같이 환웅과 단군이

360여사(餘事)로써 홍익인간의 이화세계를 세운 내력과 오늘에 전하는 366사(事)의 내용을 작중에 넣어가면서 단군조선에 대해서 작품을 쓰면 남에게 유혹되는 일을 없게 하는 데 도움을 줄 것이다.

본 조항의 내용은 마음을 바르게 지니면 남에게 현혹되지도 않으며 남에게 속되지도 않으리니, 그 내용을 소개하면 다음과 같다.

제15사(事) 불혹(不惑): (誠 2體 12用)(성, 2째 본체, 12번째 쓰임)

不惑者는 不惑之於物也라. 心正則明하여 物照於明하니 自顯其醜妍精粗하여 不待我別之而物先知於明하니 何惑焉이리요. 心不明則如隔重簾하여 簾外走的飛的이 不知是獸是禽하여 惑遂生焉이니라.

해석: 불혹이란 사물에 미혹되지 않는 것이라. 마음이 바르면 밝고 사물을 밝게 비추니, 자연히 추함과 아름답고 정밀하고 엉성함이 드러나, 나의 분별을 기다리지 않고 먼저 밝음에 의해 알려지니, 무슨 의혹이 있겠는가. 마음이 밝지 않으면 발을 겹겹이 친 것 같아서 발 밖에서 뛰고 나는 것이 짐승인지 새인지 알지 못하여 마침내 의혹이 생기느니라.

사람은 마음속에 순수미를 지니지 않고 유감으로 휘감기면 욕심이 생겨 마음이 흔들리게 되어 우혹에 빠지는 일이 많다. 사람의 정신적인 지주는 중용적인 마음을 지니는 것이 가장 안전한 길이다. 『천부경』의 "하늘은 하나(一)로서 하나이고, 땅은 하나로서 둘이며, 사람은 하나로서 셋이다"(天一一 地一二 人一三)와 같이 한결같은 마음을 하늘의 기본수 하나로서 지니면 남에게 유혹되는 일이 생기지 않을 것이다.

천리는 먼 데 있는 것이 아니고 머리 위에도 발아래도 널려 있으니, 유년기부터 천리를 바로 배운다면 단군시대와 같이 사람들이 순수해질 것이다. 366사(事)의 교훈 중 제15사(事) 불혹의 교육은 그 나름대로 의미를 지

니게 되므로 어린이를 비롯하여 청소년들은 남에게 유혹되는 일이 발생하
지 않게 된다.

1. 『춘향전』의 변 부사 비리를 고발한 한시(漢詩)

한국문학 중에서 주인공의 인간됨이 왜곡되게 행하는 것은 마음에 어
두운 욕심이 자리를 잡고 있기 때문이라 할 수 있다. 『춘향전』의 변 부사,
『구운몽』의 성진은 음욕이 심중에 똬리를 잡고 있었기 때문에 여성에게
유혹되어 인간의 본심을 잃은 것이다. 그중 변 부사는 재물에 욕심이 지나
쳐 백성의 재물을 약탈하여 목민관으로서 책임을 망각하고 백성들을 도탄
에 빠지게 해 원성이 높았다. 이에 이 어사(李御使)는 그의 생일연(生日宴)
에 참석하여 그 약탈상을 고발하는 한시(漢詩)를 다음과 같이 지었다.

이요금동이의 아름다운 술은 만백성의 피요.   金樽美酒는 千人血
라옥소반의 아름다운 안주는 만백성의 기름이라. 玉盤佳肴는 萬姓膏
촛불 눈물 떨어질 때 백성 눈물 떨어지고,   燭淚落時民淚落이요
노랫소리 높은 곳에 원망소리 높았더라.   歌聲高處怨聲高라

이 어사가 한시를 지으니, 그 생일연에 참석한 사람들과 관리들이 변
부사의 행함을 나타낸 것이라 여기고 슬금슬금 자리를 떠나게 된다. 이런
줄을 모르고 변 부사는 주광(酒狂)이 발동되어 옥에 갇힌 춘향을 "급히 올
려라"라고 할 때 "암행어서 출두야" 외치니 관리들이 도망가기에 어쩔 줄
을 모른다. 변 부사는 봉고파직하게 된다.

이 어사의 한시는 변 부사의 행함을 나타낸 고발문학이라 할 수 있다.
18세기 영조(英祖)와 정조(正祖) 때 『춘향전』이 출간했다고 하면 이때는 삼
정(三政)이 문란해, 위정자나 관리들의 행패가 극심할 때, 이 어사가 지은
한시는 그 시대상을 반영한 것이다.

청소년들은 바른 마음을 지니지 않고 유혹이 빠지게 되면 탈선하는 경
우가 있는데, 본 조항의 교훈을 본받으면 바르게 살아가게 된다. 『춘향전』
의 변 부사는 음욕에 노예가 되어 중심을 잃은 생활을 한 것으로 인해 남

원고을의 부사를 파직당하고 낙명하게 되었다.

변 부사는 물욕(物慾)과 음욕(淫慾)을 자제하는 정신적인 뒷받침이 부족함으로 인하여 봉고파직 당하였으니, 바른 맘가짐으로 살아가야 할 것이다.

2. 물욕, 음욕을 바른 다음으로 자제

작가들이 동화와 소설을 스토리텔링으로 재미있게 쓰면 권선징악적인 차원에서 청소년들이 여하한 유혹에 빠지는 일이 없을 것이다.

작가들은 청소년들이 물질이나 여성에게 현혹되지 않는 내용으로 작품을 내면 이를 거울삼아 바르게 살아가는 안내자 구실을 하게 된다. 어린이는 선행을 하는 일을 재미있게 동화로 선보이면 나쁜 행실에 유혹되는 일이 없을 것이며, 부모들이 자녀를 키우는 데 안심하고 살아갈 수 있다.

366사(事)는 단군이 위정자→관리들에게, 관리→백성들에게 가르쳐 홍익인간의 나라를 세워 중원의 경전과 사서(史書)에서 군자국(君子國)이니 동방예의지국(東方禮義之國)이라 칭송했다.

작가들이 단군이 366사(事)를 신하나 관리들에게 가르쳐 홍익인간의 이화세계와 세워 중원동방여의지국이라 칭송한 내력을 소설로 나타내면 청소년들이 한국인의 우수성과 자부심으로써 살아갈 것이라 믿는다.

제16사(事) 일엄(溢嚴: 엄숙함이 넘침)—안중근의 『유시』(遺詩)—

일엄(溢嚴)이란 일(溢)은 '넘칠 (일)'자(字)이고 엄(嚴)은 '엄숙할 (엄)'자(字)이니 '엄숙함이 넘침'이란 뜻이니, 곧 자연력과 같은 의미이다

안중근(安重根 1879~1910)의 『유시』(遺詩)는 본 조항의 기상과 통하는 일면이 있다. 작가들은 안 의사(安義士)를 주제로 작품을 쓰면 독자들이 흥미 있게 읽을 것이다.

본 조항은 천지의 엄숙한 기운은 가을의 숙살(肅殺)의 기운과 통한다. 그 기운은 무성했던 산천초도도 추풍낙엽으로 지게 하니, 간사한 무리를

꼼짝하지 못하게 하고 물리칠 수 있음을 가르치고 있다. 그와 같이 사람은 하늘의 가을 기운을 머금으면 엄숙한 위엄이 동작하여 높은 기상과 웅대한 기색이 넘쳐 안 의사의 기상을 깨닫게 된다.

본 조항에서의 위엄은 신령스런 용과도 같고 그 모습은 우뚝한 산과도 같은 것이라 했으니, 안 의사가 만주에서 한민족의 원수 이등박문을 죽이고 순국하기 전에 지은 『유시』(遺詩)니, 장부의 마음과 통하는 의식이다. 본 조항을 소개하면 다음과 같다.

제16사(事) 일엄(溢嚴): (誠 2體 13用)(성, 2째 본체, 13번째 쓰임)

溢은 水盈而過也오. 嚴은 正大氣色也라. 天이 含秋意에 肅氣溢于世界하고 人이 包正心에 嚴氣一于動作하여 威如神龍하고 形似喬嶽이니라.

해석: 일(溢)은 물이 가득 차서 넘침이요, 엄(嚴)은 크고 바른 기색이라. 하늘이 가을 뜻을 머금으면 숙연한 기운이 세상에 넘치고, 사람이 바른 마음을 품으면 엄한 기운이 동작에 한결같아 위엄은 신용(神龍)과 같고, 모습은 높은 산과 같으니라.

일엄(溢嚴)이란 한자어로 '엄숙함이 넘침'이란 뜻이니 춘하추동의 우주력(宇宙力)을 가리킨다.

그러면 소우주에 불과인 인간이 대우주인 우주력을 지니기 위해서는 어떠한 방법이 있을까. 그 방법은 다름 아닌 하늘의 기운인 일(一)의 마음을 지니면 엄숙한 기운이 나타난다는 것인데 좀처럼 믿어지지 않을 것이다.

그러나 사람의 몸은 천지의 축소판으로 형성되었기 때문에 사시절에 맞는 기운을 적절하게 지니며 살아가면 된다. 천지의 기운은 천지 안에 춘하추동의 기운이 편만(遍滿)되어 있으므로 계절을 계절답게 지내는 것이다. 그 천지의 위엄은 신령스런 신용(神龍)과 같고 그 모습은 고산준령과 같다고 했으니, 소우주인 인간도 그와 같이 됨을 알 수 있다.

이러한 위엄은 중용미로서 실천하는 데 체득된다고 할 수 있다. 중용은 천지의 정화된 기운이므로 사시변화를 가져오는 에너지이다. 이 에너지는 우주 안에 있는 이기(理氣)의 기운을 지니면 되는 것이다.

단군은 춘하추동의 원리인 366사(事)로서 나라를 다스려 홍익인간의 이화세계를 세웠으니, 자연력의 기운으로 나라를 다스렸다. 흥익인간의 세계에선 홍악인간(弘惡人間)의 구리들이 나라의 정치를 좌지우지(左之右之)할지라도 천지의 위엄을 브이면, 이들의 존재가 추풍낙엽처럼 기세가 꺾이게 된다.

한국의 위정자들이 옛날이나 오늘에 이르기까지 본 조항의 내용과 같이 가을에 숙살(肅殺)의 기운과 같은 위엄으로 정치를 하였다면, 부정부패를 일삼는 위정자는 두력해져 대통령의 치적이 빛났을 것이다.

1. 숙살(肅殺)의 기운과 위엄의 기상

가을에 숙살의 기운은 추상같은 현군의 엄한 명과 같으니, 누가 그 명을 거역하며 실천하지 않겠는가. 그 예는 충신열사의 기개에서 발휘되었는데, 그중에 안중근이 순국하기 전에 지은 『유시』(遺詩)에서 장부는 마음이 쇠와 같아야 함을 밝혔다.

> 장부는 비록 죽더라도 마음이 쇠처럼 굳고, 　　　丈夫雖心如鐵,
> 의사는 위태로운 지경어도 기상이 구름처럼 한가롭네. 　義士鹽氣似雲.

안 의사는 이등박문이 1905년 친일파를 앞세워 을사늑약을 체결케 하여 일본에 속국이 되어 왜색이 천지를 덮었으나 가을날 숙살의 기운으로 안(安) 의사(義士)가 그를 죽인 것이다.

안 의사의 숙살기운은 민족의 원흉을 죽였으니, 본 조항과 같이 숙살의 기운인 위엄미(威嚴美: das Wüde Schöne)로써 애국혼을 만천하에 발휘했다.

당시 위정자들이 오적(五賊)이 되지 않고 신하로서 우국충절로써 일제와 맞섰다면 한일합방이란 수치스런 늑약을 맺지 못했을 것이다. 참으로 위정자의 도덕미(das Sittlich Schöne)의 결여가 문제가 된다.

숙살의 기운은 봄에서 여름을 걸쳐 대지에 무성하게 자란 온갖 식물들의 성장을 멈추게 하니, 한말로서 자연력이자 우주력인 것이다.

광복 후 오늘에 이르기까지 위정자가 숙살과 같은 기운으로 정치를 하였다면 국민들이 안심하고 살아왔을 것이고 오늘의 경제력보다 훨씬 좋아져 세계 상위권에 진입도 가능했을 것이다.

문학은 실현될 수 있는 가상적인 일로 그리는 대상을 삼는다. 어느 한 대통령이 단군의 홍익인간의 이화세계를 모델로 하여 이상적인 나라를 세웠다면 단군정신은 빛날 것이다. 국민 소득은 오늘보다 배가되는 4만 달러를 달성하는 상상력을 내용으로 작품을 낸다면 세계적인 관심거리가 된다. 그뿐 아니라 외국에서도 단군이 홍익인간으로 나라를 다스린 원동력이 된 366사(事)를 배우려는 사람과 관광객들이 찾아든다.

본 조항과 안중근의『유시』(遺詩)는 유년기의 소년소녀들이 위엄미로서 정정당당하게 살아가게 하는 데 도움을 주게 된다.

온 국민이 본 조항이나 안중근의『유시』(遺詩)와 같은 엄숙한 기운이 천지에 가뜩 찬 기백으로 살아가면 불의가 발붙이지 못하고 정의만이 판을 치는 세상을 맞이하여 홍익인간의 이화세계는 멀지 않게 될 것이다.

2. 작품상에 나타난 주인공의 위엄

안 의사는 순국하기 전에 지은『유시』(遺詩)에서 민족의 기상을 높여 주었다. 본 시(詩)가 본 조항의 위엄과 통하니, 대인(大人)의 기상이라 할 수 있다.

작가가 작중의 주인공을 내세울 때 하늘의 추절(秋節)의 숙살(肅殺)의 기운으로 간사한 무리들을 물리치는 것으로 나타내면 일제와 야합하는 매국노가 생기지 않았을 것이다. 매국노가 없었다면 36년 동안이란 가혹한 식민지 생활을 하지 않았을 것이며, 오늘과 같이 국토가 남북으로 갈리지 않았다.

안 의사가 민족의 원수 이등박문을 사살한 후 순국하기 전에 지은『유시』(遺詩)의 기상으로 한국의 젊은 청년들이 본받아 행하면, 단군이 고조선을 다스린 것과 같이 홍익인간의 이화세계를 세우게 될 것이다.

오늘의 우리 사회는 선량한 국민들이 간사한 무리들에 의해 시달리는 생활을 겪고 있다. 요즘 각 가정의 무작위로 걸려오는 사기전화로 사기를 당하는 사람들이 늘어나는 것으로 TV뉴스에서 여러 번 알렸는데도 불구하고 갈수록 수법이 교묘해져 늘어나고 있다.

작가들은 이런 사기한들이 날뛰는 것을 좌시하지 말고 숙살의 기운으로 이들을 움직이지 못하게 작중의 인물로 나타내면 사회를 정화시키는 한 방법이 될 수 있다.

제17사(事) 허령(虛靈: 비어 신령함) -『구운몽』의 육관대사-

제17사(事) 허령(虛靈)에서 허(虛)자는 '빌 (허)'자이니, 물질과 물욕이 없음, 영(靈)자는 '신령 (령)'자(字)이니, 마음을 텅 비어 신령스럽게 한다는 뜻이니 육체를 떠난 마음이 주체가 된다. 이 낱말 풀이에서 보는 바와 같이 허령이란 마음속에 물욕이 없음을 뜻하니 성(誠)의 경지를 말한다.

우리는 성인의 교훈에 마음의 물욕을 버리라는 교훈을 받고 살아왔다. 물론 지나친 물욕을 버리라는 가르침일 것이다. 작가들은 작중에 등장되는 인물을『구운몽』의 육관대사와 같이 훌륭한 스승상을 등장시키면 독자들이 흥미 있게 읽는다. 육관대사는 도력으로 우주의 이치를 통관하여 성진이 한 때 속세에 현혹되어 마음이 흔들린 적이 있었다. 그는 제자의 미혹된 생활을 바로잡아 진리의 생활을 하게 인도해 불도를 닦게 해 극락왕생(極樂往生)케 했다.

우리는 훌륭한 스승을 잘 만나면 제자들이 성공할 수도 있는 길이 열리게 된다는 교훈을『구운몽』의 육관대사의 가르침에서 볼 수 있다. 이러한 경우는 정치를 하는 위정자의 경우도 마찬가지인데, 우리의 경우 상고사대 환웅이 처음 나라를 다스릴 때 무질서하였다. 환웅은 백성을 바르게 인도하기 위해 삼상(三相) 오부(五部)의 신하들에게 백성들을 360여사(餘事)를 가르치고 실천케 하여 마을 사회를 훌륭히 다스렸다. 말하자면 동식물이 공생하는 사회를 세웠다.

단군은 환웅이 백성을 360여사(餘事)로써 백성을 교화(敎化)한 것을 치화(治化)로 다스려 홍익인간의 이화세계를 세웠다. 이 태평천국을 세운 것으로 인해 중원에서 동방예의지국이라 칭송하고 공자(孔子)도 동이(東夷)의 나라인 조선에 가고 싶다고 한 것이다. 단군이 이상향의 나라를 세운 것은 360여사(餘事)로써 물욕으로 인한 가림이 없이 순수미로 다스렸기에 가능했다.

제17사(事) 허령(虛靈): (誠 2體 14用)(성, 2째 본체, 14번째 쓰임)

虛는 無物也오. 靈은 心靈也라. 虛靈者는 心無所蔽하여 犀色玲瓏하니 虛中生理氣하여 大週天界하고 細入微塵하니 其理氣也且虛且靈이니라.

해석: 허(虛)는 사물이 없음이고 영(靈)은 마음이 심령이라. 허령이란 마음이 가린 것이 없어서 밝은 색이 영롱함이라. 허한 가운데 이치와 기운이 생겨 크게는 천계를 돌고 가늘게는 티끌에 들어가 그 이치와 기운이 또한 허하고 또한 신령스런 것이니라.

허령(虛靈)의 경지는 성(誠)의 마음을 지니고 실천하는 단계이다. 우주는 이기이원론(理氣二元論)으로 형성되었는데 사람은 이(理)인 정신과 기(氣)인 몸으로 되어 있으니, 이 두 가지가 조화를 이룰 때 허령의 경지에 이를 수 있다.

이 허령(虛靈)은 성(誠)의 경지를 이루게 되므로 크게는 이(理)인 형이상학에 출입이 가능하며 천계를 들여다보게 된다. 여기에서 이(理)는 조물주의 마음이라고 할 수 있으니, 무형체인 에너지 법칙에 해당하고 기(氣)는 에너지라고 한다면 적절한 표현이 된다. 따라서 기(氣) 또한 조물주의 몸에 해당하니, 이(理)에 따라 보면 그 형체를 볼 수 있는 것이다.

그러나 흔히 사람들은 마음을 비우고 허심탄회(虛心坦懷)하게 살아가면 세상을 어지럽지 않게 살아갈 수 있다는 말을 한다. 사람에겐 육체적인 기(氣)의 발동으로 욕심이 일게 된다. 이 욕심의 발동을 이(理)로써 제어할 줄 아는 이는 크게는 조물주인 천신과 영통하여 천계, 작게는 속세의 티끌 속까지도 들여다볼 수 있다.

사람이 이 경지에 이르면 심안이 열리게 되는데, 본 조항의 내용과 같이 허령(虛靈)의 경지는 "몸이 건강해져 안색이 고와지고, 목소리도 맑아진다"는 것으로 밝혔으니, 이기합체(理氣合體)로 보면 된다.

본 조항의 내용은 "도리와 정기가 샘솟아 우주 공간을 두루 돌아다닌다"와 같이 마음을 비우는 데 있는 것이 곧 이기합체(理氣合體)이다.

이러한 허령(虛靈)의 경지는 이기론(理氣論)에서 생기는 것이니, 마음을 비우고 살아가면 만사가 형통한다. 사람이 이(理)를 떠난 기(氣)로의 생활은 속물근성에 빠지는 추(醜, das Häßliche, Ugliness)에 해당하니, 이(理)로써 기(氣)를 조절해야 허령(虛靈)의 경지로 살아갈 수 있다.

1. 성진의 가추악(假醜惡)과 우미(優美)

우리는 『구운몽』의 주인공 성진에서 추(醜))와 우미(優美)의 내용적인 삶을 찾아볼 수 있다. 그는 동정용왕이 권하는 술에 취해 동정호 수정궁(水晶宮)을 나와 냇가에 나가 취한 기운을 가시게 하기 위해 낯을 씻고서 길가로 한참 걸어가다가 다리를 건너려 했다. 성진은 선녀 여덟이(팔선녀) 길 값을 달라는 것으로 판단하고 여덟 명주(明珠)로 그 값을 주니, 팔선녀(八仙女)들이 각기 한 개씩 받아 가지고서 성진을 돌아보고, 찬연히 웃고 몸을 날려 구름을 타고 공중을 향해 날아갔다.

이때 성진은 망연자실하여 팔선녀로 인하여 마음을 제어하지 못하고 유교적인 부귀공명의 생활을 꿈꾼다. 그는 신동으로 불릴 만큼 학문도 뛰어나니, 중이 아니었다면 따 놓은 당상으로 과거급제를 할 것이라 생각도 해본다. 그리고 성진은 벼슬에 오르면 팔선녀와 같이 미인 틈에서 부귀영화를 누리는 가운데 살아 갈 것인데, 산중에서 허무하게 사는 것을 후회하였다.

성진의 삶은 미인을 거느리며 마음껏 화락(和樂)을 누리는 생활을 꿈꾸니 기(氣)적인 생활에 심취되었다고 할 수 있다. 육관대사는 대선사(大禪師)로서 성진의 마음을 도력으로 꿰뚫어보고 그의 소원을 들어주기 위해 선몽(禪夢)에 들게 해 당(唐)나라 유가(儒家)의 집안에 신동으로 태어나게 했다. 그리고 대사는 성진으로 하여금 과거급제를 하고 출장입상(出將入相)으로 영화로운 생활을 전생에 인연이 있었던 팔선녀들과 각기 만나 엽색적인 생활로 한평생을 보내고 깨어났다. 성진은 인생의 부귀영화는 일장춘몽임을 깨달았다. 즉 성진은 몽중생활(夢中生活)에서 팔선녀의 전신들의 미인들과 환락을 누렸는데, 가추악(假醜惡)의 생활을 한 것이다.

그는 몽중(夢中)에서 팔선녀와의 엽색적인 생활을 청산하고 현실에서 허령(虛靈)의 마음으로 돌아와 극락왕생하게 되었는데, 이(理)로써 육체인 기(氣)를 조절한 것이니, 우미(優美)로 승화시킨 삶이라고 할 수 있다. 사람이 기(氣)로의 허욕을 이(理)로써 조절하면 천지의 마음을 간직하게 되어 그 마음이 우주를 넘나들게 되니, 이기합체(理氣合體)의 생활관이 바람직한 것이다. 이 허령의 경지는 신선이 부럽지 않은 생활이다.

홍익인간의 이화세계는 허령의 상태에서 이뤄지는 세계라고 할 수 있으니, 366사(事)를 실천한 데서 이뤄진 것이므로 순수미적이라 할 수 있다.

이와 같이 제17사(事) 허령(虛靈)은 성진이 꿈속 생활에서 양소유로 산 것은 육체적인 욕망의 충족과 같은 생활상이니, 기적(氣的)인 삶이다. 그는 꿈속에서 깨어나 꿈속에서의 팔선녀와 엽색적인 생활을 크게 뉘우치고 심신 일체를 이(理)인 천심(天心)으로써 마음을 비고 살다가 극락왕생 한 것은 순수미적인 우미(優美)의 생활이라 할 수 있다.

사람의 심신일체의 조화로운 삶은 이기이원론적(理氣二元論的) 일원론(一元論)인 이기합체(理氣合體)에서 이뤄지는 것이다. 성진의 삶은 이원론적(二元論的) 일원론(一元論)의 삶이었다고 할 수 있으므로, 본 조항으로 밝혀본 것이다.

2. 이원론적(二元論的) 일원론(一元論)의 삶

본고에서 이원론이라 하는 것은 정신과 물질을 말하는데, 여기에 일원론(一元論)이란 이 두 가지가 합일된 세계이니, 어느 쪽에도 치우친 상태가 아니고 중정의 세계, 곧 순수미의 경지라고 할 수 있다.

작가들은 본 조항이나 『구은몽』의 주인공 성진이 살아온 과정을 스토리텔링으로 작품을 우미(優美)로 형상화하면 유년기에 든 아이들이나 청소년들이 바르게 성장하게 하는 데 도움을 준다. 그리고 작가는 이들이 성인이 된 후 위정자가 되었을 때 단군의 나라를 홍익인간의 이화세계와 같이 훌륭한 나라를 세울 것이다.

작가들은 주인공의 행흔을 허령(虛靈)의 상태로 마음을 돌려놓으면 박 속의 흰빛으로 가득 차 씨를 감싸는 것과 같이 아름다운 사회를 세운다. 마치 이는 박 속에서 사람이 탄생하여 훌륭한 나라를 세웠다는 건국설화에서처럼 마음씨를 밝고 깨끗하게 가지면 사회를 바르게 하는 주인공이 되어 사람을 바르게 살아가게 할 것이다.

2007년 노무현 정권은 경제정책의 실패로 도시와 지방과 가진 자나 못 가진자와의 양극화 현상이 심화되어 1997년 IMF(국제통화기금)한파 때보다 더 살기 어렵다고들 이구동성이다. 현 사회에선 위대한 정치가의 출현이 다른 어느 때보다 기다리는 때이다.

작가들은 작중 인물의 주인공을 본 조항의 내용과 같이 이기일원론(理氣一元論)적 인물로 나타내면 나라를 잘 다스려 경제대국을 세울 것이다.

인간생활은 경제적인 두를 누리며 살아갈 때 남을 유익하게 도움을 주고 여유롭게 살아갈 수 있다. 단군이 세운 홍익인간의 이화세계는 경제적으로 부한 나라를 세우는 것을 의미한다. 따라서 이 세계는 예술적인 진선미의 나라고 할 수 있다.

제18사(事) 치지(致知: 앎에 이름)-「빼앗긴 들에도 봄은 오는가」-

　본 조항의 치지(致知)는 '앎에 이름'을 뜻하니, 바른 마음을 지닌 사람은 심령과 통하여 앞으로 닥쳐올 일을 훤히 알게 된다는 것이다.

　앞일을 예고하는 작품을 쓴다는 것은 마음을 관장하고 있는 심령과 통해야 지나온 과거나 장차 올 미래를 밝게 알게 되어 있다. 사람은 하늘의 한결같은 마음을 지니며 살아가면 앞일을 알아맞히며 살아간다. 더구나 작가는 수도의 정신으로 작품을 쓰는 관계로 하늘의 마음으로 시작(詩作)이나 창작에 임하게 된다. 사람은 정신통일로 임하게 되면 심령과 통하게 되어 앞일도 알아맞힐 수 있다.

　본고에서 예를 든 서포(西浦) 김만중(金萬重 1637~1692)의 『사씨남정기』와 이상화(李相和 1900~1943)의 『빼앗긴 들에도 봄은 오는가』는 17세기와 20세기에 앞을 내다보는 작품을 쓴 것이다. 이러한 작품은 본 조항의 내용과 관련되므로 본 조항을 소개하고, 이를 근거로 두 작품에 대해서 서술하기로 한다.

　제18사(事) 치지(致知): (誠 2體 14用)(성, 2째 본체, 14번째 쓰임)

致知者는 知覺乎所不知也라. 正心而無間斷焉則心神은 掌知하고 心靈은 掌覺하여 聲入而神通하고 物來而靈悟하여 旣往將來를 燎若當時하니라.

해석: 치지(致知)란 알지 못하는 바를 알아 깨달음이라. 바른 마음이 끊일 사이가 없으면 마음의 신은 앎을 관장하고 마음의 영은 깨달음을 맡아서 소리가 들어옴에 정신이 통하고 사물이 다가옴에 영이 깨달아 과거와 장래가 그 당시처럼 환하게 알게 되느니라.

　제18사(事) 치지(致知)란 앎에 이르는 방법을 말하고 있는데, 마음이 바른 사람의 경우 깨달아 알게 되면 일월과 같이 밝아지는 것을 가르치고 있다. 즉 마음이 바른 사람은 정신통일로 모든 사물의 이치를 훤히 통달할 수 있는 것인데, 본 조항에서는 우선 마음을 바르게 함을 끊임없이 하라는 것이다. 여기서 마음의 신(神)인 심신(心神)은 지식을 맡고, 마음의 영(靈)인 심령(心靈)은 깨달음을 관장하는 것을 밝혔다.

신(神)은 전지전능(全知全能)하다는 말과 통하는 내용이다. 신(神)은 귀로, 영(靈)은 눈으로 통하게 되니, 귀는 달(月)로 눈은 해(太陽)로 나타나 일월과 같이 훤히 알 수 있다는 것이다.

사람이 마음을 바르게 지니면 미래를 투시하는 혜안(慧眼)으로 개인과 국가의 명운도 알아낸다는 것으로 볼 수 있다.

사람이 알지 못하던 것을 깨달아 알게 하는 방법을 본 조항에서 밝혔는데 첫째 바른 마음을 한결같음을, 둘째 마음속 신(神)과 영(靈)이 각기 앎과 깨달음을 맡아 소리가 들려오면→신이 통하고, 사물이 다가오면→영이 깨닫는다. 그리고 지나간 일→장차 올 일→당시처럼 환하게 알게 된다는 것이다.

앞으로 다가올 일을 아는 것은 영과 통하는 의식에서 오는 것이니, 하늘의 마음을 지니게 되므로 하늘이 준 본성에서 찾으면 하느님이 머릿속에 내려와 있다고 『삼일신고』(三一神誥) 신훈(神訓)에서 다음과 같이 가르쳐 주고 있다.

제2장 신훈(神訓: 한얼 가르침)

神은 在無上一位하시 有大德大慧大力하사, 生天하시며 主無數世界하시고, 造 㤼㤼物하시니, 纖塵無漏하며 昭昭靈靈하여 不敢名量이라 聲氣願禱하면 絶親見이니, 自性求子하라. 降在爾腦니라.

해석: 한얼님은 더없는 으뜸자리에 계시어, 큰 덕과 큰 슬기와 큰 힘을 가지시고 하늘이치를 내시며, 수없는 누리를 주관하시고, 많고 많은 생물을 만드셨으니, 티끌만큼도 빠지심이 없으며, 밝고도 신령하시어 감히 이름 지어 헤아릴 수 없도다. 소리를 내어 기운을 다하여 원하고 기도하면 친히 보임을 끊으시니, 본성에서 한얼 씨앗을 찾아보라. 너희 머릿속에 내려와 계시니라.

제2장 신훈(神訓)은 51자(字)로 되어 있다. 하느님은 무형체(無形體)인 무형천(無形天)이므로 무형(無形)하고 무언(無言)하고 무위(無爲)한 세 가지로 되어 있다.

이 하느님은 우주의 유일자(唯一者)요 절대자(絶對者)로서 더없는 높은 자리에 계시어 만물을 주관하고 있다. 하느님은 유일절대자이므로 그의 행함은 자연현상에서 나타난다.

하느님은 대덕(大德)으로 만유(萬有)를 창조하고, 대혜(大慧)로 천리를 밝히고, 대력(大力)으로 우주를 주관하게 되어, 소우주인 인간으로서는 대우주인을 주관하는 하느님의 정체를 볼 수 없다.

그러나 사람들은 하나(一)로서 행하면 그 하느님의 진리가 자기의 머릿속에 내려 있음을 깨닫게 되고 하느님의 은총을 받게 된다.

위의 내용을 칭송하는 글이 전하는데 이를 소개하면 다음과 같다.

아주 밝으시고 신령함이여	至昭至靈
온갖 조화의 주인이시네.	萬化之主
힘이 굳세시고 튼튼 하사	旣剛而健
슬기와 덕 밝고 넓으시네.	慧炤德溥
한얼기를 이루심	財成神機
자로써 잰 듯하시네.	如待規矩
소리 김 떠나고 끊으시니	離聲絶氣
한얼 집 보기어렵네	不見眞府

위의 신훈(神訓: 한얼 가르침) 내용을 도표로써 나타내면 다음과 같다.

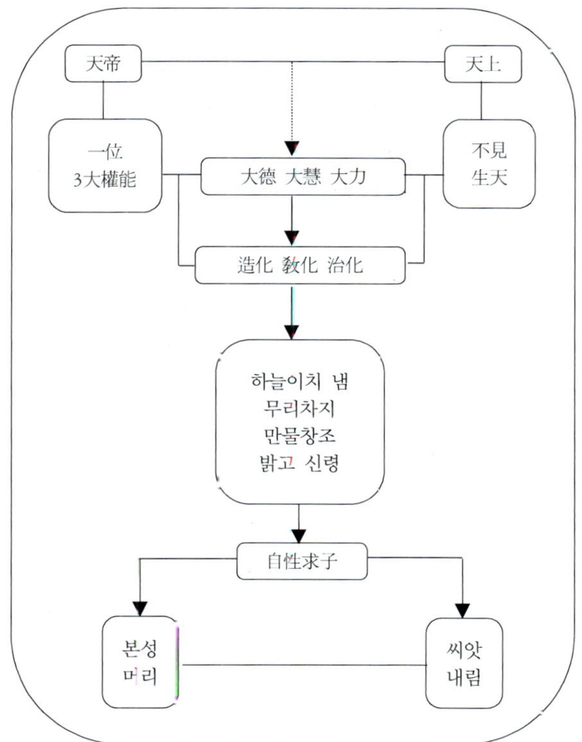

하느님은 『천부경』(天符經)의 십수(十數)에 이른 완벽한 존재이므로 1~10수에 이르는 길을 행하면 하느님의 존재를 깨닫게 된다.

따라서 하느님은 천지를 대덕(大德)과 대혜(大慧)와 대력(大力)으로써 창조한 관계로 인간이 하느님의 마음을 찾는다면 신과 같이 세 가지 권능을 지닐 수 있음으로 미래를 예측할 수도 있는 것이다.

우리는 종종 작가의 혜안으로 미래를 알아맞히는 문학을 볼 수 있는데, 서포 김만중이 『사씨남정기』에서 유한림(劉翰林)을 숙종(肅宗)으로, 사씨를 인현왕후로, 교씨를 장희빈으로 비유해서 나타난 것은 앞을 예시한 내용이다.

숙종은 장희빈이 인현왕후를 죽이는 모방행위를 하는 현장을 발견해 장희빈이 비참하게 죽는다. 장희빈에 의해 축출된 인현왕후는 복귀하게 된다. 『사씨남정기』에는 유한림이 교씨가 사씨 부인을 모함하여 유문(劉門)에서 쫓아낸 것을 알아내, 교씨를 타살하고 사씨와 같이 살게 되었으니, 실제상황과 너무나 닮아 있다. 그뿐 아니라 이상화(1901~1943)는 시 「빼앗긴 들에도 봄은 오는가」 중 제8연에서 조국이 일제로부터 독립이 돌아온다는 내용으로 지었다. 그것은 봄이 온다는 것이니, 곧 조국광복의 도래를 의미하는데 그 내용을 소개하면 다음과 같다.

> 나는 온몸에 풋내를 띠고
> 푸른 웃음 푸른 설음이 어우러진 사이로,
> 다리를 절며 하루를 걷는다.
> 아마도 봄 신명이 잡혔나 보다.
> 그러나 지금은 들을 빼앗겨 봄조차 빼앗기겠네.

「빼앗긴 들에도 봄은 오는가」『개벽』(開闢) 70호

시적 화자는 식민지 지배하에 피압박을 받으며 절음발이로 다리를 절며 걷지만 머지않은 장래에 조국광복이 돌아올 것을 나타냈다. 그 구절은 "아마도 봄 신명이 잡혔나 보다"로 볼 수 있다.

화자는 곧 작자를 의식하게 되므로 가혹한 일제통치하에서도 변절하지 않고 조국을 찾겠다는 육신의 소리로써 시를 지었으니, 순수미적인 올바름(correctness)의 발현이다.

「빼앗긴 들에도 봄은 오는가」는 『개벽』(開闢) 70호는 1926년 6월호에 게재했는데 폐간이 되었다는 점에서 저항의식이 농후한 작품이며, 앞을 예시한 문학으로 평가받을 수 있다.

제18사(事) 치지(致知)의 내용은 심령이 통하는 의식이니, 위의 시를 이해하는 데 도움을 줄뿐더러, 유년기에 아이들이 본 조항의 내용을 깨닫는 일환으로 마음을 바르게 지니고 자란다면 앞을 예견하는 사람이 되어, 훗날 시대변화에 적응하고 미래를 예견하는 위정자나 작가가 될 것이라 믿는다.

우리는 서포 김만중과 이상화가 앞을 내다보는 작품을 썼다는 데 주목하게 된다. 이들 양인의 작가는 일월과 같은 밝은 마음을 지녔다는 데 있다. 서포는 숙종이 인현왕후를 폐출하고 장희빈의 아들을 세자로 책봉한 바르지 못함을 직간하다가 숙종의 노여움을 사서 남해로 유배를 갔다.

『사씨남정기』는 숙정을 무능한 유한림으로 비유한 것이고, 이상화는 일제 강점기에 일본이 패망할 것을 나타냈으니, 이들이 상상과 환상으로 미래를 예견하는 작품을 쓴 것이다.

1. 앞을 예시하는 작품

앞을 예시하는 일은 선인들 작품뿐만 아니라 오늘에도 작가들이 작중 주인공을 통해 알아맞히는 이들이 있다. 서포는 『사씨남정기』에서 사 씨 부인을 인현왕후(仁顯王后) 민 씨(閔氏)로, 장희빈을 교 씨로, 유한림을 숙정으로 본 것은 너무나 닮아 있다.

서포(西浦)는 유복자로 태어나서 현모 윤 씨에 대해 효성이 지극하고 대제학 판서를 역임하고 남인의 재등장으로 남해로 유배되어 『구운몽』과 『사씨남정기』를 지은 것이다. 『사씨남정기』는 인현왕후 민 씨를 내쫓는 일을 시정하기 위해 중국 경나라를 무대로 지은 것인데, 숙정이 이 소설을 읽고 정실 민 씨를 받아들였다고 하니, 앞을 예시한 문학이다.

이상화는 1926년 대표작 「빼앗긴 들에도 봄은 오는가」와 같이 일제가 패망할 것을 예시하는 작품을 썼는데, 그가 시 정신에 의해 살아온 것으로 인해 마음이 신명과 통해 앞을 예시하는 작품을 쓴 것이다.

작가들은 서포나 이상화와 같이 새로운 착상으로 앞일을 예고하는 작품을 쓰면 독자들로부터 각광을 받는다. 한극이 10년~30년 후에 일어날 일을 미리 예고하는 작품을 쓴다면 희망을 가지게 되므로 많은 독자층을 형성하게 될 것이다.

제19사(事) 폐물(閉物: 만물을 닫음)―한용운의 『님의 침묵』―

제19사(事) 폐물(閉物)은 한자풀이에서 나타난다. 폐(閉)자가 '닫을 (폐)'이고 물(物)자는 '사물 (물)'이므로 사물을 닫는 것으로 개방하지 않은 폐쇄성을 나타낸 말로 해석할 수 있다. 그러나 이 말의 의미는 사물에 대해 마음을 닫으며 열고 펴냄에 신중을 기하라는 가르침이다.

만해(萬海) 한용운(韓龍雲, 1879~1944)의 『님의 침묵』은 10연으로 구성되어 있는데, 작자의 의지가 담겨 있는 내용이라 할 수 있다. 그의 행적은 독립운동가로서 살피면 된다. 만해는 독립운동가의 의지를 『님의 침묵』에서 나타냈는데, 일제로 인해 이들을 만날 수 없음을 슬퍼하였지만 회자정리(會者定離)로서 다시 만날 것을 노래했다.

일제하 식민지 생활은 처절해 뜻을 같이하던 이들을 다시 만날 수 없는 이별로 인한 절망을 희망으로 승화시켜 조국독립의 날이 돌아올 것이라는 의지를 나타냈다.

만해는 『님의 침묵』의 시집을 1926년 상재한 것으로 미루어 그중 『님의 침묵』의 개별 시는 그 이전에 쓴 것으로 볼 수 있다. 일제를 물리쳐 독립을 되찾겠다는 의지가 나타나 있는 내용이다. 그는 적절한 시기에 독립운동을 전개하여 국민들에게 적개심을 불러일으켜 일제에게 저항하는 기폭제가 되게 했다.

작가들은 만해(萬海)에 대해 그가 일제하에서 독립운동을 한 과정을 일대기로 한 내용을 소설로 나타내면 독자들이 그의 애국심을 이해하는 데 도움을 줄 것이다.

『님의 침묵』의 시집이 1926년 5월 20일로 출판일자로 되어 있으니, 1926년은 6 · 10만세운동이 일어났고, 1929년 광주학생운동이 일어난 것으로 보면 독립운동의 교량적 역할을 하였다고 본다, 본 조항의 내용과 같이 때를 잘 나타낸 것으로 볼 수 있다. 그런 점에서 본 조항을 인용하면 다음과 같다.

제19사(事) 폐물(閉物): (誠 2體 16用)(성, 2째 본체, 16번째 쓰임)

閉는 不開也오 物은 事物也라. 心者는 藏事之府庫오 身者는
行事之樞機 也라. 藏而不發이면 安得現做乎리요. 開發에 有
時有地이니 開不以時하고 發不以地면 天理昏暗하고 人道顚
覆나라. 故로 哲人은 閉物而愼開發하니 라.

해석: 폐(閉)는 열지 않음이요, 물(物)은 사물이다. 마음이란 일을 저장하는 곳집이고, 몸은 일을 행하는 기틀이다. 저장하고 펴지 않으면 어찌 이룰 수 있겠는가? 열고 폄에 때와 장소가 있고, 때에 맞지 않게 열고 곳에 맞지 않게 펴면 하늘의 이치가 어두워지고 사람의 도리가 뒤집힌다. 그러므로 철인은 사물을 저장해 두면서 신중하게 연다.

예로부터 도리를 아는 사람은 자신이 할 바를 함부로 행하지 않는 것으로 되어 있다. 폐물(閉物)에 내장된 의미는 본문에서 "몸은 일을 행하는 기틀이다"(身者는 行事之樞機也)고 한 데서 밝혀진다. 이 말의 근원은 『역경』(易經)·계사상전에 나타나는 말로서 대신할 수 있다. 이 뜻은 하늘이 부여한 사명을 시중(時中)의 도(道)로 신중을 기해 행할 것을 당부하고 있는 내용이기 때문이다.

폐물(閉物)은 사물을 닫는 것으로 폐쇄성으로 오인하기 쉬운 뜻이다. 사람은 자신이 품고 있는 마음을 나타낼 때 함부로 발설해서는 안 된다. 마음을 펴냄에는 때와 장소가 있는 법이니 이를 지키지 않으면 하늘의 이치가 어두워지고 사람의 도리가 뒤집어지는 관계로 욕심에 끌려 다녀서는 안 되고, 마음을 닫으며 결코 펴냄에 신중을 기하라는 가르침이다.

따라서 본 조항은 한말로 요약하면 중용 중에서 시중(時中)으로 행하면 된다는 해석이라는 의미가 들어 있다.

1. 만해 한용운의 『님의 침묵』

만해의 『님의 침묵』은 10연으로 되어 있는데 제1연~10연까지의 내용은 조국을 일제로부터 되찾겠다는 의지를 나타냈다. 그는 말로만이 아닌 실천을 하며 언행일치로 옥고를 치르며, 이 땅에 독립운동의 전형을 보여 주었다.

『님의 침묵』은 1926년 5월 20일 동서관(東書舘)에서 발행한 시집의 이름인 것으로 미루어 그 이전에 쓰인 것으로 볼 수 있다. 3·1 운동이 일어난 지 오랜 세월이 흘렀고 일제의 탄압이 심해지고 특히 독립운동가들에게 감시가 심해지니, 그때 뜻을 같이하던 이들도 전국 각지에 흩어져 있으니, 모이기도 쉽지 않았던 때이다. 제1연은 그런 상황을 보여주고 있는 것이다.

> 님은 갔습니다.
> 아 아,
> 사랑하는 나의 님은 갔습니다.

만해는 님은 님만 아니라 그린 것은 님이라 했으니, 님을 조국으로 해석할 수도 있지만, 3·1 운동 당시 뜻을 같이 하던 독립운동가들이라 할 수 있다.

제6연에서는 회자정리(會者定離)는 인간이 살아가는 데 흔히 일어나는 일이지만 이들과 이별한 후 만나기가 어렵게 될 줄을 꿈에도 생각지 못하게 됨을 시적 화자는 "놀란 가슴은 새로운 슬픔에 터집니다"로 나타낸 것이다.

> 사랑도 사람의 일이라,
> 만날 때에 미리 떠날 것을 염려하고 경계하지 아니한 것은 아니지만,
> 이별은 뜻밖의 일이 되고 놀란 가슴은 새로운 슬픔에 터집니다.

독립운동을 하던 만해는 동지들을 만날 수 없게 됨을 슬퍼하는 것이다.

그러면서도 그는 시적 화자를 통해서 만날 것을 믿고 있으니, 조국광복을 포기하지 않은 그의 열정을 생각하게 된다. 제8연은 시적 화자를 통해 그 전날의 동지들을 다시 만나게 될 것이라 믿는다고 다음과 같이 나타냈다.

> 우리는 만날 때에 떠날 것을 염려하는 것과 같이,
> 떠날 때에 다시 만날 것을 믿습니다.

위의 제8연은 조국광복의 의지를 표출한 것이라 할 수 있다. 제9연에서 는 그 의지가 확연하게 드러나는데, 그 내용을 소개하면 다음과 같다.

> 아 아, 님은 갔지마는 나는 님을 보내지 아니하였습니다.

독립운동가들은 해외로 망명하였지만 광복이 돌아오는 날 다시 만나게 될 것이니, 일제는 이 땅에서 물러나게 될 것을 나타낸 것이다.

제10연에서는 일제가 퍼망하면 아국지사들이 한자리에 단나 저절로 흘 러나오는 흥겨운 노래를 부르며 춤을 추게 될 것이라는 희망을 나타냈으 니, 일제의 패망은 반드시 돌아오게 됨을 시인은 시적 화자를 통해 노래하 고 있다.

> 제 곡조를 못 이기는 사랑의 노래는 님의 침묵을 휩싸고 돕니다.

실제 광복이 돌아왔다는 소식을 전해들은 말을 듣고 도시나 지방 시골 마을에서는 모든 국민들은 반가워 제 10연과 같이 감격했던 것이다.

만해의 『님의 침묵』은 이별로 인한 절망→희망을 노래한 것이니, 일지 로부터 독립을 쟁취하겠다는 의지가 들어 있다.

『님의 침묵』은 만해의 신념이 담겨 있는 것이다. 그는 1919년 33인 중 의 한사람으로 독립선언서에 서명하여 3년간의 옥고를 치르는 등 항일 단 체를 결성하여 일제에 항거의지를 굽히지 않았으니, 언행이 일치된 중용 미[das der (goldene) Mittelweg Schöne]의 시인이라 할 수 있다.

우리는『님의 침묵』을 읽을 때 1919년 3월 1일과 1926년 6월 10일[순종의 인산일(因山日)에 각각 만세운동이 일어났으니 항일독립운동이고, 1929년 광주학생운동이 일어났으니, 독립운동을 시기적절하게 언행일치로 나타냈다.

2. 만해의 독립운동과『님의 침묵』

일제시대 항일운동을 하는 것은 자신의 생명은 물론 가족까지도 많은 희생을 치러야 하는 것을 각오하면서 오로지 나라 찾기에 온 정열을 바친 사람들이다. 만해도 옥고를 치렀으니, 그의 조국애는『님의 침묵』에 들어 있으니, 그 시에 함축되어 있는 것을 이해하면 조국광복의 의지가 남다른 것이다.

작가들은 만해의 행함을 어린이와 청소년에게 동화와 소설 등으로 보여줄 필요가 있다. 작품의 내용은 본 조항의 내용을 근거로 하고 한용운을 위시한 독립운동가들의 생활을 스토리텔링으로 나타낸다면 독자들이 언행일치를 행하는 데 도움을 줄 것이다. 젊은 세대들은 앞길이 창창하기 때문에 시대변화를 중용미로 실천하고 살아가면 훌륭한 인물로 도약할 가능성이 있다.

제20사(事) 척정(斥情: 정욕을 물리침)－정극인의 「상춘곡」(賞春曲)－

척정(斥情)은 '정욕을 물리침'이란 뜻이니, 바른 마음을 얻고자 하면 먼저 정욕을 물리쳐야 함을 나타낸 말이다.

요즘 한국에는 양극화 현상이 만연되어 가진 자와 못 가진 자와 차가 너무 벌어져 있는데, 가난함이나 비천함을 혐오하는 마음을 버려야 한다. 작가들은 감정과 욕심을 물리치고 인간의 바른길을 참됨으로 작중에 나타내면 독자들이 바르게 살아가는 길을 배울 것이다.

정극인(丁克仁, 1401~1481)의 「상춘곡」(賞春曲)은 치시한객(致仕閑客)으로 강호가도(江湖歌道)를 이루며 자연과 벗 삼아 생활하는 정경이 숨김없이 나타나 있다. 자연에서의 생활은 인간의 감정과 욕심이 태제된 상태이고 물아일체(物我一體)를 이루어 순수미적인 경지가 된다.

본 조항에서의 바른 마음을 지니기 위해서는 「상춘곡」(賞春曲)의 내용과 같이 인간의 감정과 욕심을 배제시키는 것으로 되어 있다. 이 내용에서는 부귀공명도 가난함과 비천함을 싫어하지도 않고 한 세상 자연과 물아일체를 이루는 생활이 자신에겐 좋은 생활이니, 안빈낙도(安貧樂道)의 생활이 자신에게 족(足)하다는 것을 나타냈다. 이런 경지에선 순수한 마음이니, 정욕 따위는 떠오를 수 없다. 「상춘곡」(賞春曲)의 경지는 본 조항과 통하는 일면이 있는데, 먼저 본 조항의 내용을 다음과 같이 인용한다.

제20사(事) 척정(斥情): (誠 2體 17用)(성, 2째 본체, 17번쩌 쓰임)

斥은 却也오 情은 情慾也라. 有喜怒則不得正心하며 有好惡
則不得正心하고 求逸樂則不得正心하며 厭貧賤則不得正心
하니 欲正心이면 先斥 情慾이 니라.

해석: 척(斥)은 물리침이며, 정(情)은 감정과 욕심이니라. 기쁨과 노여움이 있으면 바른 마음을 얻지 못하며, 좋아함과 미워함이 있으면 바른 마음을 얻지 못하고, 안일함과 즐거움을 구하면 바른 마음을 얻지 못하고, 가난함과 천함을 싫어하면 바른 마음을 얻지 못하니, 바른 마음을 가지려면 먼저 감정과 욕심을 물리쳐야 하느니라.

사람은 감정과 욕심을 제멸하면 하늘의 마음인 이기론(理氣論)에서의 이(理)의 마음을 지닐 수 있다. 기(氣)는 육체의 근원이 되는데 에너지 법칙인 이(理)로 조절하지 않으면 육감과 욕심을 제멸할 수 없다.

인간에겐 감정과 욕망을 물리치는 방법이 있는데 이기합체(理氣合體)인 이기이원론적(理氣二元論的) 일원론(一元論)의 경지로 보거나, 육감(六感)을 제멸 또는 중용적인 도로 보면 인간의 순수성을 지닐 수 있다. 또한 방법은 『인부경』(人符經)에 '천십지오'(天十地五)와 같이 하늘과 대지의 중심을 이루는 15수(數)의 경지로 보는 방법 등이다. 십(十)의 자(字)는 하나(一)와 일(1)과의 합성어이므로, 전자 하나(一)는 동서(東西)를, 후자인 일(1)은 남북을 가리키는 것이니, 십(十)자의 의미는 하늘에 동서남북의 중앙을 나타낸다.

십오(十五)의 수는 대지의 완전함과 대지의 중심을 이루는 수(數)이다. 오수(五數) 또한 중앙수를 말한다. 오수(五數)는 『역경』 계사전의 '천수오(天數五), 지수오(地數五)'라고 한 것은 중앙수를 말한다.

따라서 인간의 욕심을 누르는 길잡이는 『천부경』(天符經)에서의 하늘의 수(數) '(天一一)'인 하나(一)의 수를 지니면 된다. 일(1)이 곧 이기론에서의 이(理)인데 곧 천리(天理)인 것이다. 인간의 감정과 욕심을 제어하는 방법은 천리의 이치로 찾으면 문제 될 것이 없다.

1. 정극인(丁克仁)의 「상춘곡」(賞春曲)

불우헌(不憂軒) 정극인(丁克仁 1401~1481)은 단종 때 과거에 급제 벼슬이 정언(正言)에 이르렀다. 그는 운이 없게도 단종이 수양대군에게 왕위를 빼앗기자 퇴관하고 전라북도 고향 태인(泰仁)에 돌아가 후진을 양성하고 「상춘곡」(賞春曲)을 4음보(音步)의 운문(韻文)으로 지었는데, 15세기 말엽 성종 때 지은 것이다. 이 가사의 가치는 최초의 가사 작품으로 일컬어지고 있다. 그는 「상춘곡」(賞春曲)에서 강호가도(江湖歌道)의 삶을 나타냈는데, 몇 구절을 인용하기로 한다.

> 천지 간 남자 몸이 날만한 이 하건마는 / 산림에 묻혀 있어 지락(至樂)을 모를 것인가. / 수간(數間) 모옥(茅屋)을 벽계수(碧溪水) 앞에 두고 / 송죽(松竹) 울울리(鬱鬱裏)에 풍월주인 되여 셔라. … / 송간세로(松間細路)에 두견화를 부치들고 / 봉두(峰頭)에 급히 올라 그름 속에 앉아 보니 / 천촌만락(千村萬落)이 곳곳에 벌려 있네. / 연하일휘(煙霞日輝)는 금수(錦繡)를 재폈는 듯 / 엊그제 검은 들이 봄빛도 유여(有餘)할샤. / 공명도 날 꺼리고 부귀도 날 꺼리니 / 청풍명월 외에 어떤 벗이 있사올고. / 단표(簞瓢) 누항(陋巷)에 흩은 혜음 아니 하네 / 아모타 백년행

락이 이만한들 어떠하리.

『不憂軒集』 중 「상춘곡」(賞春曲)

「상춘곡」(賞春曲)은 작자가 말년에 고향 태인(泰仁)에 돌아가 자연에 묻혀 은거할 때 지은 가사(歌辭)인데, 속세를 떠나 풍월주인(風月主人)으로서 안빈낙도의 생활을 보내게 되어 강호가도를 이루어 자연과 합체되는 경지로 나타낸 것이다.

이런 마음의 상태에서 작자는 자연미와 일체화된 박미(樸美)를 체득할 수 있게 된 것이니, 이기론(理氣論)에서의 이기합체(理氣合體)를 나타낸 경지라 할 수 있다.

2. 요즘 젊은이들의 정신상태

오늘에는 청소년들이 정신적인 집중이 어렵다고 할 수 있다. 주변에 보이는 것이 호화로운 것이 전개되고 방심하면 마음이 들뜬다. 작가들이 본 조항이나 선인들이 강호에서 물외에서 강호가도(江湖歌道)를 이루며 자연과 물아일체의 생활을 참고로 하는 내용으로 작품을 쓴다면, 청소년들이 감정과 욕심을 척거하게 되어 바른 마음으로 살아가게 하는 데 도움을 준다.

어려서부터 정신을 자연의 이치로 순화시키고 정신을 하나의 마음으로 지니게 하면 만 가지 일이 잘 이뤄질 것이다.

제21사(事) 묵안(黙安: 잠잠하여 편안함)―「이상곡」(履霜曲)의 시적 화자―

묵안(黙安)은 '마음이 가라앉아 편안함'을 뜻하니, 바른 마음이 바탕이 되면 마음이 맑고 고요하여 심신이 편안한 것을 말한다. 고려가요는 남녀의 상열(相悅)의 노래가 많다. 조선조는 조선(朝鮮)의 국시(國是)에 위반되고 건국의 이념에 배치되는 노래는 폐기(廢棄) 또는 산가(刪改)되었는터,

그중의 「이상곡」(履霜曲)은 성종(成宗)의 명에 의해 산개(刪改)되었음이 『성종실록』 권 240 21년 5월조에 나타나고, 그 노래가 악장가사(樂章歌詞)에 전한다.

오늘의 전하는 것은 산개(刪改)된 것이지만 조선조 양반들이 볼 때는 남녀의 상열로 볼 수 있다. 청상들이 남편 없이 살아갈 때 날이 흐리고 비가 내리면 임의 생각이 떠오르게 마련이다. 그럴 때 남편은 이왕 죽었고 다른 미남을 그리게 된다. 청상은 자기가 그런 생각을 하면 안 된다는 죄의식으로 마음을 지니고 달랜다. 그녀는 곧 일편단심으로 죽은 임을 끝까지 생각하겠다는 다짐을 가진다는 내용으로 끝을 맺고 있다.

「이상곡」(履霜曲)은 유자(儒者)들 입장에서 노래 자체를 보면 음란한 노래에 속하지만 청상이 일시적으로 음산한 날씨에 임의 품 안을 생각하게 되어 불순한 생각을 했다고 본 것이다. 그러나 시적 화자는 곧 뉘우쳐 본 마음으로 돌렸으니, 음란한 노래가 아니고 건전(H)한 정신을 나타냈다고 할 수 있다.

이 노래는 불건전한 생각을 가졌다가 건전하게 앞으로 임과 함께 살아가겠다는 것을 노래하고 있으니, 'H'의 정신을 나타낸 것이다. 작가들 또한 주인공이 불건전한 마음으로써 행동하다가 곧 뉘우쳐 건전한 생각을 지니며 살아가는 내용을 나타내면 사람들이 본받는 바가 된다.

본 조항의 내용은 하나(H) 됨에 하늘(H)의 마음을 가지는 것이니, 「이상곡」(履霜曲)을 이해하는데 도움을 준다. 본 조항의 내용을 소개하면 다음과 같다.

제21사(事) 묵안(黙安): (誠 2體 18用)(성, 2째 본체, 18번째 쓰임)

黙은 沈遠也오 安은 淡泊也라. 沈遠以戒心之亂近하고 淡泊以戒心之冗劇則泥水漸淸하고 重濁이 乃定이라. 此淸心之源也니 淸心者는 正心之基也이니라.

해석: 묵(黙)은 오래 잠겨 있는 것이고, 안(安)은 맑은 물과 같은 담담함이라. 오래 잠겨 있는 마음의 어지러움이 다가옴을 경계하고 맑고 담담함으로 마음이 번거롭고 바쁜 것을 경계하면, 흙탕물이 점점 맑아지고 거듭 흐려지는 것이 이내 안정되느니라. 이것이 맑은 마음의 원천이니, 맑은 마음이란 바른 마음의 바탕이 되느니라.

위의 내용은 마음을 가라앉히는 기본자세에 대해서 말하고 있다. 사람의 마음을 가라앉히는 자세는 여러 가지 방식이 있지만 본 장은 성(誠)을 내용으로 한 것이므로 하늘을 공경하는 마음을 지니면 마음이 가라앉는다. 사실상 사람은 마음을 가라앉히는 기본자세에다 두면 성(誠) 보다 공경의 자세가 우선시돼야 함을 참고적으로 밝혀둔다.

『삼일신고』(三一神誥) · 「진리훈」(眞理訓)에서는 참과 망령에 대해서 자세하게 언급하고 있는데 세 가지를 들고 있다. 이 세 가지는 1) 감정(感情), 2) 기식(氣息), 3) 촉각(觸覺)이다. 1) 감정(感情)은 육정(六情)이라 하는데 ① 기쁨(喜) · ② 두려움(懼) · ③ 슬픔(哀) · ④ 성냄(怒) · ⑤ 탐함(貪) · ⑥ 싫어함(厭)이고, 2) 기식(氣息)은 ① 향내 · ② 술내 · ③ 추움 · ④ 더움 · ⑤ 진동 · ⑥ 축축함이고, 3) 촉각(觸覺)은 ① 소리(聲) · ② 빛(色) · ③ 맛(味) · ④ 음(淫) · ⑤ 부딪힘(抵) · ⑥ 냄새(臭)를 조정하는 것이 마음이다.

마음은 18경계(6×3=18)를 움직이기 때문에 천군(天君)이라 한다. 사람의 마음이 이기(理氣) 중에서 기(氣)에 해당하는데, 기(氣)를 조정하는 것은 이(理)니, 천리(天理)이다

사람에 망령된 마음을 참함으로 마음을 돌이키는 것은 천리이므로 창조주 하느님이라 할 수 있다. 사람은 마음이 변하기 쉬우므로 18경계의 경지를 천리인 이(理)가 기(氣)를 한 곳으로 이르게 하면 망령됨을 돌이켜 참으로 돌아오게 한다.

삼일신고』(三一神誥) · 「진리훈」(眞理訓)에서는 1) 감정(感情), 2) 기식(氣息), 3) 촉각(觸覺)의 세 가지에 대해서 다음과 같이 구체적으로 나타냈다.

제5장 진리훈(眞理訓)

眞妄이 對하야 作三途하니, 曰感息觸이라. 轉成十八境하니
感엔 喜懼哀怒貪 厭이오. 息은 芬爛寒熱震濕이오. 觸엔 聲色
臭味淫抵니라.

해석: 참과 망령이 맞서서 세 길을 지으니, 일러 느낌과 호흡과 촉각이라. 이 세 가지가 굴러 열여덟 경계를 이루나니, 느낌(感)은 기쁨·두려움·슬픔·노여움·탐냄·싫어함이요, 호흡(息)에는 향내·섞은 내·찬 기운·더운 기운·마른 기운·젖은 기운이요, 촉각(觸)에는 소리·빛깔·냄새·맛·음탕·저촉이니라.

본장 제3단은 36자로 형성되어 있다. 성(性)·명(命)·정(精)의 삼진(三眞)과 심(心)·기(氣)·신(身)의 삼망(三妄)이 서로 맞서는 세 갈래 길을 지으니, 느낌(感)·숨쉼(息)·부딪침(觸)의 삼도(三途, 세 길)가 생기고, 이 세 가지 길이 굴러 18가지 경지를 이룬다. 사람들은 이 18경지를 조화롭게 올바로 여하히 조절하는가에 따라 인간이 되는 정도가 다르다. 이 경지를 알기 쉽게 이해하기 위해 도표로 나타내 본다.

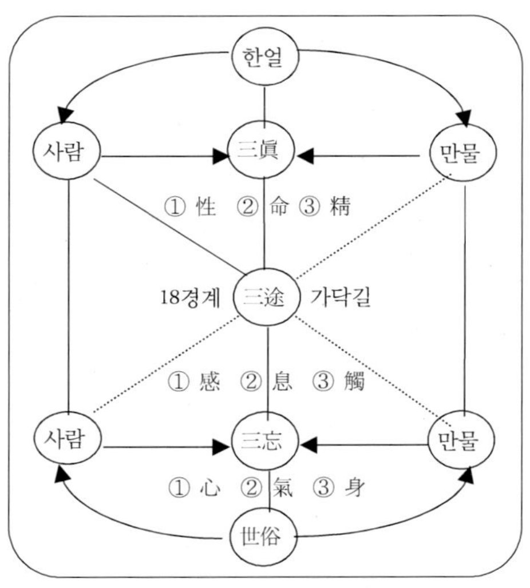

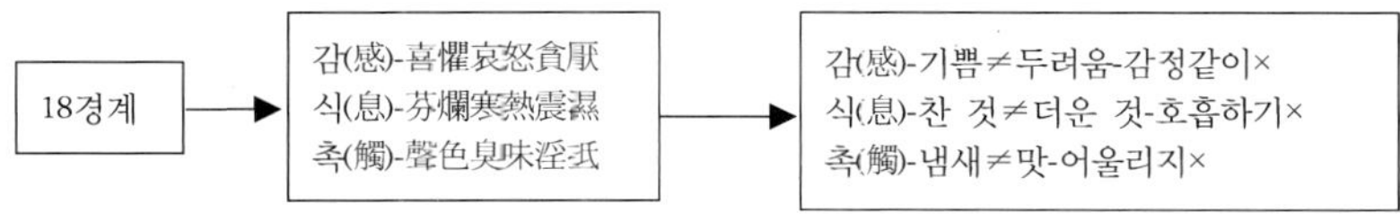

감식촉(感息觸) 중 느낌(感)에는 6가지 마음의 작용이 있다. 즉 ① 기쁨(喜), ② 두려움(懼), ③ 슬픔(哀), ④ 노여움(怒), ⑤ 탐냄(貪), ⑥ 싫어함(厭)이 그것이다. 숨 쉼(息)에는 6가지 기(氣)-① 향내(芬), ② 석은 내(爛), ③ 찬 기운(寒), ④ 더운 기운(熱), ⑤ 마른 기운(震), ⑥ 젖은 김(濕)이요, 부딪침(觸)에는 ① 소리(聲), ② 빛깔(色), ③ 냄새(臭), ④ 맛(味), ⑤ 음탕(淫), ⑥ 저촉(抵)이 있다.

6가지 느낌(感)은 내 뜻의 주관으로 조정하여 극복해야만 올바로 살아갈 수 있는 것이다. 만약에 감정을 이겨내지 못하면 못 살게 된다.

숨쉼(息)에는 6가지 기(氣) 또한 6가지를 중용의 도로써 적당한 조화가 필요한 것이다. 향내만을 맡고 살아가면 썩은 냄새를 멀리하게 되니, 농촌에서 농사를 지을 수 없고, 더운 기운을 좋아하고 찬 기운을 기피하면 추운 겨울을 살아갈 수 없다.

부딪침(觸)의 6가지는 귀와 눈과 코와 입과 몸으로 저촉이 느껴질 때 심신을 조절하지 않고 유혹에 빠지면 몸의 건강을 유지할 수 없으니, 촉각에 마음을 뺏겨서는 안 될 것이다. 다음 단락에는 이 점에 대해서 말하고 있다.

衆은 善惡과 淸濁과 厚薄을 相雜하야 從境途任走하야 墮生長소病歿의 苦하고哲은 止感하며 調息하며 禁觸하야 一意化行하야 返妄卽眞하야 發大神機하나니 性通功完이 是니라.

해석: 뭇사람은 착하고 악함과 맑고 흐림과 두텁고 엷음을 서로 섞어서 여러 경계(18境)를 따라 임의로 달려서, 나고 장성하여서 늙어 병들어 죽는 괴로움에 떨어지고, 철인은 느낌을 그치며 숨 쉼을 고루하며 부딪침을 금하여 한뜻으로 되어가서 망령됨을 돌이켜 참됨에 나아가

서 큰 신기로운 기틀을 발휘하나니, 본성을 통달하고 공덕을 완수함이 이것이니라.

　본 장 제 4단은 45자(字)로 이뤄졌다. 이 글 내용은 뭇사람들과 철인의 경우로 예를 들어 교훈하고 있다. 전자는 뭇사람들은 감식촉(感息觸)이 굴러 이뤄놓은 18가지 경지에 빠져 참나를 찾지 못하고 선악, 청탁, 후박이 뒤섞이는 여러 경계를 넘나들다가 가닥 길을 함부로 달리다가 생로병사의 고통에 떨어져 기어코 세상을 떠난다.

　뭇사람들은 결국 감식촉(感息觸)의 18가지 경지를 제대로 분별할 줄 모르고 악함과 착함과 흐림이 뒤섞이는 등으로 일생을 살다가 이승을 떠나게 되므로 이런 생활을 경계하기 위해 다음과 같이 도표로 나타낸 본다.

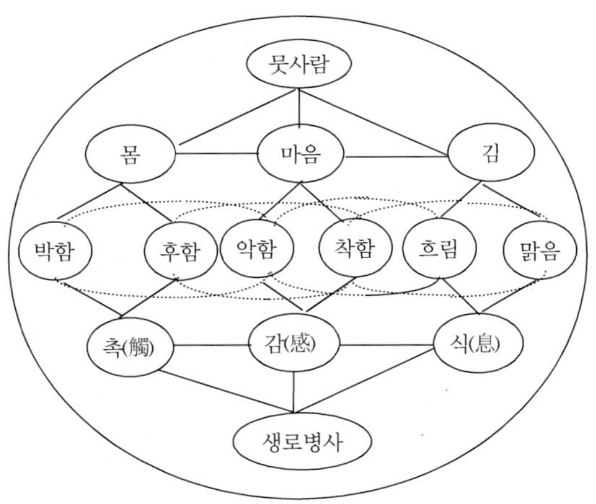

　위와 같이 뭇사람들은 중정의 마음으로 18가지 경계를 함부로 드나들 것이 아니라 금할 줄 아는 생활이다. 앞서 후자인 철인은 느낌을 그치는 지감(止感)과 숨 쉼을 고루 하는 조식(調息)과 부딪힘을 금하는 금촉(禁觸)의 생활을 통하여 망령된 생활을 돌이켜 참됨의 길로 나아가면 크게 한얼의 기틀을 여는 것이라 하였다.

　철인의 길은 다름 아닌 성품을 트고 성품을 마치는 것으로 소개했으니,

『천부경』(天符經)의 "인중천지일"(人中天地一, 사람 가운데 천지가 있어 하나가 된다)고 했으니, 천지인과 삼위일체 되는 마음가짐으로 행하면 성통공완(性通功完)하게 된다.

　철인은 18가지 경계를 이루는 감(感), 식(息), 촉(觸)의 삼도(三途)를 천지인(天地人)인 삼재의 삼태극의 마음으로써 느낌을 그치는 지감(止感)으로 마음을 평온하게 하고, 숨 쉼을 고르게 하는 금식(禁息)으로 호흡을 조절하여, 마음을 하평하게, 촉감을 금하여 몸을 편안하게 하여 뜻을 바로하면 성통공완(性通功完)으로 상철(上哲)로 복을 받고 수를 누리지 된다는 것이다. 이러한 내용을 알기 쉽게 도표로 나타내면 다음과 같다.

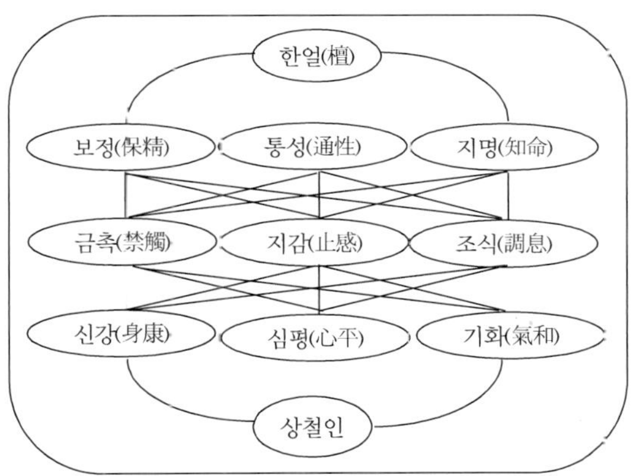

　묵안(黙安)의 자세는 18경지를 일(一)로 돌아오게 하는 것이라 할 수 있다. 『지부경』(地符經)에는 '동십생일'(動十生一)이라 했으니, 십(十)은 십진법(十進法)에 의해 하나(一)를 낳는다. 하나(一)는 하늘의 기본수이므로 천하의 근본을 세우는 수인 것이다.

　묵안(黙安)의 자세는 바로 하늘의 기본수인 하나의 수를 지니면 천리를 터득하게 되니, 보람되고 값진 것이라 할 수 있다.

1. 고려 가요 「이상곡」(履霜曲)의 시적 화자

『악장가사』(樂章歌詞)에 나타난 「이상곡」(履霜曲)의 시적 화자로 등장되는 여인상은 젊은 여인이 과부이니 청상(靑孀)이다. 청상은 겨울날 망부(亡夫)를 그리워하다가 저승에 간 임이니 돌아올 기약도 없어, 다른 임을 떠올린다. 청상은 곧 벼락을 맞아 죽을 생각을 한다고 뉘우친다. 곧 그녀는 "맙소서 님이시여, 임과 한곳에 가고자 하는 기약뿐입니다"라고 고백한다.

> 비 오다가 개이고 눈이 많이 내린 날에 / 서리어 있는 나무숲의 좁디 좁은 굽어 도는 길에 / 잠을 앗아간 내 임을 생각하니 / 그런 무서운 곳에 자러 오겠는가? / …내 님 두고서 다른 임을 따르겠는가? / 어찌 이럴까 저럴까 망설이는 기약을 하오리까? / 아소 님이시여, 임과 함께 지내자고 하는 기약뿐입니다.

『樂章歌詞』「이상곡」(履霜曲)

청상은 18경계까지 마음이 흔들렸으나 하나의 수(數)로 조화를 이루어 망령된 마음을 돌이켜 참으로 돌아오게 한 것이다. 곧 제21사(事) 묵안(黙安)은 마음을 하늘의 마음으로 되돌린 것으로 인해 바른 마음이 생기게 한 것이라 볼 수 있다.

이 가르침은 『인부경』(人符經)의 '천지합덕인'(天地合德人)과 같이 세속에서도 천지의 마음을 가지면 청정한 자신과 마주할 수 있다는 것이니, 오늘의 시점에서도 많은 도움을 준다.

청상은 참의 마음으로 되돌렸으니 순수미적인 담박미(淡泊美, das Freinmütigkeit Schöne)의 경지를 천지의 도로 보여주었다고 할 수 있다.

청소년기의 마음은 갈대와 같이 흔들리기 쉬우므로 18경계로 흔들리기 십상이다. 정성된 마음은 오직 천리인 하나의 수(數)이므로 마음의 안정을 지니도록 어른들의 가르침이 있어야 훗날 참된 본성을 트고 모든 공덕을 다 완수함(性通功完)에 이른다고 할 수 있다.

오늘날은 물질문명의 발달로 눈에 띄는 것이 호화로운 것으로 사람의 마음을 흔들어 놓는다.

그럴 때일수록 사람들은 정신적인 지주가 필요한 것이다.

요즘 한국인은 마음의 영혼을 마음속에 간직하기 위해 종교에다 그 구혼을 하는 것으로 인해 인구에 반 이상이 종교를 믿고 있다.

본 조항은 마음을 깊게 가라앉히는 자세를 확립하는 데 많은 도움이 되게 한다. 제21사(事) 묵안(黙安)은 366사(事)인『참전계경』의 한 조항이지만 환웅과 단군이 실천하여 홍익인간의 이화세계를 이뤄 놓았다. 이『참전계경』은 366가지로 이뤄졌는데 일 년 동안 계절에 맞추어 실천하는 덕목이다.

이 366사(事)가 후세인에 위작으로 보는 견해를 떠나 상상력으로써 환웅과 단군이 이상향을 이루었으니, 그와 같은 일을 이루기 위해서는 자랄 때부터 마음을 가라앉히는 자세 확립이 필요한 것이다.

「이상곡」(履霜曲)의 시적 호자는 청상이니, 한 때 다른 임을 생각했으나 곧 뉘우치고 망부를 부군으로 여기고 살아가겠다고 했으니, 조선조 양반 유자와 같이 음설지사(淫褻之詞)로 매도해서는 안 된다.

2. 마음과 몸을 건전 · 건강(H)하게 살아가는 'H'의 자세

작가는 청소년들이 유혹에 휩쓸리기 쉬운 때이므로 하늘의 마음을 가지게 작중 인물을 나타나야 된다. 천지인(天地人) 삼재(三才) 중에서 천지인다운 까닭은 한결같은 하나(一)의 마음을 지니는 데 있기 때문이다. 하나(H)는 한민족(H)의 기본 정신이다. 이 'H'의 정신으로 살아가면 심신일체를 건전하게 건강하게 살아갈 수 있다. 특히 청상(靑孀)이 살아갈 때는 주위의 유혹은 말할 것도 없고 마음이 흔들리기 쉽다.

그럴 때 작가는 'H'의 정신에 입각하여 본 조항이나 고려가요 「이상곡」(履霜曲)을 스토리텔링으로 작품을 써 독자들에게 선보이면 마음을 잡지 못하는 이에게 위안이 되리라 믿는다. 마음을 가라앉히는 방법은 여러 가지 있지만 하늘(H)의 하나(H)의 마음을 지니며 살아가면 건전(H)한 의식으로 건강(H)하게 살아갈 수 있다.

제22사(事) 불망(不忘: 잊지 않음): (誠 3體)-『심청전』의 심청
과 황후-

　불망(不忘)은 '잊지 않음'이니, 천연으로 잊지 않게 되는 것을 말한다.
본래 인간의 참정성은 태어날 때부터 가슴에 서려 있기 때문이다.
　『심청전』의 주인공 심청은 어릴 때부터 안맹한 부친을 봉양하기 위해 밥
을 빌러 다녔다. 어린 나이에 부친을 봉양하기 위해 집집에 다니며 밥을 얻
어 봉양한 것은 본 조항의 내용과 밀접한 관계를 이룬다. 심청의 효성 어린
봉양은 누가 시켜서도 아니고 하늘의 본성대로 행한 것으로 볼 수 있다.
　어린 심청은 하루도 쉬지 않고 동네로 다니며 밥을 빌려 부친을 봉양한
것은 인간의 본성대로 행한 것이다. 인간의 본성은 하늘의 마음을 지닌 것
으로 이해 착한 본성으로 행하는 것을 의미한다.
　심청은 어릴 때부터 인간의 본성대로 자라서 부친의 안맹을 개안하기
위해 공양미 삼백 석에 팔려가 인당수에 제물이 되었다. 심청은 하늘의 도
움으로 환생해 황후에 오르고 부친의 안맹을 뜨게 하였으니, 후세에 효성
의 귀감이 되게 했다.
　오늘에는 소녀가장으로서 낮에는 직장에 나가고 야학으로 주경야독으
로 공부하면서 부모의 노환의 수발을 들며 어린 동생을 공부시키는 소녀
가장들이 있다. 작가는 이들을 주인공으로 등장시키면 독자들이 즐겨 읽
을 것이다. 요즘 어린 학생들은 예전과 달리 공주 이상으로 부모로부터 귀
한 대접을 받고 자라기 때문에 소녀가장의 이야기를 들려주거나 책을 읽
게 하면 깨닫는 바가 있게 된다. 소녀가장의 이야기가 전학생들에게 알려
지면 면학분위기를 조성하는 데 도움을 주는 역할도 되고, 부모에게 효하
고 형제 간에 우애하는 이들이 많아질 것이다.
　심청의 효는 천연적으로 잊히지 않는 한결같은 정성으로 행한 것이니,
본 조항의 "정성이란 도를 이루는 전체이고 모든 일을 지어 만드는 큰 근
원이 된다"라고 했으니, 심청이 황후가 된 것을 깨닫게 된다. 그런 점에서

정성은 하늘을 감동시키는 것이므로, 본 조항을 다음과 같이 소개한다.

제22사(事) 불망(不忘): (誠 3體)(성, 3째 본체)

> 不忘者는 不是欲不忘이며 是天然으로 不忘也라. 誠者는 成
> 道之全體요 作 事之大源也라. 天然不忘으로 其所抱之 誠則
> 誠이며 一而無違者는 直其次焉 耳니라.

해석: 불망(不忘)이란 잊지 않고자 하는 것이 아니라, 이것은 천연으로 잊히지 않는
것이다. 정성이란 도를 이루는 전체이고, 모든 일을 지어 만드는 큰 근원이 되느니라.
천연적으로 잊히지 않음으로 정성을 품은 바가 참정성이며, 한결같이 어김이 없는 것
은 곧 그 다음이니라.

위의 제22사(事) 불망(不忘)은 『중용』(中庸)에 나타난 성(誠)과 너무나 흡
사한 면모를 지니고 있다. 성(誠)은 하늘의 도이기 때문에 사람이 참되게
살아가고자 하면 천지의 자손이기 때문에 하늘의 정성을 자연히 깨닫게
되는데, 천연적으로 잊히지 않게 된다.

사람은 천지의 형체를 닮은 존재이기에 하늘의 정성을 그대로 실천하
면 『천부경』의 "인중천지일"(人中天地一, 사람 가운데 천지가 있어 하나가
된다)과 같이 천지참여에 이루게 된다.

사람은 태어날 때부터 착한 성품을 지닌 존재라고 일컬으니, 유년기에
본 조항의 내용을 익히게 되면 마음속의 참정성으로 행하는 착한 사람이
될 것이다.

어린아이들은 태어난 그대로 착하다. 그런데 아이들은 자라나는 사회
환경으로 차츰 세속에 물들게 되어 나쁜 길로 들어서기도 한다. 일차적으
로는 부모의 영향이 크게 작용되므로 좋은 본을 보이면 인간의 본성 그대
로 자랄 수 있다.

부모나 어른들은 아이들에게 본 조항을 가르치면 효자효녀가 될 것이고 자라서는 선남선녀가 될 것이다. 본 조항은 일차적으로 착한 본성대로 사람들을 살아가게 하는 내용이니, 그 의미를 되새겨 볼 필요가 있다.

정성에 세 가지 바탕은 구체적인 실천방법으로 아래와 같이 여섯 가지 방법이 있다.

불망 삼체(不忘三體)

조 항 \ 내 용	중 심 내 용	대 상	조 항
1. 자임(自任)	천성적인 정성이 도타운 사람은 일을 저절로 이룸	정성	제23사(事)
2. 자기(自記)	정성은 태어날 때부터 뇌리에 새겨져 떠나지 않음	정성	제24사(事)
3. 첩응(貼膺)	정성이 가슴에 서리어 있으며 몸은 차가워도 뜨거움	정성	제25사(事)
4. 재목(在目)	정성이 눈에 어려 있으면 먼 장래도 볼 수 있음	정성	제26사(事)
5. 뇌허(雷虛)	정성이 하늘에 닿으면 하늘의 소리를 듣게 됨	정성	제27사(事)
6. 신취(神聚)	정성을 다하면 모든 신경이 합해 정신통일을 이룸	정성	제28사(事)

위와 같이 불망의 실천방법은 그 정성에 비례에 따라 저절로 이루어진다. 원래 정성이란 하늘의 도에서 수용된 만큼 저절로 기억되고 가슴에 간직되며, 눈에 어려 있게 된다. 사람의 정성이 하늘에 닿으면 소원이 이뤄진다고 하였다.

정성은 하늘로부터 온 것으로 인해 참정성으로 일을 행하면 어떠한 일이라도 이룰 수 있게 된다는 것인데, 지성이면 감천한다는 말이다.『중용』(中庸) 제3장에서 이른 바와 같이 사람이 지성(至誠)에 이르면→성(誠)을 다하게 되고→진성(盡誠)을 다하면→인성(人性)을 다하게 되고→물(物)의 성(性)을 다하고→천지의 변화와 육성(育成)을 도울 수 있고→천지와 병립하게 되는 이치와 같다.

참정성은 천성적으로 가슴에 서려 있는 것을 의미하는데, 심청이 안맹한 부친을 봉양하기 위해 어려서부터 밥을 빌어 봉양을 하는 것과 같다. 어린 심청은 누가 시켜서 밥을 빌어 부친을 봉양한 것도 아니고, 천성적으로 마음속에서 우러나는 효행인 것이다.

인간은 하늘의 정성을 한결같은 마음으로 행하면, 심청과 같이 황후가 되어 환상적인 이상미(das Ideal Schöne)를 이루게 된다. 『중용』(中庸) 제3장에서와 같이 사람이 지성을 다하면 결국에 천지참여에 이르는 것이다. 우리는 그러한 일이 『심청전』에서의 심청에서 보는 바와 같다.

1. 심청이 어릴 때 부친 봉양

본 조항의 예는 심청이 안맹인 부친을 봉양하기 위해 밥을 벌린 것에서도 나타난다. 심청은 어릴 때 누가 시켜서 봉양한 것은 아니니, 설혹 시켰다고 하더라도 몇 번에 밥을 빌은 것이 싫어서 하지 않았겠지만 마음속에 우러나는 정성으로 봉양한 것으로 볼 수 있다.

심청은 지성(至誠)이면 감천(感天)이란 말이 있듯이 부친의 안맹을 개안하기 위해 15세에 남경상인에게 공양미 삼백 석에 팔려가 인당수에 제물이 되었다. 『심청전』은 본에 따라 다르지만 심청이 인당수에 제물로 바쳐졌을 때 옥제가 사해용왕에게 물속에 심청이 죽기 전에 구하라는 명으로 구제되어 황후에 오른다. 황후는 맹인잔치를 열어 부친 심봉사를 만나 개안하게 되어 여생을 편히 지내게 했다.

2. 어린이를 선도하는 작품

어린이는 타고난 착한 성품을 그대로 간직하고 있으므로 어릴 때부터 하늘의 본성을 지니도록 가르치면 착한 사람이 된다.

작가들은 어린이들이 정성을 다하는 내용으로 동화를 쓰면 많은 어린이들이 하늘의 마음으로 살아갈 것이다. 하늘의 마음 중 주인공이 한결같은 정성으로 살아가는 내용으로 나타내면 많은 어린이들에게 본이 된다.

작가들은 본 조항의 내용을 현대적인 스토리텔링으로 동화, 영화, 소설을 재구성하여 작품을 쓰면 독자들이 주인공과 등장인물들의 자신의 뜻대로 펴는 일을 본받게 되어 앞날을 개척하는 사람이 될 것이다.

작가들은 작품을 쓸 때 주인공이나 등장인물이 자신이 하는 일에 정성을 다하고, 남다른 상상력을 발휘하는 내용으로 작품을 구성하면, 독자들이 본받게 되어 사회를 윤택하게 하는 데 기여를 하게 된다.

제23사(事) 자임(自任: 스스로 믿음)－심청의 효성미(孝誠美)－

자임(自任)이란 '스스로 믿음'이란 듯이니, 자연지성(自然之誠)으로 우러난 정성을 말한다. 사람은 하늘의 본성을 타고났으므로 해와 달이 뜨고 지듯이 참정성에 의해 저절로 일이 이뤄진다.

심청의 효성미(孝誠美, das kindespflicht Schöne)는 하늘의 정성을 실천한데 이뤄진 것이다. 사람은 하늘의 한결같은 하나(一)의 정성으로서 태어났으니, 맡겨진 일에는 구하지 않아도 정성을 다하게 된다. 심청이 7~8세 때 봉사인 부친을 위해 밥을 빌어다가 봉양하는 것은 누가 시키지 않아도 저절로 한 것으로 태어날 때 하늘의 마음으로써 태어난 것으로 볼 수 있다.

심청은 천성으로 태어난 하늘의 정성을 잘 실천하여 부친을 정성스럽게 봉양하고 자신의 몸을 희생시키는 효성미(孝誠美)를 발휘하여 옥황상제가 감동하여 그녀를 구하여 황후에 오르게 한 것이다.

심청이 인당수의 제물이 된 것은 유교의 효(孝)의 의식으로 보면 의미가 없고 입사식과 단군신화에서 곰이 동굴에서 죽었다가 살아난 동굴모티프로 조명하면 심청이 자아실현을 이룬 것을 알 수 있다.

작가들은 심청이 정성스런 효로써 부친의 안맹을 개안하고 황후에 오른 것은 단군신화의 동굴모티프의 수용으로 작품을 쓰면 독자들이 호감을 가지고 읽을 것이다.

본 조항은 심청의 입시식의 고난을 겪은 후 신분 상승을 이해하는 데 참고가 되어 본 조항을 인용하면 다음과 같다.

제23사(事) 자임(自任): (誠 3體 19用)(성, 3째 본체, 19번째 쓰임)

自任者는 不由他而專其自然之誠하여 不求而自至하니 如春
秋之代序하고 日 月之相替니라.

해석: 자임(自任)은 다른 것에 말미암지 않고 그 자연의 정성을 오로지하여 구하지 않아도 저절로 이르게 되는 것기, 봄과 가을이 차례를 따라 교대하고 해와 달이 번갈아 드는 것과 같으니라.

사람은 자연 속의 한 툰자이므로 대자연의 이치와 같이 정성스런 일을 하면 모든 일이 저절로 이루어지게 되는 것을 뜻한다. 앞에서 '성자(誠者는 천지도야(天之道也)'라고 했으니, 성(誠)이 하늘의 길이요 이(理)인 것이다. 따라서 이(理)는 인위법(人爲法)이 아닌 영원히 스스로 존재하는 자연의 법이라고 할 수 있다. 기(氣)는 몸의 근원에 해당되므로 천리인 이(理)에 따라 행하는 사람일 경우 춘하추동이 차례를 따라 바뀌는 현상과 같이 원하지 않아도 모든 일이 저절로 이뤄지는 원리이다.

우리는 해와 달이 자연의 정성으로 번갈아 뜨고 지는 것을 보게 되는데 정성스런 사람일 경우 일월의 교체와 같이 저절로 이뤄지는 것으로 이하하면 된다.

본 조항은 정성의 경지는 하느님을 공경하는 마음을 지녀야 되는데 삼부경(三符經: 『天符經』·『地符經』·『人符經』)에서와 같이 천부인(天地人)의 삼위일체가 된 세계이다. 이 삼일사상으로 전개되는 정성은 사계절에 따라 사는 방법을 말한다. 그 예는 봄날에 하늘이 중화의 기운으로 만물을 낳고 기르는 정성으로 살아가면 기쁘게 살아가게 된다는 것을 예시받을 수 있다.

인간의 참정성은 하늘과 같이 저절로 이루게 된다는 것이니, 특히 유년기 아이들에게 하늘의 정성됨을 가르치면 해와 달의 교체와 춘하추동으

사계절이 저절로 순환하는 것과 같이 운명이 잘 풀리게 될 것이다.

자연의 정성은 한시도 쉬지 않는 영구불변한 것이라면 유년기에 이런 이치를 본받아 행하면 더없이 좋은 교육이 될 것임을 본 조항이 밝히고 있다.

1. 『심청전』의 효성미(孝誠美)

심청은 7~8세 어린 나이에 누가 시켜서 안맹한 부친을 위해 밥을 빌어 부친을 봉양한 것이 아니다. 그녀의 효성은 천성적으로 하늘로부터 받은 정성을 본받아 행한 것으로 보면 될 것이다. 그녀는 부친의 안맹(眼盲)을 개안(開眼)하기 위해 공양미 삼백 석에 팔려 인당수에 제물이 된 것 또한 천성에서 우러나온 효성이며, 하늘의 응보에 이치에 따라 부친의 안맹을 득안(得眼)하는 데 공헌하고 여성으로서 최고의 지위인 황후에 오르게 되었다. 이는 하늘의 정성을 행한 효성미(孝誠美)의 승화이다.

심청은 유년기와 소녀기에 효성미를 발휘하여 훗날 황후에 오르게 되었다. 이는 천성적인 참정성으로 봉양한 데 하늘의 응함이라 할 수 있다. 그녀는 타고난 정성으로써 부친에게 봉양했고, 안맹을 개안하기 위해 공양미 300석에 팔려 인당수의 제물이 되었으나 옥황상제가 사해용왕에게 심청을 빨리 구하라는 분부를 내려 제의적 죽음을 맞아→연꽃→황후에 오르게 된 것이다.

옥황상제가 심청을 구한 것은 부친에 대한 효성이 지극하여 효성미로 승화되어 황후가 되고 부친의 안맹을 개안하고 부귀영화를 누리며 살게 되었다.

2. 심청의 죽음은 통과의례

심청은 인당수에 제물이 되었으니 제의적 죽음과 관계되는 통과의례적인 입사식의 죽음의 방식이다. 입사식은 세 단계로 이뤄지는데 ① 분리, ② 통과의례, ③ 새로운 세계와의 결합으로 이뤄진다. 심청의 재생은 ① 심청이 부친과 이별, ② 희생, ③ 황후가 됨과 부합한다.

심청의 행함은 단군신화에서 곰→동굴→신분 상승→웅녀는 심청이 장님의 딸→인당수 투신→왕비로 됨과 너무나 같다. 『심청전』은 심청의 효(孝)를 주제로 한 것이니, 자라나는 어린이들에게 과거식인 유교의 윤리관으로 무조건적인 희생적인 효(孝)가 아닌 것으로 창작이 필요하다. 인류의식인 입사식과 단군신화의 동굴모티프는 자라나는 청소년들이 체험은 하지 않아도 배워야 할 과제이다.

작가들은 21세기 새로운 『심청전』을 스토리텔링으로 재구성하고 인터넷으로 이용하도록 창작하면 자아실현을 이루는 데 도움을 줄 것이다.

제24사(事) 자기(自記: 저절로 기억함) - 『금오신화』 중 「남염부주지」 -

본 조항의 자기(自記)는 '저절로 기억함'이란 뜻이니, 천지의 이치가 행해지는 것과 같이 저절로 기억되는 것을 말한다. 『금오신화』 중 「남염부주지」에는 귀신에 대해서 설명을 하고 있다. 귀신은 무엇인가. 민속상에서의 귀신은 음적(陰的)인 요소로 사람이 잘 되는 것을 방해를 한다. 그러나 「남염부주지」(南炎部洲志)에서의 귀신은 정반대적인 성향으로 되어 있다.

본 소설에서의 귀신은 음적인 대상을 가리키는 것이 아니고 음양의 조화(造化)를 다스리는 것으로 되어 있으니, 세상의 이치를 관장하는 신을 가리킨다. 귀신의 존재를 알려면 음양의 이치에 대해서 통효하지 않고서는 알 수 없다.

귀신에 대한 존재는 음양론에 대해서 알지 않으면 안 되니, 천지의 이치와 관련해서 알아야 할 것이다. 작가는 귀신하면 민속상에 나타나는 바와 같이 나쁜 대상으로 보는 것과는 달리, 학술적으로는 음양의 조화를 다스리는 신으로 보는 것으로 이해시켜야 한다.

천지는 음양 관계로 되어 있으니, 남녀관계로 보면 쉽게 이해할 수 있다. 이런 천지의 이치는 이들이 자라 부부관계가 이뤄지면 천지가 만물을 낳아 키우는 것과 자손을 낳아 키우는 것과 같은 것이다.

우리 인간 몸에는 천지의 이치가 들어 있으므로 배우지 않아도 음양원리가 선천적으로 알게 되는 양지양능(良知良能)의 신통력을 지니고 있다. 귀신에 대한 자세한 설명은 「남염부주지」(南炎部洲志)에서 밝혔으니, 이를 이해하기 위해 먼저 본 조항을 다음과 같이 소개하기로 한다.

제24사(事) 자기(自記): (誠 3體 20用)(성, 3째 본체, 20번째 쓰임)

自記者는 不欲記而自記也라. 欲記者는 是求之於心者也오. 自記者는 不求之 於心而自在者也라. 脩道之士存誠於誠之理하여 己爲糝腦洽精故로 雖萬想이 交迭이나 斷斷一念이 不外乎誠이니라.

해석: 자기 기억이란 기억함이 아니라 저절로 기억하는 것이라. 기억하고자 함이란 마음에서 구하는 것이오, 저절로 기억한다는 것은 마음에서 구하지 않아도 저절로 있는 것이라. 수도하는 선비는 정성을 그 이치에서 두고 몸을 위하여 쌀가루를 먹어도 정기가 흡수하므로 비록 만 가지 생각이 교차하며 번갈아 나타나지만 한결같은 일념은 정성에서 벗어나지 않느니라.

사람의 몸에는 천지의 형상이 들어 있으므로, 마음 또한 천지의 이치가 함유되어 있게 마련이다. 사람이 착한 본성을 타고 태어났다는 것은 모두 하늘의 마음을 지닌 것으로 볼 수 있다.

본 조항은 사람이 태어날 때부터 하늘의 정성이 뇌리에 새겨진 관계로 기억하게 됨을 밝혀 놓았다. 따라서 사람이 천지와 같이 불변의 천리를 구하기 위해서는 마음속에 욕심을 내지 않고 순수자연의 이치를 지니고 살아가면 저절로 이뤄지게 된다.

이는 무슨 뜻일까. 이는 정성이 체화되어 한결같은 정성이 되었다는 뜻으로 이해하면 될 것이다.

이런 연고로 수도하는 선비는 정성이 정성의 이치에 따른다는 것이니, 자연적으로 우러난 정성이며 타고난 정성을 의미하므로, 기억하고자 하지 않아도 저절로 기억된다.

도를 닦는 선비는 도를 닦는 동안에 몸을 위하여 묽은 죽만 먹어도 머리에 정성만 들어 있으므로 한결같은 생각이 정성밖에 없음을 이른다.

이런 정성을 행하는 이는 많은 이들이 있어왔는데, 366사(事)에 자주 등장하는 철인이 이 정성을 행해왔다고 할 수 있고, 민간에서 기자정성(祈子精誠)에서 볼 수 있는 내용이다.

이러한 음양의 영묘(靈妙)한 작용을 구체적으로 설명한 이는 동봉(東峰) 김시습(金時習 1435~1493)이다. 그는 『금오신화』 중 「남염부주지」(南炎部洲志)에서 음양을 조화(調和)하고 음양을 조화(造化)하는 신(神)을 가리키는 것으로 나타냈다. 보통 사람들은 음양에 대해서 배우지 않더라도 선천적으로 알게 되는 것으로 되어 있다.

사람의 몸은 천리로 이뤄진 소우주 형태이므로 정성이 자연적으로 뇌리에 새겨져 있는 것과 같이 음양의 이치에 대해서도 저절로 알게 된다. 동봉은 「남염부주지」에는 다음과 같이 나타나 있다.

> 귀신은 두 기운, 즉 음양의 양능(良能)인 것이니라.
> 鬼神者, 二氣之良能也.

여기서 이르는 귀신(鬼神)에서 귀(鬼)는 음기(陰氣)를, 신(神)은 양성의 속성을 띠므로 귀신이란 말에는 음양 관계를 나타낸다. 이 음양은 세상에 일컫는 음성적인 대상으로서의 악귀를 지칭하는 것이 아니라 음양의 조화(造化)를 다스리는 신을 가리킨다고 할 수 있다. 귀신(鬼神)은 신을 가리키는 것이기 때문에 음양에 대해서 배우지 않고 선천적으로 알게 되는 양지양능(良知良能)한 신통력을 지닌다. 귀신에 대한 자세한 설명은 본 소설에서 밝혔으나 음양조화를 좌우하는 신으로 보면 되므로 그어 대한 설명은 생략한다.

신(神)의 음양에 대한 조화는『천부경』(天符經)에서의 하늘의 기본수 일(一)의 조화로 밝힐 수 있다 그 작용은 천지자연의 자연스러움(naturalness)과 관계되니, 우주력과 같은 무한한 원리가 함유되어 있으나 자연의 도인 천성적인 행위이다.

천지자연의 도는 끊임없이 저절로 이뤄지는 행위를 되풀이하고 있다. 사람은 자연의 이치에서 볼 수 있는 바와 같이 저절로 이뤄지고 기억되는 정성을 본받아야 한다.

사람들은 귀신하면 사람의 행위를 방해하는 잡귀로 보고 있는데「남염부주지」에서는 음양의 조화를 다스리는 신으로 보게 되는데, 이러한 귀신은 학술적이므로 아이들에게 알리기 어려운 것이다. 그러나 본 조항은 소년들에게 교양적인 차원으로 예를 들어가면서 가르치면 하늘의 정성을 깨닫는 데 도움이 되게 한다.

1. 뇌리에 새겨져 있는 정성

작가들은 사람의 형상은 천지의 이치가 들어 있기 때문에 배우지 않아도 정성이 뇌리에 새겨져 스스로 기억되는 것으로 착함을 행하는 내용으로 쓰면 될 것이다. 하늘의 정성은 이미 우리 체내 중 지식의 저장고라 할 수 있는 뇌리에 새겨 있기 때문에 한결같은 하나(一)의 정성만 기울인다면 글이 슬슬 나오게 되어 있다.

글을 쓰는 작가는 수도(修道)의 정신으로 임하게 되므로 마음을 하나(一)에 두게 되므로 만 가지 생각이 서로 엇갈린다 해도 그 염원이 정성에만 있는 관계로 저절로 글이 슬슬 나오게 된다.

하나(一)의 마음이란『천부경』(天符經)에서의 천일일(天一一: 하늘은 첫 번째 창조로 기본수가 일(一)임과 같이 한결같음을 이르게 되어 변함이 없는 것이다. 하나(一)는 형이상학(形而上學)에서의 이(理)와 같은 단계로 성리학(性理學)에서의 천리(天理)로 보면 된다.

작가들은 청소년들을 선도할 때 한결같은 정성된 마음을 나타내기 위해 천성적으로 뇌리에 새겨져 있는 정성을 지니도록 하면 훗날 하는 일이 잘 이뤄지리라 믿는다.

제25사(事) 첩응(貼膺: 가슴에 간직함) – 심청의 출전지효(出天之孝) –

첩응(貼膺)이란 한자 의미를 새겨볼 필요가 있다. 첩(貼)은 '붙을 (첩)'자(字)이고 응(膺)은 '가슴 (응)'자(字)이니, 정성이 가슴에 붙어 있음을 뜻하니. 신을 가슴속에 간직하는 것으로 된다. 이 또한 천연지성과 자연지성을 말하니, 타고난 순수한 정성이 가슴에 서려 떠나지 않고 저절로 울어 나오는 정성을 말한다.

작가들은 심청의 출전지효(出天之孝)라 하는 내용을 한국의 역사적인 전통으로 이어진 것으로 작품을 써야 한다. 한국효사상은 유교 이전에 단군사상에서 민족의 원형을 찾아야 하는데, 작가들이 단군시대에서 비롯된 것으로 작품을 나타내면 심청의 출전지효(出天之孝)를 보다 근원적으로 이해하는 것이 된다.

단군시대는 청동기시대와 관련된다고 흔히 이르고 있으니, B.C 2500년경으로 보고 있다. 지금으로부터 5000년 가까운 연대이나 북한에서는 5000년 이전을 단군의 개국연대로 정하였다. 한국은 『동국통감』(東國通鑑)을 기준으로 B.C 2333년으로 정하였는데, 그 이전으로 거슬러 올라갈 수도 있다.

단군시대는 조상숭배와 하늘숭배 관념이 병행해 왔다. 그 증거는 고인돌에서 증명하고 있는 것이다. 한국의 고인돌은 단군시대나 그 이전에 이뤄진 것으로 보면 된다. 고인돌은 조상의 무덤을 오랫동안 보존하기 위하여 축조한 것인데, 그 덮개돌에 북두칠성을 새겨 놓은 것이 발견되는 것은 천상 숭배관념과 이어진다. 또 조상들은 관(棺)의 밑에 까는 얇은 널조각에 북두칠성을 본 따서 일곱 구멍을 뚫은 것, 즉 칠성판 또한 천상관념과 관계된다.

한국은 죽은 이의 무덤이라 하는 고인들이 전 세계에서 ⅔를 차지할 정도로 가장 많이 전국 각지에 분포되어 있다. 한국은 고인돌이 세계적으로 개체수가 70%를 차지할 정도로 많은 양을 차지하고 있는데 효문화의 산실이 한국이라는 것을 보여주는 증거이다. 현재 한국에 남아 있는 고인돌은 대략 4만여 기 중 전남 화순에만 2만여 기가 밀집되어 있고, 전북 고창 지방에도 많이 있는 실정이다. 이들 유적은 강화 고인돌 유적지와 함께 세계문화유산으로 지정돼 있으니, 한국이 효문화국임을 증명하는 것이다.

심청의 살신성인(殺身成仁)의 효를 나타낸 것은 단군시대 조상숭배와 하늘숭배 관념과 밀접한 관계를 이른다. 말하자면 한민족은 선사시대 이래 단군의 조상관념을 하늘숭배와 연관해 집단적 무의식에 의해 전래된 것으로 인해 출천(出天)의 효(孝)인 심청이 나타낸 것이라 할 수 있다.

심청의 효는 하늘의 정성이 가슴에 서리어 떠나지 않는데다가 조상들이 경조관념(敬祖觀念)을 살아온 것으로 출천지효녀(出天之孝女)로 『심청전』의 주인공으로 등장하게 된 것이다.

본 조항은 태어날 때 하늘의 정성이 가슴에 서리어 떠나지 않는 것으로 나타나 있으니, 『심청전』에서 효의식이 민족의 심상으로 이어진 것이다. 그런 점에서 본 조항을 인용하면 다음과 같다.

제25사(事) 첩응(貼膺): (誠 3體 21用)(성, 3째 본체, 21번째 쓰임)

貼膺者는 貼乎膺而不離也라. 夫天然之誠을 神이 御之하며 靈이 包之하고 神이 載之하여 牢拴於膺하면 體寒而膺熱하니라.

해석: 첩응은 가슴에 붙어 떠나지 않음이라. 대저 저절로 우러나오는 정성은 신이 거느리고, 영혼이 감싸고 몸이 실어서 가슴에 담겨져 몸은 한기가 들어 추워도 가슴은 뜨거움이 있다.

단군시대는 제정일치(祭政一致)시대인 관계로 사람들이 신을 마음속에 지니고 살았다. 한민족에게는 그 전통이 단군 이래 지속되어 삼신(三神)을 가슴속에 지니며 살았다. 즉 환인, 환웅, 환검(단군)을 조부손(祖父孫)의 관계로 각각 천제(天帝), 천신(天神), 천인(天人)으로 섬겨왔다. 대체로 제정일치 시대인 들은 신을 가슴속에 지니며 순박하게 살았다.

오늘에 이르러서는 그런 의식이 많이 변색되긴 했어도 사람들의 의식은 하느님을 가슴속에 지니며 사는 이들도 많다.

이런 영통의 경지는 효심이 가슴속에 떠나지 않아 부모성존 시는 말할 것도 없고 돌아간 조상도 정성과 공경으로써 조상의 제사를 모셨던 것이다. 단군조선이 1500년간을 이어오는 동안 삼신을 하느님 사상과 조상숭배관념으로 발전시켜 후더에도 지속적으로 내려왔다.

조선조는 유교를 국시로 나라를 다스렸음에도 5백 년 왕조마다 위정자나 백성들이 단군을 기렸음이 『조선왕조실록』에 나타나 있다.

우리는 20세기~21세기를 살아오는 동안 명절 때 민족이동을 할 만큼 고향을 찾는 진풍경이 벌어지고 있는 것은 단순한 고향방문이 목적이 아니라 조상숭배관념 때문이다. 머년 명절이 돌아오면 객지에서 살던 자손들이 부모를 뵈러 가고 성묘(省墓)하러 가는 것으로 되어 있는데, 이런 민족이동의 경우 세계의 유래가 없는 일이다.

앞으로 시골 농촌에는 매년 도시화로 인구가 감소하게 도니, 수십 년간은 명절 때 성묘객들이 여전할 것이나 몇 세대가 지난 후에는 납골당을 찾는 이들이 많아질 것이고, 그 후 서구화로 인해 조상숭배관념이 그대로 이어질지 문제시된다.

1. 심청의 효심

한국문학에서 하늘의 정성이 가슴에 서리어 떠나지 않는 것은 심청의 출천지효(出天之孝)에서 찾아볼 수 있다. 그녀는 부친의 안맹을 개안하기 위해 공양미 삼백 석에 팔려 인당수에 제물로 몸을 던져 죽었다. 그가 죽음을 택한 것은 효심이 가슴속에 떠나지 않고 죽음을 두려워하지 않는 결과로 해석할 수 있다.

심청의 효성은 유교의식 이전의 고조선시대 조상숭배와 하느님 사상이 영합되어 부친의 개안을 위해 죽음도 초월하게 된 것이다.

심청의 효성은 조선 후기에 소설로써 나타난 것은 우연이 아니며, 오랜 옛날부터의 단군의 전통의식에서 이어져 온 수용으로 받아들여진다. 한국에는 세계 고인돌의 ⅔가 남아 있어 세계고고학계의 관심을 집중시키고 있는데, 북한의 북방식과 남한의 남방식과 개석식이 주로 분포되어 있다. 고창·화순·강화 등지의 고인돌 유적을 2000년 유네스코 세계문화유산으로 등록하여 세계사적 가치와 우수성을 널리 알리었다.

강화도 하점면 부근리(富近里) 고인돌은 사적 137호로 지정되어 있고 또한 2000년 세계문화유산으로 등재되었다. 한국의 고인돌이 전 세계의 70%를 차지할 정도로 많은 것은 청동기시대 이래 조상관념이 그만큼 높다는 것을 의미하는 것이다.

주지하는바 고인돌은 무덤인데 그 매장된 위에 돌을 올려놓은 것은 상돌과 같은 구실을 하는 것으로 밝혀졌다.

한국은 선사시대 이래 조상제사를 정성스럽게 받들어 왔음을 증명한다고 할 때 단군시대 조상숭배관념이 하늘숭배관념으로 이어져 내려온 것과 관련된다. 한국의 환인, 환웅, 환검(단군)인 삼신은 각각 천제 천신 천인으로 숭배하여 왔던 관계로 조상숭배 겸 하늘숭배관념으로 내려온 것이다.

2. 한국의 효 문화의 산실은 고인돌

한국의 고인돌의 수는 남북한 합치면 전 세계 ⅔를 차지할 정도니, 한국이 예로부터 효 문화의 산실임을 찾을 수 있다. 심청의 효 또한 그 수용관계로 볼 수 있는 것이다. 한국문학 중 『심청전』에도 집단적 무의식에 의해 심청이 제25사(事) 첩응(貼膺)과 같은 의식이 이어져 출천지효(出天之孝)로 나타난다.

한국의 고인돌은 개체 수나 형태에 있어 단연 세계적으로 가장 많다. 그러나 서양의 축조연대에 대해서는 서양 등에 비해 2000년에서 1000년 가까이 늦다고 추정하고 있으나 정말 그렇게 늦은지 재조사가 필요하다.

영국의 스톤헨지(Stonehenge)는 과학적 연대측청에 따르면 B.C 3850~2000

년까지 걸쳐 세워졌다고 하는 데 비해서 한국의 고인돌의 경우 청동기 시대로 잡고 있는 것으로 보고 있기 때문이다. 한국의 청동기는 중국의 요서(遼西) 지역의 하가점하층문화(夏家店下層文化)보다 이른 B.C 2500년경으로 보기도 한다.

한국의 고인돌이 서양의 고인돌부터 늦게 축조되었다고 하더라도 작가들의 상상력으로 작품을 쓰면 한국이 고인돌문화를 꽃을 피운 나라로 보게 될 것이다. 그것은 한극을 효 문화의 산실로 받아들이면 된다. 작가들은 상상력을 발휘해 본 조항과 심청의 출천지효(出天之孝)를 인터넷으로 볼 수 있게 올리면 많은 청소년들이 효를 실현하는데 종주국답게 앞장을 설 것이다.

효문화의 산실인 화순 고창 강화 또는 북한의 고인돌을 소개하면서 효문화를 나타내면 청소년들에게 효 사상을 고양시키는데 도움이 될 것이라 믿는다.

본 조항과 관련해 조상숭배 관념을 소설, 만화 등으로 독자들에게 선보인다면 단군교육인 366사(事)를 현대적으로 조명하는 계기가 이뤄질 것이다.

제26사(事) 재목(在目: 눈에 있음)—이육사(李陸史)의 「청포도」—

재목(在目)은 '눈에 있음'이란 뜻이니, 정성이 항상 어려 있는 사람은 먼 장래의 일도 영화의 화면처럼 볼 수 있을 정도로 영시능력이 있음을 말한다.

사람은 소우주이므로 대우주인 하늘의 천성을 지니고 태어난 관계로 눈에 하늘의 정성스러운 뜻이 있으면 안 보이는 것이 없게 된다. 그런데 사람이 사물을 볼 때 정성스러움만 있고 마음으로 보지 않으면 사물의 이름을 알지 못한다. 그러나 정성과 다음의 눈으로 사물을 브면 먼 사물을 그림과 같이 보게 되니, 앞을 내다보는 슬기도 얻을 수 있다.

작가들 중에는 먼 앞날을 예견하고 쓴 작품도 찾아볼 수 있는데, 서포 김만중(1637~1692)이 남하 배소에서 온 정성을 기울여 쓴 『사씨남정기』는 앞일을 내다본 것이다. 그리고 이육사(李陸史, 1904~1944)가 1939년 8월 『문장』의 「청포도」에서도 일제가 패망할 것이라고 6년 전에 알아맞힌 내용이 들어 있다.

본 조항은 작가들이 미래를 예견한 내용을 알아내는 데 도움을 주게 되므로 다음과 같이 소개해 본다.

제26사(事) 재목(在目): (誠 3體 22用)(성, 3째 본체, 22번째 쓰임)

在目者는 不思誠之所在而常在於目也라. 目之於視物에 無物不見이니라. 但 誠意가 在目則近物은 不知名하고 遠物은 如畵圖니라.

해석: 재목(在目)은 정성이 담긴 장소를 생각하지 않고 항상 눈에 정성이 있음이라. 눈이 사물을 볼 땐 안 보이는 사물은 없으나, 다만 정성스러운 뜻이 눈에 있으면 가까운 사물은 이름을 알지 못하고, 멀리 있는 사물은 그림과 같이 보이니라.

위의 내용은 정성이 항상 눈에 어려 있으면 사물을 보지 못하는 것이 없게 된다는 것이다. 두 가지 보는 내용은 사물을 정성스러운 눈으로 보는 것과 그렇지 않고 마음 밖으로 보는 방법이다. 사물을 보는 내용은 눈에 어리게 관심 있게 사물을 보면 무심하게 다가오게 된다. 그런데 정성은 사물이 가까이 있어도 마음으로 보지 않으면 이름을 알 수 없고, 멀리 있어도 마음으로 보면 그림같이 보인다는 것이다. 전자는 근시안적인 시각이고, 후자는 영시능력을 말 한다. 전자는 사람들이 그 이름을 어떻게 부를지 알 수 없지만 가까운 장래의 일은 실지처럼 보게 되니, 근시안적인 것이다. 후자는 먼 장래의 일을 영화의 화면처럼 보게 되니, 심안이 열리어 영시능력(靈視能力)이라 할 수 있다.

본 조항에서는 먼 장래를 바라보는 것을 이르니, 『천부경』(天符經)의

"일묘연만왕만래 용변부등산"(一妙衍萬往萬來 用變不動本)[일(一)은 묘하거 펴져 만 번 지난 과거나 만 번 올 미래에도 쓰임은 변해도 근본은 움직이지 않는다]에서와 같이 과거, 현재, 미래를 일(一)의 경지에서 내다보는 것으로 나타낸 것이다.

심안(心眼)의 경지를 여는 것은 『삼일신고』·진리훈에 한결같은 참으로 마음을 돌이키면 천신을 자각할 수 있다는 것과 일치되는 내용이라 밝혔으니, 동이족의 비서(秘書)인 『천부경』(天符經)의 내용으로 영시능력의 경지를 알아내는 것도 앞날을 예견할 수 있는 일이다.

따라서 본 조항은 먼 장래를 바라보는 안식이므로 정성이 항상 눈에 있으면 장래의 일도 영시능력으로 영화의 회면처럼 볼 수 있게 됨을 말하고 있다.

1. 영시능력과 작가들의 상상력

작품을 쓸 때 상상력으로 쓰게 되지만 그 나름대로 영시능력을 나타내기도 한다. 그중에 우리는 서프 김만중이 남해 배소에서 자신이 죽게 되는 운명 길에서 온 정성을 기울여 쓴 『사씨남정기』의 등장인물 중 교 씨를 장희빈으로 보고 최후의 생을 마감하는 내용과 일치하게 지었다는 것은 서포의 영시능력과도 일치한다.

이러한 영시능력은 현대문학인 이육사(李陸史)가 1939년 8월 『문장』의 「청포도」 3연~6연에서도 나타난다. 작자는 이 시에서 시즈 화자를 통해 독립운동가 들을 맞을 준비를 마련하라는 내용으로 지었다. 그 내용은 독립운동가들을 맞아 포도를 먹게 식탁에 은쟁반을 마련해두라고 당부한 내용이니, 조국광복을 그의 영시능력으로 나타낸 것이다.

하늘 밑 푸른 바다가 가슴을 열고
흰 돛단배가 곱게 밀려서 오면

위의 3연은 7~8월에는 조국의 온 산하가 푸름으로 물든 들판에 백의민족의 독립운동가 들이 떼를 지어 오면 그날 손님 맞을 준비를 하라는 내용이니, 머잖아 찾아오게 된다는 내용이다. 제5연에서 시적 화자는 그날 감격을 피력하고 있다.

    내 그를 맞아 이 포도를 따 먹으면
    두 손은 적셔도 좋으면

제6연에서는 백의(白衣)의 독립군들이 오게 될 것이니 포도를 먹을 준비를 은쟁반에 하얀 모시수건을 준비하라고 한 것은 틀림없이 청포도가 무르익는 8월이 돌아온다고 한 것을 다음과 같이 나타냈다.

    아이야 우리 식탁엔
    하아얀 모시 수건을 마련해 두렴

1939년은 일본이 모든 전선에서 승전할 때이고 창씨개명(創氏改名)과 학교에서는 우리말 사용을 금지하고 친일 어용지가 등장할 때다.

작자인 이육사는 그 당시 사람들이 일본이 전쟁에 패망하리라고 보지 않았고 한참 그들의 기세가 하늘에 닿을 때다. 국내에선 친일파의 수가 날이 갈수록 늘어나고 조국의 광복이 오리라고 예견하는 사람이 거의 없었다. 그런데 그는 일본이 패망하리라고 영시능력으로 본 것이다.

1945년 8월 15일에 조국광복의 날을 맞았다. 이때는 포도가 무르익는 계절이다. 육사는 독립운동가로서 천연(天然)의 정성과 혼연일치되어 광복이 돌아올 것을 영시능력으로 알아맞히었다.

2. 작가의 영시능력 발휘

일제 강점기 영시능력으로 독립이 올 것이라 예견한 이육사의 「청포도」를 본 조항과 관련하여 작가 나름으로의 스토리텔링으로 작품을 쓴다면 미래를 예견하는 것으로 독자들이 판단하게 되어 좋은 평을 받게 될 것이다.

366사(事)는 단군이 홍익인간의 이화세계를 이룬 것으로 되어 있다. 이

366가지 일에(366事)는 본 조항과 같이 앞을 내다보는 지혜도 있으니, 작가 나름으로 상상력을 발휘해 앞을 내다보는 작품을 써야 할 것이다.

우리에게 절실한 것은 단군이 홍익인간의 이상향을 이룬 것과 경제대국을 세우는 일이다. 경제대국은 앞을 내다보는 영적 능력도 필요한 것이다. 그 방법을 아는 방법은 단군의 교육인 366가지 지혜에 나타나 있는 바와 같다. 사람은 천지의 진리로써 본성을 이뤘으므로 천지의 도인 정성을 다하게 되면 앞을 예시 받을 수 있는 지혜도 얻게 된다.

앞으로 작가들은 단군둔화 콘텐츠로써 작품을 형상화한다면 영적 능력으로 미래를 예시하는 작품을 쓰게 될 것이다.

제27사(事) 뇌허(雷虛: 우레도 공허함)―안중근의 서예작품―

제27사(事) 뇌허(雷虛)란 '우뢰도 공허함'이란 뜻이니, 정성된 마음을 지닌 사람에게는 우레와 같은 큰 소리도 들리지 않게 된다는 말이다. 이 말은 몇 가지 뜻으로 해석할 수 있는데, 본고에서는 정성을 한곳에 집중하면 마치 우레와 같은 외부의 천둥소리가 요란해도 안 들린다는 것으로 본다.

안중근(1879~1910) 의사(義士)는 일제하 독립운동을 육신으로 실천한 분이다. 그의 행적은 나라 찾기 위해 의병을 이끌고 일본군과 맞서 싸우기도 하고 민족의 철천지원수(徹天之怨讎)인 이등박문(伊藤博文, 1841~1909)을 제거하는 일에 나선 분이다.

안 의사(安義士)에 대해서는 1945년 광복 후 1946년경 연극(演劇)으로 공연하여 안 의사가 이등박문을 권총으로 사살하는 장면을 공연하여 민족의 원수를 쓰러뜨리는 장면이 오늘에도 감동 깊게 떠오른다.

오늘의 작가들은 안 의사를 소재로 하여 작품을 새로운 스토리텔링으로 쓴다면 독자들의 심금을 감동 깊게 울릴 것이다.

안 의사는 나라 찾기에 앞장을 선 분으로 본 조항의 정성의 경지를 이해하는 데 도움을 준다. 실제로 안 의사는 여순(旅順) 감옥에서 순국하기 전에 정성된 마음을 나타낸 서예작품에서 그의 인간성인 순수의식으로 조국을 구하겠다는 마음을 읽을 수 있는데, 본 조항과 관련해 설명하기로 한다.

제27사(事) 뇌허(雷虛): (誠 3體 23用)(성, 3째 본체, 23번째 쓰임)

雷虛者는 誠心이 纏于耳聞하여 誠發之時에 以雷聲之大로 自
虛而不聞也 니라.

해석: 뇌허란 정성된 마음이 귀 들림을 가리어 정성이 나타날 때는 천둥소리와 같은 큰 소리도 저절로 공허하므로 들리지 않느니라.

흔히 사람들은 지성(至誠)이면 감천(感天)한다는 말을 하는데, 한 가지 일에 정성을 다하면 하늘이 돕는다는 것으로 되어 있다. 그러나 요즘은 예전과 같지 않아 그러한 체험하는 이들을 만나 보기 어렵다. 그러나 고대 농경사회에선 이런 감응하는 일을 늘 보아왔다.

이러한 예는 농사를 지을 때 아침 일찍 들녘에 나가 저녁 늦게까지 일하다가 집에 들어오면 밤 8~9시가 된다. 1960년대 초반 전후해 보릿고개가 있었던 농촌은 어려웠던 시절로 꼽힌다. 그 시절에는 하루 종일 점심을 굶으며 일을 하더라도 배고픔을 잊으면서 시간 가는 줄 모르고 일을 하였다.

농부는 농작물이 하루가 다르게 자라는 것만 대견하게 여기며 배고픔을 잊고 매일같이 지냈다. 그 결과 가을 들녘은 황금물결을 이루어 다수확을 하게 된다. 이런 것은 27사(事) 뇌허(雷虛)와 같이 정성이 일구어낸 결과라고 할 수 있다.

1. 안중근의 독립정신

안 의사(安義士)는 일본군과 직접 독립군을 거느리고 함경북도 홍의동의 일본군을 공격하고, 회령에서 일본군과 맞붙어 치열한 전투를 벌이기도 하였다.

1902년 3월 2일에 12명의 동지를 규합하여 단지회(斷指會)를 조직하여 이등박문(伊藤博文, 1841~1909)과 이완용(李完用)을 3년 내에 감살하기로 결의한 바도 있으나 뜻을 이루지 못하였다가 이등박문을 직접제거에 나섰다.

안 의사에게 기회는 찾아와 이등탁문이 1909년 10월 26일 러시아 대신 코코프체프(Kokovtsev)와 회담하기 위해 갈 때 만주 하얼빈에서 권총으로 이또오를 쏘아 사살했다.

안 의사가 순국하기 한 달 전에 썼다는 서예작품이 2002년 5월 23일 공개됐는데, 그 작품을소개한다.

> 욕심 없고 마음이 깨끗해야 뜻을 밝게 가질 수 있고, 마음이 편안하고
> 고요해야 포부를 이룰 수 있다(澹泊明志, 寧靜致遠).

庚戌二月, 於旅順獄中大韓國人, 安重根書

시의 내용은 조국을 찾는 숭고미어 의식과 그 정신밖에는 없으니, 온갖 정성과 헌신의 노력을 기울였던 관계로 외부의 뇌성(雷聲)이 요란하게 들려도 그의 귀에는 독립운동으로 나라를 찾겠다는 의지밖어는 없었다.

안 의사는 민족의 철천의 원수를 저격하여 죽일 때 그 소리는 사람들에게 천둥소리와 같이 들렸을 것이나 안 의사에게는 공허해져, 오직 나라의 원수가 없앤다는 숭고한 정성밖에는 없었다고 할 수 있다. 그는 옥중에서도 뜻을 이뤘으므로 마음이 공허해져 편안하다는 심회를 서예작품에서 나타냈다.

안 의사의 서예작품은 뜻을 달성한 후에 여한이 없이 자기의 목표를 달성함에서 우국충정의 마음에서 쓴 것이다. 그 작품은 숭고한 뜻과 정성이 들어 있는 관계로 도표로 나타내면 다음과 같다.

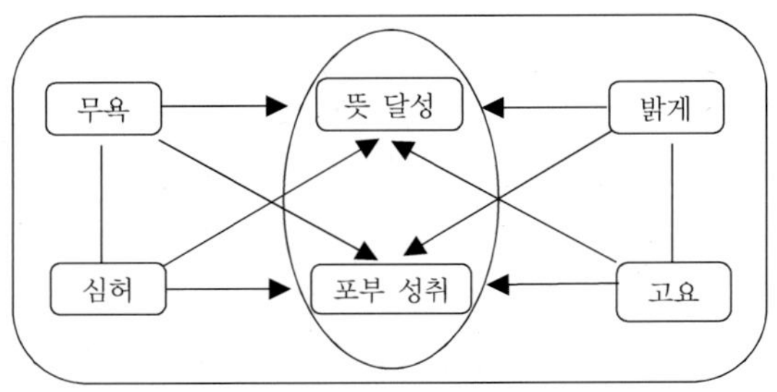

안 의사의 작품에 담긴 숭고한 정신은 하늘을 감응시키게 되니, 영시능력으로 앞일을 환상적인 우미(優美, das Graxio Shöne, Anmut)로 승화시킬 수 있다.

1. 안중근 의사(義士)의 독립정신 고취

작가는 청소년에게 일제하 식민지 시절 국권이 박탈되어 피압박민족으로 살아갈 때 조국의 독립을 쟁취하겠다는 일념으로 활약했던 안 의사(安義士)를 소재로 작품을 쓰면 청소년 선도의 좋은 본이 될 것이다.

안 의사는 조국의 독립을 위해 일본군과 직접 싸웠으며 한국의 원수 이등박문을 제거하는 데 앞장을 섰다. 그가 일본군과 싸우고 단지회(斷指會)를 조직하여 한국의 원수와 매국노를 제거하겠다는 일념은 다름 아닌 본 조항의 정성의 소리 외는 다른 외부의 소리는 들리지 않을 정도로 온 정열을 기울였다.

작가는 본 조항과 안 의사의 의거를 행하기까지를 스토리텔링으로 동화와 소설을 구성하여 작품을 내거나 인터넷으로 연결시켜 선보이면 청소년들에게 정성의 경지를 이해하는 데 도움을 줄 것이다.

제28사(事) 신취(神聚: 정신을 모음)―춘향, 심청, 흥부의 입사식―

신취(神聚)는 '정신을 모음'이란 말이니, 정신통일을 이룬다는 뜻이다.

작가들은 고소설에 등장하는 춘향과 심청 흥부의 삶을 단군신화에 나타난 동굴모티프로 입지전의 인물로 나타내면, 독자들이 단군의 사상이 5,000년을 내려옴에 많은 영향을 끼쳤다는 것을 이해하는 데 도움을 줄 것이다.

한국고소설의 삼대소설이라 일컫는『춘향전』,『심청전』,『흥부전』의 주인공은 하늘이 부여한 천성적인 하늘의 정성을 한결같은 마음을 실천하여 자신들이 지향하는 바를 이루었다.

춘향은 변 부사가 수청을 들라는 청을 이몽룡과 약혼관계임을 밝혔는데도 요청을 했지만 일언지하(一言之下)에 거절해 승상의 부인과 임금으로부터 정렬부인의 칭호를 받았다.

심청은 부친의 안맹을 개안하기 위해 공양미 삼백 석에 팔려가 인당수에 제물이 되었으나 옥황상제가 심청의 효심에 감동하여 구제 하였으니 효사상의 제일주의로 여기는 고대인의 관념으로 인해 살아난 것이다.

흥부는 아이들 26명이 옷도 걸치지 못한 상황에서 벌거숭이 상태로 먹는 타령만 하여 잘 살아보자는 성실한 마음으로 힘써 살아온 결과로 인해 부호가 되었다.

이들의 공통점은 어려움과 위기가 닥쳐왔을 때 한결같은 정성으로 대처한데 입지전의 인물이 된 것이다. 이들의 성공을 본 조항과 관련해서 밝혀보기로 한다. 본 조항의 내용은 아래와 같다.

제28사(事) 신취(神聚): (誠 3體 23用)(성, 3째 본체, 23번째 쓰임)

神은 精神也오 聚는 合也라. 人之諸經部神이 各守하니 肝役에 肺不參하고 胃役에 腎不參이라. 但於誠役에 諸神이 聚合하니 無一則不能成誠하니라.

해석: 신은 정신이며 취는 합함이라. 삶의 모든 경락(經絡)과 부위(部位)에 신이 각각 맡으므로 간(肝) 역할엔 허파(肺)가 관여하지 않고 위(胃) 역할엔 콩팥(腎)이 관여하지 않는다. 오

직 정성을 들일 때는 모든 신이 합하므로 하나라도 없으면 정성을 이룰 수 없느니라.

신취(神聚)란 정신을 한곳에 모이게 하는 것을 이르는데, 한결같은 정성으로 정신을 모이게 되면 오장육부(五臟六腑)에 모든 신이 하나로 모이어 정신통일을 이루어 뜻한 바를 이룰 수 있다.

우리는 이러한 정신통일을 단군신화에서 곰이 동굴에 들어가 쑥과 마늘을 먹으며 삼칠일간(21일) 참고 견뎌 웅녀로 환생한 것과 같은 것으로 이해하면 된다. 만약에 곰이 통과의례적인 정신과 육체가 하나로 통일되지 않으면 범과 같이 탈굴(脫掘)해 짐승 그대로의 상태로 돌아갔을 것이다. 곰이 웅녀로 환골탈태로 변신한 것은 이기(理氣)가 하나로 응결되어서 이(理)가 기(氣)를 조절한 것으로 이뤄졌다고 할 수 있다.

정신을 집중하는 방법은 여러 가지로 나타낼 수 있으나, 본 조항과 같이 신체의 모든 기능이 하나로 모이는 정신 통일이 필요하게 된다. 사람들은 "정신을 한곳에 모으면 어떠한 일이든지 이룰 수 있다"란 말을 알면서 그 방법을 실천하는 이는 많지 않다.

정성은 하늘의 도(道)에서 온 것이니 일순에도 쉬지 않는 순수지속(純粹持續)의 순수미에 해당해 모든 장기(臟器)가 한 데 모여 대우주와 참여하니, 오로지 한 가지 일에 집중하게 된다.

본 조항의 내용은 심신일체가 하나의 마음으로 집중되는 경지를 나타낸 것이니, 새로운 발명 등이 정성에 의한 신명이 없이는 이뤄지지 않는 것을 감안할 때 새로운 의의를 지닌다.

본 조항은 "간(肝) 역할엔 허파(肺)가 관여하지 않고, 위(胃) 역할엔 콩팥(腎)이 관여하지 않는다"라고 했는데 무슨 의미로 관여하지 않는다고 했는가?

오행사상에 의하면 간(肝)은 목(木)을, 허파(肺)는 금(金)을, 위(胃)는 토(土)를, 콩팥(腎)은 수(水)이다. 이들의 관계는 상극(相剋)적인 대비 관계인데, 금(金)→목(木)을, 토(土)→수(水)를, 극(剋)하게 되어 있기 때문이다. 오행이 서로 이기는 정기가 서로를 간섭하면 오장(五臟)의 조화가 파괴되는 관계로 인해서 관여하지 않는다고 밝힌 것이다.

1. 고소설에 나타낸 주인공의 삶

한국고설 중 삼대소설이라 일컫는 『춘향전』, 『심청전』, 『흥부전』의 주인공은 자기가 지니고 있는 오장육부(五臟六腑)에 이르는 모든 신을 하나로 모이게 할 정도로 정성을 집중시켰다. 이 소설들의 주인공의 삶은 죽었다가 살아나는 고난을 겪은 후 춘향→정렬부인, 심청→황후, 흥부→부호에 자아실현을 이루었다.

춘향과 심청과 흥부는 입사식의 고난을 극복하는 과정에서 정성된 마음이 없이는 부귀를 누리는 신분 상승을 이루지 못했을 것이다. 이들은 고난이 닥쳐올 때 오장육부(五臟六腑)를 맡은 신을 하나로 모이게 하는 정성된 마음으로 대처했기 때문에 입지전에 인물이 됐다.

제28사(事) 신취(神聚)는 366사(事) 중 제1장 성(誠)의 한 조항이니, 정성으로 대처하면 위기에 놓인 상황을 극복하게 되어 있다. 사람의 참정성은 태어나면서부터 늘 가슴에 서려 있는 관계로 사람이 일을 하는 데 있어서 가장 기본이 제1장 성(誠)의 의식이다.

춘향·심청·흥부는 하늘로부터 부여받은 한결같은 정성으로 어려운 고비가 닥쳐올 때 오장육부의 모든 신을 하나로 모이게 하여 물리친 것이다.

본 조항에서는 오장육부(五臟六腑) 중 어느 한 경락(經絡)과 부위(部位)이라도 모이지 않으면 정성을 이룰 수 없음을 나타냈는데, 심신일체를 이뤄야 하기 때문이다.

고소설 중에 나타난 세 주인공은 온 정성을 기울여 정신을 하나로 결집한 데 자신들이 하고자 하는 일에 목적을 달성하게 된 것이다.

2. 작가들이 나타낸 주인공

작가들은 작품 인물 중 주인공을 천성적으로 정성을 다하는 사람과 그렇지 않는 사람의 경우로 등장인물을 나타내면 독자들이 그들의 행함을 보고 성공 여부를 결정하게 될 것이다.

춘향과 심청 흥부는 자신이 하는 일에 하늘이 준 마음가짐으로 흔들림이 없이 행한 주인공들인데 어려운 생활을 헤쳐 나가는 데 있어 한결같은 정성된 마음을 잊지 않았다. 이들에게 정성은 오장육부를 집결시킨 심신일체의 마음이니, 하나의 마음이라 할 수 있다. 하나란 『천부경』(天符經)의 인중천지일(人中天地一: 사람 가운데 천지가 있어 하나가 됨)이니, 심신일체를 이루는 정성된 마음을 일컫게 된다.

작가들의 작품 인물은 심신일체를 이룬 주인공을 정성된 마음으로 자신이 하는 일을 행하기 때문에 성공하게 되어 있다. 반면에 등장인물 중 하나의 마음을 지니지 않고 살아간 이들은 하는 일마다 뜻을 이루지 못하게 될 것이다. 본 조항이나 춘향의 일편단심과 심청의 한결같은 정성의 효심과 흥부의 성실성은 하나의 마음을 지닌 것으로 된다.

우리는 이러한 신분상승을 이룬 주인공의 경우 작품을 스토리텔링으로 재구성하면 새롭게 조명하게 될 것이다.

제29사(事) 불식(不息: 쉬지 않음)–흥부는 성실한 농부–

제29사(事) 불식(不息)이란 쉼이 없는 정성(精誠)을 말한다. 하늘은 정성(誠)의 도로써 행함을 이루고 사람은 정성을 하고자 힘쓰는 것이다.

작가는 오늘의 사람들이 흥부보다 놀부를 더 선호하고 있는 것을 시정하는 내용으로 작품을 새로운 시각으로 써야한다.

한말로써 흥부는 홍익인간이고, 놀부는 홍악인간(弘惡人間)이다. 그런데 놀부를 좋아하는 것은 잘못되어도 크게 잘못된 것이다.

『흥부전』에 나타난 흥부는 성실한 사람이고, 놀부는 성실치 못한 사람이다. 성실하다는 것은 하늘의 성(誠)의 도를 다하는 것을 이른다. 사람은 천성으로 태어난 관계로 하늘의 성(誠)을 실천하면 하는 일에 대해 이뤄지게 되어 있다.

흥부는 하늘의 성(誠)을 실천하여 성실한 사람이 되어 무일푼으로 출발하여 부호가 된 것이다. 이에 반해 놀부는 사람됨이 성실치 못하여 패가망신했다. 가산을 탕진한 놀부는 흥부가 도와져 개가천선하게 되었다.

흥부는 하늘의 성(誠)을 실천한 관계로 그 응보로 인해 브호가 된 것이다. 본 조항은 흥부의 생활상을 이해하는 데 도움을 주므로 다음과 같이 소개해 본다.

제29사(事) 불식(不息): 誠 4體)(성, 4째 본체)

> 不息者는 至誠不息也라. 不息及無息이 各自有異하니 其在道力之奮蹲과 人慾之消長이 纖毫之隔이라도 相去하면 天壤也니라.

해석: 쉬지 않음은 지극한 정성으로 쉬지 않음이라. 쉬지 않음과 쉼이 없음은 각각 다름이 있으니, 그 도력의 떨침과 웅크림과 사람의 욕심이 줄고 늘음이 티끌만 한 간격도 서로 벌어지면 천지의 차로 벌어진다.

하늘은 하루도 쉬지 않고 한결같이 만물을 생육하는 햇빛을 발산해 주고 있다. 『천부경』(天符經)의 "천일일 지일이 인일삼"(天一一 地一二 人一三: 하늘의 근본인 하나는 창조과정이 첫째 번이고 땅의 근본인 하나는 둘째 번이고 사람의 근본인 하나는 셋째 번임)임과 같이 한결같은 의식이 되므로 사람은 정성을 귀히 여기게 된다.

땅, 사람은 하늘의 하나(一)로서 근본을 이루고 있으므로 귀히 여기게 되는데 이 한결같은 의식으로 임하지 않으면 안 되는 것이다. 사람은 하늘의 한결같은 정성이 천성적으로 되어 있으므로 이 하나의 정성으로 행함에 따라 천지의 차이가 생기게 된다.

사람은 하늘의 한결같은 정성으로 행하게 되면 하늘에 이르게 되고 하늘이 부여한 정성을 행하지 않으면 앞이나 위로 진전되는 일이 없게 되어 뜻을 이루지 못한다.

『중용』(中庸)에서 "하늘은 늪고 밝음과 짝하는 것이라"고 했으니, 한결같은 정성으로 행하면 하늘과 일체가 된다. 땅도 하늘의 하나의 정성됨으로 만물을 낳고 키워 풍성케 하는 것이니, 사람 또한 하늘의 밝음과 땅의 넓음과 두터움을 짝하면 천장지구(天長地久)와 같이 오램으로 살아갈 수 있다.

『중용』(中庸)에서는 "천지의 도는 한 마디로 설진(說盡)할 수 있으니, 그 되어짐이 성일불일(誠一不貳)한 것이라 하여 만물 생성이 헤아려지지 않는다고 하고, 천지의 도는 넓음이요 두터움이요 높음이요 밝음이며 오래감이요 영원함"이라 했다.

천지의 불식(不息)은 사람이 본받으면 오랜 생명으로 번성과 번영을 누릴 수 있고, 오래 지속하지 않음은 단명하게 된다. 사람이 한결같은 하나의 정성된 마음으로써 행하면 천성을 다 할 수 있으므로 천지의 화육(化育)을 도울 수 있고, 천지와 일체로 병립하게 되고 참여할 수 있는 것이다.

『인부경』(人符經)에서는 "천지합십일(天地合十一) 천지합덕인(天地合德人) 지천합도인(地天合道人)"이라고 하였다. 사람이 하늘의 완성수 십(十)과 땅 또한 하늘의 기본 수 하나(一)로서 행하면 천지합일(天地合一)을 이룰 수 있다. 여기에서 십일(十一)이란 수는 음양조화를 뜻하니, 천지조화를 말한다. 곧 "천지합십일"(天地合十一)은 음양조화가 완전함이 하나(一)로 합치되었음을 의미한다.

이를 내용으로 하는 이치를 『인부경』(人符經)에서는 "천십지일"(天十地一: 10+1=11), "지구천이"(地九天二: 9+2=11), "천팔지삼"(天八地三: 8+3=11), "지칠지사"(地七地四: 7+4=11), "천육지오"(天六地五: 6+5=11)가 천지조화의 음양조화를 말하는 것이다.

음양조화는 거시적으로 하늘의 경우 땅의 입장으로, 돌아가 그 이치를 터득하는데 이뤄진다. 하늘의 수는 1, 3, 5, 7, 9, 10이고 땅의 수는 2, 4, 6, 8,1 0이니 홀수와 짝수관계다. 10은 음양 두 가지 수를 공유한다. 즉 하늘과 땅은 상호 간 바꿔서 입장을 서면 상호간의 경황을 알 수 있는 내용이다. 남자는 여성을 여성은 남성입장을 서로 이해하면 모든 일이 순조롭게 이뤄진다. 임금은 신하, 신하는 임금의 입장을, 신하는 백성을, 백성은 신하의 입장을 서로 바꿔서 이해하면 원만하게 나라도 잘 다스려진다.

나라는 물론 천지도 합일관계를 이뤄지게 된다. 천지합일은 영구한 것이다. 따라서 제29사(事) 불식(不息)을 입문하는 데는 네 가지 바탕에는 7개 조항이 있는데 이를 소개하면 다음과 같다.

불식사체(不息四體)

조항 \ 내용	중심 내용	대상	조항
1. 면강(勉强)	노력하는 이는 곤란함에 처해도 스스로 힘씀	정성	제30사(事)
2. 원전(圓轉)	정성은 수레바퀴가 굴러가듯 꾸준히 계속함	정성	제31사(事)
3. 휴산(休算)	성실한 사람은 시간을 일체 계산하지 않음	정성	제32사(事)
4. 실시(失始)	정성이 깊은 경지에 들면 참행복을 느낌	정성	제33사(事)
5. 진산(塵山)	성실한 이는 태산을 이루 듯 보람을 안겨 줌	정성	제34사(事)
6. 방운(放運)	성인의 성의를 본받아 살도록 노력함	정성	제35사(事)
7. 만타(慢他)	성실한 사람은 쓸데없는 일에 관심이 없음	정성	제36사(事)

천도는 봄날 중 초춘과 중춘 사이에 만물을 생식시키는 패이므로 온갖 정성을 나타내는 때라고 할 수 있다. 사람은 천도를 본받아 봄날에 곡식의 싹을 틔우고 가꿀 때 보살피는 정성이 필요하다.

이런 농경생활은 결국 봄→여름→가을에서 수확하게 되어 겨울을 편히 지낼 수 있는 것이다. 만약에 하늘이 부여한 정성을 봄, 여름, 가을 동안 한결같이 행하지 않으면 겨울에 먹을 것이 없으니, 천지 간에 생존할 수 없다.

1. 『흥부전』에서의 흥부의 정성

하늘의 정성으로 묵묵히 살아온 농부는 흥부를 꼽지 않을 수 없다. 『흥부전』에서 흥부의 한결같은 정성된 마음을 지니면 본 조항의 도(道)를 일년 사시절 동안 쉬지 않고 실천한 이는 흥부라고 할 수 있다.

흥부는 성실한 농군으로서 26~29명이나 되는 자식들을 키우기 위해 온 정성을 기울이고 홍익인간의 정신으로써 죽어가는 제비도 살려 하늘이 그에게 복을 내려 부호가 되었다.

그는 무일푼으로 움집과 수숫대 집에서 살면서 춘하추동 쉬지 않고 살아 인과응보로 부호가 되었다. 한국의 농경생활은 청동기 이후 본격적으로 시작되었다고 볼 수 있다.

흥부는 단군 이래 선인들의 농경생활을 전형적으로 잘 나타냈는데 1980년대 이전 기계화되기 이전 농촌에서의 농경은 주로 육체노동이었다. 18세기 『흥부전』이 출간할 때는 순전한 육체노동이었으므로 고된 농경이다.

흥부는 고된 농경생활에서도 밤낮을 쉬지 않을 정도로 일하여 놀부가 부자로 살게 하였다. 그런데 한겨울에 놀부는 흥부를 내쫓아 흥부가 움집에서 수숫대 집에서 추운 겨울을 이불도 없이 지낸 것이다. 아이들 26명은 옷을 입지 않고 지냈다.

흥부는 슬기로워 버려진 헌 명석을 주어다 아이들 수대로 구멍을 뚫어 명석 옷을 입히고 지내게 했다. 그는 아이들이 먹지 못해 먹는 타령만 해 죄인의 매를 대신 맞는 매품을 팔려고 할 정도로 자식들에게 사랑이 깊은 성실한 농군이다.

그는 겨울이면 동네에서 궂은일을 맡아하고 저녁이면 새끼를 꼬고 쉬지 않고 일을 했다. 그 아내 또한 저녁이면 옷을 지어 그 삯으로 살아갔다. 그는 미물인 제비에게도 자비를 베풀어 하늘이 그 응보로 복을 내려 부호가 되었다는 것은 너무나 잘 알려진 일이다.

흥부는 사시절을 쉬지 않고 한결같은 정성으로 살은 결과로 인해 부호가 되었는데, 단군신화서의 동굴모티프의 수용으로 빈천→부귀영화를 누렸다.

2. 흥부의 성실과 근면

어린이들과 청소년들이 흥부의 한결같은 정성으로 살아온 것을 본받아야 한다. 요즘 한국인은 홍익인간을 실천한 흥부보다 홍악인간(弘惡人間)인 놀부를 더 선호하고 있다. 이 잘못된 인식을 작가들은 바로 인식시켜 흥부의 생활상을 본받게 하는 작품으로 본받게 하면 성실과 근면의식을 깨닫게 할 것이다.

작가들이 첫째로 할 일은 흥부에 대한 만화나 동화와 소설로 흥부와 놀부의 생활상을 새로운 유형의 작품을 선보여야 한다.

흥부는 본 조항과 관련된 새로운 디지털 스토리텔링(digital storytelling)으로 작품을 출판하면 많은 독자층 형성으로 영화 제작이 가능해지고 세계적인 한류(韓流)를 일으킬 수 있다.

제30사(事) 면강(勉强: 힘써 강함)-『정수정전』의 주인공 수정-

제30사(事) 면강(勉强)은 '힘써 강함'이란 뜻이니, 남에게 굴하지 않는 불굴의 정신이므로 자기성존을 위해서 좋은 일이다.

작가들은 여성들에게 하면 된다는 의식으로 본 조항의 면강(勉强)의 정신과 『정수정전』의 주인공 수정이 이룬 정신을 본받아 행하는 내용으로 작품을 쓰면 여성들에게 희망을 안겨 준다고 할 수 있다.

『정수정전』의 주인공 수정은 본 즈항의 내용과 같이 면강(勉强)의 의지를 독자들에게 보여준 작품이다. 여주인공 수정은 부친이 간신의 모함으로 귀양을 가서 세상을 떠나고 모친이 그 후유증으로 세상을 떠나니, 홀로 살게 되었다.

그녀는 부모의 철천지한(徹天之恨)의 원수를 갚기 위해 무술을 연마하고 밤에는 과거공부를 하여 장원급제를 하여 벼슬길에 나아가 드디어 장수로 출전하여 오랑캐를 물리쳤다. 그는 돌아오는 길에 간신을 처형하고 청주왕에 올랐다는 줄거리는 여성들에게 희망과 꿈을 가지게 하는 내용이라 할 수 있다.

『정수정전』의 주인공 수정은 본 조항의 면강(勉强)의 정신으로 스스로 강하게 살아야 함을 일깨우는 나용이므로, 먼저 본 조항을 소개하기로 한다.

제30사(事) 면강(勉强): (誠 4體 25用)(성, 4째 본체, 25번째 쓰임)

勉强者는 勉自强也라. 自强者는 克圖進向하여 無岐隅趑趄之
端緒하고 畢竟困而得之也라. 勉强則誠本이 深固하여 不治强
而能强하며 無何而能成 也니라.

해석: 면강(勉强)은 스스로 강하기를 힘쓰는 것이니라. 스스로 강하다는 것은 앞으로 나아가기를 도모하여 갈림길이나 머뭇거림의 단서 없이, 마침내 힘들게 얻는 것이다. 면강하면 정성의 근본이 깊고 굳어 강함을 다루지 않아도 강하며 어떤 일이라도 이룰 수 있느니라.

사람이 어느 일에 스스로 강해지기를 힘쓰면 신념이 굳어져 강해지게 마련인데, 성실하게 꾸준히 노력하는 사람에게 돌아오는 몫이다.

제1장 성(誠)은 계절적으로 이른 봄날과 유년기에 해당한다. 자라나는 어린이들에게 면강(勉强)의 교육은 강인인 사람을 이루는 데 도움이 된다.

유년기는 봄날과 같이 희망이 넘치는 시기이므로 본 조항의 내용과 같이 면강(勉强)의 정신으로 행하면 어려운 일이 닥치더라도 물리쳐 목적한 바를 이루게 될 것이다.

요즘 어린이는 부모들이 한 자녀를 기르는 가정이 대부분인 관계로 귀엽게 기르므로 어려움을 이겨내는 힘이 부족하다. 예전에는 부모들이 자녀를 키울 때 엄하게 가정교육을 시키고 생활환경이 스스로 어려움을 이겨내게 되어 있었다.

21세기는 무한경쟁시대에 살고 있다. 하루가 다르게 국제사회는 변하고 있는 만큼 어린이라 할지라도 스스로 강하기를 힘써 강인한 정신력과 건강한 체력을 지녀야 할 것이다.

특히 단군의 366사(事)의 교육실천은 어린이들에게 정신의 영양소이므로 배우면 강인한 정신력으로 살아가게 하는 데 도움을 준다.

우리는 이웃나라가 강대국으로 둘러져 있다. 이들에게 뒤지지 않기 위해서는 경쟁력이 뒤져서는 살아남을 수 없으니, 강인한 정신력으로 살아가야 할 것이다.

1. 『정수정전』에 나타난 여주인공 수정의 강인한 삶

조선조 여성은 남존여비 사상과 체질적으로 연약해 남성과 대등한 관계로 겨룰 수가 없어 관직에 진출하지를 못했다.

『정수정전』의 주인공 수정은 면강의 정신으로 여성이 과거 길에 나아가 장원(壯元)한 내용으로 나타낸 것이 유일하다.

수정은 부모의 원수를 갚기 위해 불철주야 힘써 살아온 결과로 남성으로 가장해 장원급제하여 청주왕에 올랐다. 그녀의 면강의 정신은 본 조항과 같은 스스로 힘쓰는 면강(勉强)으로 노력을 발휘한 데 있다.

이 정신은 성실히 살아온 사람에게 이뤄지는 것이니, 자기생존의 앞날을 위해서도 바람직한 일이다.

『정수정전』의 수정은 면강의 정신으로 살아온 관계로 남복으로 위장하고 낮에는 무술을 연마하고 밤에는 과거 공부에 힘써 장원(壯元)하였다. 수정이 '여화위남'(女化爲男: 여자가 남자로 바뀜)한 이유는 첫째 억울하게 세상을 떠난 부친의 원수를 갚고, 둘째 오랑캐의 침입을 무찌르는 데 있었으니, 여장부의 기개를 보여주는 내용이다. 그녀는 비록 소설적인 내용이라 할지라도 당시 사람들이 감히 생각하지 못하는 일을 행했으니, 장한 일이 아닐 수 없다.

2. 면강(勉强)의 정신 고취

작가들은 수정이 남장으로 위장하여 과거를 보는 장면과 장수로 출전하여 오랑캐를 무찌르고 부친이 세상을 떠나게 한 간신을 죽이고, 청주왕에 오르는 과정을 작가 나름으로 상상력을 발휘하여 쓰면 좋을 것이다.

이를 소재로 한 작품은 만화, 동화, 소설 등인데, 새로운 시각으로 연극·영화·여흥 따위의 재미있고 흥겨운 오락 따위를 내용으로 하는 엔터테인먼트 스토리텔링(Entertainment storytelling)으로 출판을 하면 많은 어린이나 청소년 소녀에게 호감을 일으킬 것이라 믿는다.

많은 독자층의 형성은 성공작임을 의미하니, 많은 사람들이 시청하는 TV방송드라마나 영화로 제작하면 좋은 반응을 일으켜 이 또한 한류를 일으키게 될 것이다.

제31사(事) 원전(圓轉: 둥글게 구름)-춘향의 일편단심-

본 조항에서 원전(圓轉)이란 '둥글게 구름'이란 뜻이니, 평탄한 길에 바퀴가 굴러가듯이 사람의 정성도 지구가 태양을 도는 이치로 받아들이면 된다.

『춘향전』에서 춘향은 이몽룡에게 옥지환을 선물했다. 오늘날에 약혼반지에 해당하는 선물이다. 작가들은 약혼반지는 단군신화에서의 신표에 해당하므로 젊은이에게 주지시켜 일단 백년가약을 맺은 후 결혼하면 이혼하는 일이 없도록 작중에 나타내면, 오늘날 OECD[Organization for Economic Cooperation and Development(경제 협력 개발 기구)] 국가 중 이혼율이 가장 높다는 불명예스런 말은 듣지 않을 것이다.

요즘 젊은 층이나 노경에 이른 부부들이 이혼을 하는 것을 볼 때 이유가 있겠으나 자녀에게도 안 된 일이지만 제삼자에게나 국민정서에도 좋지 않게 비추니, 일단 사회악으로 볼 수 있다.

『춘향전』의 춘향의 절개는 한마음을 지니는 교훈이다. 춘향은 이몽룡과 약혼한 사이이다. 그런데 남원고을의 목민관인 변 부사는 춘향이 미색이라는 말을 듣고 춘향을 불러들여 수청을 들라는 명을 내리니, 춘향이 어려서 배운 바대로 즉석에서 거절했다.

춘향은 이몽룡과 백년가약을 맺을 때 옥지환을 선물하였으니, 오늘날의 약혼반지에 해당하니 단군신화에서의 천부인(天符印)에서의 신표(信標)와 같이 그 가약을 신봉한 것이다.

환웅(桓雄)은 환인으로부터 천부인(天符印) 세 개(거울, 방울, 칼)를 받아 거울과 같이 밝게, 대지의 리듬을 상징하는 방울과 같이, 칼 또한 사정(司正)의 칼날과 같이 날카롭게 다스리라고 준 것이다. 환웅은 천부인(天符印) 세 개의 상징으로 백성들을 교화(敎化)하여 홍익인간의 이화세계를 세웠다

춘향은 환웅이 환인이 준 천부인(天符印) 세 개로써 백성을 교화시켜 이상적인 나라를 세운 것과 같이 이몽룡에게 자신을 대지로써 알고 변치 말라는 표시로 옥지환을 준 것이다. 옥지환은 둥근 것이니, 지구와 같이 돌고 도는 것과 같이 본 조항의 원전(圓轉)의 뜻을 나타냈다. 본 조항은 춘향의 일편단심의 절개를 이해하기 위해 다음과 같이 소개한다.

제31사(事) 원전(圓轉): (誠 4體 26用)(성, 4째 본체, 26번째 쓰임)

圓轉者는 誠之不息이니 如圓物之自轉於平坦也니라. 欲止而不得하며 欲緩而不得하며 欲速而又不得하야 隨體轉向而不息이니라.

원전자 성지불식 여원물지자전어평탄야 욕지이부득 욕완이부득 욕속이우부득 수체전향이불식

해석: 원전(圓轉)은 정성의 쉬지 않는 것으로 마치 둥근 물건이 평평한 땅에서 저절로 구르는 것과 같으니라. 멈추려 해도 안 되고, 늦추려 해도 안 되며, 급히 하려도 역시 안 되고, 몸이 저절로 향하는 바를 따라 쉬지 않게 되니라.

둥근 원은 구르게 되어 있는데, 지구는 둥근 원형으로 되어 있어 태양을 일 년 동안 돌고 있는 것이다. 일 년 사계절은 지구가 태양을 도는 이치에서 오는 순환이다. 지구는 태양의 주변을 돌고 도는 이치에서 태양이 햇빛을 발하는 것을 조화로 받아들여 만물을 자라게 한다. 정성은 천지가 한시라도 운행을 멈추는 일이 없이 운행하고 있는 이치에서 수용된 것이다. 제31사(事)의 원전(圓轉)은 정성을 둥근 원이 평탄한 땅에서 저절로 구르는 것과 같음으로 비유했다.

둥근 원이 저절로 구르는 것은 일시적이 아닌 지구가 태양을 향해 매일

같이 자전을 하며, 일 년 동안 도는 공전과 같이 지속적으로 돌고 도는 의미로 봐야 본 조항의 의미파악이 가능하다.

정성은 지구가 태양을 중심으로 회전하는 그 끊임없이 지속되는 것을 본받는 데서 의의가 주어진다.

1. 춘향의 인간미질

원전(圓轉)의 예는 고전문학의 백미 춘향의 일편단심의 인간미(人間美)에서도 나타나는 바와 같다. 춘향은 이도령(이몽룡)과 신표를 주고받으며 약혼을 한 관계로 헤어져 있었지만 언제나 부군(夫君)으로 생각하는 정성된 마음이 떠나지 아니했다.

그런 가운데 춘향은 변 부사가 수청을 청할 때 일언지하에 거절하였다. 변 부사는 그 거부에 대한 모욕감을 만회(挽回)하기 위해 괘씸죄로 다스려 춘향의 몸을 형리(刑吏)에게 곤장(棍杖) 태장(笞杖)으로 마구 때리게 했다.

춘향은 이도령과 약혼한 사이므로 변 부사가 갖은 회유(懷柔)로 달랬으나 말려들지 않고 거절하니, 여기게 상관을 능멸한 죄로 큰 칼을 씌우는 옥살이를 시킨다. 춘향은 이도령을 생각하는 마음이 마치 원전(圓轉)과 같이 한시도 떠나지 않고 변 부사의 강요를 물리쳤다. 그 결과로 인해 춘향은 이도령과 만나 양반의 아내가 될 수 있었고, 임금으로부터 정렬부인의 칭호를 받아 부귀영화를 누리며 살게 되었다.

원전(圓轉)은 매년 춘하추동(春夏秋冬)이 돌아오는 것과 같으니, 사람에겐 쉼이 없는 정성이 필요하다. 지구가 태양을 도는 이치는 본 조항의 내용을 이해하는 데 도움을 준다. 태양은 움직이지 않으면서 햇빛을 발산하고, 지구 또한 태양을 향해 한시도 쉬지 않고 도는 이치는 사람이 본받아야 할 정성이다.

유년기는 지구의 수레바퀴가 태양을 향해 굴러가는 정성을 본받으면 훗날 훌륭한 사람이고, 이상미를 이루는 삶을 맞이하게 될 것이다.

끊임없는 정성은 본 조항의 원전(圓轉)과 같으므로 지구와 태양에서 본받아 행하면 그 노력한 만큼의 결과를 얻게 된다.

2. 쉬지 않는 정성의 문학콘텐츠

본 조항에 나타난 원전(圓轉)의 내용은 어린이나 청소년들이 본받아 새로운 인간이 되는 데 도움을 준다. 특히 청소년들이 춘향의 일편단심의 굳은 마음을 본받아 행하면 어떠한 어려운 난관에도 극복하게 된다. 작가들은 어린이나 청소년소녀들을 위해 춘향이 굳은 절개를 지키는 내용으로 동화 만화 소설을 출간하면 한 가지 일에 몰두하는 마음을 지니는데 교훈이 되리라 믿는다.

요즘은 작가들이 청소년 소녀들을 위하는 작품이 많이 출간하고 있다. 그중에서도 굳은 의지나 절개를 나타내는 작품이 드물다. 그 내용은 본 조항의 원전(圓轉)과 같이 정성의 문학콘텐츠를 이색적으로 나타내면 훗날 절개와 지조를 지키는 사람이 되는 데 도움을 줄 것이다.

제32사(事) 휴산(休算: 계산을 쉼)-『춘향전』의 기자정성(祈子精誠)-

본 조항의 휴산(休算)은 선인들의 의식이 들어 있는데 휴(休)자(字)는 '쉴(휴)'이고, 산(算)자(字)는 '셈 (산)'이니 계산을 하지 않는다는 뜻이다. 즉 '계산을 쉼'이란 뜻이니, 일한 만큼의 대가를 계산하지 않는다는 말이다. 작가들은 사람들이 타산적으로 생각할 것과 그렇지 않는 일로 구분하여 작중에 나타내면 독자들이 살아가는데 도움을 줄 것이다.

요즘 장사하는 사람이나 직장생활 하는 사람이 일한 만큼의 대가가 돌아오지 않고 있다. 예전 같이 운이 좋아 부동산 투자를 하건 벼락부자가 되고 낙하산 인사로 발탁되어 거액의 봉급을 받던 시대는 없어져야 하고 근절되어야 할 것이다.

사람이 정성을 들인 일은 돈으로 계산하면 들인 만큼 몫이 미치지 못한다. 『춘향전』의 월매의 경우 아들을 낳기 위해 명산을 찾아가 100일 정성을 들여 딸 춘향을 낳았다. 원래는 아들을 낳기 위한 것인데 딸을 낳았으나 차별하지 않고 키웠다. 월대는 진인사대천명(盡人事待天命)의 도리로 춘향을 낳은 것으로 믿고 키웠다.

　하늘이나 대지가 일한 만큼의 대가를 바라지 않고 살아가면 훗날에 이뤄짐을 보면 알게 될 것이다. 본 조항은 들인 만큼 대가를 바라지 않는 것을 이해하는 데 도움을 주게 되므로 다음과 같이 인용한다.

제32사(事) 휴산(休算): (誠 4體 27用)(성, 4째 본체, 27번째 쓰임)

休는 歇也오. 算은 計也라. 有欲而爲誠者는 輒計自起日하여 日迄于幾時하여 抑未有感歟아 此는 與不誠으로 同이라 夫誠之不息者는 不算誠之起年하며 又不算誠之終年이니라.

해석: 휴(休)는 쉬는 것이고, 산(算)은 계산함이라 하고자 함이 있어 시작한 날로부터 끝나는 시간까지를 계산하여 말하되 아직도 감흥 하는 바가 없구나! 라고 한다면, 이는 정성을 들이지 않음과 같음이라. 대저 정성으로 쉬지 않음은 정성을 들이기 시작한 때를 계산하지 않고 또한 마치는 때를 계산하지 않음이니라.

　이 조항은 정성을 드린 시간을 계산하지 않는다는 뜻으로 이해하면 되는데 사람들의 경우 정성을 들인 만큼의 효과를 바라는 타산적인 생각을 경계하는 내용이다.

　선인들은 오늘의 사람과 같이 정성을 들인 만큼의 대가를 생각하지 안 했고, 진인사대천명(盡人事待天命)의 자세로서 자기의 할일을 다하였다. 사람은 노력한 만큼의 하늘의 감응(感應)을 받는다고 하지만 대개는 들인 만큼의 공만큼 돌아오지 않는다.

　예전에는 요즘 기계농과는 달리 육체노동으로 농사를 지었다. 이 육체노동은 초봄부터 추수할 때까지 들인 만큼 돈으로 계산하면 적자를 면치 못한다. 오늘에는 기계로 농사를 지어 다수확으로 생산해도 농사를 짓는 사람들 대개가 빚을 지고 살아간다. 농사는 예전이나 오늘에나 온 식구가 일을 하게 되니 그 품삯을 계산하면 생산량이 그에 미치지 못한다. 오늘날 시골 농촌을 떠나는 것도 그 이유이다.

그와 같이 정성은 농사와 같이 공을 들인 것을 계산하면 돌아온 몫이 미치지 못하니, 본 조항의 정성은 들인 만큼의 대가를 계산해서는 안 되는 것을 교훈하고 있다. 다시 말해 정성은 본 조항에서와 같이 순수미적이니, 힘써 성실하게 일하고 정성을 드린 시간을 계산하지 않아야 함을 나타낸 것이다.

1. 기자정성(祈子精誠)으로 낳은 춘향과 심청

한국서사문학 중에는 기자정성(祈子精誠)으로 낳은 춘향과 심청을 예로 들 수 있다. 이들 부모는 아들을 낳기 위해 평소에서도 근신하며 살고 부정을 하는 일은 삼가며 살았고, 명산을 찾아 천지신명(天地神明)께 빌어 낳았다. 이 부모들이 정성을 들인 목적은 아들을 낳으려 한 것인데 딸을 낳았으니, 정성을 한 만큼의 효과가 돌아오지 않았다. 부모들은 남자 낳으려고 목욕재계하고 명산에 가서 하루 이틀도 아니고 적어도 100일 정성을 들었음에도 여자를 낳았으니, 남자를 선호했던 조선조 시대에 섭섭함은 말할 수 없었다고 할 수 있다.

그러나 이들 부모는 참정성으로 순수지속(純粹持續)의 순수미(純粹美)로서 행하였을 뿐 대가를 바라지는 아니했던 것으로 딸이라 하더라도 금지옥엽(金枝玉葉)으로 키웠다.

우리는 춘향과 심청의 경우처럼 이들의 모친이 정성을 들인 대가를 바라지 않고 순수지속의 정성으로 키웠으니, 고귀함(nobility)과 순수미의 인간미를 지닌 어머니상이라고 할 수 있다. 이들 어머니는 하늘의 정성과 같은 순수미의 여인상이라는 데 의미가 주어진다.

춘향과 심청의 부모들은 기자정성(祈子精誠)으로 명산대천(名山大川)에 가서 빌어 딸을 낳았음에도 애지중지(愛之重之) 키워 훗날 춘향은 임금으로부터 정렬부인의 칭호를 받고, 심청은 황후가 되었다. 황제는 심청의 부친 심학규를 부원군으로 봉하여 부귀영화를 누리며 살았다.

옛말에 딸 덕에 부원군이 된다는 말이 있다. 요즘은 전과 같지 않아 노후에 부모들이 딸의 보살핌으로 아들보다 더 호강하는 이들이 많은 것을 주위에서 볼 수 있으니, 딸도 잘 키우면 봉양을 잘 받으며 살아간다.

우리는 춘향과 심청이 정렬부인과 황후에 오르기까지는 험난한 고난을 겪고 신분 상승을 이룬 것이니, 이 또한 단군신화의 동굴모티프에서 수용된 것이다. 특히 이들의 기자정성은 웅녀가 곰에서 환생한 후 신단수에서 아들 낳기를 빈 것에서 연원된 것이라 할 수 있다. 그런 의미에서 심청의 탄생을 단군신화의 동굴모티프와 연계해서 도표로 나타내면 다음과 같다.

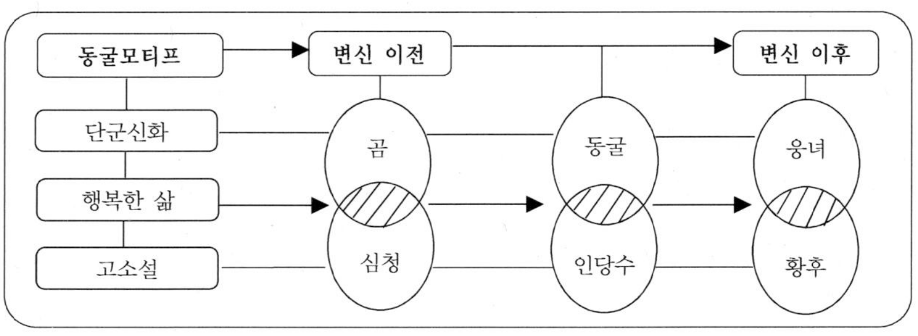

2. 딸을 낳은 부모

동양 특히 한국인은 조상숭배 관념으로 여아를 낳으면 섭섭하게 여기고 키운다. 작가들은 신혼부부가 딸을 낳아 키울 때 조금도 섭섭하게 여기지 않고 잘 키워 이들이 출가한 후에 아들보다 부모봉양을 잘하는 내용으로 작중의 주인공으로 나타내면 아들을 선호하는 풍토를 개선하는 데 도움을 줄 것이다.

춘향과 심청의 모친들이 아들 낳기 위해 명산에 가서 비는 장면을 본 조항과 연관해 만화나 동화로 또는 소설적인 내용으로 선보이면 참정성을 깨닫는 계기가 된다. 또한 어린 소년소녀들이나 청소년 소녀들에게 성실하게 행함을 일깨워 주면 한눈을 팔지 않고 공부도 일취월장하게 잘 하게 될 것이다.

작가들은 딸을 낳아 아들을 둔 부모들이 부러워하는 내용으로 작품을
출판하면 독자들이 남아선호사상을 개선하는 데 도움을 주리라 믿는다.

제33사(事) 실시(失始: 시작을 잃음)-윤선도(尹善道)의 시조-

실시(失始), '시작을 잃음'이란 뜻이니, 처음에는 모르지간 하루하루를
성실하게 살아가면 어설픈 욕구는 사라지고 참행복을 느끼게 된다는 말이
다. 즉 사람들은 대개 이 경지를 경험하게 되는데, 한 가지 일에 몰입하던
하고자 하는 욕구는 잊고 정성에만 집중되는 일이다.

고산(孤山) 윤선도(尹善道 1587~1671)의 작품 「만흥」(漫興)은 본 조항의
경지를 나타냈는데, 세속의 풍진 속에 살다가, 즉 1638(인조16년) 52세 때
반대파의 모함으로 경상도 영덕(盈德)으로 유배에서 53세 2월에 풀려나
(1639) 1642년(56세)에 김쇄동(金鎖洞)에서 지은 것이다.

고산은 숨김없고 꾸밈이 없는 순수의 자연 생활에서 지은 것이니, 자연
생활이 삼공(三公: 삼정승)의 생활보다 낫다고 하여 속세에서 살지 않겠다
는 것을 읽을 수 있다. 그러나 그는 1652년 효종3년 66세시 8월에 예조참
의(禮曹參議)가 되고 그 후에도 특진하는 영광을 누리는 생활을 하였다.

작가들은 고산이 유배에서 풀려나 강호에서 생활을 할 때 속세에 나가
지 않겠다는 내용으로 시조를 지었다. 그러나 그는 기회가 주어지면 벼슬
길에 진출했으니, 때를 기다리는 강태공(姜太公)과 같이 작품을 지은 것이
다. 즉 고산은 현세에 나오지 않는 엄자릉(嚴子陵)이 되지 못하고 둔괘(遯
卦＝≡)법칙으로 처세한데 있다. 엄자릉은 후한(後漢) 광무제(光武帝) 때 은
사(隱士)로서 광무제가 간의대부(諫議大夫)를 제수했으나 응하지 않고 소정
(小艇)에 낚시매고 칠리탄(七里灘)이란 곳에서 세월을 낚았으니, 예로부터
그를 물외한인(物外閒人)으로 일컬었다.

고산(孤山)은 남인(南人)으로서 서인(西人)들이 집권한 17세기에 조정에
서 벼슬살이가 쉽지 않고 하는 일에 제동이 걸리어 귀향하여 강호생활을

한다. 또 기회가 주어지면 둔괘(遯卦≡≡)법칙과 같이 출사를 하고, 또 서인들이 시비를 걸어 벼슬생활을 할 수 없을 땐 귀향한다. 그의 자연에서의 은둔 생활은 치사한객과 같은 강호가도를 이루는 생활이 아니라 잠시 피해 있다고 고향에서 자연생활의 경지를 나타낸 것이다.

본 조항과 같은 내용으로 고산(孤山)의 시경(詩境)을 설명하게 되나, 처세상으로 자연에서의 삶을 나타냈다.

본 조항의 정성의 경지는 고산의 「만흥」(漫興)과 『흥부전』의 흥부의 생활상을 나타내기로 하고, 먼저 본 조항의 내용을 소개하면 다음과 같다.

제33사(事) 실시(失始): (誠 4體 28用)(성, 4째 본체, 28번째 쓰임)

失은 忘也오. 始는 初也라. 初有所欲爲而始誠하야 漸入深境
則所欲爲는 漸 微하고 所欲誠은 漸大하며 又漸入眞境이면
則無所欲爲而只有所欲誠而已니라.

해석: 잃음(失)이란 잊는 것이고. 비롯(始)이란 처음이니라. 처음으로 정성을 하고자 하는 바 있어서 정성을 시작하여 점점 깊은 경지에 들어가면 하고자 하는 바는 점차로 작아지고, 그 정성을 하고자 하는 바는 점점 커 나가며, 또 점차로 참다운 경지에 들어가면 하고자 하는 바(욕구)는 없어지고, 다만 그 정성을 극진히 하고자 할 뿐이니라.

사람은 누구나 처음에는 어떤 욕구가 있어서 정성을 시작하게 되지만 일정한 경지에 이르게 되면 어설픈 욕구가 사라져 천지의 마음을 느낀다는 것이니, 천지인(天地人)이 하나가 되어 정신을 극진히 하고자 하는 마음만 있게 된다. 이러한 경지는 『지부경』(地符經)의 "십십행도(十十行道) 대신기누진(大神機漏盡)"에서 찾아볼 수 있다.

십(十)은 땅과 완성수를, 이 수(數)가 겹치거나 곱하는 수로서의 도를 행하면, 100수가 되니 100% 완성수가 된다. 이 단계는 큰 신비로운 신(神)의 기틀이 조화(造化)를 부릴지라도 초월적인 시공간에 이르러 10차원 공간에서 신령을 만나면 욕구가 세어버려져(leaking out) 소아(小我)를 죽이고 대아(大我)로 거듭 태어나게 되어 십진법에 의해 다시 시작된다는 말로 풀이할 수 있다.

위의 풀이를 알면 땅의 이치는 한결같이 행하는 하나(一)의 하늘의 기틀수를 지니고 있기 때문에 십수(十數)에 이르러 꽉 차면, 또 일백수(一百數)도 십진법(十進法)에 의하 하나로 시작하게 된다.

신령과 통하는 신인(神人)일지라도 십수(十數)인 10차원에 이르며 신령적으로 만나면 육체적인 소아(小我)의 욕망은 사라지고 대아(大我)인 영적으로 이어져 재탄생하게 된다. 마치 이는 선정(禪定)하여 무아삼매에 들어가면 견성(見性)이 되는 이치와 같다고나 할까.

재탄생은 죽었다가 살아나는 의식이니, 곰이 동굴에서 햇빛을 보지 않고 쑥과 마늘을 먹으면서 짐승의 육체를 죽여 인간으로 혼생하는 과정과 같은 것이다. 마치 이 이치는 곡식의 낟알이 땅 속에 들어가 그 낟알이 썩어야 싹이 트는 이치와 같다.

낟알이 썩는다는 것은 죽는다는 것을 의미한다. 죽어야 재탄생이 가능하다. 인간도 신령과 접하여 새로운 인간으로 재탄생하려면 인간의 사려(思慮) 지식에 욕망을 버려야 초월자와 만나 새로운 길을 걷게 되어 있는 것이다. 대신(大神)의 기틀인 대덕(大德), 대혜(大慧), 대력(大力)의 역사(役事)가 끝나 다시 시작하면 완성의 세계에 이르게 된다. 완성의 세계는 완성단계인 십수(十數)에 이르렀으면 다시 시작하는 것이 영구불변하는 자연의 이치다. 이러한 진리는 땅이 생긴 이래 하늘은 땅과 음양의 조화를 이루면서 일체생명을 탄생케 하여 만 가지 조화(造化)를 이루어 끝임 없이 시종(始終)을 이루고 있다. 땅의 생명은 하늘과 함께 천장지구(天長地久)한 것이다.

인간이 신과 하나 되기는 죽었다가 살아나는 과정이니, 어려운 길이다. 따라서 10수에 이르렀다고 하는 것은 소멸의 운명을 맞게 되어 죽었다가 다시 시작되는 것이니, 10수에 이르면 11수가 됨과 같다. 신인(神人)이라 할지라도 이기(理氣) 이원적(二元的) 일원론인 천계(天界), 영계(靈界), 신계(神界)에 이르면 소아적인 집착은 사라지고 자연합일인 이기(理氣)로 돌아가 무형체인 4차원~10차원인 완성수 10수에 이르러 무시무종(無始無終)에서 안주하게 된다.

흔히 미적 정관(靜觀: Aesthetic contemplation)은 자아의 모든 의욕을 초월하는 단계이니, 이 경지에 들게 되면 순수한 정성만이 남는다.

본 조항에서의 정성은 이기(理氣)면에서 소아(小我)인 기(氣: 육체)의 욕구를 없애고 대아(大我)인 정신인 이(理)와 이자일체(二者一體)를 이루며 살아가면 자연과 물아일체를 이루며 자연미(自然美, das naturästhetische Schöne)의 경지에 이르는 생활을 하게 된다.

1. 고산(孤山) 윤선도(尹善道)의 시조 자연미 관조

고산(孤山) 윤선도(尹善道)는 자연에서의 경지를 미의식의 관조로 승화시켜 나타냈다. 그는 자연과 물아일체를 이루며 강호가도(江湖歌道)를 이룰 정도로 자연에서의 생활이 세상의 부귀공명보다 낫다고 하여 시조를 지었다. 물론 고산은 자연의 삶을 예찬하면서도 기회가 주어지면 조정에 나아가 출사(出仕)를 했으니, 그때에 따라 자연의 순결무구(純潔無垢)한 경지에 도취되어 일시적으로 나타낸 것으로 보인다. 고산(孤山)이 파벌로 인해 벼슬을 버리고 숨김없는 자연과 벗 삼아 물아일체를 이루며 살아가니, 세상 어느 생활보다 좋다고 칭송한 것이다. 그를 뒷받침하는 시조는 다음과 같다.

누구셔 삼공(三公)도곤 낫다하더니 만승(萬乘)이 이만하랴.
이제로 헤어든 소부(巢父) 허유(許由) 냑돗더라.
아마도 임천한흥(林泉閑興)을 비길 곳이 업세라.

『고산유고』 권6 · 별집(別集) 산중신곡 「만흥」(漫興)

고산은 이기(理氣)와의 조화를 이루어 자연에서의 생활이 삼공(삼정승)

이나 만승천자(萬乘天子)의 생활보다 낫다고 하였다,

　고산은 남인(南人)으로서 반대당인 서인(西人)의 모함으로 조정에서 벼슬생활을 할 수 없어 고향으로 돌아와 강호생활을 한 것이다. 그는 일시적인 감흥에서 「만흥」(漫興)에서 자신의 소회(所懷)를 나타냈다. 즉 그는 음양이치로 남인(南人)인 자신은 양(陽)으로 반대당인 서인(西人)은 음(陰)으로 보고 음(陰)이 극성을 부리게 되면 피하고, 이들이 잠잠하여 양(陽)의 세력이 나타나면 다시 출사를 수차례 반복했으니, 은둔(隱遁)하는 둔괘(遯卦☰☶)법칙으로 처세를 한 것으로 보인다.

　이 괘상(卦象)은 밑(☶)에 음이 도사리고 있으니, 양이 물러나야 한다. 이러한 이치를 겨울의 날씨에서 음이 극성을 부리면 양은 복지부동(伏地不動)으로 있다가 봄날이 돌아오는 때를 만나야 음이 물러난 후에 양이 나나 만물을 생육하는 것과 같이 이해하면 될 것이다. 둔괘(遯卦☰☶)에서는 밖이 건괘(乾卦☰)니, 음을 피해 있으면 양이 돌아올 때 서상에 나타나면 좋다는 내용이 함유되어 있다. 그래서 둔괘(遯卦☰☶)는 좋은 은둔생활, 아름답게 숨는 것, 초연하게 숨는 것으로 된다.

　위의 시조는 고산의 생활상을 둔괘(遯卦☰☶)법칙으로 이해하면, 세상의 풍진을 완전히 떠난 것이 아니고 관념적인 방편에 의한 시조로 이해하면 될 것이다.

2. 문학상에 나타낸 하늘의 정성을 실천한 주인공

　정성의 경지는 숭고한 정신이므로 유년기 아이들에게 본 조항의 내용을 교육하면 순수미의 인간성을 지니며 훌륭하게 자라게 된다.

　지극한 정성은 하늘을 감동시킨다고 했으니, 이런 물아일체(物我一體)인 10차원 경지에 들면 지상에서의 인간의 욕구는 사라지게 되니, 하늘과 영합하는 정성된 마음만이 존재한다.

　하늘의 정성으로 평생을 묵묵하게 살아온 이는 『흥부전』의 흥부를 들 수 있다. 그는 가족식구들을 굶기지 않으려고 아침에 논밭에 나가 일하고 밤이면 새끼를 꼬며 하늘의 정성으로 살고 미물에게도 사랑을 펴고, 죄인의 매를 맞고 돈을 받는 매품을 팔아서도 굶주리는 아이를 먹여 살리기 위해 온 정성을 기울였다. 그의 삶은 홍익인간으로 산 것으로 인해 부호가 된 유래를 엔터테인먼트 스토리텔링(Entertainment storytelling)으로 나타내면 독자들이 그의 생활을 본받을 것이라 믿는다.

특히 흥부는 제비가 물어다 준 박씨를 심어 가을에 탈 때 그 속에서 천상의 보물과 선녀가 나오는 과정을 디지털 스토리텔링으로 만화, 소설, 애니메이션, 영화로 선보인다면 선풍적인 인기를 누리게 될 것이다.

흥부는 박 속에서 천상의 보물 등이 나와 현 지구상의 70억 인구 중에 가장 재산이 많은 것을 소개할 필요가 있다. 한국인은 물론 외국인에게 한류를 일으키는 작품으로 각광을 받을 것이라 믿는다.

제34사(事) 진산(塵山: 티끌 산)-정성의 산(山)을 이룬 흥부-

진산(塵山)은 '티끌 산'이란 뜻이니, 티끌 모아 태산을 이룬다는 말이다. 우리는 작은 티끌이 날려 큰 언덕을 이룬 것을 볼 수 있는 바와 같이 하루하루를 성실히 살게 되면 정성의 산을 이룰 수 있다.

『흥부전』의 흥부는 소위 세상에서 이루는 자수성가(自手成家)를 이룬 입지전의 인물인 것이다. 그는 또 미물에게도 사랑을 베풀었으니, 홍익인간(弘益人間)의 인물로 받아들일 수 있다. 그럼에도 오늘에는 그의 형 놀부인 홍악인간(弘惡人間)을 더 선호하고 있는 현실은 사람들이 물질주의로 경도된 때문이다.

1970년대 이후 놀부가 흥부보다 경제력이 있는 인물로 선호하고 있다. 한국은 음식점이 많기로 유명하다. 그중에는 놀부보쌈도 전국적으로 많다. 놀부보쌈은 흥부보쌈보다 더 비싸고 흥부보쌈은 값이 싼 관계로 사람들이 외면하고 있다.

작가는 음식점에서 놀부보쌈이 흥부보쌈보다 더 비싼 값으로 내걸고 품질로 승부하겠다고 음식점 선전으로 손님을 모신다고 하는 현실에 대해서 시정하는 작품을 내었으면 한다.

　놀부는 악덕 고리업자일뿐더러 워낙 평판이 나빠 고리업자도 하지 못하고 홧김에 흥부가족을 한겨울에 내쫓아냈다.

　심지어 놀부는 놀부홈페이지가 개설되어 있다. 놀부는 천벌을 받아 떼가했고, 흥부는 천복을 받아 천상의 많은 보물을 받아 오늘날에 지구상에서도 그런 부호가 없는 가운데 홍익인간이라 할 수 있는 인물이다. 그런데 패륜적인 일을 일삼았던 홍악인간(弘惡人間)인 놀부를 흥부보다 더 좋아하는 것은 『흥부전』을 잘못 이해하고 있는 것이다. 당연히 앞으론 놀부 홈페이지 대신 흥부홈페이지(www.Heungbu.co.kr)가 개설되어야 한다. 심지어 놀부장학회도 있으니, 천인공노할 일이다.

　본고에서는 『흥부전』뿐만 아니라 『춘향전』의 춘향, 『심청전』의 심청을 본 조항과 같이 한결같은 정성으로 사람으로서 지켜야 할 도리를 다하여 빈천출신들이 자아실현으로 신분 상승을 이뤘다. 본고는 이 점을 높이 평가하여 본 내용과 관련하여 서술하기로 한다.

제34사(事) 진산(塵山): (誠 4體 29用)(성, 4째 본체, 29번째 쓰임)

> 塵은 塵埃也라. 塵埃隨風積于山陽하여 年久에 乃成一山하니라. 以至微之 土로 成至大之丘者는 是風之驅埃不息也라. 誠亦如是하여 至不息則誠山을 可成乎리라.

해석: 티끌은 티끌이니라. 티끌이 바람에 날려 산기슭에 쌓여서 해가 오래 되면 마침내 하나의 산(山)을 이루니라. 지극히 미세한 흙으로써 지극히 큰 언덕을 이룸은 바람이 티끌을 몰고 오는 것을 쉬지 않음이라. 정성은 또한 이와 같아서 쉬지 않음에 이르면 정성의 산을 이룰 수 있느니라.

　위의 내용은 『천부경』의 ‘一’이 완성수인 ‘十’을 이루는 과정과 같다. 즉

‘일적십거 무궤화삼’(一積十鉅)[하나(一)를 쌓아 십(十)(10차원 세계)까지 커짐]에서 보는 바와 같다.

십(十)은 완성수를 의미한다. 이 십(十)은 셋(삼극)으로 진화하는, 즉 ‘일적십거 무궤화삼(一積十鉅 無匱化三)’에서와 같이 삼차원 세계와 관련시켜 다음에서 해석과 해설을 보기로 한다.

해석: 하나(一)를 쌓아 십(十)(10차원 세계)까지 커져서 다함이 없는(부족함이 없는) 셋(삼극)으로 진화한다.

하나를 쌓아 진화한다 함은 1~10으로 성장함을 뜻하는데, 10은 완성수이다. 태아가 뱃속에서 10달을 크면 더 클 수가 없어 삼차원 세계로 출생한다. 이를 화삼(化三)이라 하는 것이다. 사람이 태어나 크면 자녀를 낳고 나이 들어 죽으면 자손이 줄곧 잇게 되니, 생명의 근원인 씨는 남아 있다. 십진법은 10이 되면 11~∞이 잇게 되어 있으니, 다함이 없다.

하나가 둘을 낳게 되는 것이니, 태극(太極)→양의(兩儀)가 그것이다. 이 양의(兩儀)는 음(陰)과 양(陽)이니, 천(天)지(地)를 가리킨다. 이 둘은 이기(理氣)를 이름이니 응결되면 소립자(素粒子)→전자 양자 중성자→원자→분자가 된다. 이 분자가 응결되면 태양 지구 사람도 분자가 모여서 구성된 것이니, 이기(理氣)의 힘이 하나에서 큰 것을 이루는 것을 알 수 있다

일(一)~십(十)은 제34사(事) 진산(塵山)과 같이 티끌 모아 태산을 이룬다는 격언과 통하는 의식이다. 우리가 사는 삼차원 세계에선 티끌이 모여 태산을 이루는 것과 같이 끊임이 없이 하루하루를 성실하게 살아 정성의 산을 이뤄야 하는 것이다.

이러한 태산은 친자연의 공원이니, 동물과 산새들이 서식하게 되어 풍광미(風光美, das Naturschönheit Shöne)를 이룬다.

1. 한국문학에서 정성의 산을 이룬 입지전의 인물

한국서사문학에서 입지전의 인물로서는 춘향, 심청, 흥부를 들 수 있다. 이들은 사람들에게 사람이 살아가는 데 필요한 행함을 본받게 했다. 사람의 행함은 첫째 인간이 되어야 하기 때문에 유아들에게 춘향의 일편단심의 사랑과 심청의 효성, 흥부의 홍익인간의 정신과 통하는 근면성과 사랑에 대해서 들려주면 도덕미(das Moralisch Shöne)를 이루는 사람으로 자랄 것이다.

춘향과 심청과 흥부는 사람들에게 각각 절개, 효성, 성실과 근면을 깨닫게 하는 데 모범을 보여주는 인물이기도 하다.

더구나 이 세 인물들은 조선조 신분사회에서 빈천의 출신으로서 사람들로부터 사람다운 사람으로 대우를 받지 못하고 살아온 이들이다. 그럼에도 이들은 사람으로서 지켜야 할 바를 지키고 행한 것으로 인해 신분 상승을 이루고 부귀영화와 부호로 살게 되어 모든 사람들로부터 우러러보게 되었다.

이들 세 사람은 한국의 국모인 웅녀와 단군이 입사식의 고난을 겪은 후 신분 상승과 국조(國祖)의 행학을 수용한 이로 볼 수 있는 것이다. 즉 이들은 웅녀의 동굴모티프를 통과한 입지전의 인물로 볼 수가 있다는 데 의미가 더해진다.

2. 새 일꾼의 본이 되는 정성의 산(山)

본 조항과 춘향, 심청, 흥부는 후세인에게 정성의 산을 이룬 입지전의 인물로 오늘의 어린이나 청소년 소녀들의 본이 되는 인물로 받아들일 수 있다.

요즘 한국인은 서양의 인물을 주로 선호하고 있는 경향이 짙다. 더구나 우리의 고전 작품 중 『춘향전』의 춘향, 『심청전』의 심청, 『흥부전』의 흥부의 인물됨을 요즘과는 맞지 않는 인물로 보고 있다.

작가들은 이들이 『삼국유사』 권1 고조선 조(條)에 나타난 단군신화나 역사로 볼 수 있는 웅녀상과 단군의 정신을 수용한 인물이라는 것을 이해시키면 반만년의 전통을 이은 인물이라는 것을 작품에서 일깨워 줄 것이다.

이들의 세 주인공의 성공담은 작가들이 단군문학의 콘텐츠를 널리 홍보하는 차원으로 오늘의 시대상으로 재창조할 필요가 있다. 즉 자라나는 어린이나 소년소녀들에게 만화 인터넷으로 보게 하거나 동화 소설로 나타내면 반응이 좋을 것이라 믿는다.

단군문학의 콘텐츠가 성공작일 경우 희곡이니 시나리오로 재창작하여 연극이나 영화로 제작하면 일석이조(一石二鳥)의 도움을 줄 것이다.

본 조항은 흥부가 티끌모아 태산을 이룬 내용으로 성공한 이의 내력을 캐릭터로 개발하여 스토리텔링으로 소설을 새로운 시각으로 발행할 경우 좋은 교훈이 되리라 믿는다. 현재는 다른 어느 때보다 문화생활을 하게 되니, 경제가 우선해야 행복하게 살아갈 수 있다. 흥부는 무일푼으로 출발해 부호가 되었으니, 그를 본받는 인물로 나타내야 할 것이다.

제35사(事) 방운(放運: 본받아 운행함) — 『제망매가』의 성력(誠力) —

성인(聖人)을 본받아 행하는 것을 이해하기 위해서, 제35사(事) 방운(放運)이란 한자어를 풀이해야 그 의미를 파악할 수 있다. 즉 방(放)은 '본받을 (방)'이요, 운(運)은 '운행할 (운)'자(字)이므로 운행할 본받는다는 것이니, 정성스러운 뜻을 본받아 쉬지 않고 행함을 이른다. 성력(誠力)은 우주력(宇宙力)이라 생각할 수 있는데, 작가의 상상력으로 초능력을 작중의 인물로서 나타내면 우주시대에 걸맞은 작품으로 평가받을 수 있다.

『제망매가』의 성력(誠力)은 초인적인 우주력을 나타낸 것이다. 이 노래와 유래는 『삼국유사』(三國遺事) 권(卷)5 월명사(月明師) 도솔가(兜率歌) 조(條)의 배경설화에서 나타나 있는데, 정성이 그만큼 큰 힘이 된다는 것을 일깨워 주는 내용이다.

우리는 지극 정성의 예를 들면 월명사가 죽은 누이동생의 제(祭)를 올릴 때 지전(紙錢)을 제상(祭床)에 놓으니, 그 지전이 아미타불에 있는 것으로 날아갔다는 것이다. 그 지전은 월명사의 성력(誠力)으로 3차원 세계에서

10차원 세계에 이른 것을 의미한다.

　월명사의 성력(誠力)은 완성세계인 10차원에 이르렀으니, 본 조항의 내용으로 밝혀볼 필요가 있음으로 그 원문을 소개하면 다음과 같다.

제35사(事) 방운(放運): (誠 4體 30用)(성, 4째 본체, 30번째 쓰임)

放은 放誠意也오 運은 運誠力也라. 放誠意而不息則黑夜生明月하고 運誠力 而不息이면 則隻手擧萬鈞이라. 雖然有誠이나 其或誠意가 浮沈하고 誠力이 柔强하면 不能識其果하니라.

　해석: 모방한다 함은 정성스러운 뜻을 본받는 것이오. 운전한다 함은 정성스러운 힘을 운행함이라. 정성스러운 뜻을 본받아 쉬지 않으면 깜깜한 밤에 명월이 뜨는 것과 같고, 성력(誠力)으로써 운행함에 있어 쉬지 않으면 한 손으로 30만 근을 들 수 있느니라. 비록 정성이 있으나, 그 정성스러운 뜻이 떴다 잠겼다(浮沈)하거나 성력이 약했다 강했다하면[성실한 노력을 기울임에 기복(起伏)이 있다면] 그 결과를 알지 못하니라(예측할 수 없음).

　우리는 정성의 뜻을 본받아 행하려면 성인을 본보기로 삼아야 할 것이다. 성인은 하늘의 정성을 본받아 어둠에 처한 사람들에게 광명의 빛으로 많은 사람을 구원했다.

　본 조항에서는 사람이 성인의 뜻에 따라 움직이면 밝은 달빛을 맞이한 듯 밝아지고 성력으로 천하의 장사가 된다는 것을 밝혔다. 방운(放運)의 의역(意譯)으론 성인의 정성의 뜻을 본받아 행하는 것으로 되어 있다. 정성은 하늘을 움직이는 힘이 있으니, 이를 성력(誠力)이라 해둔다.

　성력(誠力)의 움직임은 이기(理氣)의 이자일체(二者一體)를 이룬 것과 같이 시공간을 넘어선 천지의 자연력을 성력이라 할 수 있다.

　이 초인적인 성력이 발휘되면 그 정성스런 뜻이 깜깜한 밤에 명월이 뜨듯이 정신이 맑아지고 한 손으로 30만 근을 들어 올릴 정도로 건강미를 지닌다는 것이다. 이 힘이 초인적인 힘이 체내에 간직되어 우주력을 발휘케 된다.

우리는 정성이 지극하면 하늘을 감동시킨다는 것을 인지하면서도 그믐밤에 정신이 맑아지고 초인적인 힘이 생겨 건강미로 살아간다는 것을 본 조항의 내용을 새로이 알게 되니, 새로운 의미를 지닌다.

1. 성력(誠力)을 지닌 『제망매가』(祭亡妹歌)

신라의 향가『제망매가』의 유래는『삼국유사』(三國遺事) 권(卷)5 월명사(月明師) 도솔가(兜率歌) 조(條)의 배경설화에서 나타난다. 월명사는 8세기경 신라 경덕왕 때 죽은 누이동생을 위해 재(齋)를 올릴 때 지은『제망매가』에는 작자의 성력(誠力)으로써 광풍을 일게 하여 지전(紙錢)이 서방정토에 간 것에 대해 지었다. 누이동생의 영혼은 아미타불이 있는 곳에 갔다는 것을 의미하니, 본 조항 이해에 도움을 준다.

누이동생의 영혼은 구천(九泉)에 떠돌아다녔다. 월명사는 누이동생을 위해 지극 정성으로 제를 올려 그의 영혼이 3차원 세계에서 4~8차원 세계로, 다시 9~10차원세계에 이르러 아미타불이 있는 세계로 진입된 것이다. 『제망매가』는 향가 10구체 노래인데 그를 소개하면 아래와 같다.

> 살고 죽는 일은 / 이승에 있으매 두려워하여,
> 나는 간다고 말도 / 못다 이르고 가는가.
> 어느 가을 이른 바람에 / 여기저기 떨어지는 나뭇잎처럼,
> 한 가지에 나고 / 가는 곳을 모르겠구나.
> 아아 미타찰에 만나볼 / 나는 불도를 닦으며 기다리겠다.

『三國遺事』 卷5 月明師 兜率歌條 「祭亡妹歌」

이와 같이 월명사의 성력(誠力)은 우주력으로 승화되어 9~10차원 세계로 진입하여 아미타불이 거하는 서방정토에 간 것이다.

지전(紙錢)이 서방정토에 날아갔다는 것은 이 지전이 월명사의 영혼을 그곳으로 인도했음을 의미한다. 월명사의 지극정성이 구천에 떠도는 누이동생의 영혼을 극락 왕생케 했다는 것이니, 정성의 힘이 크다는 것을 알 수 있다.

한편 우리는 위정자가 성력(誠力)으로써 나라를 다스리면 9~10차원 세계에 이르게 되는 이상향인 이상미를 구현하는 나라를 세우게 된다는 것이다. 단군이 366사(事)로써 환상적인 홍익인간의 이화세계를 이룬 것과 비견되는 것이라 할 수 있다.

우리는 월명사가 죽은 누이동생을 위해 지전을 놓고 제사를 지낼 때『제망매가』를 부르니, 그 노태의 성력(誠力)이 우주세계인 아미타불이 상주하는 곳에 이르렀으니, 본 조항의 내용과 상관된 노래라는데 조명하여 본 것이다.

2. 『제망매가』의 성력(誠力)과 본 조항의 정성을 본 받아 널리 행함

작가들의 주인공의 행함을 본 조항의 정성과 『제망매가』에 나타난 성력의 기적을 디지털 스토리텔링으로 나타내면 좋은 반응이 있을 것이다. 초인적인 힘이 몸에서 솟아나 생기면 깜깜한 밤에 달이 뜨는 것과 같이 마음이 밝아지고, 성력(誠力)을 쉬지 않고 성실하게 행하면 한 손으로 삼십만 근(三十萬斤)을 들 수 있을 정도로 힘이 생겨 건강한 몸을 지닌다고 하니. 정성을 잘 행하면 기적을 낳는 일이 생긴다.

앞으로 만화잡지가 생겨 성력(誠力)을 행하는 만화를 실린다면 어린이를 비롯하여 어른에 이르기까지 좋은 반응을 불러일으킬 것이다. 또 소설로 성공할 경우 영화로 제작하면 2006년 화제로 등장된 영화『왕의 남자』나 『괴물』과 같이 천만 명 이상 관람객이 쇄도할 것이라 본다.

성력(誠力)은 자라나는 십 대들에게 고무적이며 『제망매가』에서와 같이 자연력으로써 아미타불을 움직이는 것과 같이 순수미를 활용하는 방안을 찾아야 할 것이다.

제36사(事) 만타(慢他: 다른 일에 게으름)-『춘향전』의 변 부사-

본 조항의 만타(慢他)는 '다른 일에 게으름'이란 뜻이니, 정성을 다하는 이에게 해당하는 말인데, 쓸데없는 일에는 게을러야 함을 일컫는 말이다. 이 내용은 성실한 마음으로 살아가라는 가르침이다.

『춘향전』의 변 부사는 쓸데없는 일에 게을렀어야 했는데 도리어 부지런했으니 인간이 걸어야 할 길을 정반대로 행했다.

작가들은 사람들이 하지 않아도 될 일에 부지런 한 이들이 많은데, 이들에게 깨우쳐주는 내용이 담긴 작품을 쓰면 새로운 삶의 길을 하는 데 도움을 줄 것이라 믿는다.

본고에서는 변 부사가 쓸데없는 일에 부지런한 첫째는 사심(邪心)으로써 미색에 눈이 어두워 남원부사의 직함에 어울리지 못하는 일을 행하게 된 것이다. 여자에 대한 정욕은 자신을 병들게 할 뿐만 아니라 패가망신하는 일까지 발생케 된다.

그는 남원부사로 부임하기 전이나 부임 후에도 오직 미색으로 이름난 춘향을 잊지 못하여 춘향의 약혼자 이몽룡인 암행어사한테 걸려들어 봉고파직 하는 액운을 만나게 된 것이다. 한말로써 그는 한결같은 하나(一)의 정성된 마음을 지니지 못한 관계로 남원부사로서의 낙명을 하고 불명예로 파직 당했다.

본 조항은 변 부사의 사심(邪心)을 바르게 하는 데 도움이 되어, 그 내용을 다음과 같이 인용한다.

제36사(事) 만타(慢他): (誠 4體 31用)(성, 4째 본체, 31번째 쓰임)

慢은 不存乎心也오. 他는 念外事也라. 心一念이 在乎誠하고
誠一念이 在乎 不息則念外事가 安能萌動乎아 是以로 貧賤
이 不能倦其誠하고 富貴가 不能 亂其誠하니라.

해석: 게으름(慢)이란 마음에 두지 않는 것이요, 다르다(딴생각)라 함은 생각 밖의 일이라. 마음의 한결같은 생각이 정성에만 있고, 정성의 한결같은 생각이 쉬지 않음에 있으면 어찌 쓸데없는 (생각 밖) 일이 어떻게 싹터 움직이겠는가? 이러므로 빈천(貧賤)이 그 정성을 게으르게 할 수 없고, 부귀가 그 정성을 어지럽히지 못하니라.

사람이 게으르다는 것은 자기 성장을 하는 데 가장 해독을 끼치는 적(敵)이기도 하다. 게으른 사람은 자신은 물론 가정, 사회, 국가의 발전을 더디게 하는 속물인간이라 할 수 있다. 이런 사람은 타인을 고롭히고 남에게 피해를 주게 되니, 본인의 앞날을 위해서도 환골탈태(換骨奪胎)해야 된다.

이러한 변신은 일대 용단이 필요하다. 단군신화는 변신을 하는 교훈을 들려주고 있다. 즉 곰은 짐승이다. 흔히 사람들은 곰 하면 우둔한 동물이라고 하는 것이 상식이다. 이런 동물이 동굴에 들어가 삼칠일(21일) 동안 햇빛을 보지 않고 정성으로써 쑥과 마늘을 먹으면서 천신인 환웅에게 사람으로 변하게 해 달라고 소망하고 동굴에서 입사식의 고난을 겪었다. 마침내 곰은 짐승의 탈을 벗어 웅녀로 환생하게 된 것이다.

그와 같이 게으른 사람은 그 게으름을 바꾸는 자신과 싸움에서 이기면 부지런한 사람으로 변신이 가능하게 된다.

사람이 한 가지 일에 전념하여 바쁘게 살아가면 쓸데없는 일에 관심을 두지 않는다. 한 가지 일이란 한결같은 정성된 마음가짐을 이른다. 『천부경』의 "일(一)은 오묘하게 불어서 만 번 가고 오되, 그 활용에는 변화가 있으나 근본은 움직이지 않는다"(一妙衍萬往萬來用變不動本)라고 한 바와 같이 일(一)을 굳게 지키면 하늘의 마음인 정성된 마음을 지니게 되어 흔들리지 않는다.

왜 그러한가는 그 구절을 보충해서 설명하면 하나(一)의 정성스러움이 일을 하는 데 큰 역할이 된다는 것을 알 수 있게 되어, 아래와 같이 해설을 소개한다.

하늘의 기본수 1은 오묘하게 불어 우주 전체로 흘러간다. 아침(봄)→낮(여름)→저녁(가을) →밤(겨울), 소년→청년→장년→노년에 이르기까지 정처 없이 한결같이 흘러간다.

다시 올 때는 모든 것이 변한다. 그러나 하늘의 기본수 1은 태양이나 북극성과 같이 움직이지 않는다.

실상 태양은 움직이지 않지만 끊임없이 햇빛을 발산해 준다. 이로 인해 만물이 자라는 역할이 되고 있다. 노자(老子) 37장의 "자연의 힘인 도는 항상 하는 것이 없으면서 하지 않는 것이 없다"(道常無爲而無不爲)라고 한 것과 같이 소극적이 아닌 적극성을 띤다.

하늘 수인 1은 이(理)의 성질을 지니고 있는 관계로 기(氣)와 호혜공존을 이루어 만물의 형태가 각기 다르나 근본은 변하지 않고 모든 만물을 관통하는 것이다.

하나(一)의 마음은 정성이니, 이 마음을 지니면 성실한 사람이 된다. 사람이 하루하루를 게으르지 아니하고 정성된 마음을 가지고 살아가면 쓸데없는 잡념이 생기지 않는다. 우리는 본 조항의 내용과 같이 "빈천(貧賤)하게 살지라도 그 성실한 마음을 굼뜨게 할 수 없고, 부귀라도 성실한 노력을 어지럽히지 못하게 할 것이라"는 말을 뜻이 있게 받아들일 수 있다.

이와 반해서 하나(一)의 마음인 성실한 마음을 지니지 않으면 하는 일이 잘 이뤄지지 않고 마(魔)가 끼게 된다.

1. 변 부사의 사심(邪心)과 봉고파직(封庫罷職)의 원인

우리는 고전문학 중에 『춘향전』의 변 부사는 바르지 않는 사악한 행실을 일삼았던 것으로 인해 목민관(牧民官: 백성을 다스리는 관리)으로서 자격을 상실하게 되었는데 본고에서는 그 원인을 다섯 가지로 밝히고, 봉고파직(封庫罷職: 부정을 한 관원을 파면시키고 관고(官庫)를 봉해 잠그던 일)을 당한 경위를 밝히고자 한다.

변 부사의 죄상은 첫째, 관리들에게 관기(官紀)를 바로잡는 데 본이 되어야 함에도 불구하고 유부녀를 강압적으로 겁탈하는 수단으로 미색으로 이름난 춘향에게 수청을 강요한 무뢰한(無賴漢)이다. 즉 그는 자신의 음욕(淫慾)을 자제하지 못하고 오직 미색으로 알려진 춘향에게 수청을 들게 하려고 권력을 남용했으니 속물근성의 인간이다.

둘째, 변 부사는 춘향이 수청을 거부하자 괘씸죄로 몰아 매로 치죄하고 옥살이를 시켰으니, 인권탄압의 장본인이다.

셋째, 목민관으로서 자신의 책임을 다하지 않고 사악(邪惡)한 마음을 가지고 백성을 괴롭히는 남원고을을 다스리는 탐관오리(貪官汚吏: 탐욕이 닳고 행실이 깨끗하지 못한 관리)이다.

넷째, 그는 생일연의 주광(酒狂)을 부려 옥살이 하는 춘향을 잡아 올리라고 했으니, 자기에게 반항한 춘향에게 악심을 품고 해코지했으니, 살인자나 다름없는 악한(惡漢)이다. 즉 그의 반인륜성은 평상시의 마음이 취중에서도 나타났으니, 백성을 다스릴 자격이 없는 가추악(假醜惡)의 목민관이다.

다섯째, 그는 남원부사의 직함을 봉고파직(封庫罷職) 당했으니, 자신이 낙명한 것뿐만 아니라 예로부터 전해오는 미풍양속(美風良俗)을 해친 풍속사범(風俗事犯)이자 홍해인간(弘害人間)이다.

변 부사는 다섯 가지의 죄상→① 무뢰한(無賴漢)·속물근성의 인간→② 인권탄압의 장본인→③ 탐관오리(貪官汚吏)→④ 악한(惡漢)·가추악(假醜惡)의 목민관→⑤ 풍속사범(風俗事犯)·홍해인간(弘害人間)의 죄상으로 인해 목민관의 자격이 박탈되어 봉고파직당한 것이다.

2. 성실하게 사는 사람과 그렇지 않은 사람

작가들은 유년기 아이들에게 한결같은 하늘의 정성된 마음을 지니게 하면 마음이 흐트러지지 않게 되어 선도하는 데 많은 도움이 된다. 작가들이 유년기 아이들을 바르게 살아가도록 선도하기 위해서는 쓸데없는 생각이 들지 않도록 하나(一)의 정성된 마음으로써 하루하루를 성실하게 살아가게 하는 일이다. 이런 선도는 작가들이 만화나 동화로 마음을 바로잡게 하는 내용으로 주인공을 나타내면 된다.

어린이나 소년, 청년에게는 정신집중이 어려운 것이다. 하늘의 한결같은 마음을 지니면 하나의 마음을 지니게 되는데, 그 마음을 지니면 게으름에서 벗어나 부지런한 사람이 된다. 한 가지 일에 전념하면 쓸데없는 생각을 버리게 되어 모든 일을 성공적으로 이룰 수 있다.

성실하지 않은 어린이에게는 쓸데없는 일에 게으르게 하고 꼭 해야만 할 일에 정신을 집중시키게 작 중 주인공이나 등장인물로 나타내면 된다.

앞에서 예를 든바와 같이 변 부사는 남원고을을 다스리는 목민관인데도 불구하고 쓸데없는 일에 정신이 팔리어 망신을 당하고 그 직을 삭탈당하였다.

작가들은 성실하게 또 불성실하게 사는 이들에 대한 행함을 스토리텔링으로 작품을 내면 어린이를 비롯한 소년 소녀들을 깨우쳐 성실하게 살아가는 사람이 될 것이다.

제37사(事) 지감(至感: 감응에 이름)—『동가선』(東歌選) 168의 정성—

본 조항의 지감(至感)은 '감응에 이름'에 이른다는 뜻이니, 지극한 정성을 다함으로써 감응에 이른다는 말이다. 곧 "지성이면 감천한다"는 말로 대신할 수 있다.

오늘의 작가들은 효와 정성에 대해서 작품을 쓰려들지 않는다. 예전에 많은 내용의 작품으로 나왔기 때문이다. 따지고 보면 이미 지나간 권선징악의 내용의 산물로 보기 때문이다. 그러나 새로운 내용으로 쓰기에 달려 있으니, 효와 정성이 지닌 힘으로 나타내면 새로운 내용이 될 것이다. 새로운 시대를 나타내는 작품을 기대해 본다.

한국고전문학에는 효와 정성을 나타낸 문학이 있어 사람들에게 많은 교훈이 되어 왔다. 이에 대해서는 소개한 바 있어 그중 『동가선』(東歌選) 168의 시조의 내용을 들어 효(孝)를 드러내는데 정성(精誠)을 제일로 나타내 그에 대해 소개하기로 한다.

주지하는바 효(孝)의 일반적인 개념은 백 가지 행실의 근본이 된다는 것이라 일컫고 있다. 효는 부모에게 잘 받드는 것이니, 여기에는 공경의 뜻이

들어 있어야 하고 한결같이 을하는 정성이 따라야 효과를 기대하게 된다.

『동가선』(東歌選) 168의 작품은 효(孝)를 행할 때는 정성이 따라야 하는 선행조건을 내세우고 있으니, 그 관련으로 본 조항의 내용을 소개하면 다음과 같다.

제37사(事) 지감(至感): (誠 5體)(성, 5째 본체)

> 至感者는 以至誠으로 至於感應也라. 感應者는 天感人而應之也라. 人無可感之誠이면 天何感之며 人無可應之誠이면 天何應之哉아 誠而不克이면 與 無誠同하며 感而不應이면 與不感無異하니라.

해석: 지감(至感)은 지극한 정성을 다함으로써 감응(感應)에 이르는 것이니라. 감응은 하늘이 사람의 정성을 느끼어서 이에 응하는 것이니라. 사람에게 감응할 만하게 정성이 없으면 하늘이 어떻게 감응하며, 사람에게 응답할 만하게 정성이 없으면 하늘이 어떻게 응답하겠는가? 정성이 지극하지 않으면 정성이 없음과 같고, 감동이 응답하지 않으면 감응도 없음과 같으니라.

제37사(事) 지감(至感)이란 이기(理氣)가 하나로 이루어진 경지이니, 하나의 마음인 지극한 정성으로써 일을 하면 하늘의 감흥에 있게 된다는 것이다. 『천부경』의 하늘의 도인 하나(一)의 경지나 『인부경』의 '천지합십일'(天地合十一)로써 형하면 '천지합덕인'(天地合德人)이 될 수 있다. 십(十)이란 수(數)는 완성수·음양의 수·대지의 수로 나타난다. 여기에서 십일(十一)은 음양의 수로 나타내면 음양의 하나가 되는 것으로 볼 수 있다. 곧 천지가 음양조화를 이루어 천지와 덕이 합하는 사람이 되어야 할 것이다.

정성이 지극한 사람에게는 하늘이 하나의 정기로써 응하여 주게 되니, 성력(誠力)으로 하늘을 감동시킬 수 있게 된다.

선인들이 일을 수행함에는 참된 마음으로써, 즉 성(誠)의 마음가짐으로 행할 것을 가르친 것은 그 의도가 있는 것이다.

성(誠)의 마음가짐은 하나(一)의 경지니, 곧 천리에 의한 마음이므로 성력(誠力)·자연력(自然力)·우주력(宇宙力)으로 진전된다. 따라서 하나(一)의 마음이란 천지귀신도 감응으로 움직일 수 있다. 따라서 본 조항의 지감(至感)은 소우주인 인간인 대우주를 움직이게 할 수 있는 것이다.

1. 정성을 제일로 삼는 고전문학

지감(至感)은 '천지합덕인'(天地合德人)의 경지이니, 한국문학 중 『춘향전』에 나타난 월매의 기자정성(祈子精誠), 『심청전』의 심청, 『흥부전』의 흥부, 향가 『제망매가』의 월명사의 행함에서 앞서 본 바와 같아 다음 시조에서 보기로 한다.

사람이 백행(百行) 중(中)에 제일(第一) 성효(誠孝)로다
성효(誠孝)를 힘쓸진댄 백행이 미루어지나니
그밖에 여사문장(餘事文章)은 일러무엇하리오

『동가선』(東歌選) 168

위 시조의 내용은 인간의 백 가지 행실의 근원이 되는 효(孝)도 정성이 뒷받침되어야 효과가 있음을 나타냈다.

성(誠)은 모두 6체(體)가 있는데, 그중 다섯 번째 바탕인 5체(體)를 지감(至感) 5체(體)라고 이름 한다. 이 지감 오체(至感五體)는 실천 방안으론 아홉 가지가 있는데 이를 도표화하면 다음과 같다.

지감오체(至感五體)

내용 조항	주요 내용	조항
1. 순천(順天)	하늘 정성을 기르면 좋을 일이 따르게 됨	제38사(事)
2. 응천(應天)	천리에 응하여 정성을 기르면 좋은 일이 생김	제39사(事)
3. 청천(聽天)	천명을 들음에 정성을 다하겠다는 마음을 다함	제40사(事)
4. 낙천(樂天)	하늘의 뜻을 알면 정성이 깊어지고 즐거움	제41사(事)
5. 대천(待天)	정성이 지극하면 은총을 내릴 것이라 기대함	제42사(事)
6. 대천(戴天)	하늘을 공경하여 받들면 성은을 입음	제43사(事)
7. 도천(禱天)	하느님이 사무칠 정도로 정성껏 기도드림	제44사(事)
8. 시천(恃天)	하늘을 믿고, 정성을 다하면 바른 수도자임	제45사(事)
9. 강천(講天)	하늘을 따르는 성의가 있으면 하늘을 감동시킴	제46사(事)

하늘의 감흥은 아홉 가지를 들고 있는데 사람이 정성을 겨하히 실천했느냐는 것에 따라 이뤄진다. 천신에게 감응되는 정성은 정성 중에 지극한 정성을 이른다. 이 정성은 시공을 초월한 정성이므로 10차원에 이른 것을 의미한다.

하늘의 응함을 받기 위해서는 천지가 하나가 되는 한결같은 마음으로써 행해야 하늘의 느낌이 있게 되니, 순수미(das Reinschöne)의 의식이 바람직하고 하늘의 숭고한 뜻을 지니고 온정성을 기울이면 응함이 돌아온다.

2. 정성(精誠)의 중요성

사람들은 지성(至誠)이면 하늘도 움직인다는 말을 늘 한다. 사례를 들어 어린이나 소년소녀들에게 체험담으로 이해시키면 새로운 사실을 알게 하는 교육이 될 것이다. 이들은 정성이 하늘을 감응케 하는 것이나 정성이 일상생활에 차지하는 비중이 크다는 것을 잘 모르고 있다.

다시 말해 농사짓는 예로 정성을 들인 농작물과 그렇지 않고 경작하는 예를 들어 이해시키거나 집안에서 화분의 화초를 가꾸게 하면 이해하는 데 도움이 될 것이다.

화분의 화초를 심어 가꿀 때는 적당한 양의 거름과 햇빛과 물을 맞추고 겨울에 온도 조절을 하면 향기로운 꽃을 보게 된다.

자라나는 아이들에게 본 조항이나 고전문학 소설 중에 예를 들어 설명해도 좋을 것이다. 작가는 예전의 작품을 예를 들어 설명할 때는 현대적인 인식으로 재구성하여 들려주어야 한다. 그리고 이들에게 널리 알리는 방법은 스토리텔링으로 작품을 만들어 동영상(UCC)을 인터넷에 올리면 지감(至感)의 뜻을 이해하는 데 많은 사람에게 도움이 될 것이다.

제38사(事) 순천(順天): (誠 5體 32用)-신석정의 시-

본 조항은 '천리에 따름'을 뜻하니, 하늘 이치에 순응하여 정성을 다한다는 말이다. 하늘이치를 알면서 천리를 어기며 기도하는 행위를 해서는 알 될 것이고, 천리를 몰라서 성급히 기도하는 사람이 또한 있다. 이런 두 가지 형태로 기도하는 사람에게는 하늘이 은총이 내리지 않게 된다. 만약 하늘의 기도를 드려 하늘의 은총을 받으려는 사람은 천리를 따라 거슬리지 말 것이며 급히 서두르지도 말 것을 교훈하였다.

천리를 따라 행하는 사람은 하늘의 은총을 받게 되니, 천지의 음양이치를 헤아려 살아가는 것을 의미하니, 당연히 철인(哲人)이 행한 바를 행하면 된다. 그 내용은 사람이 천지간의 행할 바를 나타낸 『인부경』(人符經)의 이치로 나타내면 되는데, 이에 앞서 문인들이 앞을 예견한 시인의 작품을 볼 수 있는데, 그에 대해 설명하기로 한다.

신석정(申夕汀 1907~1974)의 시 「촛불을 켤 때가 아닙니다」는 때를 기다리면 일제가 패망할 것이라고 시적 화자를 통해서 예언한 작품이라 할 수 있다. 이 시는 1933년 11월 『조선일보』에 발표했으니, 때를 기다리면 반드시 일제가 이 땅에서 물러날 것이라고 시적 화자를 통해서 담고 있으니 석정 자신의 말인 것이다.

이 시는 12년 전에 석정이 일제가 천리에 의해 스스로 물러날 것을 쓴 것이니, 본 조항의 순천(順天)과 밀접하게 연관되어 있는 관계로 본 조항을 다음과 같이 소개한다.

제38사(事) 순천(順天): (誠 5體 32用)(성, 5째 본체, 32번째 쓰임)

順天者는 順天理而爲誠也라. 知天理而逆禱者或有之하고 難
天理而速禱者亦 有之니 此는 皆止感而不受應也라. 若受應
者는 順天理而不逆하고 順天理而 不速하니라

해석: 순천(順天)은 하늘 이치에 순하게 따르는 정성스러움이라. 하늘 이치를 알면서 거슬러 기도하는 사람이 간혹 있고, 하늘 이치를 모르면서 성급히 기도하는 사람이 또한 있느니라. 이는 모두 느낌이 그치며 응답을 못 받는 것이다. 만약 응답을 받는 사람이라면 하늘이치에 순하며 거슬리지 않고 하늘 이치에 순하여 급히 서두르지 않을 것이니라.

우리는 60년대 이후 군사문화로 인해 '빨리빨리'하는 신조어가 생기어 서두르는 것이 습성으로 되어버렸다. 이로 인한 부작용은 졸속으로 일을 했기 때문에 피해가 심각할 정도로 많았다. 그중 교통사고는 세계 일 위를 차지하였는데 빨리 서두르는 경향에서 비롯한 것이다.

이런 피해는 아직도 존재하고 있으니, 본 조항에서 이를 시정하는 데 우리가 본받아야 한다는 뜻에서 그 내용을 다음과 같이 도표로 나타내 본다.

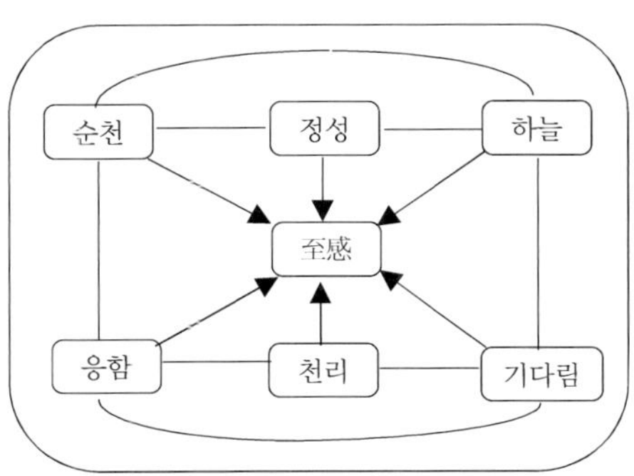

천리에 따라 정성을 다한다는 것은 주야에 교체가 일각도 어긋남이 없이 살아가는 것을 의미한다. 『인부경』(人符經)에는 '십건천오곤지'(十乾天五坤地) '십오진주'(十五眞主)라고 했는데, 이에 대해서 설명해 보기로 한다.

십수(十數)는 지수(地數)이면서 완성수, 오수(五數)는 중앙수(中央數)이면서 양수(陽數)이다. 천지의 합의 수(數)는 십오수(十五數: 10+5=15)이니, 완성과 중심을 이루는 수(數)이기에 만물의 주인이다.

위의 수(數)는 하늘과 땅의 입장을 서로 이해하는 뜻으로 바꿔서 나타냈으니, 이런 십오수(十五數)를 지닌 진주(眞主)는 천지의 뜻을 받아 어지러운 세상을 평정하여 통일하는 임금이라 할 수 있다.

우리는 예로부터 이런 위정자를 진명지주(眞命之主)라고 일컬어 왔으니, 환웅(桓雄)과 단군(檀君)이 한민족의 진주(眞主)라 할 수 있다.

옛날 환웅이 처음 세상을 다스릴 때는 무질서하였는데, 366사(事)로써 교화(敎化)하고 단군이 치화(治化)하여 홍익인간(弘益人間)의 이화세계(理化世界)를 이루어 훌륭한 나라를 세웠으니, 한민족의 진주(眞主)인 것이다.

위의 내용에서 십(十)은 천수(天數)를, 오(五)는 지수(地數)를 나타내기도 한다. 그러나 천지가 각각 자기 본연의 수를 지니는 것과 같이 사람이 십오(十五)의 수(數)를 지니며 살아가면 만물의 영장류의 인간이 될 것이다.

십(十)은 양수이면서 음수를 나타내기도 하고, 오(五) 또한 두 가지로 볼 수 있다. 이럴 경우 십(十)은 지수(地數)로, 오(五)는 천수(天數)로 보게 된다. 이럴 경우 하늘이 음수를, 대지가 양수를 지니면 참다운 주인이 될 수 있다는 것이다. 이는 무슨 뜻인가?

하늘이 대지의 마음을 헤아리고, 대지 또한 하늘의 수를 지니면 이편도 저편도 치우치지 않고 살아가는 주인이 곧 십오진주(十五眞主)라고 할 수 있다.

인간은 만물의 영장이니, 천지간에 주인으로서 천지의 이법에 따라 살아가야 할 것이다. 천리에 따라 살아가면 인간에게 혜안이 열리어 앞을 내다보게 된다.

1. 신석정(申夕汀)의 시 「촛불을 켤 때가 아닙니다」

작가들 중에는 일제가 패망하게 될 것이라는 작품을 쓴 이가 더러 있는데, 신석정(申夕汀)의 시 「촛불을 켤 때가 아닙니다」를 들 수 있다. 이 시는 1933년 11월 『조선일보』에 발표했는데, 시적 화자를 통해서 촛불을 켤 때가 아님을 밝히는 내용으로 조국의 독립이 아직 멀었음을 나타냈다. 그 내용은 제1연에 나타냈는데, 그 내용을 소개하면 다음과 같다.

> 저 재를 넘어가는 저녁 해의 엷은 광선들이 섭섭해 합니다.
> 어머니, 아직 촛불을 켜지 말으셔요.

「촛불을 켤 때가 아닙니다」제1연

작자인 시적 화자는 기다리는 미학을 통해서 어머니에게 촛불을 켜지 말라고 하였다. 대지에는 아직 해의 엷은 광선이 잔존해 섭섭할 것이니, 기다리려 어두운 밤을 밝게 하는 촛불을 켜야 함을 제1연에서 밝히고 있다.

제6연의 내용은 지금 촛불을 켜면 어머니 등에 업힌 아기의 잠이 깨어 아기의 꿈속의 꿈이, 곧 희망이 사라지게 되니, 숲 속 너머 하늘에 작은 별이 돋아 암흑을 밝히고 있으니, 조금만 기다려 달라고 나타냈는데, 그 내용을 다음에서 보기로 한다.

> 시방 어머니의 등에서는 어머니의 콧노래 섞인,
> 자장가를 듣고 싶어 하는 애기의 잠 덧이 있습니다.
> 어머니, 아직 촛불을 켜지 마셔요,
> 인제야 저 숲 너머 하늘에 작은 별이 하나 나오지 않았습니까?

「촛불을 켤 때가 아닙니다」 제6연

일제(日帝)의 전세(戰勢)는 43년에 이르러 날이 갈수록 불리해져 패색이 짙어져 결국 1945년에 패망하여 조국의 독립이 찾아든 것이다. 석정은 일본이 패망할 것을 십년 전에 예고했다.

위의 시는 1933년에 지은 것이니, 조국의 광복이 되려면 10년 이상을 기다려야 하므로, 천리에 따라 살아가야 하는 내용이라 말할 수 있다. 십년이면 강산도 변한다는 말이 있듯이 급히 서두르지 않고 천리대로 살아가는 것을 말하니 본 조항과 통하는 의식인 것이다.

2. 청소년 선도의 문학작품

작가들은 정신의 보고라 할 만큼 많은 지식을 지니고 이를 독자들에게 작품으로 전달해 선도하고 있다. 본 조항의 내용과 신석정의 시 「촛불을 켤 때가 아닙니다」 제6연은 때를 기다리는 방법을 천리에 둔 것이다.

한국인은 '빨리빨리' 서두른 것으로 인한 부작용으로 각종 사고가 발생하였다. 세상의 일은 천리에 따라 행해야 원만하게 이뤄진다. 작가는 작품을 통하여 청소년 소녀들을 올바른 방향으로 선도할 책임이 주어진 관계로 천리에 의한 방법으로 나타내면 '빨리빨리'로 인한 부작용의 병폐를 없앨 수 있다.

작가는 천리에 의한 작품을 스토리텔링으로 재구성하여 만화로 보게 하거나 인터넷에 올리면, 때를 선용하는 사람이 되게 하는 데 도움을 주리라 믿는다. 사람은 소우주이므로 자연의 이치로 살아가는 데 부작용이 없이 살아가게 되어 있다. 세상사는 급히 서두를 일이 있지만 천리대로 살아가는 것이 가장 안전한 일이다.

한국인은 60년대 박정희 군사정권이 집권한 이래 이전에 볼 수 없었던 변화라고 하면 빨리 서두르는 일이다. 이에 대한 부작용은 모든 면에 셀 수 없이 나타났다. 그 '빨리빨리'는 성과위주로 나타나 각종사고가 빈번하게 발생됐다. 세계인들은 한국인이 일을 빨리 서두르는 것을 보고 신기하다는 여기고 있다. 그러나 이에 대한 부작용은 너무 커 예전에 천천히 하는 것과 조화를 이루면 될 것이다.

정성은 일을 수행하는 데 참되게 하는 역할이 되게 하니, 급히 서둘러서는 아니 되고, 하늘이 만물을 양육하는 이치를 본받아 행하면 부작용이 없게 된다.

특히 어린이나 젊은 청년들에게 천지에 이치로 살아가는 방안을 문학
작품으로 재창작하면 본 조항이 좋은 교훈이 되리라 믿는다. 단군이 홍익
인간의 이화세계를 이룬 것은 일 년 사시절에 366사(事)를 선용한 데 있었
다는 것을 잊어서는 안 될 것이다.

제39사(事) 응천(應天): (誠 5體 33用) - 『화서선생』 아언(雅言) 천지(天地) -

응천(應天)은 '천리에 응함'이란 듯이니, 천리에 순응하여 기르면 환란
이 돌아와도 하나(一)의 정성스런 사람에겐 돌아오지 않고 길상의 일만이
생기는 것을 말한다.

작가들은 독자들을 선도할 책임이 부과되어 있으므로 한 작품을 쓸 때
는 독자가 읽고 무엇을 깨닫게 하는 내용이 담겨 있어야 한다.

19세기 이항로(李恒老, 1792~1868)는 본 조항과 같은 내용으로『화서선
생』(華西先生) 아언(雅言) 권(卷)2, 천지(天地) 제(第)4에서 천지와 같이 쉼이
없는 정성을 기울일 것을 나타냈으니, 본 조항과 상통하는 의미를 밝혔다
고 할 수 있다.

널리 알려진 바와 같이 일을 하는 데는 한결같은 하나(一)의 정성된 마
음이 없이는 올바로 이뤄질 수 없다.

사람이 살아감에는 환란(患亂)이 닥쳐오게 마련이다. 이 환란이 돌아오
지 않도록 방비하는 제일 좋은 방법은 하나(一)의 마음을 지니고 하는 일
에 정성을 한결같이 기울이면 떨쳐버릴 수 있다. 한말로써 천리의 이치로
살아가면 환란이 사라지고 길상(吉祥)의 일이 돌아오게 된다.

본 조항은『화서선생』(華西先生) 권(卷)2, 천지(天地)를 이해하는데 도움
이 되어 소개하면 다음과 같다.

제39사(事) 응천(應天): (誠 5體 33用)(성, 5째 본체, 33번째 쓰임)

應天者는 應天理而養誠也라. 天授患難하면 甘受而誠不違하며 天遺吉祥하면 反懼而誠不怠하니 歸患難於無誠하고 屬吉祥於非誠이니라.

해석: 응천(應天)은 천리에 응하여 정성을 양성함이라. 하늘이 환난(患難)을 주심에 달게 받고, 정성을 어기지 않으며, 하늘이 길함과 상서로움을 주면 도리어 두렵게 생각하여 정성을 게을리 하지 않으니, 환난은 정성이 없는 데에 돌아오고 길함과 상서로움은 정성이 그릇됨이 없는 데에 속하느니라.

위의 내용은 하늘이치에 순응하여 정성을 기르는 데 있으니, 고대 한민족의 의식이 잘 반영되어 있다. 농경국가 인들은 하늘 이치인 사시절에 맞추며 살았으니, 그 시대인들 스스로가 천리에 순응하여 하늘의 정성을 지키며 살았다.

우리는 조선조 18세기 농촌생활을 반영한 『흥부전』에서 흥부는 일 년 동안 사시절에 순응하는 생활을 참정성을 실천하여 부호가 되었다.

하늘의 도는 지성(至誠)에서 밝혀지는데, 『중용』(中庸)의 지식(止息)이 없는 것으로 밝히면 쉽게 이해되리라 본다. 하늘의 도는 한결같은 쉼이 없는 것으로 인해 박후(博厚: 넓고 두터움)하게 되므로 만물을 싣는 것이요, 이로 인해서 높고 밝아져(高明), 그 다음에 멀고 오램으로 유구(悠久)로 만물을 이어가는 것이다. 여기에서, 고명(高明)은 하늘을, 박후(博厚)는 땅을, 유구는(悠久)는 무궁함을 나타내, 성력(誠力)은 천지와 합일을 이루는 것으로 되어 있다.

천지인(天地人)의 일체가 되는 길은 곧 춘하추동의 사계절에 따라 살아가는 것을 의미한다. 온대지방에서 사는 우리는 사계절에서 우주자연의 이치를 배우고 이를 실천하면 하늘이치에 순응하는 길이라 여겨왔다. 그 하늘의 길은 쉼이 없는 정성 중 지성에서 깨달은 것이다.

1. 19세기 이항로(李恒老)의 아언(雅言)

이항로는 천지와 같이 쉼이 없는 정성을 기울이면 상서토운 일이 생긴다고 하였으니, 그 경지는 하늘의 도인 하나(一)의 길이니, 그 하나((一)의 길을 밝히기는 쉽지가 않다

그 방법은 『천부경』(天符經)의 하나(一)와 『중용』(中庸)의 성(誠)의 경지로. 밝히는 방법이 있는데, 이항로는 다음과 같이 밝혔다.

> 천지의 생생(生生)을 좋아하는 마음은 지성스러워 쉼이 없다. (天地好生之心, 至誠無息)

『華西先生』雅言卷2, 天地第4

그는 "천지의 마음은 성(誠)에 전일하고"(天地之心, 一於誠)라고 하여 한결같은 정성을 나타냈고, "성(誠)은 성(性)인 것이니"(誠, 性也)라고 밝혀 천리와 관련시켰다. 천리는 하늘의 기본수 하나의 수(數)에 해당하므로 성(誠)과 관계를 이른다. 성(誠)은 일(一)의 수(數)의 의미로 관련시켜 보면 그 의미를 파악하게 된다. 성(誠)과 일(一)은 한결같은 마음을 갖는 것이다.

이항로는 지성은 쉼이 없다고 했으니, 『중용』(中庸)에서 지성은 무식(無息)이라 한 말과 통하는 내용으로 결국 천지참여(天地參與)하는 경지에 이르게 됨을 밝혔다.

하늘의 이치는 『천부경』(天符經)의 "일시무시일"(一始無始一)에서 나타나 이를 해석하고 풀이해 볼 필요가 있다.

> 하나(一)의 시작은 보이지 않는(끝없는) '一'에서 시작되는 것이다. [끝없이 전개되는 수이다 (10차원 세계로 진전(進展)]

위의 '일시무시일'(一始無始一)에 대해 설명은 하늘의 이치를 나타낸 것이다. 하나(一)란 곧 하늘을 뜻한다. 하늘은 무형천(無形天)과 유형천(有形天)으로 나눌 수 있는데 실상 수(數)로 나타내면 전자는 '丿'이고, 후자는

‘一’이다. 무극(無極)이 태극(太極)보다 원초적이다.

예전에 중국에는 영(0)의 수가 없었고 인도에서 온 것이라 함이 통설이다. 이렇게 본다면 무극(無極)은 우주의 원 정기(精氣)로서 태극(太極)이 생겨나기 전의 처음 상태를 이른다.

태초에 신이 무(無)에서 유(有)를 창조했다면 영(0)과 일(一)로 나타낸다. 그러나 무극과 태극은 같은 뜻으로 보게 되는 근거는 영(零)에서 시작하여 ‘一’에서 마치고, 그 ‘一’이 ‘十’과 합하여 무한으로 전개되는데,『천부경』의 이치와 같다.

‘一’인 하늘은 일월성신(日月星辰)인 유형적인 천(天)과 하느님 존재와 같은 무형적인 절대자로 볼 수 있다. 무(無)인 무극(無極)은 유(有)인 태극(太極)으로 볼 수 있는데, 유형적인 일월성신을 창조한 것은 무형의 하느님이기 때문이다. 그러나 유형적인 하늘이나 무형적인 하늘도 하늘로 보기 때문에 무극과 태극은 같은 대상으로 본 것이다.

‘一’이 ‘十’과 합하면 ‘十一’되고 무한히 전개된다. 양자(量子) 수리상(數理上)에 기호로 ‘0≡一≡∞’로 나타나기 때문이다. 이러한 이치는『천부경』·『지부경』·『인부경』에서 하늘·땅·사람이 끊임없는 반복운동을 하고 있는 것과 같은 이치다.

하나(一)의 시작은 무극→태극에서 근본을 이르므로. 곧 하느님과 같이 보이지 않는다. 그러면서도 만물은 하늘(하느님)이 낳은 근원을 마련하니, 이 무형의 존재보다 비롯되는 것은 없다. 고운 최치원은 하나(一)를 태극(太極)으로, 무시(無始)를 무극(無極)으로 나타냈다(一者는 太極也오 無始者는 無極也니 太極이 始於無極故 曰 一始無始라 하니라).

‘一’는 앞으로 인류 미래세계의 근원이 되며 10차원 세계를 마련하는 계기가 된다고 할 수 있다.

무극(無極)은 원칙으로 ‘0’으로 보아야 하나 유형이니, 무형의 하늘이 다 각각 하늘을 가리킨다는 점에서 같은 대상으로 보고 있다. 따라서 무극=태극이란 등식은 학자들의 소설(所說)이니, 같은 것으로 보기로 한다.

‘一’는 이기이원론적(理氣二元論的) 일원론(一元論) 철학에 근거한 물심(物

心) 일원(一元)이라고 밝혀둔다. 따라서 이기(理氣)철학은 호혜공존(互惠共存)의 상호의존 관계이므로 갈라놓을 수 없는 것이니, 밍코프스키(Herman Minkowski:Minkovskj, 1864~1909)가 시공을 하나로 통일된 연속체로 주장했고, 아인슈타인(Albert Einstein, 1879~1955)이 이 이론을 받아들여 특수상대성이론으로 발전시켰다.

이율곡(李栗谷, 1536~1584)은 이(理)가 시작이 없으며, 기(氣) 또한 시작이 없는 것이라 한 것(理無始 故氣亦無始)과 동(動)과 정(靜)이 끝이 없음(動靜無端)을 주장한 것과 같이 '一'은 끝없이 진행되는 것이다.

'一'은 하늘의 정성의 울리이므로 이를 행하면 길한 일이 생기고 환난은 정성이 없는 곳에 돌아오게 되니, 천리에 순응하여 정성을 기르면 그 응함에 따라 좋은 일이 돌아온다. 따라서 본 조항은 천리에 순응하여 정성을 기르면 길상의 일이 돌아온다는 것이니, 한결같은 하나(一)의 마음을 지니면 모든 일이 풀린다.

2. 천리에 순응하여 천리를 기름

작가들은 소년소녀에게 한결같은 '一'의 정성을 지니도록 하여 정성의 마음을 지니는 방향으로 주인공을 내세우면 정성을 기르는 것이 된다. 정성은 천리인 하나(一)의 마음에서 이뤄지는 것이므로 쉬지 않고 꾸준히 나아가면 끝없이 진행되므로 무한경쟁시대에 창의성(creativity)도 이 하나(一)의 정성에서 나올 수 있는 것이다.

무슨 일이든지 한결같은 하나(一)에 정성의 기반을 두지 않으면 안 되는 것은 천하 사람들이 아는 것임에도 실천하기란 어렵다. 천리에 순응하여 정성된 마음을 기르면 여기에 기발한 상상력에 의해 창의력이 나오게 된다.

한국은 부존자원(賦存資源)이 부족한 나라이므로 그 대책을 해결하는 것이 앞으로 살아갈 일이다. 작가들은 어린이들이 훌륭한 발명품이 나오도록 하나(一)의 정성된 마음을 지니도록 작품상에 주인공을 등장시키면 신기한 발명품을 출품하게 될 것이다. 훌륭한 발명품 하나만 발명해도 수십만에서 수백만이 먹고살 수 있는 길이 열리게 되기 때문이다.

유년기에 아이들에게 미래의 꿈을 펼칠 수 있도록 정성된 마음을 키워 살아가게 문학작품으로 재구성하면, 장래 창의력을 발휘하는 인재가 배출되어 홍익인간의 사회를 펼칠 수 있게 된다.

제40事 청천(聽天): (誠 5體 34用)-『숙향전』의 숙향-

본 조항은 청천(聽天)은 '하늘의 명을 들음'이란 뜻이니, 진인사대천명(盡人事待天命)의 의식으로 정성을 다하겠다는 마음을 가져야 함을 말한다.

『숙향전』의 숙향은 옥제(玉帝)의 명을 받드는 천상의 월궁소아로 있을 때 선약(仙藥)을 훔쳐 사랑하는 태을진군에게 준 죄로 옥제에게 노여움을 사서 지상으로 적강되어 5번의 액을 겪게 된 것이다. 숙향은 전생의 죄로 인해 다섯 살 때 난리가 일어나 부모와 15년간 홀로 다니며 갖은 격난을 겼으며 살게 된다.

숙향은 15년간 죽을 고비를 넘기면서 자신이 살아가는 일에 최선을 다하며 자신의 운명을 천명에 맡기고 오로지 진인사대천명(盡人事待天命)으로 대처하며 살았다. 이로 인해 숙향은 극심한 액운을 모두 극복하고 헤어졌던 부모와 상봉하고 초왕이 된 천상의 태을진군이었던 이선과 결혼하여 왕비 정렬부인의 위치에 오르고 70세까지 부귀영화를 누렸다. 그리고 생을 마감 후에는 환원적 재생으로 천상선녀가 되었다.

숙향은 주어진 운명을 극복하는 일환으로 한결같은 순수미적인 하나(一)의 정성으로 고난을 극복한 것으로 인해 천상선녀로 환원했으니, 본 조항의 청천(聽天)의 내용과 부합하는 면이 있다.

작가들은 작중인물을 설정할 때 고난을 극복하는 과정에서 바르게 한결같은 마음으로 살아가면 그 결과로 인해서 광명의 세계가 잦아드는 것을 나타내면 독자들이 실천할 것이다.

이런 관계로 결과는 오로지 천명에 맡기고 한결같은 바른 마음으로 정성을 다하겠다는 마음을 가지면 본 조항의 의미를 이해할 수 있음으로, 그 내용을 소개하면 다음과 같다.

제40事 청천(聽天): (誠 5體 34用)(성, 5째 본체, 34번째 쓰임)

聽天者는 聽天命而不以誠待感應也라. 謂吾之誠이 必不至於
感矣인대 有何 所應哉아 愈久愈淡하며 愈勤愈寂ᄒ여 還不知
誠在何邊이니라.

해석: 청천(聽天)은 천명을 들음에 정성을 다할 뿐 그 감응을 기대하지 않는 것이니라. 나의 정성이 반드시 느낌에 이르지 않았는데 어떻게 응답 지성이 받는 바가 있겠는가? 하니, 더욱 오래할수록 더욱 담담히, 더욱 부지런히 할수록 더욱 고요해져서, 도리어 정성이 어디에 있는지도 모른다.

위의 내용은 오로지 자신의 운명을 천명에 맡기고 정성을 다할 뿐 감응을 기대하지 말라는 것이다. 이러한 삶의 형태는 선인들의 농경생활에서 볼 수 있는 바와 같다.

이러한 생활상은 농경민족의 특성인데 그 기다림의 미학은 진인사대천명(盡人事待天命)의 생활상으르 이해하면 좋을 것이다.

단군예절교훈 366사(事)인 『참전계경』은 하늘의 이치로 정성을 다하고 살아가는 이에게 인간이 원하는 바가 이뤄진다는 것을 가르치고 있다. 농부들은 농사를 지을 때 들인 만큼의 소득을 바란다. 이른 봄부터 파종을 하여 봄과 여름동안 가꾸고 가을에 거둬들이는 것으로 알고 빨리 서두르지 않는 이치를 알면 본 조항의 이치를 깨달을 수 있다.

청천(聽天)은 천명을 들음에 정성을 다할 뿐 그 결과에 대한 집착을 버려야 하고 감응을 기대해서는 안 되는 것이라 밝혔으니, 서둘러서는 안 되고 부지런히 해하면 부작용이 없이 이뤄진다.

1. 『숙향전』에 나타난 숙향의 기다림

우리는 이러한 기다림의 미학을 『숙향전』의 숙향에서 들 수 있다. 숙향은 다섯 번에 재액을 겪은 중 천리에 의해 살았기에 왕비가 되어 부귀영화를 누리며 천상선녀가 되었다. 원래 그녀는 천상선녀였으나 월영단을 훔쳐 사랑하는 이에게 주어 옥제가 적강시켜 이승에 태어나 여러 번 죽을 고비를 넘기며 살게 된 것이다.

본 조항의 내용은 하늘이치로 살아가는 것이니, 숙향의 생활상과 통한다. 이러한 의식은 숭고한 정신이므로 어린이들에게 가르치면 훗날 홍익인간의 일꾼으로 자랄 것이다.

본 조항이나 『숙향전』의 숙향은 천상선녀였으나 죄를 지어 지상으로 적강되어 5번의 액을 겪는 동안 15년의 세월이 소요됐다. 숙향은 액을 겪을 때 누구를 원망하지도 않고 천리에 의해 살았던 관계로 지상에서 부귀영화를 누린 후 천상선녀가 되었으니, 기다릴 줄 아는 지혜가 필요하며 묵묵히 정성된 마음으로 살아갔다.

2. '빨리빨리'식에서 탈피

1960년대 이전 한국인은 농경문화로 인해 하는 일에 묵묵히 정성을 다하고 빨리 서둘지 않았다. 그런데 60년대 초 박정희 군사정권이 들어선 이후 빨리 서두는 경우가 있어 요즘에 이르러 '빨리빨리'가 우리 생활문화에 깊숙이 유행사조를 이루며 자리 잡고 있다. '빨리빨리'는 군대식으로 일을 하는 것이니, 박정희 18년간 통치할 때 생겨났다.

'빨리빨리'는 박정희 군사문화에서 잉태된 것이지만 이에 대한 부작용과 후유증이 너무나 많았으니, 본 조항과 내용과 같이 정성을 다하는 것으로 살아야 된다. 농부와 같이 봄에 파종한 후 싹이 나면 봄~가을 동안 잘 가꾸고 거둬들이는 기다림의 지혜가 필요하다.

우리는 '빨리빨리'의 생활 문화로 인해 조급히 이뤄지는 것을 선호하고 있는데, 이에 대한 부작용이 크다는 것을 문학작품을 통해 선도할 필요가 있다. 요즘은 작가들이 어린이 장래를 위해 만화를 통하여 너무 빨리 서두는 것을 고쳐나가도록 힘써야 한다.

하늘의 정성은 하늘이 그 정성에 느낌이 있을 정도로 전념을 다하는 것이 교양인이며 기원자의 자세이다.

제41사(事) 낙천(樂天: 하늘의 뜻을 즐거워함)-심청의 자락(自樂)-

낙천(樂天)은 '하늘의 뜻을 즐거워함'을 뜻하니, 천리를 알고 하늘의 정성을 기울이면 정성이 더욱 깊어져 즐거움이 커지게 됨을 말한다.

오늘의 작가들은 심청이 부친의 안맹을 개안하기 위해 부처님에게 공양미 삼백 석을 공양하기 위해 인당수에 제물이 바쳐진 문제에 대해 심청을 양반의 견해와 효녀로 보지는 않을 것이다. 심청을 효녀로 보는 것은 유교의식이고, 오늘에는 21세기 관념으로 보아야 하므로 효녀로서 보지 않는 경향이 문제로 제기된다.

심청의 무조건적인 유교관념에 의한 효는 현실에 맞지 않고 심청이 인당수의 제물이 된 것으로 부친의 생활을 더 어렵게 하여, 효로써 행한 것이 효의 가치를 잃게 하는 문제이다.

그러나 본고는 심청을 오늘의 관념으로 보는 것을 제치고 재래 관념으로 조명하기로 한다.『심청전』의 주인공 심청은 부친의 안맹을 개안한다는 마음이 자락(自樂)→인락(人樂)→천락(天樂)으로 승화되어 남경상인에게 팔려가 15세 소녀의 몸으로 인당수에 투신했다.

심청이 인당수에 몸으로 투신할 때 오로지 부친의 안맹을 개안하면 대명천지를 보게 된다는 한결같은 하나의 정성스런 마음에서 죽는 상황에서 자락을 실천했다. 그녀는 "아버지 나 죽소, 어서 눈을 뜨옵소서!"라고 눈을 감고 치마폭을 무릅쓰고 뱃머리에 와락 나가 물에 풍덩 빠졌다.

심청은 부처님께 공양미 삼백 석을 봉양하면 부친의 안맹을 개안한다는 말을 듣고 남경상인에게 팔려가 즐거운 마음으로 제물로 희생된 것이다.

심청의 인당수 제물은 정성된 하나의 마음으로 행한 것이니, 본 조항을 다음과 같이 소개하고 설명하기로 한다.

제41사(事) 낙천(樂天): (誠 5體 35用)(성, 5째 본체, 35번째 쓰임)

> 樂天者는 樂天之意也라. 天意於人은 至公無私라. 我之誠이
> 深則天之感이 深하고 我之誠이 淺則天之感이 亦淺이라. 自知
> 天感之深淺이 隨我誠之深淺 故로 漸誠漸樂也니라.

해석: 낙천(樂天)은 하늘의 뜻을 즐거워함이라. 사람에 대한 하늘의 뜻은 지극히 공정하고 사사로움이 없음이라. 나의 정성이 깊으면 하늘의 감동도 깊고 나의 정성이 얕으면 하늘의 감동도 또한 얕아지니라. 하늘의 감동이 깊고 얕음이 나의 정성의 깊고 얕음을 따른다는 것을 스스로 알게 되는 까닭에 점점 정성스러워질수록 점점 기뻐하니라.

사람이 하늘의 마음으로 좋은 일을 하면 스스로 기쁘게 된다. 인락(人樂)은 인간생활에서의 즐거움이요, 이 인락(人樂)이 점점 깊어지면 하늘도 즐거워한다. 낙천은 인낙에서 한층 승화된 경지이다.

제41사(事) 낙천(樂天)이란 하늘의 뜻을 즐김이니, 『장자』(莊子) 권13 천도(天道篇)에 천락(天樂)이 연상 된다. 따라서 이는 자연 그대로의 행동을 의미한다.

천락은 시공간이 합일을 이룬 10차원 공간에 이룬 완성 단계에 이룬 즐거움이라 할 수 있다.

하늘의 뜻은 지극히 공정하고 사사로움이 없는 것으로 인해 나의 정성이 깊으면 하늘의 느낌도 깊어지고 정성스러워질수록 즐거움이 점점 깊어져 하늘도 기뻐하게 된다는 것이다.

하늘만이 아니고 정성에 의한 효심이 깊어질수록 하느님도 깊게 느끼시고 정성을 들이는 사람도 정성이 점점 깊어져 즐거움도 비례된다,

그런 것으로 예전사람들은 부모가 고기가 먹고 싶다고 하면 자기의 살

도 베어서 구워 드리게 된 것으로 볼 수 있다. 효성은 부친에 대한 효가 깊어짐에 따라 인당수에 투신하여 제물이 되는 것도 즐거운 마음으로 행한 것이다.

심청은 효심이 깊어져 부친을 위해 죽는 것도 효심이 깊어짐에 따라 즐겁게 생각하고 인당수에 제물이 되었다. 심청의 죽음은 비록 인당수 투신으로 죽는 고통을 따랐지만 천락(天樂)에 이르는 경지로 여기고 죽은 것이다.

1. 심청의 천락(天樂)

천락(天樂)은 인간과 하늘이 천인합일(天人合一)을 이루는 성(誠)의 경지에서 이해해야 한다. 심청은 자신의 죽음을 개의치 않고 인당수에 제물이 되어 부친의 안맹을 개안하는 것이 자신의 소원이 이뤄지는 것이라 했다. 그 내용을 인용하면 다음과 같다.

> 비나이다. 비나이다. 심청이 죽는 일은 추호도 섧지 않으나 안맹(眼盲)하신 우리 부친 천지에 깊은한을 생전에 풀려고 죽음을 당하오니, 황천(皇天)이 감동하사 우리 부친 어둔 눈을 불원간 밝게 광명천지 보게 하오.

심청의 소원은 부친의 안맹을 개안하는 것이니, 그의 정성이 하늘의 응함이 있어 황후가 되고 부친의 안맹도 개안하였다. 유년기의 인락→천락에 이를 정도로 정성으로써 효성을 다하면, 하늘의 정성을 다하는 일이고 하늘의 응함이 있어 상응하는 복을 받게 된다. 심청은 효심이 깊어져 강물에 빠져죽는 일도 즐겁게 여기고 죽어갔다. 그러나 그녀의 죽음은 하늘의 응함으로 살아난 것이다.

유년기는 나이가 어려 부모의 보살핌이 있어야 하고 십 대에는 소년기이니, 공부를 하거나 일을 행할 때 정신의 집중력이 필요한 때이다.

이럴 때 즐기는 경지에 이르게 가르침이 있어야 한다. 인낙(人樂)→천락(天樂)에 이르는 경지는 본 조항에서 알기 쉽게 나타나 있다.

그 예는 심청이 부친의 안맹을 득안(得眼)하기 위해 인당수에 제물이 되어 죽어가는 상황에서도 죽음에 개의치 않았다. 그 결과는 마침내 천락에 이르러 하늘의 응함이 있게 되어 황후에 이르고 부친의 안맹을 득안(得眼)하게 되어 밝은 세상을 보게 된 것이다. 심청이 죽었다가 살아나는 재생모티프는 웅녀의 동굴모티프의 수용으로 볼 수 있다.

단군신화에서의 곰→웅녀의 환생은 사람이 되어 달라는 곰의 소원이 점점 깊어져 곰은 자기의 몸이 죽어가는 것도 즐겁게 여기고 약속을 실천해 환웅도 그의 정성을 즐겁게 받아들여 웅녀로 환생케 한 것이다.

2. 심청의 재생과 작가의 상상력

심청은 죽었다가 살아나는 입사식의 치른 후 황후가 되었다. 심청의 재생모티프는 웅녀의 동굴모티프의 수용이라 할 수 있다. 문학은 상상력에 의해 쓰이는 것이니, 신화와 밀접한 관계를 이룬다. 심청의 소원은 웅녀로 환생담과도 관계된다.

본 조항과 심청과 웅녀의 변신은 지극정성에서 이뤄진 것이니, 만화, 동화, 소설로 나타내고 영화로 제작하면 본 조항을 이해하는 데 도움이 되며 일을 이룸에 있어 정성이 매우 중요한 역할이 된다는 것을 알 수 있다.

더구나 요즘은 환상소설(fantasy fiction)이 세계적 선풍을 일으키고 있으니, 한국의 작가들도 신화적 상상력으로 우주시대 도래를 예고한 작품을 써야 할 것이다. 그런 점에서 심청은 가상소설 유형으로 신화와 관련시켜 소설을 쓰면 독자들이 흥미진진하게 읽게 된다.

제42사(事) 대천(待天: 하늘의 감응을 기다림)-금와왕(金蛙王)의 탄생설화-

대천(待天)은 '하늘의 감응을 기다림'이란 뜻이니, 하늘이 지성이 지극한 사람에게 반드시 은총을 내릴 것을 기다린다는 말이다.

오늘의 시점에서 기자정성으로 자식이 태어나는 일을 행하는 이는 거의 없는 일이 되었다, 그러나 선인(先人)들은 명산을 찾아 산신령에게 빌어 자손을 낳은 일이 간혹 1950년대에도 존속되었음을 볼 수 있었던 풍습이다.

그러나 요즘은 절에 가서 부처님에게 빌어 자손을 낳은 일이 있다고 전한다. 젊은 여인들 중에는 아들을 낳기 위해 유명하다는 병원은 다 가서 치료를 받아도 효험이 없자 마지막으로 소원을 풀기 위해 부처님께 불공을 드린 것이 아들을 낳았다는 사례가 있음을 소문으로 들을 뿐이다.

작가들은 불공을 드려 자녀를 낳은 예를 소재로 하여 아들을 낳은 것을 작품으로 쓰면 없는 일이 아니므로 독자들이 흥미 있게 읽을 것이다.

금와왕(金蛙王)의 탄생설화는 정성이 지극한 사람에게 하늘의 감응이 있다는 것을 의미하는 것이지만, 그 유래는 『삼국유사』권1 기이1 동부여기 금와왕(金蛙王) 조(條)에 전하고 있는 바와 같다.

동부여왕 해부루는 자식이 없어 산천에 나아가 천지신명에게 기자정성(祈子精誠)을 행한 후 돌아오는 길에 말을 타고 곤연(鯤淵)이라는 곳을 지날 무렵 말이 큰 돌(大石)을 보고는 눈물을 흘리는 것을 보고 그 돌을 사람을 시켜 옮겼다. 그 돌 밑에 아이가 금빛개구리 모양을 하고 있어 그 이름을 금와(金蛙)라 하고 태자를 삼았다는 설화가 전한다.

해부루(解夫婁)왕은 아들을 낳기 위해 명산대천(名山大川)에 나아가 기자정성(祈子精誠)으로 조정신료(朝廷臣僚)들이 목욕재계(沐浴齋戒)하고 한결같은 하나(一)의 정성으로 100일을 기원했을 것이다.

우리는 이 곤연(鯤淵)과 큰 바위(大石)관계를 수신(水神)과 산신(山神)의 신성혼(神聖婚)으로 금와(金蛙)가 태어났음을 알 수 있다. 해부루왕이 "이것은 하늘이 나에게 아들을 주심이라"(此乃天賚我令胤乎)고 한 것으로 보아 본 조항과 같이 하늘이 정성이 지극한 해부루에게 감응이 있음을 보여준 것이다. 그런 관계에서 본 조항을 소개하면 다음과 같다.

제42사(事) 대천(待天): (誠 5體 36用)(성, 5째 본체, 36번째 쓰임)

待天者는 待天必有感應於至誠之人也라. 無待天之深則無信
天之誠이라. 待之無限而誠亦無限하여 雖經感應이라도 自不
己信天之誠也니라.

해석: 대천(待天)이란 하늘이 지성이 지극한 사람에게 반드시 감응이 있음을 기다리는 것
이다. 하늘을 기다리는 데 깊음이 없으면 하늘을 믿는 정성이 없는 것이라. 기다리는 것이 무
한하면 정성도 또한 무한하며, 비록 감응을 겪었다 하더라도 하늘을 믿는 정성을 스스로 그치
지 않느니라.

위의 내용은 정성이 지극한 사람에게 반드시 하느님의 은총이 내릴 것
임을 기다하게 되니, 그 소원을 이루려는 사람에게 희망과 꿈이 아닐 수
없다.

지극한 정성은 하나(一)의 한결같은 마음에서 일어나는 것이다. 하나(一)
의 도는 하늘의 도에서 온 것이니, 정성하면 하늘의 정성을 생각하게 된
다. 하늘의 정성은 하나(一)로 말할 수 있으니, 한결같은 하나(一)로 일을
하게 되면 하늘의 도와 같이 그침이 없게 된다. 그침이 없으면 오래가게
되어 자신뿐만 아니라 사물을 성취시키게 된다. 사람은 천성적으로 하늘
의 참정성을 부여받았으므로 자신과 외물을 합일을 이루면 물아일체의 경
지에 이르러서야 참정성이라 할 수 있다.

본 조항에서 밝힌 바와 같이 하늘의 정성이 지극한 사람에게는 하늘의
감응이 있게 마련인데 기다림이 있어야 함을 나타냈다. 소아(小我)인 주체
가 객체인 대우주(大宇宙)와 합일하기 위해서는 단시일 내에 이뤄지는 것
이 아니고, 오랜 동안에 세월을 거쳐야 이뤄지게 된다. 그래서 본 조항은
기다림이 있어야 함을 강조한 것이다. 기다림이 오래되면 정성도 오래 동
안에 걸쳐 행했음을 의미한다. 큰일을 하는 사람은 오랫동안 하나의 정성

으로 행한 사람이므로 대기만성(大器晩成)이 어울리는 말이다.

큰 인물은 역사상의 인물이라면 젊어서 한 때 혜성과 같이 반짝이는 사람이 아니고, 오랜 동안 명성을 지니고 하늘의 도와 같이 그침이 없이 행하는 이라 할 수 있다.

따라서 정성이 지극한 사람은 그침이 없이 행하게 되므로 천지와 합일을 이루어 감응이 있게 되어 보통 사람이 하늘의 소원을 빌 때 100일 정성을 기본으로 행한다. 그런데 큰 인물이 되기 위해서는 대기만성(大器晩成)이란 말과 같이 끝임 없이 오랜 세월 동안 행해야 이뤄진다.

1. 지극정성(至極精誠)으로 태어난 금와왕(金蛙王) 설화

정성이 지극한 사람에게 하늘의 은총이 내리는 예는 『삼극유사』 권1 기이1 동부여기 금와왕(金蛙王) 탄생설화에서 보여주는 바와 같다. 동부여왕 해부루는 자식이 없어 아들을 낳게 해달라는 소원을 산천에 제사를 거행했으니, 선인(先人)들이 기지정성(祈子精誠)과 같은 의식이다 할 수 있다. 물론 왕의 기지정성(祈子精誠)은 산신(山神)에게 성대하게 치러졌을 것이나, 지극 정성으로 거행했다.

지극(至極)한 정성은 하늘의 감응이 있다는 것을 의미하니, 춘향과 심청의 탄생담에서도 볼 수 있는 바와 같다. 해부루가 제사를 끝내고 돌아올 때 타고 간 말이 곤연(鯤淵)에 이르렀을 때 큰 돌(大石)을 보고는 눈물을 흘리자 왕이 이상히 여겨 그 돌을 옮기니, 어린아이가 금빛가구리 형상으로 나와 그 이름을 금와(金蛙)라 하였다고 한다.

이 탄생담은 연못과 큰 돌과 관계니 음양 관계를 나타내 준다. 이 음양 관계는 태괘(兌卦☱)를 상징하는 연못과 간괘(艮卦☶)의 산(山)과의 조화를 이루면 즐거움으로 나타난다. 즉 이 두 괘(卦)가 대성괘(大成卦)를 이루면 ② 택산함괘(澤山咸卦☱☶)를 이루는 것과 같이 즐기는 것이 함괘(咸卦)이다. 해부루는 아들을 얻었으니, 즐거워 할 일이다.

금와왕(金蛙王)의 탄생담은 지극정성이 하늘의 응함이 있다는 교훈에 해당한다. 해부루가 금와를 바위 밑에서 얻은 것은 본 조항과 같은 내용과 통하는 의식이다.

이 금와왕 탄생설화는 고소설의 기자정성과 같이 정성이 지극한 사람에게 하늘이 은총을 내린다는 환상적인 내용이니, 정성이 지극한 사람에게 반드시 하늘이 은총을 내린다는 것을 믿고 행하라는 가르침이다.

2. 기자정성(祈子精誠)과 현대인

오늘에는 전과같이 남아선호(男兒選好) 사상이 전과 같지는 않지만 사람들이 선호하는 편이다. 작가는 결혼 후 10년이 지났음에도 아들을 낳지 못하자 갖은 노력을 기울였으나 효과가 없었다. 여인은 자녀를 낳지 못하면 이혼하게 되는 강박관념도 들어 마지막 수단으로 예전과 같이 명산대천(名山大川)에 나아가 목욕재계(沐浴齋戒)하고 천지신명에게 한결같은 하나(一)의 정성으로 빌었다. 그 후 그녀는 아들을 두게 되었다는 신기한 내용을 작중에 나타낸다면 독자들의 기자정성을 따르는 자도 있을 것이다.

이러한 탄생담은 지극정성이 있으면 하늘의 응함이 있게 되니, 문학작품으로 그러한 내용을 담으면 사람들이 자녀를 낳는 데는 지극 정성이 있어야 한다는 것을 깨닫게 하는 데 도움을 준다.

독자는 작가가 작품을 쓴 동기와 의도를 알게 되므로 기자정성(祈子精誠)의 내용이라도 상관없다. 작가는 꿈을 현실로 나타내는 변화에 새 물결을 일으켜야 현실을 넘어 미래로 던지는 것이 한국문학의 꿈이기 때문이다.

제43사(事) 대천(戴天: 머리에 하늘을 이고 삶)—신석정의 「들길에 서서」—

하느님을 공경하며 산다는 것은 대천(戴天)이란 말에서 나타나 있으니, 대(戴)자(字)는 '머리에 일 (대)'또는 '받들 (대)'의 뜻이고 천(天)자(字)는 '하늘 (천)'의 뜻이므로, '머리에 하늘을 이고 삶' 또는 '하늘을 받듦'을 이르는 말이다. 사람은 하늘을 머리에 이고 사는 관계로 하늘의 이치에 어긋나는 일을 행해서는 안 되므르 '하늘을 받들'며 살아야 한다.

일제가 마지막 기승을 부리는 강점기에는 일제와 야합하는 친일파가 늘어만 갔다. 그런데 친일 문인이 되지 않고 지조를 지킨 문인에 대해서 작가는 이들에 대해서 자기 나름대로 자료를 수집해서 작품을 쓰거나 오늘의 유행하는 UCC(동영상)로 만든 주인공을 인터넷에 올려 떠올리는 방법도 있다.

오늘에는 UCC시대로 돌입한 감이 난다. 국내 전업주부 540만 명 중 59%인 318만 명이 인터넷을 이용하고 있고, 이중 블로그나 카페에 올리는 주부가 10%만 되어도 30만 명이 넘을 것이니 지금은 주부 UCC 전성시대를 맞았다. 이에 주부나 사용자들은 자신이 직접 만든 콘텐츠 UCC (User Created Contents)를 인터넷에서 주고받아 여러 사람이 합작품을 만들어 블로그에 올리기도 한다.

작가들은 일제하 변절하지 않고 조국의 독립을 위해 싸운 이들의 동영상을 만들어 각종 포털의 블로그나 개인 홈페이지 등에 올리면 이들의 애국혼을 알게 될 것이다.

석정은 일제식민지 시절, 1939년 6월 『문장』(文章)의 「들길에 서서」를 발표하였다. 이때는 일제가 패망하기 6년 전으로, 전쟁 준비에 광분하는 때니, 한국인은 일제의 온갖 간행과 압박을 받으며 서러움을 겪으며 살아가야 했다. 그런데 작자는 「들길에 서서」의 시적 화자를 통해서 푸른 산, 푸른 하늘, 푸른 별이 비유하여 희망을 불어 넣었다. 시인은 시적 화자를 통해 식민지 생활이 비참함에도 푸른 하늘이 지켜보고 있으니, 참고 기다리면 일제가 패망할 것이라 믿고 있다.

제5연의 "뼈에 저리도록(성활)이 슬퍼도 좋다. / 저문 들길에 서서 푸른 별을 바라보자!"라고 한 것은 멀지 않아 독립하게 될 날이 돌아올 것이라고 믿고 있는 내용이다.

세상은 천리로 바르게 살아가야 하늘이 복을 주는 것인데 무단정치로 한국인을 다스리니, 삼신이 머리위에 있는데 무심할 수 없다. 그런 점에서 본 조항을 다음과 같이 소개한다.

제43사(事) 대천(戴天): (誠 5體 37用)(성, 5째 본체, 37번째 쓰임)

戴天者는 頭戴天也라. 有物在頭면 毫重可覺이라. 戴天을 如
戴重物이면 不敢斜頭而縱身이니 敬戴如此면 其誠意는 能至
於感應也라

해석: 대천(戴天)은 머리에 하늘을 받들어 이고 있음이라. 물건이 머리 위에 있으면 가는 터럭의 무게라도 느끼게 되느니라. 하늘을 받들기를 무거운 물건을 인 것처럼 감히 머리를 기울이고 몸을 굽힐 수 없음이니, 하늘을 받들어 공경함이 이와 같으면 그 정성의 뜻이 감응에 이를 것이니라.

사람의 몸에는 하늘과 땅의 형상이 들어 있으니, 천지가 낳은 자손이라고 할 수 있다. 사람은 머리에 하늘을 이고 산다고 할 수 있으니, 항상 하느님을 공경하며 살아야 한다.

사람이 머리에 하늘을 이고 산다는 것은 하늘을 공경하며 살아야 하는 숭고한 정신이 함유되어 있다.

하늘은 유형적인 하늘과 무형적인 하늘을 가리키게 되는데, 전자의 하늘을 나타낸 것이면서도 속뜻은 후자의 하늘을 가리킨다. 하늘을 이고 산다는 그 하늘은 삼신이 관할하는 구만리장천(九萬里長天)이란 하늘인 것이다.

한국인의 두뇌에는 하느님 삼신이 각인되어 있으니, 하늘을 숭고한 정신으로 공경해야 한다.

한민족은 누구에게나 삼신의 얼이 들어 있으니, 『삼일신고』(三一神誥)·신훈(神訓)에서 "창조주 하느님은 신령하심이 헤아릴 수 없고, 저마다의 본성에서 하느님의 씨앗을 찾아보면 머릿골(뇌)에 내려와 있다"는 것을 밝혔다. 삼신(三神)은 한국인의 조상이 되는 것이며, 이로 인해 한국인을 단군의 자손이라 말한다.

한민족은 단군의 자손이라면 사람들이 의아하게 생각하고 있으나 단군이 국조로 보면 이해하게 된다. 원칙으로 사람은 천지의 자손이니, 단군을 천인적 존재로 볼 수 있다.

1. 대천(戴天) 의식(意識)의 문학

본 조항에서 대천(戴天) 의식(意識)의 문학은 신석정의 「들길에 서서」에서 나타나 있는데, 6연 중 제1연을 소개한다.

> 푸른 산이 흰 구름을 지니고 살 듯,
> 내 머리 위에는 항상 푸른 하늘이 있다.

신석정의 「들길에 서서」

「들길에 서서」는 일제식민지 통치하(統治下), 1939년 6월 『문장』(文章)에 발표한 시이다. 시적 화자의 머리 위에는 푸른 하늘이 있으므로 희망을 나타낸 것이다. 푸른 하늘이란 삼신이 거하는 하늘이므로 광명의식과 관련되니, 광복의 희망을 나타낸 것이므로 숭고미의 의식과 통한다.

석정 시는 『천부경』에 "사람 가운데 천지가 하나가 된다"(人中天地一)는 의식과 통한다. 그의 시에서는 한민족의 삼신의 의식이 담겨 있으므로, 본 조항의 내용과 관계된다. 석정이 시에서 말하는 하늘은 삼신을 지칭하는 것이다. 그 이유는 삼신에 대한 신화가 한민족의 문학과 사상이 무의식적인 수용으로 볼 수 있기 때문이다.

2. 하느님 사상과 연계된 소설의 주인공

작가는 어린이들이나 청소년들이 읽을거리로서 삼신이신 환인, 환웅, 단군을 소재로 동화나 소설을 쓴다면 관심을 가지고 읽게 된다. 사람들은 천진난만한 어린이나 청소년소녀들이 머리 위에 하늘을 이고 산다는 의식으로써 살아가면 훗날 완성인간이 되는 데 손색이 없을 것이다.

소우주(小宇宙)인 인간은 대우주(大宇宙)인 천지의 형상과 닮아 있으므로 그중 사람의 머리가 하늘의 둥근 형상과 닮아 있어 하늘의 한결같은 정성의 마음이 머릿골에 새겨져 있다.

머릿골의 뇌는 육신을 거느리는 역할을 하므로 머리 위에 하늘을 이고 산다고 생각하면 하늘이 내려다보는 의식으로 바르게 살아가게 된다.

작가는 본 조항과 같은 내용으로 주인공을 선보인다면 독자들이 그 주인공을 닮아 하는 일을 성실히 이행할 것이라 믿는다.

작가는 문학작품을 통하여 정성으로 일에 임하면 하늘이 내려 본다는 관념으로 정성스런 마음가짐으로 행하면 하늘이 무심하지 않게 감응한다고 믿고 바르게 살아간다.

작가들이 본 조항과 같은 내용으로 작품을 재창작하여 인터넷에 올리면 많은 어린이들이 보게 되어 정성의 의미를 알게 된다.

제44사(事) 도천(禱天: 하늘의 기도함)-단군신화의 동굴모티프 수용-

본 조항의 도천(禱天)은 '하늘의 기도함'의 뜻이니, 기도하는 방법을 알고 정성을 다하면 하느님을 감응할 것이다.

작가는 독자가 하고자하는 일을 적극적으로 대처하는 방법으로 임하는 태도를 작중에 나타내면 소극적이거나 미온적으로 행하는 것보다 훨씬 효과가 있으리라 본다.

단군신화에서의 곰은 환웅을 찾아가 사람이 되는 방법을 물었을 때 환웅이 쑥과 마늘을 주면서 동굴에 들어가 100일 정성을 들이면 사람이 될 수 있다고 하였다. 이에 곰은 환웅인 천신(天神)에게 기도하는 방법을 알고 정성이 천신에게 사무치게 하여 100일 정성의 약정을→ 21일로 앞당겼다. 그러나 범은 환웅과의 약속을 정성스러운 마음이 없이 행하였기에 사람이 되지 못하고 탈굴(脫掘)하여 짐승의 세계로 돌아간 것이다.

곰과 범의 기도(祈禱)는 어려운 정성과 가벼운 정성으로 비할 수 있으니, 본 조항의 내용과 관련이 깊다.

이 두 가지 정성은 본 조항에 나타나 있으므로 아래에서 소개하면 다음과 같다.

제44사(事) 도천(禱天): (誠 5體 38用)(성, 5째 본체, 38번째 쓰임)

禱天者는 禱于天也라 不知禱者는 謂難者難禱하고 易者易禱
하나 知禱者는 不然이니라. 易者는 知易禱故로 誠不徹己하고
難者는 知難禱故로 誠能徹 天이니라.

해석: 도천(禱天)은 하늘에 기도하는 것이다. 기도하는 방법을 모르는 사람 중에는 기도는 어려운 것이라 하여 어렵게 기도하는 사람도 있고, 기도는 어려운 것이 아니라 하여 쉽게 기도하는 사람이 있다고 말하나, 기도하는 것을 아는 사람은 그렇게 하지 않으니라. 쉽다고 하는 사람은 기도가 쉽다는 것을 아는 까닭에 정성이 자기 몸에 사무치지 못하고, 어렵다고 하는 사람은 기도가 어렵다고 아는 까닭에 정성이 하늘에 사무치게 되니라.

위의 내용은 하느님께 기도하는 방법을 두 가지로 들고 있는데, 물른 정상으로써 하는 것을 말하고 있다. 정성이 없이 하느님에게 기도하는 것은 안함만도 못한 것이다. 이러한 두 가지 기도 방법은 미추(美醜) 관계로 조명해 볼 수 있다. 이 방법은 미학적으로 순수미(純粹美)와 가추악(假醜惡)과 관계이다.

일을 성취하기 위해서는 첫째 정성된 마음이 선행돼야 한다. 정성은 하늘의 마음을 지녀야 하니 한결같은 마음이 필요한 것이다.

사람은 천신(天神) 앞에 기도를 드릴 때는 경건한 마음이 선행되어야 하는데 그렇지 않고 가벼운 마음으로 기도를 드리면 천신의 감응이 돌아오지 않게 된다.

천신이 볼 때 신 앞에 어렵게 기도하는 사람은 심신을 하나로 모아 온 정성을 기울여 밖에서 천둥소리가 들리지 않을 정도로 오직 하나(一)의 마음으로써 기도를 드린다. 그 정성의 기도는 천신이 사무칠 정도가 되게 하

면 천신의 감응이 있게 된다.

이에 반해 사람은 정성이 없으면 천신이 들어주지 않게 될 것은 기도하는 자신이 알 것이다. 이런 기도는 참정성이 없는 거짓이며 속마음이 깨끗하지 못하고 악한 마음을 숨긴 것이니, 가추악(假醜惡)의 행함이라 할 수 있다.

천신에 대한 기도는 조상들이 실행해왔던 기자정성(祈子精誠)이나 얼마 전에 가물 때 기우제(祈雨祭)를 지낼 때 기도하는 이들이 여러 날 전에 근신(謹身)하고 목욕재계(沐浴齋戒)하는 것에서 볼 수 있는 바와 같다. 이런 정성은 하늘과 내 몸이 하나 되는 마음가짐으로 행하는 자세이니, 이를 본받으면 될 것이다.

사람은 착함과 정성이 천성적으로 타고나 가슴에 서려 있으므로 참정성으로 기도해야 오장육부(五臟六腑)의 모든 경부(經部)의 제신(諸神)이 하나로 모여 정신통일을 이뤄야 천신이 감응이 있게 된다.

1. 단군신화에서의 곰과 범의 경우

우리는 정성 있음과 없음과의 기도는 단군신화에서의 곰과 범의 예에서 볼 수 있다. 이 신화는 국조신화이기 때문에 너무나 잘 알려진 신화인 관계로 대충만 소개해 본다.

곰은 환웅과의 약속을 이행하기 위해 동굴에서 쑥과 마늘만을 먹고 21일간 정성을 다하여 고난을 이겨내며 사람으로 환생하는 데 성공했다. 그런데 반해 범은 사람이 되고자 하는 정성이 없었던 것으로 인해 마침내 고난을 극복하는 정성이 부족한 것으로 인해 탈굴하여 사람이 되지 못했다. 곰은 사람이 되기 위해 동굴 안에서 사람이 되고자 환웅에게 정성껏 빌어 웅녀로 환생했다. 그러나 범은 사람이 되고자하는 참정성이 부족했던 것으로 사람이 되는 데 실패했으니, 본 조항과 관련된다고 할 수 있다.

참된 정성은 하느님께 경건한 마음으로 기도하는 것을 이르니, 순수미의 의식이고 정성이 없이 신에게 기도하는 것은 가추악(假醜惡)에 불과하다. 우리는 이러한 교훈을 단군신화에서 볼 수 있듯이 곰이 웅녀로의 환생하기까지의 과정과 범이 동굴생활에서 사람이 되는 일을 버리고 동굴을 나와 짐승으로 돌아간 것으로 정성됨과 정성 없음으로 볼 수 있다.

단군신화는 시종일관 정성을 으뜸으로 삼고 있다. 곰에서 웅녀의 환생, 웅녀가 신단수 아래에서 환웅에게 아들 낳기를 빌은 것 등은 하느님에게 정성이 있음과 없음을 나타내 주는 교훈이기도 하다. 정성이 하늘에 이르게 하는 것은 하늘의 응함이 있음을 의미하니, 정성을 쉬운 것으로 행해서는 안 된다.

2. 작가는 참정성을 어린이들에게 알려 줌

작가는 작품을 창작하는 관계로 참정성의 방법을 잘 알게 된다. 작품을 쓸 때는 신에게 정성을 드리는 한 가지 마음으로 임하지 않으면 훌륭한 작품을 쓰지 못하기 때문이다.

작가는 참정성을 일깨우는 경험담으로 작품을 통해 알려주면 이들에게 좋은 가르침이 될 것이다. 작가는 많은 책을 섭렵(涉獵)한 관계로 정성으로 기도하는 방법을 문학작품으로 재구성하면 이들이 앞날을 개척하는 데 도움이 된다. 자라나는 이들에게 하늘의 마음을 순수미의 발로로 지니게 한다는 것은 무엇보다 중요한 일이다.

요즘도 자녀들 대학입학 시험을 즈음하여 절에 찾아가 불공드리는 예에서도 그 정성스러움은 제삼자가 볼 때도 부처님이 감응이 있을 정도로 행하는 것을 볼 수 있다. 작가들은 공부하는 어린이나 청소년 소녀에게 참정성으로 임하는 방법을 상상력으로 나타내면 학생들 공부에 도움을 줄 것이다.

제45사(事) 시천(恃天: 하늘을 믿음)-『어유야담』(於于野譚) 인륜 편-

제45사(事) 시천(恃天)이란 자의(字意)에서도 나타나 있는 바와 같은데, 시(恃)자(字)는 '믿을 (시)'이그 천(天)자(字)는 '하늘 (천)'이므로 하늘을 믿고 의지함을 이르는 말이다.

작가들은 선인(先人)들이 효를 소재로 한 내용으로 작품을 써서는 안 되고 현대인에 걸맞는 내용으로 작품을 써야 할 것이다. 교훈적인 내용은 너무 많이 알려졌기에 새로운 발상으로 작품을 써야 독자들에게 호응이 있게 된다.

어우당(於于堂) 유몽인(柳夢寅, 1558~1628)의 『어우야담』(於于野譚)에는 지극한 정성의 교훈이 나타나있다. 주인공 차식(車軾, 1517~1575)은 효성으로 이름이 높았는데 본 조항의 상급의 정성으로 노모를 봉양하였는데, 그로 인해 성효(誠孝) 설화가 전한다.

그는 송도로 돌아가는데 독수리 한 마리가 큰 물고기를 움켜쥐고 하늘에서 빙빙 돌고 다른 한 마리가 물고기를 채다가 큰 뱀장어를 떨어뜨렸다. 마침 뱀장어는 부인의 대하병 치료의 즉효약인 관계로 집으로 돌아가서 노모에게 달여 올리니 쾌유되었다는 설화가 『어우야담』(於于野譚) 인륜편(人倫篇)에 실려 있다.

이 설화는 차식이 부모에게 큰 정성을 다하는 효자로 널리 알려져 있는 관계로 세간에 전해진 것이다. 본 조항은 정성 중 상급의 효성에 대해서 주요 내용으로 되어 있으나 차식(車軾)에 대한 설화를 이해하는 데 도움을 주므로, 다음에서 본 조항을 다음과 같이 소개한다.

제45사(事) 시천(恃天): (誠 5體 39用)(성, 5째 본체, 39번째 쓰임)

恃는 依恃也라. 下誠은 疑天하고 中誠은 信天하고 大誠은 恃天이라. 以至 誠으로 接世하면 天必庇佑하여 自有所依니라. 凡他行險索怪於至誠하니 何 오.

해석: 시(恃)는 하늘에 의지함이라. 작은 정성은 하늘을 의심하고, 보통 정성은 하늘을 믿고, 큰 정성은 하늘을 믿고 의지하느니라. 지극한 정성으로써 세상을 대하면 하늘이 반드시

감싸고 도와주심으로 스스로 의지함이 있게 되니라. 이러함에 무릇 다른 생각으로 부정하고 험한 길을 행하거나 괴이함을 찾음이 어찌 된 일인가?

하늘을 믿고 의지하며 정성을 다하는 이는 순진한 농부의 삶이나 바른 수도자에서 찾아볼 수 있다.

하늘을 믿고 의지함에는 상중하(上中下)로 구분하게 되는데, 이 중에서 아래 정성은 하늘을 의심하고 설마 하는 생각으로 정성을 다하면 하느님이 돕는 것인가 하고 믿지 않는 경향이 있다. 중간 정성을 행하는 이는 하늘을 믿으며 숭배하고 자신이 하는 일에 정성껏 행한다. 큰 정성은 창조주 하느님을 믿고 의지하여 모든 것을 하늘에 맡긴다는 것이다.

상중하(上中下)의 정성은 구체적으로 설명할 필요가 있다. 그중의 아래 정성은 낮은 정성을 행하는 사람이다. 이런 사람은 하늘의 이치를 모르는 관계로 사람이 천지의 형상으로 태어나 뇌리에 하늘의 정성이 잠재해 있는 것을 모르는 사람이다. 사람의 정성은 하늘의 정성을 본받아 행하는 것을 모르니, 하늘의 정성과 사람의 정성과의 관계를 의심하게 된다.

보통 정성은 중간급으로 하늘의 정성을 아는 사람이니, 만물이 하늘과 땅의 끊임없는 정성에서 간물이 생성되는 이치를 아는 사람이다. 보통 사람들이 아는 상식이니, 하늘의 뜻을 알고 행한다.

상급의 정성을 아는 사람은 농촌에서 농사를 짓는 농부들이니, 예로부터 농경민족의 후손들은 큰 정성을 행하는 이들이다.

한민족은 예로부터 농경이 끝나면 하늘의 제사를 올리는 유풍은 고구려 때 연중행사에 하나인 동맹(東盟)에서 나타나 있음을 볼 수 있다. 농경이 끝난 시월에는 하늘의 제사를 지낸 후 가무로써 즐기던 풍속이 동맹(東盟)인 것이다.

1970년 때 초까지 존속했던 고사떡은 농사가 끝난 시월에 이웃에 돌렸던 일이 존속했는데, 하늘의 정성으로 농사를 잘 지어 감사하다는 뜻으로 집집마다 시루떡을 돌렸다. 그러나 이 풍속은 오늘에도 농촌시골에서 시월에 고사떡의 유래가 남이 있는 것을 볼 수 있다.

위와 같이 우리 조상님은 창조주 하느님을 믿고 의지하여 농사가 끝나면 그 감사함으로 하늘에 치제(致祭)하였다. 그런데 사람은 하느님의 정성을 믿지 않고 남다르게 하늘의 도를 배역하는 일을 행하면 안 되고, 하늘의 한결같은 하나의 정성을 철옹성같이 믿고 살아가야 할 것이다.

1. 어우당(於于堂) 유몽인(柳夢寅)의 『어우야담』(於于野譚)에 나타난 정성

『어우야담』(於于野譚)에는 상중하(上中下) 중의 상급에 해당하는 지극한 정성의 교훈이 나타나 있는데, 그 내용의 됨됨이를 소개하면 다음과 같다.

> 차식은 송도 사람이다. … 차식이 제사를 주관하면서, 특별히 성의를 다해 목욕재계하고, 요리사와 하인도 목욕재계하도록 명했으며, 제수 음식도 정성을 다하도록 명하였다.…
> 왕(定宗)이 다음과 같이 말하였다.
> '전에는 대사가 대체로 지성스럽지 못하고 청결하지 못하여 짐이 흠향하지 않았었다. 지금 그대가 정성을 다하고 음식도 모두 먹을 만하여 아름답게 여기노라. 짐이 듣건대 그대 집안에 병이 있다 하니, 그대에게 좋은 약을 주어 쓰도록 하겠다.'
> 차식이 절하여 하직하고 물러나다가 갑자기 깨니, 바로 꿈이었다. 마음속으로 이상히 여겨 송도로 돌아가는데, 길에서 큰 수리 한 마리가 큰 물고기를 움켜쥐고 하늘에서 빙빙 돌고, 또 다른 큰수리가 말 앞에서 물고기를 채다가 떨어뜨리는 것이 보였다. 차식이 마부에게 가져오라고 하여 보니, 길이 한 자 남짓한 뱀장어였다.
> 때는 아직 차서 물고기를 잡기가 쉽지 않았고 뱀장어는 더욱 대하병 치료에 아주 좋은 명약이었다. 차식은 매우 기뻐서 집으로 돌아가 어머니께 올리니 병이 즉시 쾌유되었다. …
> 서경(書經)에 이르기를,
> '지극한 정성은 신을 감동시킨다.'
> 라 했고, 시경(詩經)에 이르기를
> '너의 큰 복을 크게 한다.'
> 고 했으니, 이를 두고 한 말이다.

『어유야담』 인륜편 효열조(孝烈條)

차식(車軾, 1517~1575)은 『어유야담』 인륜편에 오를 정도로 효성이 지극하였으니, 실제로 부모를 봉양한 효자다. 그는 1543년(중종 38) 문과에 급제하여 조정에 나가 30년 동안 4품에 그쳤으나 조금도 불평이 없었다고 하니, 성실한 사람이었음을 알 수 있다.

그의 지극한 성효(誠孝)설화는 하느님을 믿고 의지하는 정성으로 부모를 섬긴데서 온 것이다.

이런 정성스런 효는 상급에 해당되는데, 차식의 효는 제45사(事)를 이해하는 좋은 자료이니 본 조항의 내용을 실천하면 이뤄진다고 할 수 있다.

위의 차식의 설화는 현실에서 일어날 수도 또는 일어날 수도 없는 일이다. 설화는 상상력과 관계되는 것이므로 권선징악적인 면이 들어 있게 되는데, 현실에선 이런 설화는 현실성이 없으니, 좀 더 작가의 상상력을 발휘하여 교훈만을 강조해서는 안 될 것이다.

제45사(事) 시천(恃天)은 하늘을 믿고 의지하는 정성이니, 하늘의 상급의 지극한 정성을 실천하는데 좋은 자료이다.

2. 큰 정성을 실천하는 작중 주인공

현대 생활에서 참된 정성을 실천하는 일은 많은 편이다. 더구나 앞이 창창한 어린이나 소년소녀들은 상급의 정성을 하는 방법을 알고 실천하면 살아가는 데 좋은 도움이 되리라 믿는다.

작가는 이들의 앞날을 위해서 작 중 인물 중 상중하의 정성을 행하는 이들을 동화, 만화, 소설 등을 스토리텔링으로 나타내면 그 성패가 완연히 구분 되리라 믿는다.

요즘의 초중고등 학생들은 정성의 가치를 잘 모르고 있다. 정성을 나타내는 경전이나 문헌이 대개 한문으로 포장되어 있기 때문에 이해하기 어렵다.

이들은 거의 정성의 관심을 가지고 공부하려 해도 번역본을 보게 되니, 이해하기 어려운 실정이다. 이런 점이 이들에겐 있으니, 작가들이 현대적으로 이들이 이해하기 쉽게 수준에 맞춰 작품으로 선 보이면 많은 도움이 될 것이다.

제46사(事) 강천(講天: 천도를 강론함)—『장화홍련전』의 자매—

제46사(事) 강천(講天)의 내용을 이해하기 위해선 자의(字意) 상으로 알아볼 필요가 있다. 강천(講天)이란 강(講)자(字)는 '강론할 (강)'이고, 천(天)은 '하늘 (천)'이므로, 하늘의 도리를 강론함을 이르니, 천리를 따르는 삶이다. 사람이 천리를 따르면 화평하고 이를 거슬리면 천도가 어그러지니, 이 두 가지를 알아서 행하면 하늘을 감동시킬 수 있으므로, 하늘의 도리를 이르는 길을 가야 할 것이다.

고소설에서 천리를 따르는, 즉 착한 행함을 한 이는 복을 받고 천리를 거역하는 이는 화(禍)가 따랐다. 작가는 비단 하늘의 순응과 배역을 인륜적인 차원으로 볼 것만은 아니고, 오늘의 인류가 천리를 거역하는 삶의 하나로 자연을 훼손하여 지구가 더워져 가는 현상에 대해서도 관심을 가져야 한다. 한국은 2008년 경제협력개발기구(OECD) 소속 국가이자 온실가스 9위 배출국이니, 온실가스를 상당히 감축(deep cuts)해야 할 것이다.

이에 따라 정부는 2012년까지 온실가스 18% 감축을 추진하여 그 배출량을 2005년 수준으로 동결하는 것을 목표로 한다는 것이다. (『조선일보』 제27053호 2007년 12월 18일(화) 라 A1쪽)

온실가스 배출량 감축은 생활 주변에서 웬만한 거리는 걷기 운동도 좋은 예가 될 것이다. 우리생활은 집집마다 승용차의 이용이 일상화됨에 따라 그 배출량의 증가로 도시의 공기가 오염되어가고 있다.

북극의 빙하는 금속도로 녹아내리고 외국의 경우 연안지대에 위치한 도서(島嶼)지방이 폭풍이 몰아닥칠 때 섬전체가 물바다로 상전벽해(桑田碧海)가 일어나는 현상을 TV 화면에서 보게 된다.

이들 도서지방의 주민들이 피해를 입는 것은 지구촌의 사람들이 천리를 배역하는 생활을 일상적으로 일삼고 있기 때문이다.

『장화홍련전』의 두 자매 장화 홍련과 계모 허씨의 생활상은 순리와 배리로 되어 있다. 전자는 천도에 따라 살아가므로 복을 받았고, 후자는 천도에 배역하는 생활을 행하였기 때문에 화를 만난 것이다.

　세상의 이치는 단군의 366사(事) 교육과 같이 행함에 따라 인과응보를 받게 되어 있으니, 본 소설이나 본 조항의 내용도 그러한 내용으로 이해하면 된다.

　현실의 인류는 인과응보에 관심을 기울일 때가 돌아왔다. 지구촌은 70억 인구가 자연의 이치를 거슬리는 것으로 인해 특히 선진국이라 하는 나라들이 온실가스를 다량으로 배출하여 지구가 더워져 지구촌의 각종 재화가 발생하고 있다.

　이런 점에서 본 소설의 주인공과 등장인물을 순리와 배리로 나타내면 오늘의 문제를 해결하는 데 도움을 주리라 믿는다. 본 조항은 그 내용을 다음과 같이 소개한다.

제46사(事) 강천(講天): (誠 5體 40用)(성, 5째 본체, 40번재 쓰임)

講天者는　講天道也라.　人事順則天道和하고,　人事逆則天道
乖하니,　知順和　逆乖之理者는　念念講天이라.　恐懼謹愼하여
不捨於心而誠意가　乃至感天이　니라.

해석: 강천(講天)이란 하늘 도를 강론함이라. 사람들이 순리에 맞는다면 하늘 도리가 화평하고 사람일이 도리에 거스르면 하늘 도리가 어그러지니, 순리에 맞으면 화평하고, 거스르면 어그러지는 이치를 깨닫는 사람은 항상 마음에 두어 하늘 도리를 익히는 것이니라. 두려워 하며 근신하며 마음에 간직하여 버리지 않아 정성스러운 뜻은 마침내 하늘에 감응하게 되느니라.

　오늘에는 사람들이 자연을 훼손하는 관계로 지구촌 사람들이 화를 입는 일이 날이 갈수록 심해지고 있다. 홍수와 가뭄은 전에 없이 일어나고 요즘은 7월과 8월에 들어 벼락이 잦아 숨지는 일이 자주 발생하는 것도 온난화로 인해 대지의 온도가 상승하는 데 있다고 하니, 하늘의 도에 역행

하고 살아가면 그에 따른 부작용이 따른다는 것을 인지해야 할 것이다.

사람들은 천지의 형상으로 태어난 관계로 천도의 순리로 또는 역행하면 그 행함에 따라 복과 화를 입게 되어 있는 것이 철칙(鐵則)이다.

사람은 지위고하를 막론하고 인륜관계에 있어서 천도를 거슬리는 일을 하면 인과응보에 의해 화가 돌아오게 된다. 천리로 인한 인간의 삶은 일차적으로 순리에 역행하는 일을 해서는 안 되는 일이니, 하늘의 도리를 거듭 생각하고 항상 천리에 따라 행하면 행복을 누리며 살아갈 수 있다.

지금 인류는 천도를 생각하고 두려워하며 근신하고 살아가야 할 때가 돌아왔으니, 천리에 거슬리는 일을 자제하고 살아가야 다 함께 살아갈 수 있게 되었다. 그 문제는 나 자신에 하나로부터 지구를 오염시키지 않는 일이니, 서구에서 자동차 대신 웬만한 거리는 자전거나 도보로 다니는 곳도 그 한 예라 할 수 있다.

오늘의 삶은 천리를 거역하게 됨에 따라 한국을 포함, 2013년부터 세계 모든 나라가 온실가스를 줄이는 데 동참하게 되었는데, 2007년 15일(토)에 인도네시아 발리에서 유엔기후변화협약 발리 로드맵(roadmap · 일정)을 채택하고 막을 내린 것을 보더라도 지구온난화는 심각한 문제로 되어 있다(『조선일보』 제27052호 2007년 12월 17일(월) 라1 A1쪽, A16쪽 다 환경, A18쪽 라㉮ 국제).

지구온난화는 지구의 온도를 상승시키는 일이니, 훗날 자구촌의 사막화와 물 부족, 공기 오염으로 인류의 생존권을 앗아가는 일이 발생한다니 심각한 문제가 아닐 수 없다.

본 조항은 하늘의 도리를 강론하는 내용으로 이뤄졌으니, 매사에 천리를 따르면 화평하게 살아갈 수 있다. 이에 따라 사람은 역리를 취하면 화가 따른다는 것을 알고 살아가면 문제 될 것이 없다.

1. 『장화홍련전』의 순리와 역리의 사례(事例)

우리는 순리와 역리를 행한 이를 『장화홍련전』에서 읽을 수 있다. 장화 · 홍련의 자매가 죽었다가 환생할 수 있었던 것은 극악한 계모 허씨를 모친으로서 정성껏 모시고 효성을 다한 데서 감응하여 죽었다가 살아나는 기적이 일어난 것이다.

장화와 홍련 두 자매가 죽었다가 환생할 수 있었던 것은 홍악인간(弘惡人間)의 계모 허씨를 친모와 같이 효로써 섬겼기 때문에 환생담의 소설이 지어진 것이다. 그런데 비해 계모 허씨는 천리를 거역하는 일을 이들 자매 중 장화에게 가추악(假醜惡)의 행함을 일삼았으니, 천리에 거스르는 일을 일삼았다.

이들 3인의 행함은 분명하게 드러난다. 장화와 홍련은 계모로부터 구박을 받으며 박대를 받는 가운데 계모를 친모와 같이 순종하며 살았으니 순리로 살았다. 그런데 허씨는 장화를 모함하고 죽이는 일도 서슴지 않았으니, 홍련 또한 자기도 언니 홍련과 같이 죽어갈 것을 두려워 언니를 따라 죽었다.

허 씨는 살인하는 일을 행했으니, 천도를 거역한 것이다. 천도는 무심하지 않고 그 행함에 의해 두 자매는 환생하고 허씨는 벌로 죽었다.

이들 자매의 운명은 '행-불행-행'을 겪은 후에 이뤄진 삶이니, 단군신화에서 곰이 웅녀로 변신하는 환생에서, 주몽신화에서 주몽이 엄수에서 고난을 극복한 후에 고구려를 건국한 것이니, 매력미(das Reiz Shönek comeliness)를 더해 준다. 웅녀는 환웅에게, 주몽은 하늘의 도움을 받았다. 장화홍련은 철산부사, 후에는 옥황상제의 도움으로 쌍동녀로 태어난 것이다.

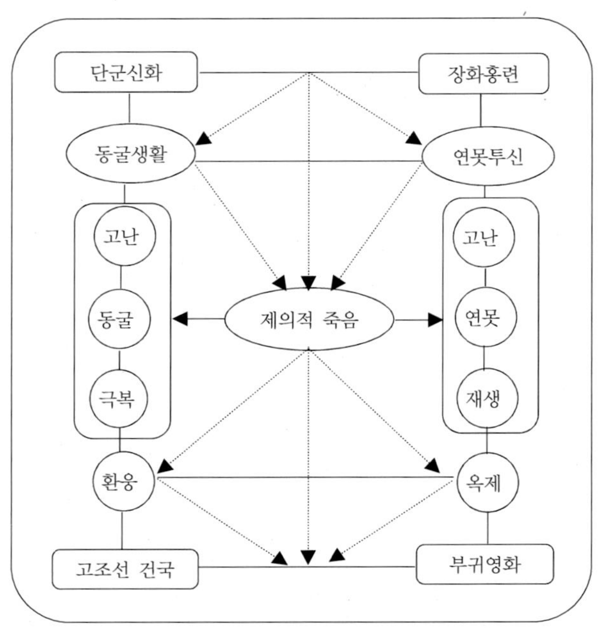

제46사(事) 강천(講天)은 천도(天道)에 대하여 강론한 것이니, 사람들이 유년기 아이들에게 순리(順理)와 역리(逆理)에 대해 이야기 식으로 가르치면 순리로 살아갈 것이다.

2. 작가들의 유년기 아이들 선도

작가는 작품을 통해 앞을 예견하고 사회를 바로잡는 책임이 있으므로 유년기와 소년소녀에게 주인공으로 이들을 선도하는 내용으로 동화와 만화, 소설로 나타내야 한다. 이들에게 천리에 의해 살아가는 것을 나타내면 그만큼 사회는 밝아지게 되어 있다.

자고로 훌륭한 작품은 인구에 회자되게 마련이므로 더구나 요즘과 같이 대중매체가 잘된 상황에서 전파시키면 일파만파로 전해져 많은 사람에게 미친다.

뿐더러 사람들에게 호평 받는 작품은 어린이나 소년소녀에게 순리로 살아가는 내용으로 널리 알려지며 교육열이 높은 한국의 학부모들이 앞을 다투어 구입하여 자녀들에게 읽히게 된다.

학생들이 가정에서 효를 다하고 행하는 일이 천리에 따르는 일을 행하면 가정이 화평을 누리며 살아갈 것이다.

하늘의 정성을 본 받아 행하면 하늘도 감동시킬 수 있게 되므로 장래 훌륭한 인물이 되는 초석을 마련하게 되니, 작가의 책임이 중차대(重且大)한 것이다.

천리에 의해 살아가는 일은 장차 행복해지는 것이니, 본 조항이나 문학 작품을 예를 들어 새로운 스토리텔링으로 작품을 나타내면 어린이나 청소년들이 상상력을 키우는 데 도움이 된다.

제47사(事) 대효(大孝: 큰 효도)-「계녀가」(戒女歌) 의 효성-

본 조항의 대효(大孝)란 '큰 효도'의 뜻이니, 사람은 물론 하늘까지도 감동시키는 것을 말한다. 더구나 한국은 예로부터 효행으로 널리 알려진 나라이다. 그것은 고조선시대 단군이 훌륭한 나라를 세워 홍익인간의 나라를 세운 데 있다.

작가들은 현재 지구상에 남아 있는 고인돌을 근거로 한민족이 오랜 옛날로부터 조상을 섬겨왔다는 것을 작품으로 알리면 대효(大孝)의 나라임을 알리는 데 좋은 재료이다.

단군은 환인, 환웅의 즈상신을 각각 천제(天帝), 천신(天神)으로 섬기고, 단군이 사후(死後), 고조선인들이 또한 환인, 환웅, 단군의 삼신을 조상신으로 섬겨왔던 것으로 볼 수 있다. 그 전통은 오늘에까지 이른 것이다.

조상을 섬긴 의식은 조상의 유택(幽宅)인 고인돌에서도 볼 수 있다. 고인돌은 조상의 유택을 후손들에게 영원히 잊지 않고 기리는 뜻에서 세운 것이다. 고인돌은 현재 한국이 지구상에서 가장 많이 남아 있는 것으로 보아 조상들을 섬기는 성효(誠孝)가 남다른 것을 알 수 있다.

우리 문학에는 효의 나라라고 일컬을 만큼 설화 고소설 가사(歌辭)에도 많은 양을 차지할 정도로 전한다.

본고에서는 그중 「계녀가」(戒女歌)의 효성을 보다 심층적으로 이해하기 위해 본 조항의 내용을 다음과 같이 소개한다.

제47사 대효(大孝): (誠 6體)(성, 6째 본체)

大孝者는 至孝也라. 一人之孝가 能感一國之人하고 又能感天下之人하니 非 天下之至誠이면 焉能至此리요. 人感則天亦感之하니라.

해석: 큰 효도란 지극한 효도이라. 한 사람의 지극한 효도가 한 나라 사람들을 감동시키고, 또한 천하 사람을 감동시키니, 천하의 지극한 정성이 아니면 어찌 이에 이룰 수 있으리오? 사람이 감동하면 하늘이 또한 감동하느니라.

한민족은 예로부터 효를 하늘의 정성으로 실천할 정도로 큰 덕목으로 섬겨왔다. 『단군팔조』(檀君八條)에는 부모님 섬김을 하느님과 같이 나타냈다.

한국은 예로부터 효를 모든 행실 중에 으뜸으로 꼽아왔던 관계로 중원에서 동방예의지국(東方禮義之國)으로 칭찬했다.

일찍이 공자(孔子)는 본국(本國)에서 혼란한 현실에 실망하여 이국(異國)인 한국에서 살고자 했다. 어떤 사람이 공자(孔子)에게 문화풍속이 누추한 오랑캐 땅에서 어떻게 살겠느냐고 물었다. 공자(孔子)가 대답하기를 군자(君子)가 자리 잡고 사는데 무엇이 누추하다는 말이냐고 한 것으로 미루어 한국으로 이민(移民)하고자 한 말이나 다름없음이 『논어』(論語) 권9 자한(子罕) 편(篇)에 전한다.

중원인 들은 자신의 나라 이외는 문화적으로 미개하고 야비(野鄙)하다고 하여 오랑캐나라로 보아왔으니, 한국도 그들을 동이(東夷)라고 한 것도 그러한 이유다. 오직 그들은 자기가 사는 중원만이 하늘 아래 중심 국가이고 여기에 동서남북에 걸치는 모든 나라들을 오랑캐로 보고 있다.

그럼에도 공자(孔子)는 단군시대 이래 나라를 잘 다스린 것으로 인해 중원에서 실종된 예의를 한국에서 찾을 수 있다고 한 것이다. 한국이 예의를 숭상한 나라임은 조상(祖上)을 기리는 고인돌이 전 세계에서 70%(⅔)을 차지할 정도로 지구상에서 가장 많이 남아 있는 것으로도 증명된다.

실제로 현재 남아 있는 고인돌은 남북한 합하면 4만~5만여 기(基)가 남아 있으니, 공자가 한 말이 조금도 과장이 아니다. 한국의 고인돌은 단군이 이상적인 홍익인간(弘益人間)의 이화세계(理世界)를 세운 뒷받침으로 효문화(孝文化)에서 기반(基盤)되었다는 것을 생각해 볼 수 있다.

정성에 여섯째 바탕인 지극한 효도는 7조항으로 분류되는데, 이를 소가하면 다음과 같다.

대효 육체(大孝六體)

조항 \ 내용	주요 내용	대상	조항
1. 안충(安衷)	지극한 효성으로 집안이 화기애애 함	부모(父母)	제48사(事)
2. 쇄우(鎖憂)	부모님 귀에 근심스런 말을 전하지 않음	부모(父母)	제49사(事)
3. 순지(順志)	효자는 부모의 뜻을 헤아려 순종함	부모(父母)	제50사(事)
4. 양체(養體)	효자는 부모를 잘 봉양하여 드림	부모(父母)	제51사(事)
5. 양구(養口)	식성에 맞는 음식을 몸소 만들어 드림	부모(父母)	제52사(事)
6. 신명(迅命)	부모의 분부를 받들어 남김없이 따름	부모(父母)	제53사(事)
7. 망형(忘形)	효자는 자기의 몸을 다 바쳐 부모님을 섬김	부모(父母)	제54사(事)

위의 7가지 효의 실천은 반만년 동안 아니 이보다 먼저 한민족이 이 땅에 살기 시작한 이래정성을 다하는 것으로 실행되어 왔다.

하여튼 한민족의 효는 유교의 효 문화와 함께 오랜 역사미(歷史美)를 지닌 전통으로 오늘날까지 이어져 내려와 현재 효행상(孝行賞)이 매년 전국에서 지방마다 시행하고 있다. 한민족은 효행미(孝行美)로써 문화국을 이루어, 그 정신적인 미(pulchrum interior, pulchrum in mente)가 계승되어 온

문화국이다.

1. 효 문화(孝文化)의 발상지

단군은 366사(事)와 같은 예절교육을 삼상(三相) 오부(五部)에게 지덕체(智德體)의 교육을 가르쳤던 것으로 이상적인 문화국인 홍익인간의 이화세계를 세웠다. 한국의 효문화(孝文化)는 단군조선에서 비롯되었는데, 그 예는 조상을 기리는 고인돌의 유적에서도 증명되는 바와 같다.

이런 효 문화의 수용은 생활 중에 구비형태로 전하는 설화에서 많은 양이 민담으로 전하는 데서도 알 수 있다. 특히 고소설에는 효를 다른 권선징악의 작품이 많이 전해오는 것이라든지 『조선민요집성』편에 수록되어 있는 가사(歌辭)에서도 많은 양으로 전한다. 그 노래 중 「계녀가」(戒女歌)는 여자가 출가하면 시부모에게 효도로써 극진히 섬기라는 내용이다.

한국은 효행을 으뜸으로 삼았는데, 이러한 행함이 설화와 고소설 등에서 권선징악의 대상으로 나타냈다. 특히 『조선민요집성』편에 수록되어 있는 「계녀가」(戒女歌) 중에는 부녀다운 예절을 갖추도록 일깨워 효성을 극진히 하라는 내용으로 되어 있다. 본 노래는 장편으로 되어 있는데 그중 한 장면을 소개하면 다음과 같다

성효가 지성이면 얼음 속에 잉어 나고 /
설중에도 죽순이라 의복을 받아오되/
한서를 살펴봐서 철철이 때를 찾아 /
생각 전에 받쳐오며 품 맞고 길이 맞고/
일념에 조심하고 /
기운이 청쾌되야 황황한 이 모양이 주야에 전립이라

이러한 효행은 유교의식에서 지어졌다고 하더라도, 그 원형은 단군신화에 나타난 조상숭배관념과 관계된 뿌리의식과 무관하다 할 수 없다. 뿌리는 나무의 성장을 원활하게 해 주어 거목을 이루게 한다.

인간에게도 뿌리의식은 훌륭한 인간으로 키우는 원동력이 된다고 할

수 있다. 따라서 바른 사람이 되기 위해서는 먼저 근본을 알고 힘써 행하는 데서 효성미(孝誠美)가 이루어진다는 것을 명심해야 할 것이다.

효(孝) 중에 대효(大孝)는 하늘을 움직이는 감천(感天)의식이므로 제1장 성(誠)에서 강조한 것으로 본다. 유아기에 아이들에게 효(孝)의 가르침은 정성된 마음이 으뜸이라 할 수 있다.

효는 모든 행실에 근원이 될 뿐 아니라 천리를 이해하는 숭고미의 의식이니, 하늘공경에 마음을 지니게 된다. 한민족의 조상숭배 관념은 곧 하늘 숭배관념으로 이어져 승화된 의식이다.

천리에 대한 이치는 『천부경』(天符經)의 일(一)과 『역경』(易經)의 건괘(乾卦)로 조명하면 무한한 이치가 들어 있음을 알 수 있다. 유아기에 아이들이 봄날에 하늘이 만물을 생육하여 아름다운 꽃동산과 신록의 천지를 이루는 그 정성을 본받으면 우미(優美)의 나라를 이룰 것이다.

단군조선이 환상적인 이상향을 이룬 것은 효 사상으로써 모든 백성들과 위정자가 일심동체를 이루는 가운데 이뤄져 기적의 지상천국을 세운 것이라 확신한다.

본 조항이나 「계녀가」(戒女歌)의 내용은 부모를 극진히 모시라는 내용이니, 효행을 나타낸 것이라 할 수 있다.

우리 조상들은 딸을 낳아 기를 때 시부에게 효로써 섬길 것을 노래로써 일깨워 출가를 시켰던 것이다.

한국이 예로부터 중원에서 군자국(君子國)이니, 동방예의지국(東方禮義之國)이라 칭송을 받은 것은 자녀들 교육을 성효(誠孝)를 가르쳐 백 가지 행실에 모범이 되게 한 데 있다.

2. 작가들의 효심(孝心) 고취

한국은 예로부터 동방예의지국(東方禮義之國)으로 중원에서도 칭송을 받은 바 있다. 1970년대 초만 해도 사람들은 제 삼자가 잘못하는 일이 혹 이 있으면 "동방예의지국(東方禮義之國)의 국민이 그럴 수가 있느냐"라고 조언(助言)으로 타일러주기도 했다. 그런데 그 후 군사정권이 예의를 흐리는 행동을 하는 관계로 오늘과 같이 그 말을 쓰는 사람이 찾아볼 수 없게 되었다.

지금 60대 이상 된 분 중 그런 말을 쓰지 않은 분은 별로 없었다고 할 수 있을 정도로 인륜에 어긋나는 일을 삼갔는데, 오늘에는 금석지감을 생각지 않을 수 없이 세상이 변하였다.

작가들은 이러한 효행을 나타내는 문학 작품을 스토리텔링으로 만화·소설을 출간하면 효사상을 발현하는 좋은 매체가 될 것이다.

물론 예전과 같은 효행을 작중에 나타내라는 것은 아니다. 효행 또한 시대에 따라 변해야 하니, 한말로써 순리에 맞게 웃어른에게 행하면 효심의 발로라 할 수 있다.

선조들은 반만년 전에 조상을 기리는 정신으로 고인돌을 세워 기념하였다. 고조선이 조상을 기리는 뿌리정산으로 홍익인간의 환상적인 나라를 세웠으니, 작가들 또한 그러한 효심을 발휘하는 내용으로 주인공을 작중에 나타내면 될 것이다.

유년기 아이들에게 효 사상을 잘 일깨우면 하늘을 감응케 하여 훌륭한 인물이 될 것이라 믿는다. 작가들은 유년기 아이들이나 청소년소녀들이 효심을 발휘할 수 있게 훌륭한 작품을 출간해야 하니, 막중한 책임이 부과되어 있다.

제48사(事) 안충(安衷: 정성을 다하여 편안함)-『적성의전』의 효-

안충(安衷)이란 '정성을 다하여 편안함'을 뜻하니, 지극한 효성으로 집안을 편안케 하고 사회와 나라도 편안케 한다는 것이고, 그 지극한 효성의 기운이 천상까지 뻗치게 된다는 의미가 들어 있다.

이러한 내용은 문학상에도 나타나는데 그중에서 『적성의전』(狄成義傳)의 효의식의 발로로 주인공 안평국의 둘째 왕자 성의(成義)가 모후의 병환이 위중하여 지극정성으로 간병하고 서역(西域) 청룡사에 있는 선약(仙藥)

일영주(日映珠)를 구하러 간 일을 들 수 있다.

성의는 모후가 일영주를 먹으면 낫는다고 하여 파란만장의 고난을 겪으며 구하여 모후의 병환을 완쾌하는 내용이다.

모후(母后)의 선약을 구하고 돌아오는 길에 형(兄) 항의(抗義)가 보낸 자객(刺客)에게 뺏기고 실명(失明)이 되는 고난을 겪는 내력과 왕위에 오른 내력을 본고의 내용에서 소개하기로 한다.

성의는 성효(誠孝)로써 모후의 병환을 치유하고 왕후에 오른 내용을 이해하기 위해 본 조항의 내용을 다음과 같이 소개한다.

제48사(事) 안충(安衷): (誠 6體 41用)(성, 6째 본체, 41번째 쓰임)

安은 和之也오 衷은 心曲也라. 爲人子而安父母之心하며 悅父母之心하고 定父母之心하며 先父母之心則祥雲이 擁室하고 瑞氣亘霄하니라.

해석: 편안하다 함은 화목(和睦)함이요. 마음속 깊다는 것은 마음의 곡진함이라. 사람의 자식이 되어 어버이 마음을 편안케 하고, 어버이 마음을 기쁘게 하고, 어버이 마음을 안정케 하고, 어버이 마음을 먼저 헤아리면 상서로운 구름이 집을 에워싸고, 상서로운 기운이 하늘에 닿아 감응하느니라.

가화만사성(家和萬事成)이란 말이 있듯이 가정의 화평은 집안이 편안에서 이뤄진다. 그 방법은 자식이 부모에게 지극한 효성으로 받들면 집안이 화기애애(和氣靄靄)로와 집안이 구순하다.

자식이 부모에게 효성으로 받들면 부모의 마음이→편안해지고→기쁠 것이며→고정되고→헤아려 행하면→상서로운 구름이 감싸며→그 기운이→하늘로 뻗칠 것이다.

이와 같이 집안이 편안해져야 마음이 안정되고 기쁘게 살아갈 수 있기 되며, 훌륭한 인물이 배출되었음이 널리 알려져 있다.

우리는 효자의 집안에서 명인과 충신도 나왔으니, 모든 가정이 효로써 살아가는 풍토가 이뤄져야 가정→사회→나라도 안정 기조(基調)를 이루며 편안해 질 것이다.

지극한 효는 집안이 편안하게 되니 식구마다 마음이 정하는 바가 있어 하고자 하는 일에 성취욕이 생긴다.

성취욕은 자아실현을 이루게 되니, 효자의 집안에서 훌륭한 인물이 나오게 되어 있는 것이다. 유교의 고장인 중국이나 유교를 국시(國是)로 하는 조선조 오백 년에 걸쳐 훌륭한 인물이 효의 집안에서 배출되고 역사적인 기록에서도 나타나 있는 바와 같다.

만약에 이런 효 의식이 전하지 않았다면 오늘의 한국이란 나라는 중국이나 일본에 흡수당하고 말았을 것이다.

그런데 분명한 것은 효사상의 발상지는 단군조선이다. 이미 이 사실은 고인돌이 조상숭배에서 온 것인 만큼 유교 이전의 문화이다. 여기에서 한국이 효 문화의 발상지임을 감히 밝히는 바니, 많은 연구가 있기를 바랄 뿐이다.

1. 『적성의전』(狄成義傳)의 주인공 성의(成義)의 효성

『적성의전』(狄成義傳)의 주인공 성의(成義)는 그의 형 항의(抗義)와는 다른 천하의 효자이다.

이 소설은 연대 미상이며 경판 완판으로 간행되었고 다양한 표제로 많은 이본이 전한 고소설이다. 본소설의 내용은 중요한 요점을 간추려 소개하기로 한다. 안평국 국왕은 아들 둘을 두었다. 맏아들은 항의(抗義)이고 작은 아들은 성의(成義)이다.

모후(母后) 병환은 백약이 무효일 정도로 중환이었다. 성의(成義)가 정성을 다하여 간호하고, 모후의 병을 고치기 위해 서역으로 선약(仙藥) 일영주(日映珠)를 구하는 길에 나섰다.

성의(成義)는 일영주의 선약이 청룡사에 있다는 말을 듣고 만경창파를 헤치고 험한 산악을 오르는 고난을 겪으며 구해가지고 오는 길에 자객(刺客)을 만나게 된다. 형 항의(抗義)가 시킨 자객이다. 성의(成義)는 일영주를 뺏기 위해 휘두른 칼에 실명되었다.

성의(成義)는 실명하여 앞을 보지 못하는 가운데 어딘지 모르는 대숲이 우거진 무인도에서 오작(烏鵲)의 도움을 받으며 나무열매를 따 먹으며 살아갔다. 마침 성의(成義)가 있는 곳을 중국 사신 호승상이 지나다가 성의(成義)가 부는 대피리 소리를 듣고 배에서 내려 데려다 중국 천자에게 피리를 불게 하였다. 천자는 신기에 가까울 만큼 잘 부른다고 격찬하고 다만 옥골선풍과 맹인임을 슬퍼했다

공주는 성의(成義)가 맹인 됨을 한탄하고 성의 또한 공주를 보지 못함을 슬퍼했다. 한편 모후는 항의(抗義)가 준 일영주를 먹고 병세가 완쾌되었다. 황후는 성의(成義)의 소식이 궁금하여 성의(成義)가 기르던 기러기 편에 편지를 보냈다.

성의(成義)는 모후가 보낸 편지를 공주가 낭독할 때 놀라 두 눈이 개안되어 대명천지를 보게 되었다. 이 소설의 결말 장면을 아래와 같이 소개한다.

성의(成義)는 중원에서 장원급제하고 부마로 간택되어 채란공주와 결혼했다. 성의(成義)는 공주와 동부인으로 귀국하여 모후와 상봉하고 중국으로 돌아가 세자로 책봉되었다. 다시 이들 부부는 귀국하여 왕위를 계승하고 선정을 베풀어 나라를 태평케 하였다.

성의(成義)는 정성을 다하여 모후의 병환을 치유케 하고 왕위에 올랐으니, 효성이 집안의 화기를 가득 차게 하고 나라도 태평한 나라를 세웠을 본 조항의 내용을 실감하게 된다.

이와 같이 성의(成義)는 많은 우여곡절을 겪은 끝에 왕위에 오른 것은 모후에 대한 효성의 발로로 인해 그 응보로 왕위에 오른 것이다.

2. 한국문학의 효 사상 고양(高揚)

한국문학은 효를 주제로 한 설화 고전소설, 시조, 가사, 한시 등이 산재되어 있다. 이 밖에 고을가다 전하는 효를 실천한 민담(民譚)에 나타나 미

풍양속을 이루게 된 것이다.

작가들은 예전에 전하는 효 사상을 고취하는 것은 오늘의 정서와 맞지 않은 부분이 많은 관계로 자라나는 세대에게 효심을 불러일으키는 내용으로 나타낼 필요가 있다.

효사상은 단군예절교훈이라 할 수 있는 366사(事)인 『참전계경』(參佺戒經)의 제1장 성(誠)에는 많은 효에 대한 내용이 들어 있는데 이 경전을 참고로 작가들이 작품을 쓰면 젊은 세대들이 단군시대의 효문화(孝文化)를 이해하는 데 도움이 될 것이다.

요즘 한국의 효사상은 일부이기는 하지만 퇴색한 면이 많다. 그 예는 예를 들지 않더라도 부모에 대한 효성이. 전과 같이 행하는 것은 아니더라도 매스컴에서 전달된 것을 미루어 놀라울 정도다. 예전 같으면 부모에게 불효를 행하면 동리마다 향약(鄕約)의 규칙(規則)이 있어 벌을 받고 심할 경우 동리에서 쫓겨난다. 그러나 오늘에는 불효자가 한 아파트 단지 내에 살더라도 제재를 가하는 사람이 없다.

이런 상황이니 작가들은 효심을 동화나 소설 등으로 나태내면 사람들이 효심을 지니며 살아가게 하는 데 도움이 될 것이다.

따라서 본 조항과 『적성의전』(狄成義傳)을 소재로 한 작품을 스토리텔링으로 작품을 재창작하면 어린이나 청소년 때 효의식이 발양되어 예의지국(禮儀之國)의 면모를 되살리는 길이 되리라 기대해 본다.

제49사(事) 쇄우(鎖憂: 근심을 막음)—『심청전』의 효행—

제49사(事) 쇄우(鎖憂)에서 '쇄'(鎖)자(字)는 '막을 (쇄)'이요 '우'(憂)자(字)는 '근심(우)이니, 근심을 막는다는 뜻이므로 공자(孔子)가 한 말과 같이 근심을 없게 한다는 내용과 부합된다.

『심청전』의 효행은 심청이 부친의 안맹(眼盲)을 개안(開眼)하기 위해 공양미 삼백 석에 팔려가 인당수의 제물이 된 효녀로 널리 알려져 있다.

작가들은 효행을 내용으로 쓰는 것에 대해 시대에 맞지 않은 것으로 볼 수도 있으나, 반만 년 전통으로 내려온 미풍양속으로 현실에 맞는 내용으로 재구성하면 효심을 발휘하는 데 본보기로 삼을 것이다.

집집마다 노부모를 봉양하는 전통을 이루면 외국인들도 배워 부모를 정성껏 모시는 풍조를 이룰 것이다. 현 실정에서 실현하기 어려우나 일부 지방에서 시범적으로 조성할 필요가 있다.

작가들은 효의 마을을 조성하는 내용을 작중에 나타내면 그런 마을을 정부에서 또는 지방자치에서 세우면 효 사상을 고양시키는 데 도움이 될 것이다.

심청은 자신이 인당수어 제물로 바쳐지는 일을 부친 심 봉사에게 미리 알리지 않았다. 미리 알리면 근심을 하게 되어 숨긴 것이다.

15세 소녀인 심청의 행위는 동기 면이나 결과 면에서 볼 때 출천지효녀(出天之孝女)임이 드러나 있다. 그런 점에서 『심청전』의 심청의 효를 이해하기 위해 본 조항 쇄우(鎖憂)의 내용을 다음과 같이 소개한다.

제49사(事) 쇄우(鎖憂): (誠 6體 42用)(성, 6째 본체, 42번째 쓰임)

鎖는 閉也오 憂는 不樂事也라. 父母有憂이면 子宜掃平이니 與其憂有而後 無는 莫若不登乎父母之聆聞이라. 設有力不及하고 勢不追라도 惟至誠으로 得之니라.

해석: 막는다(鎖) 함은 닫는 것이오 근심(憂)이라 함은 즐겁지 못한 일이라. 어버이에게 근심이 있으면 자식은 마땅히 없어서 편안케 해 드려야 하니, 그 근심이 있은 후에 없애는 것은 어버이의 귀에 들리지 않게 하는 것보다 못 하니라. 설령 힘이 못 미치고 형세가 따르지 않아도 오직 지성만이 그것을 얻을 수 있느니라.

부모에게 근심을 알리지 않는 것은 공자(孔子)가 『논어』 권2 위정편이

서 "부모는 오직 자식이 병들지나 않을까 그것만을 걱정한다"라고 한 바와 같이 부모에게 알리면 근심을 한다.

근심스러운 이야기는 효자가 아니더라도 부모의 귀에 들리지 않도록 하는 것이 암묵적으로 사람들 간에 잘 지켜지고 있다.

1. 심청의 근심

심청은 15세 소녀이다. 오늘에는 중학생으로 알면 될 것이다. 심청은 어린 소녀임에도 공양미 삼백 석에 팔려가 인당수에 제물로 죽어가는 전날까지 부친에게 알리지 않았다. 그녀는 부모에게 미리 알리면 근심만 끼쳐 드리게 되어 내색도 비치지 않았으니, 본 조항과 너무나 상통한다.

부모에게 효도하는 방법은 여러 가지가 있으나 본 조항과 같은 내용 또한 그 한 방법이라고 생각한다. 부모에게 근심을 끼치지 않고 즐겁게 해드리는 것은 효의 한 방법이니, 유년기부터 부모에게 효하는 방법을 가르쳐 주면 부모의 근심을 하지 않게 될 것이다.

부모에 대한 효도는 여러 가지가 있으니, 그중에 노부모에게 근심을 끼치는 말을 하지 않는 것도 한 가지다. 사람이 근심이 심하면 스트레스가 쌓이게 되어 그런 말을 일리지 않는 것이 상책이다.

부모는 오직 자식이 잘 되기를 바란다. 그런데 자손 중에 어느 자손이 하는 사업이 실패하여 못살게 된 일을 일일이 부모의 귀에 들리지 않도록 해야 한다. 물론 이런 일은 모르는 사람이 없지만 무심결에 하는 수도 있으니, 이런 말을 하지 않도록 정성을 다하는 마음가짐도 평소에 쌓아야 할 것이다.

심청은 어린 나이에도 부친에게 미리 알리지 않아 근심을 하지 않았으니, 경(輕)하지 않고 심지가 깊었다고 할 수 있다.

2. 부모의 근심을 없애는 효심

작가는 소년소녀에게 근심거리가 생겨도 알리지 않아도 될 일을 전하지 않게 작품을 통해 알리는 것도 효도의 한 방법이다. 소년소녀들은 한참 자라는 때니, 너무나 솔직하므로 자신에게 좋지 않은 일일지라도 혼자 해결할 수 있는 일이라면 부모님에게 알리지 않은 지혜도 필요하다. 작가는 작중의 주인공을 통해 나타내견 가정의 화평을 이루게 하는 방법이 될 수 있다.

작가들은 소년소녀에게 좀 더 경(輕)하게 행하지 않고 무게가 있는 사람이 되게 작중의 한 인믈로 등장시키면 좋을 것이다. 물론 소년소녀가 혼자서 해결 못 할 일이라면 부모에게 알려 해결방안을 찾는 것도 한 방법이다. 장성한 아들은 노부모에게 근심을 알리지 않을 것이지단 청소년 소녀들은 순진해서 가정에서 근심거리가 생긴 일을 곧바로 말하게 되므로 작가들이 만화나 동화를 통해서 알려주면 이 또한 가정을 화기애애(和氣靄靄)하게 하는 한 방법이다.

제50사(事) 순지(順志: 뜻을 따름)－박장원(朴長遠)의 「반포오」(反哺烏)－

본 조항의 순지(順志)는 '뜻을 따름'이란 뜻이니 부모님의 뜻을 헤아려 순종하는 것을 말한다. 작가들은 효심을 발휘하는 내용으로 까마귀를 대상으로 작품을 출간하면 100% 효과를 나타낸다고 할 수 있다.

새끼까마귀가 어미까마귀에게 먹이를 물어다 주는 것을 대상으로 하면 될 것이다. 어미까마귀는 새끼까마귀가 먹이를 물어다 주어도 눈이 어두워 먹이도 제대로 받아먹지 곳할 때 새끼까마귀가 입을 벌리고 까악… 하고 지저귀는 것을 보면 감동을 받게 된다.

구당(久堂) 박장원(朴長遠, 1612~1672)이 지은 「반포오」(反哺烏)는 부모의 은혜를 생각하는 한시(漢詩)다. 까마귀는 성효(誠孝)를 나타내는 것으로 널리 알려졌다. 그는 새끼까마귀가 어미까마귀의 먹이를 물어다 주는 것을 보았거나 연상해서 「반포오」(反哺烏)를 지은 것이지만 자신은 시적 화자를 통해서 부모를 미물보다 못한 것을 깊이 뉘우치는 마음에서 지은 것이다.

작자는 정성껏 봉양했겠지만 벼슬살이에 비해서 잘 드리지 못하는 마음에서 슬퍼서 눈물을 흘린다는 내용이다. 위의 시를 이해하기 위해 본 조항의 순지(順志)의 내용을 인용하면 다음과 같다.

제50사(事) 순지(順志): (誠 6體 43用)(성, 6째 본체, 43번째 쓰임)

順은 平也오. 志는 志氣也라. 父母志氣各自不同하니 子不知
父母之志氣則 父母不得志하여 雖窮身家之好娛라도 常有不
平之氣하니라. 爲大孝者는 能 順父母之志하느니라.

해석: 순종한다 함은 화평케 함이요, 뜻이란 의지와 기개이니라. 어버이의 뜻은 제각기 다르니, 자식이 어버이의 뜻을 알지 못하면 어버이의 뜻을 알지 못해서, 비록 몸과 집안의 좋은 것을 다해도 항상 평안하지 못한 기운이 있느니라. 그러므로 큰 효자는 어버이의 뜻을 따르는 것이니라.

부모는 천지와 같은 존재이다. 천지는 만물을 낳았으니, 그중에 인간은 만물의 영장이다. 본 조항의 내용은 부모의 뜻을 헤아려 따르는 것이라 밝히고 있다.

『천부경』에는 천지인(天地人)이 한결같이 하늘의 기본수 일(一)을 지니고 있는 것이라 했다. 인간은 천지의 한결같은 하나의 기운으로써 태어났기 때문에 천지가 있어 하나가 된다(人中天地一)는 말이 있듯이 인간은 소우주이다. 천지는 대우주니, 숭고한 정신으로 대해야 할 것이다.

부모는 천지(天地)와 같은 존재니 높이 받들어야 한다. 천지는 만물을 생육하더라도 자기의 공이라고 내세우지 않는다. 부모 또한 자손을 낳아 키울 때 천지지심으로 키운다.

요즘은 6살이 되면 유치원 1년 교육→초등학교 6년→중학교 3년→고등학교3년→대학교 4년을 가르칠 때 뒷바라지는 허리가 휘어질 정도로 고되다. 학교에서 돌아오면 과외공부를 한다. 초등학교부터 영어를 원어민 강사를 청해 공부를 시키니, 그 과외비가 엄청나게 든다. 초등학교 때부터 자녀를 미국으로 유학시키는 학부모가 많으니, 어린 학생들 보기에도 딱해 보이지만 부모들이 자녀교육의 헌신적이다.

경우에 따라 유치원에서 박사과정 3년까지 이수시키려면 22년 동안 학비를 댄다. 부모는 자녀를 결혼을 시켜 집도 마련해 주게 되면 환갑나이에 접어든다. 이때는 백발이 날리는 노경에 이른다. 한국의 부모들은 거의 유치원에서 대학까지 17년 동안 가르친 후 졸업을 시켜도 마땅한 취직자리도 구하기 쉽지 않다. 졸업 후 취직시험에 매달려도 직장을 구하기가 하늘의 별 따기와 같이 어렵다. 어려웠던 예전에는 여러 자손을 낳아 키웠으니, 예전에는 예전대로 오늘에는 오늘대로 어려웠던 것은 별 차이가 없다.

1. 「반포오」(反哺烏)의 한시(漢詩)

예전에는 부모의 은혜를 까마귀로 비유해서 교훈하였다. 본고에서 소개하는 한시(漢詩)는 조선조의 문신(文臣)으로서 강원도관찰사 대사헌 예조판서(禮曹判書)를 역임한 구당(久堂) 박장원(朴長遠, 1612~1672)이 지은 「반포오」(反哺烏)를 인용하면 다음과 같다.

<table>
<tr><td>어버이 집에 계시나,</td><td>士有親在堂</td></tr>
<tr><td>맛있는 반찬 가난으로 못해드리네.</td><td>甘旨貧不具라.</td></tr>
<tr><td>미물인 새도 어미를 살려 마음 설레,</td><td>微禽亦感人하니</td></tr>
<tr><td>숲 속 까마귀 보면 눈물 흘리네.</td><td>淚落林烏哺리</td></tr>
</table>

『久堂集』所載 「反哺烏」

위의 시로 미루어 구당(久堂)은 벼슬살이를 해도 청빈하게 살았음을 시적 화자를 통해서도 알 수 있다. 예전의 시골에는 날짐승이 지천으로 많았는데, 그중 까마귀도 가끔 눈에 띄게 볼 수 있을 정도로 많았다. 새끼 까마귀가 어미까마귀에게 먹이를 물어다 주는 광경을 보면 사람들에겐 느끼는 바가 있게 된다. 작자는 숲 속에서 단순히 까마귀만 본 것이 아니라 반포오(反哺烏)를 보고 시를 지었다고 할 수 있다.

2. 오늘의 까마귀

오늘에는 예전사람과 인식의 차가 있게 되므로 까마귀에 대해 부정적인 인식이 강하다. 작가는 어린이나 소년소녀들을 효도의 방법을 작중의 주인공으로 나타낼 때 새끼까마귀가 어미까마귀에게 먹이를 물어다 주는 현장을 촬영해서 동영상(UCC)에 올려 나타내면 어린이나 소년 소녀에게 산 교훈이 될 것이다. 작가는 이런 실지 본 내용을 만화나 동화로 또는 소설 시로 나타내면 요즘 어린이나 젊은이도 성효(誠孝)에 대해 인식을 달리하게 된다.

어린이나 젊은이들이 까마귀에 대한 인식은 흉오(凶烏)로 보게 되나 원칙으론 길오(吉烏)인것이다. 외국에 많은 나라들이 길오(吉烏)로 보고 있다. 한국에서 까마귀가 울면 사람이 죽고 병이 퍼지는 것은 사실이지만 까마귀가 초능력의 감각이 발달하여 미리 감지하는 것이니, 외국과 같이 미리 알려준다고 믿어 미리 방비하면 더 좋은 결과가 된다.

까마귀는 단순히 생김새나 울음소리가 흉한 소리를 낸다고 해서 기분 나쁘게 여겨서는 안 된다. 작가는 까마귀를 흉오(凶烏)로 보는 인식을 길오(吉烏)로 작중에 나타내면 사람들이 까마귀를 보는 인식이 바뀔 것이다.

제51사(事) 양체(養體: 몸을 봉양)-『계녀가』(戒女歌)의 시부모 봉양-

본 조항의 양체(養體)는 '몸을 봉양'의 뜻이니, 부모님의 몸을 잘 봉양하여 드리는 것을 말한다. 작가들은 주인공을 통해 부모가 출가하기 전 여식에게 시부모 봉양하는 방법을 가르쳐 주는 내용을 나타내면 시부모를 모시는 데 좋은 반응을 일으키게 될 것이다.

선인들은 자식이 부모를 정성껏 부모를 봉양하는 것을 기본으로 가르쳤다. 『계녀가』(戒女歌)는 출가하기 전 부모들이 시부모 봉양하는 방법을 가르쳐 준 내용이다. 이 내용은 여식이 시부모를 모실 때 정신봉양과 물질봉양을 극진히 온 정성을 기울이라는 내용으로 되어 있다.

앞서 제47사(事)에서 시부모를 모실 때는 부모의 안색을 브고서 미리 판단하여 봉양하라는 내용을 『계녀가』(戒女歌)를 통해서 배워 시부모를 모시는 데 도움을 하게 했다. 예전에는 조기결혼을 할 때 15세 전후해 출가하게 되니 시부모 봉양 방법을 알려주면 좋은 일이다.

본 조항은 친아들의 관계로 부모를 모시는 방법을 나타냈으나, 자부(子婦)도 부부일체로 살게 되니, 자부에게도 관계된다고 할 수 있다.

『계녀가』는 여식이 출가하기 전 시부모를 봉양하는 방법을 노래로써 알려준 것이니, 실천하게 되어 있다. 요즘은 학교교육을 통해 어느 정드 알겠지만 제대로 알기 위해선 신부수업을 받아야 한다. 그러나 예전의 여성들은 학교교육이 없는 대신 부모 중 어머니가 가르쳤다.

『계녀가』를 들려주거나 외우게 하여 시부모를 봉양케 했다. 본 조항은 『계녀가』(戒女歌)를 실천하는 데 도움을 주므로, 다음과 같이 소개한다.

제51사(事) 양체(養體): (誠 6體 44用)(성, 6째 본체, 44번째 쓰임)

養體者는 養父母之體也라. 父母肢體在健康이라도 猶適宜奉養인대 況或有 殘疾하며 或有重疴乎아 使殘疾에 安如完體하고 重疴에 無遺術然後에 可盡人子之孝矣니라.

해석: 양체(養體)는 부모님의 몸을 봉양함이라. 부모님의 사지와 몸은 건강하더라도 오히려 적절히 봉양함이 마땅한데 하물며 혹 잔병이 있거나 중병이 있음에야 잔병은 완전한 몸처럼 편안히 해 드리고 중병은 치료에 남김없이 치료해 드린 후에야 사람의 자식에 자식으로서 효도를 다했다고 할 수 있느니라.

인간은 만물 중에 가장 행복한 존재로 태어났다. 하늘과 땅은 한곳에 고정되어 있으나 사람은 천지를 마음대로 왕래할 수 있어 만물 중에 자유로운 생활을 하고 있는 것이다.

부모는 우주 간에서 가장 행복한 존재로 자식을 낳았으니, 시모의 잔병이 잦고 중병을 앓는다면 자식의 도리로서 몸소 온전한 몸처럼 치료해 드려야 사람의 자식이라 할 수 있다.

양체(養體)는 효를 바탕으로 하는 만큼 물질봉양과 함께 정신적으로 편안하게 해 드리는 것이 바람직하니, 가정형편이 허용하는 범위 내에서 받들어야 자식의 도리를 다하는 것이다.

친 자손은 친부모에게 온 정성을 다해야 하니, 한국은 가부장제도(家父長制度)로 인해 장자(長子)가 부모가 연로(年老)하면 살림을 맡아 하기 때문에 부모의 봉양과 병환을 돌보게 된다.

며느리는 시부모를 친정부모와 같이 봉양하는 것이 며느리로서 책임을 다하는 것이다. 예전의 노인들에 의하면 며느리와 친딸의 봉양은 별 차이가 없었다는 말을 자주 듣는다. 그러나 시집간 딸과 같이 지내면 낳아 기른 관계로 부담이 없다는 것이다. 단 사위의 눈치가 보여 어렵다는 말을 한다.

예전과 요즘의 며느리는 시부모를 대하는 것이 다르니, 격세지감이 있다고나 할까. 그러나 자부와 친딸의 봉양은 사람 나름이니, 대개 한국의 가정의 주부들은 시부를 잘 모시고 있는 것이 사실이다.

친자식의 경우도 사람 나름이나 대개 부모를 잘 봉양하고 있다. 일부 불효자와 불효부가 있는 것은 사람 나름이니 어찌할 수 없는 일이다.

예전에는 딸의 혼기를 앞두고, 자부의 역할이 크므로 출가하기 전 물질봉양과 정신적으로 편안히 해 드리는 가르침을 『계녀가』(戒女歌)로서 훈계했는데 이 중 한 장면을 소개하면 다음과 같다.

냉철 없이 잊지 말고, 자주자주 나아가서 / 기운을 살핀 후에, 안색을 화케 하며
소리를 낮추어서, 문안을 드린 후에 / 의복을 받아오되, 생각 전에 바

치오며
품 맞고 길이 맞고, 일념에 조심하고 / 기운이 청상(淸爽)되야, 황황한
이 모양이

시부모의 건강을 쉽게 알 수 있는 방법은 기운과 안색을 살피면 금방
알 수 있으니, 몸에 이상이 생길 때는 즉시 치료해드려야 할 것이다. 한국
의 자부들은 일부 불효부를 제외하고, 거의 효부라고 할 수 있는데, 단군
이래에 전통이 후세에 기리 전해져 중원에서 동방예의지국(東方禮義之國)
이라 칭송했던 것도 사람이 살아가는 기본예절을 모든 백성들이 잘 지키
고 살은 데 있다.

한국의 전통가정에서 자부는 시부모를 모시고 정성껏 봉양하는 것이
자부(子婦)의 도리이다. 또 남편에게는 내조하는 현모양처 형을 최상급의
여인상이라 여겨왔던 것은 그 의미이다.

효는 백행의 근본이 된다는 말이 있듯이 어릴 때부터 부모에게 효하는
마음으로 모든 일을 행하면 출가해서도 시부모를 성효(誠孝)로써 봉양할
것이다.

예전에는 워낙 물질이 부족했던 시절이니 자부로서 시부모 봉양이 여
의치 않았을 것이나 정신봉양만으로도 대하면 마음이 기뻐 진수성찬을 다
접받은 것과 별 다름이 없게 여겼다.

1. 오늘의 효자 효부

작가가 생각하는 오늘의 효자 효부는 어떠한 사람일까. 오늘의 자손과
주부들은 고학력 출신들이라 예전과 같이 부모에 효성하고 잘 봉양하고
자식을 잘 가르치고 의좋게 살아간다. 자부들은 현모양처형을 넘어서 직
장에 나아가 경제적으로 가장을 돕고 있어 윤택한 생활을 한다.

작가들은 자라나는 아이들에게 부모들이 정신봉양과 물질봉양을 잘 받
드는 내용으로 작품을 나타내면 자녀들이 알지 못하는 사이에 체득하게
되어 훗날 부모가 한 것을 무의식으로 행하게 된다. 요즘은 작가들이 어린

이나 소년소녀를 위해 효자 효부의 사례를 동영상으로 UCC에 올리면 아이들이 인터넷으로 볼 수 있다.

독자들은 차로 배달하는 이동도서관이 일주일에 한번 정도 오게 되어 효자효부에 대한 책을 출간하면 주부들이나 자녀들도 읽는다.

제52사(事) 양구(養口: 입맛에 맞게 봉양함)-『계녀가』의 물질봉양-

본 조항의 양구(養口)는 '입맛에 맞게 봉양함'의 뜻이니, 부모님의 식성에 맞는 음식, 즉 기호음식을 몸소 만들어 공양해드리는 것을 말한다.

자부가 시부모의 음식 봉양은 물질봉양과 정신봉양이 중요하지만 여유로우면 있는 대로 없으면 없는 대로 봉양을 가르쳤다.

작가들은 요즘 물질이 풍부한 시대니, 한국 어느 곳을 가더라도 음식은 풍부하고 풍부한 점을 들어 시부모의 음식봉양은 식성에 맞는 것이 첫째 봉양이고 둘째 정신봉양을 작중에 나타내면 독자들이 그 방법을 배워 실천할 것이다.

『계녀가』(戒女歌)는 연대와 작가는 미상이다. 경상도 영천군(永川郡) 사일(謝逸)의 정 씨댁(鄭氏宅)에 소장된 것으로『조선민요집성』(朝鮮民謠集成) 영남 내방가사편(嶺南內房歌辭篇)에 실려 있다.

『계녀가』(戒女歌)의 연구는 학계에서 없는 것으로 되는데, 앞으로 이 가사(歌辭)를 연구함에는 단군예절교훈 366사(事)『참전계경』(參佺戒經) 제1장 성(誠) 중 본 조항을 참고하면 많은 도움이 될 것이다.

이 내용은 부모가 여식이 출가 전에 시부모의 봉양과 음식봉양을 하는 방법을 가르쳐주는 내용으로 되어 있다. 시부모를 받들어 모시는 데는 정성이 있어야 하는데 정신적 봉양과 물질적 봉양을 겸하게 된다.

『계녀가』(戒女歌)에 대한 이해는 본 조항의 내용으로 조명하면 많은 도움이 되리라 믿고 아래와 같이 소개한다.

제52사(事) 양구(養口): (誠 6體 45用)(성, 6째 본체, 45번째 쓰임)

養口者는 養父母以感毳也라. 富에 供珍羞之味라도 任人이면
非養也오 貧에 盡漁採之勞하여 自執이 養也니라. 不養則不
知父母之食性하여 捨其所嗜하고 偉其所調和之變하니 雖進
水陸萬種이라도 食猶不滿足也니라. 大孝者는 知養하여 五
味隨性하고 四時에 致非時物者면 實天感之하니라.

해석: 양구(養口)는 부모의 입맛어 맞게 봉양함이라. 부유하여 진귀한 음식을 올릴지라도 남에게 맡기면 봉양하는 것이 아니요, 가난하더라도 고기 잡고 나물 뜯는 수고를 스스로 함이 봉양이니라. 손수 봉양치 않으면 부모의 식성을 알지 못하여 그 좋아하는 것을 놓치고, 그 식성의 변화에 어긋나게 되니, 비록 물과 바다의 온갖 음식을 올려도 만족스럽지 못하게 되니라. 큰 효자는 봉양하는 법을 알아 오미의 식성에 따르고 제철이 아닌 음식이라도 차려 드리므로 진실로 하늘도 감동하느니라.

위의 양구(養口)는 자식이 부모에게 공양(供養)하는 도리를 말하고 있는 내용이다. 부모의 공양은 진수성찬이라 할지라도 남에게 맡기면 식성을 잘 알지 못하고 정성이 자기부모에게 봉양하는 것과 같지 않기 때문에 좋아하지 않을 것이다. 물질적인 공양은 겉으로 보기에는 좋은 것 같으나 정성이 들어 있지 않으면 안 된다.

더구나 부모의 음식공양은 자부나 자손이 잘 알게 되므로 직접 차려드리는 것이 좋은 방법임을 밝히고 있다. 음식은 건강과 직결된 문제이기 때문에 자부나 자손의 정성이 담긴 공양이 바람직한 것이다.

부모의 공양은 노비(奴婢)를 시켜서 음식을 장만하고 음식을 차려 올릴 때도 자손이나 자부가 간섭하고 시켜야 한다. 부모에게 아침, 점심, 저녁 음식을 차려드릴 때 가정부라 할지라도 자손과 같이 부모의 기호식품이 무엇인지 잘 알지 못한다. 자손은 부모가 철 따라 무엇을 잘 드시는 것을 잘 알게 되므로 직접 장만하여 공양하면 좋지만 가정부에게 일임해서는

안 될 것이다.

부모에게 음식을 공양할 때는 부모님 식성에 맞게 만들어 드리라는 것이니, 철에 따라 기호식품이 무엇인지 또 오미(五味)-① 신맛(酸), ② 쓴맛(苦), ③ 단맛(甘), ④ 매운맛(辛), ⑤ 짠맛(鹹)-중 부모가 무슨 맛을 좋아하고 싫어하는지 챙겨드려야 한다. 자손과 자부가 부모가 좋아하는 음식 봉양을 할 때는 식단(食單)을 만들어 놓고 주 일 이나 한 달 동안의 매 식사마다의 요리 예정표를 만들어 놓고 가정부에게 시키면 부모 음식 공양에 차질이 생기지 않을 것이다.

음식 장만을 가정부에게만 전적으로 일임하지 말고 관심을 가지고 식단표(食單表)를 작성해 시키면 되고, 가정부를 둘 형편이 안 되면 직접 장만해 부모가 좋아하는 음식을 차려드리면 된다.

1. 『계녀가』(戒女歌)의 음식공양

연대와 작자미상의 내방가사(內房歌辭)의 하나인 『계녀가』(戒女歌)는 출가(出嫁) 전에 여식에게 부모들이 시부모 봉양하는 예절과 음식 공양하는 법을 예절교훈으로 가르친 노래이다. 그중 음식 공양하는 한 장면을 소개하면 다음과 같다.

> 음식을 묻자오며, 잠죽히 기다려서 / 묻는 말씀 대답하고, 음식을 공궤하되 / 구미를 맞추어서 , 찾기를 기대말고 / 때 맞춰 드리오며, 없다고 칭탁마라 / 성효(誠孝)가 지극하면, 얼음 속에 잉여 나고, 설중에도 죽순(竹筍)이라. …

이 음식공양 중에는 정신적인 부분이 많은 작용을 미치게 되는데, 자녀들이 부모의 식성에 맞는 음식을 헤아려 공궤(供饋)하는 것이 효부 효자라 할 수 있다.

노인은 기력이 쇠약하므로 젊은 사람과 같이 나다니기도 쉽지 않고 보통 집안에 있는 날이 많다. 노인들은 식사는 많이 들지는 않지만 먹고 싶은 것이 많다. 그러나 부모는 일일이 자식이나 자부에게 먹고 싶은 음식을 해 달라고 할 수도 없고 자손들이 알아서 공양해야 된다.

요즘 같으면 자손들이 용돈을 주면 알아서 매식할 수 있지만 예전에는 먹고 싶은 것이 많아 망령을 부린다. 노인들의 망령은 자손 들이 알지도 못하는 내용인데, "왜 너희들간 떡을 해 먹고 나는 안 주느냐"라는 헛된 말을 하곤 했다.

자부들은 그 말을 듣고 속이 헛헛해서 그런 망령을 부리는 것이라 알고 곧 떡을 해드렸다. 그러면 부군이 자초지종의 말을 듣고 잘했다는 식으로 말을 하면 부인도 좋아한다. 우리는 어려웠던 시절 동네에서 그런 일이 있었던 일을 직접 보고 듣기도 했다. 참으로 금석지감이 있는 일이다.

효자효부가 되는 길은 유년시절에 부모의 행함에서 본받게 되는데, 가정마다 효자효부가 많으면 많을수록 가정의 화목이 꽃피을 것이다.

한국의 가정마다 효자효부가 있다면 가정의 교육은 성효미(誠孝美)르 승화되어 빛날 것이며, 도덕적인 교육이 원만하게 이루어지리라 믿는다. 그런 점에서 본 조항과 『계녀가』는 부모를 봉양하는 법과 음식 공양하는 방법을 나타낸 것이니, 오늘의 사람들에게도 교훈이 되는 내용이다.

2. 어릴 때의 부모 교훈과 작가의 몫

사람은 어릴 때 가정교육이 자라서도 큰 역할을 하게 된다. 특히 모친의 영향은 크다고 할 수 있다. 예전이나 오늘에나 부친은 밖에 나가 있는 시간이 많다. 집안은 모친과 가까이 있는 시간이 많게 되므로 그 영향을 많이 받게 된다. 자고로 훌륭한 사람은 가정교육의 영향이 많았다는 것을 간과해서는 안 된다.

작가들은 가정교육의 실상을 잘 알므로 독자들에게 가정교육이 아이들 장래에 큰 영향을 미친다는 것을 작중의 주인공을 통해 나타내면 부모나 자녀들이 읽고 잘 가르치고 순종하게 될 것이다.

본 조항은 부모를 봉양하고 공양할 때 물질봉양을 주로 나타낸 것이지만 여기에는 정성이 개입하게 되므로 정신봉양도 겸해 들어 있다고 할 수 있다.

작가는 모든 어린이들이 알 수 있도록 효문화 콘텐츠를 내용으로 하는 작품을 지어 인터넷에 글을 올리는 방법도 있고 만화나 동화도 읽히게 작품을 쓰면 어린이들 교육에 도움이 된다.

제53사(事) 신명(迅命: 명은 빠르게 행함)-『사씨남정기』의 사씨 부인-

본 조항의 신명(訊命)은 '명은 빠르게 행함'이란 뜻이니, 부모님의 명은 자애롭기 때문에 즉각 받들어 행하는 것을 말한다.

예전에는 부모나 임금의 명령은 자손이나 신하가 절체절명(絶體絶命)으로 받아들여 실행했다. 물론 반드시 그런 것은 아니지만 순종하는 뜻에서 따랐다.

작가들은 오늘의 시점에선 그런 옛날의 생활과는 차이가 있음을 너무나 잘 인지하고 있는 내용이니, 『사씨남정기』(謝氏南征記)의 주인공 사씨 부인의 시부(媤父)의 몽중(夢中) 계시도 그런 맥락으로 받아들이면 된다.

『사씨남정기』(謝氏南征記)의 주인공 사씨 부인은 시부(媤父)의 몽중(夢中) 계시로 화(禍)를 면하고 헤어졌던 부군 유한림과 아들도 상봉을 하고 부귀영화를 누리고 천상 선녀가 되었다. 물론 이 내용은 『사씨남정기』의 내용 중 몽중(夢中) 계시는 소설을 구성하기 위한 장치로 삽입된 것이다.

이 장면은 환상소설(fantasy fiction)에 불과한 것이지만 그만큼 예전에는 부모의 명이 중하다는 것을 나타냈다.

『사씨남정기』는 조선조 서포 김만중(1637~1692)의 작으로 당시 인현왕후를 사씨 부인으로, 숙종을 유한림으로, 장희빈을 교씨로 비유한 풍자소설이지만 미래를 예시한 작품으로 널리 알려져 왔다.

사씨 부인이 시부의 몽중 계시를 실천하여 화를 면하였다는 것은 조선조인들이 부모의 명을 절체절명으로 실천했음을 의미하는 것이다.

예전 사람들은 꿈을 잘 믿었다. 또 맞는 것이 많았다. 그것은 자연과 친환경적으로 살아온 이들이니, 맑은 정신으로 살아 꿈도 현실과 맞게 꾸었다. 사람들은 오늘에도 좋은 일이 있으면 명 꿈을 꾸는 예도 있다. 오늘의 여인들 또한 태몽을 믿고 그 태어날 이의 앞날도 맞추는 일이 많다. 요즘에도 복권의 당첨자는 한결같이 명 꿈을 꾸었다고 하는 이들이 대부분인 것도 그 예이다. 좋은 꿈을 꾸는 이들은 복권을 사는 이들이 대부분이라는 것도 꿈이 허사만이 아닌 것을 알 수 있다. 물론 꿈은 틀리는 꿈이 많은 것이 사실이고 뇌의 작용으로 꾸어지는 것이니, 꿈을 너무 믿어서는 안 된다.

17세기 서포가 살았던 때는 꿈이 허사가 아니고 성몽(聖夢)으로 믿는 경향이 농후했으므로 수직적인 유교문화의 틀 속에서 부모의 명을 따른 유습으로 사씨 부인도 따른 것이다.

『사씨남정기』의 사씨 부인의 꿈은 조상전래의 유습에 의해 몽중계시를 절대적으로 믿었던 것으로 인해 본 조항과 같이 따랐다. 따라서 본 소설을 이해하는 일환으로 본 조항을 인용하면 다음과 같다.

제53사(事) 신명(迅命): (誠 6體 46用)(성, 6째 본체, 46번째 쓰임)

迅은 速也오 命은 父母之命也라. 父母有命이면 子必奉行이라. 然이나 父母 之命은 是慈愛之命故로 嚴托督囑이 未有於慈愛之間이니, 若先後相左하고 緩急이 失當이면 口雖不言이나 意思則新이니 是以로 大孝는 隨命無遺하느 니라.

해석: 신(迅)은 빠른 것이고, 명(命)은 부모의 명령이라. 부모가 명령을 하면 자식은 반드시 받들어 행해야 되니라. 그러나 부모의 명령은 자애로운 명령이므로 자애로운 사이에는 엄한 분부와 독촉이 자애롭지 않다고 하겨, 만약 자식의 앞뒤가 바뀌고, 완급이 마땅함을 잃으면, 입은 비록 말이 없어도 뜻과 생각이 새로이 하시니, 이런 까닭으로 큰 효도는 남김없이 명령을 따르는 것이니라.

부모의 명을 순종하는 것은 조상들이 수직적 계통으로 살아온 한국인에게는 미덕인 양 살아왔다.

제53사(事) 신명(迅命)이란 부모의 명을 남김없이 따라야 함을 밝힌 내용이니, 수직적 계통으로 살아온 한민족의 의식이라 할 수 있다. 부모의 명을 따르는 것은 자손의 도리상 마땅한 것이지만 21세기는 서구의 사조가 몰려들어 수직적 사유방식과 함께 수평적 사유로 살아가는 이들도 많다는 것을 생각하면 시대는 많이 변한 것을 느끼지 않을 수 없다.

오늘의 부모는 자손에게 예전과 같이 수직적으로 명하지는 않을 것이고, 서구화된 의식을 참고로 하여 자손에게 명을 내릴 것이다.

이런 수직과 수평적인 명은 옛날과 오늘의 사고방식이니, 동서양의 통합된 중용적인 발상이라 할 수 있다.

오늘의 부모는 젊은 세대와 같이 컴퓨터를 다루지 못하고 영어를 잘 알지 못하여 시대에 뒤쳐지는 경향이 있지만 천리에 의해 윤리적인 면은 젊은 세대들이 당연히 배워야 한다.

부모의 입장에서 자손에게 명을 내릴 때는 중용적인 통합된 의식으로 교훈하는 것이니, 오늘을 보다 현명하게 살아가는 노인의 행함이라 할 수 있다.

선인들은 부모의 명을 절대적으로 받들었는데, 예전에도 덮어놓고 따른 것이 아니니, 맞지 않으면 의견을 제시하고 조합된 의식으로 따라야 될 것이다.

1. 『사씨남정기』의 시부(媤父)의 몽중(夢中) 계시(啓示)

고대인의 사유는 부모의 명을 따르는 것이 미풍양속으로 되어 있고, 고소설에서도 수직적 사고로 나타나 있다. 김만중 작『사씨남정기』의 주인공은 유한림의 처 사씨 부인이다. 그녀는 현모양처로서 시부(媤父)가 꿈에 알려준 것을 그대로 이행해 화를 모면했다.

유한림의 첩 교씨는 간부(姦夫)인 동청과 짜고 사씨 부인을 동청의 친구 냉진의 처로 삼기 위해 납치하러오는 다급한 상황에 이르렀다. 이때 시부는 꿈속에서 남방으로 수로(水路) 5천 리로 재빨리 떠나야 한다는 명을 내렸다. 사씨 부인은 일각도 지체하지 않고 재빨리 시부의 신명(迅命)을 받들어 납치를 당하지 않았다.

사씨 부인은 시부의 현몽을 실행하여 화를 모면하게 되었는데, 본 조항의 경우와 일치되는 견해다. 그녀는 천신만고 끝에 동정호 군산에서 부군 유한림과 매파(중매인)이었던 묘혜와 아들 인아도 만나 화를 모면하게 되었으니, 현몽을 100% 받아들인 데 이뤄진 것이다. 사씨 부인의 완전성은 시부의 명을 이행한데서 어김없이 이뤄진 것이니, 본 조항을 이해하는 데 도움이 된다. 그녀는 시부의 명을받아들여 헤어졌던 가족과 만나 부귀영화를 누린 후 승천하였다.

그녀의 불행한 삶은 시부의 명을 순종한 것으로 인해 불행을 행으로 바뀌게 되었고, 영원한 하늘나라에서 살게 되었다. 그녀의 삶은 한민족의 의식을 반영한 것으로 본 조항과 관계를 이루어 순종의 미로써 해피엔딩을 이루었다.

『사씨남정기』의 주인공 사씨 부인은 시부의 현몽을 받아들여 화를 면하고 결국 해피엔딩을 이루고 천상선녀가 되었다. 이러한 계는 환상소설에 불과하지만 꿈속에서도 본 조항과 관련해 부모의 자애르운 명령을 받아 들어야 하는 교훈적 내용이다.

2. 작가들의 사명의식

오늘은 부모의 명이라고 해서 전부 따라서는 안 되고 자기 나름으로 판단도 개입되어야 할 것이다. 물론 부모의 명은 거의 보편타당한 것이지만 오늘의 세상은 워낙 다양한 사회구조이고 시시가각으로 변천하는 시대에 적응해야 하므로 중용적인 시중(時中)의 의식이 필요하다.

작가들은 독자들과 교감을 이루어 작품을 이루게 되므로 주인공을 통해 부모의 간곡한 명이 있을 시엔 꼭 시행해야 하지만 맞을 경우는 말할 것도 없이 실행해야 할 것이다. 간혹 맞지 않을 경우는 그 연유를 부모에게 드리면 된다.

작가들은 작 중에 한 장면을 나타낼 때 부모의 간곡한 명을 받들어 행한 것으로 사업의 성공한 예로 작품을 쓰면 독자들이 부모의 명을 따르는 데 힘쓸 것이다. 앞서 시중(時中)의 중요성을 언급했는데 시중(時中)은 중용(中庸)을 실천하는 데 가장 필요한 덕목이다. 이 말은 성인도 시속을 따라야 하는 것처럼 세상이 돌아가는 이치를 알고 살아가야 하기 때문이다.

요즘 한국은 서구화의 물결이 휩쓰는 듯한 인상으로 사회 환경이 변하는데 재래적인 수직적인 사고만으로는 안 되고 수평적인 사고와의 중용적인 시중(時中)의 삶이 바람직하다.

작가들은 동서의 조화된 의식으로 어린이들에겐 동화로써 선보이고 젊은 층과 노인층에겐 소설을 작품으로 선보이면 도움을 줄 것이다.

제54사(事) 망형(忘形: 몸을 잊음)−사씨 부인의 대효(大孝)−

본 조항의 망형(忘形)은 '몸을 잊음'이란 뜻으로, 몸의 형상을 잊는다는 것이니, 자손 된 도리로 자기의 몸을 다 바쳐 부모님을 섬기는 것을 말한다.

사람이 부모를 봉양함에 있어 자기의 몸을 잊을 정도로 행하면 효 중의 효인 대효(大孝)라고 할 수 있다. 예전의 효는 부모에게 순종하는 것이니, 부모의 명을 따르는 것이다.

작가는 오늘의 효(孝) 또한 부모에게 순종하는 것을 잘 알고 있으므로 본 조항이나 『사씨남정기』(謝氏南征記)에서 사씨 부인의 행함도 참고하는 작중의 인물로 나타내면 된다. 그러나 오늘의 노인은 컴퓨터의 인터넷 사용을 잘 모르므로 시대에 맞춰 살아가는 견문이 넓지 못한 관계로 부모의 명을 예전과 같이 따르면 안 되는 면도 있음을 참고적으로 밝혀둔다.

『사씨남정기』(謝氏南征記)에서 사씨 부인은 부군(夫君) 유한림의 첩 교씨가 간부와 짜고 사씨 부인을 유씨 문중에서 내쫓았다. 사씨 부인은 돌아간 시부모 사당 근처에서 시부모를 조석공양으로 살아 있을 때처럼 봉양하였다.

사씨 부인은 시부모의 공양을 살아 있을 때처럼 자신의 몸을 잊을 정도로 지성으로 모시고 침선방적(針線紡績)을 해가며 살았다.

신령은 사씨 부인을 돌보는 일환으로 교씨의 간부들이 사씨 부인을 납치하여 첩으로 삼으려는 계획으로 사람을 보내게 되어 있었다. 그럴 때 신령은 시부를 통해 몽중(夢中)에 나타나 깨어나는 즉시 남쪽 지방 멀리 피하라고 사씨 부인에게 계시를 하여 즉시 실행해 화를 모면했다.

『사씨남정기』에 나타난 시부의 몽중의 계시는 사씨 부인의 응보에 의한 것이니, 하늘의 감응이었다고 할 수 있다. 자신의 몸을 잊을 정도로 정성에서 우러나는 효는 반드시 갚음이 있다는 것을 『사씨남정기』의 사씨 부인의 행함에서 알 수 있으니, 본 조항과 관련되는 내용이라 보고, 본 조항을 다음과 같이 인용한다.

제54사(事) 망형(忘形): (誠 6體 47用)(성, 6째 본체, 47번째 쓰임)

忘形者는 忘身形也라. 子事父母인대 不敢有其身者는 重報父母之恩也니 只 認之하여 不敢有其身이라. 無忘自己之身形者는 還有其身也니 大孝者는 父 母在世에 頓忘其身하고 父母沒後에 始覺有其身이니라.

해석: 망형이란 몸의 형상(자신의 몸)을 잊음이라. 자식이 부모님을 섬기는 일에 있어서 감히 그 자신의 몸을 생각하지 않음은 깊이 부모의 은혜에 보답하는 것이니, 오직 이를 알아서 감히 자신의 몸을 생각하지 않느니라. 자기의 몸을 잊지 않음은 도리어 그 몸을 생각하는 것이니, 큰 효도는 부모가 세상에 계실 때에는 그 몸을 잊어버리고, 부모님이 돌아가신 뒤에야 비로소 자신의 몸이 있음을 깨닫느니라.

부모를 섬기는 데는 7가지 형태가 있는데 그중 본 조항이 대효(大孝)를 마무리 짓는 내용이다. 본 조항의 망형(忘形)이란 몸의 형상을 잊음이란 뜻이니, 자기의 몸을 다 바쳐서 정성껏 부모를 섬긴다는 말로 보면 될 것이다.

이 의미는 본 조항에 있는 내용과 같이 부모 생전에는 자신의 몸을 다 바쳐 부모님을 섬기다가 돌아가신 후에 비로소 그 몸이 있음을 깨닫는 것이니, 호도로써 자신의 몸을 잊음을 정도로 몸을 다 바쳐 부모님을 섬긴다는 것이 나타난 조항이다.

1. 사씨 부인의 조석공양의 효(孝)

제54사(事) 망형(忘形)은 대효를 실천하는 것이다. 이는 『사씨남정기』에서 사씨 부인의 행함에서 찾아볼 수 있다. 사씨 부인은 첩 교씨의 음모로 쫓겨났다. 그녀는 시부모의 사당(祠堂) 근처 초당에서 침선방적으로 어렵게 살아가면서도 시부모에게 조석공양(朝夕供養)을 하였다.

사씨 부인은 시부에 대한 조석공양의 효행으로 죽은 시부모가 그녀를 몽중계시로 교씨의 간부들이 납치하려는 음모를 현몽으로 알리어 초당을 벗어나 무사하였다. 그 결과 그녀는 꿈에 그리던 부군과 아들을 만났다. 사씨 부인의 대효(大孝)의 결과는 승상의 정실아내로 80세까지 부귀영화를 누리다가 안향하였으니, 효 중에 대효는 좋은 결과를 낳는 것이다.

사씨 부인이 교씨의 모함으로 시집에서 출거당한 시부모를 모신 사당에서 초석공양을 하고 시부의 몽중계시로 사당을 떠나 훗날 부군과 아들을 만나고 승천하기까지의 과정을 도표로 나타내면 다음과 같다.

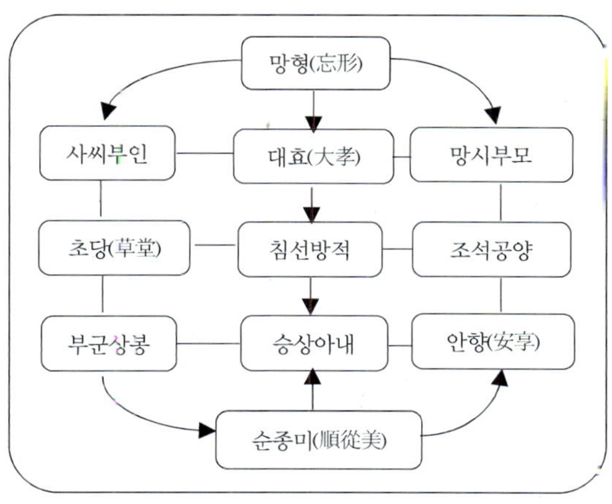

　이러한 사씨 부인에 대한 부모에 대한 순종미(順從美)는 유가체재에서 미덕으로 여겨왔다. 물론『사씨남정기』는 소설이기 때문에 허구적인 내용이 개입된 것이지만 현실세계에서도 부모의 명이면 자신의 육신을 돌보지 않을 정도로 받들었다. 뿐간 아니라 부모들이 돌아간 후에드 그 최소한 3년 동안 조상의 제사를 정성을 지켰던 것으로 전해지고 있다. 자손들은 유교경전대로 실천하였다고 할 수 있으니, 수직적인 생활방식기 근대화되기 이전까지 지켜내려 왔다.

　『사씨남정기』의 사씨 부인의 행함은 서포가 17세기 궁중에서 일어난 인현왕후를 폐출한 일을 풍자적으로 나타낸 것이지만, 사씨 부인의 돌아간 시부모를 조석공양으로 살아있을 때처럼 봉양했다고 볼 수 있다. 그런 점에서 본 소설은 본 조항으로 조명해 보기로 한다.

2. 작가들의 상상력

　작가들은 상상력이 풍브하다. 일찍이 아인슈타인이 '상상력은 지식보다 더 중요하다'라고 한 바와 같이 오늘에 세계적 선풍을 일으킬 정도로 인기를 독점하고 있는 조엔 롤링(joan K. Rowling)의『해리포터』는 첫째로 상상력을 꼽을 수 있다. 이 소설은 신화적인 상상력을 근간으로 시공간을 넘

나드는 초월적인 인물이 영웅적으로 활약하는 것으로 세계 유명 영재학교
들이 수업교재로 사용하는 데 풍부한 상상력 때문이다.

이런 내용은 본 조항과 『사씨남정기』를 동화와 소설들로 현대적인 상
상력으로 작품을 선보이면 많은 어린들에게 효의 가치를 일깨우는 역할이
되게 할 것이다.

작가들은 『해리포터』와 같이 신화적인 내용으로 부모에게 효를 나타내
는 작품을 쓴다면 『해리포터』와 함께하는 오늘의 대학입시에서 논술학습
으로 수업교재로 사용해 상상력→논리력→추리력→창의력을 키워 주리라
믿는다.

이상과 같이 제1장 성(誠)의 54사(事) 조항은 쉼이 없는 정성으로 행하
면 『사씨남정기』에서의 사 씨 부인과 같이 좋은 결과를 맺을 것이다.

54사(事) 조항은 『천부경』의 한결같은 일(一)의 정성으로 받아들이면 된
다. 한결같은 정성은 보이지 않으면서 끝없이 전개되는 것이다. 제1장 정
성론은 54사(事)조항에 걸쳐 있지만 한결같은 의식으로 전개되었다는 점
에서 의의를 지닌다. 그 방법은 천리(天理)에서 찾으면 되는 것이다.

Ⅲ. 나오며

작가들은 제1장 성(誠)이 하늘의 정성을 나타낸 것이므로 사람이 그 본
을 본받아 살아가는 내용으로 작중에 나타내면 독자들이 본 장을 이해하
는데 도움을 줄 것이라 믿는다.

본 장의 성(誠)의 문학적인 수용은 성실함으로 곰에서 웅녀로의 변신한
단군신화의 동굴모티프를 들었다. 그밖에 그 동굴모티프를 수용한 『춘향
전』의 춘향, 『심청전』의 심청, 『흥부전』의 흥부의 생활상에서 어려움을 극
복할 때 성(誠)으로 대처하여 천한 신분에서 귀한 신분으로 자아실현을 이
루게 된 것으로 보았다.

제1장 성(誠)의 54조항은 인간이 하늘의 정성을 실천하는 데 있는 만큼

하늘을 감응케 하는 데 있으므로 끊임없이 나아가는 것이니, 상상력으로 꿈을 키울 수 있다. 『천부경』(天符經)의 "일적십거 무궤화삼"(一積十鉅 無匱 化三)[하나(一)를 쌓아 십(十)(10차원세계)까지 커져서 다함이 없는(부족함 이 없는 셋(삼극)으로 진화한다)]과 같은 내용이다.

1~10에서 10은 완성을 의미한다. 태아가 10달을 차면 더 클 수가 없어 3차원 세계로 태어나 정성을 다하면 천지참여의 길로 1~∞로 끝이 없이 나아가게 된다. 미의식상으로는 숭고미와 의식과 다분하게 밀접한 관계를 이룬다.

제1장 성(誠)은 제1장~제54장은 한국문학과 깊이 관련되어 있는데, 『흥 부전』의 주인공 흥부의 생활상과 너무나 관계가 깊다. 그는 봄~겨울에 이 르기까지 하늘의 정성된 삶으로 살았다. 그의 생활은 인정이 넘치는 홍익 인간으로 살아 마침내 하늘의 감응으로 부호가 되었다.

제1장 성(誠) 54조항은 계절적으로→초춘(2월 4일)~중춘(3월 21일), 인 생의 나이로는→유년기(1세~9세)에 해당되며, 완성인간이 되는 초석을 닦 는 시기이기도 하다.

주지하는바 초봄은 파종기에서 싹이 자라는 시기이니, 정성을 기울여 보살펴야 잘 자랄 수 있다. 제1장 성(誠)·정성론은 6가지 본체-① 경신 (敬神), ② 정심(正心), ③ 불망(不忘), ④ 불식(不息), ⑤ 지감(至感), ⑥ 대효 (大孝)-로 이뤄져, 생의 충실(evscheinende Lebensfülle)한 내용이다.

단군의 교훈인 366가지인 366사(事)로서 이룬 이상미(理想美, das Rein Schöne)는 『천부경』의 일(一)과 건괘(乾卦☰)의 도와 부합되는 하늘의 정성 을 이른다. 그중 54사(事)는 하늘의 정성으로 물질과 정신의 합일체계, 형 식미(das Formschöne)와 내용미(das Inhaltschöne), 객관~주관의 관계(Objekt- Subjekt-Beziehung)로 조화통일하면 이상향이라 할 수 있는 홍익인간의 이 화세계가 이뤄질 수 있다. 단근의 정치력은 하늘의 도가 주도적인 역할을 한 것이다. 완성인간은 단군과 같이 천리를 정성스럽게 행하면 이뤄진다.

하늘의 도인 제1장인 성장(誠章)은 제8장(章) 응(應)과 상고(相交)하는 데 의미가 있는데, 바로 건(乾☰)과 곤(坤☷)이 음양조화를 이루면 지천태괘

(地天泰卦≡≡)의 상징인 태평세계를 이루는 것과 상통한다. 이괘는 물질이 풍부한 나라를 세우는 데 있으니, 64괘(卦) 중에서 가장 좋은 괘(卦)라고 해도 지나친 말이 아니다. 이 괘(卦)의 의미는 신하(臣下)의 정성이 항상 임금을 위하여 바쳐지고, 임금 또한 아래 신하와 백성을 위해 일하게 된다.

따라서 366사(事)는 일 년 동안을 사계절과로 나누어 실천하는 덕목이다. 단군 또한 사계절을 여덟 절기인 팔리(八理)로 나눠서 하늘의 정성으로 치화(治化)를 한 데서 홍익인간의 이화세계를 이루었다. 팔리(八理)는 팔괘(八卦)의 의미와 너무나 상통해 제1장 성(誠)~제8장 응(應)과 관련해 조명하기로 한다.

이상과 같이 제1장 성(誠)은 천리에서 모법된 것이므로 하늘의 도인 성실과 정성을 숭고미로 실천하는 데 의의가 있으며, 21세기에도 이러한 의식으로 모든 일을 실행하면 홍익인간(弘益人間)의 이화세계(理化世界)와 같은 이상향을 이루는 초석을 다지게 된다.

하늘의 정성은 사람에게 무한한 꿈을 키울 수 있으므로 작가는 그 동력을 활용하여 무한한 상상력으로 현대문학작품을 쓸 수 있다.

제2장

믿음론(信義論)

Ⅰ. 들어가며

제1장 성(誠)은 사람이 춘하추동의 계절이 오고가는 천리를 본받아 변함이 없이 믿음으로써 살아가면 편안하게 살아갈 수 있다. 천리는 사람이 무한하게 믿음을 주므르 그 원리를 366사(事)인 『팔리훈』(八理訓) 중 제2장 신(信) · 믿음론은 41사(事)에 걸쳐 있으니, 이를 활용하여 상상력을 발휘하면 천지와 같이 내성외왕(內聖外王)과 같은 경지에 이른 사람이 될 것이다.

작가가 하늘의 믿음을 상상력으로 작중에 나타나면 주인공이 신의(信義)를 지키는 사람이 되어 독자들이 사숙하여 주인공을 닮으려 할 것이다.

사람을 믿고 살아가는 고훈은 하늘이 보여주고 있다. 춘하추동의 계절은 변함이 제 때에 연년세세 없이 찾아든다. 사람은 천리를 콘받아 살아가면 믿고 살아갈 수 있다. 제2장 믿음 또한 하늘의 이치에 부합하게 사람의 일을 이루게 하는 것이다.

백성들이 상호 간 믿음으로 살아가는 데는 위정자의 솔선수범의 정치가 가장 좋은 일인데, 대거 성군들의 치하에서 사는 백성들은 서로 믿고 살아왔다. 그와 반면에 폭군이나 독재 하에서의 백성이나 국민들은 믿음이 없고 불신이 만연되어 왔다.

오늘의 200개 나라 중어는 위정자가 잘 다스리면 국민들이 믿고 따라 경제적 부를 누리는 복지국가를 이루었다.

작가들은 작중에 단군이 고조선을 366사(事)로써 백성들에게 믿음으로 다스려 홍익인간의 이화세계(理化世界)를 세웠다는 것을 인지시켜야 한다. 실제 단군이 백성들로 하여금 믿음으로 나라를 다스려 부족연맹국가를 탄생시켰다.

요즘은 아직도 고교 국사교과에서도 『동국통감』(東國通鑑)을 단군이 기원전 2333년 고조선을 건국하였다고 인정하였는데, 아직도 믿으려들지 않는 일부학자도 있다. 이들은 우리 사서(史書)와 중국의 사서(史書)와 경전(經典)을 연구하지 않은 이라 볼 수밖에 없다.

요즘은 UCC의 등장으로 이들에게 『고려사』(高麗史)나 『조선왕조실록』(朝鮮王朝實錄)에서 왕조마다 학자들이 단군이 국조로 섬겨함을 나타낸 것을 인터넷으로 올리면 깨달을 것이다. 우리 역사에서 단군을 국조(國祖)로서 인정한 이들은 오늘의 단군을 부인하는 학자나 사람들보다 월등히 학문지식이 많은 분이라는 것을 알아야 된다.

제2장 믿음은 『삼국유사』(三國遺事) 권1 고조선 조(條)의 삼백여사(三百餘事), 즉 366가지 일(366事) 중 두 번째 해당하는 41가지 항목으로 되어 있다. 하늘의 이치는 첫째 정성스러운 원리이고 둘째 믿음이다. 하늘의 정성(精誠)은 제1장에서 소개했고, 본고는 제2장 신(信)에 대해 서술한다.

원래 믿음(信)은 하늘의 이치를 본받은 것인데, 사람의 말을 뜻하는 것으로 어원(語源)을 밝힐 수 있다. 사람이 하늘의 믿음으로 살아가면 모든 사람들이 안심하고 살아갈 것이다. 또 이 믿음이 전제되면 즐겁게 살아갈 수 있다.

오늘의 지구촌에서 복지국가라 일컫는 나라는 위로 위정자를 비롯하여 관리와 국민들이 믿음으로 살아가고 개발도상국이나 후진국의 경우 신의가 결여된 상태에서 살아간다.

하늘의 믿음으로 이상적인 나라를 세운 내력은 단군신화에서 그 근원을 찾을 수 있다. 천상세계에서 환인(桓因)은 아들 환웅(桓雄)이 지상에 내려가 인간 세상에 내려가고자 뜻을 두어 환웅의 뜻을 알고 큰 산 세 곳을 내려다보았다. 환인은 그중 백두산에 내려가 홍익인간(弘益人間)으로 다스려 볼만하다고 천부인(天符印) 세 개를 주어 나라를 다스리라고 했다. 이 세 개는 거울 · 방울 · 칼이다. 이 세 개는 한민족의 믿음의 연원이 되는 신표(信標)이다.

환웅은 환인이 준 천부인(天符印) 세 개의 뜻과 일 년 366¼일 동안 366

가지 일(366事)로 백성을 다스려 홍익인간의 이화세계를 세웠으니, 오늘날의 미의식(美意識: ästhetisches Bewuβtsein)으로 보면 신의미(信義美: das Treuo Schöne, das Redlichkeit Schöne)로 산 것이다.

무질서한 나라를 이상적인 고을 사회를 이루어 후세 고구려, 신라, 백제, 가라, 발해에서 수용되어 강대한 나라를 세우는 바탕이 되게 했다. 이 훌륭한 정신적인 유산은 한국문학에서 해피엔딩을 이루는 주인공의 삶 또한 믿음으로 살아온 데 있다.

고구려의 주몽과 아들 유리(類利)와의 만남은『삼국사기』권13신 고구려본기 제2 제1 유리왕조에 나타난 바와 같이 유리가 동부여에서 가지고 온 편검(片劍)을 주몽에게 바치자 주몽이 가지고 있던 반 토막의 칼 조각을 맞추어 한 자루의 칼이 되었다. 주몽은 친자확인을 크게 기뻐하며 유리를 태자로 삼아 왕위를 계승케 하여 동북아에서 가장 강대한 나라를 세웠다.

『춘향전』에서 춘향이 이몽룡에게 준 옥지환(玉指環: 가락지)은 천부인(天符印) 중 방울에 해당한다. 방울은 대지의 조화를 의미한다. 본 2장 신(信)은 서로 믿으며 신의미(信義美)로 승화시키는 것이니, 인간생활에서 믿음의 가치는 중대한 의미를 지닌다.

모든 사람들이 신의로써 살아가면 즐겁게 살아갈 수 있다. 제1장 성(誠)이『역경』(易經)의 건괘(乾卦)의 의미로 나타낼 수 있다면, 제2장 신(信)은 즐거워하는 뜻이 들어 있다.『역경』의 태괘(兌卦☱)에는 '즐거워하는 것'이라고 했으니, '기쁠 (열)'(悅)자와 뜻이 통한다.

태(兌)는 자의(字意)상으로도 '기뻐하다'는 뜻을 지니고 있다. 태(兌)자(字)의 의미 내용은 입(口)가에 주름이 열 정도로(八) 웃음을 지으며 서있는 사람[几=(人)]의 모습을 그려 놓은 것으로 볼 수 있으니, 즐겁게 살아가는 뜻을 지닌다.

제2장 신(信)은 양력 3월 중순~5월 초순경으로 한국의 기후로서는 일년 중 가장 아름다운 때며, 꽃이 온 천지를 수놓아 가경(佳景)을 이루어 명승지마다. 관광객들이 몰려드는 계절이다.

원래 아름답다(Schön)라는 단어는 정신적인 즐거움이 작용하여 '좋다'

등의 의미와 결부되면서 기뻐하는 마음과 즐거움이 있다.

제1장 성(誠)이 계절적으로 초춘(양력 2월 4일경)과 중춘(3월 31일)이니, 인생의 나이로는 1세~9세라면, 제2장 신(信)은 중춘(3월 21일)~계춘(5월 5일), 10세~19세에 해당한다. 이때는 천지상교(天地相交)의 중화의 기(氣)로써 만물을 키워 꽃이 만발하는 시기를 맞게 되는 이팔청춘(二八靑春)이란 말이 있듯이 인생의 낭만적인 꿈을 이루는 시기다.

단군은 환웅이 백성들이 366가지(366事)를 실천케 하여 홍익인간으로 교화(敎化)를 치화(治化)로 발전시켜 통일국가를 세웠던 것은 믿음이 바탕을 이룬 데 있다.

사람은 천리에 의한 믿음으로 살아가면 환상적인 진선미(verum, benum, pulcherum)의 꽃인 이상미(理想美: das Idealschöne)의 실현도 누리며 살아간다.

단군신화에서의 천부인(天符印) 세 개의 신표(信標), 주몽은 유리와의 편검(片劍)은 부자 간에 지키는 믿음의 표징이다. 단군조선과 고구려는 동북아에서 강대한 나라를 세웠는데, 믿음을 금과옥조(金科玉條)로 지킨 데 있다.

우리는 춘향과 이 도령 간의 약속 또한 불망기(不忘記)와 옥지환(玉指環)을 주고받으며 부부관계를 맺어 부귀영화를 누리는 생활을 한 것은 신표에 의한 믿음이 큰 역할을 하게 된 것이다.

사람들은 하늘의 믿음으로 살아가면 중춘~계춘 사이에 화풍난양(和風暖陽)의 계절과 더불어 즐거움으로 살아갈 수 있다. 따뜻한 봄날을 맞아 10세에서 19세인 소년소녀들이 믿음으로 살아가면 신뢰가 쌓여 즐겁게 살아간다.

제2장 신(信)은 제7장 보(報)와 짝을 이루면 즐겁게 살아가게 되는데, 음양조화를 이루게 된다. 이 음양조화를 이루는 이치는 제2장 믿음인 태괘(兌卦☱)를 상징하는 연못과 제7장 갚음론인 간괘(艮卦☶)의 산(山)과의 조화를 이루면 즐거움으로 나타난다. 즉 이 두 괘(卦)가 대성괘(大成卦)를 이루면 ② 택산함괘(澤山咸卦☱☶)를 이룬다.

이 괘(卦)의 뜻은 연못의 고기들이 무리를 지어 자유롭게 유영하는 것과 산에 나무의 꽃이 활짝 핀 가운데 산새들과 짐승들이 즐기며 살아가게 되고 그 사이에 청춘남녀들이 푸른 숲이 숨 쉬는 녹색의 공간세상에서 산보를 하며 즐기는 것이다. 이런 현상을 나타낸 것이 함괘(咸卦)이다. 이 함(咸)자는 '화합할 (함)'이니 음양의 조화관계를 상태니, 즐겁게 살아가는 것이, 제2장의 뜻이 들어 있다.

연못의 고기와 산에 나므가 많고 온갖 날짐승과 길짐승들이 많이 서식하면 국가의 재원(財源)이니, 둘질이 풍부함을 나타내는 것과 연관된다. 사람들이 즐겁게 사는 데는 물질이 풍부하면 행복을 누리며 살아갈 수 있다.

작가들은 제2장 신(信)을 내용으로 작품을 출간하면 독자들이 믿음이 인간생활에서 중대한 의미를 지닌다는 것을 알고 대인관계를 이루며 살아가게 하는 데 도움을 줄 것이다.

이 제2장 신(信)은 제7장 보(報)와의 관계에서 나타나게 되어 있으니, 자세한 것은 제7장 보(報)에서 미적(美的) 효과(效果: ästhetische Einstellung)를 밝히기로 한다.

Ⅱ. 신(信), 자연의 순리와 단군신화를 모법

제55사(事) 신(信: 믿음)-단군신화의 신표-

사람의 믿음은 자연의 슨리를 모법한 것으로 단군신화 또한 후세 건국신화와 한국 고전문학의 많은 영향을 끼쳐 오늘날의 환상소설(fantasy fiction)의 유행을 이루어 사람들의 상상력을 키워주는 역할을 하였다.

단군신화에서 곰이 웅녀로 환생한 것은 천신(天神) 환웅(桓雄)과의 약속을 굳게 믿어 실천한 데 있는 것이며, 단군 또한 홍익인간의 이화세계를 세우는 밑바탕이 되었다. 단군이 366사(事)로서 홍익인간의 이화세계를 세운 것은 자연의 순리를 본 받아 행한 데 이뤄진 것이다.

366사(事)는 일 년 사시철의 366¼일 동안 실천덕목이니, 자연의 이치라고 할 수 있다. 366사(事)는 일 년 동안에 하루에 한 가지씩 실천하는 일일일선(一日一善)을 의미하니, 곧 자연의 이치이다.

제2장 신(信)에 대해 41사(事)(41가지 믿음을 실천하는 일)로서 나타낸 것은 하늘의 이치와 꼭 합하여 사람을 믿음으로 살아가게 하는 데 있는 것이다. 믿음이란 곧 대자연의 순환을 믿고 살아가는 것을 의미한다.

단군신화에 나타난 신표는 한국고전에 나타난 청춘남녀들이 약혼 선물인 약혼반지로써 절개를 잃지 않아 지조 있는 사람이 되게 했다.

작가들이나 UCC 사용자는 단군신화의 천부인(天符印) 3개 거울 · 방울 · 칼 중 방울과 약혼반지와의 관계를 인터넷에 올리면 믿음을 알게 하는 데 도움을 줄 것이다.

우리는 50년도 후반경에 이르러 결혼을 하기 전에 약혼선물로 반지와 시계를 선물 받아 금과옥조(金科玉條)로 여기며 결혼했다. 약혼반지는 변치 않는 사랑의 표시이자 믿음의 상징물로 받아들이게 되어 마치 지구가 태양을 매일 같이 자전(自轉)하듯이 변하지 않는 마음가짐을 본받으라는 신표이다.

단군신화에서 천부인(天符印) 세 개-거울 · 방울 · 칼-중 방울은 대지의 리듬을 나타내는 것이니, 반지와 같은 역할을 하게 된다. 둥근 반지는 지구가 태양을 도는 것으로 받아들이면 된다. 태양은 만물 중 으뜸이며 하늘의 상징이기도 하다. 남자들이 결혼할 여자에게 반지를 선물하는 것은 대지로 생각하겠다는 의미이고, 또 여성이 결혼할 남자에게 반지를 선물하는 일도 있는데 남자를 하늘과 같이 생각하겠다는 뜻으로 보면 될 것이다. 만고의 열녀라 할 수 있는 춘향은 약혼자 이몽룡에게 옥지환(玉指環)을 선물했다.

본 조항은 단군신화와 주몽신화의 신표를 이해하는 데 도움이 되므로 그 내용을 다음과 같이 소개한다.

해석: 믿음(信)이란 하늘의 이치에 반드시 합하는 것이며 사람의 일이 반드시 이루게 하는 것으로 다섯 가지 묶음(團)과 서른다섯 가지 나눔(部)이 있느니라[모두 41(1+5+35=41) 조항이 있음].

위의 내용은 천리와 인사가 합하여 이룸에 대해서 5종류가 있다고 했으니, 천리를 모법한 곧 ① 의(義)·② 약(約)·③ 충(忠)·④ 열(烈)·⑤ 순(循)대로 행하라는 것이다.

이 오단(五團)은 본 제2장 41사(事)의 내용을 밝히는 기본 골격이므로 이를 천리와 관련해서 도표로 나타내면 다음과 같다.

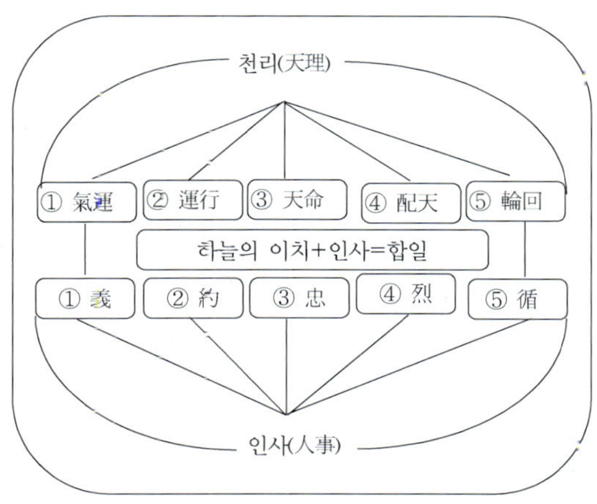

제2장 신(信)은 봄 날씨의 3월 중순경인 중춘(仲春)과 5월 초순경인 계춘(季春)이니, 소년소녀기에 해당한다. 인생의 나이로는 10세~19세가 된다. 예전에는 이 청춘기에 남녀들이 결혼을 했으니 서로 믿게 살아가면 즐겁게 살아갈 수 있다.

봄날의 중춘(仲春)과 계춘(季春)사이에는 온 천지에 꽃이 만발하니, 만인이 즐기는 계절이다. 모든 사람들이 천지가 조화(調和)를 이루는 것과 같이 즐겁게 살아가면 웃음의 꽃을 피워 활기가 넘치는 생활을 하게 된다.

한국은 5천 년 역사에서 외침이 잦았고 유교의 경직됨과 일제 36년 동안 피압박민족으로 살아오고 해방 후 부정부패와 6.25의 상쟁(相爭) 군사독재 정치로 인해 단군시대 순박했던 홍익인간의 인간미는 퇴색된 감이 있다.

1988년 올림픽이 서울에서 개최되었을 때 외국인들이 서울시민들의 표정을 보고 웃음기가 없다고 하여 TV에서 스마일운동을 연습시킨 일이 있었다. 요즘은 사람들이 외국여행을 하는 이들이 많은데, 주로 선진국 국민들은 기쁜 낯으로 웃음을 띠고 다니는 것을 보게 된다.

선진국 국민들이 명랑하게 다니는 것은 위정자가 믿음으로 정치를 펼친 데 원인이 있다. 한국의 정치는 오늘에도 국민이 신임할 정도로 정치를 하였다고 할 수는 없다. 한국사회는 전에 비해 많이 위정자의 신임도가 나아진 감이 있으나, 앞으로 청렴한 정치를 펼쳐 웃음기가 넘쳐 즐겁게 살아갈 수 있는 풍토를 조성하게 해야 한다.

단군신화에는 환인(桓因)이 아들인 자신(子神) 환웅에게 혼돈의 세계인 천지를 바르게 다스리게 하기 위하여 천부인(天符印) 세 개를 주어 다스리게 했다. 환웅은 지상에서 신표의 의미대로 백성을 교화하여 홍익인간의 마을 사회를 다스려 짐승과 공생공영(共生共榮)하는 이화세계(理化世界)를 세웠다.

단군은 환웅의 교화를 치화(治化)로 발전시켜 훌륭한 나라를 세웠으니, 믿음이 뒷받침이 되었다고 할 수 있다.

앞으로 한국의 위정자가 믿음의 정치를 수범으로 펴면 모든 국민들이 부드러운 인상으로 사람을 대하게 될 것이며, 가정이나 사회나 온 나라가 웃음기가 넘쳐 즐겁게 살아갈 것이다.

1. 단군신화의 신표의 수용과 춘향의 옥지환(玉指環)

단군신화의 수용이라 볼 수 있는 춘향은 이몽룡에게 옥지환(玉指環)을 선물했으니, 옥가락지이다. 남녀는 대우주인 천지(天地)의 형태를 그대로 축소판이라 해도 과언이 아니므로, 춘향은 대지를 상징하는 옥가락지를 이몽룡에게 약혼 선물을 했으니, 신의(信義)의 마음으로 변치 않겠다는 뜻이다.

춘향은 이몽룡이 서울로 가 있는 동안 남원 고을의 변 부사가 수청을 들라고 감언이설로 달랜다. 춘향은 이몽룡과 백년가약을 맺은 유부녀로서 수청을 들 수가 없다가 거절하니, 변 부사가 어린 춘향의 지절을 더 귀엽게 여긴다.

> 미재(美哉) 미재(美哉)라 네가 진정 열녀로다. 네 정절 굳은 마음 어찌 그리 어여쁘냐. 당연한 말이로다. 그러나 이 수재(秀才)는 한양(서울) 사대부의 자제로서 명문귀족 사위가 되었으니 일시 사랑으로 잠깐 노류장화(路柳墻花)하던 너를 일분 생각하겠느냐. … 네가 말을 해봐라.

> 춘향이 여쭈오되,

> 충신불사이군(忠臣不事二君)이오 열불경이부절(烈不更二夫節)을 본받고자 하옵는데, 수차 분부 이러하니 생불여사(生不如死)이옵고 열불경이부(烈不更二夫)이니 처분대로 하옵소서.

춘향은 마침내 수청을 거절하여 형리에 의해 매를 맞고 옥살이를 혹독하게 하면서도 절개를 굽히지 않았다. 춘향의 절개는 이몽룡에게 금석맹약으로 옥지환을 선물했으니, 신의를 굽힐 수없어 변 부사의 수청을 거절했다.
더구나 춘향은 이몽룡이 써준 불망기(不忘記)로 선물을 받았으니, 춘향은 옥살이를 하면서도 절개를 굽히지 않았다. 이 신표는 단군신화의 동굴 모티프와 천부인(天符印)의 신표의 수용으로 볼 수 있다.

2. 후세문학의 신표(信標)

한국문학의 원 뿌리는 단군신화의 무의식적인 수용으로 볼 수 있다. 문학뿐 아니라 한국의 사상, 윤리 등의 문화는 단군신화에서 온 것인데 이를 부인하는 학자는 없을 것이다.

한국고전문학에 나타난 남녀 간의 철옹성 같은 믿음은 단군신화의 신표의 수용이니, 『춘향전』에서 이도령이 춘향에게→불망기(不忘記)를, 춘향 또한 이도령에게→옥지환(玉指環)을 교환한 것은 단군신화에서의 천부인(天符印)의 방울과 관계가 있다. 옥지환은 옥으로 된 약혼반지이니, 천지의 둥근 형상과 같이 천장지구로 영원히 잊지 말라는 굳은 약속을 뜻한다.

후세 고구려 건국신화에서의 주몽과 아들 유리(類利)와의 편검(片劍)으로써 부자 간임을 확인하고 왕위를 유리에게 물려준 것은 신표로써 이뤄진 것이다.

제2장 신(信)은 청춘기에 소년소년들이 믿음으로써 결혼생활을 하는 신의미(信義美, das Treuo Schöne, das Redlichkeit Schöne)가 바탕이 되는 것이니, 즐겁게 살아가는 것을 의미한다.

제55사(事)의 신(信)은 다섯 가지 묶음(덩어리), 즉 오단(五團)으로 나누는데, 이를 인용하면 다음과 같다.

신오단(信五團)

신오단 \ 내용	의미 내용	조항	대상
1. 의(義)	믿음을 굳게 하여 믿음직하게 사귐	제56사	신의(信義)
2. 약(約)	믿음의 좋은 약속은 엄한 스승임	제66사	약속(約束)
3. 충(忠)	충성과 신의로써 임금에게 보답함	제77사	임금
4. 열(烈)	열녀는 남편을 믿고 따르는 것임	제84사	남편
5. 순(循)	대자연의 순환을 믿고 살아야 함	제91사	하느님

이와 같이 믿음은 천리를 준칙으로 행하는 제도이니, 약속한 바는 철옹성같이 지켜나가야 할 것이다. 믿음은 상호 간 신뢰가 쌓여 살아가는 것이니, 신용사회를 이뤄 불신을 발붙이지 못하게 한다. 사람과 사람을 믿고 살아가는 것은 하늘의 믿음과 같이 좋은 일이다. 사람은 천리로써 살아가면 서로 믿고 의지하며 살아갈 수 있다.

한국 고전문학에는 신표로써 백년가약을 맺고 변치 않은 믿음으로 결혼을 하여 백년해로를 하는 주인공들을 볼 수 있는데, 신의(信義)의 상징으로 받아들이면 된다.

3. 오늘의 약혼자의 금반지와 다이아 반지

21세기에는 약혼자들이 남자는 여자에게 금반지나 다이아 반지로 선물하고 여자는 남자에게 시계를 선물로써 약혼식 때 교환한다.

작가는 옛날의 순수했던 남녀들이 신표를 주고받던 정의 표시와 같이 변함없는 사랑이 결혼에 이르게 하는 것으로 나타내면 결혼한 이들이 주고받았던 그 신표를 신의 선물로 여기며 고이 간직할 것이다.

앞으로 이들 부부가 성공을 하여 사회에 공헌하는 위대한 인물이 되면 그 약혼 신표는 세존지물로 자손에게 전하게 된다.

작가는 본 조항과 단군신화의 천부인 3개로써 홍익인간의 이화세계를 세웠으니, 이를 모티프로 하여 소설로 작품을 형상화하면 믿음의 가치를 나타내는 것이 될 것이다.

작가는 약혼반지로써 변치 않게 살아가는 내용으로 스토리텔링으로 작품을 재창작하여 선브이면 청소년들이 신용사회를 이르는 데 도움이 된다.

제56사(事) 의(義: 의로움) ─변계량(卞季良)의 시조(時調)─

믿음은 의(義)를 낳게 되는데, 작가들이 사람들이 믿고 살아가는 풍조를 이루는 내용으로 작중에 나타내면 사람들이 의(義)로 살아가는 풍토를 이룰 것이다.

조선조의 문신 춘정(春亭) 변계량(卞季良, 1369~1430)은 『청구영언』(珍本靑丘永言) 341에서 사람이 의로운 길에 대해 시조를 지었다.

그는 고려 말의 이색·정동주의 문인으로 문과에 급제하여 전교(典校)·주부(注簿)·진덕박사(進德博士) 등을 역임하고 대제학을 20여 년간 지내는 동안 외교문서를 도맡아 지어 명문장가로 유명했다. 태종 1415년 한재(旱災)가 심하여 초곡(草穀)이 말라 죽으매 축문을 지어 하늘에 고제(告祭)하여 큰 비가 내려 태종이 말(馬)을 하사하였다. 특히 그는 과시(科詩)의 형식을 처음으로 창안하였으며, 『청구영언』(靑丘永言)에 시조 2수가 전하는 데 그중 한수를 소개한다.

그는 사람이 옳게 살아가는 내용을 『청구영언』(珍本靑丘永言) 341에서 지었으므로 본 조항과 관련해 밝혀보기로 한다. 본 조항의 내용을 다음과 같이 소개한다.

제56사(事) 의(義): (信 1團)(신, 1째 묶음)

義는 粗信而孚應之氣也라. 其爲氣也感發而起勇하고 勇定而立事하므로 牢 鎖心關하니 霹靂도 莫破라. 堅剛乎金石이요 決瀉乎江河니라.

해석: 의(義)는 큰 믿음에 믿음직하게 응하는 기운이니라. 그 기운은 느낌을 움직여 용기를 일으키고, 용기를 바로 하여 일을 하게 하는 것으로 마음의 관문을 굳게 잠그므로 벽력도 깨지 못하니라. 그 단단함은 금석보다 굳세고 억세며 그 의기는 강물보다 세차게 쏟아지니라.

의(義)는 옳은 길을 밟은 것을 이르는 것이니, 사람이 밟아야 할 길이다. 사람의 옳고 바른길은 지구가 일정한 궤도로서 매일같이 자전을 하면서 일 년 동안 하루도 쉬지 않고 공전(公轉)할 때 일분일초라도 어긋남이 없는 운행과 같은 것이다.

그러면 의기(義氣)란 무엇인가. 천지의 기운은 만물을 생동하는 중화(中和)의 기운이므로 자연력인 우주력이라 할 수 있다. 이 기운은 천지와 같이 무한한 에너지라 할 수 있으니, 그 기운으로 사람의 마음을 움직여 용기를 일으켜 세우는 것이며 용단을 내려 일을 하게 하는 것이다. 그렇기 때문에 이런 자연력과 우주력의 굳센 의지로 마음의 관문을 잠그면 뇌성 벽력이라도 그 의로운 기은을 깨뜨리지 못한다.

사람은 그런 의기의 용단을 내려 움직이면 금강석 보다 강하므로 그 의기로 용단을 내려 움직이면 그 기세가 물꼬 터진 강물보다 더 세차게 박력이 있다. 의로운 사람은 이런 자연의 기세를 본받아 행하면, 인간생활에서 믿음이 바탕이 되어 미의식(Ästhetisches Bewuβtsein)과 관련되는 일이 전개되어 홍익인간의 이화세계를 세운다.

사람이 의(義)로써 살아가기 위해선 자신의 본분을 지키며 살아가는 것이니, 곧 하늘의 마음인 하나(一)의 진리로 살아가는 것을 의기한다. 의(義)의 길은 하나(一)의 마음으로써 굳게 믿고 믿음으로 살아가면 본 조항을 실천하는 길이다.

1. 변계량의 의(義)

조선조 초기 문신(文臣) 변계량(卞季良)은 『珍本靑丘永言』341에서 의(義)가 아니면 좇지 말라고 다음과 같이 시조를 지었다.

> 내해 좋다하고 남 싫은 일 하지 마라
> 남이 한다하고 의(義) 다니면 좇지 마라
> 우리는 천성을 지키어 생긴 대로 하리라.

『珍本靑丘永言』 341

사람은 변화무쌍한 세파에 시달리면서도 지조를 지키며 옳은 일을 행하며 살아가기 쉽지가 않은 것이다.

사람은 의로운 삶이 바탕이 되어야 바르고 바른 생활을 할 수 있다. 『천부경』의 "천일일 지일이 인일삼"(天一一 地一二 人一三: 하늘은 하나(一)로써 하나이고, 땅은 하나(一)로써 둘이며, 사람은 하나(一)로써 셋이다)과 같은 하나(一)의 마음을 지니면 의기로써 살아간다.

사람이 의기분출은 하나(一)의 마음에서 분출되는 것이니, 하늘의 기본

수 일(一)을 지니면 초능력의 기운이 일어날 수 있다.

하나(一)는 하늘의 기본수이니 천지인은 하나로서 음양조화를 이룬다. 그 예는 『지부경』(地符經)에서 다음과 같이 나타냈다.

천일관오칠(天一貫五七), 지일관사팔(地一貫四八), 인일관육구 (人一貫六九)

해석: 하늘은 하나(一)의 수(數)로써 오수(五數)와 칠수(七數: 5+7=12), 땅은 하나(一)의 수(數)로써 사수(四數)와 팔수(八數: 4+8=12)를, 사람은 하나(一)의 수(數)로써 육수(六數)와 구수(九數: 6+9=15)를 꿰뚫는다.

하나(一)의 수(數)는 하늘의 기본수이니, 한결같아야 함을 나타낸 것이다. 하늘은 한결같음으로 5수와 7수로써 꿰뚫는다고 했다. 이 중에서 5수는 『역경』·계사전(繫辭傳)에서 이른 바와 같이 '천수오 지수오'(天數五 地數五)라고 한 바와 같이 중앙수(中央數)라고 할 수 있다.

오수(五數)는 모육(母六)과 모태(母胎)를 상징하는 노음수(老陰數)인 육수(六數)의 먼저가 되고, 양수(陽數)인 칠수(七數)는 육수(六數)에 양수(陽數)의 기수(起數) 하나(一)의 수(數)를 더한 것이다. 이 칠수(七數)는 『설문』(說文)에 소양수(少陽數)라고 함과 같이 양수(陽數) 중 미양(微陽)을 나타낸다.

이들 오수(五數)와 칠수(七數)는 미약한 양기가 나타나는 춘절(春節)로 비유할 수 있다. 또 다른 해석은 『천부경』에서 나타낸 바 있는 이들 두 수(數)를 오행(五行)과 칠요(七曜)로 보는 견해다.

오행(五行)에서의 풍요를 상징하는 생산성과 일주일(日月火水木金土)의 순환은 끝없이 366¼일로 이어서 생산성과 관계된다. 오행은 물질이 풍부한 홍익인간의 세계를 이루게 한결 같이 움직이고 있는 것이다.

사수(四數)는 음(陰)의 수(數) 이(二)를 배수 또는 곱한 수이니 음수(陰數)이고, 팔수(八數) 또한 노음수(老陰數) 모육(母六)인 육수(六數)에다 음수(陰數) 이수(二數)를 더한 육생팔(六生八)이니, 만물을 낳는 수(數)로 볼 수 있다.

따라서 땅은 한결같은 하늘의 수(數)로서 조화관계를 이루므로 생산성과 관련된다. 이에 따라 사람은 하늘의 한결같은 하늘의 수인 하나(一)의 수(數)로써 음양조화를 이루는 것이 '인일관육구'(人一貫六九)이다. 육수(六數)란 노음수(老陰數)이니, 겨울과 같은 날씨로 보면 될 것이다.

구수(九數)는 노양수(老陽數)이니, 사계절 중에 가장 더운 여름 날씨로 보면 된다. 이 두수는 짝수(die Gerde Zahl)의 미학(Ästhetik)이라 할 정도로 음양조화를 나타내는 수이다.

이 육구(六九) 두 수는 음양조화를 이상적으로 이루는 수라고 할 수 있다. 음양조화를 이루면 인간의 생활은 화기애애한 가운데 정신과 물질이 합일을 이루어 이상향인 홍익인간의 삶을 누리게 된다.

따라서 사람은 하나(一)의 수(數)로써 육수(六數)와 구수(九數)를 꿰뚫으면 음양 조화를 이루어 천지가 낳은 대지와 같이 풍성하게 살아갈 수 있다. 이 육구(六九) 수(數)는 두수가 합하면(6+9=15) 15가 되므로 자세한 것은 부록 『지부경』(地符經)의 "신구부구(神龜負九) 오극도본(五極圖本)"에서 설명하기로 한다.

제56사(事) 의(義)의 첫 번째 묶음에 실천은 9조항의 부분으로 분류되는데, 다음과 같다.

의일단(義一團)

조항＼내용	주요 내용	대상	조항
1. 정직(正直)	뜻이 바르고 사사로움이 없고 곧게 처신 함	신의(信義)	제57사(事)
2. 공렴(公廉)	공명정대하고 청렴결백하면 사람들이 따름	신의(信義)	제58사(事)
3. 석절(惜節)	대나무에 마디가 있듯이 절개를 변치 않음	신의(信義)	제59사(事)
4. 불이(不貳)	신의 있는 사람은 한 입으로 두 말을 안 함	신의(信義)	제60사(事)
5. 무친(無親)	의롭지 않은 사람은 찬척도 친함이 없음	신의(信義)	제61사(事)
6. 사기(捨己)	철인은 의리를 지키기 위해 몸을 버림	신의(信義)	제62사(事)
7. 허광(虛誑)	신의 있는 사람은 남을 속이지 않음	신의(信義)	제63사(事)
8. 불우(不尤)	신의 있는 이는 잘못된 일을 자신에게 돌림	신의(信義)	제64사(事)
9. 체담(替擔)	철인은 다른 사람의 근심을 떠맡음	신의(信義)	제65사(事)

위의 9조항은 믿음으로 기조를 이르며 살아가는 것을 일렀으니, 일월의 광명과 같이 바르고 옳은 일을 의기로써 실천해야 할 것이다.

사람의 의로운 삶은 하늘의 한결같은 하나(一)의 마음을 지니면 하늘의 감응하는 일을 할 수 있다. 하나(一)의 이치는 『천부경』의 하나(一)로써 마음을 지니고 살아가면 바르고 올은 사람의 길이다.

미적 범주는 하늘의 기본수 하나(一)의 마음을 지니고 살아가면 9조항의 올바름(correctness)과 관련되므로 하나(一)의 미의식은 한결같은 순수미·우미(優美)에 해당한다.

위 9조항의 의(義)의 실천은 하나의 마음가짐으로 살아가면 곧 실천하는 길이니 어렵게 생각을 가질 필요가 없다.

2. 청소년소녀를 위한 의로운 길 고취

작가는 작품 중 모든 사람을 바르고 옳은 길로 인도할 막중한 책임이 있다. 그 뿐만 아니라 작가는 시대를 앞서나가는 사람이라 할 수 있으니, 앞을 예시하는 사람이라야 할 것이다.

청소년소녀는 앞이 창창한 사람이다. 작가는 이들에게 바르고 옳은 길을 인도하게 되니, 사람들에게 정신적인 주인이다.

청소년소녀들은 한참 자라는 시기이고 공부를 하는 때이므로 육체적 상장과 비례해서 정신적인 성장도 필요한 때 작가가 나서서 이들에게 인도하는 작품을 쓰면 정신적인 영양소가 되게 할 것이다.

작가는 청소년소녀를 위하는 작품을 쓰면 지조 있는 사람이 되어 정의 사회를 실현하는 사람이 되는데 앞장을 서게 하는데 도움을 준다. 이들에게 의로운 길을 가게 하기 위해선 본 조항과 이와 관련된 문학을 스토리텔링으로 기발한 착상으로 상상력을 발휘하는 작품을 내는 길이다. 그러면 작가는 이들에게 의로운 길을 밝게 하는데 도움이 된다.

제57사(事) 정직(正直: 바르고 곧음)－이양연(李亮淵)의 『야설』(野雪)－

본 조항은 정직(正直)하지 살아가게 되므로 사사로움이 없고, 굽음이 없이 매사에 곧게 처신하여 남에게 믿음을 잃지 않는다.

작가는 독자들이 인생의 길잡이가 되는 정직(正直)하게 사는 내용으로 작품을 쓰면 그 길로 인생을 살아가는 지표로 삼고 살아갈 것이다. 바로 그 길은 신의(信義)→정직(正直)이다.

백범(白凡) 김구(金九, 1876~1949)는 독립노선의 길잡이를 조선 순조연간의 문관(文官) 이양연(李亮淵, 1771~1853)의 시(詩) 『야설』(野雪)에서 찾아 자신이 실천했는데 곧은 길을 찾아 행한 것이니, 본 조항과 생각과 행동을 함께 하는 내용이라 할 수 있다.

김구(金九)는 일제에 나라를 찾기 위해 구국운동(救國運動) 중 사형선고를 받기도 하고, 감옥소를 들락거릴 정도로 조국을 위해 독립운동을 전개했다.

그의 독립운동은 앉아서 한 것이 아니라 몸으로 뛰면서 전개한 것이니 본 조항의 의미와 상통하게 된다. 그런 의미에서 본 조항의 내용을 다음과 같이 소개한다.

제57사(事) 정직(正直): 〔信 1團 1部〕(신, 1째 묶음, 1번째 부분)

正則無私요. 直則無曲也라. 夫義는 以正秉志하고 以直處事하여 無私曲於其間故로 寧事不成이언정 未有失信於人이니라.

해석: 바름은 사사로움이 없고, 곧으면 굽음이 없느니라. 무릇 의(義)는 올바름으로 뜻을 지키고 곧음으로 일을 처리하여 그 사이에 사사로움과 굽음이 없기 때문에 차라리 일을 이루지 못할지언정 남에게 믿음을 잃지 않느니라.

해설: 제57사(事) 정직(正直)은 하늘의 마음을 의미하게 되니, 『천부경』에 "천일일"[天一一: 하늘은 기본수가 일(1)이다]의 의식과 통한다고 할 수 있으니, 한결같은 하나의 마음을 지니며, 신의로써 근저를 이루는 경지이다.

정직은 바로 믿음으로 통하는 길이므로 본 조항은 믿음을 나타내기 위한 데 있는 것이다. 사람이 남으로부터 믿음으로 살면 올바른 사람으로 인정받은 것이니, 믿음이 인간생활에서 중대한 의미를 지닌다.

본 조항에서 정직은 사람들로부터 신용을 잃으면 설자리가 없게 되어, 뜻이 바르고(正) 처신이 곧(直)으면→사사로움과 굽음이 없이 살아가는 올곧은 사람이 곧 신용이 있는 사람으로 보게 된다. 그래서 본 조항의 말미에서는 "차라리 어떤 일을 이루지 못할지언정 남에게 믿음을 잃지 않는다"라고 하였다.

믿음이 인간생활에서 중대하다는 것은 『논어』(論語) 권(卷)12 안연(顔淵) 편(篇)에서 공자(孔子)가 식량과 군대와 믿음 중 믿음이 정치를 하는 데 있어 제일 순위에다 둔 것에서 알 수 있다. 공자(孔子)는 백성이 위정자를 믿지 않으면 나라가 존립할 수 없기 때문에 제자 자공(子貢)에게 믿음의 가치를 알려준 것이다.

공자(孔子)는 『논어』(論語) 권(卷)5 공야장(公冶長) 편(篇)에서 믿음을 중요시 한 내용으로 "친구들로 하여금 나를 믿게 하고, 젊은이들로 하여금 나를 따르게 하겠다"라고 한 것에도 강조한 것으로 보아 믿음이 중대한 의미를 지니는 것을 알 수 있다.

제2장 신(信)은 41사(事)에 걸친 내용이 들어 있으니, 단군의 교육 또한 믿음의 가치를 중대한 의미로 나타낸 것이다.

1. 이양연(李亮淵)의 시(詩) 『야설』(野雪)과 김구(金九)

독립운동가 백범(白凡) 김구(金九)는 독립노선의 길잡이를 조선 순조연간의 문관(文官) 이양연(李亮淵)의 시(詩) 『야설』(野雪)에서 찾아 자신이 실천했는데 곧은길을 찾아 행한 것이니, 본 조항과 생각과 행동을 함께 하는 내용이라 할 수 있다. 김구 선생은 그의 시를 애송한 것으로 알려졌는데 그를 인용하면 다음과 같다.

> 눈길을 뚫고 들판을 가나니 穿雪野中去,
> 어지럽게 함부로 걷지를 않네. 不須胡亂行.
> 지금 내가 밟고 간 발 자욱이, 今朝我行跡,
> 뒷사람이 밟고 갈 것이네. 遂作後人程.
>
> 『야설』(野雪)

　김구는 자신의 바른길을 허허벌판에서 먼저 간 이에 발자국에서 안내자의 역할을 삼는다는 것이니, 선인의 바른길을 좌고우면(左顧右眄)하지 않고 따르겠다는 뜻이 들어 있어 자신의 독립투쟁의 길을 정했다고 할 수 있다.

　김구는 파란만장의 길을 걷게 되었을 때 이양연(李亮淵)의 시(詩)『야설』은 바른길도 인도하는 길잡이가 되었다. 그는 나라를 바로잡기 위해 1893년 18세 때 동학당에 가입 동학혁명에 참가했으나 실패한 후 강계(江界)의 왜인(倭人) 토벌에 참가했으나 실패했다. 1896년 2월 일본군 육군 중위를 살해해 체포되어 사형선고를 받았으나 사형직전의 왕의 특명으로 죽음을 면하고 탈옥됐다.

　1909년 11월 이토오 히르부기 저격혐의로 검거되어 해주감옥에서 투옥, 1910년 남만주 무관학교 설립기금을 모집하다가 체포되어 17년 징역언도를 받았다. 1915년 출옥, 1919년 상해에 망명하여 임시정부 경무국장, 1923년 내무총장, 1927년 국무령을 역임했다.

　1932년 이봉창, 윤봉길 의사 사건을 지휘하고, 낙양(洛陽)의 중국군관학교에 한인 사관 100명을 양성하고, 1940년 중경(重慶)에서 임시정부 주석에 취임하고 서안(西安)에 한국광복군을 설치하고 광복군장병들을 훈련하여 입국항전을 계획했으니, 일생을 독립운동에 헌신했다.

　그는 일생을 국내외에서 나라를 찾겠다는 마음으로 독립운동을 펼쳤으니, 본 조항의 내용과 같이 사사로움이 없고 굽힘이 없는 정신으로 일제와 싸웠다.

그는 올바른 독립운동으로 국민정부 주석 장개석의 초청으로 남경(南京)에서 면회를 하게 되어 광복군을 양성했다. 이런 훌륭한 김구 선생이 이양연(李亮淵)의 시(詩)『야설』을 인생여정에 길잡이로 삼았으니, 재삼재사 읽어 볼 가치가 있다.

2. 정신적인 지주 역할을 하는 작품

김구(金九) 선생은 이양연(李亮淵)의 시(詩)『야설』로써 인생의 길잡이로 삼았다. 작가들은 청소년 소녀들이 앞날에 길잡이기 되게 작품을 쓰면 이들이 읽고 많은 도움이 된다.

우리는 반만년 동안에 걸쳐 훌륭한 위인들이 많았으니, 그 분들이 걸어 온 길을 본받거나, 단군이 홍익인간의 이상향을 세운 역할을 한 366사(事)의 본을 내용으로 작품을 쓰면 독자들이 감명을 받을 것이다.

혈기가 왕성한 청춘기에 소년소녀들이 본 조항의 내용이나 김구 선생이 살아온 과정으로 살아간다면 훗날에 위정자가 될 경우 단군과 같이 홍익인간의 이화세계를 세우는 정치가로 거듭날 것이라 기대된다. 더구나, 김구 선생은 구국구족(救國救族)의 중대사명으로써 홍악인간(弘惡人間)의 왜적을 좌시하지 않고 물리치는 데 앞장을 섰으니, 그런 민족정기의 기상을 발휘하는 데 기여가 되리라 믿는다.

본 조항과 김구가 독립운동을 한 일을 거울삼아 작품을 새로운 내용으로 재창작하여 작품집을 출간하거나 인터넷에 올리면 많은 청소년들이 감명을 받게 된다.

제58사(事) 공렴(公廉: 공정하고 청렴함)-『사씨남정기』의 사씨 부인 덕행-

본 조항의 공렴(公廉)은 '공정하고 청렴함'을 뜻하니, 공명정대하고 청렴결백하므로 사람들이 믿고 따른다.

작가는 선악관계(善惡關係)로 작품을 쓰면 장래를 예시하는 것으로 된다. 선인(善人)의 생활은 공렴성(公廉性)으로 살게 되어 처음에는 악인(惡人)의 모함으로 곤경에 빠지게 되지만, 훗날에는 선(善)함의 응보를 받게 된다. 악함은 가추악(假醜惡)으로 살게 되므로 그 응보를 받아 화(禍)를 만나는 것으로 되어 있다.

서포(西浦) 김만중(金萬重, 1637~1692)은 남해 배소(配所)에서 『사씨남정기』의 사 씨 부인 덕행을 본 조항의 내용과 같이 공렴성(公廉性)을 지니게 썼다.

이 소설은 앞서 소개한 바도 있지만 17세기 당시 인현왕후(仁顯王后: 숙종의 둘 째 왕비) 민씨(閔氏)와 장희빈(張禧嬪)이 숙종 간의 역사적 사실을 『사씨남정기』(謝氏南征記)에서 사씨 부인과 교씨 등의 알력으로 유한림과 쟁총형(爭寵型)의 사랑을 삼각관계로 나타냈다.

자세한 내용은 논리 전개에서 밝히겠지만 인현왕후와 사 씨 부인의 경우 본 조항과 관계되는 인물이다. 그와 반면에 장희빈과 교씨는 인간성이 부합되는 인물로 가추악(假醜惡)의 홍악인간(弘惡人間)이다.

본고는 순수미(純粹美)의 화신(化身)이라 할 수 있는 인현왕후와 사씨 부인의 공렴성을 본 조항과 관련해 설명하기로 한다. 본 조항의 내용을 소개하면 다음과 같다.

제58사(事) 공렴(公廉): (信 1團 2部)(신, 1째 묶음, 2번째 부분)

公은 不偏也요. 廉은 潔也라. 公以視事에 無愛憎하고 廉以接物에 無利慾 이라. 無愛憎이면 人服其義하고 無利慾이면 人信其潔이니라.

해석: 공(公)은 치우치지 않는 것이고, 염(廉)은 깨끗함이니라. 공평하게 일을 보면 좋고 싫음이 없고, 청렴하게 사물을 접하면 잇속과 욕심이 없느니라. 좋고 싫음이 없으면 사람들이 그

의로움에 감복하고, 이익과 욕심이 없으면 사람들이 그 결백을 믿느니라.

위의 내용은 혼탁한 세상에서도 공명정대하고 청렴결백하게 살아가는 사람을 일컫는다. 이러한 사람은 중정(中正)의 도를 행하게 되므로 본이 된다고 할 수 있다. 예로부터 믿음이 있으면 믿게 되고, 믿음이 없으면 사람들이 기피하게 되어 고립무원에 빠진다.

위의 내용은 공렴에 대해 말하고 있는데 이 말 안에는 공명정대하고 청렴결백이 들어있다. 이를 알기 쉽게 이해하기 위해 도표로써 나타내면 다음과 같다.

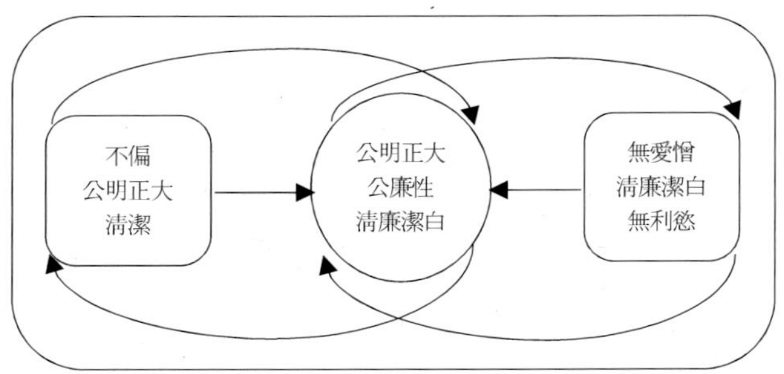

역사적으로 인현왕후는 『사씨남정기』의 배경이 된 숙종의 비 인현왕후를, 후자는 장희빈을 들 수 있다. 전자는 왕비답게 장희빈의 일파의 모함으로 왕비를 폐출되는 위기를 맞아 살았지만 청렴하게 살아 왕비로 복귀되었고, 후자는 인현왕후를 살해하는 일을 모의적으로 행하는 일이 발각되어 약사발을 받고 세상을 떠났다.

인현왕후는 궁중에서 궁중 밖에서 갖은 핍박과 위협을 받을 때 공명정대하고 청렴결백으로 욕심이 없이 살았다. 그런데 반해서 장희빈은 자신이 왕비에 올라 온갖 부귀영화를 누리려는 욕심으로 압력을 인현왕후에게 가했다.

인현왕후 민비는 정의는 승리한다는 말과 같이 숙종이 깨닫고 왕비로 복귀하였다. 민비가 죽기 전에 장희빈은 취선당(就善堂)에서 신당(神堂)을 차려놓고 민비가 죽기를 기도한 사실이 발각됨으로써 약사발을 받고 죽었다. 인현왕후는 장희빈의 므함으로 한때 궁중 밖에서 고난을 겪는 생활을 하였으면서도 공렴성인 순수미적으로 대처하여 왕비로 돌아온 것이다.

우리는 인현왕후가 공렴성을 잃지 않은 데 비해서 장희빈은 가추악(假醜惡)으로 행함으로써 최후를 비참하게 마친 것으로 볼 수 있다.

1. 『사씨남정기』의 주인공 사씨 부인의 공렴성(公廉性)

『사씨남정기』의 주인공 사씨 부인은 공렴성(公廉性)을 지닌 분이다. 이 소설을 인현왕후(仁顯王后)→사씨 부인, 장희빈→교씨로 비유했기 때문에 이들의 인간성을 역사적인 인물과 소설에 등장하는 인물로 조명해 볼 수 있다.

이들 중 사씨 부인은 인현왕후의 공렴성으로, 교씨는 장희빈의 인간됨으로 보면 이들의 인간성과 통한다.

서포 김만중이 남해로 귀양을 가게 된 것은 1686년 지경연사(知經筵事)로 있을 때 김수항(金壽恒)이 처벌되는 것이 부당하다고 상소했다가 선천에 유배된 후 3년 후 남인(南人)들에 의해 보복을 당한 것이다.

1689년은 소위 기사환국(己巳換局)의 사건이 일어난 해이다. 이 사건은 서인(西人) 송시열을 위시해 김수항(金壽恒) 김수흥(金壽興) 등이 소의장 씨(昭儀張氏: 禧嬪) 소생의 아들(후에 景宗)로 원자를 삼으려는 것과 장소의(張昭儀)를 희빈(禧嬪)으로 책봉한 숙종에 대해 반대를 했다. 이로 인해, 남인(南人)들이 숙종의 의견을 받들어, 정권이 서인(西人)→남인(南人)으로 넘어간 것을 말한다.

서포(西浦)는 서인(西人)이고 앞서 서인(西人) 김수항(金壽恒)을 변호한 일로 반대당인 남인들에 의한 탄핵으로 남해로 유배를 갔다. 이때 서인(西人)이었던 서포는 남인(南人)이 실권을 잡고 장희빈을 둘러싼 무리들에 의해서 남해로 귀양을 보냈으니, 그것도 집안에 감금시키는 것과 다름없는 위리안치(圍籬安置)라는 귀양살이다.

서포는 낯선 남해에서 혹독한 귀양살이를 하니, 열악한 조건으로 살아 돌아갈 수 없음을 알고, 『구운몽』(九雲夢)과 『사씨남정기』(謝氏南征記)와 『정경부인해평윤씨행장』(貞敬夫人海平尹氏行狀)을 집필했다.

『사씨남정기』(謝氏南征記)에 등장하는 유한림은 급제한 후 구혼하는 이가 많았으나, 사소저(謝小姐)가 요조(窈窕) 현철(賢哲)하여 결혼한 것으로 밝혀진다.

훗날 그녀는 풍파를 겪는 가운데서도 슬기롭게 이겨냈다. 그녀는 헤어졌던 유한림을 만나 부덕·청덕으로 유한림이 상서(尙書)→좌승상(左丞相)의 위에 오르고 부귀영화를 누리며 70여세까지 해로했다.

그 뿐 아니라 사 씨 부인은 조선시대 이상적 여인상을 대표하는 현모양처로서 인자적(忍者的) 성자형(聖者型)의 면모를 공유하게 된 원인이 제58사(事)의 공렴(公廉)의 내용과 통하는 의식으로 받아들일 수 있다.

혼탁한 세상에 청렴결백하게 살아가는 사람이라면 누구나 정신적인 지주로 존경의 대상으로 우러르게 된다.

서포는 인현왕후(仁顯王后)의 인간성을 사씨 부인으로, 장희빈을 교씨로 비유해 나타낸 것으로 보면 될 것이다. 이 소설을 본 논문에서 수차례 소개하는 관계로 이만 줄인다.

2. 작가들의 작중 인간성 두 가지

작가는 작중에 공렴한 인간성을 지닌 주인공과 가추악(假醜惡)의 부주인공을 등장시키면, 전자는 악한 인간에게 모함으로 혹독한 생활을 전반부에서 선악으로 인한 생활을 엿보게 된다. 그러나 이들의 생활은 후반부에서 반전되는 것으로 나타내면 선악행위를 독자들이 깨달을 것이다.

청소년소녀들에게 본 조항과 같은 인물을 새로운 인간상으로 재창작하여 읽히게 나타내면 자라나는 세대들에게 많은 영향을 끼칠 것으로 생각한다.

요즘은 아파트단지에 마을문고가 설치되어 있고, 이동도서관이 책을 빌려주고 있어 좋은 내용의 도서라면 어린이나 청소년소년들과 성인들이 읽는다.

소년소녀기는 감수성이 예민한 관계로 공렴의식의 스승을 만나거나 책을 읽으면 장래 꿈을 이루는 인물이 될 것이다.

제59사(事) 석절(惜節: 절개를 아낌)-『이생규장전』의 최랑-

제59사(事) 석절(惜節)이란 자의(字意)를 밝힐 필요가 있는데, 석(惜)자(字)가 '아낄 (석)'이요, 절(節)자(字)가 '마디, 절개 (절)'이니, 절개를 아낀다는 뜻이다. 이 자의(字意)는 절개가 있음을 말한다.

석절(惜節)은 '절개를 아낌'이란 뜻이니, 작가들이 절개와 지조 있는 인물상을 작중에 나타내면 독자들이 그런 인물을 사숙하게 되어 정의 사회를 구현하는 데 도움이 되게 할 것이다.

『이생규장전』은 동봉(東峰) 김시습(金時習, 1435~1493)이 홍건적을 배경으로 지은 작품이다.

본 소설의 주인공은 최랑이다. 그녀는 한국의 전형적인 여인상을 나타내는데 하늘의 마음으로 여성의 최후의 보루인 절개를 지켰다는 데 의미를 더한다.

그러나 그녀의 절개는 자신의 정조(貞操)를 오랑캐인 홍건적에게 유린당하지 않은 것뿐만 아니라 역사적 배경을 근거로 작가가 나타냈다는데 의의를 지닌다.

본 소설은 15세기 중하반기에 수양대군(세조)이 계유정난(癸酉靖難)을 일으킨 것을 근거로 작품을 나타낸 것이다. 이 난은 수양대군이 단종(1441~1457: 재위 1452~1455)을 몰아낸 사건을 내용으로 단종을 최랑으로 나타냈다.

본 조항은 최랑이 홍건적에게 정조를 겁탈 당하지 않기 위해 항거하다가 이들에게 무참히 죽어간 그녀의 절개미를 밝히기 위해 본 조항의 내용을 다음과 같이 인용한다.

제59사(事) 석절(惜節): (信 1團 3部)(신, 1째 묶음, 3번째 부분)

人之有義는 有竹之有節也라. 竹焚則節有聲하고 身灰而節不
灰하니 義何異 哉아 人之惜節者는 恐其壞節而不取信於名界
也니라.

해석: 사람에게 의로움이 있는 것은 대나무에 마디가 있는 것과 같으니라. 대나무가 불에 타면 마디에서 소리가 나고 몸은 재가 되어도 마디는 재가 되지 않으니, 의리가 어찌 이와 다름이 있겠는가? 사람이 절개를 아끼는 것은 절개가 무너져 세상에서 신망을 얻지 못할까 두렵기 때문이니라.

절개를 지킨다는 것은 미학 상으로 인간미질(人間美質)의 순수미적인 것이니 아름다운 혼의 개념으로써 환상적인 미를 이룰 수 있다.

본 조항에서 대나무의 마디가 절개를 상징하는 것으로 나타냈다. 선인들이 집 주변에 대나무를 심는 것은 사시(四時)에 푸르고 속이 비어 있는 상징성으로 사랑을 받아왔다.

고산(孤山) 윤선도(尹善道, 1587~1671)는 『산중신곡』(山中新曲) 오우가(五友歌)의 수석송죽월(水石松竹月) 중 대나무(竹)를 벗으로 삼았다. 이것은 사시에 푸르고 속이 비어 있는 것으로 좋아한다고 했다.

대나무를 심지 않으면 묵화인 대나무를 선비 집에 벽에 붙여 놓았다. 더구나 대나무(竹)는 사군자(四君子)에 하나로 매(梅)·난(蘭)·국(菊)과 함께 옛 사람의 글에 자주 오르내리는 것이다. 특히 대나무가 곧게 자란 것은 강직함을 뜻하고 속이 비어 있는 것은 허심탄회(虛心坦懷)한 마음가짐을 나타낸 것이다.

대나무의 마디는 불에 탈 때 마디에서 딱딱 소리를 내고 검게 탄 마디 자체로 남아 있고 재가 되지 않고 둥글둥글하게 남아 있는 것으로, 절개를 본받게 된다.

본 조항은 사람이 지켜야 할 바를 지키면 사람들로부터 신망을 받게 되
므로 그 대안으로 대나무의 마디를 예를 들어 설명한 것이다.

1 『이생규장전』의 최랑의 절개

『이생규장전』은 동봉 김시습의 작이다. 그 주인공은 최랑이다. 최랑은
홍건적이 그녀를 겁탈하려하자 욕설을 퍼부으며 끝까지 절개를 지켜 무참
히 죽어갔는데, 그가 저항한 장면을 소개하면 다음과 같다.

虎鬼殺啗我, 我寧死葬於豺狼之腹中, 安能作狗彘之匹乎.

이 호랑이 창귀 같은 놈아! 나를 죽여 씹어 먹어라. 내 차라리 이리 밥
이 될지언정 어찌 개돼지의 배필이 되어 내 정조를 더럽히겠느냐?

최랑은 도적에게 끝까지 항거하고 욕설을 퍼부으니, 홍건적이 욕설로
인한 격분을 참지 못하고 최랑을 참살했다. 최랑의 죽음은 당시 역사적 사
건으로 조명하는 데서 진의를 밝히게 된다.

생육신(生六臣)의 한 사람이런 동봉은 세조가 조카 단종을 왕위에서 몰
아낸 사건을 다룬 작품이다.

본 소설은 수양대군(세조)이 15세기 중하반기에 계유정난(癸酉靖難)을
일으켜 단종(1441~1457: 재위 1452~1455)을 몰아낸 사건을 내용으로 한 작
품으로 이해하면 된다. 당시 풍류재자(風流才子) 동봉은 이생으로 비유하
고, 단종을 요조숙녀(窈窕淑女)인 최랑으로 등장시켜 연인의 정으로 나타
냈다.

최랑이 도적에게 죽은 것은 포악무도한 세조의 무리들에게 단종이 가
혹하게 죽어갔음을 비유한 것이지만, 그녀가 절개를 지키다가 죽었으니
순수미로써 절개를 지킨 여인상이라 할 수 있다.

본 소설에 등장한 인물은 홍건적=세조=홍악인간(弘惡人間)으로 간주할
수 있고, 단종=최랑=미인으로 이생=동봉=생육신으로 대신하는 인물로 비
유하면 된다.

대나무 마디는 불에 탈 때 딱딱 소리를 내며 타도 재가 되지 않은 것과 같이 신의가 있는 여인은 대나무의 마디와 같이 죽어도 절개를 지킨다는 의미로 받아들일 수 있다.

최랑이 홍건적 앞에 비참하게 죽은 것은 일편단심의 절개를 지킨 것으로 말미암은 것이다. 최랑은 오랑캐 앞에 동방예의지국(東方禮義之國)의 한 민족의 여성이 고이 간직해 온 진주와 같은 귀중한 보물을 뺏길 수 없어 끝까지 항거하며 욕설을 하자 그녀를 참살했다.

2. 작가들의 소년소녀에게 절조(節操) 깨우침

소년소녀들이 자랄 때 대나무의 마디와 같이 재가 되지 않는 절개를 지키는 교육을 받고 자라면 열녀와 충신열사와 같은 절개미(das Treue Schöne)와 절의미(das Redlichkeit Schöne)를 나타내는 사람이 될 것이라 믿는다.

작가는 본 조항이나 충신열사와 최랑과 같은 절개를 나타내는 작품을 스토리텔링으로 재구성하여 선보이면 지조 있는 사람이 되는 데 도움을 줄 것이다.

작가는 남으로부터 신망을 받는 사람이 되게 작중 주인공을 나타내면 사람다운 사람으로 평가받게 되어 훗날 위정자가 되었을 경우 정치를 잘하여 편안하게 살게 하는데 기여가 되게 한다. 지조와 절조 있는 사람이 되게 작가가 작중 인물로 나타내면 독자들로부터 좋은 반응을 불러일으킬 것이다. 아울러 작가들이 창조력을 발휘하는 좋은 작품의 출현을 기대한다.

제60사(事) 불이(不貳: 둘이 아님)-경상도 현풍의 허녀(許女)-

본 조항의 불이(不貳)는 '둘이 아님'이란 뜻이니, 신의(信義)가 있는 사람은 한 입으로 두 말을 하지 않는다는 말이다.

예전에 한국의 여인들은 절개를 생명보다 중시한 것을 유교사상에 의한 것으로 볼 것이다. 그 절개는 예로부터 조상전래의 관념이 집단적 무의식에 의해 수용된 것으로 봐야 된다.

다시 말해 작가들은 유교사상 이전의 단군의 조선숭배에 의한 혈통주의가 뒷받침되었음을 작품을 통해 알려야 민족의 정통성을 되찾는 길이다. 혈통주의는 순수미의 조상의 핏줄로 이어오는 것으로 볼 수 있기 때문이다.

임진왜란 때 왜적은 부산으로 상륙해 파죽지세로 한양을 내달았다. 특히 경상도 일원에서는 왜적의 행패가 적지 않았는데 그중어 경상도 현풍의 허녀(許女)는 왜적과 만나게 되었는데 왜적이 겁탈하려는 낌새를 감지하고 내달렸다.

허녀(許女)는 왜적에 붙잡히기 직전에 나무를 죽기 살기르 붙잡았으나, 왜적이 겁탈이 불가능하게 되자 화가 나서 사지(四肢)를 일본도(日本刀)로 절단했다.

허녀(許女)가 왜적으로부터 몸을 버리면서 여인으로서 절개를 지킬 수 있었던 것은 멀리는 단군의 즈상숭배의 순수한 혈통을 지키기 위한 것이 오랜 전통으로 흘러내려온 것과 유교사상의 수용으로 볼 수 있다.

이 경상도 현풍지방의 허녀(許女)는 임진왜란이 지난 400년 지난 21세기 오늘에도 노인 간에 그 이야기를 하는 이가 있을 정도로 전해내려 온다.

허녀(許女)는 일편단심으로 정조를 지켰으니. 하늘의 정성된 하나의 마음을 마음속에 지녔던 것으로 볼 수 있다. 허녀(許女)의 절개를 이해하기 위해 본 조항을 소개하면 다음과 같다.

제60사(事) 불이(不貳): (信 1團 4部)(신, 1째 묶음, 4번째 부분)

不貳者는 不貳於人也라. 流水는 一去而不返하고 義人은 一
불이자   불이어인야   유수   일거이불반   의인   일
諾而不改故로不重其克終이요 重其有始니라.
락이불개고   불중기극종   중기유시

해석: 불이(不貳)는 사람에게 두 번 하지 않은 것이니라. 흐르는 물은 한번 가면 돌아오지 않으며, 의(義)리 있는 사람은 한번 허락하면 고치지 않으므로 그 마무리 잘 됨이 중요한 것이

아니라, 그 처음이 중요하니라.

불이(不貳)는 한 입으로 두 말을 하지 않는다는 것이니, 신의를 지킨다는 뜻이다. 사람이 한입으로 두 번 말하는 것은 이중인격자다. 『천부경』에서의 일(一)은 하늘을 뜻함으로 하늘과 같이 한결같이 변함이 없다는 뜻이다.

열녀와 충신은 남편과 임금을 하늘로 비유했으니, 일편단심으로 생활신조를 삼았던 것으로 인해 열녀불경이부(烈女不更二夫)와 충신불사이군(忠臣不事二君)의 지조로써 살았다.

한입으로 두 가지 말을 하지 않으면 신용사회를 이루는 초석을 이루는 것이다. 신용을 지키는 사람은 하늘의 마음인 한결같은 하나의 마음으로써 살아가는 것을 의미한다.

본 조항에서 유종의 미를 거두는 일도 중요하지만 시작이 중요하다고 하는 것은 무슨 뜻일까 우리는 시작이 반이라는 말을 많이 한다. 목표는 정해 놓고 정성스러운 마음으로 흔들리지 않게 초지일관(初志一貫)으로 끝을 잘 마무리 짓는다면 끝을 잘 맺게 되어 있다.

될 성싶은 나무는 떡잎부터 알아본다는 말이 있듯이 움이 틀 때 맨 처음 돋은 잎이 잘 자라게 마련되어 있어 여기에 사람이 잘 돌보게 되면 거목으로 자란다.

나무는 뿌리가 잘 뻗어야 무성하게 자라 거센 비바람에도 아무렇지 않고 거목으로 성장할 수 있다. 그렇지 않고 자란 나무는 모진 폭풍이 몰아닥칠 때 뿌리가 뽑히고 쓰러지게 되니 본 조항의 교육을 되새기게 된다.

1. 허녀(許女)의 절개

임진왜란 당시에 경상도 현풍의 허녀(許女)는 왜적 앞에 절개를 지킨 이야기가 수백 년간 전해온다.

허녀(許女)의 경우를 예로 들어본다. 허녀는 왜병에 겁탈을 면하려고 도망가다가 붙잡히게 되자 두 손으로 나무를 껴안고 저항하니, 왜병이 그녀의 손발을 자른 비극적인 사건이 2011년에도 노인들 간의 이야기로 전해

온다. 임진왜란(壬辰倭亂)이 선조 25년 1592년에 반발했으니, 무려 400여 년 동안 구전으로 전해 온 것이다.

양팔과 양다리를 잃은 허녀는 절에 들어 서예를 익혀 입으로 붓글씨를 잘 썼다고 전한다. 예전의 한국의 여인들은 절개를 생명과 같이 지켜왔는데 유교의 영향도 있지만 단군의 조상숭배관념이 근원을 이루어, 후대에 걸쳐 집단적 무의식으로 전해온 것으로 볼 수 있다.

한국의 여성들이 유교의 종주국인 중원의 여인들보다 유독 정조를 지키는 절개가 굳은 것은 뿌리조상을 섬기는 관념으로 말미암게 된다. 조상숭배관념은 혈통을 중시하는 관계로 남의 조상의 피가 다른 가문의 피가 섞이면 혈통의 혼란을 가져오기 때문에 여인의 절개를 생명보다 중시해 왔다. 그 증거는 조상숭배의 그인돌이 세계에서 가장 많은 것으로 볼 수 있다.

한국여인들의 절개관념이 강한 것은 단군의 조상숭배관념과 같이 유교 사상의 유래와 일체를 이루어 오늘에도 한국여성은 다른 나라에 비해 강한 편이다. 따라서 허녀(許女)는 사지(四肢)를 왜적 앞에 절개를 지키다가 잃었는데 한국인의 전통의식어서 정조를 고수하는 관념이 강한 것으로 볼 수 있다.

2. 작가들의 여성의 정조 고수 고취

오늘의 여성은 일부를 제외하고는 정조관념이 강한 편이다. 오늘의 현실은 서양의 물질주의로 인해 예전과 같은 미풍양속이 퇴색하는 일면도 없지는 않다.

작가는 소년소녀들을 백의민족의 전통을 되살리는 관점에서 남녀 간의 순결을 지키는 내용으로 나타내면 사회정화를 이루는 초석을 이루는 것이 된다.

문학상에 나타난 열녀와 같이 실제로 예전의 여인들은 대부분 절개를 지켰다. 문학은 그 시대 관념을 나타낸 관계로 열녀로 등장하는 여성들은 생명과 같이 중시해 왔다.

사회를 정화하는 일차적인 일은 남녀율기를 지키는 데 있으니, 작가는 작중에 인물을 등장시킬 때 순수미로써 살아가게 나타내면 단군시대와 같이 동방예의지국(東方禮義之國)을 이룰 것이다. 사람이 살아가는 예의가 뒷받침 되지 않고서는 사회기강이 확립될 수 없다.

단군이 홍익인간의 환상적인 나라를 세운 것은 신화적인 내용으로 봐서는 안 되고 실제로 그런 나라를 세웠다는 것이 중원의 경전과 사서(史書) 여러 곳에서 발견되니, 작가는 그러한 예를 들어 바르게 사는 나라를 세우는데 앞장서야 한다. 그리고 위정자도 한결같은 신용사회를 세우는 일에 나서야 단군과 같은 홍익인간의 이화세계가 세워질 것이다.

자라나는 세대는 구만리 같이 앞길이 창창한 관계로 한 입으로 두 번 말하는 것은 안 될 일이다. 우리의 위정자들은 "남아일언(男兒一言) 중천금(重千金)"이란 말을 지키지 않는 분들이 많다고 하지 않을 수 없다.

작가들은 우리 선인 중 충신열녀들이 한 입으로 두 번 말하지 않았으니, 자라나는 세대를 위해 이런 충신열녀들의 캐릭터를 개발하여 본을 보이게 해야 할 책무도 있다.

제61사(事) 무친(無親: 친함이 없음)―『환단고기』의 천부인(天符印)―

본 조항의 무친(無親)이란 '친함이 없음'이란 뜻이나 친함과 친하지 않음을 분별하지 않는 것을 말하니, 친하다고 하여 가까이 하거나 친하지 않다고 하여 무조건 물리치는 것을 경계하라는 내용이다.

현대문학 중『환단고기』를 내용으로 한 소설작품이 많다.『환단고기』는 일제가 우리역사에 대한 고문헌을 수십만 권을 태워버렸고 일부 일본에 가져갔으니,『환단고기』의 내용과 부합하는 문헌이 있으면 위서가 아닌 것으로 판명이 날 것이다. 지금은『환단고기』의 문구 중에 20세기 용어가 들어 있다는 것만으로 단정적으로 위서라고 할 수는 없다.

단군학회에서도『환단고기』에 대해서 학술회를 개최한 바도 있다. 여기에서 얻어진 결론은 일본 도서관에 우리의 고문서가 소장되어 있으니, 이를 보고 연구한 뒤에 위서 여부를 결론 내려야 한다고 의견을 모았다. 학자들은 『환단고기』의 내용이 단군과 관계되어 있다고 하여 위서라고 볼 것이 아니고, 신화적인 내용이라 하여 역사와 관계없는 것으로 봐서는 안 되고, 일부 재야단체들로 구성된 학회에서처럼 『환단고기』를 역사로 주장해서도 안 된다.

작가들은 『환단고기』의 내용이 역사와 일치되는 부문이 있는 것으로 미루어 위서로 볼 것이 아니라 우선 신화적인 내용으로 간주하고 작품을 쓰면 될 것이라 생각한다.

본고에서는 『환단고기』 중 단군신화에 나오는 천부인(天符印) 세 개를 소개한 부분을 소개하기로 한다.

현대소설 중 『환단고기』 유형에 속하는 장편소설도 10편에 이를 정도로 적지 않다. 강무학의 『단군』(민족문고, 1967), 박광호의 『단군조선』 3권(삼한출판사, 1986), 김태영의 『한단고기』(나라기획, 1987), 이동희의 『단군의 나라』 등이 있다.

『환단고기』는 위서라는 논란이 확산되었음에도 작가들이 이를 소재로 작품을 썼다. 『환단고기』에는 신화적인 내용이면서도 역사성과 관련되어 있는 것이 많이 등장하고 있다. 『환단고기』는 일찍이 역사에도 밝히지 못한 점을 슈퍼컴퓨터나 유물유적으로 발견된 것으로 알게 한 놀라운 역사적 사실이 있다. 이 중에 박창범의 『하늘에 새긴 우리역사』 김영사, 2003년 24~34쪽에서 『환단고기』의 내용 중 「단기고사」와 「단군세기」에 나오는 오행성 관련을 밝혀냈다는 기록은 일찍이 우리역사서나 중국 측 기록에서도 볼 수 없는 기록이다.

『환단고기』에 나타난 기록이 신화성과 역사성도 들어 있으니, 이를 토대로 연구할 때는 믿을 수 있는 부분은 취하고 믿지 못할 황당한 내용이면 신화성과 관련지으면 될 것이다. 이러한 취사선택의 문제는 본 조항을 참고하면 도움이 된다.

제61사(事) 무친(無親): (信 1團 5部)(신, 1째 묶음, 4번째 부분)

해석: 친(親)은 친척과 친근한 사람이니라. 의로움은 친하다 하여 가까이 하고 소원(疏遠)하다 하여 배척함이 없으니, 의로움은 비록 소원하나 반드시 합하고, 의롭지 못하면 비록 친하더라도 반드시 버리느니라.

제61사(事) 무친(無親)이란 가르침은 가치기준의 척도를 사사로이 친함을 두지 안하기 때문에 치우치지 않는 중정(中正)함에 둔다고 할 수 있다. 『인부경』(人符經)에는 천지의 근본을 중정인(中正人)이라 했다.

중정인(中正人)은 사리사욕을 배제시킨 사람이기 때문에 친하다하여 가까이 하지 않으며, 소원하다 하여 무조건 배척하지 않는다. 믿음의 바탕이 된 사람이라면 소원한 사람일지라도 뜻을 합하고, 비록 일가친척이라 하여도 믿음이 없거나 의롭지 않으면 반드시 멀리하여야 한다.

본 조항은 사람이 지켜야 하는 도리인 『인부경』(人符經)의 중정인(中正人)으로 대신해서 다음과 같이 소개한다.

"천지대본중정인"[天地大本中正人: 천지의 큰 근본은 중정인(中正人)이다]이라 했다. 중정인(中正人)은 중용의 바른길을 준수하는 사람이다. 이에 대한 것을 이해하기 위해서는 『중용』(中庸)과 『역경』(易經)에서 그 원뜻으로 밝히게 되는데, 『중용』(中庸)에서는 "중야자는 천하지대본야"(中也者는 天下之大本也)라고 했다.

중용(中庸)은 모든 일을 치우치게 하지 않고 공정하게 하는 행위이므로 천하의 근본이 된다고 한 것이다.

한편 『역경』(易經) 64괘(卦) 중 六二, 六五, 九二, 九五 효(爻)에서 시공간상에 중정(中正)에 대해서 나타내고, 중용으로 균형을 이뤄야 존재할 수 있다.

중정인(中正人)은 바로 시공간상으로도 바르게 중용의 도로 살아가는 이이다. 다시 말하자면 이기론(理氣論)에서 이(理)는 형이상학의 세계이고, 기(氣)는 형이하자인 현상세계인 만큼 시공 상에서의 이치가 중용의 도가 바람직하며 인간 또한 이 이치로 살아가면 중정인(中正人)이라 할 수 있다.

만약에 천지인의 이치도 중용의 도를 지키지 않으면 우주가 존재할 수 없는 것이니, 인간의 행위로 중용의 도를 이행해야 중정인인 것이다.

『역경』의 이치는 음약조화를 이루는 짝수이기 때문에 중용의 경우 치우침이나 기울어짐이 없는 행함으로 천하의 큰 본을 이루는 사람이 곧 중정인(中正人)이라 하였다.

본 조항에서 신의가 있는 사람은 친하다고 하여 무조건 가까이 하지 않고, 친하지 않다고 멀리하지 않기 위해서는 중정인(中正人)이 옳고 그름을 공정하면서도 바르게 가려내야 한다.

1. 『환단고기』에 나타난 신표

단군신화에서 천부인(天符印) 세 개는 신표이다. 흔히 이 세 개는 거울, 방울(북·옥) 칼로 보는 것이 통설이고 광명한 나라를 세우는 신(神)의 기구(器具)이다.

『환단고기』에는 환웅이 백두산에 제사 지낼 때 천부인(天符印)의 정체를 다음과 같이 나타냈다.

풍백은 천부경을 거울에 새겨 나아가며,	風伯天符刻鏡而進,
우사는 북을 울리며 춤을 추며,	雨師迎鼓環舞,
운사는 백검으로 호위하였으니,	雲師伯劍階衛,
천제가 산에 임하는 의식,	盖天帝就山之儀丈,
이렇게 성대하였네.	若是之盛嚴也.

『환단고기』 권4, 태백일사 제4편 삼한관경본기 4.

단군신화에 보인 천부인(天符印) 3개는 천상에서 환인이 환웅에게 준 것은 지상계의 인간을 잘 다스리라는 뜻이다. 즉 거울을 준 것은 밝고 투명하게 나라를 세우라는 의미이니 태양을 상징하고, 방울(북·옥)은 대지가 조화를 이룬 음률이니, 지상을 음양조화로, 칼은 위정자의 권력을 나타내고, 친소(親疎)관계를 떠나서 사사로이 친함을 두지 말라는 상징적인 내용이 들어 있는 신표(信標)이다.

환웅은 풍백(風伯), 우사(雨師), 운사(雲師)를 거느리고 태백산으로 내려왔다. 그중 운사(雲師)는 인간의 일을 도맡아하는 신하로서 칼의 상징으로써 흑백의 논리를 정확히 가렸으니, 부정부패를 척결하라는 뜻으로 운사에게 칼을 맡긴 것이라 할 수 있다.

나라의 기강을 세우는 데는 사정(司正)의 칼이 필요한 것이니, 환웅이 홍익인간의 이화세계를 이루는 데, 칼이 인사의 공정을 이루는 데 주요 역할을 했다. 어느 시대 어느 나라를 막론하고 인사가 만사라는 말이 있듯이 공정성이 뒷받침이 이뤄지지 않고서는 정치가 바로 다스려질 수 없는 것이다. 천부인(天符印)은 천지인(天地人)을 상징하는 것으로 나타내는 것으로 결국 천지의 사사로움이 없이 광명한 인간세상을 세우는 데 있다.

『환단고기』 권4, 태백일사 제4편 삼한관경본기 4에서는 풍백(風伯), 우사(雨師), 운사(雲師)들이 천부인 세 개(거울, 구슬, 칼)를 각기 관리했다는 것을 나타냈다. 그중에서 운사가 칼을 관리했다고 되어 있는데, 칼은 사정(司正)의 칼날로 옳고 그름을 바르게 판단하는 것이니, 사사로운 정을 두지 않는다는 취지에서 본 조항의 내용과 관련을 이른다고 할 수 있다.

2. 작가들의 『환단고기』의 내용으로 작품을 형상화

『환단고기』는 신화적인 내용이 주류로 이뤄졌지만 역사와 관련되어 있다. 그래서 현대인들은 역사적인 내용과 소원한 관계로 보는 경향이 짙다. 그러나 문학은 환상적인 내용을 담는 것이므로 현재 『환단고기』를 내용으로 한 작품이 많다.

작가들은 『환단고기』의 내용을 소재로 하여 작품을 스토리텔링으로 재구성하면 새로운 문학작품으로 거듭날 것이다.

더구나 요즘은 신화적인 상상력의 작품으로 환상소설(fantasy fiction)이 세계적 인기를 모으고 있고 국내에서 방송 드라마에서도 인기리에 방영되고 있다.

우리는 단군신화의 편견으로 단군문화를 너무나 돌보지 안했다. 앞으로는 단군 신화나 역사가 우리문화의 뿌리라는 것을 인지하고 또 단군이 국조라는 것을 믿고, 하나의 정성된 마음으로 기려야 할 것이다.

작가는 단군이 국조라는 것을 의심하는 사람이 없다고 믿고, 작품 중에 국조 단군을 국조로 여기는 내용으로 소개하면 독자들이 단군를 국조로 숭배하는 이들이 점차 많아지리라 믿는다.

제62사(事) 사기(捨己: 자기를 버림)–김택영(金澤榮)의 한시(漢詩)–

제62사(事) 사기(捨己)란 살신성인(殺身成仁)의 정신을 실천함을 이르는데, 자의(字意)상으로 사(捨)자(字)가 '버릴 (사)'이고 기(己)자(字)는 '몸(기)'이니, '자기를 버림'이란 뜻이다. 이는 신의를 지키기 위해 자기의 귀중한 생명을 버린다는 말이다.

작가는 일제 강점기에 조국을 위해 목숨을 바친 이들에 대해 작품을 출간하면 그 당시 독립운동을 한 이들에 대해 알게 하는데 도움을 준다.

창강(滄江) 김택영(金澤榮, 1850~1927)은 안중근(1879~1910)의사가 만주 하얼빈에서 1909년 10월 26일 민족의 원수 이등박문을 권총으로 사살(射殺)했다는 소식을 듣고 호걸남아로 칭송하였다.

창강(滄江)은 구한말의 지사(志士)이며 학자로서 1903년 통정대부(通政大夫)가 되고 1905년 학부편집위원(學部編輯委員)을 겸하였다. 그러나 그는 1905년 을사늑약(乙巳勒約)으로 일제에 국권을 빼앗기자 통감정치(統監政治)하에 일본의 간섭을 받던 나라사정을 한탄하고 1908년 중국으로 망명하였다.

그는 1909년 안중근 의사(義士)가 만주 하얼빈에서 이등박문(伊藤博文)

을 사살했다는 소식을 듣고 한시(漢詩)를 지었다. 안 의사는 민족의 원수
를 갚기 위해 살신성인(殺身成仁)의 정신으로 자신의 몸을 희생했으니, 본
조항과 통하게 된다. 창강(滄江)의 한시(漢詩)를 이해하기 위해 본 조항의
내용을 인용하면 다음과 같다.

제62사(事) 사기(捨己): (信 1團 6部)(신, 1째 묶음, 6번째 부분)

捨己者는 不分其身也라 旣許心於人하여 仍蹈患難이면 身義
를 不可俱全이니 衆人은 捨義而全身하고 哲人은 捨身而全
義니라.

해석: 사기(捨己)란 자기의 몸을 분별치 않고 버리는 것이니라. 이미 남에게 진심으로 응
낙하여 환난을 겪게 되면 몸과 신의를 온전히 보전하지 못하나 중인(衆人)은 신의를 버리고,
몸을 온전히 보존하지만 철인(哲人)은 몸을 버리고 신의를 온전히 하느니라.

남을 위해 생명을 바친다는 것은 범인들의 생각으론 생각 밖에 일이나,
우리 역사에는 이런 충신열사가 많았다.

한국은 1905년 일제에 의한 을사늑약(乙巳勒約)으로 나라의 국권을 빼앗
기자 통분을 누눌 길 없어 74세의 고령으로 의병운동을 일으킨 면암(勉庵)
최익현(崔益鉉, 1833~1906)을 들 수 있다. 그는 항전하다가 뜻을 이루지 못
하고 체포되어 1906년 대마도에서 감옥살이를 할 때 원수가 주는 음식을
먹을 수가 없다 하고, 물만 마시고 굶어서 자진하였음이 『유시』(遺詩)에
전한다.

구한말 순국지사 매천(梅泉) 황현(黃玹, 1855~1910)이 1905년 을사늑약
(乙巳勒約)으로 절명시(絶命詩)를 남기고 자결하였다.

이와 같은 우국지사와 애국지사들이 나라를 위해 몸을 버렸으니, 본 조
항의 의미를 되새기게 된다.

창강(滄江)은 안 의사가 이등박문을 하얼빈에서 사살했다는 소문을 듣고 호걸남아로 기리는 한시(漢詩)를 지었다.

1. 창강(滄江) 김택영(金澤榮, 1850~1927) 안중근을 호걸남아로 칭송

안 의사(義士)는 1905년 을사늑약이 체결되자 일본에 대한 적개심이 불탔으니, 이를 주도한 이등박문을 죽이기로 마음먹었을 것이다. 그는 일제에 대해 항거하기 위해 1907년 7월 강원도에 들어가 의병을 일으키고 일본군과 싸웠으며 북간도를 거쳐 노령(露領) 블라디브스록에 망명했다.

그 후 그는 의용군을 조직하고 두만강을 건너 경흥(慶興)에서 일본군 50명을 사살하고 회령(會寧)까지 진격하여 일본군과 교전했다. 1909년 10월에 이등박문과 러시아 장상(藏相) 코코프체프와 만주 하얼빈에서 만나기로 되어 10월 26일에 권총으로 이토를 쏘아 죽였다.

창강(滄江)은 원수 이등박문을 죽인 거사 소식을 듣고 호걸남아로 보고 조국에 보답하는 뜻에서 다음과 같이 한시를 지었다.

러시아 항구에서 비둘기처럼 하늘을 날아다니다,   海參港裏鶻摩空.
하얼빈 역 위쪽에서 번갯불 같은 총탄을 쏘아댔네.   哈爾賓頭霹火紅,
육대주의 호걸들이 다소 있을지 모르나,   多少六洲豪健客,
추풍에 일시에 낙엽 지듯 숟가락을 떨어뜨리겠네.   一時匙著落秋風.

『聞義兵將安重根報國讐事』

위의 시 창강(滄江)은 안 의사(義士)의 사생취의(捨生取義)의 정신을 기린 내용인데, 본 조항의 의미를 되새기게 한다.

그는 중국으로 망명 후에도 조국에 대한 망국의 한을 『오호부』(嗚呼賦)를 비롯하여 우국시를 많이 남겼다고 하니, 그의 우국충성을 찬양하지 않을 수 없다. 창강(滄江)은 안 의사(安義士)가 을사늑약과 한일 합방을 주도한 이등박문을 권총으로 사살했으니, 그 소식을 듣고 호걸남아로 찬미한 것이다.

우리의 우국열사들은 나라를 찾기 위해 자신의 몸을 돌보지 않고 조국 찾기에 바쳤으니, 본 조항의 철인의 같은 행함을 볼 수 있다.

구한말 당시 을사오적(乙巳五賊)들은 소인(小人)이라 한다면, 우국지사(憂國之士)와 애국열사(愛國烈士)들은 철인(哲人)·대인(大人)·군자(君子)로 비유하게 된다.

본 조항은 구한말의 두 갈래의 인간상을 조명하는 데 좋은 자료로 보고, 단군시대 신하나 관리들이 20세기 충신열사와 같이 살신성인의 정신으로 나라를 위하여 봉직했으니, 홍익인간의 이화세계를 세운 것을 헤아려 볼 수 있다.

창강은 을사늑약이 체결한 것으로 중국으로 망명하였는데, 그 늑약을 주도한 이토가 안 의사에 의해 사살되었다는 말을 듣고 기뻐하여 위의 한시(漢詩)를 지은 것이다.

2. 작가의 안 의사(安義士) 정신 기림

작가들은 안 의사의 정신을 기리는 뜻을 본 조항과 관련하여 새로운 스토리텔링으로 나타내면 과거 일제에 대한 적개심을 불러 일으켜 독립운동을 한 이들을 기리는 계기가 이뤄져 선인들의 의로운 생활을 본받게 되리라 본다.

안 의사는 보통사람들과는 다르게 국난에 처하여 변절하지 않고 한마음 한 뜻으로 나라를 구하고자 하는 마음을 품고 일본군과 맞서 싸우기도 하는 초지일관으로 위국충성을 다한 분이다.

안 의사는 민족의 천추만대의 원수 이등박문을 하얼빈에서 권총으로 사살하였으니, 그는 거사의 성공을 기뻐하여 대한독립만세를 외치고 태연히 포박을 당하였다. 그는 거사 후 여순(旅順) 감옥에 수감되어 끝까지 항변하다가 1910년 3월 26일 상오 10시 사형을 당하였으나 그의 굳센 의지는 본 조항과 같은 철인의 기개였다.

작가들은 안 의사와 구한말의 우국지사와 애국열사의 뜻을 소년소녀들에게 본받게 작중 인물을 나타내면 신의가 있는 사람이 되게 할 것이다.

제63사(事) 허광(虛誑: 빈말로 속임) —이 어사(李御使)의 춘향 절개 시험—

본 조항을 이해하기 위해선 허광(虛誑)이란 말을 풀이해 볼 필요가 있다. 허(虛)자(字)는 '빈 (허)'이고, 광(誑)은 '속일 (광)'이니, 빈말로 남을 속임을 뜻하는 풀이로 선(善)의 적(敵)으로 쓰일 때 하는 말이다.

작가들은 작품을 쓸 때 완곡법(婉曲法)으로 선의(善意)로 거짓말을 할 때가 있다. 그것은 상대편의 마음을 떠보기 위한 것이다. 독자들에게 재미있게 하기 위해 본 조항도 그러한 내용으로 나타냈다.

『춘향전』의 이 어사(李御使: 이몽룡)는 춘향의 절개가 높아 변 부사의 수청을 거절해 감옥살이를 하는 것을 구해기 위해 변 부사의 비리 등을 파헤쳐 사회정의를 실현하는 업무를 띠고 남원의 암행어사로 출두하였다.

이 어사는 변 부사의 생일연에 참석하여 한시를 지어 탐관오리임을 밝혔다. 그뿐 아니라 변 부사는 미색으로 이름난 춘향을 강압적으로 수청을 들라고 해 춘향이 거절하자 약한 여자에게 심한 매를 들었다. 변 부사는 그래도 춘향이 듣지 않자 감옥으로 송치해 가두었다.

이 어사는 백성의 재물을 약탈하는 탐관오리와 변 부사가 인권탄압 등의 사례를 수합하여 암행어사 직권으로 변 부사를 봉고파직시켰다.

이 어사는 옥수(獄囚)로 고생하는 춘향의 마음을 떠보기 위해 춘향을 불려들었다. 변 부사에게 항거한 죄목으로 감옥살이를 했으니, 자기에게 수청을 들리고 하니, 변 부사에게 했던 것처럼 거절하고 죽어달라고 했다. 이 어사는 춘향에게 고개를 들라하고 춘향이 선물했던 약혼반지 옥지환(玉指環)을 보여 감격스런 상봉을 하였다. 이 어사는 춘향의 절개를 떠보기 위해 선의(善意)의 가짓말을 한 것이다.

본 조항은 춘향의 절가를 지킨 것을 밝히는데 도움이 되리라 보고 그 조항의 내용을 인용하면 다음과 같다.

제63사(事) 허광(虛誑): (信 1團 7部)(신, 1째 묶음, 7번째 부분)

虛誑者는 虛言誑人也라. 正人이 信我에 我亦信其人하며 正
人이 我亦義其 人이니 正人이 有難에 我當救之요 非誑不可
에 用片言成之니 棄小節而全信 義者는 哲人不咎焉이니라.

해석: 허광(虛誑)은 헛되이 빈말로 남을 속이는 것이라. 바른 사람이 나를 믿으니 나 또한 그 사람을 믿으며, 바른 사람이 나를 의롭게 여김에 나 또한 그를 의롭게 여기니, 바른 사람에게 어려움이 있으면 내가 마땅히 그를 구해 줄 것이요, 헛되이 빈말이 아니고서는 안 된다면 몇 마디 그런 말을 써서 이를 이름이니, 작은 절개를 버려 신의를 온전히 하는 것은 철인이 허물로 여기지 않느니라.

바른 사람이 나를 믿어주면 나 또한 그 사람을 믿어준다. 본 조항의 허광(虛誑)은 허언(虛言)으로 남을 속이는 것이니, 말하자면 선의(善意)의 거짓말을 하여 그 사람됨을 알아보기 위해 그의 마음을 떠보는 것으로 이해하면 된다.

인간사회는 여러 계층의 사람들이 살아가므로 그 사람의 인물됨을 파악하기가 쉽지 않아 그의 속마음을 파악하려는 데 거짓말을 할 때도 있다.

이런 선의(善意)의 거짓말은 작은 절개를 버리고 신의(信義)를 지키는 것은 철인도 허물로 삼지 않는다고 했으니, 대의를 위해서 소의를 버릴 수 있는 것이다.

사람은 상황에 따라 거짓말이 아니고서는 착한 사람을 도울 수 없을 때 선의(善意)의 거짓말을 하게 된다. 이런 것은 부득이 소(小)를 버리고 대의(大義)를 이루기 위한 불가피적이니, 도리어 진선미(眞善美) 중의 선(善)으로 나타나게 되어, 돕는 일이 되는 수가 있다.

세상은 복잡다단하므로 단순하게 곧이곧대만 살아갈 수 없는 것이다. 여러 계층의 사람들이 살게 되므로 직설보다는 완곡법(婉曲法)을 구사하면서 살아가는 것이 처세술이라고 할 수 있다.

1. 이 어사(李御使)의 선의(善意)의 속임수

이 어사(李御使)는 옥살이하는 춘향을 구해기 위해 암행어사가 되어 변부사를 봉고파직시킨 것을 춘향이 모른다. 이 어사는 옥수(獄囚)를 올리라고 형리에게 명하니, 형리(刑吏)가 춘향을 이 어사에게 대령시켰다.

이 어사는 춘향을 도르는 척 시침을 떼고, "저 계집은 누구이고, 무슨 죄냐"고 물으니, 형리(刑吏)가 춘향에 대해서 이 여자는 본관사또가 수청을 들라는 명을 거역하고, 관전에 포악한 춘향이라고 이실직고(以實直告)로 알린다. 이 어사는 춘향의 의향을 떠보기 위해 다음과 같이 분부를 내린다.

'너만 년이 수절한다고 관정 포악하였으니, 살기를 바랄쏘냐. 죽어 마땅하되 내 수청도 거역할까?'
 춘향이 기가 막혀,
'내려오는 관장마다 개개 다 명관이로구나. 수의사또 들으시오. 층암절벽 높은 바위 바람 분 들 무너지며, 청송녹죽(綠竹) 푸른 나무가 눈이 온들 변하리까. 그런 분부 마옵시고 어서 바삐죽여주오.'…
'얼굴 들어 나를 보라.'

이 어사가 춘향의 절개를 시험해 본 것이다. 이 어사는 춘향이 수청을 들 수 없고, 죽여 달라는 달을 하니, 기특하고 미덥다는 듯 그개를 들어 보라하고 춘향이 선물했던 옥지환을 보이니, 춘향이 마음이 완전단계인『천부경』에 10수에 이르렀음을 헤아려 볼 수 있다.

본 조항은 거짓말이 도리어 선의의 거짓말인 관계로 코딕한 것으로 사람을 즐겁게 하는 장면이다.

이 어사가 말한 거짓말은 추(醜) 한 미(美)가 전혀 없는 순수미에 해당하므로 반어적인 수법으로 이허하면 도리어 융통성 있는 것이다.

소년소녀들이 상황에 다라 완곡법(婉曲法)으로 선의에 거짓말을 할 줄 알면 도량이 넓고 세상을 유머(Humor, Humour)로 경직되지 않게 부드럽게 살아갈 것이라 믿는다.

사람들은 춘향하면 일편단심으로 절개를 지킨 여성으로 알려지고 있다. 이 어사(李御使)는 춘향의 절개를 시험해 보기 위해 본 조항의 허광(虛誆)이란 말과 같이 선의(善意)의 거짓말을 하였다. 그런데 춘향은 이 어사(李御使)의 허광(虛誆)을 받아넘겼다.

이 어사(李御使)는 춘향의 절개에 대해 감탄하여 자신의 정체를 밝히니, 이들 두 남녀는 감격적인 상봉을 하였다.

거짓말은 선의(善意)로 할 때 허용된다. 요즘은 위정자들이 거짓 약속을 한다. 한 때 대통령의 출마자들은 허광(虛誆)된 말을 남발하여 국민들도 남을 속이는 일이 많아졌는데, 남을 속이면 위선자 가추악(假醜惡) 홍악인간(弘惡人間) 들인 것을 알아야 한다.

2. 이 어사(李御使)의 선의(善意)의 거짓말과 오늘의 위정자들

이 어사는 춘향에게 마음을 떠보기 위해 선의의 거짓말을 하였다. 이는 이 어사가 춘향이 변 부사 앞에서 절개를 지킨 것을 다시 시험해보고자 하는 의도였다.

춘향은 이 어사(李御使)가 자신에게 수청을 들라고 한 것을 변 부사 앞에서 한 것처럼 일언지하에 거절했다.

작가들은 춘향의 절개를 시험한 가운데서도 변심하지 않은 그 절개미를 스토리텔링으로 춘향캐릭터를 개발하면 사람으로서 지켜야 할 본분을 본받게 하는 데 도움이 될 것이다.

작가들은 소년소녀들이 약속을 지키는 일을 작중의 주인공을 통해 나타내면 되고, 이 어사와 같이 선의로 거짓말을 하는 수도 있는 경우를 보이면 경직되게 살아가는 사회에서 웃음으로 살아갈 수 있게 한다고 할 수 있다.

요즘 위정자들은 물론 국민들도 허광(虛誆)된 말을 하는 이들이 많아졌다. 상황에 따라 대선출마자들이나 국회위원 후보자들이 당선을 목적으로 헛된 공약 남발을 국민에게 한 것을 광복 후 많이 보아왔다.

　설혹 국민과의 약속을 했더라도 상황에 따라 지키면 안 되게 되어 있는 경우도 많았다. 그럴 때는 부득이 약속을 철회시켜야 할 때가 있다.

　그러나 나라의 큰일은 약속을 한대로 지켜야하고 선의(善意)의 허광(虛誑)이 통해져서는 안 된다. 다만 그 약속을 수정 보완할 필요가 있다.

제64사(事) 불우(不尤: 탓하지 않음)-『고산유고』, 「견회요」(遣懷謠)-

　본 조항에서 불우(不尤)를 풀이하면 불(不)자(字)는 '아니 (불)'이요, 우(尤)자(字)는 '탓할 (우)'이니 남을 허물하지 않음을 뜻한다. 사람의 길흉성패(吉凶成敗)는 자기하기에 달려 있는 만큼 남을 원망하거나 탓해서는 안 된다.

　작가들은 일이 잘 이루고 못 이루는 것은 자기가 하기에 달려 있음을 환기시켜야 한다. 예로부터 전하는 격언에는 "잘되면 자기 탓이고 못되면 조상 탓이다"는 말을 해서는 안 될 것이다.

　고산(孤山) 윤선도(尹善道, 1587～1671)는 남인(南人) 출신이다. 당시 조정은 북인(北人)들이 집권세력이 막강하여 말 한마디만 자기들에게 맞지 않게 해도 트집을 잡혀 유배를 갔다.

　고산(孤山)은 성격이 강직한 관계로 불의를 행하는 이들을 좌시하지 않고 상소를 올렸다. 그는 재야(在野)에 있을 때 상소(上疏)하여 북인(北人) 이이첨(李爾瞻)과 영의정 박승종(朴承宗) 왕후의 오빠 유희분(柳希奮) 등의 나라를 그르친 죄목을 샅샅이 밝혀 사람들을 놀라게 하여, 그들의 보복으로 경원(慶源)에서 8년간 옥살이를 했다. 요즘 같으면 크게 잘못이 없으면 그냥 넘어가게 되어 있는데, 그 당시는 상대 당에 맞지 않은 발언을 하면 유배를 가는 때이다.

　고산(孤山)이 32살 때 경원(慶源)에 유배되었을 때 억울하게 유배생활을 한 것에 대해 자신의 솔직한 견해를 말한 것이 빌미가 되어 유배생활을 한 것이다. 고산은 유배지에서 누구를 탓하지 않고 자신이 할 일만 하겠다는 것을 나타냈다. 그는 본 조항과 관련되는 심경을 표출한 관계로 본 조항을 다음과 같이 인용한다.

제64사(事) 불우(不尤): (信 1團 8部)(신, 1째 묶음, 8번째 부분)

不尤者는 不尤人也라. 義者는 自執中正하여 決心就事하니 伊吉伊凶과 乃 成乃敗를 不關於人也라. 雖凶이나 不怨人하며 雖敗나 不尤人하느니라.

해석: 불우(不尤)는 남을 탓하지 않는 것이라. 의로운 사람은 스스로 중심을 바른 도리로 잡아 마음을 결정하고 일에 나아가니, 길흉(吉凶)과 성패(成敗)를 남에게 관련시키지는 않느니라. 비록 흉하게 되더라도 남을 원망치 않고, 비록 실패한다 해도 남을 탓하지 않느니라.

사람이 자아실현을 이루는 운명의 개척은 『지부경』(地符經)의 "건곤배합"(乾坤配合)과 본 조항에서와 같이 자기가 실현하는 여하에 달려 있는데, 그 책임을 남에게 전가시켜서는 안 된다. 이런 폐단을 불식(拂拭)하기 위해 본 조항의 내용에 의미가 있는 것이다.

신의가 있는 사람은 중심의 바른 도리로 살아가는 관계로 비록 일이 잘못되더라도 남을 탓하지 않는다.

세상의 일은 자신이 하기에 달려 있고 다만 하늘의 진리를 본 받아 힘써 살아가면 성공할 수 있고, 그렇지 않으면 잘못되는 경우가 생긴다. 사람들이 흔히 하는 말에 "잘되면 자기 탓이고 못되면 조상 탓"으로 돌리는 경향이 있는데, 하는 일이 세상에 없는 조상의 탓으로 돌려서는 안 된다.

하늘은 사람이 잘못하는 일을 도울 수 없는 것이다. 하늘은 스스로 한결같은 정성으로 행할 뿐이고, 슬기로운 사람이면 그 본을 행하면 잘될 것이고, 잘못 행하면 잘못되는 것일 뿐이다. 따라서 예전과 같이 손이 달도록 빌 필요가 없다.

1. 고산 윤선도의 「견희요」(遣懷謠)

고산은 남을 탓해서는 안 돤다는 내용으로 자신의 행함에 대해 나타냈다. 본고에서는 고산의 시즈를 예를 들어 본 조항과 관련하여 서술하기로 한다.

> 슬프나 즐거우나 옳다 하나 외다 하나,
> 내 몸의 해올 일만 닦고 닦을 뿐이언정,
> 그 밖의 여남은 일이야 근심할 줄이 있으랴.

『고산유고』·(孤山遺稿), 「견희요」(遣懷謠)

위의 시조는 고산(孤山)이 32살 때 경원(慶源)에 유배되었을 때 자신의 심경을 표출한 것이지만 본 조항을 이해하는 데 도움을 준다.

사람이 하는 일은 자신이 하기에 달려 있는 것이지 남에게 전가시켜서는 안 될 것이다. 사람이 살아가는 데는 좋은 일과 궂은일도 있게 마련되어 있다. 사람에게는 정도의 차는 있지만 좋은 일과 그렇지 않은 일이 그림자 같이 따라 붙게 되는데, 자신이 슬기를 모아 물리치면 된다. 하늘에는 맑은 날씨가 있으면 흐린 날씨가 찾아들게 되어 있는 것과 같이 천지의 이치는 필유양(必有陽)이면 필유음(必有陰)이니, 설혹 흉(凶)한 일이 찾아든다 해도 하늘의 도와 같이 자신이 할 일만 성실히 지켜나가면 문제될 것이 없다.

자신의 운명은 『인부경』(人符經)의 "천지합덕인"(天地合德人)과 같이 천지 참여하는 의식으로 살아가면 남을 허물하지 않게 되고 인간완성의 길을 밟는 사람이 될 것이다.

요즘은 신화세대라고 할 만큼 시대사조가 흐르고 있는 경향이 짙은데, 366사(事)인 『참전계경』(參佺戒經)의 경우에도 마찬가지다. 이 경전(經典)은 홍익인간(弘益人間)의 이화세계(理化世界)를 세우는 데 궁극의 목적이 있다.

이화세계(理化世界)는 환상미(幻想美)의 세계니, 신선세계를 의미한다.

환상적인 나라를 세우는 데는 자신이 할 일에 힘쓰고 본 조항에서와 같이 남을 원망하거나 탓하는 일을 삼가고 천리에 맞는 일을 행하면 된다. 천리에 맞게 살아가는 데는 남을 비방하는 일을 행하면 사(邪)가 개입된 것으로 인해 일이 이뤄지지 않는다.

단군을 국조로 여기는 한민족은 삼신(三神)의 행한 바를 따라 행하면 문제될 것이 하나도 없게 된다.

2. 작가들의 작중 주인공 성공담

작가들은 본 조항과 같이 자기중심의 바른 도리로 일을 하면 시비할 사람이 없게 되어 자기가 하는 일에 집중하게 되어 능률이 높아져 성과가 있다.

대개 사람들은 자신이 하는 일이 뜻대로 되지 않았을 경우 남이나 아무런 상관이 없는 조상을 탓하기도 한다. 때론 하늘을 탓하기도 하는데, 자기의 잘못을 외부원인으로 돌리고 있는 것이니, 잘못된 생각이다. 우리는 "실패는 성공의 어머니"라는 말을 너무나 잘 알고 있으니, 실패를 거울삼아 앞으로 잘 나가면 된다.

작가들은 등장인물이 그런 말을 할 때 질책하는 것으로 나타내면 될 것이다. 사람은 누구를 막론하고 일이 잘못되면 자기가 하는 일에 대해 반성하고 앞으로 그런 실패가 돌아오지 않도록 주의를 환기시키면 성공으로 되돌릴 수 있다.

작가는 본 조항이나 윤선도의 「견희요」(遣懷謠)를 본으로 하여 살아가게 작품을 쓰면 청소년 소녀들이 길잡이로 여기며 살아가는 데 도움을 줄 것이다.

제65사(事) 체담(替擔: 대신 떠맡음)—박문수에 대한 구비설화—

체담(替擔)이란 뜻을 이해하기 위해 자의(字意)상으로 살펴볼 필요가 있는데, 체(替)자(字)는 '바꿀 (체)'이고, 담(擔)은 '맡을 (담)'이다. 직역으론 대신(바꾸어서)해서 맡음이란 뜻이니, '대신 떠맡음'으로 남을 위해 근심을 떠맡아 행하는 것을 말한다.

본 조항에서 이런 사람을 철인이라 했다. 믿음이 전제된 세계에선 상호 간 협조하는 마음이 생기게 된다. 본 조항의 내용도 믿음이 뒷받침이 된 데서 이뤄진 것이다.

요즘은 작가가 선행한 이들에 대해 작품으로 선보이는 경우도 있고, 사용자들이 직접 만든 콘텐츠 UCC(User Created Contents)를 인터넷에 올리면 주고받을 수 있어 성과를 거둘 수 있다.

어사(御使) 박문수(朴文秀, 1691~1756)는 1723년(景宗 3)에 급제하여 1727년 영남에 암해어사가 되어 부정한 관리들을 적발했다. 1730년에는 호서어사(湖西御使)로 나가 굶주린 백성구제에 힘썼던 것으로 암행어사 때에 활약한 많은 일화로 유명하다.

그는 암행어사로 오늘날까지 알려져 있는데『박문수전』은 조선시대 소설로서 작자연대 미상으로 되어 있다. 내용은 무주 구천동에서 부자로 사는 천운서(千云西)의 횡포를 징계하여 유안거(兪安居)의 원을 풀어주었다는 역사전기소설의 형태를 띤 소설로서 본 조항의 철인과 같은 행위를 한 것으로 나타나 있다.

박문수는 백성 중 선인(善人)과 정인(正人)의 편에 서서 돕는 것으로 되어 있다. 그는 실제로 암행어사로 민정을 살필 때 탐관오리(貪官汚吏)들을 적발하여 백성들이 편히 살게 하는 데 힘썼으며, 강자 앞에 약자를 돕는 일에 나섰다.

그에 대한 일화는 구비문학에 소개되어 어사하면 박문수를 떠올리게 할 정도로 명어사(名御使)로 일컬어졌다. 본고에서는 구비로 전하는 일화를 소개하기로 한다.

　본 조항의 철인은 박문수를 이해하는 데 도움이 되므로 다음과 같이 그 내용을 소개한다.

제65사(事) 체담(替擔): (信 1團 9部)(신, 1째 묶음, 9번째 부분)

替擔者는 爲人擔憂也라. 善人有寃이나 自不能伸하며 正人有
체 담 자　위 인 담 우 야　　선 인 유 원　　　자 불 능 신　　정 인 유
急이나 自不能 救하므로 哲人憫焉이 擔憂者는 義也니라.
급　　　자 불 능　구　　　철 인 민 언　　담 우 자　　의 야

해석: 체담(替擔)은 남을 위해 근심을 떠받는 것이니라. 착한 사람은 원통함이 있어도 스스로 펼 수 없으며, 바른 사람은 위급함이 있어도 스스로 구할 수 없을 때, 철인이 이를 딱하게 여겨서 근심을 대신하여 떠받는 것은 바로 의로움이니라.

　본 조항의 내용은 착한 사람(善人)과 바른 사람(正人)으로 철인이 돕는 경우를 들어 설명했다. 대개 인간생활에서 착한 사람은 착한 그 자체이고 요즘 사람들의 처세술이 부족한 경우가 많다. 착한 사람에겐 질이 좋지 않은 사람들이 이용하려는 경향이 짙으므로 피해를 당하는 일이 많이 생기게 된다. 그래서 보다 못한 철인들이 나서서 그 근심을 대신하여 떠맡아 처리하여 주는 수가 있다.

　물론 21세기 요즘은 착한 사람의 경우 20세기 사람들과는 다르지만 10여 년 전만 해도 착한 사람은 사회 현실에 어두운 관계로 남들로부터 원통한 일을 겪어도 그대로 당하는 이들이 많았다. 그러나 요즘은 억울한 일을 당하면 그 방법을 알려 주어 무료 변호사를 찾아 해결하게 되나 그 문제는 쉽지 않아 원통함을 평생 간직하는 이들이 많다.

　바른 사람(正人)의 경우도 착한 사람(善人)의 경우와 마찬가지인데, 급한 일을 당하였을 경우 해결할 줄 모르고 애만 태우는 사람이 생기는 경우가 발생할 때 바른 것을 신조로 삼고 살아온 관계로 사회인과 대인관계가 부

족하여 해결하지 못한다.

그럴 때 이웃이나 일가친척이 나서서 관청이나 법원에 가서 해결해 주는 예도 있다. 사람은 순수하게 사는 것도 좋은 일이지만 일급수에서만 살아갈 수 없는 상황에 처한다. 사람은 맑은 물을 마시며 살아가는 것이 원칙이지만 증류수를 마시며 살아갈 수 없다.

때문에 선인(善人)과 정인(正人)이라도 세상이 돌아가는 실정을 아는 중용(中庸) 중의 중용(中庸)인 시중(時中)의 도로 살아가야 한다.

1. 18세기 암행어사 박문수

철인(哲人)은 의리 있는 사람으로 세상이치를 잘 아는 사람으로 보면 된다. 암행어사로서 철인의 일을 행한 사람은 18세기 박문수를 들 수 있다. 영조대왕은 박문수에게 암행어사를 제수했다. 그는 영조대왕의 명을 받들어 백성들의 억울한 소송행위를 해결해 주는 역할을 했다. 그에 대한 민정시찰은『박문수전』에서 잘 나타나고『한국구비학선집』일조각 1980년 박문수 설화에 나타나 있는 바와 같다.

박문수는 억울한 사연을 품은 백성들의 고관(告官)행위 흑은 소송(訴訟)행위를 민정시찰을 통해 억울한 백성의 고충을 덜어주는 데 앞장을 섰다.

제65사(事) 체담(替擔)은 남의 근심을 떠맡아 행하는 것이다. 어사(御使) 박문수는 억울한 일을 당한 사람들을 위해 민간에 돌아다니며 일일이 확인을 했다. 특히 그는 착한 사람들이나 바른 사람의 원통함 다급한 일을 바르게 해결해 주는 어사로서 널리 알려졌다. 실제 그는 역사적인 사실로 1741년(영조 17년) 함경도 진휼사(賑恤使)가 되어 경상도의 곡식 1천 석을 실어다가 기민(飢民)을 구제한 일은 본 조항과 통하는 홍익인간의 발로이다.

18세기 박문수는 암행어사로서 백성들의 억울한 소송행위를 해결해 주는 역할을 맡아 자신이 처한 것처럼 처리했다. 그가 행한 내용은 본 조항을 이해하는데 많은 도움이 될 것이다.

18세기 어사하면 박문수를 떠올린다. 그는 선인(善人)이나 정인(正人)에게 엉뚱한 일이 발생했을 때 일을 일일이 그 내막을 알기 위해 민간에 여러 차례 돌아다니며 살펴 바른 판단을 내렸다. 조선조 500년간 암행어사하면 박문수를 떠올리게 되어 오늘날까지 이름난 어사로 회자되어 전해온다.

그의 행적은 여러 가지 내용으로 소개 되어 있지만 구비로 전하는 내용으론 중이 진사 며느리를 겁탈하고 살해한 사실을 호도하기 위해 시아버지의 행으로 소문을 퍼뜨리는 행위에 대해 수상히 여겼다. 박문수는 중을 죄인으로 밝혀내고 시아버지의 누명을 벗겨두었다. 자세한 내용은 제 20사(事) 강륵(强勒)에서 참고하기 바란다.

2. 작가들은 어진 이를 본받게 함

작가들은 본 조항과 박문수의 행함으로 남의 고충을 더는 것으로 작품을 재창작하여 선보이면 청소년소녀들이 선행하는 일에 앞장을 서게 될 것이다.

요즘은 소설작품만 아니라 만화 등으로 많은 사람에게 공감공명 하는 바를 불러일으키면 영화로 제작하여 많은 사람들이 관람할 수 있다. 청소년소녀들의 선행담은 밝혀지지 않지만 남에게 좋은 일을 하는 학생들도 많다.

작가들은 생활 주변에서 이들의 선한 행위를 한 것을 작중에 선보이면 많은 학생들이 본받아 행하는 이들이 많아질 것이다. 바른 생각과 바른 행동을 하는 학생이 공부도 잘하게 되는 성공사례를 근거로 작품으로 나타내면 된다.

요즘은 UCC 동영상으로 청소년소녀들이 착한 일을 행한 것을 사용자들이 인터넷을 통해 선행을 모아 블로그에 올리면 많은 사람이 보게 되어 있어 효과를 얻는 방법도 있다.

제66사(事) 약(約: 약속): (信 2團)―최익현(崔益鉉)의 『유시』(遺詩)―

본 조항의 약(約)은 '약속'을 뜻하니, 시간과 시일에 맞추어 어긋남이 없게 꼭 지키는 것을 말한다. 작가들은 본 조항의 내용과 같이 약속에 대해 믿음의 좋은 매개체, 엄한 스승, 시작되는 근원, 신령스런 넋으로 나타내면 약속이 금석맹약으로 지키지는 풍토를 이룰 것이다.

면암(勉菴) 최익현(崔益鉉, 1833~1906)의 『유시』(遺詩)는 1905년 을사늑약이 체결되자 1906년 6월 의병을 이끌고 전라도 순창에서 항전하다가 그의 제자 임병찬(林炳瓚)도 체포되었다. 그는 일본 쓰시마섬(對馬島)의 형무소에 감금되었을 때 단식하고 물만 들자 임병찬(林炳瓚)이 들 것을 권하자 원수가 주는 음식을 먹지 않겠다고 하고, 끝내 단식으로 자진하여 죽기 전에 시를 지어 소매에 넣어 든 것이 『유시』(遺詩)이다.

그는 74세까지 살았으니, 살만큼 살았다는 것으로 원수가 주는 음식을 먹지 않겠다고 약속하고 기진하여 세상을 떠났다.

면암(勉菴)은 제자 임병찬(林炳瓚)에게 원수가 주는 음식을 먹지 않겠다고 약속을 하고 단식으로 자진하여 세상을 떠났다. 그가 죽기 전에 『유시』(遺詩)를 지어 남겼으니, 약속이 중하다는 것을 나타낸 것이다. 그런 의미에서 본 조항을 인용하면 다음과 같다.

제66사(事) 약(約: 약속): (信 2團)(신, 2째 묶음)

約者는 信之良媒요 信之嚴師며 信之發源이요, 信之靈魄也라. 非媒不合하고 非師不責하며 非源不流하고 非魄不生하느니라.

해석: 약속은 믿음의 좋은 매개이고, 믿음의 엄격한 스승이며, 믿음이 시작되는 원천이요, 믿음의 신령한 넋이다. (약속이란) 매개가 없으면 신용이 있는 사람끼리 만나지 못하고, 약속이란 스승이 아니면 꾸짖을 수도 없으며, (약속이란) 근원이 세상 사람들이 서로 어울려 살 수 없을 것이고, (약속이란) 넋이 아니면 신용이 생겨나지 않았을 것이다.

제66사(事) 약(約)은 철옹성 같은 굳은 약속을 의미하니, 단군신화에서의 곰이 환웅과의 약속을 이행하여 사람으로 환생하는 것과 같다. 사람은 약속을 지키지 않으면 신용 있는 사람을 만나지 못하게 되는데, ① 약속은 믿음의 매개체, ② 엄한 스승, ③ 믿음의 원천, ④ 믿음의 신령이 아니면 신용을 지킬 수 없음을 나타냈다. 약속을 이루기 위해선 믿음의 매개체가 선행되어야 한다. 믿음이 전제되면 믿음이 있는 이를 만나고 믿음이 없는 사람을 책망하고, 서로 어울리면 믿음이 생겨난다.

위의 내용을 삼각형의 모형으로 나타내면 다음과 같은 도표가 이뤄진다.

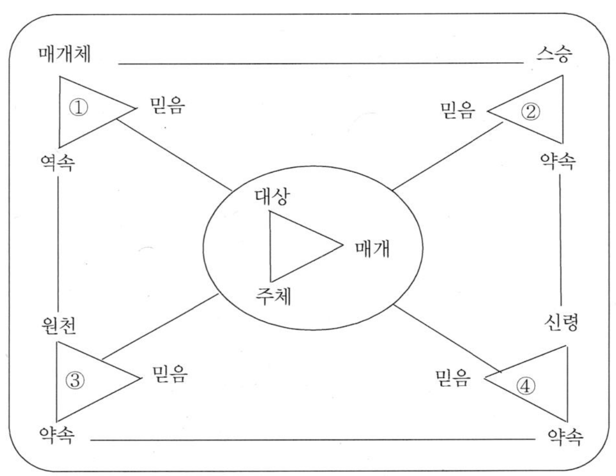

약속은 믿음이 전제되지 않으면 위의 네 가지 사항이 이뤄지지 않으므로 그 중요성을 나타냈으니, 다음과 같이 정리할 수 있다.

① 非媒不合(비매불합): (약속이란) 매개가 없으면 만나지 못한다(믿음이 있는 사람끼리).
② 非師不責(비사불책): (약속이란) 스승이 아니면 꾸짖지 못한다(믿음이 없는 사람도).
③ 非源不流(비원불류): (약속이란) 근원이 없으면 흐르지 못한다(믿음이 없으면 어울리지 못함).
④ 非魄不生(비백불생): (약속이란) 넋이 아니면 생겨나지 못한다(믿음

이 없으면 넋이 태어나지 못함).

위의 네 가지 분류는 약속이 중요함을 나타낸 것이니, 약속이 전제되지 않으면 ① 不合(불합)→② 不責(불책)→③ 不流(불류)→④ 不生(불생)하게 된다는 것이니, 이를 지키기 위해선 약속이 중요한 것이다.

단군이 동방예의지국(東方禮義之國)을 세운 것은 군신민(君臣民)이 약속을 지킨 데 있었다고 할 수 있다. 단군시대는 홍익인간의 이화세계를 세워, 태평천국, 신선의 나라이니, 따지고 보면 약속을 상하인(上下人)들이 지킨 데 있다.

1. 면암(勉菴) 최익현(崔益鉉)의 『유시』(遺詩)

면암(勉菴)의 『유시』(遺詩)는 1905년 을사늑약(乙巳勒約)이 체결되자 청토오적소(請討五賊疏)와 재소(再訴)를 올려 무효할 것과 오적들을 처단할 것을 주장하였다. 그의 주장은 받아들이지 않았으나 의병운동이 도화선이 되게 했다. 그는 74세의 고령으로 1906년 6월 제자 임병찬(林炳瓚)과 의병을 이끌고 전라도 순창에서 항전하다가 체포되어 쓰시마섬(對馬島)의 형무소에 감금되었다. 그는 임병찬의 권고를 듣지 않고 "내 늙은 몸으로 어이 원수의 밥을 먹고 더 살겠느냐, 너희나 살아 돌아가 나라를 구하라"고 단식을 하다가 사망했다.

그는 원수가 주는 음식을 먹지 않겠다고 하고, 굶어서 자진한 내용의 『유시』(遺詩)가 다음과 같이 전한다.

왜적에 짓밟힌 강산 하늘이 무심한데,	蹄跡山河天赤老,
잡힌 몸이지만 한 점의 부끄럼도 없네.	比行可愧糞毛華.
소매에 가득 충만한 연하(자연)를 담아,	袖中勤拾煙霞滿,
고향에 돌아가 과장하여 알리지 말게나.	歸對鄉園座告誇.

그가 자진한 나이는 74세이니, 당시 나이로는 여한이 없이 살았다는 역도 하에서 쓴 시가 소매 속에 들어 있어 그의 죽음에 대해서 알려지게 되

었다.

세상의 모든 약속은 믿음이 전제되지 않아 많은 피해를 입는 일이 부지기수로 발생하고 있는데, 면암은 단식 중에 물만 마시다가 세상을 떠났다. 시체가 부산 포구에 도착하였을 때 많은 동포가 나와 통곡하며 맞았다고 한다.

그의 위국충절(爲國忠節)은 항일운동으로 계승케 했다는 데 역사적 의미를 지닌다. 1962년 3월 1일 대한민국 건국공로훈장 중장(重章)을 받았다. 현재 충남 예산군 광시면 관음리에 최익현의 춘추대의비(春秋大義碑)가 있고, 모덕사(慕德祠)는 충남 청안군에 있다.

약속의 두 번째 묶음(덩어리)으로 다음과 같이 10개의 잔가지로 나누었는데 이를 소개하면 다음과 같다.

약이단(約二團)

조항 \ 내용	주요 내용	대상	조항
1. 천실(踐實)	신용 있는 사람은 약속을 이행 함	약속	제67사(事)
2. 지중(知中)	신용 있는 이는 흔들림 없이 약속 지킴	약속	제68사(事)
3. 속단(續斷)	신의(信義)란 끊어질 약속을 다시 이음	약속	제69사(事)
4. 배망(排忙)	신용은 분주함을 제치고 약속을 지킴	약속	제70사(事)
5. 중시(重視)	신용 있는 이는 약속을 살피고 또 살핌	약속	제71사(事)
6. 천패(天敗)	하늘이 사람의 약속을 파기함	약속	제72사(事)
7. 재아(在我)	약속의 이행여부는 자기에게 달려 있음	약속	제73사(事)
8. 촌적(忖適)	성질이 다른 것이 적절히 어울림	약속	제74사(事)
9. 하회(何悔)	믿음은 약속을 지켜 후회함이 없게 함	약속	제75사(事)
10. 찰합(拶合)	큰 약속은 작은 티끌도 끼어들지 못함	약속	제76사(事)

위의 도표에서와 같이 약속을 10개 항으로 지켜나가면 사람들이 안심하고 살아갈 것이다. 인간의 삶은 약속이 여하히 이뤄지느냐에 따라 생활의 질이 좌우된다고 할 수 있다.

약속은 먼저 신의(信義)가 바탕 되어야 하니, 소년기에 천지와 같은 변함없는 약속을 지켜나가면 단군과 같이 홍익인간의 이화세계를 세운다.

어느 사회에서든지 약속을 지켜나가면 신뢰가 쌓여 사람을 믿게 되어 마음 놓고 편안히 살아갈 수 있다. 그 근본은 하늘에서 본받은 것인데 하늘의 마음으로 살아가게 된다. 천리에 의해 살아가는 나라는 질서가 잡힌 나라가 될 것이고, 믿음이 결여된 나라일수록 무질서한 나라라고 할 수 있다.

2. 작가들의 주인공 약속

작가들은 작중 인물을 설정할 때 약속을 지키는 일로 나타내야 할 것이다. 세상은 사람들이 믿음의 사회가 이뤄지는 것을 원한다. 사람은 믿음이 중하다는 것은 말하면서 그 선행되는 약속에 대해서 비중을 두지 않는다.

작가는 사회생활에서 약속이 중하다는 것을 인지하고 주인공을 작중의 등장인물과 교유(交遊)할 때 약속을 지키는 신임을 받는 사람으로 나타내면 청소년소녀들이 약속을 지키는 사람이 될 것이다. 이에 대해 독자들의 호응을 받게 되면 사회는 약속을 금석맹약(金石盟約)으로 지킬 것이라 믿는다.

복지국가를 이루는 초석은 사람과 사람 간의 약속이 이루질 때 가능한 것이다. 전 국민이 약속을 지키면 국제 간에도 신뢰를 쌓게 되어 교역량도 늘어나고, 외국관광객도 쇄도하여 나라가 부강하는 길이 열린다. 이유는 간단하면서도 이루기 어려우니, 작가들이 앞장을 서야 한다.

제67사(事) 천실(踐實: 실제로 이행함)-주몽의 편검(片劍)-

본 조항의 천실(踐實)은 '실제로 이행함'이란 뜻이니, 약속한 대로 실천함을 말한다. 작가들이 작중의 인물을 나타낼 때 약속한대도 실천하면 약속으로 인한 차질이 없게 되어 남에게 비방을 듣지 않게 될 것이다. 그 약속은 천지인(天地人)이 각각 지닌 하나(一)로써 행하면 믿음의 스승이 된다.

고구려 시조 주몽은 『삼국사기』 권13 고구려본기 제2, 저1 유리왕조에 나타난 바와 같이 부여왕의 아들 대소(帶素)의 시기 질투로 남하하였다.

남하하기 전 부인 예씨(禮氏)에게 말하기를 아들을 낳으면 일곱 모가 난 돌 위에 소나무 아래 감추어 준 물건을 찾아 가지고 오면 나의 아들로 인정하겠다는 말을 남기고 남쪽으로 갔다.

예씨는 주몽의 아들 유리(類利)가 자라 아버지에 대해 묻자 주몽에게 남하하게 된 동기와 숨겨진 물건을 찾아오면 아들로 맞는다는 사연을 알려 주었다. 유리는 일곱 모난 소나무 기둥아래 주춧돌 밑에 숨겨진 편검(片劍)을 찾아내 주몽을 찾아갔다.

주몽은 자신이 가지고 있는 편검(片劍)과 아들의 것을 합치니, 꼭 맞아 큰 검을 이뤘다. 이 두 편검은 부자의 뜻과 혈맥이 이어지는 듯 피가 통하는 감격스런 부자의 상봉이었다고 할 수 있다.

주몽과 유리의 편검은 한 자루의 큰 칼을 이루게 되니, 약속이 결과가 신뢰의 꽃을 피운 것이다. 약속의 실천은 신용을 낳아 고구려를 잇게 되었다.

본 조항은 약속은 실천하는 있음을 내용으로 하고 있으니, 주몽설화를 이해하는 데 도움을 주므로 그 내용을 다음과 같이 인용한다.

제67사(事) 천실(踐實): (信 2團 10部)(신, 2째 묶음, 10번째 부분)

践實者는 如約也라 合奔時日하고 完淸事物이면 無參差하며
無錯誤하고 無 讒凶이니라.

해석: 천실(踐實)은 약속과 같음이라. 약속한 시일을 맞추어 달려 나가며 일을 깨끗하게 완수하면, 어긋남도 없으며 그르침도 없고 참소하는 흉함도 없느니라.

제67사(事) 천실(踐實)은 신용이 있는 사람이 약속한대로 이행하는 것을 이른다. 위의 "무참흉(無讒凶)"의 기록을 원문에는 『성경팔리』에는 "무길흉(無吉凶)"(길하고 흉함이 없음)이라고 한 것이 다르다.

약속은 믿음의 좋은 매개체이므로 사람이 일단 약속한 날짜에 맞추어 실천해야 신용사회가 이뤄지지 된다. 그 사회는 약속으로 인한 매개관계로 이뤄진 관계로 신뢰가 쌓여 사람 간의 인정을 베푸는 사회를 이룬다.

동서고금을 막론하고 바르게 살아온 이들은 약속을 꼭 지키며 살아왔다. 약속은 믿음을 낳게 되므로 약속은 호리불차(毫釐不差)도 없이 지켰다고 할 수 있다. 바르게 살아온 이들은 선인(善人)과 정인(正人)에 해당하므로 그 기준을 천리에 두고 살아왔다.

천지(天地)의 진리는 하나(一)의 도로서 지구가 탄생한 40억 년이 지난 후에도 어긋남이 없었기 대문에 철인 정치가들이 천리를 반드시 지켰다.

약속은 믿음을 낳는 관계로 어울림(suitability)과의 관계를 이루어 역사상 의인들의 경우 약속을 철통같이 지켜 후세인들에게 본이 되었다.

천지의 도는 한결같은 변함없는 도로 행하는 관계로 천장지구(天長地久)를 이루게 된다. 의인(義人)·정인(正人)·철인(哲人)들은 한결같은 하나(一)의 도로 행하면 시중(時中)의 미(美)를 이루어 신용사회를 이룬다.

천지인(天地人)이 하나(一)의 도를 지닌 관계는 『천부경』(天符經)의 하나(一)의 도인 "천일일 지일이 인일삼"[天——　地—二　人—三: 하늘은 하나(一)로써 하나이고, 땅은 하나(一)로써 둘이며, 사람은 하나(一)로써 셋이다]를 설명할 필요가 있다.

하늘은 기본수가 일(一)이므로 창조과정이 첫 번째이고, 땅은 두 번째로 기본수는 둘이다. 사람은 창조과정이 세 번째로 기본수가 삼(三)이다.

천지인(天地人)은 한결같이 하늘의 기본수 일(一)을 지니고 있는데, 인간은 하늘과 땅의 기운을 갖고 있으므로 소우주라고 한다.

이기(理氣)는 천지 간의 기운을 말하는데 이(理)는 하늘의 기운을, 기(氣)는 자상의 공간의 기운을 가리키게 되므로, 이 두 기운이 만물을 생성하고 만물을 변화시키다. 이(理)는 공간성의 하늘의 이치와 시간성인 에너지법칙에 의한 무형체인 기(氣)가 자연법칙에 따라 응결되면 유형체로 첫 번째 나타난 것이 태양이고, 두 번째가 지구(地球), 세 번째가 만물의 영장인 인간이다.

이와 같이 약속은 천지인(天地人)이 지닌 하늘의 하나(一)의 도로써 매개를 하면 인간에겐 좋은 신뢰를 쌓게 되어 믿음의 스승이 된다.

1. 고구려의 시조 주몽의 약속

주몽은 부여왕의 아들 대소(帶素)의 시기 질투로 남하하게 된다. 주몽은 남하하기 전 부인 예씨(禮氏)에게 "남자를 낳으면 나의 유물을 일곱 모가 난 돌 위에 소나무 아래 감추어 주었다. 이곳을 찾아 가지고 오면 나의 아들로 맞겠다"라는 말을 알렸다.

예씨(禮氏)는 아들을 낳아 키웠다. 이름을 유리(類利)라 하였다. 그가 자라 어머니가 일러준 말을 듣고 유물을 찾아 기둥아래 편검(片劍)을 찾아 졸본부여로 가서 주몽을 만나 신표인 편감(片劍)을 보이자 주몽이 자신이 보관했던 편검과 맞추니 한 자루의 보검을 이루었다. 마침내 주몽은 부인 예 씨(禮氏)와의 약속을 지켜 유리가 친자임이 확인되어 훗날 고구려의 왕위를 계승하게 되었다.

유리는 주몽을 적시에 만났기에 졸본에서 소서노(召西奴) 왕비와의 사이에서 낳은 온조(溫祚)에게 물려주게 될 왕위를 제치고 왕위를 오를 수 있다.

유리는 믿음을 전제로 한 시기를 잘 맞춘 결과로 인해 왕위를 물려받은 바가 되었다. 편검은 신표이니, 『춘향전』에 나타난 신표는 시중(時中)의 미를 잘 지킨 바로 유명하다.

역사상 시중(時中)의 미(美)를 이룬 이들은 약속의 시일에 맞추어 시행한 이들이니, 관심이 아닐 수 없다.

2. 작중 주인공 약속모티프

작가들은 소년소녀들이 약속을 실천케 하면 사람 간의 신뢰가 생기고 정(情)의 싹이 트게 되어 인정과 사랑이 넘치는 사회를 이루는 중개자가 되게 한다. 뿐더러 훗날에 진선미의 꽃을 피워 명랑사회를 이루는 데 도움이 될 것이다.

본 조항은 약속한 바를 지키는 것이니, 이는 곧 훗날에 좋은 결과를 이루는 것으로 되어 있다. 약속한 바를 실천하는 것은 목전의 이익에 얽매이는 일을 행해서는 안 된다.

작가들은 현대인들의 약속이 중대한 의의를 지니는 것을 현대적으로 나타내면 새롭게 조명해볼 수 있게 되리라 믿는다. 따라서 작가들은 주인공이 약속의 모티프로써 실천하는 것으로 작중 주인공을 나타내면 독자들에게 도움을 줄 것이다.

제68사(事) 지중(知中: 중용의 도를 앎)-『장화홍련전』에 나타난 전동흘-

본 조항은 '중용지도(中庸之道)를 앎'이란 뜻이니, 모든 일을 지나치거나 편파됨이 없이 일을 처리하게 약속을 지키는 것으로 되어 있다. 중용(中庸)은 때를 맞춰 행하는 시중(時中)을 최고의 가치로 여긴다는 것이 본 조항에서 밝힌다.

작가는 약속을 지키는 극석맹약(金石盟約)으로 지킬 때 큰일을 이룬다는 것을 작중에 주인공으로 나타내면 독자들이 약속을 지키는 사람으로 되게 하는 데 도움을 줄 것이다.

단군신화에 나타난 곰은 혼웅과의 약속을 자신의 몸이 환골탈태(換骨奪胎)하는 경지에 이루는 고난을 겪으면서 웅녀가 되었다.

『장화홍련전』에 나타난 전동흘은 장화·홍련의 계모 허 씨를 처벌하는데 결정적 역할을 하였다. 그는 전실의 소생을 박대하고 장화를 죽인 음모를 본 조항의 내용과 같이 흔들림이 없이 실천한 것으로 인해 허 씨의 죄상을 밝혀 그를 처벌하여 철산고을의 사람들이 편히 살았다.

본 소설은 조선조 17세기 효종 때 평안도 철산에 전해오던 설화를 소재로 한 순전한 계모형 소설로 『콩쥐팥쥐전』과 동일한 공통적인 유형구조를 지닌 소설로, 필사본을 위시해 구활자본·신활자본이 간행한 것까지 약 40여 종에 이르고 있다.

본 소설이 많은 독자층을 이룬 배경은 홍악인간(弘惡人間)이라 할 수 있는 허씨를 처벌을 하여 살기 좋은 고을을 세웠다는 데 있다.

본 소설의 내용을 이해하기 위해 본 조항의 내용을 소개하면 다음과 같다.

제68사(事) 지중(知中): (信 2團 11部)(신, 2째 묶음, 11번째 부분)

知中者는 知就約有中道也라. 旣約而被間而止하며 厭苦而止하고 推移而止 하며 聞虛信而止는 皆非中道也라. 故로 知者는 自戒하느니라.

해석: 지중(知中)은 약속을 이루어 나아감에 중도(中道)가 있음을 아는 것이니라. 이미 약속해 놓고 이간을 당하여 그치며, 괴로움을 싫어하여 그치며, 일이 되어 나가는 변화를 살펴 그치거나, 헛된 소문을 듣고서 그치는 것은 모두 중도가 아니니라. 그러므로 아는 사람은 스스로 경계하느니라.

중도(中道)를 알아 약속을 지키는 것은 약속 중에 약속이라 할 수 있다. 우리는 중용하면 때를 맞춰 행하는 시중(時中)을 생각하야 할 것이다. 시중(時中)이란 천지의 도에서 때를 맞추는 도(道)이므로 약속을 이행하려면 본 조항과 같이 중용의 도를 알아야 한다.

흔히 중용하면 유교나 불교의 기본사상이므로 핵심을 이루고 있으며, 서구인들 또한 아리스토텔레스의 중용사상에서 더 나아가 창조적 발전을 거듭해 오늘에 이르러 현대과학·철학과 인식론의 초석→정립→재발견→다시 발전시켜→성숙한 민주주의 사회→정치철학으로 정립→최첨단 물리학의 동적균형의 개념(Dynamic equilibrium)→재발견하고→서구문학과 학문과 사상의 발전에 존속적(存續的) 역할을 하고 있다.

서구인들은 그전부터 중용을→Golden mean(중심의 황금률)·Happy median(행복의 중위치)·Middle of the way(한가운데 길)·Equilibrium(균형)·

Harmony(조화) · Tolerance(관용) 등의 뜻을 지니고 있는 것으로 발전시키고 있는 데 반해서 동양의 경우 관념적 차원에 머무르고 있는 것이 아쉽다.

1. 『장화홍련전』에 나타난 철산부사 전동흘

본 소설 중의 철산부사는 중용 중에서 시중(時中)의 도를 지켰다. 계모 허 씨는 장화를 연못에 빠쳐 죽게 하여 홍련이 스스로 언니의 뒤를 따라 연못에 투신자살했다.

어느 날 밤중에 죽은 혼령의 화신인 홍련이 전동흘 앞에 나타나 언니의 억울한 죽음에 대해 설원해 겨모 허씨의 죄상을 파헤쳐 죄상을 밝혀 알렸다. 그런데 철산부사 전동흘이 허씨를 처벌하려고 하니, 허씨가 청산유수로 말을 둘러대는 관계로 처벌을 할 수가 없었다. 다시 홍련은 밤중에 전동흘 앞에 나타나 자초지증을 알려주어, 다시 허씨를 불러 홍련이 낙태했다는 그것을 가져오라고 하였다. 허씨는 태연하게 내놓았다. 그를 갈라보니 쥐임이 밝혀져 허씨를 능지처참하였다.

약속은 천지의 조화의 이치를 모법된 것이라 할 수 있는데, 부사 전동흘이 홍련의 약속을 지켜 적절하게 해결한데서 흔들림이 없이 시중(時中)의 도를 행했다고 할 수 있다.

전 부사는 약속을 이행한데서 흉악하기 이를 데 없는 허씨의 죄상을 쾌도난마(快刀亂麻)격으로 밝혀 내 그를 능지처참해 철산고을의 기강을 확립해 평온하게 백성들이 살아가게 했다.

실제로 『장화홍련전』은 1656년 평안 철산지방의 살인사건을 전동흘이 해결한 사건을 계기로 서사화한 작품으로 전해지고 있으니, 목민관의 책임 또한 시중(時中)의 미를 행하는 데서 의의가 있다고 할 수 있다.

본 조항은 시중(時中)의 도로써 약속한 바를 지켜나가는 것이니, 그중 『장화홍련전』에 전동흘의 경우 그 도를 실천했다.

주지하는바 중용은 인류가 낳은 사상 중에서 가장 훌륭한 사상이라는 데 그 실천이 바람직한 것이다. 흔히 단군의 홍익인간의 이화세계나 요순의 무위정치도 따지고 보면 중용의 도를 이행한데 이뤄진 것이라 할 때 본 조항의 의미는 더해진다.

2. 중용지도(中庸之道)로의 약속 실천

작가들은 작중 인물을 설정함에 있어 어려움이 따르더라도 극복하고 중용을 실천하는 주인공의 의지를 보이면 청소년소녀들의 독자들이 읽고 실천하는 이들이 많을 것이다.

좋은 조건의 약속을 지켜나감에는 이간질하는 사람으로 인해 약속을 파기하거나, 귀찮은 생각에서 약속을 깨는 사람도 있게 된다. 약속을 이행함에는 천리에 의한 하나(一)의 마음으로써 행하면 이뤄져 신용이 없다는 말을 듣지 않게 될 것이다.

작가들은 일상생활에서 시중(時中)의 도가 중대한 의미를 지니게 되니, 이를 내용으로 작품을 스토리텔링으로 형상화하면 많은 청소년들이 실천하리라 믿는다.

제69사(事) 속단(續斷: 끊어짐을 이음)—『구운몽』의 주인공 성진—

본 조항의 속단(續斷)은 '끊어짐을 이음'이란 뜻이니, 좀 더 뜻을 부연하면 끊어지려는 약속을 다시 이어나가는 것을 말한다.

젊은 나이는 남의 유혹으로 약속을 깨는 수가 있으니, 작가는 이들에게 안내자 역할을 하면 다시 마음을 돌려 약속을 지키게 된다.

『구운몽』은 서포(西浦) 김만중(金萬重, 1637~1692)이 남해 배소에서 모친 정경부인 윤씨를 위로하기 위해 쓴 작품이다. 서포는 모친 윤 씨가 21세에 홀로되어 두 아들을 훌륭히 키워 형 만기(萬基)는 광성부원군(光城府院君)에 수봉되었고, 자신인 만중(萬重)은 대제학 판서를 역임하였다고 소개하고 있다. 그는 남인(南人)의 재등장으로 1689년 남해로 유배를 당해, 그곳에서 모친을 위로하기 위해 부귀공명과 영화는 일장춘몽이라는 것을 주제로 지었다.

형 만기(萬基)는 1687년에 세상을 떠나고, 자신인 만중(萬重) 또한 1689년에 유배를 당하니, 모친을 위로하기 위해 『구운몽』을 지었다.

『구운몽』의 주인공 성신은 중으로서 속세(俗世)의 마음을 품고 중이 된 것을 후회를 하여 스승 육관대사가 선몽(禪夢)으로 속세의 부귀공명과 영화를 누리게 한 후 몽중(夢中)에서 여덟 미인들과 엽색적인 생활을 누렸으나 깨닫게 하고 꿈을 깨는 장면으로 나타냈다.

성진은 몽중(夢中)생활 61년 동안 부귀영화를 미인들과 같이 누렸으나 깨어보니 일장춘몽에 불과하다는 것을 깨닫게 되어 부처의 교리에 힘써 극락왕생하였다는 것으로 대단원의 막을 내린다.

서포(西浦)는 모친 윤씨가 21세 되던 해 유복자로 태어나 두 형제를 키었다. 장자(長子) 만기(萬基)는 세상을 떠나고 자신을 유배를 당하였으니, 더구나 병으로 고생하는 모친을 위로하기 위해 『구운몽』을 지었다.

『구운몽』의 주인공 성진은 전날의 약속으로 중으로 일생을 마치겠다는 각오로 불도를 열심히 닦아 극락왕생하게 된 것이다. 그는 본 조항과 같이 약속을 이행했다는 점에서 본 조항을 다음과 같이 인용한다.

제69사(事) 속단(續斷): (信 2團 12部)(신, 2째 묶음, 12번째 부분)

續斷者는 續將斷之約也라. 正大成約에 奸人沮戱하여 偏方懷疑하면 將至斷 約이라. 哲人은 誠信解諭하여 渾然復初 하느니라.

해석: 속단(續斷)이란 장차 끊어질 약속을 잇는 것이니라. 바르고 큰 약속이 이루어짐에 간사한 사람이 이를 막아서 희롱하면, 한 쪽에 치우쳐서 의심을 품게 되니, 앞으로 약속이 끊어짐에 이르나니, 철인은 정성과 긴음으로 의심을 풀고 명확하게 밝히어 다시 혼연(渾然)히 돌아가도록 하느니라.

약속은 인간이 살아가는 데 믿음이 있어야 이뤄지는 것이므로 꼭 지켜야 하는 것이다. 제69사(事) 속단(續斷)은 처음의 약속을 끝까지 지켜나감을 이른다. 사람이 살아가는 데는 유혹이 따르게 마련이다. 특히 소년소녀기는 외부의 작용이 심하면 흔들리기 쉬운 때이니, 이런 유혹에 휘말리지 않도록 마음의 평정을 지녀야 한다. 그 평정은 하늘의 믿음을 지니면 문제될 것이 없다.

사람은 공명정대한 약속일도 소위 소인(小人)이나 간사한 사람들이 나서 그럴듯한 말을 하면 약속을 어기는 수도 생길 수도 있다. 약속은 중한 것이니, 지켜야 할 사람과 꼭 지켜야 할 일이라면 소인(小人)의 말을 들을 것이 아니라 군자(君子)나 대인(大人)·철인(哲人)과 같은 훌륭한 분에게 자문을 구하여 옳다고 하면 약속을 지켜야 한다.

요즘은 사업관계로 사람을 만나게 되면 우선 그 방면에 대해 잘 아는 사람이나 전문가에게 의견을 물어보면 안전하게 계약을 할 수도 있다.

즉 사업관계로 계약을 할 때는 경험 있는 사업가를 만나는 것이 가장 안전한 일이니, 소인배들의 말을 들을 필요도 없다. 신의(信義)란 공명정대한 일과 관련한 것이라면 약속을 깨지 말고 약속을 지켜야 한다.

1. 『구운몽』의 주인공 성진

서포(西浦)는 청년기 초기 20세 때 팔선녀를 보고 마음이 현혹되어 승려가 된 것을 뉘우치고 파계승(破戒僧)을 꿈꾸는 망상에 사로잡혔다. 그의 스승 육관대사는 성진이 팔선녀에게 유혹된 것을 바로 잡기 위해 선몽(禪夢)에 들게 하였다.

성진은 육관대사의 선몽에 의해 양소유으로 환생하였다. 그는 몽유(夢遊)공간에서 유가적인 생활로 장원급제하고 벼슬을 하면서 부귀영화를 누리며 엽색적인 생활을 일삼다가 61년 만에 꿈 속에서 깨어났다.

성진은 인생의 부귀공명이 일장춘몽에 불과 하다는 것을 깨닫고 현실로 돌아와 불도를 닦아 극락왕생하게 된다. 이 극락왕생은 인간이 살아가는 3차원의 세계가 아니라 4차원~10차원에 이른 것을 의미한다.

그는 육관대사의 도력으로 세속에 연연하는 생활을 몽유공간에서 체험하였으나, 참된 신의가 바탕을 이루는 생활이 아닌 것으로 인해 체념하고 극락왕생의 길을 걷게 된 것이다.

성진이 3차원 세계에서 4차원~10차원에 이르렀다는 것은 『천부경』의 '一'을 쌓아 '十'에 이르렀음을 의미한다. 『천부경』에서 '十'은 완성수를 의미하니, 그 세계는 다름 아닌 불교의 극락왕생인 것이다.

『구운몽』의 주인공 성진은 성진→양소유→성진의 3단계 과정을 거쳤으니, 본 조항에서와 같이 마음을 돌려 약속을 지킨 것으로 볼 수 있다.

2. 소년소녀기의 약속

소년 소녀기에는 사회경험이 많지 않는 관계로 유혹에 달려들기 십상이니, 일(一)에서 십(十)에 이르는 길을 택하면 완성인간이 되는 데 도움이 될 것이다.

특히 이때는 철옹성 같은 약속을 했음에도 간사한 친구들에 의해 약속을 깨는 경우가 있게 될 수도 있다. 그런 때는 부모에게 물어보는 것이 가장 좋은 일이다. 부모가 그런 학생이라면 만나도 좋다는 말을 하면 약속을 깨지 않고 지키게 된다.

작가들은 소년소녀들이 남의 유혹에 빠지지 않게 작중에 주인공으로 예를 들어 나타내면 옳은 길을 가게 하는 데 안내자 역할이 될 것이다. 이들은 자라나는 시기이니, 한번 질이 나쁜 학생에게 꾀임에 빠지게 되면 함정에 나오지 못하게 되는 것과 같으니, 나쁜 학생과의 약속은 지키지 않게 하고 착한 학생과 약속한 대로 지켜나가면 된다.

본 조항과 성진→양소유→성진의 생활상은 소년소녀에게 참되게 살아가는 것을 일깨워주는 교훈이라 할 수 있다. 작가들은 약속의 중요성을 소년소녀에게 주지시켜 고난을 겪는 가운데서도 중단하는 일이 없도록 한다. 이러한 문학 작품은 『구운몽』의 주인공 성진이나 다른 작품에서 예로 들 수 있다.

제70사(事) 배망(排忙: 바쁨을 물리침) -『동문선』, 「신재기」(信齋記) -

본 조항에서 배망(排忙)이란 말에서 배(排) 자(字)는 '물리칠 (배)'이고 망(忙)은 '바쁠(망)'으로, 분주한 일을 물리치고 초연히 약속을 이행하는 것을 이른다.

사람은 바쁘게 살아가고 약속을 지키는 일이 힘들고 어려운 것이다. 그러나 사람은 누구나 바쁘게 마련이고 어려운 일이라도 제 날짜에 맞춰 하겠다는 신념이 있을 시에는 약속을 지키게 된다.

작가는 바쁘더라도 타고난 천성을 활용하여 꼭 하겠다는 마음을 가지면 실행하게 되는 것을 작중에 나타내면 청소년들이 약속한 바를 반드시 지키게 될 것이다.

권근(權近, 1352~1409)은 호(號)를 양촌(陽村), 대제학을 역임하고 명(明) 황제 주원장(朱元璋, 1328~1398)의 명에 의해 응제시(應製詩) 「호고개벽동이주」(好古開闢東夷主)를 지어 단군이 처음으로 세운 나라임을 밝혀 주원장이 만족해하며 사적에 올려 후세에 전하도록 그 역사적 사실이 『동국통감』(東國通鑑) 외기(外記)에 전한다.

권근은 『동문선』(東文選) 권79 · 「신재기」(信齋記)에서 신(信)에 대해서 자신의 견해와 공자(孔子) · 맹자(孟子) · 증자(曾子) · 자사(子思)가 소개한 내용으로 그 행하는 방법을 소개하여 본 조항의 배망(排忙)을 실천하는 방법을 알려주기도 했다. 본 조항의 배망(排忙)은 신용이 있는 사람에 대해 자기의 분주한 일을 물리치고 신의로써 천성을 지키면 약속을 지킬 수 있다고 했다.

본고는 권근의 「신재기」(信齋記)를 이해하기 위해 본 조항을 다음과 같이 소개한다.

제70사(事) 배망(排忙): (信 2團 13部)(신, 2째 묶음, 13번째 부분)

排忙者는 排擱奔忙而超然趁約也라. 人이 以信守性이면 則事
有倫次하며 理 無違背하여 自無由奔忙而失約이라. 或想禒有
障이면 則如月穿行雲이니 少 信者는 困後成之니라.

해석: 배망(排忙)은 바쁨을 물리쳐 초연히 약속을 지켜 따름이라. 사람이 믿음으로써 천성을 지키면 일에 질서가 있으며 이치에 위배됨이 없어서, 스스로의 바쁨으로 인하여 약속을 잊은 일이 없느니라. 혹 생각이 겉돌아 막힘이 있으면 달이 구름을 뚫고 지나는 것과 같아서 믿음이 적은 사람도 곤란을 겪은 뒤에 약속을 이루게 되느니라.

사람이 믿음으로써 성품을 지키면 바쁘더라도 약속을 잊는 일이 없는 것이다. 성품을 지킨다는 것은 천성적인 마음으로써 약속을 지키는 순수 미적인 의식이니, 천성의 성품으로써 이행해야 한다.

사람은 대우주의 생김새를 닮아 소우주로 태어난 관계르 하늘의 천성을 지니고 태어났다. 사람은 또 하늘의 믿음을 지닌 관계로 신의로써 천성을 지키면 어긋남이 없이 살아간다. 사람은 바쁘다는 핑계로 약속을 어기는 일이 있는데, 타고난 성품대로 행하면 사리에 어긋남이 없을 것이므로 약속을 어기는 일이 없을 것이다.

사람은 경박한 생각으로 천성을 가릴 때는 달이 구름을 뚫고 달빛을 비추는 것과 같다. 그러므로 믿음이 적은 사람은 곤란한 일을 당한 후에 약속을 지킬 수 있는 것과 같으니, 약속은 지켜야 한다.

우리는 단군신화에서 곰이 동굴에서 쑥과 마늘을 먹으며 환웅과의 약속을 지킬 때 범이 사람이 되는 일을 포기하자고 꾀였을 것이다. 그러나 곰은 범의 유혹을 물리치고 환웅과의 약속을 지켜 웅녀로의 환생과 같은 것이니, 본 조항을 이해하는 데 좋은 예라고 할 수 있다.

1. 권근(權近, 1352~1409)의 「신재기」(信齋記)

권근은 「신재기」(信齋記)에서 신(信)에 대해서 설명을 하였다. 신(信)은 약속을 전제하지 않고서는 지켜질 수 없는 것이다. 본고에서는 약속에 대해서 앞에서 소개한 바 있고, 앞으로 서술해 나가도록 하겠는데, 본 조항에서 권근이 주장한 내용으로 설명하기로 한다.

권근이 신(信)에 대해서 설명하게 된 내력은 참지한공(叅知韓公)의 호(號)가 신재(信齋)라 하였는데, 이에 대한 글(記文)을 청하여, 사양할 수 없어 이에 대해서 쓴 것이라 했다.

권근은 오상(五常)에는 인의예지신(仁義禮智信)을 들면서 이 중에 신(信)이 있음을 예로 들었다. 신(信)은 순일(純一)한 하늘과 같이 성실하게 면려(勉勵)하면 신(信)이 된다고 했다.

『동문선』(東文選) 권79 · 「신재기」(信齋記)에서 "자신을 닦는 법과 임금으로서 다스리는 요령은 신(信)보다 긴요한 것이 없다"(凡學者修己之方, 人君爲治之要, 尤莫切於此)고 하였다.

신(信)은 하늘의 하나의 도로 성실하게 행하면 믿음이 쌓이게 되어 신용사회를 이루는 초석이 되게 한다.

신(信)을 체득하는 법을 공자(孔子)가 한 명언을 소개하면서 사람을 가르칠 때 삼가면서 믿게 하고 충과 신을 주장하여 신(信)을 얻는 방법과 나라를 다스리는 데에도 공경하여 믿음으로 행하라는 것을 가르쳐 주었다. 그리고 증자(曾子) · 자사(子思) · 맹자(孟子)는 공자(孔子)의 행함을 전수하여 저술한 경전에도 성(誠)과 신(信)으로 나타냈다고 하였다.

주지하는 바와 같이 위정자의 약속은 일반인들의 약속과는 차원이 다른 것이니, 순수미적인 자연의 이치에서와 같이 자연스러움(naturalness)으로 이뤄야 신뢰가 구축되는 것이라 할 수 있다.

권근의 「신재기」(信齋記)에서 신(信)에 대한 설명은 일반사람들이 자신을 닦아 남으로부터 신뢰가 쌓이게 하는 방법과 위정자가 백성을 다스리게 하는 방법의 요령을 체득케 하는데 의의가 있는 것이다.

믿음은 약속에서 이뤄지는 것이다. 권근이 「신재기」(信齋記)에서 신(信)

에 대해 설명한 것은 이미 약속이 이뤄진 상태에서의 믿음이라는 것을 밝혀준다.

2. 작가의 작중 믿음 반영

어느 사회에서도 약속은 곧바로 지켜져야 할 것이다. 청소년들이 약속을 지켜나가는 것은 값진 보배다. 이들에게 본 조항의 내용과 함께 신(信)의 가치가 중요한 것을 나타내는 문학작품이 선보이면 약속의 가치를 지니는 의미를 지니게 하는데 도움이 되리라 본다.

아울러 소년소녀들은 하늘의 믿음으로 약속을 지키는 일을 실천하면 신뢰가 쌓여 남과도 어울리는 생활을 하게 되어 신용사회를 구축하는 일이 될 것이다.

한때 지나간 일이지만 광복 후에는 국민들과의 약속을 지키지 않는 일이 많았다. 앞으로 2011년 이명박 정부는 국민과의 약속을 지키고 신용 등급이 세계에서 으뜸에 이르도록 하면 단군과 같이 군신민(君臣民)이 일체감이 조성되어 홍익인간의 나라를 세우게 된다.

여기에는 작가들의 책임도 중하니, 작중 주인공을 통해 약속을 지켜 신용을 쌓게 하는 내용으로 하면 청소년소녀들이 깨달아 실천할 것이다.

제71사(事) 중시(重視: 중요하게 봄) -『고려사』,「제위보」(濟危寶)-

본 조항의 중시(重視)는 '중요하게 봄'이란 뜻이니, 이를 자세하게 나타내면 약속을 소중히 여기고 약속을 완수할 때까지 살피고 또 살피는 것을 말한다.

약속은 지켜야 할 가치가 있는 것이고, 지키지 않으면 무가치한 것이다. 작가는 가치 있은 것을 나타내야 값진 보배가 되니, 작중에 중요하게 다뤄야 한다.

『고려사』71, 악지2「제위보」(濟危寶)는 한 여성이 죄를 지어 그 죗값으로 제위보(濟危寶)에서 노동을 하는 내용이다. 여성은 남다른 미모로 인해 노동하는 현장에서 백마를 탄 남자에게 손을 잡힌 바가 되었다. 그녀는 그 남자가 훤칠하게 생긴 미남인 관계로 사랑을 약속을 하고 잊지 못하는 정을 노래에다 담아 지어 불렀다.

고려 말의 시인 익재(益齋) 이제현(李濟賢, 1287~1337)은 여성의 간절한 정이 담겨 있는 노래로 인해 노래를 한역한 것으로 되어 있다. 여인은 낭군의 손 잡힌 것을 잊지 못한 사연에 대해 노래했는데 순수한 정을 나타낸 육신의 소리인 것이다. 본 조항은 그 노래를 이해하는 데 도움이 되므로 다음과 같이 인용한다.

제71사(事) 중시(重視): (信 2團 14部)(신, 2째 묶음, 14번째 부분)

重視者는 視之又視也라. 視約을 如玩重寶하여 察之又察하니 將約에 視之 於靈하고 旣約에 視之於心하며 臨期에 視之於氣니라.

해석: 중시(重視)는 보고 또 보는 것이니라. 약속 보기를 소중한 보물 보듯이 하여 살피고 또 살피니, 장차 있을 약속은 영적으로 보고, 이미 약속한 것은 마음에서 보며, 그 약속에 이르러서는 기운으로 보느니라.

제71사(事) 중시(重視)의 뜻은 약속을 중하게 여겨야 신용이 순수미적인 범주로 이뤄지게 된다. 약속은 꼭 지키는데 신용을 지키게 되어 있으므로 소중한 것이다.

약속은 남과의 지켜야 할 준수사항이니, 보물과 같이 중히 여기고, 심령이 통하게 마음을 바로 하는 기운으로써 실행해야 남과의 신의(信義)를 지켜나간다고 할 수 있다.

약속은 보물과 같이 중히 여기고 심령과 통하는 마음가짐으로 행하면 신용을 이루게 된다. 사람들은 큰 소원을 빌 때 천지신명에게 맹세한다는 말을 하는데, 약속이 그만큼 중하고 깨끗한 정성이 담긴 마음으로 다하는 것이라 할 수 있다.

약속은 하늘의 한결같음을 본받아 행하는 것이므로 하늘의 마음으로써 행해면 그 부가가치로 신용이 이뤄져 서로를 믿으며 살아갈 수 있다.

약속은 하늘의 마음이 전제돼야 하므로 소중한 것이다. 고대인들은 천리에 따라 살았던 관계로 신의를 천성으로 지켜 약속을 지켰다. 사람들은 약속을 지키는 조건으로 신표로써 교환하였는데, 그 근원이 단군신화에서의 천부인 3개와 관계가 깊고, 『춘향전』에서 춘향과 이도령이 각기 신표로써 교환함으로써 결혼을 한 것이다.

장차 있을 약속은 본 조항과 같이 행하면 보물과 같이 중히 여기고, 영(靈)의 마음으로 움직이어야 하니, 한말로써 하늘의 마음을 지니면 잘 이뤄지게 되어 있다.

고대인들은 약속을 이행하는 조건으로 신표로써 교환한 것으로 인해 서로 간 한결같은 마음으로 약속을 지킨 결과로 인해 신용이 이뤄져 천지와 같이 변하지 않고 살아간 것이다.

1. 약속을 중히 여긴 고려시대 노래 「제위보」(濟危寶)

약속은 중하고 중하므르 살피고 또 살펴야 한다. 고려의 한 여성이 백마 탄 남자와 사랑을 했는데 손잡고 놀든 그 손끝에 남은 향기를 차마 씻을 수 없음을 「제위보」(濟危寶)에 전하고 있다.

이 노래는 한 미혼 여성이 사랑하는 낭군과 약속을 한 것으로 그 약속을 잊지 못하는 사연으로 나타냈다.

고려시대 한 여인이 죄를 지어 제위보란 곳에서 노동을 했는데 여성이 미인이라는 조건으로 백마를 탄 한 남성에게 손을 잡혀 사랑의 정을 나눴다. 고려시대 시인 이제현(李齊賢)은 그녀의 사연을 다음과 한시로 전했다.

빨래터 시냇가 버들 숲에서,   浣紗溪上傍垂楊.
내 손잡고 백마 탄 낭군 노든 님아. 執手論心白馬郎.

석 달을 처마 끝 잇는 장마이란들,　　　　縱有連簷三月雨,
참아 씻으랴 향내 질 것을.　　　　　　　　指頭何忍洗餘香.

『고려사』 권71, 악지2 제위보(濟危寶)

위와 같이 이제현은 고려의 한 여성이 제위보에서 일을 할 때 백마 탄 낭군과 손잡고 놀든 그 손끝에 남은 향기를 차마 씻을 수 없다는 노래를 부른 것을 한시로 나타낸 것이다.

원래 남과의 사랑은 본 조항의 내용과 같이 영과 마음으로 통하는 약속이어야 할 것이나 여성에게는 미인이라는 조건으로 손만 잡혔을 뿐 실제적으로 사랑이 이뤄지지 않아 여성의 처지를 나타낸 것이다.

약속은 「제위보」(濟危寶)에서 나타난 바와 같이 여성의 순수성(purity)의 순수미를 접해 보는데 소중한 가치를 지닌다.

여성은 죄를 지어 죄 값을 치르기 위해 제위보에 나가 부역을 했던 것으로 이 노래의 배경설화에서 밝히고 있다. 여성은 미인인 조건으로 고귀한 신분의 미남자에게 손을 잡힌 것이다. 여성은 일반 백성으로서 죄인의 신분이니, 그 고귀한 신분과 미남자에게 손을 잡힌 바로 잊지 못해 석 달 동안이나 장마가 져 처마에 떨어지는 낙수 물에 그 낭군의 체취가 풍기는 향내를 씻을 수 없다는 것이다. 그녀는 숨김없는 사랑을 순수미의 입장에서 나타냈다.

사랑의 약속은 순수미적인 마음에서 우러나야 하므로 가볍게 다뤄서는 안 되며, 영적인 마음으로써 지켜나가는 데 의미가 주어진다.

마치 이 의미는 『인부경』에 "천지대본중정인天地大本中正人"과 같이 사람이 땅과 하늘에 완전함을 본받아 중정(中正)의 도를 행하면 중정인(中正人)이 되어 약속을 지키면 100% 이뤄진다고 할 수 있다.

남녀 간 사랑의 약속은 중한 것이다. 여성들이 한번 남성과의 사랑을 본 조항 제71사(事) 중시(重視)나 「제위보」(濟危寶)와 같이 행하면 변함이 없이 살게 된다.

요즘 젊은 남녀들의 사랑은 냄비근성이라고 한다. 예전의 사랑은 온돌

방의 따뜻한 온기와 같이 식을 줄 모르고 검은 머리가 파뿌리가 되도록 살았던 것은 순수미의 한결같은 정 때문이다.

이런 현실에서 본 조항이나 「제위보」(濟危寶)에 나타난 사랑은 요즘의 사람들이 약속을 조령모개(朝令暮改)식으로 변하는 것에 대해 일종의 경종을 울리는 내용이다.

여인은 미인의 용모로 백마를 타고 온 귀공자가 여인을 데리고 냇가 빨래터가 있는 숲 속에서 손 붙잡고 놀았다. 여인은 귀공자와의 사랑을 손 붙잡고 놀던 생각을 잊지 못해 손에 묻은 손을 씻을 수가 없음을 순수한 사랑으로 나타냈다.

여인의 순결한 사랑을 도표로 나타내면 다음과 같다.

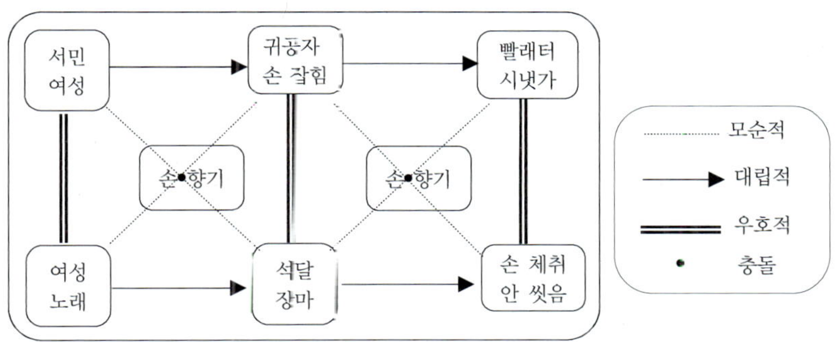

2. 요즘 사람들의 약속

요즘 한국의 이혼율은 노무현 정권 2006년 때 결혼 후 50%가 이혼한다는 발표를 보고, 약속의 중대함을 느끼게 된다. 예로부터 결혼은 백년가약(百年佳約)을 맺어 검은 머리가 파뿌리가 되도록 산다는 말이 있을 정도르 한번 결혼을 하면 사는 것으로 알고 칠거지악(七去之惡)이 아니면 정을 들이며 사는 것으로 되었다.

연애시절과 약혼생활은 뜨거운 감자와 같이 식을 줄 모르게 지내다가 냄비근성으로 사랑이 식어졌다고 하여 이혼도 이와 같으니, 자녀들 문제도 심각하고 이로 인해 사회악이 조성되어 그 후유증은 심각하게 나타난다.

한국의 이혼율은 세계 어느 나라보다 높다고 하니, 작가들이 결혼하는 이들을 위해 이혼하지 않는 작품을 선보이면 좋을 것이다.

요즘은 청춘남녀들이 자유연애를 많이 하는데 처음에 만나 약속한 바와는 전연 다르게 한동안 살다가 언제 그런 약속을 했었냐는 듯 지키지 않고 헤어지는 일이 비일비재하다.

작가들은 고려사 「제위보」(濟危寶)에 나타난 여인이 낭군에 대한 사랑과 같이 순수미적인 의식을 스토리텔링으로 작품을 재창작하여 선보이면 사랑이 값지다는 것을 알게 하는 데 도움이 될 것이다.

작자의 역량은 기발한 상상력을 발휘하여 독자를 감동시키느냐에 달려 있으니, 청춘남녀들이 약속한 바를 지키는 내용으로 작품을 선보이면 이들이 순결한 사랑을 지키게 될 것이라 믿는다.

앞으로 젊은 세대들은 천지와 같은 믿음으로 결혼하면 약속대로 살아가는 것이 현명한 선택이며 현명한 사람이 되는 길이다.

단(但) 「제위보」(濟危寶)는 『고려사』 권71, 악지2의 해설처럼 정절을 생각하는 여인의 심경이라 할 수 없고, 그와는 상반되는 감정을 드러낸 서민 여인이 겪은 속요(俗謠)였음을 참고적으로 밝힌다.

제72사(事) 천패(天敗: 하늘이 깨뜨림)—흥부의 매품 하늘이 파기함—

본 조항의 천패(天敗)는 '하늘이 깨뜨림'이란 뜻이니, 하늘이 약속을 파기(破棄)하는 경우도 있다는 말이다.

하늘은 착한 사람을 돕게 되어 있다면, 작가들 또한 착한 이를 등장시켜 하는 일이 잘 되고 행운이 따른다는 것을 작중에 나타내면 독자들이 인지하고 착하게 사는 일에 힘쓸 것이다.

『흥부전』에는 흥부가 26명 또는 29명이 되는 아이들이 제대로 먹이질 못해 들피져 먹는 타령만 하고 있었다. 흥부는 아이들이 먹지 못해 죄인의 매를 대신 맞고 돈을 받아 아이들을 굶기지 않으려고 매품을 팔기로 하고

170리 길을 걸어가서 감영(監營)에 신청하러갔다.

홍부는 어떤 사람이 죄를 지어 매를 맞게 되어 매를 대신 맞으면 30냥을 준다고 하기에 자기는 비톡 죽을지언정 자식들을 굶기지 않으려고 감영에 간 것이다.

그러나 홍부는 감영에 매품을 팔기로 하고 신청을 했지만 죄인 중에 살인죄 이외는 모두 방송하라는 명이 내려져 취소되어 허탈한 심정으로 집으로 돌아왔다. 홍부의 매품 파기(破棄)는 하늘이 약속을 파(破)한 것으로 받아들일 수 있다.

홍부는 하늘의 복을 받는 사람인데 만약에 매품으로 심한 매를 맞았을 경우 장독(杖毒)으로 인해 앓으면 아이들이 굶어죽게 된다. 하늘이 홍부를 돕기 위해 매품을 깬 것으로 볼 수 있다.

본 조항은 홍부의 매품을 깬 것을 이해하는 데 도움을 주어 다음과 같이 소개한다.

제72사(事) 천패(天敗): (信 2團 15部)(신, 2째 묶음, 15번째 부분)

天敗者는 非人罷約이요 天敗約也라. 由之天敗하여 約旣不完이면 聽諸天而 已乎아 告諸天而復乎아 大約은 聽天하고 小約은 告天하느니라.

해석: 천패(天敗)는 사람이 약속을 파기함이 아니라, 하늘이 약속을 깨뜨림이라. 하늘이 약속을 깨뜨려 약속을 이루지 못했다면, 하늘에게 듣고 그만둘 것인가? 하늘에게 고(告)하고 다시 할 것인가? 큰 약속은 하늘에게 듣고(맡기고) 작은 약속은 하늘에게 고(告)하느니라.

하늘이 약속을 깨뜨리는 것은 무슨 뜻일까. 사람들이 하느님을 전지전능한 절대자라고 일컫는다. 그러한 위대한 존재자가 약속을 깨뜨린다는 것은 깊은 사연이 있는 것인데, 그것은 다름이 아니라 착한 이를 구제하기 위한 일이다.

하늘은 천리의 믿음으로 살아가는 사람에게 무심할 수 없어 약속을 파기하는 경우가 있는데, 전화위복으로 삼기 위한 교훈으로 이해하면 된다.

우리는 일상생활에서 부동산을 구입함에 계약체결에 있어 해약되는 경우가 있다. 사람들은 계약이 이루지면 개발지구로 선정되어 건물을 짓게 되어 자연히 부동산 값이 오를 것이라고 믿는 가운데 해약되어 낙심천만 한다.

그런데 개발지구로 얼마 후 선정되어 땅주인에게 부풀었던 땅값 상승은 개발지구가 취소되어 땅값이 떨어져 안 산 것이 호재(好材)가 되었다.

이런 일은 한때 전국적으로 있었던 일인데, 안 산 것이 좋은 것이니, 이를 이르러 사람들이 하늘이 약속을 파기했다고들 한다.

1. 흥부의 매품 취소

우리는 『흥부전』에서 흥부가 26명 또는 29명이 되는 아이들이 식량이 없어 먹지를 못해 들피져 있다. 보다 못한 흥부는 죄인의 매를 대신 맞고 돈을 받는 매품을 팔기로 했다. 마침 흥부는 그러한 사람이 있어 계약까지 했는데 어느 날 그 매품이 취소되어 흥부가 아이들이 굶게 되어 낙심천만 한 일이 생겼다.

실상 흥부가 팔기로 한 매품이 취소된 것은 하늘이 흥부의 매품을 취소시킨 것이나 다름없다. 만약에 흥부가 죄인의 매를 맞게 된다면 형리들은 흥부를 죄인 취급하여 수십 대로 곤장을 맞게 될 것이다. 만약에 흥부가 매를 맞고 앓아눕는 일이 생기면 많은 식솔이 굶어죽게 된다.

하늘이 흥부의 약속을 깨뜨림에는 흥부의 사람됨이 법이 없어도 살 만큼 성실하고 믿음성 있고 착하게 살아 훗날 더 좋은 복을 주기 위함에 있었다.

흥부는 자식사랑도 지극했지만 미물 사랑이 『천부경』에 완성수인 10수(數)에 이를 정도로 완전(perfection)한 미(美)에 이르러 하늘이 그의 매품을 파기한 것이다.

하늘은 흥부가 제비 둥지에서 떨어진 새끼제비의 절단된 다리를 정성껏 치료해 주어 가을에 강남으로 돌아갈 수 있었다. 흥부는 제비왕의 도움으로 이듬해 그 제비에게 보은 박씨를 전해 받아 흥부가 그 박을 심고 가꾸어 박을 탈 때 금은보화가 쏟아져 나와 부호가 됐다. 흥부가 부호가 된 것은 본 조항과 같이 약속을 파기한 데 이뤄진 것이다.

하늘이 착한 사람을 돕는다는 것은 예로부터 전하는 말이지만 인심이 천심이라는 말이 있듯이 착한 사람을 돕게 되어 있다.

2. 작가들의 주인공 약속고- 파기(破棄) 문제

작가들은 소년소녀들을 위해 동화에서 약속을 꼭 지켜야하는 것으로 주인공을 등장시킨다. 그런데 그중에 착한 소년의 주인공이 친구와 놀러 가기로 한 약속이 집안의 일이 생겨 가지 못하게 되었다.

작가는 마침 일요일 날씨도 맑아 마을 뒷산으로 놀러 가는 봄 날씨로 배경을 설정하고 놀러가는 낱로 작중 인물을 등장시킨다. 그런데 그날의 일기 예보는 맑은 날씨로 봄나들이에 좋은 날씨라고 방송하여 비옷을 준비하지 않고 갔다. 그런데 날씨는 갑자기 흐려 소낙비가 쏟아져 비만 맞고 돌아와 안 간 것만 못하게 되었다.

착한 소년에게 약속이 깨뜨려진 것은 하늘이 약속을 깨드린 것이다. 하늘은 착하게 살아가는 이에게 행운이 돌아오는 것으로 작중 인물을 나타내면 착하게 살아가는 풍조를 이르는 데 도움을 줄 것이라 믿는다.

제73사(事) 재아(在我: 나에게 있음)-『춘향전』에 나타난 춘향-

본 조항의 재아(在我)는 '나에게 있음'이란 뜻이니, 약속의 이행 여부는 자기에게 달려 있다는 말이다.

작가는 고전 작품의 주인공들이 천정적(天定的)인 운명으로 태어난 것을 익히 일고 있다. 하늘이 정해놓은 운명이라도 자기가 얼마나 행했느냐에 따라 화복이 따르게 된다는 것을 독자에게 이해시킬 필요가 있는 것이다. 이는 『춘향전』의 주인공 춘향의 운명에서 나타나는 바와 같다.

『춘향전』에 나타난 춘향은 천상 선녀였다. 그런데 천상은 선녀와 선관이 사랑을 하는 것에 대해서 금기시한다. 춘향은 천상 선녀로 있을 때 선관 적송자와 만나 미진한 사랑을 한 것으로 옥제가 지상의 인간계로 적강시킨 것이다.

마치 이는 1950년대 남녀 간에 연애를 하면 수십 리에 걸쳐 소문이 퍼져 사람들이 이들 남녀를 점잖게 보지 않았던 것과 같다.

그 시대는 청춘남녀가 연애를 하지 않고 대부분 중매에 의해서 결혼을 하였다. 조선조는 말할 것도 없고 1940년대만 해도 여자는 밖에 출입도 함부로 하지 않았다.

이런 것을 감안하면 천상은 신성한 공간이므로 선녀와 선관이라 할지라도 사랑은 천상의 기강을 문란케 하는 것으로 인해 절대 허용하지 않았다.

춘향은 천상의 죄를 지은 관계로 지상에 적강되어 퇴기(退妓)의 딸로 태어나 천대를 받으며 살아야 했다.

그녀는 한때 미모로 인해 이몽룡과 연애를 하다가 헤어져 변 부사가 춘향이 홀로 있는 것을 알고 데려다 소실로 맞으려고 수청을 들게 청하였다. 춘향은 변 부사의 청을 거부하니, 신체적인 압박을 가하여 형리에게 곤장으로 대했으나 굴복하지 않자 옥살이를 시켰다. 춘향은 굴복하지 않고 절개를 지키는 것으로 맞서니, 가혹한 처벌로 옥살이를 한 것이다.

이몽룡은 암행어사가 되어 변 부사의 부정비리를 밝혀내어 봉고파직시키고 춘향과 만나 부귀영화를 누리며 살게 된다,

춘향이 천기의 소생임에도 신분 상승을 이루어 판서·정승의 아내가 되고 임금으로부터 정렬부인의 칭호를 받은 것은 여성으로서 지켜야할 절개를 지킨데 있다.

우리는 춘향을 생각할 때 영국의 저술가 스마일(Samuel Smiles, 1812~1904)의 『자조론』(自助論)이 떠오른다.

본 조항은 약속을 이루고 못 이룸도 자신에게 달려 있음을 내용으로 하고

있으니, 춘향의 절개를 이해하는 데 도움을 주므로 다음과 같이 인용한다.

제73사(事) 재아(在我): (信 2團 16部)(신, 2째 묶음, 16번째 부분)

約之成은 在我오. 約之不成도 在我也라. 豈須人勸而成이며
人讒而止哉아 不被勸도 在我오. 不信讒도 亦在我니 然後에
知信力之大니라.

해석: 약속(約束)의 이룸도 나에게 달려 있고, 약속을 이루지 못함도 나에게 달려 있느니라. 어찌 남이 권하여 이루어지고, 남이 참소한다고 그칠 것인가? 권함을 받지 않음도 나에게 있고, 참소를 믿지 않음도 또한 나에게 있으니, 그런 후에야 믿음의 힘이 큼을 알게 되느니라.

세상만사는 신이 도와서 이뤄지는 것이 아니고 자신이 하기에 달려 있는 것과 같이 약속 또한 지키고 안 지킴이 모두 자기에게 달려 있는 것이다.

약속은 믿음의 전제이므로 믿음을 낳기 위해 자신이 꼭 이행하겠다는 자신과의 약속을 해야 한다. 약속을 하는 데는 어떠한 난관이 따르더라도 꼭 이룬다는 신념이 필요하다.

하늘이 돕는 것은 인과응보에 이뤄지는 것이지 착하게 산다고 이뤄지는 것은 아니다. 우리는 이러한 교훈을 단군신화에서 곰이 환웅과의 약속을 지켜 웅녀로 환생한 것이라든지 범이 환웅과의 약속을 어겨 짐승으로 남게 된 것 모두가 자신에게 운명이 달려 있다는 것을 의미한다.

우리는 영국의 저술가로서 스코틀랜드 출생의 스마일(Samuel Smiles)의 『자조론』(自助論)의 '하늘은 스스로 돕는 자를 돕는다'는 말을 상기하면 일이 이뤄지지 않음을 알게 된다. 이 말의 뜻은 남에게 의지하지 않고 자기 스스로 노력하고자 하는 마음이 굳으면 하늘도 감응하여 성공한다는 뜻이다.

세상에는 자수성가(自手成家)라는 말이 있다. 세상에서 무일푼으로 돈을 번다는 것은 고생을 극복하는 가운데 이뤄진다. 자신의 운명은 자신이 개

척하는 것이지 조상이나 하늘이 돕는 것이 아니다.

다만 하늘이 돕는다는 것은 자신의 노력에 의한 결정체일 뿐이다. 하늘이 돕는다는 것은 진인사대천명(盡人事待天命)이라는 말에 지나지 않는 것으로 이해하면 된다.

이런 맥락에서 본 조항을 이해하고 자신의 마음과 약속한 바를 실천하면 신임이 쌓이게 되어 남으로부터 신용을 받는다. 일을 이룸에는 믿음의 전제가 큰 역할을 하게 된다는 본 조항의 내용을 깨달을 수 있다.

1. 한국서사문학에 나타난 주인공의 운명

고소설의 주인공은 정해진 것으로 전개되었지만 자신이 하기에 달려 있다는 내용이다.

『춘향전』의 경우 춘향이 불행한 운명을 타고났으면서도 그 운명을 극복해 신분 상승을 이뤄 천기(賤妓)의 소생이 양반의 아내와 정렬부인에 오른 것은 본 조항과 통하는 의식이다.

춘향은 고난을 겪으면서도 좌절하지 않고 자기의 운명을 개척하는 데 힘을 기울여 신분 상승을 이루어 단군신화의 동굴모티프를 수용한 점에서 매력미(venustas, comeliness)의 대상이다

『춘향전』에서의 숙향의 운명은 천정적(天定的)이다. 춘향의 전생은 천상의 선녀였다. 그런데 선녀로 있을 때 선관과 사랑을 하다가 시간이 늦은 죄로 옥제의 노여움을 사서 월매의 딸로 태어났다.

춘향은 선녀의 후신으로 태어난 관계로 미인으로 널리 알려져 남원고을의 변 부사가 탐을 내어 수청을 들게 하여 소실로 맞으려고 하였다.

춘향은 소실이 되는 것도 싫거니와 이몽룡과 약혼한 사이로 수청을 들 수 없었다. 이에 따른 변 부사의 앙갚음은 곤장을 맞는 일로 보복을 당한다. 변 부사는 형리에게 매를 드는 중에도 수청을 들면 옥살이도 시키지 않겠다는 회유책을 썼으나 끝내 거절하여 옥살이를 했다.

춘향은 천상에서 선관과 사랑을 하다가 시간이 늦은 죄로 인해 퇴기(退妓) 월매의 딸로 태어나 천대를 받으며 옥살이를 하는 고난을 겪는 생활을

한 것이다. 그녀는 죽음에 이르는 액을 겪을 때 두 남자를 섬기지 않은 열녀불경이부(烈女不更二夫)라는 절개를 지켰던 것으로 인해 해피엔딩의 생활을 누렸다.

춘향이 만약에 헤어졌던 이몽룡의 약혼을 파기하고 변 부사의 소실이 되었다면 임금으로부터 정렬부인의 칭호나 정승의 부인도 되지 못하고 탐관오리의 변 부사의 소실이 되었을 뿐이다.

춘향이 이몽룡과 백년가약을 맺어 변 부사의 수청을 거부하여 한 때 고난을 겪었지만 굴복하지 않고 절개를 지켰던 것으로 퇴기의 딸 춘향이 판서의 부인이 된 것이다.

2. 청소년소녀들의 약속 이행 여부

약속을 지키고 못 지키는 것이 모두 자기에게 달려 있다는 것을 깨달아서 본 조항의 내용과 같이 이행해 나간다면 자아실현을 이루게 될 것이라 믿어 의심치 않는다.

작가들은 약속의 이루고 못함이 나의 확고한 신념에 달려 있다는 것을 본 조항의 내용과 고전작품들의 예를 들면서 스토리텔링으로 작품을 형상화한다면 청소년소녀들에게 느력하는 사람이 되게 하는 데 도움을 줄 것이다.

작가들은 청소년기의 학생들이 약속을 이루고 약속을 이루지 못하는 것은 나에게 있는 것을작중의 인물 중에 나타내면, 이들이 므든 일에 자기에게 달려 있다는 것을 알게 되어 쓸데없이 신(神)에게 이뤄달라고 빌지는 않게 된다.

신에게 자신의 소원을 비는 것은 아까운 시간만 소비일 뿐 옛날식의 관념이다. 자신의 운명은 자신이 개척한다는 정신으로 살아가면 되고, 다만 하늘이나 대지의 이치는 나의 몸에 간직되어 있으므로 그를 본으로 하여 힘써 노력할 뿐 그 이상을 기대해서는 안 된다.

작가들은 작중의 주인공을 통해 세상의 모든 일이 자신의 성취여하에 달려 있다는 것을 주지시키면 제정신으로 살아가는데 도움이 될 것이다.

제74사(事) 춘적(忖適: 마땅함을 헤아림)-『춘향전』에 나타난 신분격차-

제74사(事) 춘적(忖適)에서 춘(忖)은 '헤아릴 (촌)'이며, 적(適)은 '마땅할 (적)'이므로, '마땅함을 헤아림'이라는 뜻이다.

요즘은 한국사회에서 신분의 격차는 없어졌지만 빈부의 격차는 하늘과 땅의 차로 벌어져 있다. 작가는 이 성질이 전혀 다른 것이 어울릴 수 있는 것은 본 조항의 내용과 같이 서로를 적절히 헤아려주는 의리가 있는 가운데 열심히 살아가는 내용으로 작중인물로 나타내면 된다.

『춘향전』에 나타난 신분격차는 천양지차(天壤之差)로 크다 할 수 있다. 『춘향전』이 출현한 시기는 18~19세기이니 신분 제도가 엄연히 존재하여 양반과 상민의 제도가 엄연히 존재했다. 반상(班常)의 차는 엄격하던 때 춘향의 신분은 퇴기(退妓)의 딸로서 최하위이며, 이몽룡은 사대부 출신의 최상위의 자제이다.

이 신분격차의 남녀 간의 사랑은 당시 조선후기 사회에서 이뤄질 수 없는 문제이나, 춘향과 이몽룡이 그 합일점을 찾았다는 데 의의를 지닌다. 이들 양인은 서로가 서로를 적정하게 헤아리는 약속으로써 정성의 믿음이 있기 때문에 신분의 격차를 해결할 수 있게 된 것이다.

다시 말하면 음양은 상극적인 존재나 중화(中和)의 기(氣)로써 조화를 이룬다. 춘양과 이몽룡은 상대적인 인물로 보는 것이 아닌 절대적 1대1의 음양조화의 원리로 본 데 있는 것이다.

본 조항은 춘양과 이몽룡의 양극화에 의한 신분 격차를 두지 않고 음양조화와 같은 관계로 다음과 같아 본 조항을 소개해 본다.

제74사(事) 촌적(忖適): (信 2團 17部)(신, 2째 묶음, 17번째 부분)

忖은 度也라 適은 宜也라. 寒不可以約熱이며 弱不可以約强이고 疎不可以 約親이며 貧不可以約富니라. 雖寒弱疎貧이라도 能完約於熱强親富者는 忖 其信慤之相適也라.

해석: 촌(忖)은 헤아리는 것이며, 적(適)은 마땅한 것이니라. 차가움은 뜨거움을 약속치 못하고, 약함은 강함을 약속할 수 없고, 소원(疎遠)함은 친근함을 약속할 수 없으며, 가난함은 부유함을 약속할 수 없느니라. 비록 차갑고 약하고 소원하고 가난해도 뜨겁고 강하고 친근하고 부유한 것을 완전히 약속할 수 있음은 믿음과 정성이 서로 마땅함을 믿기 때문이니라.

서로가 서로를 적절히 헤아리는 것은 믿음과 정성의 마땅함이 있기 때문인데, 요즘 빈부의 차가 심하여 양극화 현상이 심화되어 사회문제가 되고 있다.

한국은 노무현 대통령이 2003년 집권이후 2007년 들어 양극화 현상의 빈부격차가 천양지차(天壤之差)로 심화되었다. 이런 현상은 외국의 경우에도 있는 현상이라고 볼 수도 있지만 그 격차가 너무 벌어진 것이다.

이 문제 해결은 천지의 마음으로써 서로 헤아리는 어울림(suitability)의 조화미로써 서로를 대하며 살아가는 데 소외감을 해결할 수 있으리라 본다.

우리는 차가움과 뜨거움이나 가난함과 부유함이 대칭적이고 상대적인 존재로 서로 화합할 수 없는 것으로 되어 있지만, 믿음과 정성이 하나의 이치로 마땅함을 얻으면 조화미를 형성하여 더불어 살아갈 수 있다.

노무현 정부는 양극화 심화를 전보다 극대하여 빈부의 격차를 가중시켜 일반서민들의 그들의 정책을 외면하여 지지기반을 잃어 국회위원 지방선거를 비롯한 각종 재ㆍ보선에서 연전연패했다. 노무현 정부는 국민들과 서로가 서로를 적절히 헤아려 주는 정성과 의리가 없었기에 외면하게 되었다.

　　빈부격차는 2003년~2007년 사이에 벌어졌는데 노무현 대통령의 부동산 정책에 실패를 한 요인에서 심화되었는데, 이 때문에 그의 지지도는 10% 정도에 머무르고 있어 역대 대통령 중 최저를 기록하였다.

　　한 때 그의 부동산 정책은 하늘이 두 쪽이 나도 대통령직을 걸고 반드시 잡겠다던 정책이 실효를 거두지 못하고 치솟는 결과를 나타냈다.

　　심지어 정부실세들이 사는 강남에는 하루저녁 자고 일어나면 일억 원 정도 오르는 일도 있었으니, 노무현 대통령의 정책이 실효를 거두지 못하고 실패했다. 임기 몇 개 월 남지 않은 상황에서 반값아파트 값으로 서민에게 분양한다는 발표와 이주택자(二住宅者) 이상 소유자에게 무거운 세금 부과로 인해 주춤하고 있으나, 그는 경제정책을 실패한 대통령으로 5년간 임기를 마쳤다.

　　우리는 위정자의 믿음이 중요하다는 것을 알 수 있다. 빈익빈부익부(貧益貧富益富)의 심화는 당연히 해결되어야 할 문제인데도 노무현 대통령 임기 5년 동안에 더 심화되어 양극화현상이 발생했다.

　　여당인 집권당은 본 조항의 내용과 같이 가난하고 부유한 이들과 어울리는 신의가 없었기에 2003년 11월 민주당에서 분당해 나와 100년 정당을 꿈꾸던 열린우리당이 3년 9개월 만에 역사 속에 사라졌다.

　　열린우리당은 노무현 정부 첫해 창당해 그 이듬해 총선에서 원내 과반수(152석)을 차지했으나 국민의 신의를 받지 못해 2007년 8월 17일(금) 문을 닫았다. 따라서 본 조항의 의미는 서로가 서로를 이해하는 음양조화와 같은 것이니, 열린우리당이 본 조항으로 정치를 했다면 3년 9개월 만에 문을 닫게 되지는 않았을 것이다.

　　열린우리당 의원들이 대통합신당을 만들어 정동영을 야당 한라당 이명박 후보와 2007년 12월 19일 대선에 출마했으나 5백 30만의 표차로 참패를 당했다. 대통합신당은 다시 민주당과 재결합하여 대통합민주신당이 2008년 2월 11일(월) 통합을 선언했다. 2003년 9월 새천년민주당과 노무현 대통령을 주종하는 신당파가 열린우리당을 창당, 민주당을 떠난 지 4년 5개월에 다시 합쳤다. 노무현 참여정부가 워낙 정치를 국민과 거리가 먼 정치를 했기 때문에 신당으로서는 국민의 마음을 돌릴 수 없기 때문에 다시 대통합민주신당을 창당한 것이다. 2008년 6월에는 당명을 민주당으로 고쳤다.

1. 신분격차를 해소한 춘향과 이몽룡의 조화미

우리는 신분격차를 해소한 서사문학의 형태를 춘향과 이도령이 결혼한 것에서 그 예를 찾아볼 수 있다. 춘향은 기생의 딸이지만 양반의 아내가 됐다. 당당히 춘향은 이도령과 신분의 격차를 뛰어 넘어 양반 중에서 승상의 아내가 됐다.

신분차별이 심한 사람들은 음양조화의 이치나 『천부경』의 하나의 이치로 살아가면 그 차이에 장벽을 느끼지 못할 것이다.

동양사상은 원래가 모순대립이 아니라 이율대대적(二律特對的)인 논리로 형성되었으므로 조화관계를 내포하고 있다. 그 논리는 'A becomes non A'(A는 A가 안 된다)인 관계가 그것이다.

본 조항에는 한열(寒熱)·강약(强弱)·친소(親疎)·빈부(貧富)의 관계, 즉 차가움→더움을, 약함→강함을, 소원→친근함을, 가난함→부유함과 같이 성질이 상대적일 경우 어울릴 수 없지만 서로가 서로를 적절히 헤아려주는 정성과 믿음이 있으면 음양조화를 이르듯 어울린다.

춘향과 이몽룡은 신분 차는 전자는 천기(賤妓) 월매의 딸이요, 후자는 사또 겸 동부승지(同副承旨)사또 자제니, 하늘과 땅으로 비유할 수 있다. 그럼에도 이몽룡은 춘향이 퇴기(退妓)의 딸인데도 신분을 의식하지 않고 춘향의 인간됨으로 백년가약을 맺어 부귀영화를 누리며 살게 된 것이다.

천기(賤妓)의 소생인 춘향이 양반의 아내인 판서 정승의 아내가 될 수 있었던 춘향이 하늘의 마음으로 절개를 지킨 데 있다. 변 부사는 이몽룡이 한양에 가 있는 동안 춘향을 데려다 수청을 들게 하여 소실로 삼으려고 했으나 끝끝내 항거하여 갖은 학대를 받으며 옥살이를 했다.

이몽룡과 춘향은 신표를 주고받았던 것으로 인해 춘향은 변 부사의 앞에서도 약속을 지켜 열녀불경이부(烈女不更二夫)를 절규해 절개를 지켰다.

이몽룡은 춘향이 천기(賤妓)의 소생인데도 강권자 앞에서도 약속과 절개를 지킨 것으로 인해 옥살이를 하는 춘향을 구해 살게 되니, 신분의 격차를 초월하고 음양조화를 이루듯 자손도 낳고 부귀영화를 누리며 살았다.

음과 양은 남녀관계로 볼 수 있으니. 상극적인 존재지만 중화의 기로 이루면 상생의 원리로 풍요롭게 되면 조화미를 이루어 신분의 격차를 느낄 수 없게 된다.

본 조항에서 한열(寒熱)·강약(强弱)이 서로가 조화를 이루면 적정함을 헤아릴 수 있는 것이다.

춘향과 이도령은 기생의 딸과 양반자제라는 신분의 차가 있게 되면서도 어울림(suitability)의 조화미를 이루며 이상적인 부부상을 이루어 백년해로를 하게 되며 부귀영화를 누렸다.

춘향과 이도령의 결혼은 환웅과 웅녀와의 신성혼(神聖婚)으로 비유할 수 있고 또 수용되었다. 곰은 미련한 동물이나, 입사식의 고난을 겪은 후 웅녀로 환생했다. 웅녀는 국모이다. 춘향 또한 기생의 딸이지만 정승의 아내이고 임금이 정렬부인의 칭호를 내렸으니, 웅녀의 신분 상승을 수용한 것이다.

요즘 사람들은 신분을 따지지 않지만 조선조 신분계급에선 신분의 격차는 심해 그 상하의 격차는 천양지차(天壤之差)라 할 수 있다.

빈부 신분의 차가 있었던 18~19세기에 『춘향전』이 출간했으나, 본 조항의 내용과 같이 어울리는 조화미로 마땅함을 지켜나가면 춘향과 이도령과 같이 신분의 차도 극복해 이상적인 생활을 할 수 있는 것이다.

우리는 오늘의 양극화 현상도 조화미를 통해 서로가 서로를 적절히 헤아려주는 믿음과 정성과 의리로 대하면 해결될 수 있는 문제를 본 조항을 통해서 조명해 볼 수 있다.

2. 작가들의 주인공을 통해 빈부격차 해결

작가들은 본 조항의 내용과 고전작품의 경우나 작가 특유의 아이디어로 빈부격차의 양극화 현상을 해결하는 문제를 다루어 해결할 수 있는 내용으로 작품을 선보이면 청소년들이 서로 화합하며 지낼 것이다. 양극화 현상의 심화는 사람과 사람 간의 의식이 서로 분리되고 소원해지므로 작가들이 본 조항의 내용을 담은 작품이 나타나 해소되기를 바랄 뿐이다.

요즘 한국은 신부계급의 차는 사라졌다고 할 수 있으나, 그 대신 빈부 격차가 심해 가진 자와 못 가진 자의 양극화 현상이 너무 심한 편이다.

가진 자들은 노무현 정부가 부동산 정책에 실패해 부동산 값을 올린 것으로 인해 토지와 아파트를 소유한 이들은 천정부지(天井不知)로 치솟는 것으로 인해 전에 없이 빈부의 격차가 심해진 것이다.

작가들은 서민들이 근검절약으로 살아가는 내용으로 내 집 마련의 꿈을 이루게 하는 데 도움을 주는 내용으로 작품을 쓰면 서민들이 즐겨 읽게 된다.

제75사(事) 하회(何悔: 어찌 뉘우칠 일을 하는가)―『신선비』의 설화―

본 조항의 하회(何悔)는 하(何)자(字)가 '어찌 (하)'이고, 회(悔)가 '뉘우칠 (회)'자(字)이므로 '어찌 뉘우칠(후회할) 일을 하는가'라는 말로 해석된다.

작가는 작중 인물 중 약속을 했으면 꼭 지키는 내용을 단군신화의 동국 모티프로써 나타내면, 다시 말해 곰은 약속을 지킨 결과로 웅녀로, 범은 환웅과의 약속을 지키지 않은 것으로 동물로 살아가게 된 내용으로 다루면 약속의 의미를 이해하게 된다.

사람들은 『신선비』의 설화를 한번 들어본 일도 있을 것이다. 한 노파가 구렁이를 낳은 이야기이다. 구렁이는 허물을 벗는 관계로 풍요를 상징하는 동물이다. 구렁이는 이웃 부잣집 막내딸과 결혼하여 허물을 벗은 후 미남이 되었다. 미남 신선비는 과거 길에 나서면서 부인에게 남에게 허물을 보이지 말라고 당부하고 집을 떠났다.

신선비의 아내는 언니들이 찾아와 미남이 된 연유를 묻고 구렁이 허물을 보일 때 언니들이 시샘이 나서 그 허물을 불태운 것이다. 신선비는 자기의 비밀이 누설되어 과거를 볼 수 없었다.

신선비의 아내는 천기를 누설한 관계로 신선비와 헤어져 살아야만 했다. 이 설화의 원초의식은 단군신화에서와 같이 금기의식을 지키면 곰과 같이 웅녀로 환생하고 그 금기를 지키지 못하면 범과 같이 동물 자체로 살게 된다는 그 금기를 지키지 않은데 있다.

『신선비』의 설화는 본 조항에서의 약속을 어기면 이득도 사랑도 얻지 못하고 후회한다는 내용으로 되어 있으므로, 본 조항과 관련해 조명하면 원만하게 이해되리라 믿는다. 그런 관점에서 본 조항을 인용하면 다음과 같다.

제75사(事) 하회(何悔): (信 2團 18部)(신, 2째 묶음, 18번째 부분)

向利背約則利無信하고 謀愛背約則雖愛無信이라. 旣無信矣
면 利或不成하고 愛亦不得이니 將悔焉이니라.

해석: 이익을 좇아서 약속을 어기면 비록 이득이 있으나 신의가 없고, 사랑을 꾀하여 약속을 어기면 비록 사랑이 있으나 신의가 없느니라. 이미 신의가 없으면 이득도 성립치 않고, 사랑 또한 얻지 못하니 장차 후회할 것이니라.

약속은 이익을 앞세우는 사리사욕을 채우는 데서 문제가 따른다. 이익의 추구는 사리에 맞게 행하면 되는데, 이익을 좇아 행하면 약속을 지키지 못한다. 하늘은 한결같은 하나의 도로써 행하기 때문에 신의가 없으면 이득도 성립도 않고 사랑도 얻지 못하게 된다고 본 조항에서 밝힌 바와 같다. 이득과 사랑을 얻지 못하면 돌아오는 바가 없으니 뉘우친다.

약속은 이익을 앞세우면 성실한 마음과 믿음이 결여된 것으로 인해 돌아오는 일이 없으므로 결국 손해를 보고 후회를 한다.

이익은 사리사욕을 채우는 마음이 앞서게 되어 행위자가 하는 일을 제대로 해 놓지 못한다. 이런 예는 한민족의 시조신화인 단군신화에서 범의 경우에서 밝혀진다. 범은 사람이 되기를 원해 환웅(桓雄)이 쑥 한 다발과 마늘을 20개를 주면서 동굴에서 나오지 말고 100일동안 상식하면서 도를 닦으라고 일러 주었다. 범은 쑥과 마늘을 먹고 도를 닦을 때 육식이 먹고 싶어 동굴을 나왔다. 범은 고기가 먹고 싶고 답답해서 동굴을 나왔으니, 약속을 지키지 않아 사람으로 변신을 이루지 못했다. 이에 대해 곰은 환웅과의 약속을 지켜 21일 만에 웅녀로 환생해 환웅과의 신성혼(神聖婚)으로 단군을 낳았다. 단군은 고조선을 홍익인간으로 훌륭한 나라를 다스려 한민족의 국모가 되었다.

한말로써 약속이 선행 되지 않는 신의는 이익과 사랑도 제대로 성과를 거둘 수 없게 되므로 후회가 된다는 것을 본 조항에서 교훈하고 있다.

사람이 후회할 일이 없이 살기 위해선 단군신화에서 금기의 약속을 지킨 곰의 행위를 본받으면 후회할 일이 생기지 않는다.

사람은 자신을 위해 사는 것이지만 이익만을 앞세우면 성실성과 믿음이 결여되어 매사에는 중용의 도리가 마땅하고 중요한 것이다.

이 중용의 도는 지나치거나 부족함이 없는 상태니 도에 넘치는 이익을 추구하면 사리사욕으로 중용의 도리를 지킬 수 없다. 곧 중용의 도로써 행하면 후회할 일이 없게 될 것이다.

단군신화에서 범은 금기를 어겼던 것으로 인해 사람으로 환생하지 못하고 후회하는 생활을 하다가 멸종위기에 처하게 되었다.

1. 단군신화에서의 금기관념과 『신선비』설화

단군신화는 『신선비』설화에서도 금기관념이 수용되었음을 알 수 있다. 이『신선비』설화에선 노파가 구렁이를 낳은 것이 화제고 구경거리가 되었다. 그중 이웃에 부잣집 딸 삼 형제가 구렁이를 보러 와 신선비를 낳았다고 칭찬했다. 구렁이는 막내딸이 자가를 좋아하는 것으로 모친에게 셋째 딸에게 장가보내 달라고 말해 그 사실을 그 딸에게 말하니, 좋다고 해 결혼이 성사됐다.

그런데 구렁이는 혼인을 치른 후 허물을 벗고 미남신선비가 된 후 그 허물을 잘 간수하라고 부인에게 당부하고 과거 길에 나섰다. 구렁이가 미남자로 변신했다는 말을 들은 두 언니들이 시샘이 나서 허물을 빼앗아 불태웠다. 신선비는 그토록 허물을 잘 간수하라고 타일렀지만 그 말을 듣지 않아 불태워졌으니, 금기(禁忌)를 깬 것이다.

그 신선비의 부인은 그 금기를 지키지 않았던 관계로 부군과 헤어져 살아야 하니, 후회할 일이 생겼다. 그녀가 신선비의 후처와의 어려운 시련에 이르기까지 많은 고난을 극복한 후에 신선비와 재결합하였으니, 약속을 지키지 않았던 관계로 후회막급한 일을 겪게 된 것이다.

구렁이는 허물을 벗는 동물로서 풍요를 상징한다. 그 허물은 신물(神物)이므로 신선비의 부인은 보물과 같이 잘 간직하고 남에게 보이지 말아야 했으니, 천기누설을 한 것이다.

단군신화에서 호랑이는 환웅과 약속을 지키지 안했던 것으로 인해 사람이 되지 못하고 짐승으로 남게 되고, 이에 대해 곰은 금기를 지켰던 것으로 인해 사람으로 변신해 웅녀로서 한민족의 국모가 되었다.

예로부터 한민족은 금기관념을 금과옥조로 신봉해 왔다. 한민족은 예로부터 금기를 지키면 액이 돌아오지 않고 금기를 어기면 액운이 도래된다는 의식으로 절체절명으로 지켜져 내려왔다. 그 의식은 단군신화에서 유래된 것으로 보면 될 것이다.

이런 맥락에서 『신선비』의 설화는 단군신화에서 터부시한 금기관념의 수용과 연관해서 연구하면 좋을 것이다. 선인들이 유독 금기관념을 지키며 살아온 것은 믿음을 지키는 때문으로 볼 수 있다. 선인들에게 터부시하는 관념은 믿음의 잣대이기 때문에 지켜내려 온 것이다.

앞길이 창창한 젊은이들은 약속을 지키는 신의는 단군신화에서의 곰이 동굴에서 3.7일(21일) 동안 금기의식으로 받아들여 실천하면 신의 있는 사람이 되리라 믿는다.

2. 금기관념 실천

작가들은 단군신화에서 곰이 동굴 안에서 쑥과 마늘을 먹으면 금기를 지키는 관념을 작품으로 형상화하여 신의를 지키는 사람으로 나타내면 독자들이 지킬 것은 지키며 살아갈 것이다. 사람은 비밀스런 일은 지켜야 한다. 더구나 남과의 약속은 한결같은 의식으로 지켜야 유종의 미를 거둘 것이다.

요즘은 도시화로 인해 지방이나 시골에서 도시로 유입되어 많은 사람들이 살고 있는 관계로 남을 교언영색(巧言令色)으로 속이는 이들이 많아졌다. 소위 사기한들은 전화로 교묘하게 선량한 사람들을 속이고 있다. 속이는 수단은 다양하지만 그럴듯한 약속을 내걸고 회원으로 가입시키는 조건으로 돈을 내게 하고 얼마 후에는 사라지는 수법이 늘어가는 신종사기범이 극성을 피우고 있다.

작가들은 주인공이 사기한의 피해를 입지 않는 내용으로 작품을 쓰면 이 또한 피해를 줄이는 방법이 될 것이다.

제76사(事) 찰합(拶合: 꼭 들어맞음)-주몽과 유리(類利)의 친자(親子)확인-

약속은 딱 들어맞는 것으로 어긋남이 없음을 이르는데, 찰합(拶合)이란 한자어에서 나타난다. 즉 찰(拶)은 '서로 맞을 (찰)'자(字)이고, 합(合)은 '합할 (합)'자(字)이므로 마주쳐 합함을 이르는 말로 풀이 되니, 한 점의 오차도 생기지 않는 약속을 의미한다.

약속은 지켜야 하는데, 고의적으로 약속을 지키지 않는 이들이 더러 있다. 작가들은 약속의 소중함을 신의와 연결시켜 작중에 나타내면 독자들의 반응이 있을 것이다. 젊은 남녀들은 약혼선물로 반지를 주고받는 것을 신화나 설화 고소설에 나타나는 신표로 이해하면 그 의미를 이해하게 될 것이라 믿는다.

『삼국사기』 권13 고구려본기 제12, 유리왕 조(條)에 의하면, 주몽은 아들 유리가 찾아와 편검(片劍)을 보인다. 주몽은 부여에 있을 때 부인 예씨(禮氏)에게 한 말이 떠올랐을 것이다. 주몽은 자신이 가지고 있던 편검과 유리의 것과 맞추니, 본 조항의 내용과 같이 꼭 들어맞았다. 유리는 주몽의 친아들로 인정을 받아 훗날 왕위를 유리에게 물러 주었는데, 고대인들의 경우 약속과 신임을 신표로 교환하였다.

설화성이 많이 개입된 신표는 그만큼 약속과 신임을 중시한다는 내용이 들어 있다. 신표에 의한 상봉은 금석뇌약(金石牢約)과 같은 약속이므로 큰 믿음의 역할을 한다.

주몽과 유리(類利)의 친자확인은 본 조항으로 조명하면 많은 도움이 되므로 그 내용을 소개하면 다음과 같다.

제76사(事) 찰합(拶合): (信 2團 19部)(신, 2째 묶음, 19번째 부분)

> 拶合者는 平木之具相合也라. 一人崇信에 一國景信하고 一人立信에 天下趨 信하니 大約은 如拶合이라. 點水不能渝하고 纖芥不能容이니라.

해석: 찰합(拶合)이란 평평한 나무로 만든 기구가 꼭 들어맞는 것이라. 한 사람이 믿음을 높이면 한 나라가 신의를 우러러 보고, 한 사람이 신의를 세우면 천하가 믿음을 이루게 된다. 큰 약속은 서로 들어맞는 것 같아서 한 방울의 물도 새지 않으며, 작은 티끌도 끼어들지 못하니라.

신의(信義)는 약속에 의해서 이뤄지는 것이므로 본 조항의 내용과 같이 평편한 나무로 만든 기구가 꼭 들어맞듯이 약속에 어긋남이 없음을 이른다.

이 교훈은 약속이 그만큼 중하다는 것을 나타내 준 것을 의미한다. 큰 약속은 큰 믿음을 낳게 되니, 위정자가 국민들과의 약속을 지키면 국민들이 따르게 되고 위정자가 폭력을 휘두르면 백성들이 그와 같이 살게 된다. 이러한 예는 전자의 경우 단군이니 요순의 정치에서 볼 수 있고, 후자의 예는 걸주(桀紂)나 8.15광복 후 자유당 정치에서 볼 수 있다.

나라의 국민들은 위정자의 좋은 본은 그 본대로, 나쁜 것은 그대로 닮은 경향이다. 따라서 위정자의 약속은 나무젓가락처럼 꼭 들어맞아 어김이 없어야 국민들이 신임을 하게 된다. 따지고 보면 위정자가 약속의 이행 여부에 따라 신임을 하게 되니, 본 조항의 의미를 되살린다.

1. 주몽과 유리의 금석맹약(金石盟約)

『삼국사기』권13 고구려본기 제12 유리왕 조(條)에는 생면부지의 젊은 이가 아버지라고 찾아와 편검(片劍)을 보인다. 동부여에서 주몽은 부인 예씨(禮氏)에게 "내가 가졌던 유물 일부가 일곱 모가 난 돌 위에 소나무 아래 감추어 두었으니, 이곳을 찾아가지고 오면 나의 아들로 맞겠다"라고 한 말을 알렸다. 유리(類利)는 어머니 예씨의 말을 듣고 그대로 주몽을 찾아 편검(片劍)을 보였다.

주몽은 생면부지의 젊은 사람이 찾아와 편검을 보여 맞춰보니, 꼭 들어맞아 한 자루의 칼이 되어 피가 흐르는 것 같이 친자확인으로 부자(父子) 관계를 맺었다.

이 신표는 단군신화에서의 천부인 세 개-거울·방울·칼-중 칼에 해당한다. 주몽과 유리는 나라를 다스릴 때 날카로운 사정의 칼날로 나라를 사심이 없이 다스려 동북아에서 가장 강대한 나라를 세웠다.

우리 신화와 설화에는 주토 큰 약속을 지킴에는 신표가 나타난다. 신표는 단군신화에서 천부인(天符印) 세 개인 거울·방울·칼은 신표의 상징물에 해당한다. 이 상징물은 임금이 거울을 가슴에, 허리에 방울을, 허리에 칼을 달고 다니면, 신하나 백성들이 곧 그 상징성을 깨닫는다.

거울은 햇빛에 반사되니, 임금이 거울과 같이 밝게 정치를 한다는 의미성이 내포된 것을 알게 될 것이고, 백성들도 그런 상성을 깨닫게 된다. 임금이 다닐 때 방울소리가 난다. 이 소리를 듣고 신하나 백성들은 하늘의 조화로 다스린다는 것을 깨닫는다.

임금이 칼을 몸에 차고 다니면 신하나 백성들은 옳고 그름을 칼이 가려서 벤다는 뜻이니, 사정(司正)의 칼날로써 한 점의 그른 일에는 용서받지 못하는 것이다.

약속은 어긋남이 없어야 큰 신임을 얻을 수 있다.『천부경』의 완성수(完成數), 십수(十數)에 해당하는 것과 같이, 하늘의 도와 같이 완전무결할 정도로 틀림이 없어야 한다.

단군이 366사(事)로 홍익인간의 이상향을 세운 것은 신하와 백성이 약속을 지킨 데 원인이 뒷받침이 되었다. 이러한 약속은 완전(perfection)한 것이니, 신표는 철옹성 같은 굳은 약속이 동력으로 작용되어 이화세계를 세우는 원천이 되었다.

2. 약속과 신임

젊은 세대들은 본 조항이나 주몽이 유리와의 약속을 지켰듯이 약속을 지켜야 한다. 사람은 어렸을 때와 젊었을 때 교육이 평생을 좌우하므로 자랄 때 약속을 지키는 생활이 필요하다. 작가가 작중 주인공을 통해서 약속을 지키는 내용으로 나타내면 자라나는 세대들이 약속을 지켜 믿음을 신조로 살아갈 것이다.

작가들은 젊은이들이 살아가는 데 기본이 되는 약속과 믿음을 지키는 사람으로 살아가는 주인공을 작가특유의 기발한 착상으로 작품을 선보이면 이들을 선도하는 데 많은 도움을 준다.

작가는 독자들을 선도하고 시대를 바로 하는 정신적인 지주역할을 해야 하는 만큼 약속과 신의를 내용으로 하는 훌륭한 작품을 선보여야 할 것이다.

제77사(事) 충(忠: 충성): (信 3團)-『청구영언』(靑丘永言)의 보국안민-

충(忠)은 '충성'이니, 신하가 통치자를 임금으로 피통치자를 신하로 보는 관념으로 본 조항을 이해하면 될 것이다.

성군이면 신하들이 임금다음에 감복하여 충성을 다하고 천리로써 임금을 섬긴다. 작가들을 우리역사에서 성군을 소제로 작품을 출간하면 독자들이 성군의 정치를 이해하고 위정자들이 본받으려 할 것이다.

작자 연대 미상의 『청구영언』(靑丘永言) 471의 보국(輔國) 안민관(安民觀)은 위정자의 역할이 크다는 것을 알 수 있다.

임금이 나라를 잘 다스리면 신하와 백성이 충성하게 되어 있고, 그렇지 않으면 임금이 하는 일이 성과를 거두지 못하게 된다.

『청구영언』(靑丘永言) 471에서는 먼저 임금이 수범하는 본코기를 보여주고 이를 보다 구체적으로 이해하기 위해 본 조항을 소개하면 다음과 같다.

제77사(事) 충(忠: 충성): (信 3團)(신, 3째 묶음)

忠者는 感君知己之義하여 盡誠意하며, 窮道學하여 以天理로 事君而報答也니라.

해석: 충성이란 임금이 자기를 알아주는 의리에 감복하여 (신하가) 성의를 다하고, 도학을 궁구하여 천리로써 임금을 섬기어 보답하는 것이니라.

군주제도에서 신하가 임금에게 충성을 다하는 것은 당연한 의미였다. 제77사(事) 충(忠)은 그 해답을 제시해 주고 있는데 일차적으로 신하→임금에게→충성을, 이차적으론 도학→궁구(窮究)하여 천리로써→임금을 섬겨→보답하라는 것이다. 이에 따라 백성은 신하와 함께 임금에게 충성을 다해야 한다.

이런 일체감의 충성심은 천년 또는 오백년을 이어 내려오도록 한 요인이 된 것이며, 나라에 따라 성군을 만나면 이상적인 나라를 세우게 되어 편안하게 살아갈 수 있다. 군주제도하에서 임금·신하·백성이 맡겨진 의무를 다하면 이상미(理想美, das Rein Schöne)의 나라를 세우게 되는데, 단군이 홍익인간의 이화세계를 세운 것은 그 일례가 된다.

단군은 366사(事)와 같은 홍익인간의 교육을 관리와 백성을 상대로 펼친 관계로 상하의 공조체계(共助體系)가 원만하게 보국안민(輔國安民)이 이뤄진 것이다.

고대국가에서 신하는 임금에게 충성을 하는 것으로 되어 있다. 임금 또한 신하를 사랑하고, 신하 또한 백성을 아끼는 데 상하민(上下民)이 원만하게 살아갈 수 있는 것이다. 단군은 군신민(君臣民)들이 살아가는 방법을 천지인(天地人)으로 승화시켜 홍익인간의 이화세계를 세웠다.

단군의 삼일체계는 임금은 하늘로, 신하는 대지로, 사람은 백성으로 여기고 다스린 관계로 부족연맹의 통일국가를 세웠다. 이 통일 국가는 숭고한 정신이 숭고미로 승화되어 웅대(grandis)·크기(greatness)로 발전을 이루어 단군조선의 강역이 동북아일대에 걸치게 된 것이다. 이러한 증거는 요즘 단군의 강역인 요하(遼河) 일대에서 발굴되는 유물로 증명되는데, 황하문명보다 훨씬 앞서는 것으로 되어있다.

단군이 훌륭한 나라와 성군의 이상을 드높이는 역할을 하게 된 것은 군신민의 삼일사상의 공조체계로 분담역할을 하는데 이상적인 홍익인간의 이화세계를 세웠다.

성군(聖君)의 다스림은 신하들이 충성(忠誠)하는 것이 당연한 의무였지만, 그에 따라 성군 또한 신하를 사랑하고 신하 또한 백성을 아끼는 데 숭고미로 승화되어 훌륭한 나라를 세운 것이다.

충(忠)을 실천하는 방법은 6개의 묶음으로 분류되는데, 세 번째 무리를 이루게 된다. 이를 본 조항에서는 충삼단(忠三團: 충성의 3번째 묶음)이라 하였는데 도표로 나타내면 다음과 같다.

충삼단(忠三團)

조항 \ 내용	주요 내용	대상	조항
1. 패정(佩政)	신하는 임금을 위해 충으로써 정사를 맡음	충성	제78사(事)
2. 담중(擔重)	충신은 나라의 중대한 일을 짊어짐	충성	제79사(事)
3. 영명(榮命)	신하는 임금의 명령을 다하여 국위를 떨침	충성	제80사(事)
4. 안민(安民)	신하는 만민이 잘 살도록 교화에 힘을 다함	충성	제81사(事)
5. 망가(忘家)	신하는 자신의 능력을 나라를 위해 씀	충성	제82사(事)
6. 무신(無身)	신하는 임금을 위해 몸을 바쳐 섬김	충성	제83사(事)

이와 같이 충(忠)은 글자그대로 신하나 백성들이 임금을 위해 있는 힘을 다 바치는 것으로 되어 있다.

위에서와 같이 충(忠)은 여섯 가지로 나누었는데, 신하는 임금을 대신하여 정치를 맡아 명령한 바를 빛내야 하고 백성을 편안히 살게 정치를 잘 해야 하니, 그 책임이 중차대(重且大)한 것이다.

1. 임금의 수범을 보인 시조

군신(君民)은 천지관계인데 상하의 개념이 서로 협조관계로 이뤄졌다. 군신은 마치 부모의 관계로 되어 있으니, 백성을 자녀로 보면 된다. 여기에서 신하는 임금의 명을 받들어 행해야 하므로 보국안민(輔國安民)으로 백성을 다스려야 한다. 신하가 임금을 잘 보좌하고 백성을 잘 다스림에는 먼저 임금이 수범을 보여야 한다. 다음의 작자 연대 미상의 시조에서 임금의 책임을 다음과 같이 나타냈다.

충신은 만조정(滿朝廷)이오 효자는 가가재(家家在)라.
우리 성주(聖主)는 애민적자(愛民赤子) 하시난듸,
명천(明天)이 이 뜻을 아시어 우순풍조(雨順風調) 하소서.

『청구영언』(靑丘永言) 471.

위의 시조는 임금이 그 수범을 보여 신하와 백성들이 잘 살아간다는 내용이니, 하늘도 우순풍조를 이뤄 달라는 소원이 담긴 내용이다.

신하와 백성들은 임금은 하늘과 같은 존재이므로 솔선수범을 보이면 어진 덕을 따르게 되어 있다. 단군이 홍익인간이나 유교의 이상은 대동(大同) 세계이다. 임금이 하늘과 같은 존재로 수범을 보인 데서 이상미(理想美)의 나라가 세워진다.

위의 시조는 신하가 임금에게→충성을 다하고, 임금이 신하와 백성을→사랑하는 것으로 호상관계로 나타나 있다. 이러한 호상관계는 곧 왕도정치의 이상을 이루는 데 바탕이 되었다.

2. 작가의 위정자관

소년소녀들은 충(忠)의 제도를 옛날 제도라고 허술히 보아 넘길 것이 아니라 왕도정치의 이상을 거울삼아 모든 사람들을 사랑하는 의식으로 살아가면, 훗날 훌륭한 사람이 되는 데 도움이 될 것이다.

작가들은 본 조항과 선인들이 충성으로써 나라를 지킨 이들의 일을 거울삼게 하여 젊은이들이 귀감이 되도록 작품을 내야 한다.

임금이 신하와 백성을 사랑하면 감복하여 충성을 다하게 된다. 오늘에도 대통령이 국무총리와 각부 장관을 위해 훌륭한 정책으로 수범을 보이면 이들도 있는 힘을 다할 것이며, 국민을 잘 다스릴 것이다.

작가들은 위정자가 나라를 잘 다스리는 내용으로 작품상의 주인공을 나타내면 독자들이 감명을 받아 위정자가 하는 일에 불평불만을 하지 않고 따르게 된다.

작가들은 어려운 여건에서 나라를 이상적으로 다스려 국민들을 잘 살게 한 이들이 아시아에서 여럿 있다. 작가들은 이들의 치국(治國)을 참고하여 이상적인 나라를 세우는 것으로 작중의 주인공으로 나타내면 독자들이 복지국가를 이해하는 데 도움을 줄 것이다.

제78사(事) 패정(佩政: 정사를 맡음) -『가곡원류』(歌曲源流) 59
의 시조(時調) -

  패정(佩政)의 뜻에서 패(佩)는 '찰 (패)'자(字)이고, 정(政)이 '정사 (정)'자
(字)이므로 정치를 맡음을 이른다. 충신이 사심을 버리고 나라와 백성을
위해 국정에 임하면 나라는 잘 다스려진다.
  작가들은 오늘의 국정을 운영하는 장관이 자기의 소신을 펴는 내용으로
작중인물을 나타내면 최고수반인 대통령도 소신껏 정치를 펴게 위임케 하는
데 도움을 줄 것이다. 『삼국사기』(三國史記) 권45 열전(列傳)5 을파소(乙巴素)
조(條)에는 안류(晏留)가 을파소(乙巴素, ?~203)를 천거하여 훌륭하게 고구려
를 세웠다는 기록이 전한다. 나라를 통치하는 임금은 모든 백성을 잘 다스려
야 하므로 신임이 두터운 신하에게 정사를 맡긴다. 신하는 임금을 대신하여
훌륭한 정치력을 발휘하는 것은 물론 인재를 찾아 등용하고 훌륭한 인재가 있
으면 천거(薦擧)하는 마음도 지녀야 한다는 것이 본 조항의 내용이다.
  조선조의 가객(歌客) 박효관(朴孝寬, 1781~1880)은 주(周)나라의 주공(周
公)이 어린 성왕(成王)을 돕고 인재를 발탁하는 데 애쓴 고사(故事)를 인용
한 『가곡원류』(歌曲源流) 59의 시조를 본고에서 인용하고 이 시조를 원활
하게 이해하기 위해 본 조항을 소개하면 다음과 같다.

  제78사(事) 패정(佩政): (信3團 20部)(신, 3째 묶음, 20번째 부분)

佩政者는 爲政也라. 君이 信臣而任政이어든 臣은 代君而爲
政하되 求俊乂 而進用하고 有賢於己者則苦諫而替任이니라.

  해석: 패정(佩政)은 정치를 하는 것이라. 임금이 신하를 믿고 정사를 맡기면 신하는 임금을
대신하여 정치를 하되 뛰어나고 현명한 인재를 찾아서 천거하여 등용하고, 자기보다 현명한
인재가 있으면 간절히 권하여 자신을 대신하여 일을 맡게 하니라.

본 조항에서 신하는 임금이 정치를 맡기면 정치를 하되 인재를 천거하여 등용하고 자기보다 어진이가 있을 때 국상의 요직도 자신을 대신하여 일을 맡게 내준다는 내용으로 되어 있다.

임금은 나라를 다스릴 때 신하를 믿고 나라의 중책을 맡겼으니, 신하된 이는 의당히 위국충성(爲國忠誠)을 다하여야 할 것이다. 임금은 신하들에게 정치를 맡겼으면 새로운 정책을 내여 다스릴 수 있게 해야 한다. 신하는 임금에게 중책을 맡겼더라도 자기의 책임을 다하는 것은 현명한 인재를 찾아 적재적소에 앉히어 일하게 하는 일이 중요하다.

임금이 신하에게 중책을 맡겼더라도 인재를 찾아 천거하는 일이 중요한 일인데, 자기보다 현명한 사람이 있으면 임금에게 간절히 청하여 자신의 자리를 교체케 하는 통량도 지녀야 할 것이다.

현상(賢相)은 현군(賢君)하에서 국사(國事)를 돌보는 것이지만 훌륭한 인재를 찾아냈을 때는 자신의 자리도 연연하지 않고 임금에게 청하여 양보하는 미덕도 있어야 하니, 사라사욕이 없는 마음가짐의 신의(信義)를 실천한 신하라고 할 수 있다.

1. 안류(晏留)의 을파소(乙巴素) 천거(薦擧)

고구려는 안류(晏留)가 을파소(乙巴素)를 천거하여 훌륭한 나라를 세웠다는 기록이 전한다.

이런 예는 자신의 명예를 떠나서 위국충성에서 우러나야 하는데, 고구려(B.C. 37년~A.D. 668년)의 안류(晏留)가 고구천왕13년(191년) 을파소(乙巴素)를 천거한 것과 관련이 된다. 안류의 을파소 천거는 고구려를 강국으로 세우는 원동력으로 작용했다.

을파소는 국상(國相)에 취임(191년)하여 13년 동안 366사(事)로써 고구려를 다스려 고구려 700년의 역사를 융성케 했다. 당연히 고구려는 단군의 전통을 계승한 나라니, 을파소와 같은 국상이라면 홍익인간의 이화세계를 이룬 360여사(餘事)로써 나라를 다스리게 했을 것이다.

『환단고기』(桓檀古記), 「소도경전본훈」에는 을파소가 366사(事) 『참전계경』(參佺戒經)을 백운산(白雲山)에 들어가 하늘에 기도하여 얻은 것으로 전한다. 이 기록은 설화적인 내용이 가미된 것으로 보인다.

물론 을파소가 이 천서(天書)를 백운산에서 구했으니, 환웅과 단군과 같이 고구려 백성에게 가르쳤다고 할 수 있다.

고구려는 단군의 정신으로 나라를 다스린 나라니, 동북아 일대에서 강대국을 세운 것은 366사(事)를 실천한 데에도 원인이 있는 것이다.

2. 주공(周公)의 인재 발탁 고사(故事)

조선조 19세기의 박효관(朴孝寬)은 『가곡원류』(歌曲源流) 59의 시조(時調)에서 주(周)나라의 주공(周公)이 인재를 발탁할 때 애쓴 고사(故事)를 인용하여 시조를 남겼다.

주공(周公)은 주(周)나라의 시조(始祖) 문왕(文王)의 아들이고 무왕(武王)의 아우이다. 그는 왕위에 올랐어야 했는데 어린 조카 성왕(成王)을 도와 주(周)나라의 800년 전통의 기틀은 물론 예악문물(禮樂文物)을 마련하는 데 공헌이 컸다. 그는 왕위를 조카에게 양보하고 이상국을 세운 이로 널리 알려져 있는데, 그에 대해 박효관이 다음과 같이 지었다.

> 문왕자(文王子) 무왕제(武王弟)로 부귀쌍전(富貴雙全)하신 주공(周公),
> 악발토포(握髮吐哺)하사 애하경근(愛下敬勤) 하야거든,
> 어디다 후세불초(後世不肖)는 교사자존(驕奢自尊) 하는고.

『歌曲源流』 59

주공(周公)은 왕위를 조카에게 양보하고 제도와 예의를 정하여 어진 정치를 하였던 것으로 공자(孔子)가 가장 존경했다. 그는 주(周)나라를 맡아 7년간 다스리는 동안 보필지신(輔弼之臣)으로 자족(自足)했을 뿐 더 이상의 권좌를 탐내지 않았다.

주공(周公)도 성인 이샷다 세상사람 들어스라

문왕(文王)의 아들이오 무왕(武王)의 아우로되
평생(平生)의 일호교기(一毫驕氣)를 내야 봄이 없나니

『珍本靑丘永言』 424

위의 시조는 안류(晏留)가 인재를 구하는 데 힘을 기울여 을파소(乙巴素)
를 등용케 한 내용과 통하는 의식이라 할 수 있다. 주공(周公)은 『사기』(史
記)에 나타나 있는 바와 같이 인재를 잃을 것을 염려하여 고심하였다는 내
용의 고사가 다음과 같이 전한다.

'나(주공)는 손님을 한번 머리를 감다가도 세 번 머리를 잡고 맞고, 밥
을 한번 머금었다가도세 번 뱉고 일어나 맞았는데, 이는 천하의 현인
을 잃을까 두려워함이라'(我一沐三握髮 一飯三吐哺 起以待士: 猶恐失
天下之賢人)

『사기』(史記) 노주공세가(魯周公世家)

위의 시조는 『사기』(史記)의 내용으로 지은 것인데 주공이나 안류의 인
재 등용방식은 별 차이가 없다고 보고 본 조항의 내용과 뜻을 같이한다고
볼 수 있다.

위정자들은 안류가 을파소를 천거하여 고구려를 동북아 일대에서 가장
강력한 나라를 세우는 기틀을 마련케 한 것으로 세운 것을 생각하고, 본
조항을 참고하면 인재를 등용하는 것이 얼마나 중대한 의미를 지니는지
알게 될 것이라 믿는다.

요즘 정부의 각료들이 본 조항이나 안류가 을파소 천거를 하여 고구려
를 훌륭한 나라를 세운 일 등을 거울삼아 인재를 등용케 하는 방법을 실
천하면 훌륭한 나라를 세우는 본보기가 될 것이다.

광복 65년이 지난 시점에서 안류와 같은 위정자가 있었는가? 제왕적 대
통령 때는 국무총리가 소신껏 국정을 운용하지 못한 것은 사실이고, 자기
자리를 양보하면서 인재를 등용할 만한 요건이 조성되지 않아 그렇게 할

수도 없었다. 적어도 국무총리는 국정을 운영한 경험으로 자기의 임무 중 모 부처는 모 인사가 닿으면 좋을 것이라는 의견도 대통령에게 전하면 인재를 구하여 작재적소에 등용하는 방법이 될 수 있다.

본고에서는 지나간 역사 중 주공의 섭정과 고구려의 을파소가 활력(vitality)이 넘치는 이상국가를 세운 것이 본 조항의 내용과 상통함에 따라 조명하여 본 것이다.

3. 작가들의 작중 인물을 통해 양보심 나타냄

작가는 소년들이 자신보다 뛰어난 사람이 있으면 그 점을 인정하고 그를 본받게 하고 때에 따라 양보하는 미덕도 작중 주인공을 통해 나타내면 좋은 본이 된다.

한국인은 예로부터 시기심이 많다는 것이 전해져 왔으니, 자신보다 능력이 뛰어난 점이 있으면, 양보하는 미덕도 지닐 수 있게 교육이 있어야 하는데, 현실은 대학입시경쟁으로 그런 미덕을 권할 수도 없는 실정이다.

예전에 특히 당쟁이 치열했던 조선조 5백 년 동안의 관리들은 파(派)가 다르면 남의 잘난 점을 헐뜯어 나라를 어지럽힌 이도 있어왔으니, 그런 전철을 밟지 않기 위해 남을 시기하는 일을 발본색원해야 할 것이다.

오늘에도 그런 점이 없는 것은 아니나, 역사적인 사실로 고구려의 안류가 을파소를 천거하여 고구려를 훌륭한 나라로 세웠다는 것을 생각하면 남을 비방해서는 안 되고, 훌륭한 이가 있으면 국정 운영에 참여할 수 있도록 천거하는 미덕이 있어야 한다.

작가들은 작중의 주인공을 통해 나타내면 많은 사람들이 본받을 것이고, 특히 자라나는 세대들에게 도움을 주게 될 것이다.

제79사(事) 담중(擔重: 중책을 맡음) -『임진록』에서의 이순신과 권율-

제79사(事) 담중(擔重)이란 '중책을 맡음'이란 뜻이니, 신하된 자의 책임이 중대하다는 것을 말한다. 신하는 임금이 나라의 중대사를 맡긴 만큼 언제나 자기의 지혜와 재능을 갈고 닦는 실력을 총동원하여, 국가의 길흉화복과 흥망성쇠의 도리를 파악하여 계산하듯 밝게 파악하여 국정운영에 반영해야 한다.

『임진록』에 나타난 충신은 자기의 지혜와 재능을 갈고 닦아 국난을 타개한 본 보기를 알 수 있게 지었다. 작가는 이런 충신을 거울삼아 경제를 되살리는 방법을 나타내면 독자들이 읽게 될 것이다.

『임진록』은 한문본과 한글본이 전하는데 한문본이 역사적인 내용을 주로 다루고 한글본이 설화적인 내용으로 주류를 이루었다. 본론에서 다루는 한문본인『임진록』에서도 허구성이 많이 들어 있다.

『임진록』은 임진왜란 7년이 종식된 한참 후에 정신적으로 승리한 내용으로 다룬 복수문학의 범주에 속한다. 따지고 보면『임진록』은 실제로 왜적에게 패한 것을 정신적으로 승리한 것으로 되어 있는 군담소설이고, 왜적의 복수문학으로 볼 수 있다.

본고에서는『임진록』에서의 등장인물 중 이순신과 권율을 주 대상으로 다룬다. 이들은 본 조항의 내용과 통하므로 이들을 보다 폭넓게 이해하기 위해 본 조항을 다음에서 소개한다.

제79사(事) 담중(擔重): (信 3團 21部)(신, 3째 묶음, 21번째 부)

擔重者는 擔負重事也라. 國有大事에 身在當職하여 安危攸係니 籌算氣數하여 運順逆之理하고 殫竭才智하여 知盛衰之道니라.

해석: 담중(擔重)이란 무거운 일을 짊어지는 것이라. 나라에 중대한 일이 있을 때 자신이 중책을 담당하고 있으면 국가의 안위(安危)가 이에 달려 있으니, 천기(天氣)와 운수를 계산하여 순리(順理)나 역리(逆理)의 이치를 운용하고, 재주와 지혜를 다하여 국가의 흥망성쇠의 도리를 파악해야 하느니라.

본 조항에서 담중(擔重)이란 나라의 중대한 일을 맡은 이를 충신으로 한정에서 보았다. 물론 나라의 안위문제는 신하로 국한해서 정할 필요는 없지만 신하가 총책임을 지는 관계로 본 것이다.

대개 역사적으로 나라의 안위문제는 신하가 총괄해서 맡은 관계로 신하된 이는 책임이 막중하였음을 보아왔다.

임진왜란이 일어났을 때 조정에선 파죽지세로 내닫는 왜군을 막을 도리가 없었다. 그럴 때 충신은 자기가 닦는 지혜와 재능을 발휘하여 물리친 충무공 이순신(1545~1598)을 떠올리게 된다.

임진왜란 당시 조정에선 신하들이 많으나 전쟁에 대한 준비가 없어 들이밀 듯이 달려오는 왜군의 군사무기를 당할 도리가 없어 속수무책이었다.

왜군은 총으로 무장하고 조선군은 활로써 대적하니, 왜군을 당할 도리가 없었다. 부산에 상륙한지 19일 만에 한양이 함락당하니, 도시 상대가 되지 않는 전쟁이었다. 당시 도로사성도 걸어서 다니는 것을 감안하면 부산에서 걸어서 한양에 당도해도 보통 20일 정도가 걸리는 거리다. 그럼에도 위정자는 한나라의 수도가 20일도 안 되어 정령당하는 수모를 겪게 통치를 한 것이다. 그중에 도원수(都元帥) 권율(權慄, 1537~1599)장군이 행주산성에서 왜적을 물리친 것과 충무공 이순신이 해전에서 혁혁한 공을 세운 것은 본 조항에서의 내용과 같이 이들이 평소 닦은 지혜와 재능을 발휘한 데 성과를 거둔 것으로 볼 수 있다.

1. 『임진록』에 나타난 충무공 이순신과 권율의 전공

단군 조선이래 해전(海戰)에 길이 남을 이순신은 임진란이 일어나기 일년 전 전라좌수사로 도임하여 왜군에 조총(鳥銃)을 무력화 시키는 배를 단들기 위해 주소침식(晝宵寢食)을 잊을 정도로 연구해 거북선을 발명했다.

그는 임진왜란이 일어났을 때 무적의 거북선으로 옥포대첩과 당포대첩에서 위용을 발휘해, 191척을 부수고, 왜적(倭賊)을 무려 3,000명을 수장(水葬)시키고 그들의 수송로가 끊어지는 지경에 이르게 했다. 그는 한산도대첩을 또 이루어 왜선 70여 척을 불태워 23전 23승이라는 해전사상 빛나는 전공을 거두었다.

문학상에는 임진왜란 당시 이순신 장군과 권율 장군에 대한 전공이 군담소설이라 하는『임진록』에 소개되어 있다.

『임진록』은 소설적인 내용이라 하더라도 이들의 전공을 나타낸 데 의미가 있다. 이 소설에서 이순신에 대해 비중 있게 다루었는데, 첫째 성웅(聖雄) 이순신(李舜臣) 등장(登場)에서 그가 한양 삼청동에서 태어난 것과 무과에 급제하여 임진 난이 일어나기 1년 전 전라좌수사(全羅左水使)로 승진한 내력을 나타냈다. 그는 또 임진란이 일어날 것을 미리 알고 배를 조사하니, 쓸 수 있는 배는 한 척도 없어 수리하도록 명령했다는 내용이다.

둘째, 거북선은 임진란(壬辰亂)의 발발(勃發)되기에 앞서 만들어 이에 대해 모습을 소개했고, 임진년 4월 13일 새벽 소서행장이 선봉장이 되어 부산진(釜山鎭)에 상륙해 함락시키고 서울로 치달았다는 내용이다.

셋째, 서울은 함락되었으나 이순신의 해전에서는 왜적선과 처음으로 옥포(玉浦)에서 싸워 배 40척을 쳐부수는 전과를 올려 이를 옥포대첩(玉浦大捷)이라 소개했다.

넷째, 당포대첩(唐浦大捷)을 소개했는데, 옥포 해전에서 처음으로 거북선이 왜적선을 부순 것이 75척임을 밝히고 있다.

다섯째, 한산도대첩(閑山島大捷)에 대해서 왜적선 70척을 부수니, 대적할 배가 없었다는 내용을 나타냈다.

여섯째, 부산(釜山) 해전(海戰)에서는 왜적선 500척 중 100여 척을 쳐부수고 전라좌수영으로 돌아왔다는 내용이다.

『임진록』에는 권율 장군이 근왕병 2만 병을 거느리고 수원의 독산성에서 왜적을 속이는 수단으로 말 수십 필을 세워놓고 쌀을 말에게 끼얹는 것으로 보이게 했다. 이로 인해 왜적은 멀리서 독산성에는 물이 많아 말을 물로 씻기는 것으로 보이게 해 도망했다고 하여 독산성을 세마대(洗馬臺)라고 부르게 되었다.

권율 장군은 수원 독산성에서 왜적을 속이고 행주산성(幸州山城)으로 들어가 왜적 10만을 2천의 군사로 물리쳐 이를 행주대첩(幸州大捷)이라 하고, 이로 인해서 선조는 권율에게 자헌대부(資憲大夫)의 직첩(職牒)을 내리고 공로를 치하했다는 것을 소가 했다.

2. 이순신과 권율의 전공에 대한 새로운 작품

작가들은 이순신에 대해 쓴 작품이 동화 소설, TV방송 드라마 등이 있다. 권율 장군에 쓴 작품도 더러 전한다. 앞으로 쓰는 작품은 이전과는 달리 임진왜란을 배경으로 이전보다 역사성을 살리고 등장인물이 나라를 구하는 일념으로 나타내면 독자나 시청자들이 읽고 보고 이순신이나 권율 장군에 대해 새롭게 인식하게 될 것이다.

특히 소년소녀들은 이순신과 권율 장군에 대해 위국충성(爲國忠誠)을 작품을 통해 배우면 이들이 공부하는 데 있어 정신이 이전의 쾌도와는 달라질 수 있다. 작가들은 청소년소녀들에게 두 장군의 애국 혼을 본받게 작가의 정성어린 마음을 작품에 나타내면 역사상과 빛나는 인물이 되기 위해 주소침식(晝宵寢食)을 잊고서드 학업에 매진할 것이다.

국가의 안위는 담중(擔重)한 사람에게 달려 있으니, 그러한 일이 두 장군이 왜적과 싸운 전공에서도 볼 수 있는 바와 같다. 작가들은 이순신과 권율 장군이 임진왜란에 일어나기 전 이순신은 불철주야 나라를 위해 거북선을 발명하여 왜적선을 쳐 부시고, 권율 또한 행주산성에서 왜적과 결사항전으로 화자(火車) 300대로 왜적이 조총을 쏘면서 개미떼같이 달려들 때 왜적에게 일제히 불을 뿜어대어 죽음의 바다를 이루어 2천 군사가 10만 대군을 물리친 일을 소재로 쓰면 독자들이 흥미 있게 읽게 된다.

이 수륙에서의 두 싸움은 초인적이라 할 수 있다. 병력의 수나 군비(軍備)에서 열세에 있었음에도 승리할 수 있었던 것은 본 조항에서 나라의 일을 맡은 이들이 자기의 지혜와 재능을 십분 발휘한 데서 이뤄진 것이다.

작가들은 현대인이 이 두 장군의 충성심을 배울 수 있도록 캐릭터를 디지털 컴퓨터로 개발하여 선보면 많은 독자층을 형성하게 될 것이라 믿는다.

제80사(事) 영명(榮命: 명령을 빛냄)-『징비록』에 나타난 정곤수(鄭崐壽)-

본 조항의 영명(榮命)이란 신하로서 '임금의 명령을 빛냄'을 뜻하니, 그 책임이 막중한 것이다. 외교관의 활약은 임금의 명령을 받들어 태양처럼 빛나게 하여 온 세상에 떨치도록 하는 것이 주요 임무라고 할 수 있다.

외교관은 나라의 명운을 결정짓는 사람이었다는 신라의 강수(强首)와 임진왜란 당시 진주사(陳奏使) 정곤수(鄭崐壽)가 있었다. 21세기 오늘에는 반기문(潘基文) 유엔 사무총장으로서 활약을 기대하거니와 본 조항이나 신라의 강수(强首)나 정곤수와 같은 빛나는 외교술을 발휘해야 한다.

작가들은 이들의 외교술을 작품으로 나타내면 외교관을 지원하는 학생들에게 많은 도움을 줄 것이며, 일반 독자들도 외국인과 대하는 외교술도 익히게 되어 살아가는데 도움을 줄 것이다.

21세기 외교관의 역할

21세기는 하루가 다르게 변하는 시대인 만큼 국제 간의 외교활동은 눈부시게 빛내야 한다. 작가들은 외교관이 막중한 임무가 부여되어 있는 관계로 작가의 역량을 발휘하여 외교술로써 남북분단을 통일로 이끄는 내용으로 주인공을 작중 인물로 나타내야 한다.

『징비록』과 『임진록』에 나타난 진주사(陳奏使) 정곤수(鄭崐壽, 1538~1602)의 활약이 눈부시게 반영되어 있다. 그의 외교술은 본 조항의 내용과 같이 임금의 명령을 충성스러운 마음으로써 명령을 받들어 태양처럼 빛나게 온 세상에 떨쳤다.

임진왜란 당시 정곤수(鄭崐壽)와 같은 뛰어난 외교관이 없었다면 청병(請兵)이 늦어져 7년 만에 끝날 전쟁이 더 지연되어 피해는 더 컸을 것이다.

정곤수(鄭崐壽)의 외교술은 본 조항에 나타나 있는 바와 같이 임금으로부터 받은 외교관으로서의 사명을 발휘하여 눈서리와 같이 엄숙하게 행하여 국위를 온 세상어 떨치게 했다.

본 조항은 『징비록』에 나타난 정곤수의 외교술을 이해하는 데 도움이 되어 그 내용을 소개하면 다음과 같다.

제80사(事) 영명(榮命): (信3團 22部)(신, 3째 묶음, 22번쩨 부분)

榮命者는 榮君命也리. 迎賓懷柔하고 出境辨捍하여 丹心炳日
하고 氣如霜雪 하여 使君命振揚於瀛漠이니라.

해석: 영명(榮命)이란 임금의 명령을 빛내는(영화롭게 하는) 것이니라. 국빈을 맞아서는 부드러움을 띠고, 다른 나라로 파견되면 판단을 잘하여 충성스런 마음을 태양처럼 빛나고, 기상은 찬 서리 눈보라와 같이 하여 임금의 명령이 온 세상에 떨치게 하느니라.

외교관의 임무는 임금으로부터 받은 사명을 다하여야 하는데, 『임진록』과 『징비록』, 정곤수(鄭崐壽, 1538~1602)는 충성스런 마음으로 외교술을 발휘했다. 그래서 그는 명(明)나라 군사를 조선에 파견하는 데 많은 공헌을 했으니, 본 조항의 내용과 같이 임금의 명령을 받고 온 세상에 떨친 바가 되었다.

외교관의 임무는 본 조항에서와 같이 첫째 조건으론 국빈을 맞이할 떠 좋은 인상으로 맞이하라는 것이다. 이는 상대국 사신에게 친근감을 주기 때문이다. 둘째 왕명으로서 외국의 파견된 외교관은 나라를 위해 정성어린 마음과 엄숙한 기상으로 태양처럼 빛나게 하여 국위선양을 온 누리에 떨치도록 힘쓰라는 것이다.

외교관의 임무를 잘 한 예는 신라가 삼국을 통일하기 위해 당(唐)에 파견된 외교관이 절묘한 외교술을 폈던 관계로 당(唐) 군사 4만 명을 파견케 한 일이다. 이 외교술의 성공으로 인해 신라는 백제와 고구려와의 싸움에서 승리하고 삼국통일의 위업을 달성했다.

『삼국사기』(三國史記) 권 제46 열전 제6 강수(强首) 조(條)에는 신라 문무왕(文武王)이 당병을 청하는 외교문서를 강수(强首)는 문장을 자기의 임무로 알고 짐의 뜻을 서한(書翰)으로써 중국과 고구려·백제 두 나라의 화호(和好)을 맺는 공을 이루었다고 했다.

문무왕이 말한 바와 같이 "우리 선생께서 당(唐)에 군사를 청하여 고구려와 백제를 평정한 것은 비록 무공도 컸으나 문장의 도움도 있었으니, 강수의 공로를 소홀히 할 수는 없다"라고 한 바와 같이 외교술이 큰 역할을 하게 된다.

외교술은 신라가 삼국을 통일하는 데 공이 컸던 만큼 조선조 선조(宣祖) 당시 임진왜란으로 전국토가 왜적에게 점령당하게 되자 외교관의 활약이 눈부신 까닭에 명나라 지원군과 조선군이 합동하여 왜적을 물리치는 전환을 이루게 되었다.

이러한 위업은 외교관의 활약으로 이뤄진 것이라 할 때 왕명을 받드는 외교관의 임무와 그 책임이 중대하다는 것을 새삼 느끼지 않을 수 없다.

1. 외교관 정곤수(鄭崑壽)의 활약상

임진왜란 당시 위기에 처한 나라를 뛰어난 외교술로써 한 외교관이 있는데, 『징비록』과 『임진록』에 나타난 진주사 정곤수의 활약을 들지 않을 수 없다. 그는 임란 당시 명나라의 구원병을 청병(請兵)토록 하는 대명외교에 제일인자였다.

본 조항에 나타난 외교관은 『임진록』에서의 정곤수와 같이 고귀함(nobility)과 활력(vitality)이 넘치는 외교술을 발휘하여 국위를 선양해야 한다.

만약에 임란 당시 정곤수가 외교관으로서 책임을 다하지 못했다면 명군의 지원군이 조선에 파견되지 않거나 지연되어 왜군의 피해가 극심했을 것이다.

오늘에 있어서도 나라의 명운(命運)이 외교관의 역할에 달려 있을 만큼 막중한 임무를 띠고 있다. 신라(新羅)가 삼국통일의 위업을 달성한 것도 외교관의 능력이 뛰어나 당군(唐軍) 4만 명을 파견케 한 데 있으니, 외교관의 임무는 중대한 의미를 지닌다.

진주사(陳奏使) 정곤수(鄭崐壽)는 『임진록』과 『징비록』에는 외교 수완이 뛰어나, 명나라의 구원병이 청병되어 임진왜란을 유리하게 이끌었다는 내용이 전하는 바와 같이, 그는 대명외교에 제일인자였다.

『징비록』과 『임진록』에는 신점(申點) 이후 어명으로 청병진주사(請兵陳奏使)로 정곤수가 파견되어 충성스런 마음으로 외교술을 발휘한 것으로 명군이 파견되어 조명연합군이 왜적을 침략을 물리쳐 그들을 본군으로 돌아가게 하였다.

본 조항은 외교관의 임무는 국내뿐만 아니라 외국 사신으로 파견할 때 충성스런 마음과 엄숙한 기상으로 국위를 선양토록 하는 데 있음을 밝혔다. 오늘에 있어서도 외교관의 임무는 막중하다. 오늘의 한국은 반기문(潘基文) 유엔 사무총장을 배출했으니, 젊은이들이 외교관이 되었을 때 본 조항이나 신라의 강수나 정곤수와 같은 빛나는 외교술을 발휘해야 할 것이다.

2. 21세기 외교관의 역할

21세기는 하루가 다르게 변하는 시대인 만큼 국제 간의 외교활동은 눈부시게 빛내야 한다. 작가들은 외교관의 활약은 막중한 임무가 부여되어 있는 관계로 작가의 역량을 발휘하여 외교술로써 남북분단을 통일로 이끄는 내용으로 주인공을 작중 인물로 나타내야 한다.

신라시대 강수와 임진왜란 당시 역사상에 인물인 진주사(陳奏使) 정곤수(鄭崐壽)의 내력과 본 조항을 참고하여 어떤 한 주인공을 역사적 내력과 스토리텔링을 가미시켜 형상화시키면 독자들이 감명을 받아 외교관의 책임이 막중하다는 것을 깨닫게 하는 데 도움이 될 것이다.

작가들은 외교관의 임무가 나라의 운명을 양어깨에 짊어진 것과 같이 작중의 주인공으로 나타내면 외교관을 꿈꾸는 학생들에게 많은 도움이 되리라 믿는다.

제81사(事) 안민(安民): (信 3團 23部)―「안민가」(安民歌)의 이상(理想)―

안민(安民)은 백성을 편안히 함을 뜻하니, 나라를 안정되게 하는데 위정자를 비롯해 윗자리에 있는 분들이 '그답게' 행하면 된다. 작가들은 '그답게'를 소제로 작품을 쓰면 독자들도 '그다움으로'로 살아갈 것이다.

신라 경덕왕(景德王, 在位 742~765) 때 충담사(忠談師)는 왕명을 받들어 백성이 편안히 사는 「안민가」(安民歌)를 지었다.

이 노래의 핵심은 결구에 '군군신신민민'(君君臣臣民民)으로 나타낸 데, 「안민가」(安民歌)의 이상(理想)이 들어있다.

이 노래는 유가의 이상을 나타낸 것으로 볼 수 있지만 어느 종교에도 다 통하는 의식이다. 이 노래는 단군의 이상(理想)인 군신민(君臣民)이 천지인(天地人) 삼재(三才)의 의식이 잘 반영되어 있는 노래이므로 올바름과 완전(perfection)이 리듬성(rhythmicity)과 어울려 조화미로 이뤄졌다고 할 수 있다.

위정자는 치국의 도를 바르게 세워야 안민으로 살아갈 수 있는데, 「안민가」(安民歌)는 군신민(君臣民)의 이상이 잘 나타나, 이 노래를 보다 폭넓게 이해하기 위해서 본 조항을 아래와 같이 인용하다

제81사(事) 안민(安民): (信 3團 23部)(신, 3째 묶음, 23번째 부분)

安民者는 安國民無事也라. 守君信己之義하야 布道德於民하
여 行教化於民 하여 勉業獎學하니 四境이 晏然이니라.

해석: 안민(安民)이란 나라백성이 편안하도록 무사하게 하는 것이니라. 임금이 자기를 믿어주는 의리를 지켜 백성에게 도덕을 펴고, 교화를 행해서 일에 힘쓰고 배움을 장려하면 나라

위의 내용은 신하의 도리를 말한 것이다. 신하는 임금과 백성의 중간자이므로 그 역할을 잘해야 임금이 임금답게 되고 신하가 신하답게 되고 백성이 백성답게 되어 나라가 편안해질 수 있다.

위정자는 위정자답게 처신해야 백성들이 백성답게 살아갈 수 있는 것이다. 옛말에 "윗물이 맑아야 아랫물이 맑다"는 말이 있듯이 나라의 최고 통치자인 임금이 임금다워야 백성들이 편안하게 살아갈 수 있다.

교육은 백년대계라는 말과 같이 동량지재(棟樑之才)를 키우는 것이다. 나라에서 인재를 키움에는 하루 이틀에 이뤄지는 것이 아니라, 오랜 세월을 요하게 되고, 그에 따른 재정적 뒷받침이 따라야 한다.

옛날의 교육은 유교의 덕치주의로 인해 문하생은 스승의 영향을 다분히 받았다. 단군의 교육은 366사(事)에 나타나는 바와 같이 하늘의 이치를 본 받는데 있다. 하늘의 이치는 366사(事)는 팔리(八理), 즉 성(誠), 신(信), 애(愛), 제(濟), 화(禍), 복(福), 보(報), 응(應)으로 이뤄진 것이다. 하늘의 이치는 하나(一)의 한결같은 정성·믿음·사랑·구제를 본받아 행하면 복을 받게 되고, 그렇지 않으면 화를 만나게 된다. 즉 갚음과 응함은 그 행함이 돌아오게 되므로 인과응보로써 이해하면 무난하게 이해될 것이다.

단군의 교육은 『삼일신고』의 삼일사상(三一思想)과 같은 천지인(天地人)과 같은 맥락으로 이해하면 임금 신하 백성이 함께 그답게 나라도 교육도 잘 이뤄진다.

단군이 홍익인간의 이화세계를 이룬 것은 군신민이 삼위일체를 이루어 각자 '그답게' 산 것으로 보면 될 것이다.

1. 충담사(忠談師)의 「안민가」(安民歌)

신라 경덕왕(景德王, 在位 742~765)은 정치가 잘 다스려지지 않자 왕 자신이 재야인사를 만나 나라를 잘 다스리는 방법을 알아보기 위해 귀정문(歸正門) 누각(樓閣)으로 나갔다.

경덕왕은 충담사(忠談師)를 맞게 되어 그가 향가(鄕歌)를 짓는 대가임을 알고 나라를 편안히 다스리는 노래를 지으라고 하여 지은 것이 「안민가」(安民歌)이다.

이 노래는 '군군신신민민'(君君臣臣民民)의 내용으로 지었는데, 그 내용을 인용하면 다음과 같다.

    1. 군은 아비여,
    2. 신은 사랑스런 어미여,
    3. 민은 어린아이라고 하실 지면,
    4. 민이 사랑을 알리로다.
    5. 구물거리며 살손 물생(物生),
    6. 이를 먹여 다스리고져,
    7. 이 땅을 버리고 어디 가려 할지면,
    8. 나라 안이 유지될 줄 알리이다.
    9. 아으, 군답게 신답게 민답게 할지면,
    10. 나라 안이 태평 하리이다.

『삼국유사』 권2 기이 제2 경덕왕 충담사(忠談師).

이 「안민가」(安民歌)는 군신민의 삼원론 의식을 부모자(父母子)에 비교해 민본주의 의식으로 나타냈다는 데 의미가 더해진다.

나라를 편안케 하는 것은 군신민이 일체화가 이뤄져야 할 것인데, 충담사가 지은 「안민가」(安民歌)의 내용에서 잘 반영되어 있다.

소년소녀들은 「안민가」(安民歌)의 내용에서와 같이 임금은 임금답게 하는 '그답다'를 본 받아 행하면 소년소녀다워질 것이다.

우리는 일제로부터 광복한 지 60여 년의 세월을 거치는 동안 많은 위정자를 맞았으나, 과연 이들 위정자들이 '위정자답게' 국민을 위해 일을 했는지 묻는다면 국민 대부분이 이들에 대해서 긍정적인 대답은 구하지 못한다.

우리는 위정자의 책임을 본 조항의 내용이나 「안민가」(安民歌)에서 찾으면 좋을 것이다. 나라를 바르게 다스리는 방법 중에는 임금이 임금답고 신하가 신하다우면 나라는 잘 다스려지게 된다.

임금과 신하가 그 다우권 백성은 저절로 백성다워지는 것이다. 우리는 광복 후 60여 년의 세월이 흘렀다. 과연 우리 헌정사상 위정자다운 이가 있었던가? 국민들은 1940년대 순수한 사람들이었다. 그런데 위정자자신이 먼저 백성들에게 솔선수범의 선정을 베풀지 않고 온갖 부정부패로 물들게 했다. 이들의 정치는 한마디로 임금이 신하가 그답게 나라를 다스렸다고 할 수 있을까?

「안민가」(安民歌)는 임금·신하·백성이 그답게 처신하면 나라가 잘 다스려진다고 했으니, 중대한 의미를 지닌다. 「안민가」(安民歌)를 심층적으로 이해하기 위해 도표로 나타내면 다음과 같다.

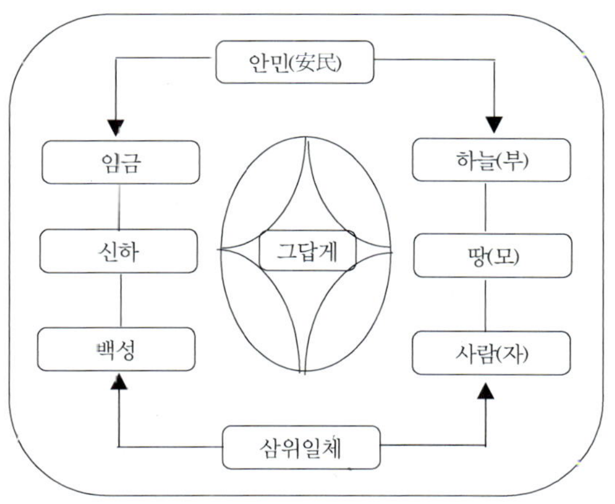

2. 사람답게 사는 주인공

작가들은 작중의 인물을 나타냄에 있어 위정자는 위정자답게, 부모는 부모답게, 자식은 자식답게, 스승은 스승답게, 학생은 학생답게 사는 내용으로 주인공을 나타내면 독자들이 읽고 감명을 받을 것이다.

작가는 주인공을 설정할 때 어느 스승이나 학생으로 나타내도 상관이 없다. 이들은 '그답게'산 것으로 인해 그 응보로 훌륭한 스승상이나 학생의 전형을 보여주어 사람들로부터 존경과 칭찬을 받는 것으로 나타내면 독자들이 재미있게 읽을 것이다. 어린이를 위해서는 동화나 만화로 성인들에게는 소설로 방송매체를 통해 드라마로 시(詩)로 나타내면 된다.

역사적인 인물가운데는 '그답게' 산 이들도 많다. 작가들은 생활 주변에 모범적으로 살아온 이들이 수없이 많으니, 이들을 소재로써 주인공을 통해 만인이 공감하는 작품을 내면 많은 사람들이 공명 공감하는 바가 될 것이다.

제82사(事) 망가(忘家: 집을 잊음) - 이극로(李克魯)의 「윤세복 선생」 -

본 조항의 망가(忘家)의 직역은 '가정의 일은 잊는다'는 뜻으로 된다. 의역으론 충신은 자기의 개인적인 일은 돌보지 않고 나라 일에 전념한다는 말이다.

일제 시대 독립운동가 들은 개인의 일보다 조국을 위해 헌신하는 이들이 많았다. 작가들은 이들이 특히 만주로 건너가 일제와 싸운 내력을 작품으로 남기면 본 조항을 이해하는 데 도움을 줄 것이다.

항일 운동가 윤세복(尹世復, 1884~1960)은 국내와 만주에서 독립운동에 힘쓴 이로 알려졌다. 더구나 그는 1909년 국내에서 있을 때 항일단체인 안희제(安熙濟) 등과 같이 대한청년당(大韓靑年黨)을 조직하고, 만주에선 홍범도(洪範圖)와 함께 일본과 싸우기도 하는 등 직접 구국하는 데 힘을 다하였다. 독립단체인 대동청년당의 일원인 이극로(李克魯)는 「윤세복 선생」 제목으로 글을 썼다.

이글에 나타난 바와 같이 "사재(私財)도 공(公)을 위하여 희생하고"에서 보는 바와 같이 조국을 일제로부터 구하기 위해 독립자금을 바쳤음을 알 수 있다. 그의 조국을 위한 남다른 희생정신은 본 조항으로 조명하게 되면 많은 도움이 될 것이라 믿고 다음과 같이 소개한다.

제82사(事) 망가(忘家): (信 3團 24部)(신, 3째 묶음, 24번째 부분)

有賢이면 薦君而不留家하고 有財면 補公而不榮私라. 非才면 不擧親戚하고 君賜라도 不受니라.

해석: 현자가 있으면 임금에게 천거하여 집에 머물러 있지 않게 하고, 자물이 있으면 공익을 보태어 사익을 경영치 않게 하며, 인재가 아니면 친척이라도 천거하지 말며, 임금이 주어도 받지 않느니라.

충신은 국가의 대사(大事)를 맡아 나라를 다스리는 임금의 전권을 위임받은 막중한 책임이 부과되었으니, 사사로운 일에 돌보는 일을 행해서는 안 될 것이다. 충신은 나라를 맡아 다스려야 하므로 숨은 인재를 찾아내 임금에게 천거하여 등용케 하고 재물이 많으면 사회에다 환원하는 등 선공후사의 일을 행해야 된다.

충신은 사리사욕을 떠나 공익의 힘을 다할 뿐 자기의 가정적인 일을 돌보지 않고 잊을 정도로 사사로움을 잊는다는 뜻이니, 제82사(事) 망가(忘家)는 충신에 대한 자세를 유효적절하게 밝힌 내용이다.

충신은 하늘의 도인 하나의 진리를 마음에 새겨두어 일편단심으로 나라를 다스리게 되므로 사리사욕을 뒤로 하고 항상 큰일을 의해 공익에 앞장선다. 실제로 역사상에 나타난 충신들은 으레 간신들의 모함을 받아 구양을 한 경험이 있고 심지어 귀양지에서 세상을 떠난 사람도 있다. 이들 충신들이 나라의 일을 바로잡기 위해 험지로 귀양을 가게 되면 살아서 돌아오지 못한다.

충신은 귀양살이도 염두에 두지 않고 옳은 일을 주장하니, 사리사욕을 채우는 간신들이 그대로 충신을 조정에 둘 리가 없다.

충신은 어떠한 유혹에도 휘말리지 않고 하나의 마음으르써 천리를 실천하는 사람이라고 이해하면 될 것이다.

본 조항에 나타난 충신은 역대 충신들이 사사로운 일을 뒤로 미루고 나랏일을 위해 하나의 길을 실천한 위정자라 할 수 있으니, 우리역사에는 그러한 충신이 많이 있어온 것으로 오늘의 사람들에게 본이 된다.

홍익인간의 이화세계는 삼상(三相) 오부(五部)와 같은 신하들에 의해 이뤘고, 앞서 인용한 바 있는 을파소(乙巴素)가 366사(事)로써 나라를 다스려 고구려를 잘 다스려 훌륭한 나라를 다스려 강대한 나라를 세웠다. 을파소(乙巴素)는 본 조항과 같이 단군조선을 366사(事)로서 고구려인답게 나라를 다스렸다.

우리는 위의 내용 중 가까운 예로 일제하 독립운동가들이 훗날 일본과 싸워 이기는 길이 교육에 있다고 보고, 사재(私財)를 털어 만주에 많은 학교를 세운 것은 재물을 사익으로 경영치 아니하고 국가와 민족을 위해 바친 것을 들 수 있다.

일제하 우국지사들은 사재를 털어 만주에 신흥무관학교를 세워 광복군을 배출하여 이들이 주동이 되어 1920년 청산리대첩을 이뤘다. 이 대첩은 독립군들이 단군정신으로 무장한 교육을 받은 데 원인에 있었다는 것을 한국인이라면 잊어서는 안 될 것이다.

1. 이극로(李克魯)의 항일 운동가 윤세복(尹世復) 선생 찬양

우리는 항일 운동가 중 윤세복(尹世復, 1884~1960)이 많은 재산을 국가를 찾는 일에 바쳐 만주에서 일본군과 항전하는데 많은 기여를 했다. 대동청년당의 일원인 이극로(李克魯)는 1936년 국내에서 조선어학회를 이끌었는데, 윤세복에 대해서 다음과 같이 서술하고 있다.

> 나는 선생을 잘 안다. 나에게 가장 많은 감화를 주신 어른은 단애 윤세복 선생이다. …
> 첫째로 철석같이 굳은 의지를 가진 어른이다. 한번 작성하신 일이면 시종여일하게 하여 가신다.
> 둘째로 보름달과 같이 환하고 둥근 성격을 가지신 어른이라 어디에나 한쪽으로 치우치지 아니하시고 또 컴컴한 행동이 없다.

셋째로 담대(膽大)한 어른이다. 천병만마가 덮치어도 눈도 하나 깜짝
아니하신다.
넷째로 희생적인 정신이 많은 어른이다. 억만금의 사재(私財)도 공(公)
을 위하여 희생하고 폐의파립(敝衣破笠)으로 방랑생활 하실 때에 삼
순구식(三旬九食)을 하시어도 조금도 불편과 불만과 불안을 느끼지
아니하신다.

李克魯: 「강의(剛毅)의 인(人), 윤세복 선생」 『조광』(朝光) 제2권 1호,
1936, 53~54쪽

한국의 독립운동사는 윤세복이 조국에 바친 정열이 있기에 빛났는데
청산리대첩을 이룬 것이니, 븐 조항의 내용과 일치되는 민족사에 기념비
적인 성격(monumentality)으로 기리 남을 애국자이다.

그는 독립운동가인 이극로(李克魯)는 윤세복(尹世復)이 국가를 찾는 일
에 몸을 바쳐 그에 대해서 위의 글을 쓴 것이다.

일찍이 윤세복은 1909년 안희제(安熙濟)·서상일(徐相日)·신성모(申性模)
등과 비밀결사, 대한청년당(大韓靑年黨)을 조직하여 구국운동을 펼쳤다. 그
는 독립운동을 적극적으로 전개하기 위해 만주로 건너가 장백(長白)·무송
(無松) 등지에서 포수단(砲手團)을 조직하고 홍범도(洪範圖)·조맹선(趙孟
善)과 함께 일본과 싸워 전과를 올리기도 했다. 그는 광복 후 귀국하여 대
종교(大倧敎) 총원교가 되었다.

대동청년단의 일원인 이극로(李克魯)는 윤세복 선생을 칭송하는 글을
쓴 것은 사사로운 일에 머이지 않고 공적인 일에 헌신하여 조국광복을 위
해 일본군과 직접 싸운 데 있다. 윤세복 선생을 이해하기 위해선 본 조항
과 관련하면 도움이 될 것이다.

인재를 천거하는 일은 사익이 개재돼서는 안 되니, 지난 시대에 흔히
있었던 자기 아는 사람을 봐주기 식으로 나라의 중책을 맡기는 일도 없지
는 않았다. 지난 시대는 소우 낙하산인사가 많아 국민들이 어리둥절할 때
가 많았으나, 앞으로 그런 인물이 국정에 참여하는 일이 생겨서는 안 될
것이다.

2. 작가들의 독립운동들을 소재로 주인공 등장시킴

작가들은 국내에서 만주에서 독립운동을 전개한 이들의 행적을 찾아 작가 나름에 상상력으로 작품을 쓰면 독자들이 읽고 많은 감명을 받는다.

요즘은 외국여행을 하는 이들이 많은데 그중에 만주 연변에 가면 독립운동가 들의 후손들이 살고, 노인들이 생존해 있어 이들이 만주에서 일본군과 싸운 내력에 대해서도 잘 알고 있다.

작가들은 독립운동가 들에 지내온 내력과 일본군과 싸운 내력 등을 쓴다면 독자들이 감명을 받을 것이다. 아울러 윤세복이 나라를 위해 조국에 바친 정열을 작품으로 선보이면 국민들의 인식이 달라져 사리사욕만을 일삼는 사람들에게 경종을 올리게 될 것이라 믿는다.

제83사(事) 무신(無身: 몸이 없음)-『임진록』에 나타난 이순신-

무신(無身)이란 '몸이 없음'을 뜻하니, 임금을 위해 불철주야 위국충성을 다하는 관계로 몸이 있음을 알지 못하게 된다는 내용이다. 이는 곧 충신의 경지를 의미한다.

우리는 이순신하면 거북선을 떠올린다. 세계최초의 철갑선을 만들어 23전 23승이라는 초인적 승리는 본 조항의 무신(無身)의 경지에서 이뤄진 전과라고 생각하게 된다.

작가들은 이순신의 무신(無身)의 충신임을 작품으로 독자에게 선보이면 많은 감명을 받을 것이다.

『임진록』은 임진왜란 7년 동안 당시 백성들을 전란으로 인한 엄청난 피해로 실의에 빠져 있을 때 희망을 주기 위해 한학자와 문학에 관심 있는 이들이 지은 것인데, 여러 종류의 이본이 전한다.

임진왜란 당시 우리는 왜적에게 진 전쟁이지만 정신적으로 승리한 내용으로 일종의 보복 문학적 성격을 띤다.

『임진록』은 이순신에 대한 전공이 허구적인 내용이 나타나 있지만, 실

제적인 전공을 내용으로 지어진 것으로 그의 숭고한 정신을 이해하는 데
도움을 준다.

본 조항의 무신(無身)은 이순신이 자기의 몸이 있음을 알지 못할 정도로
거북선을 발명하는 데 심혈을 기울인 경지를 이해하는 데 도움을 주어 그
내용을 다음과 같이 소개한다.

제83사(事) 무신(無身): (信 3團 25部)(신, 3째 묶음, 25번째 부분)

無身者는 許身於君하여 不知有其身也라. 君有命則不辭辛苦
하고 在安樂에 亦不忘憂니 心壯하여 不知壯之漸衰하고 心不
老하여 不知老之將至니라.

해석: 무신(無身)이란 임금에게 몸을 허락(바쳐)하여 그 몸이 있음을 알지 못하는 것이니
라. 임금의 명령이 있으면 수고로움도 사양하지 않고, 안락하게 있어도 근심을 잊지 않으니.
마음을 씩씩하게 하여 그 굳셈이 점차 쇠약해짐을 알지 못하고, 마음을 늙지 않게 하여 늙음
이 장차 도래할 것임을 알지 못하니라.

본 조항의 요지는 충신은 몸을 바쳐 임금을 섬기는 것으로 되어 있다.
그 실행은 어려움이 있더라도 사양하지 말 것과 편안하고 즐거운 일이 있
더라도 임금에 대한 충성심으로써 근심을 놓치지 않아야 함을 나타냈다.
충신은 간신과 인간됨을 달리하는 관계로 나라의 안위로 인해 어려운
일은 말할 것도 없거니와 편안하고 기쁜 일에 있더라도 나라를 생각하는
마음을 가져야 한다는 것이다.
나라가 어려운 지경에 이르렀을 때는 어떻게 하면 어려움을 해결할 수
있는 방법을 찾아내는 일이다. 충신은 국가가 위기에 처해 있을 때 무신
(無身)할 정도로 자기를 잊어 나랏일에 골몰하는 것이다. 이에 대해 간신
은 파당을 지으며 자기의 출세의 꿈인 영전의 기회만 노리고 임금에게 잘

보이는 일에만 힘쓴다.

충신과 간신의 행위는 소인과 군자의 행위로 볼 수 있는 것이다. 그럴 때 임금은 이들의 인간의 행위로 인간됨을 알아내야 한다. 간신은 임금의 총애를 받는 총신(寵臣)이라는 점을 이용하여 전권을 횡행을 일삼는 자이니, 임금이 이들의 행위를 알아내 잘잘못을 가려내면 된다.

충신은 자기의 몸을 잊을 정도로 일을 하는 관계로 임금이 간신에 가리어 보살피지 못한다. 그런 관계로 충신은 간신에게 몰리어 귀양을 가거나 본의 아니게 임금의 명을 어긴 죄로 감옥살이를 한다. 이런 예는 이순신의 경우에서도 나타나는데 수전에서 전과를 올렸음에도 충신을 감옥살이를 시키고 백의종군으로 전장에서 싸우게 하니, 다른 충신에게도 마찬가지로 간신에게 억울하게 당하는 일이 많았을 것이다.

요즘 충신이 귀양을 간 것을 생각해보면 일부러 임금에게 무조건 충성케 하기 위해 정한 제도로밖에 볼 수 없다. 충신이 우국충정으로 말하고 행한 것을 자기들에게 맞지 않는다고 살아 돌아오지 못하는 오지로 귀양을 보내니, 대개 임금 밑에 총신(寵臣)들이 행한 일이다.

충신은 일편단심으로 임금에게 충성하는 마음을 가지므로 세월이 가는 줄도 모르게 되어 늙어감도 모르게 국정에 힘쓴다. 본 조항의 내용은 충신의 행함으로 이해하면 쉽게 이해할 수 있으리라 믿는다.

1. 『임진록』에 나타난 이순신의 충정심

『임진록』에 의하면 이순신은 무신(無身)에 이를 정도로 위국충성을 발휘하였다. 이순신은 47세 때 전라(全羅) 좌수사(左水使)로 도임 후 전선(戰船)을 만드는 일에 힘쓰는 한편 또 한 가지 남이 모르는 일을 밤낮으로 연구하고 있는데, 거북선 발명이었다.

『임진록』에 의하면 이순신은 왜적이 조총(鳥銃)을 사용한다는 것을 전해 듣고 거북의 잔등같이 갑주(甲冑)를 입히면 총알을 막아 낼 거북선을 발명해 세계에서 최초의 장갑선인 설계도를 그려 냈다. 이 설계도에 의해 1592년 4월 12일 거북선의 진수식을 가졌다는 것이다. 이 날은 왜적이 쳐

들어오기 이틀 전이라고 하였다.

『임진록』에는 거북선 모양이 상세하게 나타나 있는데, 엄청난 창의력으로 건조되었음을 알 수 있다. 이순신은 거북선 두 척을 만들어 진수식(進水式)을 거행한 지 이틀째 되는 4월 14일 부산이 왜적에 수중에 들아 있을 때도 이 사실을 여수에 있는 좌수영(左水營)에서는 이 일을 고르고 있었다

5월 7일 이순신이 80척을 거느라고 옥포에서 왜적선 60여 척의 대선단과 사상처음으로 싸움이 벌어져 40여 척을 쳐부수는 전과를 올려 그 후 옥포대첩을 이룬 후 당포대첩(唐浦大捷)과 한산도대첩(閑山島大捷)을 이루었다.

이순신은 본 조항의 내용과 같이 자기의 몸을 다 바쳐 거북선을 발명했기에 왜적의 선단(船團)을 격파하여, 보급로를 차단시키고 곡창지대 전라도를 방어함으로써, 군량미를 확보하는 데 큰 힘이 되었고 왜군들을 물러나게 하는 데 기여를 했다.

무신(無身)의 경지는 충신 이순신의 거북선 발명과 왜적이 물러나게 하는 데 결정적인 역할을 하였음이 『임진록』에 나타나 있는 바와 같다.

이와 같이 무신(無身)은 본 조항의 내용이나 이순신의 행적에서 찾아볼 수 있는 바와 같이 내 몸이 있는지 알지 못할 정도로 힘써 행하면, 기필코 달성할 수 있게 하는 교훈을 깨닫게 된다.

2. 무신(無身)의 작중 인물설정

작가들은 주인공이 한 가지 일에 몰두하는 무신의 경지를 작품상에 나타내면 어떤 한 가지 일에 득적을 달성할 수 있으리라 본다.

이러한 일은 위에서 예를 든 바와 같이 이순신이 『임진록』에서 예를 든 바와 같이 이순신이 거북선을 발명하여 나라를 위기에서 구하여 왜적이 물러나게 하는 것과 무신(無身)의 경지에 이를 정도로 힘써 행하면 좋은 결과를 이룰 수 있다.

작가는 작중의 주인공을 어떤 발명품을 발명해 내어 세계적으로 유명한 특상품을 국내는 물론 외국으로 수출하면 국민경제에도 많은 도움이 될 것이다.

이외에 작가들은 임진왜란 당시 이순신이나 일제식민지 시절에 조국의 독립을 위해 재산을 바치고, 본 조항의 내용과 같이 무신(無身)할 정도로 활약한 이들의 작품을 출간하면 독자들이 감명을 받게 된다. 아울러 독자들은 자기만을 위하는 일을 하지 않고 온 국민과 더불어 살아가게 하는 데 도움을 줄 것이다.

제84사(事) 열(烈: 절개 굳음)-이숭인(李崇仁)의 『배열부전』(裵烈婦傳)-

제84사(事) 열(烈)이란 열녀의 준말로서 절개가 굳은 여자를 이르며, 오직 남편을 믿고 따르는 이를 말한다.

한국여인들은 절개를 지키기 위해 몸을 버렸다. 작가들은 한국여인들이 목숨보다 중히 여긴 내력을 단군의 조상숭배와 관련해 혈통을 중심하는 관념과 관련하여 작품으로 나타내면, 한국여인들의 순결미를 이해하는 데 도움을 줄 것이다.

도은(陶隱) 이숭인(李崇仁, 1349~1392)은 14세기 시대적 배경과 관련하여 『배열부전』(裵烈婦傳)을 지었다. 당시 고려 충정왕(忠定王)은 총신(寵臣)의 행위로 정치가 잘 다스려지지 않아 어수선한 틈을 타서 왜구(倭寇)가 침입하였다. 그들은 식량만 약탈해 가는 것이 아니라 백성들도 납치해가는 일이 빈번하고 여인들을 만나면 겁탈을 일삼았다. 이들은 배를 몰고 와 해안지대 백성들은 말할 것도 없고 국고(國庫)의 많은 식량을 약탈해 갔다.

충정왕은 원나라 공주와 정략적인 결혼을 하고 내치에 힘쓰지 않는 관계로 나라의 기강은 해이해져 그 틈을 타서 왜구들이 내륙 깊숙이 들어와 약탈을 일삼았다. 『배열부전』(裵烈婦傳)은 이런 어수선했던 때 왜적이 여인을 보고 겁탈하려고 할 때 어린아이는 강가에 두고 강물에 뛰어들었다. 이들은 아이를 볼모로 물에서 나오면 모녀(母女)를 살려주겠다고 회유책을 쓰기도 했으나 몸을 더럽히지 않겠다고 강물에 있을 때 왜적들의 화살에 맞아 죽었다.

배부인이 죽음을 택한 것은 단군 이래 조상숭배관념에 의한 혈통을 중시하는 전통관념에 의해 강물에 뛰어들어 죽음을 택한 것이다.『배열부전』(裵烈婦傳)을 이해하기 위해 본 조항의 배부인의 일편단심의 철옹성 같은 신의를 이해하기 위해 그 조항을 다음과 같이 소개한다.

제84사(事) 열(烈): (信 4團)(신, 4째 묶음)

烈은 烈婦也라. 烈婦는 節于其夫하여 有延命者하며 有捐生者하니 或於初 適하며 或於再嫁하여도 其道는 信也니라.

해석: 열녀란 정절을 굳게 지키는 부부이니라. 열부는 남편에게 절개를 지켜, 그를 위해서라면 목숨을 늘려 살기도 하고 목숨을 버리는 자도 있으니, 혹 첫 결혼도 있고(初婚), 혹 재추(再婚)도 있으나 그 도리는 신의니라.

열녀(烈女)란 절개가 곧은 여자를 이른다. 한민족은 예로부터 조상숭배 관념이 투철해 혈통을 중시했던 것으로 인해 특히 여인들이 절개를 지켜 왔다.

여성 중 특히 열부가 절개를 지키기 위해서는 신의가 바탕이 돼야 할 것이다. 한국의 여인들은 절개를 지키는 것을 목숨보다 더 중시해 왔다.

『동국여지승람』에 각 군(郡) 조(條)에 열녀가 실려 있다는 것은 여성들이 절개를 지켜왔다는 것을 증명하는 것이다. 한 시조(始祖)의 성씨에 다른 성(姓)의 씨가 혼혈을 이룬다는 것은 있을 수도 상상할 수도 없는 일로 오늘에까지 그 전통이 이어오고 있다.

인류의 역사상 한민족과 같이 혈통을 하느님 숭배와 관련해 순수미(das Idealschöne)의 의식으로써 반만년을 이어온 민족은 드믈 것이다.

한민족이 조상숭배와 하늘 숭배를 겸용해왔다는 것은 고인돌이 증명하는 사실이며, 남북한 합쳐 전 세계에 70%를 차지하고 있다는 것으로 미루어 그 관념이 투철했음을 의미하는 증거이기도 하다. 한국의 여성들이 절개가 굳은 것은 유교에서 연원된 것이 아니고 단군의 조상숭배와 하느님 숭배에서 원형을 찾아야 한다.

우리 조상이 절개를 생명보다 중히 여기게 된 이유는 조선숭배관념에서 혈통을 중시한 데 있다. 여인들은 지아비를 하늘로 보고 하늘에는 두 해가 없는 것으로 '열녀불경이부절'(烈女不更二夫節)을 고수하였다.

제84사(事) 열(烈)은 열녀의 믿음이니, 열녀의 6 가지 묶음으로 나타냈는데 이를 도표로 나타내면 다음과 같다.

열사단(烈四團)

조항 \ 내용	주요 내용	대상	조항
1. 빈우(賓遇)	열녀는 남편을 손님을 예우하듯 공경함	열녀(烈女)	제85사(事)
2. 육친(育親)	열녀는 자식을 앞세운 시집 어른 정성껏 봉양	열녀(烈女)	제86사(事)
3. 사고(嗣孤)	열녀는 유복자를 잘 키워 남편 대를 익게 함	열녀(烈女)	제87사(事)
4. 고정(固貞)	열녀는 마음이 굳고 절개가 곧아 남편을 믿음	열녀(烈女)	제88사(事)
5. 일구(昵仇)	남편의 원한을 품고 죽으면 원한을 풀어 줌	열녀(烈女)	제89사(事)
6. 멸신(滅身)	열녀는 먼저 간 남편의 영혼을 뒤따르고자 함	열녀(烈女)	제90사(事)

위의 6종류의 내용은 오늘의 관념과 맞지 않는 것이나 먼 조상 때부터 금과옥조로 신봉하던 것을 감안하면 원만하게 이해되리라 본다.

부부의 인연은 천지의 결합과 관련한 영혼관이 환웅과 웅녀의 신성혼의 수용으로 보면 위의 6개의 조항을 낡은 개념으로 볼 수만은 없다.

1. 도은(陶隱) 이숭인(李崇仁)의 『배열부전』(裵烈婦傳) 열부의 절개

고려시대의 절게 고수는 오랜 전통에서 전승된 것으로 인해 생명과 맞바꾸었던 실례를 고려시대 삼은(三隱)의 한 사람인 도은(陶隱) 이숭인(李崇仁)의 『배열부전』(裵烈婦傳)에서도 나타난다.

열부가 사는 마을에 왜적이 들어와 여인들 겁탈하려 할 때 열부는 젖먹이 아들을 안고 달아났으나 강가에 이르러 더 갈 수가 없어, 여인의 선택은 아이를 강가에 놓아두고 강에 뛰어들었다. 열부는 왜적의 화살을 맞아 죽었다.

작가 이숭인은 이 강을 지나다가 여인의 절개 고수에 대해 "여울물은 슬피 흐느끼고, 숲의 나무도 쓸쓸하여 사람으로 하여금 머리끝이 쭈뼛해져 아, 장렬하여라"라고 절개를 칭송했다.

한민족의 절개고수는 민간설화에서 허다히 나타나며 하종(下從)하는 일도 있어왔다. 고대 한민족의 여성들은 혈통을 중시하는 관념으로 인간미질의 순수미(純粹美)인 백의민족의 전통을 이어왔음을 알 수 있다.

고려시대는 오랜 동안 콩고족이 지배했던 관계로 남녀율기가 문란하여 남녀상열(男女相悅)의 노라가 유행한 적이 있으나, 그것은 한민족의 의식이 아니고 이민족의 풍습에 의한 영향이었다고 할 수 있다.

우리는 이숭인의 『배열부전』(裵烈婦傳)에서 보는 바와 같이 왜적이 한마을에 들어와 배 씨여인을 겁탈하려고 할 때 강에 뛰어 든 것은 조상 때부터 무의식적으로 전하는 절개를 목숨보다 중하게 여기는 정조관념이 강렬했던 것으로 볼 수 있다.

도은(陶隱) 이숭인(李崇仁)은 당시 충정왕이 원(元)나라 공주와 정략적인 결혼을 하여 총신(寵臣)들이 권세를 부리어 정치는 문란케 한 충정왕 2년(1449년)부터 왜구(倭寇)의 침입이 심한 때 살았다. 그는 친원파(親元派)들이 세력을 잡고 있을 때 협조하지 않은 관계로 미움을 사게 되어 옥사(獄事)를 겪었고, 조선조에는 정도전(鄭道傳)에 협조하지 않은 관계로 살해되었다.

그는 정몽주(鄭夢周)와 함께 정당문학[政堂文學(고려시대 종이품)]에 있었고, 고려시대 포은(圃隱) 정몽주(鄭夢周) 야은(冶隱) 길재(吉再)와 함께 삼은(三隱)의 한 사람으로 지조가 굳고 특히 문장이 전아(典雅)하여 중원의 명사들도 놀랐다고 하는 이가 배부인의 절개를 칭송한 것은 고려여인상을 나타내 주는 것이 된다.

요즘은 세계화시대를 맞아 단일민족의 혈통을 잇는다는 말 자체가 어울리지 않으나 반만 년을 이어왔고, 여인들이 절개를 변치 않고 조상전래의 혈통을 이어온 관계로 절개를 생명보다 중시해 왔다.

단일민족의 혈통을 중시해 온 것은 각 성씨의 조상을 잇는 것으로 볼 수 있다. 한 성씨의 혈통에 다른 성씨에 혈통이 섞인다는 것은 있어서는 안 되는 일이다.

배부인은 왜적이 자신의 정조를 유린하려할 때 몸을 더럽힘보다는 죽음을 택한 것은 조상의 혈통을 순수하게 지키려는 뜻에서 강물에 뛰어든 것이다. 그녀는 깨끗한 물에서 자기의 정조를 바치려고 물에 삐져죽는 길을 택했다.

2. 작중 여주인공의 순결 고수 작품

오늘에도 한국의 여성들은 절개를 지키며 살아오고 있다. 앞으로도 각 성씨들은 선조의 혈통을 이어갈 것이고 그렇게 사회구조가 이뤄져야 할 것이다. 요즘은 젊은 남녀들이 연애를 주로 하게 되는데 부부가 된 후 가정의 혈통을 지켜내려 오고 있다.

작가들은 한국의 전통가정과 오늘의 핵가족의 사이에서 한국가족의 전통과 현대성을 가미시킨 내력으로 조화미를 형상화시키면 좋은 반응을 보일 것이다.

단일민족으로 이어온 것은 각 가문의 혈통을 이어온 것을 의미한다. 어느 나라 민족도 조상의 혈통을 잇는 것으로 내려온 것인데, 다만 일부사람들이 지키지 않은 경향은 있으나 혈통을 중시해 왔다. 그런데 한국은 다른 민족보다 혈통을 중시하였고 설화나 고소설에서 절개를 지키는 내용으로 나타냈다

제85사(事) 빈우(賓遇: 손님들처럼 예우함)-『금령전』에 나타난 금령-

본 조항에서의 빈우(賓遇)란 남의 아내가 된 자는 남편을 손님 대하듯 예우하라는 뜻이니, 열녀가 손님을 맞는 예로써 남편을 공경하라는 말이다.

작가는『금령전』에 나타난 금령은 부군 해룡을 내조(內助)하고, 해룡은 부인을 외조(外助)하는 의식이 나타내 상조(相助) 의식을 볼 수 있어, 21세기 부부들이 그런 의식으로 살아가야 함을 본받아야 할 것이다.

『금령전』에서 여주인공 금령은 전생에 용녀였다. 그런데 부군 해룡과 함께 친영(親迎: 신랑이 친히 신부 집에 가서 신부를 맞음)하고 돌아오다가 동해상의 요기를 만나 죽어 인간의 금령(금방울)으로 태어났다. 부군은 전생이 용자(龍子)였고 금령 또한 용녀(龍女)였다. 이들은 용(龍) 중에서 청룡(靑龍)으로 태어난 관계로 초년의 고생을 하게 된다. 청룡은 봄의 운명이니, 초봄에 봄추위와 같아 시련을 겪은 후 중춘과 계춘에 이르면 따듯한 봄을 맞아 꽃으로 만발한 화풍난양(和風暖陽)의 운명을 맞는다.

이들 부부는 이승에 태어나 고난을 겪은 후 금령이 해룡을 내조하고 해룡이 금령을 죽음에서 구한 것으로 부부일체라는 관점에서 상조(相助)가 이뤄진 것이다.

본 조항은 부인이 부군을 내조하는 것으로 되어 있는데, 상조의식으로 보면 금령과 같이 신분상승을 이루게 된다. 본 조항은『금령전』을 이해하는 데 도움이 되어 그 조항을 다음과 같이 소개한다.

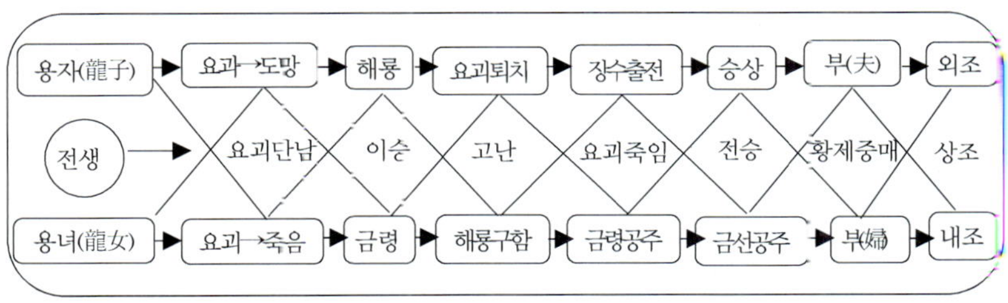

『금령전』은 적강소설(謫降小說)의 한 유형적 구조를 가지고 있으면서 영웅소설의 특징을 많이 갖춘 소설이다. 다분히『지하국대적퇴치설화』를 수용한 하나의 소설이기도 하지만 유가제도 하에서 탄생한 본 소설이 내조만이 아닌 상조의식(相助意識)이 들어 있다는 것은 현대적 의미를 부여하

는 작품인 것이다.

제85사(事) 빈우(賓遇): (信 5團 26部)(신, 5째 묶음, 26번째 부분)

> 賓遇者는 婦敬夫以賓禮하여 賓賤而愈愛하고 老去而愈恭하
> 여 子女滿堂이라도 猶親供其飮食이니라.

해석: 빈우(賓遇)는 아내가 남편을 손님의 예로써 공경하여, 남편이 빈천해도 더욱 사랑하고 늙어가도 더욱 공경하여 자녀가 집안에 가득해도 오히려 음식을 차려 드리는 것이니라.

유교사회에서와 같은 가부장제도에서 열녀는 남편을 하늘과 같이 섬겨 왔음을 보아 왔다. 그러나 요즘은 남녀평등사회인 관계로 동등한 권리를 주장하고 있으니, 아내가 남편을 손님 대하듯 공경하라는 것은 시대에 맞지 않고 남편에게 그런 대우를 해주는 부인도 요즘 젊은 부인에게 기대할 수 없게 되었다. 요즘 부부는 평등의식으로 살아가고 있기 때문이다.

그러나 예로부터 남편은 부인을 현모양처(賢母良妻)를 맞아야 한다는 말을 하고 있는데, 옛날과 같은 사고방식으로 살아가는 것보다는 서로 존경하며 살아가면 된다. 이 현모양처상은 남편을 내조(內助)하는 분으로 여겨 왔는데, 오늘에 있어서는 남성들도 여성을 도와야 하니, 내조만을 거론해서는 안 되고 상조(相助) 의식으로 살아가야 할 것이다.

상조의식은 21세기를 살아가는 아내이자 남편상이라 할 수 있다. 상조에 있어서 아내는 가정에서 남편과의 사이를 원만하게 유지하고 자녀교육도 잘 시켜 가문을 빛내게 하는 분을 말한다. 남편 또한 아내의 내조만을 기대해서는 안 되고, 외조도 해야 하니 상조의식으로 살아가는 것이 바람직한 생활방식이다.

아내의 남편공경은 결국 상조의식과 관계되기 때문에 남편의 성공은 곧 부인의 성공인 것이니, 부부일체가 바로 그러한 의식인 것이다.

1. 『금령전』(『금방울전』)에서 여주인공 금령

『금령전』은 민담과 단군신화의 동굴모티프, 난생설화와 용설화가 등이 복합적으로 이뤄진 고소설이다.

여주인공 금령과 남주인공 해룡은 전생의 부부였는데 괴물에게 죽거나 쫓기어 인간계로 태어난 것이다. 여주인공 금령은 과부(寡婦)가 된 막씨의 소생으로 태어났고, 여기에 금방울과 같이 둥근 모습으로 태어나 막씨가 창피스런 마음에 금령을 없애려고 했다.

남주인공 해룡은 괴물에 쫓기는 중 자기의 육신을 붉은 기운으로 화하여 장공부인에게 살려달라고 애원하자 입을 벌리어 삼켜 태어난 것이 해룡이다. 그런데 해룡은 어려서 난리를 만나 죽을 고비를 만난다. 해룡은 죽을 고비에 이르면 금령이 구제하고, 금령이 위기에 처하면 해룡이 구한 인연으로 금령과 결혼하였다.

해룡의 입신양명은 곧 금령이 죽음에서 구한 것으로 받아들이면 될 것이다. 금령은 남편을 위국공에 오르게 내조했다. 금령은 황후의 양녀로 공주가 되었다. 황제는 이들 부부를 원조충신이란 벼슬을 하사한 것이니, 서로 간 죽음에서 구한 것으로 상조의 부부라고 할 수 있다.

본 조항의 여인상을 보면 아내의 남편 공경은 순수미(純粹美) · 순종미(順從美, das Gehorsamkeit Schöne)로 이해하게 되며, 『금령전』과 관련해 보면 내조의식과 관련된다.

현모양처형의 여인상은 오늘에도 이어 내려오고 있고, 그렇게 하면 남편 또한 부인을 공경하게 되어 부부화합을 이루어 화기애애(和氣靄靄)한 가운데 상조(相助) 의식이 가화만사성(家和萬事成)으로 발전되어 화평한 가정을 이룬다.

본 조항이나 본 소설은 가부장제도에서 나온 발상인 데서 여인이 남편을 손님 대하듯 대하라는 내용을 담고 있으나, 여기는 부인의 내조와 함께 상조의식이 내존 되어 있다. 부부는 일체니, 남편의 성공은 곧 부인의 몫이기도 하다.

오늘날 평등사회에서 여성이 남편만을 우대하는 것은 시대상에 맞지 않는다고 할 수 있으나 엄밀한 의미에서 부인이 남편을 중히 여기라는 데는 공감하는 면이 있다. 이렇게 되면 남편 또한 부인을 외조로 돕게 되니, 부부 일체로 조명하면 상조의식으로 이해될 것이다.

2. 작가들의 상조의식 나타냄

고대는 동서를 막론하고 부부관계에서 남성의식과 우위관계를 이루고 있다. 특히 가부장제도의 전형이라 할 수 있는 유교체재 하에서는 순전히 남성위주 사회였다. 그러한 구시대적 발상적인 부부상은 부인이 남편을 내조하는 것을 우선시 해왔던 것은 부인할 수 없다. 그러나 엄밀한 의미에서 우리는 부인이 남편을 손님처럼 대하라는 데 거부감을 가지게 되지만, 부부가 서로를 손님을 대하는 예의로써 공경하는 것을 말한다. 부부는 일심동체이니, 상조의식으로 서로가 서로를 대하며 살아가라는 교훈이다.

심지어 서양인의 경우 여성은 출가를 하면 남편의 성을 따르게 되어 있다. 그러나 한국은 단군 이래 그렇게 하지 않았다.

작가는 부인이 남편을 손님의 예로써 공경하고 남편 또한 부인을 그렇게 부인과 같이 대하면 부부가 서로를 공경하며 살아가는 상조의식으로 나타내면 독자들이 흥미진진하게 읽을 것이다.

오늘에는 옛날 가부장제도와 같은 부인이 남편만을 우대하는 방식은 사라진지 오래되고 젊은 부부들이 평등하게 살아가니, 상조로 살아가는 것이 가장 좋은 방법이다.

작가는 작중의 주인공을 과거식의 내조만을 나타낼 것이 아니라, 남편이 부인을 돕는 외조도 나타내면 상조의식을 독자들에게 알리는 데 도움을 줄 것이다.

제86사(事) 육친(育親: 부모를 봉양함) -『금령전』의 막씨-

본 조항에서 육친(育親)이란 '부모를 봉양함'을 뜻하니, 자식을 앞세운 시부모를 정성껏 봉양하고 평생모시고 산다는 내용이다.

작가들은 남편 없이 살면서도 시부모나 친정부모를 모시는 이들을 잘 봉양하는 내용으로 작품을 출간하면 사람들이 오늘에도 열녀가 있다고 칭찬할 것이다. 물론 우리 사회는 시부모를 봉양하고 자녀의 학비를 벌어 가르치는 이도 수없이 많다. 이들이 겪는 고생은 말로 표현할 수 없다. 이들은 새벽에 나가 자정이 되어서야 집에 돌아오는 이들도 많으니, 이들에 대해서도 작품을 쓰면 독자들이 눈물을 흘리며 읽을 것이다.

『금령전』의 막씨는 죽은 남편의 혼령과 결합하여 금방울을 낳아 많은 시련 끝에 대절지효부인(大(至孝夫人)의 칭호를 받았다.

막 씨는 남편의 행방을 모르고 혼자 노모의 묘막에서 수직하기 10년 만에 죽은 남편의 혼령이 나타났다. 그 혼령과 결합하여 낳은 것이 금방울이다. 죽은 노모가 세상을 떠난 후 묘막에서 10년간 노모를 생전과 같이 조석 봉양을 하였으니, 하늘이 감응하여 죽은 남편의 혼령으로 금방울을 낳았다.

죽은 남편의 혼령과 결합으로 딸 금방울을 낳았다는 것은 영적인 결합이니, 환웅과 웅녀가 신단수 밑에서 신성혼(神聖婚)으로 단군을 낳은 모티프와 비슷한 양상을 띠고 있다. 막 씨는 본 조항의 열녀와 같은 여성이니, 남편과도 영혼적(靈魂的) 결합으로 볼 수 있어, 본 조항의 내용을 다음과 같이 소개한다.

제86사(事) 육친(育親): (信 4團 27部)(신, 4째 묶음, 27번째 부분)

育親者는 養無子之親也라 金石信約하다가 夫歿이어든 不欲
獨存이나 爲養 老至親하여 生代夫身이라.

해석: 육친은 자식 잃은 시부모를 봉양하는 것이라. 금석과 같이 믿고 기약했다가 남편이 죽으면 혼자 살려고 하지 않고, 늙은 시부모를 봉양하여 남편대신 살아야 하느니라.

요즘 자부는 남편이 세상을 떠났어도 혼자 벌어서 시부모를 키우며 아들도 키우며 힘겹게 살아가는 사람이 많다. 더구나 예전에는 과부가 되어도 개가를 못했으니, 젊은 나이에도 평생 시부모를 모시고 살아야만 했다. 물론 이 제도는 홍익인간 사상에 맞지 않는 제도이나 영혼과의 결합으로 살았다고 할 수 있다.

고대신화나 종교상에서의 이르는 성인들이나 역사상에 위대한 인물은 미화시킨 이야기나 영혼과의 결합으로 태어났다고 전한다. 이것은 고대인의 생활의식을 반영해 놓은 것이다.

여인은 백년해로를 하기 위해 결혼을 했으나 부군이 불의에 의한 사고로 죽었다면 아내 된 이는 하늘이 무너지는 정황에 처한 것이나 다름없다. 자부(子婦)는 자식을 키우기도 어려운 형편에 시부모를 봉양하게 되니, 그 애로 상황은 말할 수 없을 것이다.

그러나 자부는 혼자 살더라도 남편을 낳아준 시부모이니, 남편의 몸을 대신하여 봉양을 해드리는 것이 자부로서의 도리일 것이다. 홀로된 자부가 시부모에게 잘하면 지식이 그를 보고 자란관계로 늙어서 또한 며느리인 자부로부터 대접을 받게 된다.

자부가 시부에게 잘하면 인과응보에 의해 그 갚을 받게 되어 있다. 그 갚음은 천리이니, 천리대로 살면 복을 받게 된다. 더구나 본 조항은 열녀의 믿음을 6가지 묶음으로 나눈 중에 한 조항이니, 한결같은 마음으로 시부모를 봉양을 나타낸 것이다.

1. 막씨와 죽은 남편의 혼령과 결합하여 금방울을 낳음

『금령전』의 주인공은 금방울(금령)이다. 그를 낳은 이는 막씨이다. 막씨는 남편이 죽고 노모가 죽은 후 홀로 초막에서 수직하기 10년 동안 지냈으니, 효(孝) 중의 효성(孝誠)을 다하였다.

어느 날 막씨에게 죽은 남편의 환영이 비몽사몽간에이 나타났다. 그 후 환영은 막씨에게 나타나 친밀한 관계를 맺어 막씨가 금방울(금령)을 낳은 것이다. 금방울의 탄생은 영혼과의 결합으로 태어났으니, 신성혼((神聖婚)과 관계된다.

예전에는 청상과부가 되었어도 부모를 모시고 살았으며, 자식이 없을 경우 종중(宗中)에서 양자를 맞아들여 대를 이어왔다. 열녀는 비록 남편과 사별했어도 홀로 시부모를 모시고 평생을 산 것은 영혼과의 결합으로 부부의 인연을 맺은 데 있음을 참고적으로 밝혀둔다.

막씨와 죽은 남편의 혼령과 교접하여 금방울을 낳았다는 것은 신성혼으로 볼 수가 있는데, 문학의 세계에서 가능한 일이다. 문학은 허구적인 내용을 소재로 하여 전개시키는 만큼 『금령전』의 막씨의 금방울을 탄생시킨 것에 대해서 이의를 게재시켜서는 안 된다.

금방울은 방울과 둥글게 태어나 관가에서 요물로 알려져 없애려고 철퇴로 내려치고 보검으로 쪼개고 끓는 기름 가마에 넣어 죽이려고 했으나 살아났다. 금방울은 16년 동안 갖은 고초를 겪으면서 미인으로 환생하였다.

해룡은 위왕에 오르고 황제가 수양딸로 삼은 곰령공주와 결혼하여 2남 1여를 두었으며, 금령의 어머니 막씨는 대절지효부인(大節至孝夫人)의 위에 올랐다.

막씨는 자기를 낳아 기른 친정 노모가 돌아간 후 묘막(墓幕)에서 10년간 생존 시와 같이 조석으로 봉양을 하여 천신이 복을 내려 금방울을 낳아 여생을 부귀영화를 누리며 살았다.

죽은 남편과 신성혼(神聖婚)으로 둥근 방울로 태어났으니, 사람들은 요기로 보고 관가에서 그 금방울을 없애려고 갖은 방법을 행했으나 없애지 못하였다.

막씨는 금방울을 낳아 우환거리가 되었으나 잘 길러 해룡과 결혼 하여 자녀를 두어 이들이 각각 자녀를 두어 자손이 반성하고 복록이 진진하였으니, 부군의 대를 잇게 한 것이다.

2. 노모를 극진히 모신 공

요즘 한국은 젊은 부부들이 시부모와 함께 살려고 하지 않은 경향이 있다. 그래서 시부모들은 이들이 원하는 대로 따로 살게 한다.

노인들은 며느리 보다 딸하고 같이 사는 것이 더 좋다고 한다.『금령전』의 막 씨는 남편과 살았으나 다른 여인과 살다가 군에 나가 전쟁터에서 죽었다. 막 씨는 친정의 노모를 모시고 살다가 돌아간 후 묘막에서 10년간 생전 시와 같이 조석공양을 하여, 천신이 감동하여 죽은 남편과 신성혼(神聖婚)으로 낳은 것이 금방울이다.

금방울은 둥근 형태니, 이는 난생설화(卵生說話)와 관계된다. 난생은 곡식의 씨로 비유되어 풍요다산을 의미한다.

한국의 건국신화 중 난생으로 태어난 주인공은 풍요를 상징하는 인물이다. 주몽 박혁거세 수로는 왕위에 오르고 훌륭한 나라를 세웠다.

금령공주는 금방울로 태어났기 때문에 곡식의 낟알과 태양을 상징하며 풍요다산과 관계를 이루어『금령전』의 결말에 이르러 광명의 상징인 해피엔딩으로 마무리를 지었다.

더구나 방울은 단군신화에서의 천부인(天符印) 중 대지를 상징하는 방울과 관계를 이루니 만물을 낳는 것으로 된다. 그런 상징으로 금령공주는 2남 1여를 두어 대를 이은 것이다.

제87사(事) 사고(嗣孤: 외롭게 이음)-『정경부인 해평윤씨 행장』-

본 조항의 사고(嗣孤)는 사(嗣)자(字)가 '이을 (사)'이고. 고(孤)는 '외로울 (고)', '아비없을 (고)'자(字)이므로, '외롭게 이음' 또는 '아비 없음을 이음'을 말한다.

작가는 김익겸(金益兼, 1614~1636)의 유복자 서포(西浦) 김만중(金萬重, 1637~1692)을 잘 키운 윤씨 부인을 소재로 작품을 쓰면 본 조항의 의미를 이해하는 데 도움을 줄 것이다.

서포가 문과에 급제하고 다 제학·판서를 지내게 한 것은 윤씨 부인의 가르침에서 이뤄진 것이다. 또 그가 남해 배소(配所)에서 한국문학사상 획기적인 작품『구운몽』을 쓴 것은 효심에서 윤씨를 위로하기 위해 쓴 것이고,『정경부인 해평 윤씨 행장』을 지은 것은 모친 윤씨가 생전의 자기를 가르친 내력을 알 수 있게 지어 서포를 연구하는 데 도움을 주고 있다.

서포(西浦) 김만중(金萬重, 1637~1692)의 부친 익겸(益兼)은 주전론자(主戰論者)이므로 청군의 침입으르 강화성이 함락되어 책임을 지고 순절하였다. 서포(西浦)의 모친 윤씨는 주전론자(主戰論者)의 부인이드로 그대로 있다간 죽게 되어 청군의 화를 파하기 위해 갯가로 나와 배를 타고 한양으로 돌아오는 중 배안에서 서포 유복자를 낳은 것이다.

광산김씨대종회 이사 김용석(金容錫, 71)은 익겸(益兼)이 적장(賊將) 용돌대를 죽이라고 주장해 그의 부인 윤씨가 강화에 있다간 죽게 되어 급한 상황에 갯가로 나와 배를 타고 서울로 들어오다가 만중을 버 안에서 낳았다는 말을 알려준다. 윤씨가 만삭이 된 몸으로 강화도를 탈출한 것은 부군 익겸(益兼)이 주전론자(主戰論者)였기 때문이다. 강화도를 청군이 점령했으니, 윤씨가 화를 당한 것을 알고 갯가에 나와 서울로 빠져나가 생명을 구한 것이다.

서포는 서인으로서 당시 장희빈의 아들을 세자로 삼은 겻에 반대를 한 문관(文官) 김수항(金壽恒, 1629~1689)을 변호한 것이 화근이 되어 남해도 유배를 갔다.

서포는 윤씨가 세상을 떠났다는 소식을 듣고 1690년 죽기 3년 전에 유신의 소리로써 유복자 자식을 키운 윤씨의 내력을 지어, 열녀가 유복자를 키우는 방법을 배우게 할 수 있게 지어, 본 조항과 통하여 다음과 같이 소개한다.

제87사(事) 사고(嗣孤): (信 4團 28部)(신, 4째 묶음, 28번째 부분)

嗣孤者는 保遺胎하여 嗣夫後也라. 倫莫重於嗣後하고 信莫大
於保孤라. 孤로 捨人事之倫義하고 從天理之正經이니라.

해석: 후사(後嗣) 이음이란 유복자를 보호하여 남편 뒤를 잇게 하는 것이니라. 윤리에는 뒤를 잇는 것보다 중한 것이 없고 신의에는 고아를 보호함보다 큰 것이 없느니라. 그러므로 인사의 윤리와 의를 베풀고, 천리의 바른길을 따르느니라.

본 조항에서 사고(嗣孤)란 유복자를 잘 키워 남편의 대를 이어줌을 이른다. 한국여인들은 예나 지금이나 망부(亡夫)의 뒤를 잇는 유복자를 잘 키워 대를 잇게 했으니, 신의를 지키는 일이라고 할 수 있다.

한국여인들은 열녀가 아니더라도 유복자를 잘 키워 남편의 대를 잇게 한 여인들이 많다. 여인이 혼자서 유복자를 잘 키워 대를 잇게 할 때 더 이상의 중요한 인륜은 없는 것이다. 대개 여인 혼자 유복자를 훌륭한 인물로 키웠을 때 이보다 더 큰일은 없고, 또 이보다 더 큰 신의는 없는 일이라고 할 수 있다.

남편은 부인에게 유언을 남긴다면 대개 아이를 낳아 잘 키워 대를 잇게 해달라는 부탁을 하고 세상을 떠난다. 설혹 부군이 불의의 사고로 부인을 보지 못하고 세상을 떠난다고 하더라도 암묵적으로 유복자가 태어나도 잘 키워달라는 부탁을 한 것으로 알고 여인이 낳아 키운다.

열녀는 유복자를 낳아 키우는데 온 정성을 다하여 아내로서 도리를 다한다. 열녀는 하나의 정성을 유복자에게 기울였던 것으로 인하여 유복자 또한 그 정성의 길을 밟아 가정을 빛내는 사람이 된다.

1. 서포(西浦) 김만중(金萬重, 1637~1692)의 모(母) 윤씨

우리 역사상에는 유복자를 잘 키운 열녀들이 수없이 많다. 그중에 우리는 문학상의 불후의 명작을 남긴 서포(西浦) 김만중(金萬重)의 모(母) 윤씨를 들지 않을 수 없다. 서포는 유배지에서『구운몽』,『사씨남정기』를 지어 한국문학사에서 불후의 명작을 남겼다. 그의 후손들 또한 훌륭한 인재가 배출해 광산 김씨 문중을 빛냈다.

서포는 남해 유배지에서 윤씨가 세상을 떠났다는 소식을 듣고, 다음 해(1690)『정경부인 해평 윤씨 행장』을 지었다. 여기에 서포는 자기를 키운 내력을 담았다.

윤씨 부인(尹氏夫人)은 브군 익겸(益兼)이 정축년(1637) 난리로 강화성이 함락되어 순절하니, 21세로서 서포를 태중에 두고 과부가 되었다.

강화도에 여인들은 청군(淸軍)의 횡포를 피하기 위해 산으로 피신을 할 때다. 윤씨 부인은 부군이 청나라 장수 용골대를 죽이라는 주전론자이니, 강화도에 남아 있다간 무사하지 못할 것을 알고 갯가로 나와 배를 타고 서울로 올 때 배 안에서 만중을 낳았다.

윤씨 부인은 친정집에서 피신하며 삯바느질로 살아왔다. 그럼에도 그녀는 유복자 만중을 잘 키워 대제학 판서에 오르게 하여 광산 김씨 문중을 빛냈다.

서포가 남해 유배지에서『정경부인 해평 윤씨 행장』을 지은 것은 그곳에서 죽기 3년 전에 지은 것이니, 또 자기기 살아갈 수 없는 위리안치(圍籬安置)라는 가혹한 유배생활을 하게 됨에 따라 마지막길인 육신의 소리를 담은 것이다. 따라서『정경부인 해평 윤씨 행장』은 모친이 자손을 키우는 데 좋은 자료라 할 수 있고, 본 조항을 이해하는 데 많은 도움을 준다.

한국여인들은 오늘에도 남편과 사별한 젊은 여인들이 개가를 하지 않고 어린 자녀를 위해 교육을 시키는 여인이 수없이 많다. 이렇게 키운 자녀들은 대개 모친의 공을 생각하고 열심히 살은 대가로 성동한 이들이 많은 것을 생활 주변에서 보게 되는데, 모친과 같이 천리의 바른길을 걸었기 때문이다.

우리는 본 조항과 『정경부인 해평 윤씨 행장』을 비롯한 문학작품에서 과부가 유복자를 훌륭히 키운 이들이 옛날이나 오늘에도 수없이 많다.

2. 작가의 작중 주인공의 자녀관

작가 중 40대 이후가 되면 자녀도 키우고 생활 주위에서 유복자를 잘 키워 열심히 살아가는 것을 보게 될 것이다.

작가는 이들이 살아가는 소재로 하여 작품을 쓸 때 모자(母子)가 힘겹게 살아가면서도 이웃 사람들에게 본이 되고, 아들이 모친이 하는 일을 도우면서 공부를 열심히 하여 훗날에 남부럽지 않게 살아가는 내용을 소개하면 독자들이 즐겨 읽을 것이다.

역사상에 전하는 인물이 아니더라도 생활주변에는 여인이 유복자를 홀로 키워 성공하는 이들이 많다. 작가는 이들을 소재로 하여 작가 나름의 상상력으로 작품을 쓰면 그런 처지에 있는 사람들을 열심히 살아가게 하는데 도움을 줄 것이다.

제88사(事) 고정(固貞: 정절을 굳게 함)–『박씨전』의 박씨

본 조항의 고정(固貞)은 '정절을 굳게 함'을 뜻하니, 열녀는 마음이 굳세고 변함이 없고 절개가 굳음을 말한다. 요즘은 남녀평등시대이다. 그런데 부인의 내조를 논한다는 것은 현실에서 맞지 않는다고 할 수 있으나, 남편이 하는 일에 지나치게 간섭해서는 안 되고 남편은 외조(外助)를, 부인은 내조를 하는 상조의식으로 살아가면 이상적인 가정을 이룰 것이다. 이에 작가는 상조의식으로 작품을 나타내면 현실에 맞는 부부상이라 할 수 있다.

열녀하면 『박씨전』의 박 씨를 떠올리게 된다. 박씨는 17세기 병자호란이 일어났을 때 도술로 전란이 일어날 것을 예지하고 조정에 알렸으나 듣지 않아 인조(仁祖)임금이 삼전도(三田渡:松坡)에서 청의(淸衣)를 입고 치욕적으로 항복하였다.

청(淸)이 조선에 침략한 경위는 후금(後金)이 국호를 바꾸고(1936) 태종 자신은 대청황제라 하였다. 이들은 종래의 강화조약을 파기하고 형제관계에서 군신관계로의 전환을 요구해왔으나 조선이 거절했다. 이들은 이를 구실로 삼아 인조 14년(1936년) 12월에 10만 대군으로 한양을 점령했다.

인조는 강화도 가는 피난길이 막히게 되자 남한산성으르 피난하였다. 이때『박씨전』의 박 씨의 부군으로 등장하는 이시백이 병조판서로 수비했으나 청군에게 포위당하여 식량과 물 부족으로 기력을 잃었다. 이때 성중에서는 주화파(主和派) 최명길의 주장을 받아들여 항복하였다.

청은 군신관계의 강화를 지키게 하기 위해 인조(仁祖, 1593~1649)의 맏아들 소현세자(昭顯世子, 1612~1645)와 둘째 아들 봉림대군(鳳林大君, 1619~1659: 孝宗)의 두 왕자를 인질로 되려갔다. 그리고 척화파(斥和派)인 홍익한·윤집·오달제 세 학사를 잡아가 참형에 처했다. 그리고 청군은 이에 그치지 않고 백성들 수십만 명을 만주로 끌려가는 참극이 벌어지기도 했다.

인조는 청의 강요에 의해 1639년 청 태종의 요구대로 다 청황제공덕비(大淸皇帝頌功德碑)를 세우그 굴욕적으로 항복하니, 17세기 사람들은 청(淸)에 대해 적개심이 고조되고 숭명(崇明)사상이 높아졌다.

『박씨전』은 자연발생적으로 백성들 사이에 청(淸)을 적개심으로 증오하게 되어 복수문학의 전개로 지어졌다고 할 수 있다. 대개『박씨전』탄생은 영·정조(正祖) 문예부흥기인 18~19세기에 지어진 것으로 보기도 한다.

『박씨전』의 주인공 박 씨는 17세기 당시 백성들이 청을 증오하는 것을 잘 포착해 당시 사람들의 적개심을 박 씨로 나타내어, 본 조항의 열녀와 관련해 조명하게 되어 다음과 같이 인용해 본다.

제88사(事) 고정(固貞): (信 4團 29部)(신, 4째 묶음, 29번쩌 부분)

固貞者는 固其心하야 無轉回하고 貞其節하여 無移動하며 斷
斷一念으로 信乎其夫하며 目不見産業하고 耳不聞子女니라.

위의 내용에서 열녀는 마음을 굳게 하여 변함이 없고 절개를 곧게 하여 움직임이 없음을 뜻한다. 한편 열녀는 남편을 내조하는 일로 힘써야 하므로 남편이 하는 일에 깊이 관여해서는 안 되고 집안에서 자녀들이 있었던 일들을 일일이 알리지 않는 다는 것이니, 곧 신경을 쓰지 않는다는 것이다.

사실상 아내가 남편을 돕는 길은 남편으로 하여금 세세한 일로 신경을 쓰지 않게 하고 사업에 전념하도록 마을을 쏟게 하는 일이다. 아내와 남편은 하는 일은 다르므로 남편을 돕는 방향으로 내조해야 된다.

열녀는 두 가지 마음을 가지지 아니하고 남편을 내조하는 것으로 대해야 하고 일일이 못 믿어하고 간섭을 하게 되면 남편으로서 자존심의 문제가 있으니, 남편의 체면도 돌보며 대화를 나눠야 한다. 아내는 남편이 하는 일에 자기의 의견을 나눌 수 있지만 자기주장을 너무 내세우면 안 될 것이다.

열녀는 한결같은 마음으로 바르게 살아가는 만큼 남편을 내조하더라도 자기의 의견을 말하여 남편이 참고할 수 있도록 대화를 나눠야 한다. 남편들은 하루 종일 일을 하거나 사업에 뛰어들면 피곤한 몸으로 집에 돌아온다. 그럴 때 아내는 남편에게 지냈던 일을 일일이 물어볼 필요가 없으며, 아이들이 좋은 일 이외는 말하지 않는 것이 좋다.

남편은 아내의 의견을 받아들이고 서로 의론할 것이 있으면 상의를 하면서 상조(相助) 의식으로 살아가면 현부(賢婦)로서 살아간다고 할 수 있다.

세상에서의 열녀는 마음이 굳센 관계로 변함이 없고 절개가 곧아 흔들림이 없고 남편에 대한 내조는 물론 자녀도 잘 키우는 현모양처로서 간주하므로, 그러한 마음의 자세로 남편과 의견을 나누면 열녀의 집안답게 살아갈 것이다. 오늘에는 전모양처(錢母良妻)가 인기라는 말이 있으나 논의의 대상이 아니다.

1. 서사문학상에 나타난 내조

서사문학에서 내조를 형한 여인은 『박씨전』의 박 씨를 들 수 있다. 박 씨는 청군(淸軍)에게 굴욕적인 패배를 당한 것을 만회하기 위해 신통 술로써 적장의 항복을 받아냈으니, 여장부라고 함이 옳다. 그뿐만 아니라 박 씨는 부군 이시백을 도와 난국을 매듭짓고 우의정에 오르기 내조를 했으니, 부덕에 의한 것이다.

예로부터 부군의 성공은 내조에 의해 이뤄지는 일이 많았다. 속담의 '백지장도 받들면 낫다'라는 말이 있듯이 혼자서 하는 일 보다 부인이 도우면 그만큼 뒷받침이 되어 상조(相助)가 이뤄지는 데서 성공률이 높게 나타난다.

한편 본 조항에서 열녀는 부군이 하는 일에 일일이 따지며 묻지 말고 그 대신 부인으로서 할 일에 힘쓰라는 것을 이른 것은 남편을 편하게 대해라는 가르침이니, 곧 중용조으로 대해라는 뜻으로 이해하면 될 것이다.

『박씨전』에서의 박 씨와 이시백은 처음에는 부부 간의 정이 없었으나 박 씨가 시집을 위해 일하고 위국충정으로 인해 부부간의 의가 조화미를 이룰 정도로 이상적으로 살아가게 되었다. 곧 이들의 부부 간의 생활은 이상미로 승화된 것이다.

박씨는 열녀로서 그 기개는 여장부이었다. 박 씨는 17세기 청(淸)의 장수 용골대가 10만 대군을 거느리고 조선을 침략하여 소위 병자호란으로 국토는 짓밟히고 인조(仁祖)임금이 삼전도에서 굴욕으로 항복하는 전란을 겼었다.

박씨는 피화당(避禍堂)에서 전란을 대비해 만반의 준비를 하고 있었다. 용골대는 박씨가 거주하는 피화당을 얕보고 침입해 왔다. 박씨는 도술로써 그를 목 베고 청군을 물러나게 했다. 청군은 박씨에게 패배를 당하고 장수의 목을 벤 치욕을 만회하기 위해 용골대의 아우 용울대가 재차 침입했을 때 항복을 받아 국권을 회복했다는 내용으로 되어 있다.

16~17세기는 임진왜란과 병자호란이 일어나 백성의 생활을 도탄에 빠

지고 나라의 체면은 손상할 대로 손상되었다. 이런 것은 모두가 남성들의 무능과 관계되는 일이다. 이럴 때, 여성 영웅 박씨가 등장하여 청군을 물리친 것이다. 박씨는 부군 이시백을 우의정에 이르게 하고 자기는 임금으로부터 충렬부인의 칭호를 받아 국가적 존재가 되었다.

박 씨는 추모(醜貌)로 인해 시집살이와 남편 이시백에게 박대를 당하였다. 그녀는 박대를 당하면서 일일이 불평을 하지 않고 시집을 위해 경제적으로 부를 누리게 하는 일에 힘썼다. 그는 미인으로 변신을 하여 이시백과 의가 깊어졌다. 그는 장차 난리가 일어날 것을 감지하고 남편에게 조언도 하고 조정에 알렸으나 듣지 않아 청에게 항복을 하였으나, 박 씨 혼자서 도술로써 청군을 물리치고 항복을 받아 이들을 물리친 것이다.

요즘과 같은 능력위주의 사회에서는 아내의 내조가 더 없이 필요하며, 부군이 성공하는 지름길이 된다.

부군은 또한 아내를 외조하면 상조는 자연스럽게 이뤄져 음양조화와 같이 가정은 화목이 이뤄진다. 부부는 상조로 인해 천장지구(天長地久)와 같이 변하지 아니하고 살아가는 자세가 필요함을 본 조항이나 『박씨전』의 박 씨에서 깨달을 수 있다.

2. 부부간의 상조의식(相助意識) 고취

문학은 허구적인 내용이 작용하게 되므로 본 조항과 『박씨전』을 모델로 새로운 디지털 스토리텔링의 방법으로 작품을 형상화하여 선보이면 많은 독자층을 형성하게 되어 부부 간의 상조의식이 새롭게 일깨워진다고 할 수 있다.

작품은 작가 나름의 상상력으로 나타내는 만큼 허구적인 내용이 삽입되게 마련이다. 박씨의 경우는 고소설에 불과하지만 그 내용이 여성으로 가정과 국가를 구하는 위국충정으로 헌신하여 전쟁의 패한 후유증을 정신적 승리로 나타내 17세기 사람들 마음의 상처를 가시게 했다는 데 의미를 지닌다.

1970년대 『박씨전』을 새롭게 TV방송드라마 『별당아씨』를 방영하여 박씨에 대해서 회자된 일이 있었다. 지금도 그 당시 흑백 TV로 본 기억이 생생하게 떠오른다. 독자들은 다시 새로운 『박씨전』을 기다리고 있다. 영화나 드라마 작가의 역량은 발휘할 때가 되었다. 이들 제작자나 작가들의 분발을 촉구하는 마음 간절하다.

제89사(事) 일구(昵仇: 원수와 가까이함)-이복휴(李福休)의 「온달전」-

본 조항의 일구(昵仇)는 남편의 사인을 알기 위해선 일구(昵仇)란 합성어를 풀이해 볼 필요가 있다. 즉 '가까이할 (일)'(昵) 자(字), '원수 (구)'(仇) 자(字)이니 '원수와 가까이 함'으로 인해 그 사인의 자초지종을 알 수 있는 것으로 밝혀진다.

요즘은 가정에서 남편을 내조하는 소위 현모양처 상에 대해 일반들이 구시대 산물이라고 하지 않는다. 부인이나 미혼일 경우 사회참여를 하여 남에게 본을 보이는 여성을 훌륭한 이로 여긴다. 그런 여성상이 돈모양처(錢母良妻)이다. 돈을 벌어들어 가정의 경제적으로 도움을 주는 여인을 말한다. 요즘은 가정주부 1천만 명이 직업을 가지고 있다. 요즘은 옛날의 현모양처보다 돈모양처(錢母良妻)를 선호하고 있는 추세다. 그러나 현모양처는 돈모양처와 질적으로 다른 예를 다음에서 들어보기로 한다.

본고에서 다루는 평강공주도 현모양처 형에서 그 이상으로 온달을 내조하는 것을 넘어서서 국가적인 차원의 열녀이었다.

작가들은 온달과 평강공주를 소재로써 작품을 쓰면 독자들에게 인기는 물론, 영화로서 제조하여 선보이면 한류를 일으킬 것이라 예상할 수 있다.

이복휴(李福休)의 「온달전」과 같이 온달과 평강공주에 귀해 시로써 발표해도 좋을 것이다. 이미 작가들이 이들에 대해 현대소설로 지은 바도 있으나 현모양처 형어서 벗어나 국가적인 열녀 상으로 나타내면 새로운 인물로 부각시킨 것으로 평가받을 수 있다.

우리는 『삼국사기』 권 제45 열전 제5 온달(溫達) 조(條)에서 이른 바와 같이 온달은 노모를 봉양했다. 온달은 노모를 봉양할 때 집이 가난했던 관계로 다 떨어진 옷과 낡은 신발을 신고 다니며, 시정(市井)을 돌아다니며 밥을 빌러 다녔으므로 사람들은 그를 보고 바보온달이라 하였다.

평강공주는 사람들이 바보라고 하는 온달을 찾아가 살기를 청했으나 모자(母子)가 자기들 형편은 맞아들일 수 없다고 하자 공주는 옛사람의 말을 예로 들면서 "한 말에 곡식이라도 찧을수 있고, 한 자의 베라도 꿰맬 수 있으면 족하다"라고 하였다. 또 그녀는 "진실로 한마음 한뜻이라면 부귀를 누려야만 같이 살 수 있겠느뇨"라고 설득하여 온달과 같이 살게 되었다.

평강공주는 가지고 온 금가락지를 팔아서 전택과 노비를 두어 잘 살게 했다. 그녀는 온달을 기마술과 지식도 가르쳐 대형(大兄) 벼슬에 오르게 했다. 온달은 신라에게 실지(失地)를 찾으려 싸우다가 아차산에서 신라군과 싸우다가 신라군이 쏜 화살에 맞아 온달이 전사하였다.

본 조항에서 열녀는 부군의 원한을 풀어주는 것을 내용으로 하고 있으니, 평강공주가 온달을 위해 내조한 것을 이해하기 위해 다음과 같이 인용한다.

제89사(事) 일구(昵仇): (信 4團 30部)(신, 4째 묶음, 30번째 부분)

昵仇者는 夫帶寃而逝면 婦宜報雪이니 仇人自來하여 其事不遠이면 區區 成道하니 哲人憐之니라.

해석: 일구(昵仇)는 남편이 원한을 품고 세상을 뜨면 아내가 마땅히 설욕으로 갚고자 하리니, 원수가 스스로 찾아와 그 일이 머지않아서 구구하게 이루어도 철인(哲人)은 그 열녀를 불쌍히 여긴다.

열부는 절개를 지키는 것으로 알고 있으나 남편이 억울하게 죽으면 그 사인을 밝혀 아녀자로서 도리를 다하는 것이다.

위의 '철인(哲人)'은 『성경달리』에 '군자(君子)'라고 했다. 동양의 모범적인 인간형이라 할 수 있는 군자는 여러 형태로 상황에 따라 사용하는 말이다. 군자는 열녀가 남편이 원한을 품고 죽으면 죽은 사인에 대해서 밝혀내야 부인다웠으니, 이는 죽은 남편이 살해당했다면 가만히 있을 것이 아니라 그 사인을 밝혀 응당히 그 죄로 옥살이를 시켜야 할 것이다.

열녀란 생전에 남편과 만나 산 것으로 끝내서는 안 되고, 원한에 의해 죽은 것을 알면 끝까지 사후에도 그 뒷일을 책임지고 마무리를 짓고 살아야 부인다운 것이며 열녀라고 할 수 있다.

열녀는 사회악을 미연에 방지하기 위한 차원에서 남편의 사인을 밝혀내야 다른 사람들에게도 악영향을 입지 않게 하는 것이다. 재래 열녀와 현부는 현모양처라고 하여 남편을 내조하고 집안을 잘 다스리는 것으로만 알고 있는데, 남편이 제삼자로 인해 억울하게 피해를 입었거나 죽었을 경우 그 원인을 밝혀 그 죄가 들어나면 벌을 받게 해야 열녀 또는 현부라고 할 수 있다.

오늘의 여인들은 남편의 사인을 밝히는 일이 있는데, 반드시 밝혀야 가문을 위해서나 자손에게도 할 일을 한 것이고 주부로서 주부다운 행위를 한 것이다.

남편이 제삼자에게 아매하게 죽었을 경우 남편의 사인이 오리무중에 가려질 때 부인이 끝까지 추적해 범인체포를 하는 일이 신문지상에 발표되는 것을 종종 볼 수 있다.

열부는 절개를 지키고 가정의 현모양처만을 생각해서는 안 되고 여장부다운데 있는 것이니, 가정에서 일어난 일이나 세상 형편에 대해서도 잘 알아야 한다.

죄인을 사회에다 방치해둔다는 것은 있을 수 없는 일이며, 설혹 방치해두면 얕보고 다시 이용당하는 경우가 발생하게 된다. 더구나 남편의 사인을 알고도 그대로 넘어간다는 것은 열부다운 기개가 없는 것이다. 열부는 여장부다워야 하니, 끝까지 추적해 그 죄를 치죄케 해야 할 것이다. 열녀는 열녀다워야 하니, 잘못을 묻어두면 자기에기도 또 피해를 당하는 수가 있으니, 자기를 위해서나 사회차원에서 남을 위해 잘잘못을 가려내야 한다.

1. 「온달전」에 나타난 평강공주

온달과 평강공주에 대해서는 남녀노소가 익히 알고 있는 대상이다. 그 중 끝 장면에 온달이 아차산에서 신라군의 유시(流矢)에 맞아 죽어 장례를 지낼 때 영구(靈柩)가 움직이지 않자. 공주 이제 "떠나시지요"라고 한을 풀어 주어 장례를 치를 수 있었다는 내용을 들 수 있다. 이복휴(李福休)는 「온달전」을 수용하여 그 사연을 다음과 같이 나타냈다.

<table>
<tr><td>쭈글쭈글 못생긴 사람 누구 길래,</td><td>龍鍾彼誰子,</td></tr>
<tr><td>스스로 배필 없다 말을 하는가.</td><td>自言無配侶.</td></tr>
<tr><td>부모님 찾아서 결혼 말씀 당치않다 하고,</td><td>探親不用媒,</td></tr>
<tr><td>자꾸 걷는 이 어느 시골 여인인가.</td><td>步步何村女.</td></tr>
<tr><td>여인이 어릴 땐 사랑할 바 없더니,</td><td>女生無所愛,</td></tr>
<tr><td>여인이 자라서도 희롱할 바 없고,</td><td>女長無所戲,</td></tr>
<tr><td>다만 임금은 두 말하지 않는다는 것만 아네.</td><td>但識王者言無二.</td></tr>
<tr><td>열여섯 나이에도 문밖 나는 일 없는데,</td><td>生年十六不出門,</td></tr>
<tr><td>거친 산 속을 부르튼 발로 어찌 걸으려는지.</td><td>豈敢繭足荒山裏,</td></tr>
<tr><td>주머니엔 팔찌 있고 상자엔 옷이 있어,</td><td>囊中有金篋有衣,</td></tr>
<tr><td>다만 같이 살다 같이 죽자는 원일뿐이네.</td><td>只願同生與同死.</td></tr>
<tr><td>삼 날 사냥에 말 타고 달리니,</td><td>三月三日獵馬驕,</td></tr>
<tr><td>임금님도 어가 돌려 훌륭하다 칭찬하네.</td><td>天回翠麟稱純美.</td></tr>
<tr><td>죽령과 계립현 찾는다는 맹세 남기고,</td><td>竹嶺雞峴空留誓,</td></tr>
<tr><td>영혼은 가지 않더니 낭자 말에 돌아가네.</td><td>魂兮不歸歸娘子.</td></tr>
</table>

『해동악부』(海東樂府) 권1, 「온달행」(溫達行)

공주는 온달의 원한을 풀어주었으니 열녀가 아니겠는가? 이복휴의 『해동악부』(海東樂府)는 본 조항을 이해하는 데 참고가 됨을 알린다. 「온달전」은 허구적인 내용이 개입되어 있다. 평강공주는 온달이 한을 풀고 죽어간 일을 풀어준 것이다. 온달은 신라인이 쏜 화살에 죽었다. 온달은 국토를 찾으려는 꿈을 이루지 못하고 죽었으니 영혼이라도 한이 서려 고구려를 떠날 수 없었다.

이럴 때 평강공주가 관을 어루만지며 "이제 떠나시지오"라고 위로하자 관이 땅에서 떨어져 장례를 지낼 수 있었다는 것은 적개심을 불러일으키는 장면이다.

2. 디지털 스토리텔링으로 작품을 구성한 작품

온달은 충신이고 평강공주는 열녀이다. 온달은 신라군이 아차산 온달성에서 싸울 때 신라군이 쏜 화살에 맞아 세상을 떠났다.

온달은 바보로 사람들이 보았다. 그도 그럴 것이 노모를 모시고 살 때 안맹이고 빈천하여 밥을 빌러 해진 옷과 짚신짝을 끌고 다녔으니, 사람들이 바보 같다고 하여 바보온달이라 일컬은 바가 되었다.

온달은 평강공주의 내조로 고구려의 장수가 되었으며 오늘날의 장관직에 오른 것이다. 온달은 궁중을 비롯하여 온 나라가 바보로 취급한 것을 공주가 온달에게 군사훈련과 글도 가르쳐 충신이 되어 신라군에게 빼앗긴 땅을 되찾기 위해 자진허서 싸우다가 죽었다. 그는 충신 중의 충신이다. 평강공주는 걸인과 바보를 충신으로 내조했으니 이들 부부상은 충신열녀라고 할 수 있다. 작가는 이들 부부상을 소재로 하여 캐릭터로 작품을 쓰면 청소년들이나 독자들이 이들의 본을 받아 살면 가난하게 살거나 공부가 좀 뒤떨어진다고 사람들에게 괄시하지 않고 살아갈 것이다.

온달은 공주의 내조로 장군과 장관직에 오르고 나라를 되찾는 싸움에 죽어갔지만 본 조항의 내용과 같이 죽은 영혼을 위무해주어 부군의 소원을 풀어주었다. 따라서 요즘의 여성은 현모양처에다 경제적인 능력도 겸한 여성상이라 할 수 있다.

제90사(事) 멸신(滅身: 육신을 버림)―「여강절부가」(驪江節婦歌)―

멸신(滅身)이란 '육신을 버림'이란 뜻이니, 세상에 몸을 두지 않고, 먼저 간 부군의 뒤를 따라 죽는다는 의미다. 예전의 여인들은 남편의 뒤를 따르는 이가 많았는데, 요즘도 이런 일이 간혹 발생하고 있다. 고대 여인의 부부관은 영적으로 부부화합을 이룬 관계로 사생관이 오늘의 부부상과 완연히 달랐다고 할 수 있다.

작가들은 요즘의 부부들은 내용으로 작품을 쓸 때 죽은 사람은 저세상으로 갔으니, 자녀들을 훌륭히 키운다는 의식 하에 열심히 살아가는 내용으로 작중인물을 나타내야 할 것이다.

18세기 문명으로 일세를 풍미했던 석북(石北) 신광수(申光洙, 1712~1775)는 「관산융마」(關山戎馬)로 200년간 한시창(漢詩唱)으로 인구에 회자되었다. 석북은 50세 때 1757년 정축(丁丑)년에 여주에서 왕릉을 관리하는 영릉참봉(寧陵參奉)에 3년간 봉직하고 있을 때 『석북문집』(石北文集) 권(卷)5 여강록(驪江錄)을 지었는데 그중 「여강절부가오해」(驪江節婦歌五解)가 전한다. 이 노래는 5수(首)로 되어 있는데, 본고에서는 제1수(首)를 소개한다. 제90사(事) 멸신(滅身)은 본 노래와 통하는 바가 되어 다음과 같이 소개한다.

제90사(事) 멸신(滅身): (信 4團 31部)(신, 4째 묶음, 31번째 부분)

滅身者는 晷刻之間에 不存身於世也라. 肉身은 不可與靈魂相接이나 靈魂은 可與靈魂成雙이니 速做靈魂하여 願髓夫靈魂이니라.

해석: 멸신(滅身)은 해 그림자의 짧은 시간만큼도 몸을 세상에 두지 않음이라. 육신은 영혼과 서로 접할 수 없으나, 영혼은 영혼과 짝을 이룰 수 있으므로, 속히 영혼이 되어 부군의 영혼에 따르기를 원하느니라.

고대 한국인의 부부관은 천지조화로 아내는 남편을 하늘로 비유했다. 하늘이 존재하지 않는 아내는 부군이 죽으면 그 뒤를 따라 하종하는 일이 조선조에도 발생했다.

조선조의 경우 하종(下從: 아내가 남편을 좇아 죽음)하는 여인은 대개 열녀라고 일컬어 왔는데, 그 이유는 살아 있는 육신으로 남편의 영혼과 서로 접할 수 없다는 의식이 지배되어 왔기 때문이다. 죽으면 육신은 죽어 없어지지만 영혼이 남게 되어 남편의 영혼과 만날 수 있어 남편의 영혼을 뒤따르기 위해 하종하는 일이 생겼다.

요즘도 청소년소녀들 간에 상사병으로 한 소녀가 어떤 남성을 그리워 하다가 죽을 경우 살아있는 소년과 영혼결혼을 시키기 위해 소년이 모르는 가운데 행한다. 여기에는 교묘한 방법을 구사하게 되는데 소년이 자라 결혼을 하면 부인에게 다가와 죽은 소녀의 옷을 다른 옷과 가져와 싸게 파는 척 옷을 만지게 한다든지 혼수로 해둔 옷을 싸게 팔아 입게 하는 일이 있다.

요즘도 영혼 결혼을 하는 일이 있는 것을 감안하면 조선조의 경우 남편이 먼저 세상을 떠나면 남편의 영혼과 만나 살기 위해 하종하는 일이 있었다. 이들의 부부관은 영혼과 영혼이 만나는 경우이니, 여인은 죽은 남편의 영혼과 생전과 같이 살기 위해 아까운 목숨을 끊어 영혼과의 결합을 위해 죽음을 택했다.

선인들의 열녀 의식은 신성혼(神聖婚)으로 남편과 결혼한 것으로 생각하고 생전 시에는 남편을 하늘과 같이 신성자로 여기며 살아왔다. 그런 남편이 세상을 떠났으니, 마음을 의지하고 살 수가 없어 영혼과 영혼이 만남을 이루기 위해 남편의 뒤를 따라 죽음을 택한 것이다.

여인이 남편의 뒤를 따르는 하종의 풍습은 제정일치시대에선 있을 수 있는 일이다. 제정분리시대 훨씬 이후 유교사회에서도 하종의 풍습이 있어 왔으니, 이들의 만남은 육신으로 만나 것 이상의 영혼으로 부부관계로 살아왔다. 이 하종의 풍습은 남편을 하늘과 같은 존재로 보고 죽어서 영원히 살기 위해 생긴 것이니, 부부 간의 지순한 사랑을 한 것으로 볼 수 있다.

본 조항이 설정된 이유는 여인들이 부군을 하늘같이 믿어온 관계로 부군이 죽으면 아내가 그 뒤를 따라 하종(下從)하게 된 것이다.

1. 한문학 상에 나타난 하종(下從)하는 일

하종(下從)하는 풍습은 18세기 경기도 여주 고을에서 있어왔음이 『석북문집』(石北文集) 중에 「여강절부가」(驪江節婦歌)에 전하고 있는데, 그 내용을 인용하면 다음과 같다.

여주 고을 외딴 버드나무 집에,	驪州獨柳家,
어제 지아비를 곡하는 소리 들렸도다.	昨聞哭夫聲.
오늘 아침 곡성이 그친,	今朝哭聲絶,
필부는 지아비 따라 목숨을 마쳤네.	疋婦易捐生.

『石北文集』 卷5, 驪江節婦歌 五解 中 第1解

위의 노래는 다섯 수 중 첫째 수에 해당하나 정 씨는 남편의 졸곡(卒哭)을 마치고 남편의 뒤를 따라 이승을 떠났다.

정 씨의 하종은 순수성(purity)인 순수미적인 승화의식으로 볼 수 있으니, 18세기 당시에는 이런 하종하는 일을 열녀라 일컬었다. 고대인의 부부는 신성혼(神聖婚)으로 결합을 이루었던 관계로 살아서도 신성관념으로 살았던 것으로 인해 하종하는 풍습이 있어왔다고 할 수 있다.

오늘의 남성들이 하종하는 여인을 두고 어떻게 말할까. 시대착오적인 삶의 방식이라 하더라도 내심으론 살아생전에 남편을 순수미적으로 공경하며 살았던 여인이라고 할 것이다.

예전에는 남편이 먼저 세상을 떠나면 부인은 남편의 뒤를 따라 하종하는 이들이 더러 있어왔다. 오늘날의 자결은 죄 중의 죄라고 일컫지만 예전 사람들의 결혼관은 영과 영이 통하는 의식으로 살았기 때문에 하종의 풍습이 있어온 것이다. 이런 일은 한 시대 지나간 풍습에 지나지 않으나 고대인들의 결혼은 신성혼(神聖婚)으로 간주하고 부부들이 살았다.

여주의 정 씨는 죽은 남편에 대해 장례절차를 전부마치고 남편의 뒤를 따라 갔다. 오늘에도 이런 하종하는 있는 일이 있는데, 제정일치시대의 산물이고 오늘에는 시대착오적이고 퇴폐풍습이라 일컫는다.

2. 오늘의 부부관

오늘의 부부관은 예전의 열녀의식으로 살아야 한다는 것을 논한다는 자체가 시대에 맞지 않는다. 더구나 남편이 먼저 죽으면 따라 죽는 하종하는 풍습은 논할 가치도 없는 일이다. 예전의 부부가 되는 결혼식을 올리면 영혼과 영혼이 만난다는 의식으로 신부는 부군을 하늘과 같은 신성자(神聖者)로 간주하고 검은 머리가 파뿌리가 될 때까지 사는 것으로 백년해로를 약속했다.

그런데 결혼 후 부인은 남편을 하늘과 같이 여기며 살았는데, 세상을 떠나게 되니, 하늘이 무너지는 공허감으로 마음이 들어 남편의 영혼과 함께 하기 위한 단순한 사랑으로 하종하게 된다. 작가들은 요즘의 결혼관은 시정하는 일환으로 신성혼(神聖婚)으로 승하시켜, 육체적인 사랑과 정신적인 사랑으로 조화하는 내용으로 작품을 나타내면 형식상의 치례의 결혼관이 다소 수그러들 것이라 믿는다.

요즘 사람들의 만남은 '요조숙녀(窈窕淑女)는 군자호구(君子好逑)'는 말을 떠올릴 정도로 여성들 또한 진실한 사람과 만나기를 좋아할 것이다. 작가들은 작가들 나름의 부부의 관계를 작중에 천지=부부와 같이 일체감을 조성하는 주인공을 독자에게 나타내야 한다.

제91사(事) 순(循: 순환)-『두껍전』에 나타난 자연의 이치-

제91사事 순(循)은 순환을 뜻하니, 하늘이 일정한 도수에 따라 어김없이 윤회를 하는 것을 말한다. 일월이 돌아감에는 어김이 없으므로, 이 이치를 믿어서 생활의 준칙을 삼아 바른 마음과 바른길로 살아야 할 것이다. 물론 과학적으로 지구는 돌고 태양은 붙박이로 그대로 있는 것이나 본 조항에서는 유형적인 하늘을 해·달·별이 윤회하는 것으로 보았다. 그러나 본고에서는 이들을 총괄해서 하늘로 본 것으로 이해하면 된다.

자연현상은 미물의 살아가는 모습에서 한 해 농사의 흉작(凶作)과 풍작(豊作)이 들 것을 알 수 있다. 시골에 가면 까치들이 세 둥지를 튼 것을 보게 되는데 문을 아래쪽으로 내면 틀림없이 그 여름에 긴 장마가 닥쳐온다. 기타 미물이 살아가는 것으로, 정월 보름이 달이 뜬 것을 보고 흉풍(凶豊)을 가름하였다.

작가는 작품을 쓸 때 원시적인 방법이나 자연현상으로 흉풍년(凶豊年)이 들 것을 작중에 나타내면 독자들이 친자연의 생활을 이해할 수 있게 하는 데 도움을 줄 것이다.

『두껍전』에 나타난 자연의 이치는 합리적이다. 1970년대만 해도 일기예보의 경우 틀리는 것이 대다수였지만 오늘에는 거의 맞추고 있다. 조상들은 30년 전에는 일기 예보가 촌로들이 자연현상으로 알아내는 것보다 못할 정도로 틀리는 경우가 많았다.

『두껍전』에 나타낸 두꺼비와 여우의 변론에서 두꺼비의 말은 홍수 가물의 일을 징험으로 나타냈으니, 맞는 것으로 볼 수 있다. 이런 징험은 단군조선이 농경사회인 점을 고려하면 반만년의 걸친 징험이니, 친자연현상은 우리의 앞날을 알려진 구실이 되어 온 것이다.

이『두껍전』은 노루(獐) 선생(先生)의 숭록대부(崇祿大夫)를 축하하는 축하연(祝賀宴)에서 두꺼비와 여우의 설전(舌戰)을 풍자적으로 쓴 의인화(擬人化)소설이며 작자연대도 미상이다.

이 소설은 원명은 『섬동지전』(蟾同知傳)·『섬처사전』(蟾處士傳)이란 이름으로 널리 알려진 소설이다. 이『섬동지전』(蟾同知傳)의 원형은『고려대장경』(高麗大藏經) 권(卷)34에 있은 쟁년설화(爭年說話)에서 온 것이라 한다.

본 소설에서 두꺼비의 홍수·가뭄을 만난 것은 조상의 오랜 징험을 바탕으로 한 것이니, 이를 내용으로 농경에서 풍년과 흉년이 올 것을 미리 알아내 농경을 대처했던 것이다. 그런 점에서 본 소설은 의의를 지니며, 이와 연관해 조명하게 된다. 먼저 본 조항의 내용을 소개하면 다음과 같다.

제91사(事) 순(循: 순환): (信 5團)(신, 5째 묶음)

循은 有形之天之輪回也라. 有形之天이 輪回有定數而無違故
로 人이 瞻仰하여 察災異하고 自戒不信이니라.

해석: 순환(循環)이란 형상이 있는 하늘의 윤회이니라. 형상 있는 하늘은 윤회에 일정한 도수가 있어 어김이 없으므로, 사람은 하늘을 우러러보아 재앙과 이변을 살피고 스스로 믿지 않음을 경계하느니라.

일월의 순환 현상은 과거에서 현재에 이르도록 변함이 없고, 무궁만년에 걸친 미래에도 윤회를 할 것이다. 고대인들은 유형적인 일월성신(日月星辰)을 보고 지상의 길흉화복(吉凶禍福)이 도래될 것이라 보았다.

고대인들뿐만 아니라 오늘에도 일월의 모습을 가뭄과 풍년이 들 것을 미리 알고 농사를 짓는 이들도 농촌에는 많이 있다. 무더운 여름날 육안으로 해를 볼 때 해 주변이 너무 검은 기운이 날 정도로 붉으면 가물 징조이고 정월 보름에 붉은 달이 솟을 때와 달 주변이 맑으면 풍년이 드는 것으로 보고 농사를 준비하는 이도 있다.

우리가 자랄 때 1950년대와 1960년대만 해도 노인들이 해와 달을 보고 그해 가뭄과 비가 많아 올 것을 알아맞히는 이가 더러 있었다. 요즘도 이런 이치로 더러 아는 이가 있고, 알려고 들면 해와 달을 보고 금방 알 수 있는데, 관심이 없으므로 무관심하게 지낼 뿐이다.

그러나 요즘은 지구온난화로 인해서 홍수와 가뭄이 지구촌 곳곳에서 일어나고 있으니, 해와 달의 형상을 보고 알아맞히는 것은 그전과 같이 맞지 않는다.

본 조항에 의하면 형상이 있는 유형의 하늘은 일월성신이니, 그 윤회의 어김이 없음을 나타냈다. 변함없는 하늘의 도는 하늘이 한결같은 하나(一)의 도로 행하는데 있다. 인간은 하늘의 하나(一)의 도로 이어지도록 살아가기 위해 하늘의 정성과 믿음을 본받아야 함을 『천부경』(天符經)의 "천일일"(天一一)→ "지일이"(地一二)→ "인일삼"(人一三)의 사회가 이뤄지게 된다고 본다. 즉 하늘은 첫 번째 생겨났으므로 하나(一)의 도로써 한결같음을, 대지는 두 번째 생겨났으나 하나(一)의 도를 지닌 것으로 한결같아지고, 사람은 세 번째 생겨났으나 하나(一)의 도를 지닌 것으로 한결같이 살아갈 수 있다.

수천억이나 되는 무수한 천체의 별들이 각자의 위치를 이탈하지 않는 것을 준칙으로 삼아 각자의 길로 살아가면 천인일체로 살아갈 것이다.

하늘은 정해진 이치에 따라 어김없이 윤회를 하는 것을 뜻한다. 일월의 순환현상은 무궁만년을 걸쳐오는 동안 변함이 없었고 미래에도 윤회를 할 것이다. 일월의 이치로 생의 철학을 이뤄놓은 것이 『역경』(易經)이다. 1년은 366¼일이니, 일월의 순환 원리에 의해 세월은 무한하게 이어진다. 일월은 무궁만년에 걸쳐 순환을 이루면서도 어긋남이 없으므로 이 이치를 본받아 바른 맘과 바른 이치로 살아가야 함을 『천부경』에서 "본심본태양앙명"(本心本太陽昻明: 사람의 근본은 마음이요, 태양의 근본은 밝게 비추는 것임)에서 보이고 있다.

자연 순환의 법칙에는 다섯째 묶음에는 네 조항으로 나눴는데 이를 소개하면 아래와 같다.

순오단(循五團)

조항 \ 내용	주요 내용	대상	조항
1. 사시(四時)	사람들은 사절의 순환을 믿고 일을 함	순환을 믿음	제92사(事)
2. 일월(日月)	신의란 일월의 순환과 같이 어김없음	순환을 믿음	제93사(事)
3. 덕망(德望)	성실한 신의는 사람들 인망을 얻게 됨	순환을 믿음	제94사(事)
4. 무극(無極)	신의는 무극의 원기처럼 영원한 것임	순환을 믿음	제95사(事)

위의 네 단계 조항은 일월성신의 윤회를 본받는 데 있는 만큼 이를 본받아 변함없는 믿음으로 살아가는 진리를 나타낸 것이다.

1. 『두껍전』에 나타난 두꺼비의 합리적인 말

『두껍전』에는 홍수와 가뭄의 관계로 두꺼비와 여우의 설전(舌戰)이 벌어졌는데 두꺼비의 말은 사리가 분명한 것으로 나타나 있다. 대개 세상에서 말하는 바와 같이 두꺼비는 선(善)으로, 여우는 악(惡)과 간사한 것으로, 본 소설에서 보는 경향이다.

때론 세상에선 두꺼비를 음흉하고 속이 깊은 사람으로 보는 데 비해서, 여우는 꾀가 많고 속이 깊지 못한 사람으로 보기도 한다. 두꺼비와 여우와의 변론에서 두꺼비의 말을 인용하면 다음과 같다.

> 하늘은 왼편으로 돌고 땅은 안전하니 하늘과 땅 사이에 단물이 있으며 성신(星辰)은 하늘에 붙어 있고 일월과 금목수화토(金木水火土) 오행은 공중에 달렸으니, 도수(度數)는 360도요. 자분도 지일이라. 해는 하루에 한 도씩 더 가고 같은 하루 한 도씩 덜 가니 이런 고로 해와 달이 만나도 때 있어 일식과 월식을 하느니라.…
> 가을에 비가 오면 내년에 가물지 않는 법이요, 동짓달 아침에 사면에서 누른 기운이 일어나고 정월 보름에 달이 도도히 뜨고 누른빛이 있으면 풍년이 되고, 춘상갑(春上甲=입춘이 지난뒤 첫 번째 돌아오는 갑자 일에 비가 오면 큰 흉년이 든다고 함)에 비 오면 배타고 집어 들고, …

두꺼비의 말은 농경 이래 내려오는 의식이니, 통계학적으로 보편타당한 것이며 합리적이고 이론적이니, 두꺼비가 하는 말에 여우는 대응하지 못한다.

오늘날 농촌에는 위의 내용을 수용하여 풍년과 흉년이 드는 것을 징험으로 대처하는 것을 볼 수 있다. 자연현상은 자연스러움(naturalness)과 친연 친숙함에 있는 것이니, 조화미와 관계를 이른다.

친자연과 가까이 하는 생활은 대자연의 순환을 믿는 것이니, 본 조항과 관계를 이룬다는 점에서 의미를 지닌다.

오늘에는 일기예보가 잘 맞아 눈비와 태풍이 몰아닥쳐올 것을 미리 알고 대비하고 있다. 예전에는 농부들이 자연현상으로 가뭄과 장마가 질 것을 예지하였다.

시골에서 농사지으며 사는 사람들은 자연현상으로 보고 풍년과 흉년이 들 것을 짐작했지만 가뭄에 대비한 장비가 없었기 때문에 곡식이 가뭄에 말라 죽는 것을 보고 손을 쓸 수가 없었다. 오늘에는 웬만큼 가물면 양수기로써 물을 끌어올릴 수 있다.

『두껍전』에 나타난 두꺼비와 여우의 문답 중 두꺼비의 말은 오늘의 과학적인 상식으로도 가뭄과 홍수에 대해 알아맞히는 내용이니, 농공사회에서 대개 그런 상식의 천문현상으로 가뭄과 홍수를 대비하였다.

오늘과 같이 천문학이 발달하지 못했던 때 사람들은 자연현상에서 가뭄과 홍수가 일어날 것을 알아냈던 것이다.

위로는 천문 현상으로, 아래 지상계에서는 동물이나 새·곤충의 생활 모습에서 길흉화복이 발생할 것을 알아냈다. 예를 들면 개미가 장마가 닥치기 전에 줄을 지어 이사하는 것을 보면 큰 장마가 진다는 것과 제비가 까닭 없이 새끼를 둥지에서 떨어뜨리는 것은 큰 장마가 지면 잠자리가 날지 않아 먹이를 구할 수 없기 때문에 부실한 새끼를 떨어버린다.

이런 현상 중 제비의 경우 1960년 초 초가집이었던 농촌에 제비가 지천으로 많았을 때 집안의 제비집이 한 두 둥지가 으레 있었을 때 필자가 직접 본 그대를 소개한 것이다.

오늘의 시골 농촌에는 제비나 잠자리도 농약살포로 많지 않다. 친자연적 생활은 점점 사라져가는 요즘 환경을 훼손하지 않고 친환경으로 농사를 지으면 그 옛날의 모습을 되찾을 수 있지만 그 실천이 쉽지 않다.

2. 친환경으로 살아가기 실천

환경단체 뿐만 아니라 작가들도 친환경으로 국민들이 살아가는 의식을 작품상의 주인공을 통해 나타내야 할 것이다. 앞으로 인류는 친환경으로 살아가야 생존할 수 있기 때문에 작가들이 앞장서서 작중의 주인공을 통해 환경문제에 대해서 자연의 이치로 살아가는 것으로 나타내면 독자들이 이에 관심을 기울일 것이다.

어린이를 위해서는 만화로 만들어 선보이면 친환경에 대해 관심을 보여 실천하는 생활을 하게 된다. 모든 국민들이 관심을 기울이면 성과를 거둘 수 있다. 일본은 온난화 방지를 위해 하루에 CO_2(이산화탄소) 발생량을 1kg 줄이기 국민운동에 들어갔다는 것을 신문지상에서 읽은 적이 있다.

앞으로 CO_2 발생으로 2050년 후에는 북극의 얼음이 녹아 네덜란드는 물에 잠기고 뉴욕 상해 같은 큰 도시도 반 이상이 물에 잠기게 된다니, 충격적이다.

작가들은 친환경으로 살아가면 공기, 물, 음식물로 순수한 것을 마시고 먹고 살아갈 수 있다. 작가들의 친환경 운동으로 작품도 선보이면 무공해로 살아갈 수 있는 것이다.

작가들뿐만 아니라 우리국민들이 한국의 장래나 인류의 앞날을 위해 하루에 CO_2발생량을 1kg 줄이기 수십 가지 지키기를 정해놓고 실천하면, 한 해에 많은 양이 줄어드니, 남의 나라를 따라가는 것이 아니라 실천해 볼만한 캠페인이다.

제92사(事) 사시(四時: 사계절) - 박지원(朴趾源)의 『허생전』 -

본 조항의 사시(四時)는 사계절(四季節)을 뜻하니, 춘하추동의 순환을 말한다. 사계절(四季節)의 기후가 질서정연함은 인간의 질서 있는 생활을 뜻하니, 사람 또한 이 순환을 믿고 각자의 일을 해야 함을 가르치고 있다.

작가는 요즘 농촌인구가 감소하는 추세에 새로운 농산물을 개발하여 수출상품으로 많은 외화를 벌여드리는 내용으로 작품을 쓰면 농촌인구가 해가 갈수록 줄어들지는 않게 하는 데 도움을 줄 것이다.

시골에서 살던 사람이 도시로 와도 마땅한 일자리도 없고 장사를 해도 안 되고, 시골에서 머리를 써서 새로운 농산물을 생산하면 외화도 벌어들일 수 있다.

연암(燕巖) 박지원(朴趾源, 1737~1805)은 조선조 18~19세기 조선조 후기에 실학정신으로 한문소설 10여 편을 써 독특한 해학(諧謔)으로써 고루한 양반, 무능한 위정자를 풍자하는 등 문체혁신의 표본이 되었다.

그는 18~19세기 양반유학자들이 사농공상의 제도로 인해 상업을 제일 천한 직업으로 여기는 모순을 바로잡기 위해 상업을 장려하는『허생전』을 지었다. 이 소설은 본 조항의 내용과 같이 육지문화를 해양문화로의 발전을 시도하여 해외무역의 기틀을 마련케 하는데 의미가 깊다.

연암은 죄인으로 수배령이 내려진 죄수 천여 명으로 하여금 거금으로 주어 취처(娶妻)께 하고 무인도로 되려가 개발하여 농산물을 생산해 일본 장기(長崎)로 수출해 거금을 벌어 들여 살기 좋은 이상국을 세웠다.

이곳에서 연암은 죄인들이 낳은 아이들을 바르게 교육시켜 동방예의지국(東方禮義之國)의 사람답게 바르게 키워 단군이 홍익인간으로 이화세계를 이룬 것과 같이 이성적인 나라를 세웠다.

본 조항은 연암의『허생전』과 통하게 되므로 그 내용을 다음과 같이 소개한다.

제92사(事) 사시(四時): (信 5團 32部)(신, 5째 묶음, 32번째 부분)

四時者는 春夏秋冬也라. 春夏秋冬이 次序有氣候하야 生物而收功하느니 信 之爲業하야 海陸交易에 貴賤利害이니라.

해석: 사계절은 봄 · 여름 · 가을 · 겨울이라. 이 사계절의 차례와 기후가 있어 만물을 낳고 공을 거두니, 이를 믿고 일을 하여 바다와 육지 간의 산물을 교역하여 빈부귀천과 이해득실이 생겨나게 되었느니라.

위의 내용에서 한국의 기후는 80년대만 하더라도 춘하추동이 기후가 엄존해 있어 이십사기(二十四氣)와 칠십이후(七十二候)를 실감할 수 있었다. 그런데 요즘 들어 지구 온난화로 인한 이상기후 현상으로 봄이 실종되고 여름으로 넘어가는 일이 매년 발생한다.

그런데 조선조는 양반제도로 인해 사농공상 중 상업을 천시하게 되어 육지와 바다 밖에 사는 섬사람이나 나라와는 왕성한 상거래의 교역을 적극적이질 못해 나라경제는 발전하지 못 하였다.

본 조항의 내용과 같이 육지와 해양의 산물을 교역해야 경제적으로 부하게 살아가고 활발하지 못하면 그 교역량에 따라 귀천과 이해가 갈린다.

이럴 때 우리는 연암의 『허생전』을 떠올린다. 조선조는 18~19세기인들뿐만 아니라 500년 동안 위정자들이 백성들로 하여금 상업을 장려하고 외국과 무역을 실천케 했다면 생활양상이 바뀌었을 것이다. 양반들이 외국과 상거래를 적극적으로 했다면 외화를 벌어들여 백성들을 잘 살게 했을 것이고, 백성들의 재물을 약탈하는 탐관오리도 줄어들어 경제대국을 세웠을 것이라는 아쉬움을 본 조항을 읽고 느낀다.

1. 연암 박지원의 『허생전』

우리는 연암(燕巖) 박지원(朴趾源, 1737~1805)의 『허생전』의 주인공 허생에서 육지와 바다의 농산교육을 배우게 되는데, 그는 육지에서 생산되는 산물과 제품을 제주도에다 팔아 거금을 벌었다.

허생은 이에 한하지 아니하고 서해안에 무인도를 개발하여 사계절 동안 농사준비와 식량생산에 힘써 많은 농산물을 생산했다. 허생은 흉년이든 일본 장기(長崎)에다 팔아 100만 냥의 거금을 벌었다.

당시 18~19세기 조선조 사회는 유가제도인 관계로 사농공상(士農工商)이라는 관념아래 양반들이 상업과 무역을 천시(賤視)했다. 그럼에도 허생은 그런 낡고 케케묵은 관념에 얽매이지 않고 상업을 실천해 많은 거금을 벌어들었으니, 허생의 행위는 혁명적인 발상이었다.

허생의 생각은 바로 연암의 발상에서 이뤄진 것이라 할 수 있다. 양반 유학자들은 사농(士農)만을 장려하고 공상(工商)은 천시했으니, 실학자의

연암으로서는 장래 국가의 장래를 생각하지 않을 수 없어 중상주의(重商主
義)를 주장한 것이다.

조선조의 양반유자들은 나라의 문을 닫고 살았다고 할 수 있다. 광복
후 1940~1960년대 절대빈국의 하나였던 한국이 산업화에 성공하여 세계
11위의 경제대국으로 부상한 원동력은 상업무역에 있었으니, 단군 이래
가장 잘살게 된 것을 감안하면 연암의 『허생전』은 큰 의미를 지닌다.

한국은 부존자원이 부족한 나라이니, 한국의 상품을 수출해 외화를 벌
어들어야 경제대국을 이룰 수 있는 것이니, 본 조항의 의미를 다시 되새겨
볼 필요가 있다.

연암 박지원은 조선조 유가제도를 개혁하기 위해 사농공상 제도 개혁
에 대해 소설을 썼다. 조선시대 상업은 최하의 직업으로 여겼을 때 연암이
상업으로 벌어들인 자금으로 무인도를 개발하여 일본 나가사키(長崎)에
수출하여 이상국 세워 이상향을 이루었다. 그는 육지에서 바다로 교역하
여 많은 돈을 벌여들어 이상국을 세웠다는 것은 내륙에 양반제도에 모순
을 개혁하는데 주안을 준 것이다.

연암이 무인도를 개발하여 죄인들을 데리고 농산물을 생산하여 남은
곡식을 외국에 수출하여 이상국을 세웠다는 발상으로 『허생전』을 지었다.
허생은 홍익인간의 정신으로 죄인들에게 처자를 거느려 살게 했으니, 이
는 곧 연암의 개혁의지를 보여준 탁견이다.

2. 작가들의 우리 농산물 소득증대 방안 제시

작가들은 연암의 문학정신을 본받아 홍익인간 정신을 발휘하여 새로운
발상의 아이디어로 이상국을 세우는 목표를 설정하여야 할 것이다. 우리
농촌은 외국산 수입으로 설자리를 잃어가고 있는 추세에 놓여 있다. 농민
들은 외국농산물에 밀리어 농산물을 생산해 놓고 판로가 여의치 않아 창
고에 쌓아드는 일이 생기게 되니, 안타까운 일이다.

간혹 농민들은 유기농법으로 농산물을 생산하나 이 또한 판로가 좁아
제값을 못 받고 있다. 작가들은 한 주인공이 외국인들의 기호식품으로 영

양가와 맛이 있는 무공해 농산물을 생산하여 외화를 벌어들여 도시로 떠났던 농민들이 귀농으로 농촌을 다시 일으키는 내용으로 작중 인물로 나타내면 도시화로 인한 여러 가지 피해를 줄일 수 있게 될 것이다.

독자들이 이 작품을 읽어보고 삼천리금수강산에서 살게 하는 느낌을 받도록 선보이면 시골농촌이 사는 국민들도 도시로 떠나려고 하지 않을 것이다.

제93사(事) 일월(日月: 해와 달)-혁거세(赫居世)의 치세(治世)-

본 조항의 일월(日月)은 밤낮으로 순환상생의 교체가 추호의 어김이 없음을 철인의 신의라고 비견해서 가르치고 있다. 작가들은 한국의 신화가 밝음과 관계되어 있으니, 그 정신으로 사람이 밝게 살아가는 내용으로 작품을 쓰면 경제대국을 세우는데 뒷받침이 되게 하는 데 도움을 줄 것이다. 『삼국유사』 권1 신라시조 박혁거세 조(條)에는 박혁거세가 백성을 잘 다스려 훗날의 삼국을 통일하는 공헌을 이루게 하는 데 기여를 했다고 볼 수 있다. 박혁거세신화는 단군신하에서 수용된 것이니, 일월과 같이 밝은 광명으로 나라를 다스린데 있는 것이다. 박혁거세와 그의 비(妃) 알영(閼英)도 알에서 태어났다. 이 알은 태양을 상징하는 자웅의 삼족오(三足烏)가 낳은 것으로 볼 수 있다. 삼족오(三足烏)는 태양과 흑점과 관계되므로 태양의 정령(精靈)이니, 타양 중의 노른자와 같이 가장 핵심이 되는 부분이다.

일설에는 육안으로 볼 때 태양이 세발가진 까마귀와 같이 보이는데서 삼족오란 명칭이 붙여졌다고 한다. 태양은 달과 같이 밝음을 나타내 본 조항과 같이 해가 뜨면 낮이 되고, 달이 뜨면 밤이 되는 것이다. 그와 같이 본 조항은 사람의 신의도 일월의 일음일양(一陰一陽)하는 자연의 법칙과 같이 일호지차(一毫之差)도 어긋남이 없어야 사람다움 사람이라 할 수 있다.

단군이나 박혁거세는 본 조항의 내용과 같이 일월의 밝음으로 나라를 다스렸음으로 고조선이나 신라가 통일국가를 세우게 되었다. 본 조항에서

의 일월의 밝음은 철인과 같이 바르게 살아가는 철인(哲人)의 신의로 비유
할 수 있다는 점에서 그 내용을 다음과 같이 인용한다.

제93사(事) 일월(日月): (信 5團 33部)(신, 5째 묶음, 33번째 부분)

日爲晝요 月爲夜니 陽去陰來하고 陰盡陽生하여 分毫不差라.
此天之信也니 人之信도 如天之信然後에 可謂哲人之信也니라.

해석: 해는 낮이 되고 달은 밤이 되니, 양이 가면 음이 오고 음이 다하면 양이 생하여 털끝
만큼도 어긋남이 없다. 사람의 믿음도 하늘의 믿음과 같은 후에 철인의 믿음이라 할 수 있느
니라.

일월의 교체, 즉 주야의 갈아듦은 한 치의 어긋남이 없이 무궁만년을
운행하고 있다. 일 년 366¼일의 순환은 시작과 끝이 없는 순환이니, 그 변
치 않는 믿음으로 살아가는 철인을 본받아야 바람직한 삶이라 할 수 있다.

일월은 밝음을 상징하며 하늘 하면 태양으로 대신한다. 단군은 밝은 광
명으로 고조선을 다스려 지상을 태평세계·신선세계·지상낙원이 세워
홍익인간의 이화세계를 이루었다.

일월의 광명의식은 후세 건국신화에도 이어져 태양을 상징하는 알에서
태어났다고 하는 것이다. 신라의 시조 박혁거세·고구려의 주몽·가락의
수로 등이 알에서 태어났다고 하는 것은 알이 곧 태양을 상징하는 것으로
된다. 그중에서 우리가 잘 아는 신라의 시조의 박혁거세와 그의 비 알영도
알에서 태어난 것이다.

한민족은 밝음을 상장하는 일환으로 하늘을 나타내는 태양을 국조로 여
기며 숭배하여 온 것이다. 단군신화에서와 같이 환인(桓因)·환웅(桓雄)·
환검(桓儉: 檀君)은 하늘이 환하다는 환이니 하늘의 광명을 나타내는 태양
과 관계를 이룬다.

달도 밤하늘을 밝게 하주고 있으니, 일월은 사람의 양 쪽 눈에 해당한다고 할 수 있다. 사람은 일월의 광명과 같이 신의도 매사에 추호의 어김이 없어야 바른 도리를 아는 철인이라 할 수 있다.

단군조선이 밝은 광명으로 홍익인간의 이화세계와 동방예의지국(東方禮義之國)을 세운 것은 태양의 광명과 어둠을 밝혀주는 달과 같이 우매한 백성들을 밝음으로 인도한 데 있는 것이다.

후세 건국신화에서 태양을 상징하는 삼족오(三足烏)의 일종인 자웅의 독수리나 까마귀와 같은 검은 조류가 알을 낳은 것은 태양의 아들임을 의미한다. 또 알은 곡식의 낟알과도 관계되어 풍요로움을 나타낸다. 풍요로운 나라는 홍익인간의 이화세계계이다

단군의 366사(事)의 교육은 농경문화와 관계되는 교육이니, 풍요로운 나라를 세우는 데 있다. 사람은 본 조항의 일월이 상징하는 내용과 같이 변함없는 하늘의 운행을 하는 것과 같이 추호의 어김이 없는 신의를 지켜야 함을 나타냈다.

1. 신라의 박혁거세와 알영

『삼국유사』 권1 신라시조 박혁거세 조(條)에는 박혁거세는 알에서 태어난 것으로 되어 있다. 그의 비(妃) 알영은 계룡(鷄龍)이 낳았다고 했으니, 새가 낳은 것이다. 알영의 입술에는 새의 부리가 달렸으니, 새가 낳았다는 것을 의미한다. 박혁거세와 알영은 조류와 관계되니, 태양과 관계된다. 말하자면 이들은 태양을 상징하는 자웅의 삼족오(三足烏)가 낳은 것으로 볼 수 있다.

알은 태양과 곡식의 낟알을 상징하여 밝은 세상과 풍요로운 나라를 세우는 데 있는 것이다. 『삼국사기』 권 제1 신라본기 제1 시조(始祖) 혁거세(赫居世) 거서간 8년 조에는 일월의 밝음으로 정치를 폈다는 내용이 들어 있다. 혁거세 30년 조(條)에는 혁거세가 일월의 밝음으로 나라를 다스려 밤에 문을 닫지 않고 노즈가리를 들에 쌓아 두며 살았다는 기록이 전하는 것은 물산이 풍부한 나라를 세운 것을 의미한다.

제93사(事) 일월(日月)은 광명과 관계되어 있는 내용이므로 철인정치가의 믿음의 다스림이라 할 수 있으니, 단군이 치화(治化)로서 홍익인간 이화세계를 세운 것과 관계된다.

일월(日月)의 광명의식은 단군신화에서의 환인(桓因)과 박혁거세신화 등에 건국신화에서 밝음으로 나타나 있다. 태양은 밝음을 나타내며 삼족오(三足烏)와 관계되니, 단군 박혁거세 주몽 수로 등은 새인 삼족오가 낳았다고 할 수 있는 것이다.

하늘에는 주야에 해와 달이 있어 낮과 밤을 밝게 비춰준다. 이 현상은 하늘에 음양조화를 이루어 지상의 물과 불(흙)의 음양조화를, 사람에겐 남녀의 조화를 이루게 하여 생산성과 관계를 이룬다.

일월은 밝은 광명을 나타내 주므로 한민족의 시조신화와 관계를 이룬다. 환인, 환웅 환검에서 '환'은 '환하다'는 말에서 온 것이니, 밝음과 관계된다. 박혁거세(朴赫居世)란 성(姓)과 이름은 밝다는 말에서 온 것이니, 광명사상과 관계된다. 박혁거세와 알영은 삼족오나 솔개와 같은 조류의 새가 낳은 것으로 나타나니, 자웅(雌雄)의 삼족오(三足烏)가 신성혼(神性婚)으로 결합해서 낳았다고 할 수 있다.

주지하는바 삼족오는 태양의 이칭(異稱)이라 할 수 있다. 박혁거세와 알영이 삼족오에서 태어나 이들의 정치가 일월과 같이 밝은 나라를 세워 밤에 문을 잠그지 않고 들판에 노적가리가 쌓여 있었다는 기록이 전한다. 박혁거세는 삼족오나 그 변형의 새가 낳아 진성인의 나라를 세워 삼국을 통일하는데 동력으로 작용된 것이다.

환인, 환인, 환검(단군) 또한 삼족오와 관련되어 있다고 보면 밝은 나라를 세우는 데 있었으니, 박혁거세 주몽 수로도 자웅의 삼족오가 낳았다고 할 수 있다.

이들의 탄생은 자웅의 삼족오가 신성혼(神聖婚)으로 낳은 것이다. 이들 시조들은 알에서 나왔으므로 그 관계는 곡식의 낱알과도 관계되므로 풍요와 강대한 나라를 세우는 데 있다. 이들 시조들이 풍요로운 나라를 세우는 데 있으니, 그 관계를 도표로 나타내면 다음과 같다.

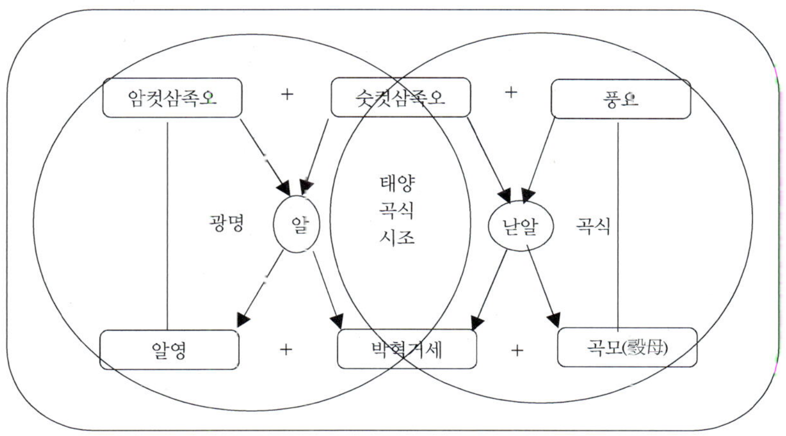

삼족오(三足烏)는 태양이니, 『천부경』의 "본심본태양양명"(本心本太陽昻明: 사람의 근본은 마음이요, 태양의 근본은 밝게 비춤이라)이라고 한 바와 같이 밝은 나라를 세우는 데 있는 것이다.

한국서사문학의 결말이 해피엔딩으로 끝을 맺고 있는 것은 단군신화를 비롯하여 후세에 건국신화의 광명사상에서 수용된 것으로 볼 수 있다.

단군신화의 수용으로 신라 고구려 백제 가락은 밝은 나라를 세우게 한 원동력이 되게 한 것이다. 이런 전통은 후세인들이 단군의 정신으로 훌륭한 나라를 세우는데 앞장서야 할 과제다.

2. 단군과 박혁거세가 세운 통일국가

문인들은 단군정신으로 나라를 세운 기틀을 사람들이 알 수 있게끔 작품으로 형상화시켜야 한다. 한국인은 단군이 국조임을 알면서도 관심도 보이지 않고 역사인식의 부족으로 반신반의하고 있는 실정이니, 국조에 대해서도 홍보하는 내용도 아울러 겸해야 할 것이다.

소년소녀기에 젊은이들이 본 조항의 일월의 밝음으로 살아가면 단군 박혁거세 주몽 수로와 같이 광명한 나라를 세우는 위대한 긴물이 될 것이라 믿는다.

작가들은 본 조항의 내용이나 박혁거세와 알영도 단군의 광명사상의
수용으로 볼 수 있으니, 작가들이 앞장을 서서 일월과 같은 밝은 나라를
작중 인물로 나타내면 독자들이 그에 대한 인식을 새롭게 할 것이다.

단군은 고조선을 홍익인간의 이화세계로, 신라는 화랑정신 또한 단군신
화의 수용이니, 밝은 광명의 사상으로 삼국을 통일하였다. 앞으로 남북한
이 합치는 통일국가를 세우려면 단군정신과 박혁거세의 광명사상이 뒷받
침이 바탕을 이루어야할 것이니, 작가의 역량도 좌우하게 된다.

제94사(事)의 덕망(德望: 덕을 우러러봄)−춘향의 절개미(節槪美)−

본 조항의 덕망(德望)이란 '덕을 우러러봄'이란 뜻이니, 성스런 덕은 사
람들이 우러러보게 되는 만큼, 사람 나름대로의 빛을 발하는 사람이 되어
야 한다. 작가는 사람이 신의를 지키며 살면 사람들의 특유한 빛을 발하게
되어 명망(名望)을 얻게 되므로, 작중의 주인공으로 나타내면 독자들이 본
받게 될 것이다.

『춘향전』 허두(虛頭: 첫머리)에는 숙종대왕이 성덕으로써 나라를 다스
려 천하가 태평한 가운데 모든 백성들이 신의로써 편안하게 살아간다는
내용으로 되어 있다.

춘향은 임금의 덕화로 인해 집에서 여자로서 지녀야 할 예의범절을 배
우게 되어 막강한 변 부사의 권력 앞에서도 수청을 들라는 강권을 일언지
하(一言之下)로 거절했다.

지난날 한국의 여성들이 다른 나라의 여성들보다 여성으로서 지켜야 할
절개를 강렬하게 지켜온 것은 성군들의 치적에서 온 것으로 볼 수 있다.

성군들의 성덕(聖德)은 천덕(天德) 그 자체였던 것이므로 일월의 윤회와
같이 변함이 없으므로 그 덕화로 백성의 신의도 두터워 신용사회를 이루
었다. 춘향의 절개미(節槪美) 승화는 치자(治者)의 덕화로 인해 부지불식간
에 자신의 믿음이 하늘의 믿음과 일체가 되어 절개를 생명과 맞바꾸게 된

것이다. 그 절개는 본 조항의 성덕을 이해하는데 도움이 되므로 그 내용을
다음과 같이 소개한다.

제94사(事)의 덕망(德望): (言 5團 34部)(신, 5째 묶음, 34번째 부분)

> 德은 聖德也오 望은 人望也라. 聖德無聲而所及處에 有人望
> 은 如天之輪回 無聲而所盡處에 有物色也라. 德無不望이고
> 輪無不色이라. 此人之信이 如天 之信이니라.

해석: 덕(德)은 성스런 덕이고 망(望)은 사람들이 우러러보는 것이다. 성스런 덕은 소리가 없으나, 미치는 곳에 사람들이 우러러봄이 있음은 하늘의 윤회와 같이 소리가 없으나 다하는 곳마다 만물의 빛깔이 있음과 같다. 덕에는 우러러봄이 아닌 것이 없으며, 돌아감에는 빛깔이 아님이 없으니, 이것이 사람의 신의가 하늘의 신의와 같음이니라.

덕이 있는 사람은 사람들이 우러러보게 되는데, 그 원인을 찾는다면 천리로써 신의가 있기 대문이라 할 수 있다. 인망(人望)은 신의가 있어야 얻을 수 있는데, 소위 동양의 고전적 인간형인 군자(君子)란 성실한 신의가 아니면 사람들이 우러러보지 않았다. 따라서 군자란 천덕과 인덕을 겸유한 사람이라 할 수 있다.

동양의 군자란 여러 가지 형태로 말할 수 있지만 대인(大人)으로 대체해서 사용하기도 한다. 대인이란 천덕과 지덕과 인덕이 삼일 일체화된 인물이라 할 수 있다.

위정자라면 단군이니 요순과 같이 이상적인 정치를 하는 내성외왕(內聖外王)의 경지에 이룬 철인(哲人) 정치가(政治家)라야 성군의 칭호를 받을 수 있다.

제94사(事) 덕망(德望)이란 성스런 덕과 명망(名望)을 지닌 사람인 것이다. 덕이 있는 사람은 모든 사람들이 우러러보게 되는데, 하늘의 도를 신

의로써 지켜나가기 때문이다.

사람은 성실한 신의가 없으면 인망(人望)도 없게 된다. 인망(人望)은 천덕(天德)과 같아야 한다. 천덕(天德)은 만물은 낳고 키워도 소리 없이 행하므로, 사람들이 그 덕을 본받으면 무게가 있어 우러러 보게 된다. 천덕(天德)은 일월의 윤회의 덕을 이르므로 만물의 빛깔을 내게 되어, 사람들이 믿어 안심하고 살아갈 수 있다. 사람의 믿음은 하늘의 믿음과 같다는 내용이 본 조항의 내용이니, 하늘의 성실한 신의가 아니면 인망(人望)도 얻을 없는 것이다.

1. 『춘향전』허두(虛頭)에 나타난 숙종대왕

『춘향전』허두에는 숙종대왕이 천덕으로써 나라를 다스려 천하가 태평성대를 이루는 세월로 나타나 있다.

춘향은 태평한 세월에 태어나 임금의 성덕으로 인해 가정에서 성상의 어진 교훈과 교육을 받아 신의(信義)를 지키는 여인군자로 성장하게 된 것이다.

춘향은 천덕(天德)으로 신의를 지키는 사람으로 예의범절을 배워 여성으로서 절개를 지키어 변 부사의 수청을 거부하게 된 것이라 할 수 있다.

춘향은 이도령과 만나 신표를 상호간 선물로 받아 신의를 생명보다 중히 여기며 강권자 앞에서도 절개를 지켰다. 천덕(天德)으로 살아가는 사람에겐 사람의 소망도 있으니, 춘향은 『천부경』에 하나가 되는 길을 밟았다. 일월의 윤회는 본 조항에 나타난 바와 같이 햇빛과 달빛이 이르는 곳에 만물의 색조가 나타난다. 춘향은 자기특유의 인간미질을 절개미(das Treue Schöne)로써 승화시켰다.

곧 춘향의 인망(人望)은 하늘의 믿음으로써 신의가 바탕 되었기 때문에 이도령과의 약속을 파기(破棄)하지 아니하고 정절의 여인이라 일컫게 되었다. 춘향은 변 부사의 수청강요를 끝까지 물리쳐 "열녀불경이부절"(烈女不更二夫節)의 피맺힌 소리를 외치고 막강한 권력자 앞에 유부녀 겁탈의 죄를 들먹이며 절개를 지켰다. 춘향의 절개미의 승화는 그 원동력이 임금의 덕화(德化)가 온 나라에 퍼져 춘향에도 수용되어 죽음 앞에서도 절개를 굽히지 않았다.

춘향의 절개미는 『인부경』(人符經)의 "천지합덕인"(天地合德人)과의 관계되는 인간미질의 순결미로써 살았기에 임금으로부터 정렬부인의 칭호를 하사받은 것이다.

요즘 젊은 남녀들은 약혼반지를 주고받는데 영원히 변치 아니한다는 약속이다. 불변의 절개를 지키는 것은 고대인의 사유라고 하기보다는 당연히 신의(信義)로써 행함이 뒷받침 돼야 한다. 춘향과 이도령은 신의를 지키는 신표(信標)를 주고받은 관계로 춘향은 일편단심으로 절개를, 이도령 또한 한 동안 떨어져 살면서도 마음을 변치 아니하고 춘향과 결혼을 하였다.

더구나 17세기 숙종대왕은 성덕으로써 온 나라의 덕화를 펴 만조백관(滿朝百官)을 비롯하여 모든 백성들이 신의를 지키며 살아가는 때니, 춘향과 이도령도 성군의 치화로 변치 않은 신의를 지켰다.

2. 작가들의 작중인물에 나타낸 신의

작가들은 신의로써 살아가는 내용으로 본 조항과 여인들의 절개미를 나타내는 방향으로 작품을 쓰면 독자들이 읽을 것이다.

요즘 한국사회는 서구화르 인해 자유연애로 결혼한 이들이 대부분을 차지하는 가운데 전통적인 결혼의 풍습은 사라졌다. 그렇다고 하여 예전과 같은 결혼의 풍습을 지지하는 것도 아니면서 예전의 여인들의 인간미질의 일편단심의 순결미를 생각하게 된다.

작가들은 남녀의 사람을 나타내면서도 한국미의 은근한 사랑을 느끼게 주인공을 등장시키면 독자들이 그 작품을 선호할 것이다. 한국은 예로부터 단군이 366사(事)의 예절교훈으로 동방예의지국(東方禮義之國)을 이뤘으니, 그 국민답게 살아가야 한다. 작가들은 나름으로 단군정신으로 좋은 작품을 선보여야 할 것을 기대해 본다.

제95사(事) 무극(無極: 끝이 없음)−이몽룡이 태평세계로 회복시킴−

무극(無極)이란 '끝이 없음'이란 뜻이니, 돌아서 처음으로 돌아오는, 즉 원래대로의 뿌리로 돌아오는 것을 말한다. 즉 원시반본(元始返本)으로 이해하면 된다. 작가들은 이몽룡이 암행어사가 되어 변 부사의 부정비리를 적발하여 봉고파직 시킨 후, 전임 부사가 다스림과 같이 태평시절을 맞게 한 것을 내용으로 하는 한 주인공을 나타내면 독자들이 재미있게 읽을 것이다.

우리는『춘향전』하면 춘향이 이몽룡과 로맨스적인 사랑을 한 것을 떠올린다. 춘향의 사랑은 이몽룡이 한양으로 가게 됨으로써 지낼 때 새로 부임한 변 부사가 수청을 들라고 하여 수난을 겪게 되는데, 춘향은 이몽룡과의 약혼을 한 관계로 수청을 거절하고 절개를 지켰다. 이몽룡은 암행어사(暗行御史)가 되어 남원고을의 변 부사에 대한 암행감찰을 하여 탐관오리(貪官汚吏)임을 밝혀내어 암행어사의 직권으로 변 부사를 봉고파직(封庫罷職)시킨다. 그리고 옥중의 춘향을 출옥시키는 등 남원고을을 다시 전임부사인 자기의 부친 이부사(李府使)와 같이 잘 다스려 요순시절로 돌아오게 했다는 내용이다. 말하자면, 이 어사(李御使: 이몽룡)에 의해『춘향전』의 허두(첫머리)에서와 같이, 다시 요순시절로 돌아오게 한 것이다. 이 내용은 본 조항의 내용과 같이 무극(無極)으로 돌아오게 한 원시반본(元始返本)의 내용이라 할 수 있다.

『춘향전』을 올바로 이해하기 위해 무극으로 돌아오게 하는, 즉 원시반본(元始返本)의 내용을 본 조항으로 소개하면 다음과 같다.

제95사(事) 무극(無極): (信 5團 35部)(신, 5째 묶음, 35번째 부분)

無極者는 周而復始之元氣也라. 如有止息이면 天理乃滅이니
人之養信을 亦 如無極元氣니 斷若容髮이면 人道廢焉이니라.

해석: 무극(無極)은 두루 돌0· 처음으로 돌아오는 원기이니라. 만일 그치 쉼이 있으면 천리의 올바름이 소멸케 되는 것이니, 사람의 믿음을 양성함에 있어서는 또한 무극의 원정기와 같은 것이니, 털끝만한 끊어짐도 허용하면 인간의 도리도 폐하게 되느니라.

무극(無極)하면 흔히 송(宋)의 주염계의 『태극도설』을 연상하게 된다. 본고에서도 무극은 그의 설을 다르기도 하지만 원시반본(元始返本)이란 말로 나타내 보기로 한다.

무극(無極)이란 태극(太極)과 같이 보면 쉽게 이해할 수 있다. 그러나 태극이 이원론적(二元論的) 일원론(一元論)이라고 한다면 일(一)의 세계로 구정된다. 그러나 무극(無極)은 태극보다 원초적이므로 영(零, 0)에 해당하는 수(數)라고 할 수 있다.

예전에 중원에는 영(0)의 수가 없었던 것으로 미루어 무극(無極)을 태극(太極)과 같이 '一'로 볼 수 있다. 영(0)의 수는 마야문명에서 썼던 것으로 되어 있지만 중원의 경우 인도에서 온 것이라 할 때 초기에는 무극과 태극을 동일시한 것이라는 가정이 성립된다.

이렇게 본다면 무극은 우주의 원 정기(精氣)로서 태극(太極)이 생겨나기 전의 처음상태이므로 엄연히 다른 것이고, 숫자적으로 태극(太極)이 '一'이라면 무극(無極)은 '0'에 해당한다.

신라 고운 최치원은 『천부경天符經』의 "일시무시"(一始無始)에 대해 '一'을 태극(太極)으로, '무시'(無始)를 무극(無極)으로 해석했다. 그는 '무극'(無極)이 '태극'(太極)보다 먼저 비롯되는 것이라 하고, "太極이 始於無極故로 曰 一始無始라 하니라"라고 했다. 이런 증거로 보면 태초에는 유(有)보다 무(無)가 먼저 존재했음을 의미한다. 그래서 무(無)에서 유(有)가 생긴 것이라는 이치가 되니, 영(0)과 일(一)로 관계로 나타난다.

원래 무(無)를 수로 나타내야 하는데, 중국에는 영(0)의 수가 없음으로 일(一)로 나타낸 것이다. 중국에서 무극과 태극을 같은 대상으로 보는 것은 이런 관계로 볼 수 있다. 그래서 우주의 근원을 영(零)에서 시작하였다고 해야 옳은데 그 영(0)수가 없는 관계로 무극과 태극을 동일시하여 '一'로 보게 된 것이다.

원칙으로 무극(無極)과 태극(太極)은 수리 상으로 영(0)과 '一'의 관계니, 엄연히 다르다. 『천부경』의 이치에서도 '一'에서 시작하여 '十'과 합하면 무한으로 전개되는 이치를 나타냈다. 흔히 무형적(無形的)인 천(天)은 만물을 주관하는 절대자인 하느님이고, 유형적(有形的)인 천(天)은 일월성신(日月星辰)으로 보게 된다. 여기에서도 무(無)와 유(有)의 관계는 엄연히 다르게 나타난다. 그럼에도 중국의 학자들이나 한국의 학자들이 무극과 태극이 같은 대상으로 보고 있는 것은 문젯거리로 보지 않을 수 없다.

제95사(事) 무극(無極)은 근본으로 되돌아오는 진리를 말하고 있으나, 학자들 설에 의하면 태극과 상통하는 진리로 보고 있다. 영(0)수가 없었던 관계로 '一'이 '十'과 합하면 '十一'되고 무한히 전개된다. 양자(量子) 수리상(數理上)에 기호로 ―≡∞로 나타나기 때문인데, 0≡―≡∞로 나타내야 할 것이다. 이러한 이치는 앞으로 하느님, 하늘, 땅, 사람의 관계로 나타내야 할 과제로 남는다.

1. 『춘향전』의 원시반본(元始返本) 원리(原理)

우리는 『춘향전』하면 허두(虛頭: 첫머리)에 요순시절과 같이 숙종대왕이 나라를 잘 다스린 것으로 나타냈다. 이런 태평시절에 성부사가 남원고을 선정으로 다스려 백성들이 태평시대를 맞아 평화롭게 살아갔다.

이런 태평스런 남원고을에 탐관오리(貪官汚吏)인 변 부사가 부임함에 따라 나라의 기강이 흔들리려 백성들이 확정에 시달림을 받으며 살았다. 여기에 변 부사는 미색으로 이름난 춘향을 강제로 수청을 강요하여 이를 거부하자 잔악한 곤장으로 다스리고 투옥시킨다.

이런 상황하에 암행어사 이몽룡이 나타나 그를 봉고파직시켜 다시 흐트러진 나라의 기강을 바로 잡아 태평세대가 돌아오게 했으니, 원시반본(元始返本)하게 된 것이다.

『춘향전』은 태평시대→무질서한 시대→태평시대로 원상대로 돌아오게 했다. 다시 말해 이 부사(이몽룡의 부)→변 부사→이 어사(이몽룡)로 남원 고을이 우여곡절 끝에 두극으로 돌아왔다.

고전소설의 백미『춘향전』은 이런 변화상으로 인해 춘향이 고난을 겪은 것이며, 이몽룡이 암행어사가 되어 변 부사를 파직시켜 원래대로 태평한 세월을 맞았다.

2. 원시반본(元始返本)의 원리

『춘향전』하면 무극으로 돌아오는 이치를 이해하는 데 드움이 된다. 성 부사가 다스릴 때 남원고을은 요순시절이라 했다. 그런데 그 후임으로 변 부사가 도임한 후로 이 고을 백성들은 학정에 시달렸다.

이몽룡은 암행어사로서 변 부사의 학정을 탐지해 봉고파직 해 자기의 약혼자 춘향을 감옥에서 출감시켰다. 춘향은 남원고을에서 미색으로 이름 나 있어 변 부사가 수청을 들게 하여 소실을 삼으려 했는데 춘향이 거절해 봉고파직당한 것이다.

이 어사(李御使)는 변 부사의 부정비리를 적발해 암행어사 직권으로 변 부사를 봉고파직시키고 춘향을 구했다. 남원고을은 이 어사로 인해 다시 옛날과 같이 원시반본(元始返本)으로 백성들이 태평세대에서 살게 되었다.

작가들은『춘향전』과 같이 어떤 주인공을 내세워 역사소설을 쓰면 독자들이 흥미진진하게 읽을 것이다. 우리는 광복 후 위정자들이나 관리들의 부정을 무수히 겪어 왔다. 그런 가운데 관리들의 뇌물 수수의 고리는 단절되지 않고 공공하게 이루지는 가운데 자가들의 부정비리를 적발해 국민들이 안심하게 살게 하는 내용을 소재로 작품을 출판하면, 국민들이 그 작품을 많이 읽을 것이다.

『춘향전』은 춘향이 절개를 지키고 이 어사(李御使)가 변 부사의 학정을 적발해 봉고파직 시킨 장면을 독자들이 통쾌하게 생각했다. 『춘향전』은 원시반본으로 요순시절로 돌아오게 한 데 있다.

작가는 작품을 쓸 때 단군시절로 돌아오는 내용으로 소설을 쓰면 더 좋을 것이다. 단군은 고조선을 요순(堯舜)보다 정치를 훨씬 잘 다스렸다는 고조선의 제후국인 예(濊)에 대해 『맹자』(孟子)의 고자하편(古子下篇)의 내용이나 『춘추』(春秋)의 주석을 단 「춘추공양전」(春秋公羊傳)의 대맥(大貊)도 예맥(濊貊)이라 하여 단군조선의 제후국이다.

작가들은 무질서한 나라를 질서의 나라로, 즉 원시반본(元始返本)을 단군조선 시절로, 배경으로 나타내면 뿌리조상을 이해하는 데 도움이 되며 단군이 홍익인간으로 이화세계를 이해하는데 도움이 될 것이다.

소년소녀들은 작가가 쓴 소설을 읽고 진리의 대도로 나아가면, 하늘의 믿음인 하나(一)의 진리인 원시반본(元始返本)하는 생활을 하게 되어 미래의 광명을 맞는 새 나라 새 일꾼이 될 것이라 믿는다.

Ⅲ. 나오며

제2장 신(信)은 믿음을 내용으로 한 것이니, 인간생활에서 믿음이 있으면 사람들이 서로 신뢰하게 되어 사람들이 안심하고 살아갈 수 있다. 생활이 안정되고 편히 살아갈 수 있으면 자신이 지닌 실력과 상상력을 마음껏 발휘하게 된다.

제2장 믿음은 천리의 순환을 믿는 것을 모법한 것이다. 작가들 또한 독자들에게 믿음을 나타내는 작품을 쓰면 사람들이 각자 맡은 임무에 힘쓰게 되어 일의 성과를 이루는 데 도움이 된다.

한국서사문학에는 믿음을 주제로 한 내용이 많이 있지만 그중에서 춘향으로 예를 들었다. 춘향의 인간상은 21세기 사람들에게 많은 교훈을 주고 있다. 한말로써 하나(一)의 진리를 나타내기 위해, 즉 일편단심으로 약속한 바를 죽음과 바꿈으로써 절개를 지켰으니, 남녀들의 귀감이 될 교훈이 아닐 수 없다.

제2장 신(信)에 해당되는 봄은 중춘(3월 21일)~계춘(5월 5일) 사이에 꽃과 신록이 어우러져 아름답다(Schönheit)는 형용사가 일상적으로 입에 오르는 가경(佳景)을 이른다. 인생의 나이로는 11세~19세 소년기에 나이로 꿈과 낭만으로 미래의 희망을 가지는 계절이다.

이 제2장 믿음(信)·신장(信章, 信理訓)은 태괘(兌卦☱)로 비견되어 즐거움을 나타낸다. 태괘(兌卦☱)는 봄날의 연못으로 상징된다. 이 연못의 물고기들은 따듯한 봄날을 맞아 물고기들이 짝을 이루며 산란을 하여 새끼를 낳아 유영을 하게 되는 계절이기도 하다. 이 봄날은 천지조화에서와 같이 화합을 이루는 계절이니 즐거운 계절로 꼽힌다. 중춘(3월 21일)~계춘(5월 5일)동안에 힘써 일하면 초겨울에 편히 지낼 수가 있다.

제2장 신장(信章)은 즐거움을 상징한다면 초겨울을 나타내는 제7장 보(報)와 상응함으로써 추운 날씨에 갚음(報)을 받는다. 제2장 신(信)이 태괘(兌卦☱)로 본다면 제7장 보(報)는 간괘(艮卦☶)로 나타난다.

다시 부연하면 이 간괘(艮卦☶)는 산(山)을, 태괘(兌卦☱)는 연못을 상징한다. 봄 날씨는 화창하여 녹음방초가 우거져 뭇 생물들이 좋은 때를 만나 일 년 중에 가장 좋은 때이다.

태괘(兌卦)는 간괘(艮卦)와 대성괘(大成卦)를 이루면 택산함괘(澤山咸卦☱☶)를 이루어 즐거움을 나타낸다. 이 함괘(咸卦)는 소년과 소녀가 만나 신혼의 초(初)와 같이 즐겁게 살아가는 것을 의미한다.

사람은 믿음이 있을 때 기틀이 이뤄져야 사람답게 살아간다. 위정자 또한 신의로서 나라를 다스려야 태평한 나라를 세운다.

태평한 나라는 평화롭게 살아가는 것을 의미하니 일차적으로 물질이 풍부한 나라를 의미한다. 봄날은 음양조화를 이루어 만물을 생성하는 시기이므로 만물을 풍요롭게 하는 계절이기도 하다.

우주는 천지인(天地人)으로 이뤄졌다면 3수(數)로 이뤄졌다고 할 수 있다. 이 천지인(天地人)에는 각각 음양이 들어 있다. 하늘에는 일월이 대지에는 물과 불이 사람에겐 남녀가 있어 음양조화를 이루면 풍요다산을 이룬다. 이를 『천부경』에서는 대삼합육(大三合六)이라 한 것이다. 이러한 원리는 삼부경(『천부경』, 『지부경』, 『인부경』)에서 삼수(三數)와 육수(六數)로 나타나 있다. 『천부경』의 81자 중 중간 수는 육(六), 『지부경』의 100자 중 중간수 삼(三), 『인부경』의 108자 중 중간 구절은 육(六)이다. 그 각각의 중간 수나 중간의 구절이 삼(三)과 육(六)으로 되어 있다. 이 수(數)는 천지인(天地人)이 음양조화(3×2=6)를 이룬 것이므로 생산성과 관계되는데, 인간의 삶이 행복을 누리는 데 있다면 물질이 풍부해야 모든 것이 윤택해진다.

단군은 366사(事)로서 홍익인간의 세계를 세웠다. 물질이 풍부한 생활에서 남을 유익하게 함은 두말할 나위도 없다. 366사(事)는 366¼일 동안 농경의 실천 덕목이다.

본 제2장 신장(信章)은 봄날 중의 가장 좋은 때이니, 춘향과 이도령은 이런 날씨에 만나고 다시 봄날에 만나 살게 되어 부귀영화를 누리며 살았다.

물질이 여유로운 가운데 믿음이 피어나 모든 사람들이 행복하게 살아가게 된다. 그런 의미에서 봄날의 천지조화의 상징은 오늘에 사는 사람들에게 많은 교훈을 깨닫게 하는데, 봄날의 하늘과 같이 만물을 생성하기 위해 힘써 행해야 된다. 한말로써 본 장은 환상 미학인 이상미와 진선미를 이루는 데 있어 하늘의 믿음으로 행하는데서 물질 생산을 이룰 수 있다.

우리는 일제의 속박에서 벗어나 광복 65년이 흘렀다. 그런데 위정자가 믿음을 전제로 나라를 다스렸다면 훌륭한 나라를 세웠을 것이다.

이런 의미에서 본 2장 신(信)과 춘향의 믿음은 오늘에 변화무상한 세태 속에서 중차대(重且大)한 의미를 지닌다고 할 수 있다.

위정자는 믿음의 정치를 하여 살기 좋은 나라를 세워야 하고, 작가들 또한 하늘이 행해는 믿음으로 작중에 인물을 나타내면, 독자들이 선호하고 믿음으로 살아가는 풍토를 만들려고 힘쓸 것이다. 이에 따라 단군의 교육 중 제2장 신(信)·신의론(信義論)을 독자들이 믿고 마음껏 상상의 날개를 펴고 경제를 활성화시키면 문학도 한층 높게 향상되리라 생각한다.

제3장

사랑론(愛論)

Ⅰ. 들어가기

사랑은 홍익인간을 이루는 데 세 번째 해당하는데, 인간을 유익하게 하는 데
는 사랑이 필요불가결한 조건이니, 범인류적인 애미(愛美, das Liebchen Schöne)
로 승화시킬 필요가 있다. 작가들은 홍익인간과 연관되는 사랑을 소재르
인간미(das menschlich Schöne)가 풍기는 작품을 여름날과 같은 젊은 청년
기의 열렬한 사랑을 내용으로 나타내면 독자들이 재미있게 읽을 것이다.

제3장 애(愛)는 열렬한 사랑이란 말이 있듯이 계절로는 초하(初夏)~중하
(仲夏)에 해당한다. 양력으론 대개 5월 6일(立夏)~6월 21일(夏至)경이며, 인
생의 나이로는 20세~29세이니 혈기 발랄한 청춘기라고 할 수 있다. 열렬
한 사랑은 불과 같다는 말을 하는데, 불을 나타내는 이괘(離卦☲)의 상징
과 통한다. 본고는 여름날의 무더운 불과 같은 상징으로 전개함을 미리 밝
혀둔다.

물론 이 계절의 사랑의 농도는 중하(仲夏)~계하(季夏)보다 덜 할는지는
몰라도 적극적이고 열렬한 사랑을 의미한다. 문학상으론 여름날의 사랑으
로 순수하면서도 역사성과 관련해 남녀의 열렬한 사랑이 나타난 작품을
예로 들기로 한다.

우리는 역사성과 관련해 남녀의 사랑을 순수미적으로 승화시킨 동봉(東
峰) 김시습(金時習, 1435~1493)이 지은 『이생규장전』(李生窺牆傳)을 들지 않
을 수 없다. 남주인공 이생(李生)은 최낭(崔娘)과 열렬한 사랑을 하는데, 아
리따운 여인의 모습을 보고 월담을 할 정도로 적극적인 열애를 하게 된다.
두 연인의 사랑은 여름날 무르익는 열렬한 사랑을 하게 되는데 역사적으
로 단종과 세조의 무리와의 군신관계로 나타냈다.

최랑은 홍건적(紅巾賊)의 난리로 그 무리에게 절개를 지키다가 무참히 살해됐지만 예로부터 절개를 중시하는 한민족의 정신을 나타낸 것이다. 한민족은 조상의 혈통을 중시하는 관념으로 최랑은 도적의 무리에게 자신의 인간미질의 순수성을 간직하기 위해 절개를 지키다가 무참하게 죽어갔다. 이생과 최랑의 사랑은 역사성과 관련된 영혼과의 만남이라는 것을 인지하면 최랑의 죽음을 이해하게 되리라 믿는다.

동봉은 생육신(生六臣)의 한 사람으로 단종이 세조에 의해 왕위 찬탈(簒奪)을 계획하여 오지 강원도 영월에 유배를 보낸 후 죽은 것을 비유해서 쓴 것이다.

동봉이 이 소설을 쓴 것은 세조의 무리에 대해서 썼는데, 이생→동봉을, 최랑→단종을, 홍건적→세조나 그 무리로 볼 수 있다.

동봉은 이생을 통해 단종에 대한 사랑을 나타낸 것이지만 송강 정철이 『사미인곡』(思美人曲)에서 선조를 연군(戀君)의 정으로 나타난 것과 연관해서 보면 될 것이다.

본 소설은 동봉의 세조를 홍건적으로 보고 단종을 충군연군(忠君戀君)의 형식을 빌려 그리워하는 대상으로 지은 작품이다. 단종을 영월에서 죽게 한 이들은 간신들이니 추(醜)한 악인 홍악인간(弘惡人間)들의 군상(群像)들이라 할 수 있다.

우리는 동봉이 최랑을 정절을 지킨 여인상으로 보게 되니, 애미(愛美, das Liebchen Schöne)의 대상으로 연구할 수 있는데 의의를 지닌다.

이러한 적극적인 순수미적인 사랑은 한국서사문학에서 두루 발견되는 일이니, 제3장 애(愛)의 의미에는 범애적(汎愛的)인 내용이 들어 있다는데 조명하여 본 것이다.

제3장 애(愛)는 이괘(離卦☲)의 불(火)과 제6장 행복론인 감괘(坎卦☵)의 물(水)과의 조화를 이루는데 있다. 이 두 괘(卦)가 서로 조화를 이루는 대성괘(大成卦)를 이루면 수화기제괘(水火旣濟卦☵☲)가 되어, 음양조화와 같이 남녀의 사랑도 조화미를 이룬다.

수화기제괘(水火旣濟卦☵☲)에서 물을 상징적으로 나타내는 감괘(坎卦

☰)는 위에 위치하고, 불을 나타내는 이괘(離卦☰)는 아래에 있다. 이는 솥 안에 있는 국을 끓일 때 밑에서 불을 지피는 것으로 보면 될 것이다. 국물은 적당량에 양념을 넣고 끓이면 구수한 맛을 낼 수 있다. 수화기제괘(水火旣濟卦☰☰)의 비유는 맛이 변하지 않는 다시 말해 구수한 국 맛이나 변함이 없는 남녀의 사랑을 비유적으로 나타낸다.

본고에서의 제3장 애(愛)는 50사(事)로 이뤄졌는데 그중 사랑의 의식을 문학과 관련해 찾아보기로 한다. 아울러 제3장 사랑은 50사(事)를 이해함에 있어서나 작가가 사랑을 소재로 작품을 쓸 때는 상상력을 발휘하여 독자들이 사랑정신으로 살아가도록 작품을 써야 할 것이다.

Ⅱ. 애장(愛章), 애미(愛美)로의 승화와 문학 작품

제96사(事) 애(愛: 사랑)-『채봉감별곡』에서의 사랑-

본 제3장의 애(愛)는 50가지 일(50事)로 이뤄졌는데 사랑의 중요성을 밝혀 놓았다. 애(愛)는 불교의 자비(慈悲), 유교의 인(仁), 기독교의 박애(博愛)로 나타냈는데, 모두가 일맥상통하고 있지만 폭이 넓은 사랑임을 알 수 있다.

작가는 우리 고소설에서도 청춘남녀들이 사랑을 할 때 순결한 사랑을 나타낸 주인공도 있으니, 예술적인 미로 나타내면 독자들도 감명 깊게 읽을 것이다. 『채봉감별곡』(彩鳳感別曲)에 나타난 사랑은 순수미와 순결미의 의식이 나타나 있다. 이들의 남녀의 주인공과 부주인공으로 김채봉(金彩鳳)과 강필성(姜弼成)이 등장하는데, 청춘남녀의 사랑이 본 조항의 내용과 맞게 자연스러움으로 나타났다.

이 소설은 애정소설로 작자와 연대는 미상이나 조선조 말의 매관매직이 공공연하게 횡행할 때 현실성을 나타냈다는 데 의의를 지닌다. 일명 『추풍감별곡』(秋風感別曲)이라고도 부르는데, 총 60여 면(面), 120회(回)로 된

회장소설(回章小說)이다.

이 소설은 채봉의 아버지 김 진사가 평양성 밖에 사는 문벌과 재산이 많고 남부럽지 않게 사는 양반이다. 슬하에는 외동딸 채봉을 두었다. 그런데 김 진사는 벼슬에 눈이 어두워 현감(縣監)벼슬을 하기 위해 돈 만 냥과 채봉을 첩으로 주기로 하고 가산을 정리하고 평양의 허 판서(判書)를 만나러 갈 때 도적을 만나 돈을 잃는 어수선한 가운데 채봉은 시비 취향과 도망을 갔다.

채봉은 필성과 약혼한 사이므로 허 판서의 첩이 되기 싫어 평양의 취향의 집에서 기거하였다. 채봉은 시서문필(詩書文筆)을 잘하는 재원으로 이 감사의 수양딸로서 공사문서를 맡고 있었다. 채봉은 필성이 그리워 상사병이 되어 꿈결에서 필성을 만나 감격하여 울었다. 이 감사가 그 사연을 알아내고 두 남녀의 숙원인 결혼을 성사시키고 허 판서가 김 진사를 약속 위반으로 괘씸죄로 몰아 감옥생활을 하는 중 풀려나게 했다.

본 소설은 두 남녀의 순결하고 진실한 애정생활을 통해 조선조 말의 위정자들의 매관매직(賣官賣職)을 일삼는 탐관오리(貪官汚吏)들의 생활상을 바르게 살아가는 풍토를, 조선조 말의 양반 위정자들이 좌우부인을 거느리고 사는 폐단을 시정하기 위해 일부일처주의(一夫一妻主義)의 애정생활을 순수미와 순결미로 나타낸 것이다.

본 소설은 주인공인 김채봉과 부인공이 강필성이 순수미적인 사랑을 했다는 데 다음에서 본 조항과 관련하여 밝혀보기로 한다.

제96사(事) 애(愛): (愛, 6範 43圍)(애, 6가지 범위, 43번째 범위)

愛者는 慈心之自然이며 仁性之本質이니 有六範四十三圍니라.
애 자　　자 심 지 자 연　　　　인 성 지 본 질　　　유 육 범 사 십 삼 위

해석: 사랑이란 자애로운 마음의 자연스러움이며, 어진 성품의 본질로 여섯 가지 본보기와 마흔 세 가지 둘레가 있다. 모두 50사(事)로 이뤄졌다(1+6+43=50).

위의 애(愛)는 자애로운 마음에서 자연히 우러나는 것으로서, 어진 성품이 바탕 되어야 하는 것이니, 유교의 인(仁)과 불교의 자비(慈悲), 도가의 자애(慈愛)의 어진 심성을 뜻한다.

본 조항의 내용은 6가지 큰보기 구조로 형성되어 있으므로 50가지 일(50事)을 이해하는 데 도움이 되므로 6가지 기본을 도표로 나타내면 다음과 같다.

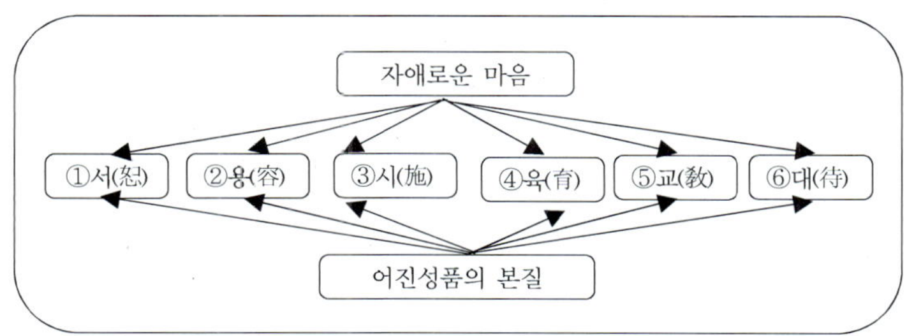

사랑은 자애로운 마음이 선행해야 사랑다운 사랑이며 애미(愛美, das Liebchen Schöne)와 인간미(das menschlich Schöne)로서의 구실을 다하게 된다고 할 수 있다. 성실한 농부는 논밭에서 벼와 콩이 자랄 때 잡풀과 병충해도 제거해 주어야 한다. 농부가 농산물을 가꾸는 마음은 사랑이 들어 있는 것이다. 부모가 자녀를 키울 때도 사랑을 베푸는 것은 자연스런 인성(仁性)이 바탕을 이룬다.

고운(孤雲) 최치원(崔致遠)은 『삼국사기』, 「난랑비서」(鸞郞碑序)에서 현묘지도(玄妙之道)를 풍류(風流)라고 하여 포함삼교(包含三敎)라고 나타냈다. 유불도(儒佛道) 삼교(三敎)는 사랑이 바탕을 이루고 있다. 풍류(風流)는 이두(吏頭)로 해석해야 의미를 알 수 있다. '풍'(風)은 바람(풍)자이니, 밝음으로, '유'(流)자는 달아날 (유)이니, 밝음과 관계된다.

풍류는 밝은 나라를 이르는 데 있으니, 환인·환웅·환검(단군)에서 '환'은 '환하다'는 밝음과 관계되어 있다. 환웅과 단군은 360여사(餘事)를 신하와 백성들을 교화(敎化)와 치화(治化)로써 홍익인간의 이화세계를 제윘는데, 이 중에서 제3장 애(愛)의 자비로운 마음은 50사(事)를 이해하는데 중요한 역할을 한다.

환웅이 처음 마을사회를 다스릴 때는 지상이 혼돈의 세계였는데 자비로운 마음으로써 백성들을 교화하여 인성미가 넘치게 하였다. 단군은 환웅의 마을 사회를 치화(治化)로 발전시켜 홍익인간의 이화세계인 밝은 나라를 세웠다.

환웅이 처음 나라를 다스릴 때 무질서하여 불가시성(不可視性, invisibility)과 불가능성(不可能性, impossibility)이므로 부정적 가정(negative subjunctively)의 개념의 세계였다고 할 수 있는데, 360여사(餘事)로서 고을 사회를 사랑의 교화로써 인성이 넘치는 천하를 이루었다. 단군은 환웅의 교화를 더욱 발전시켜. 사랑의 치화로써 홍익인간의 이화세계를 세운 것이다.

제96사(事)의 애(愛)는 자비로운 마음이 자연스런 인성으로 나타나는 것이니, 단군의 홍익인간의 광명천지와 관계된다. 단군이 고조선을 동방예의지국(東方禮義之國)을 세운 것은 366사(事)를 치화로써 백성들이 실천한 데 있으며 그중에 사랑이 뒷받침되었다고 할 수 있다.

1. 『채봉감별곡』에 나타난 사랑

이 소설의 여주인공 채봉은 강필성과 약혼한 사이였다. 부친 김 진사가 벼슬에 눈이 어두워 딸 채봉을 별실과 뇌물을 바치면 현감벼슬을 준다는 말에 재산을 정리하고 평양에 허 판서에게 가는 중 도적 떼를 만나 채봉은 별실이 되기 싫어 도망쳤다. 김 진사는 재산을 정리한 거액을 도적에게 날리고 허 판서에게 그 사정을 알렸으나 약속위반으로 괘씸죄를 적용하여 감옥에 가두었다.

채봉은 월태화용(月態花容)한 미모에다 재주가 총명하고 침선여공(針線女工)과 시서문필(詩書文筆)이 일취월장(日就月將)하는 재원(才媛)이기에 여러 곡절 끝에 이 감사의 수양 딸 겸 공사문첩을 맡은 요즘의 여비서와 같은 일을 맡았는데, 강필성의 필적을 보고 이방(吏房)이 된 것을 알았다. 채봉은 유가제도에서 그를 만날 수가 없어 필성을 그리워한 나머지 상사병이 되어 꿈결에서 필성과 만나 울고 울음이 되었다.

이 감사는 채봉의 자초지종을 알아내고 그들 남녀를 만나게 하고 혼례를 주선해 결혼을 시켰다. 그리고 이 감사는 김 진사가 죄가 없음을 전하여 김 진사가 무죄로 석방되었다.

『채봉감별곡』은 젊은 남녀의 사랑으로 조선조 말의 유관주의(唯官主義)의 폐단을 시정하는 일환으로 채봉의 사랑을 통해서 나타냈다는 데 의미가 주어진다.

이들 사랑은 팔괘(八卦) 중에 이괘(離卦☲)와 같이 불·태양·번개를 상징하니, 복수(複數)로 나타난 이위화괘(離爲火卦☲☲)와 관계된다.

이 괘상(卦象)은 상효(上爻)와 하효(下爻) 모두 중효(中爻)가 음효(陰爻)를 감싸고 있으니, 불같은 열렬한 사랑과 부정비리와 같은 허 판서의 음적인 뇌물의 고리를 꼼짝 못 하게 하는 요인이 함축되어 있다고 할 수 있다.

제3장 애(愛)·애리훈(愛理訓)은 이위화괘(離爲火卦☲☲)와 의미와 통하며, 『채봉감별곡』의 남녀의 사랑이 자연스런 발로로 나타내 결혼을 한 것이다.

이들 두 남녀의 사랑은 순수하고 순결의식의 승화로 결혼을 한 것이니, 본 조항의 사랑과 관계된다. 제96사(事) 애(愛)는 여섯 가지 범위로 나눴는데, 이를 소개하면 다음과 같다.

애육범(愛六範)

애육범＼내용	내용 주제	조항	대상
1. 서(恕)	용서는 너그러운 마음으로 사랑함	제97사(事)	사랑
2. 용(容)	사람은 바다와 산처럼 만인을 포용함	제104사(事)	포용
3. 시(施)	사랑은 물건과 극을 베풀어 밝힘	제112사(事)	베풂
4. 육(育)	사랑은 창조주의 교화로 착하게 기름	제121사(事)	교화
5. 교(敎)	사람은 윤리와 도학으로써 바르게 함	제130사(事)	도리
6. 대(待)	사랑은 미래를 위해 쌓고 기다림	제139사(事)	사랑

위의 여섯 가지 사랑은 홍익인간의 사랑이라 할 수 있는데, 자세한 사항은 세분화된 조항에서 말하기로 한다. 제3장 애(愛)는 여름날과 같은 열

렬한 사랑과 연관되니, 홍익인간의 정신으로 사람을 사랑해야 할 과제를 남긴다.

1. 순수미와 순결미의 사랑

사랑은 홍익인간 중에서 세 번째로 중요한 부분을 차지한다. 사랑은 하늘이 한결같은 사랑으로 햇빛과 비를 내려주어 만물을 낳고 키우는 것으로 비유할 수 있다. 하늘과 대지는 만물을 생육하면서도 자기의 공이라 내세우지 않는다. 부모가 자손을 낳고 키움에 있어서도 마찬가지로 자연스런 사랑으로 대할 뿐이다.

작가들은 본 조항에 담긴 사랑을 홍익인간으로 승화시켜 새로운 발상으로 작품을 선보이면 사랑에 대한 이해가 폭넓게 이해되리라 본다.

소설작품에서 남녀들의 사랑을 나타낸 것을 읽게 되면 세속적인 내용이 주류를 이루고 있는데, 물론 문학은 당대 사회상을 반영하는 것이라 해도 문학적인 표현을 해야 한다.

본 조항에서 예를 든『채봉감별곡』에서와 같이 채봉과 필성과의 사랑과 같이 미의식으로 순수함과 순결을 문학적으로 나타내야 문학적 작품이라 할 수 있다. 이 소설 또한 이들의 사랑이 미적인 순수미와 순결성의 승화의 경지에 이르지 못한 것이지만, 자가들이 새로운 발생으로 문학적으로 나타내는 데 관심을 기울여야 한다.

제97사(事) 서(恕: 용서): (愛 1範)―신채호(申采浩)의『한나라 생각』―

본 조항의 서(恕)는 남을 용서(容恕)한다는 내용이니, 첫째 사랑, 둘째 자비, 셋째 어짊, 넷째 불인지심(不忍之心)의 연관으로 참지 못하는 데로 돌아가는 것이라 했으니, 인간미(das menschlich Schöne)가 풍기는 정신이라 할 수 있다.

서(恕)는 범애적(汎愛的)이므로 불인지심(不忍之心)이 주요 역할을 하게 되는데, 맹자(孟子)도 성선설(性善說)을 주장하는 것도 인간이 가지고 있는 착한 인성(人性)에다 비중을 둔 것이다. 서(恕)는 용서(容恕)하는 말인데 본 조항에서 밝힌 바와 같이 사랑하는 마음에서→비롯되고, 자비로운 마음에서→일어나고, 어진 마음에서→결정되고, 너그러운 마음에서→상대방을 용서해 주는 것이라 했다.

작가들은 본 조항의 내용과 같이 작품을 쓰면 독자들의 마음을 넓혀주어 남을 용서해주는 내용으로 나타내면 홍익인간으로 살아가는 데 인도자가 될 것이다.

단재(丹齋) 신채호(申采浩, 1880~1936)는 구한말의 언론인으로서 일생을 독립운동에 몸을 바친 애국지사(愛國志士)이다. 26세 되는 1905년 2월『황성신문』의 기자, 11월에 『대한매일신보』에 주필로 초빙되어 강직한 논설을 실어 독립정신을 북돋우는 항일적인 시론을 쓰고, 한국의 역사관계 사론(史論)을 발표하는 한편,『독사신론』(讀史新論)은 민족의식 앙양과 독립정신의 고취에 힘썼다.

28세 되던 1908년에는 양기탁, 이동영, 이동휘, 안창호, 이승훈 등과 항일결사인 신민회(新民會)를 조직하고 국채보상운동(國債報償運動)에 참가하였다. 1910년에는 신민회동지들과 독립운동을 위하여 러시아령 블라디보스토크로 망명하여 윤세복, 이동휘, 이갑과 광복회를 조직하였다. 1913년에는 상해로 가서 문일평, 박은식, 정인보, 조소앙 등과 박달학원(博達學院)을 설립하여 한국인의 얼을 가르쳤다.

1919년 3월 상해에 대한민국 임시정부수립이 되고, 4월 국호를 대한민국으로 정하고 임시현장 10즈를 공포하여 독립운동의 거점이 되었다.

단재(丹齋)는 임시정부가 수립되자 의정원(議政院) 위원장으로서, 1923년에는 조선혁명선언을 집필하여 일제폭력에 저항하는 민중직접혁명을 주장하였다. 1925년에는 무정부주의동방연맹(無政府主義東方聯盟)에 가입 항일행동 투쟁에 나섰다. 1929년 대만에서 체포되어, 1930년 대련지방법원에서 10년 형을 선고받고, 1935년 2월 여순감옥(旅順監獄)에서 56세로 옥사하였다. 1962년 3월 1일 건국공로 훈장 복장(複章)이 수여되었다.

이와 같이 단재(丹齋)는 20대 후반부터 대략 30년 가까이 독립운동에 참여하여 일제에 항거하다가 세상을 떠났다. 그는 상해에서 조국을 사랑하는 마음으로 『한나라 생각』을 남겼다. 그의 조국애는 피압박민족으로서 참지 못하는 마음에서 독립운동을 전개했으므로, 본 조항의 내용을 아래와 같이 소개한다.

제97사(事) 서(恕): (愛 1範)(애, 1째 본보기)

> 恕는 由於愛하며 起於慈하고 定於仁하며 歸於不忍하느니라.
> 서   유 어 애   기 어 자   정 어 인   귀 어 불 인

해석: 용서는 사랑에 말미암고 자애에서 일어나고 어짊에 정해지며 참지 못하는 것을 돌이키는 것이니라.

본 조항에서 사랑 중에 용서를 첫머리에 둔 것은 남에게 너그러운 마음과 넓은 도량으로 베풀라는 교훈이다. 사람은 어진 마음으로써 남에게 은혜를 베풀면 이 또한 홍익인간의 마음인 것이다.

하늘은 만물을 생육할 때 사랑을 고루 펴고 있다. 위정자 또한 하늘의 마음으로써 백성을 다스리면 선악(善惡)의 사람을 가리지 않고 덕으로 만백성을 고루 사랑한다. 성인은 천덕(天德)을 지닌 관계로 하늘과 바다같이 넓은 마음으로써 다스린다.

사람이 차별 대우를 받는 것처럼 더 불쾌한 일이 없을 것이다. 『예기』(禮記) 권(卷)29 「공자한거」(孔子閒居)에서 공자(孔子)의 제자 자하(子夏)가 "옛날 성군들이 천지와 나란히 한다고 하였는데 어떻게 해서 그렇게 할 수 있었습니까?"라고 물었을 때 공자(孔子)는 삼무사(三私)로 다스렸다고 했다. 자하가 삼무사(三無私)에 대해 물었다. 공자(孔子)는 첫째 하늘은 사사로이 덮는 것이 없으며(天無私覆), 둘째 땅은 사사로이 싣는 것이 없으며(地無私載), 셋째 해와 달은 사사로이 비추는 법이 없음(日月無私照)을 들어

공평하게 하는 것을 예로 들었다.

위정자는 공자(孔子)가 백성 중에 간혹 착하지 않은 자가 있더라도 삼무사(三無私)와 같이 위정자의 넓은 사랑이 필요하다. 따라서 서(恕)는 범애적(汎愛的)이므로 불인지심(不忍之心)과 연관으로 사람을 대해야 할 것이다.

위의 내용 중 용서(容恕)가 사랑(愛)에서 비롯된다는 것은 공자(孔子)가 이르는 인(仁)은 애인(愛人) 정신이다. 사람을 용서하는 마음은 사랑이 있지 아니하면 안 되는 것이다. 또 용서가 자비로운 사랑에서 일어난다고 함은 도가와 불교도 마찬가지다. 이런 공통점은 도가(道家) 중에 삼보(三寶) 중에 자애(慈愛)가 들어 있는 것을 보게 된다. 이 유불도(儒佛道)의 사랑은 최치원이 「난랑비서」에서 밝힌 바와 같으니, 홍익인간(弘益人間)의 뜻과도 통한다. 유불도는 풍류(風流)와 통하니, 밝고 아름다운 나라를 세우는 데 궁극의 목적이 있음은 앞 조항에서 밝힌 바와 같다.

1. 단재(丹齋) 신채호(申采浩)의 시(詩)

애국지사들은 조국이 일제식민지 통치의 사슬에서 헤어나지 못하고 압박을 받으며 살아가는 참상을 참지 못하는 마음에서 독립운동을 한 것이다. 단재(丹齋)는 상해에서 일제식민지 정책을 참지 못하는 마음에서 우국휼민(憂國恤民)의 정으로 상허(上海)에서 『한나라 생각』이라는 시를 지었다.

나는 네사랑,
너는 내 사랑.
두 사람 사이 칼로 썩 베면,
고우나 고운 핏덩이가,
줄줄줄 흘러내려 오리니,

한 주먹 덥석 그 피를 주어,
한나라 땅에 고루 뿌리니.
떨어지는 곳마다 꽃이 피어서,
봄맞이하리.

상해: 『한나라 생각』

단재(丹齋)는 날이 갈수록 일제에 의한 혹독한 목 조이기가 더해지자 피압박에서 벗어나기 위해 직정적(直情的)으로 시를 지은 것인데, 그의 독립 노선이 직접혁명으로 일제와 싸울 것을 육신의 소리로써 부르짖고 조국에 다 몸을 바쳤으니, 본 조항에서의 불인지심과 관계된다.

위의 시는 단재(丹齋)의 독립노선을 밝히는 데 결정적인 내용이므로 글이 그 사람이라는 것을 알게 해 주는 자료이므로 다음과 같이 도표로 나타내 보기로 한다.

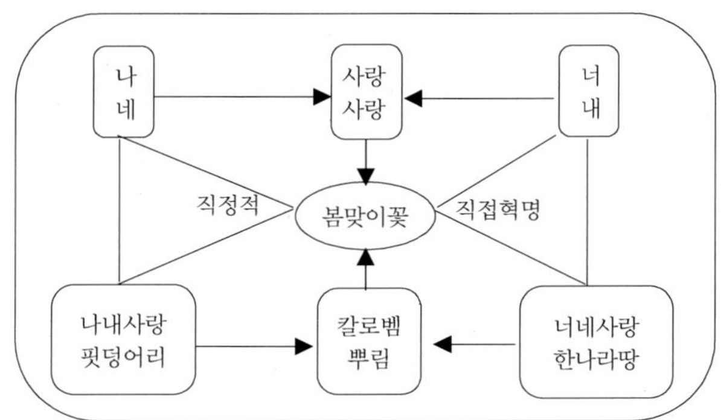

제97사(事) 서(恕)는 사랑에서 출발하게 되는데, 다음과 같이 여섯 가지 범위로 나눈다.

서일범(恕一範)

조 항＼내 용	주요 내용	대상	조항
1. 유아(幼我)	지난날을 생각하여 다른 사람을 생각함	용서	제98사(事)
2. 사시(似是)	옳고 그른 것은 양면성이 있음	용서	제99사(事)
3. 기오(旣誤)	이미 그릇된 것을 돌이켜 줌	용서	제100사(事)
4. 장실(將失)	교만함과 지나친 겸손은 도리를 잃음	용서	제101사(事)
5. 심적(心蹟)	겉과 속이 다름을 알면서도 용서 해 줌	용서	제102사(事)
6. 유정(由情)	정에서 우러나 감정을 어찌하지 못함	용서	제103사(事)

위의 용서하는 첫 번째 범위로 여섯 가지를 들었는데 모두 사랑에서 비롯되어 있다. 애국지사(愛國志士)들은 일제하에서 나라를 구하는 마음과 민족을 사랑하는 마음에서 독립운동을 전개하여 목숨을 바친 이들이 수없이 많았다. 이들은 구국구족(救國救族)의 일념이었으니, 당시 2천만 민족이 가혹한 식민지통치를 받는 것을 차마 참지 못하는 마음에서 독립운동을 한 것이다.

본 조항은 용서하는 마음을 지니기 위해서 사랑에서 출발해야 불인(不忍)하는 마음으로 실천의 의지로 돌이키게 된다는 것을 나타냈다. 홍익인간의 이화세계(理化世界)는 사랑과의 관계에서 멀지가 않으니, 실천에 달려 있다.

용서(容恕)는 사랑정신으로 발현되는 것이므로 결국 광경을 맞는 홍익인간의 이화세계를 세우는 동력으로 작용되는 것이다.

2. 사랑을 실천하는 작중 주인공

본 조항에 나타난 사랑의 여섯 가지는 아직 홍보가 안 된 만큼 작가들이 새로운 시각으로 작품을 구성하여 작품을 내면 실천하는 이들이 있을 것이다.

작가들은 단군의 예절교육이라 할 수 있는 366사(事)를 내용으로 작품을 쓴 이가 없다. 위서(僞書)라고 하는 『환단고기』(桓檀古記) 유형과 『삼국유사』유형, 가상 소설유형도 출판되었다. 자세한 것은 단군학회 회장을 역임한 이재원의 논문 「단군을 소재로 한 소설고찰」 『단군학연구』 제15호 단군학회 2006년 138~169쪽에서 밝혀지고 있다.

작품은 상상력으로 스토리텔링으로 쓰는 관계로 『환단고기』를 내용으로 작품을 쓴다고 해도 누가 이의를 내세울 사람도 없다. 이에 대해 366사(事)를 소재로 작품을 쓰건 홍익인간의 이화세계를 세운 교육이므로, 독자들이 관심거리가 될 것이다.

요즘 작가들은 한국적인 내용으로 작품을 내는 이들이 많다. 단군시대를 배경으로 하는 작가들이 많아졌다. 366사(事)를 내용으로 하는 작품출현을 기대해 본다.

제98사(事) 유아(幼我: 나와 같이 사랑함)－윤봉길 의사의 한시(漢詩)－

본 조항에서 한자말 유아(幼我)란 유(幼)자(字)가 '사랑할(유)'로, '나를 사랑함'이 옳다. 즉 남을 내 몸같이 배려하여 생각하라는 뜻이다.

남을 나와 같이 사랑하는, 즉 남을 헤아리는 뜻이 들어 있는 것이다. 작가는 남=나 라는 의식으로 작품을 쓰면 남을 헤아리는 마음을 지니게 되어 서로 도우며 살아가는 풍토를 조성하여 홍익인간의 뜻을 실천하는 사람이 많이 나와 인정이 넘치는 나라를 세우게 된다.

윤봉길(尹奉吉, 1908~1932) 의사(義士)는 1932년 4월 29일 소위 천장절(天長節)을 기하여 상하이 홍커우공원(虹口公園) 의거(義舉) 전에 한시를 남겼다. 윤 의사가 의거를 앞두고 그 공원 찾았을 때 남다른 감회에 젖었을 것이다. 그 감회는 한·중 양국이 일제 식민지 통치아래 놓인 현실이었으니, 동병상련(同病相憐)의 정황이라 할 수 있다.

그 정황은 한말로써 슬픈 정황이니, 남을 나와 같이 생각하는 내용과 같은 것이다. 윤 의사의 한시를 이해하기 위해 본 조항을 인용하면 다음과 같다.

제98사(事) 유아(幼我): (愛 1範 1圍)(애, 1째 본보기, 1번째 범위)

> 幼我者는 推人如我也라 我寒熱에 人亦寒熱하며 我飢餓에 人亦飢餓하고 我 無奈에 人亦 無奈니라.

해석: 유아(幼我)란 남을 나와 같이 생각하는 것이라. 내가 춥고 더우면 남도 춥고 더우며, 내가 배가 고프면 남도 그러하며, 내가 어찌할 수 없으면 남도 그러하다는 사정을 알게 되니라.

남이 나다는 의식은 네 몸같이 남을 사랑하면 사해동포(四海同胞) 의식(意識)으로 홍익인간의 이화세계로 살아갈 수 있다. 인류는 다 같은 천지의 자손으로서 사해동포(四海同胞)라 한 것이다. 이 말은 홍익인간과 통하는 의식으로 인류를 동기연지(同氣連枝)라고 하지 않는가? 인류는 지구가 태양을 도는 가운데 지구의 큰 가지에 함께 매달린 과일과 같은 공동체의 운명으로 살아가는 사람들이니, 떨어지면 죽어 결국 땅으로 돌아가 동귀일체(同歸一體)라고 한 것이다.

본 조항에서 남을 나와 같이 헤아리는 의식은 단군이 홍익인간으로 백성을 다스리는 데 이화세계를 세운 것과 통하는 의식이다. 남의 길흉화복을 내 것으로 여기며 살아가면 어려운 문제는 서로 돕게 되어 풀어지고, 나의 좋은 일이라는 일체감을 가지게 되면 남이 곧 내가 된다.

이런 일체감은 천지가 조화를 이루어 만물을 생육하여 지상을 풍요롭게 하는 의식과 통하는 것이니, 남의 어려운 일을 내 일과 같이 도우면 사해동포(四海同胞)와 동기연지(同氣連枝)와 같이 살아간다.

한민족은 이런 의식으로 살아왔던 관계로 오늘에도 이웃사촌이란 말이 있고, 어려운 일이 있으면 도우며 살아오고 있다. 예전에는 이웃이 굶으면 이웃들이 십시일반으로 양식을 자진해서 내어 살아가게 했다.

본 조항은 오랜 옛날토부터 한국민족이 실천한 바니, 새삼스런 일도 아니다. 그런데 세상의 인심은 변하여 사회전반에 가진 자와 못가진자의 양극화 현상이 심해졌다. 이럴 때 어렵게 사는 이들이 많으니, 인정의 샘물이 솟아나기를 바랄 뿐이다.

단군시대 위정자는 홍익인간의 정신으로 남=나다 의식으로 백성을 다스렸기 때문에 광대廣大하고 강대(强大)한 나라를 세우게 된 것이다. 본 조항은 요즘의 위정자가 좌우경으로 삼아 실행해야 할 사항이다.

1. 윤봉길(尹奉吉) 의거직전의 한시(漢詩)

윤 의사(尹義士)의 의거는 1932년 4월 29일 소위 천장절(天長節)을 기하여 상하이 홍커우공원(虹口公園) 의거(義擧)에 한·중 양국이 일제 식민지

통치아래 놓인 현실을 칠언율시(七言律詩)의 두 구절로 지었는데, 동병상
련(同病相憐)의 정으로 나타냈다.

淋漓痛飮漢城月,
　　　　일찍이 서울의 달빛 아래 흠뻑 술에 취했는데,
慷慨悲歌滬市秋.
　　　　지금 상하이의 가을 아래 울분에 젖어 슬픈 노래를 부르네.

『조선일보』제26335호 2005년 8월 25일(목) 라 A8쪽

위의 시는 윤 의사 의거 직후 상하이에서 발간된『대만보大晩報』기사
에 실린 것을 상하이 시위(市委) 당사자료수집위원회가 1989년 펴낸『상해
인민혁명사화책』(上海人民革命史畫冊)에 나오는 한시를『조선일보』에서 발
굴한 것이다.

윤 의사는 일찍이 서울에 있을 때 조국의 일제식민지 슬픈 현실을 술에
취해 푼 적이 있는 것을 회상하고, 중국 또한 식민지 통치를 받게 되니, 동
병상린의 심정으로 쓸쓸한 가을의 날씨로 윤 의사가 자신의 정서를 비극
미로 나타낸 것이다.

일제하 문인들은 일제식민지의 울분을 술로서 달래며 36년간 지냈다.
윤 의사는 그러한 울분의 발산을 참을 수 없어 일본 천황탄생기념식장의
모인 일본 각료에게 폭탄을 투척해 죽게 하여 그 울분을 애국심으로 승화
시켰다.

본 조항의 내용은 남=나다 이라는 의식이니, 윤 의사의 고귀한 정신은
한·중이 식민지 통치의 한을 시로서 나타내고 애국심을 실천으로 보인
것이다.

2. 윤봉길 의사의 의거로 애국심 고취

윤 의사(尹義士)의 의거는 1910년 한일합방이 된 지 20여 년이 지난
1932년에 일이니, 일제가 강압적으로 식민지 정책으로 두 번 강산이 지난

후에 일이다. 그는 조국을 구하겠다는 일념으로 백범(白凡) 김구(金九) 선
생의 한인애국단(韓人愛國團)에 들어가 성공적으로 거사를 거행하여 중국
장개석 총통이 중국 백만 대군이 이룰 일을 해 냈다고 격찬했다.

중국은 우리보다 수십 배가 더 많은 인구가 살면서도 안중근 의사와 같
은 동양평화의 원수 격인 이등박문(伊藤博文)을 그냥 놔두고, 안 의사(安義
士)가 살해 했다. 또 윤 의사는 일본의 시라카와(白川義則) 대장을 비롯하
여 각료들을 폭탄으로 살해하고 10명이 부상케 했다.

이런 일을 중국 땅에서 일어난 일이니, 중국인들이 행할 일인데 이들은
감히 이런 큰 거사를 할 엄두도 내지 못했다. 그럴 때 두 의사(義士)는 중
국이나 한국인이 일제의 압박을 받는 것을 동병상린으로 생각하고 거사를
한 것이다.

독립투사들은 국내에서도 일제에 항거하였고, 중국에 가서 민족의 원수
를 살해했다는 것은 조국의 독립을 앞당기기 위해 거사를 하였다.

작가들은 독자들에게 일제 시대 독립운동가 들이 조국의 독립을 쟁취
하기 위해 목숨을 초개와 같이 버린 이들의 생활을 작품으로 내면 독자들
이 남다르게 독립운동가 들을 생각할 것이다.

작가들은 작가들 나름으로 아동문학가는 동화로, 소설가는 소설가로 시
인은 시인대로 시나리오 작가는 그 나름대로 스토리텔링으로 작품을 출품
하면 독자들이 반겨 읽게 된다.

윤 의사에 대한 작품은 이전에도 출간한 일도 있었으나, 오늘에는 시대
가 그전과는 다른 만큼 디지털 스토리텔링으로 작품을 출간해야 독자들이
감명을 받게 될 것이다.

제99사(事) 사시(似是: 옳은 것 같음)-『옥루몽』의 주인공 양한림-

제99사(事) 사시(似是)에서 사(似)자(字)는 '같을 (사)'이고, 시(是)자(字)는
'옳은 (시)'이므로 '옳은 것 같음'한다는 뜻이다. 그러나 제99사事 사시(似

是)의 내용은 옳고 그른 것은 완전한 것이 없으니, 사랑으로 장점을 살려 포용력을 발휘하라는 말이다. 사람은 양면성이 있는 관계로 사랑과 용서로 인도해 주어야 함을 나타낸 가르침이라 할 수 있다.

작가는 그른 사람도 사랑과 용서로 인도하면 착한 사람이 되는 내용으로 작중인물을 나타내면 사람을 사랑하는 이가 될 것이다. 『옥루몽』의 주인공 양창곡을 논하기에 앞서, 작자에 대해서는 학자들마다 주장하는 바가 다르다. 김태준은 1939년 학예사 증보판 『고전소설사』에서 『옥루몽』(玉樓夢)의 작자를 남익훈(南益薰), 홍진사 모(某), 또는 남영로(南永魯, 1810~1857)로 보았다. 그 후 학자들 또한 작자에 대해서 여러 학설이 있어왔지만, 요즘의 학자들의 경우 남영로로 주장하고 있다.

이 소설은 19세기 소설 중 가장 널리 유통되어 많은 필사본이 남아 있고 활판본이 만들어졌다. 이 작품은 작가가 『옥련몽』을 창작한 후에 개작한 관계로 세련미와 완성적인 작품으로 질적 향상을 보여 준다고 할 수 있다.

이 소설은 꿈속에서의 일어난 일로 양창곡이 과거 급제하여 학림학사→예부시랑→원수→연왕이 되어 2처 3첩과 함께 신선생활을 누렸다.

이 6인들은 꿈에서 깨어나 자신들이 천상에서 선관과 선녀였는데, 양창곡의 전신인 문창성군이 속세 인간계의 사람들 같이 유흥과 음주를 한 것으로 인해 지상으로 적강되었다는 것을 알게 되었다.

『옥루몽』의 주인공 양창곡은 당(唐)나라에서 간신, 오랑캐를 물리친 공으로 대원수와 연왕에 올랐다.

연왕의 모(母) 허씨는 옛날에 옥련봉의 한 촌락에서 살 때 돌부처에게 기도하여 연왕을 낳았다고 하니, 관세음보살의 자비스런 가호라고 하였다. 연왕은 보조국사를 청해 재를 올리고, 그 후 40년 동안 현실에서 출장입상(出將入相)하여 80세까지 2처 3첩과 같이 살았다.

이 소설은 몽유공간에서 일어난 일을 배경으로 한 내용을 현실과 이어지게 했는데, 천상→꿈→현실로 구성되었다. 주인공 양창곡을 위시해 2처 3첩은 도교→유교→불교적인 내용과 관계되어 있다.

양창곡의 전신은 문창선군이며 천상에서의 인간속세의 정으로 누린 선녀는 옥녀 제천선녀 천요성 홍난성 도화성이다. 이들은 적강되어 양창곡→문창선군, 옥녀→윤소저, 천요성→황소저로 처로 살았으며, 제천선녀→선랑, 홍난성→강남홍, 도화성→연랑은 첩과 살게 되었다.

이들 중 꿈속에서 황소저는 선랑이 사랑을 독차지 하여 그를 죽이려그 했으나, 연왕이 가두어 잘못을 뉘우치게 했으나 정신을 잃고 혼수상태에 빠졌다. 이때에 선랑이 선약을 먹임으로써 살아나 개과천선하여 연왕이 처로 살았다.

『옥루몽』의 황소저는 몽유공간에서 악인이었으나 선인이 되었다. 이 개과천선은 본 조항의 내용으로 인용하고 조명하여 보기로 한다.

제99사(事) 사시(似是): (愛 1範 2圍)(애, 1째 본보기, 2번째 범위)

似是者는 似是而非하고 似是而是也라. 愛는 包物하고 不吐物이라. 近是一 百이요 遠非五十이니 宜挽近而拒遠이니라.

해석: 사시(似是)란 옳은 것 같으나 그르고 그른 듯하면서 옳은 것이니라. 사랑은 사물을 포용해 내버리는 일이 없으므로 가까이하면 백이 옳고 멀리하면 오십이 그르니, 마땅히 가까이 끌어당겨 멀어짐을 막아야 하느니라.

위의 내용은 옳고 그른 것이 완전한 것이 없는 관계로 그른 사람이라 할지라도 사랑과 용서로 꾸준히 바른길로 이끌어야 함을 말하고 있다.

사람은 누구나 시비(是非)의 양면이 있게 마련인데, 장점이 있으면 단점이 많은 사람이라 할지라도 장점이 있다. 단점이 있는 사람은 끌어당겨 대화를 나누면 옳은 사람으로 변할 수 있는데, 좋은 사람과 어울리게 되면 부지불식간에 닮는다. 그러나 원래 심상이 곧지 않은 사람을 대할 때는 꾸준한 사랑과 용서로 이끌어 주어야 하니, 각별한 배려가 있어야 할 것이다.

인간은 시비(是非)의 양면을 가리는 데는 사람마다의 보는 견해가 다르

므로 그 기준을 정함에는 동서고금에 통하는 잣대로 정하는 것이 가장 공
평한 방법이다.

사람은 천차만별의 유형이다. 그런데 자기만이 옳다고 하고 다른 사람
을 함부로 옳으니 그르니 일률적으로 말해서는 안 될 것이다.

20대 젊은이들은 혈기가 왕성한 사람이다. 이들은 대개 옳은 일을 하지
만, 간혹 젊은 마음에 그른 일을 하는 수도 있으니, 주위에서 좋은 말로 타
이르면 좋은 사람이 된다.

사람의 시시비비(是是非非)는 잣대를 기준으로 삼아 재면 되고, 개인의
장점을 포용력으로 대하면 원만한 인간관계가 이뤄진다.

사람은 옳고 그름에 양면이 있으므로 나쁜 사람이라도 사랑과 용서로
바른길로 이끌어 주면 개과천선하게 된다.

사람은 좋은 부모, 친구, 스승, 위정자를 만나면 바른길을 가게 되어 있
다. 착한 사람은 착한대로, 그른 사람은 주위에서 포기하지 아니하고 사랑
과 용서로 이끌어주면 바른 사람이 된다.

옛날에 덕치주의하에서는 성군이 다스릴 때 악인이 날뛰지 안했다. 그
런데 폭군하에서는 간신이 들끓었고 탐관오리들이 백성들의 재물을 빼앗
아 가는 데 혈안이 되어 민란이 일어나고 백성들이 굶어 죽었다.

이런 경황은 오늘의 법치주의 하에서도 똑같은 현상이 발생하고 있다.
사람을 바르게 인도하는 데는 부모의 가르침이 결정적으로 좌우되고, 사
회적으론 위정자, 친구 스승들의 가르침에 좌우된다.

전 국민의 인간성을 바르게 인도하는 데는 위정자의 바른 행함이 결정
적으로 좌우하게 되는데, 선진국 국민들과 후진국 국민들의 행함의 차이
점이 드러난 것도 이 때문이다. 사람들은 흔히 하는 옛말의 '윗물이 맑아
야 아랫물이 맑다'는 오늘에도 맞는다고 이구동성이다.

1. 『옥루몽』(玉樓夢)에 나타난 시비(是非)의 양면성

『옥루몽』의 주인공 양창곡은 당(唐)나라에서 간신들을 척결하고 오랑캐
를 물리치는 공으로 인해 대원수와 연왕에 오르니, 일부다처제였던 제도

에서 처첩 간의 갈등이 비화되어 살인을 하려는 음모가 발생한다. 그 살인 음모를 자행했던 주인공 황 소저는 첩 선랑을 죽이려는 음모를 행하였으나 개과천선을 함으로써 처첩 간에 아름다운 조화미를 이르며 잘 살게 되었다.

양창곡은 천상에서 옥제의 신임을 받는 선관으로서 그의 이름은 문창성군이다. 그는 속세인 인간계의 뜻을 선녀들과 유흥과 음주를 행해여 지상계인 인간으로 적강되어 양창곡으로 태어나 과거급제하고 한림학사에 제수되었다. 그러나 그는 황 의병의 모함으로 유배를 당하고, 해배(解配)되어 예부시랑을 제수 받고, 황 의병의 딸 황소서와 결혼한다. 그는 대원수가 되어 남만을 정벌하러 가는 도중에 선랑과 살게 된다. 그런데 황 소저는 선랑을 죽일 계획을 세우고 모함한다. 양원수가 남만을 평정하고 황성으로 회군할 때 선랑을 만나고 연왕으로 봉해진다.

연왕은 첩 선랑을 총어하는 관계로 살해 음모를 자행했던 황소서의 시비 춘월을 참하고, 황소저를 가두고 죄를 깨닫게 한다. 황 소저는 전날의 잘못을 뉘우치고 살았으나 몹쓸 병에 걸려 인사불성 상태였다. 선랑이 환약 세 알을 먹여 살려 연왕이 그녀를 부인대접 하며 산다.

연왕은 황성으로 돌아와 2처 3첩과 함께 신선생활을 누렸다가 깨어났다. 이들 6인들은 똑같은 꿈을 구고, 연왕 불도를 열심히 닦으면서 40년 동안 출장입상(出將入相)으로 80세까지 2처 3첩과 함께 부귀영화를 누렸다.

이들 6인은 천상계 몽중계 현실계로 나누어 나타났으므로 이를 도표로 나타내면 다음과 같다.

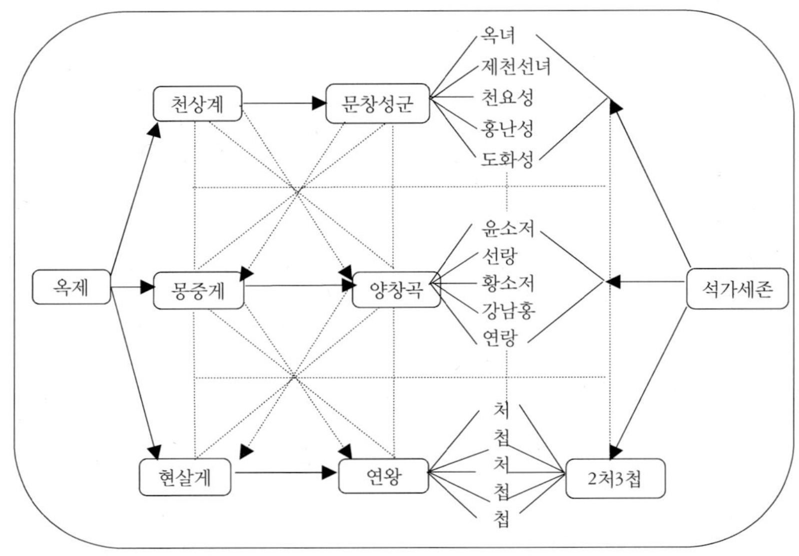

이 소설에서 황 소서는 선랑이 연왕의 정을 독차지할 정도가 되니, 시샘을 누르지 못하고 살인음모를 꾀하다가 자기를 살려준 공으로 개과천선하였다. 사람은 천차만별의 유형이니 파렴치범이 아닌 극악한 사람을 제외하면 착한 사람이 많으므로 포용력으로 대하면 원만한 인간이 된다.

인간은 『천부경』에 "인중천지일"(人中天地一: 사람 가운데 천지가 있어 하나가 된다)라고 한 것과 부합하기 때문이다. 젊은이들은 천지의 이치가 사람 몸 가운데 들어 있으니, 천지와 같은 포용력으로써 살아가면 그른 사람도 바르게 살아갈 수 있다.

본 조항은 사람을 단순하게 볼 것이 아니라 다각도로 봐야 함을 이르는 내용이다. 사람은 사람에 따라 처음에 상대할 때 좋지 않게 보일 때가 있다. 그러나 이들은 어쩌다가 잘못 산 것이다. 잘못은 사람마다 있을 수 있는 일이니, 그 잘못에 대한 것을 깨닫고 개과천선의 길을 걸으면 전날의 잘못에 대한 죄는 용서를 받는다. 황소저는 그런 경우에 속한다.

2. 사랑으로 포용력 발휘

한국의 설화와 고소설은 권선징악의 내용이 거의 차지하게 되므로 작가들이 새로운 시각으로 작품을 스토리텔링으로 선보이면 본 소설을 이해하는 데 도움이 될 것이다. 인간은 착한 본성을 타고난 관계로 본의 아니게 행하는 수도 있으니, 일시적인 잘못을 고칠 수 있다.

일시적인 잘못은 주변 사람들이 박절하게 대할 것이 아니라 사랑과 용서로써 대하면 그 잘못을 한 사람 또한 인간이라 깨닫는다. 작가들은 주인공을 통해 새로운 발상으로 실수로 잘못을 행한 것을 뉘우치게 하여 새로운 사람으로 작중에 활동하는 것으로 나타내면 이 또한 거과천선의 큰일을 한 것이다.

제100사(事) 기오(旣誤: 이미 그릇됨)―『구운몽』의 주인공 성진―

본 조항의 기오(旣誤)는 '이미 그릇됨'의 뜻이니, 그릇된 생각을 갖고 사람을 바르게 돌이켜 주는 것을 내용으로 하였다. 그릇된 생각을 갖고 있는 사람을 바른길로 인도하는 사람은 한 사람을 새로운 인간으로 탄생케 한다고 할 수 있다.

작가는 기오자(旣誤者)를 바른길로 인도하는 작품을 쓰면 마치 물에 빠진 사람을 건져주는 것보다 더 큰 일을 한 것으로 보게 되니, 평생의 은인이 될 것이다.

『구운몽』의 주인공 성진은 승려가 술을 마시면 안 되는 금기사항을 지키지 않았다. 용왕이 권한다고 해서 스님으로서 술을 들어서는 안 된다.

술은 마음을 화창케 하는 관계로 특히 미인들을 보면 마음이 부동하게 되어 현혹되는 경우가 있다. 성진은 다리에서 팔선녀들이 다리를 건너야 하는데, 길 값을 내라고 하여 수작을 하는 사이 마음이 꽃과 같은 여덟 미인에게 팔려 속세의 마음을 가지게 되었다. 성진은 스승 육관대사가 도력으로 몽유공간에서 팔선녀들과 엽색적(獵色的)인 타락의 생활을 하게 되었다. 그러나 육관대사는 몽유공간에서 성진이 그릇된 길을 간 것을 도력으로 바르게 깨닫게 하여 현실생활을 바르게 살아가게 하였다.

본 조항은 『구운몽』의 내용과 같이 그릇된 길을 바르게 인도하는 데 있는 만큼 그 내용을 소개하면 다음과 같다.

제100사(事) 기오(旣誤): (愛 1範 3圍)(애, 1째 본보기, 3번째 범위)

旣誤者는 旣誤解而誤程也라. 趲及勉返하여 正立於初면 則功
이 賢於泳海 拯人이니라.

해석: 기오(旣誤)는 이미 잘못알고 그른 길을 가는 것이라. 쫓아가서 처음으로 바로 서게 하면, 그 공은 바다를 헤엄쳐 사람을 건지는 것보다 현명하니라.

기오(旣誤)의 직역은 이미 잘못된 길을 가고 있다는 뜻이나, 그릇된 길을 바로잡아 돌이킨다는 내용이다.

사람은 한때 실수로 본의 아니게 그른 길을 갈 때도 있다. 이럴 때 선도자나 철인과 같은 구원자를 만나 그릇된 길이 여차여차한 관계로 바른길로 인도해 주면 개과천선하게 된다.

현실적으로 가정에서는 부모, 사회에서는 선각자, 나라에선 위정자가 바르게 선도 역할을 해야 할 것이나, 학교는 상담실에서 그릇된 길로 들어선 학생을 상담교사가 선도하여 학생을 구제한 사례도 많았다. 그런데 문제가 되는 것은 지난날의 경우 위정자들이 나라의 기강을 흐려놓는데 청소년소녀들의 마음을 들뜨게 했다.

한국문학작품 중에는 그릇된 세속에 빠지는 제자를 구한 스승이 있는데 다름 아닌 『구운몽』의 육관대사이다. 대사는 제자 성진을 세속에 물들기 전에 선몽(禪夢)에 들게 하여 몽유공간에서 개과천선케 하여 착실한 불자가 되게 했다.

요즘 세태는 청소년들이 생활환경이 호화롭게 치장된 것이 많은 관계로 항심(恒心)의 마음을 지니기 어려운데 그럴수록 마음을 굳세게 지녀야 한다. 국민들의 마음은 의정자들이 올바르게 사느냐에 따라 좌우하게 된다. 먼저 위정자들은 국민들에게 솔선수범으로 정치를 하면 국민들이 다르지 말라고 해도 따른다.

오늘에도 외국 국민의 생활이 극빈국인 상태에서 바른 정책을 펴 선진국 대열에 진입한 나라가 있는데 우리라고 안 될 일이 없다. 그런데 위정자는 업자로부터 뇌물을 받았는데도 조사를 받을 때 그런 일이 없다고 천연덕스럽게 말하니, 국민들이 이들을 홍악인간(弘惡人間)으로 보는 것이다.

위정자는 말 한마디가 만금(萬金)의 가치가 있는 것인데도 불구하고, 국민들 앞에서 거짓 진술을 하고 있으니, 누가 이들의 정책을 믿겠는가? 그 중에 국가의 최고의 책임자는 대통령이다. 대통령은 철인정치답게 행하면 국민들이 따르게 되어 있으니, 전 국민의 인도자라 할 수 있다.

『대학』(大學)에 나타난 바에 의하면 나라의 최고의 책임자가 백성들에게 막대한 영향을 끼치는 것을 소개하면 다음과 같다.

> 요(堯)임금과 순(舜)임금이 천하를 인애(仁愛)로써 거느림어 백성이 그에 따랐고, 걸(桀)과 주(紂)가 천 하를 폭력으로써 거느림에 백성들이 그대로 따라 했다.

> 堯舜이 帥天下以仁하신대 而民이 從之하고 桀紂 帥天下以暴한대 而民이 從之하니

『대학』(大學) 9장(章)

오늘의 상황에서도 대통령이 진정 통치를 잘 하면 국민들의 기강이 확립되어 살기 좋은 나라를 서운다. 우리는 단군이 단군예절교훈 366사(事)로써 수범을 보이고 백성들이 실천하여 홍익인간의 이화세계를 세운 것을 참고하면 된다.

1. 『구운몽』의 주인공 성진

『구운몽』의 성진은 팔선녀들을 보고 세속적 삶을 꿈꾸게 되어, 그의 스승 육관대사가 세속에 물들기 전에 선몽(禪夢)에 들게 하여 몽유공간에서 양소유로 태어나게 하여 여인과의 엽색만을 일삼는 생활로 보내게 했다.

양소유는 꿈속 공간에서 여인과의 생활을 보내니, 허무하고 소비생활이므로 깨달을 때 꿈에서 깨어났다. 말하자면 성진은 육관대사의 도력으로 성진의 세속적인 생활을 청산케 하여 참된 승려의 길을 도력으로써 인도한 것이다. 그 결과 성진은 꿈 속 생활을 크게 뉘우치고 참다운 불자가 되어 극락왕생했다. 그릇된 길을 가는 사람이라 할지라도 사랑과 용서로 돌이켜 주면 물에 빠진 사람을 구하는 것보다 더 큰 공덕이 될 것이다.

『구운몽』의 성진은 육관대사의 수제자였다. 그런데 팔선녀들을 보고는 마음이 동하여 불자가 된 것을 후회하고 유가의 길을 생각했다. 유가(儒家)는 과거시험에 합격하고 벼슬에 나아가면 좌우부인을 거느리며 부귀공명의 삶을 산다. 그러나 비구승은 적막한 산중에서 도만 닦다가 생명이 다하면 아무것도 남는 것이 없다. 육관대사는 성진의 마음을 알고 꿈 속 생활에서 그가 원하는 대로 도력으로써 유가의 집안에 태어나게 했다.

그는 유가의 집안에 태어나 과거에 급제하여 전생에 인연이 있던 팔선녀들의 후신들과 살다가 헤어지는 등 마음껏 여인들과의 엽색생활을 누린다. 그러나 그런 생활은 무가치한 것이 아닌가. 그는 꿈속에서 타락의 길로 한평생을 허비한 것이다. 양소유는 육관대사의 도력으로 깨어나 한때 부귀공명의 삶도 일장춘몽이라는 것을 깨닫고 부처의 교를 잘 닦아 극락왕생하게 됐다는 이야기는 개과천선이라 할 수 있다.

2. 작가들의 개과천선의 길

작가는 본 조항의 내용과 관련하여 이미 청소년들이 그릇된 길로 들어선 것을 『구운몽』의 주인공 성진과 같이 몽유공간(夢遊空間)에서 깨닫게 나타내면 개과천선의 인도자가 될 것이다.

요즘은 웬만큼 소설을 잘 쓰지 않으면 독자들이 읽지를 않는다. 작가 나름의 기발한 상상력을 발휘하여 개과천선의 길을 새로운 스토리텔링으로 작품을 출간하면 사람들이 읽는다.

청소년소녀를 위해 전날의 잘못을 청산하고 개과천선하는 내용으로 작품을 쓰면, 그릇된 길을 가고 있은 이들에게 훌륭한 안내자가 될 것이다.

제101사(事) 장실(將失: 장차 잃음)-주세붕의 『매헌선생실기』-

본 조항의 장실(將失)의 직격은 '장차 잃음'이란 말이니, 부족하거나 지나친 행위를 하는 사람에게 바른길로 이끌어 주어야 함을 내용으로 하였다.

사람은 잘난 체하거나 지나치게 겸손해도 안 되는 관계로 어른의 입장에서 바른길로 이끌어주어야 한다. 작가는 사회경험이 많고 독자들을 바르게 인도할 책임이 있으므로 부족하고나 지나친 것을 경계하기 위해서 중용지도를 은근히 작중에 나타내면 될 것이다.

신재(愼齋) 주세붕(周世鵬, 1495~1554)은 회헌(晦軒) 안향(安珦, 1243~1306)에 대해 『매헌선생실기』(晦軒先生實記)에서 「도동곡」(道東曲)을 지어 제삿날에 첫 술잔을 사당(祠堂)에 영정(影幀) 앞에 올릴 때 불렀다. 그에 대한 자세한 내용은 「도동곡」(道東曲)의 내용 소개에서 밝히기로 하고, 본 조항을 소개하면 다음과 같다.

제101사(事) 장실(將失): (愛 1範 4圍)(애, 1째 본보기, 4번째 범위)

将失者는 将欲失理也라. 蹇者不及을 謂不能則可요 走者過之를 謂不能則不 可라. 一失雖同이나 蹇者諭之하고 走者招之니라.

해석: 장실(將失)이란 장차 이치를 잃고자 함이라. 절름발이가 미치지 못하는 것을 능하지 못하다 이르는 것은 옳음이요 그러나 빨리 달리는 사람을 능하지 못하다고 하는 것은 옳지

않음이니라. 한번 실수는 비록 같으나 절름발이에게는 이치를 알려 주며, 지나치게 빨리 달리는 사람에게는 손짓하여 불러야 하느니라.

　장실(將失)이란 장차 잃으려 함을 뜻한다. 본 조항에서의 담겨진 내용은 장차 이치를 잃게 됨을 바르게 깨우쳐 줌을 이른다.

　어떤 사람이 부족하거나 지나친 행위를 할 때는 말이 순리에 맞게 소홀함이 없도록 바로잡아야 하니, 중용의 도리가 합당한 말일 것이다. 사회생활은 살아가는 사회적인 준칙이 있는 관계로 순리에 따라 이에 맞춰 살아간다. 철인이나 군자(君子)라고 하는 위정자는 백성에게 부족한 데가 있으면 보완해 주고, 지나친 데가 있으면 바르게 가르쳐 주어야 바르게 살아갈 수 있다. 그 방법은 다름 아닌 중용의 도이다. 중용은 천하의 근본이 되는 길이니, 중용의 도로 부족하거나 과도한 일을 할 때는 그 도로 행하게 함이 군자로서의 행위라고 할 수 있다.

　군자(君子)는 위정자와 같이 쓸 수 있는 말이니, 어느 한 백성이 자연의 순리를 거역하면 이를 바르게 중도로써 깨우쳐 주어야 한다.

　공자(孔子)는 "중용의 덕 됨됨이는 지고지상(至高至上)의 것이라 여겼다. 그러나 백성이 오래 머무는 사람이 없다"라고 『논어』(論語) 권6 옹야(雍也)편(篇)에서 말하고 있는데, 오늘날도 마찬가지다. 그런 점에서 본 조항은 중도를 실천하는 데 의미가 있다.

1. 신재(愼齋) 주세붕(周世鵬)의 노래

　신재(愼齋)는 『매헌선생실기』(晦軒先生實記) 권(卷)4 초헌시(初獻時) 악가(樂歌) 중 「도동곡」(道東曲) 9장을 지었는데, 그중 제3장을 인용하면 다음과 같다.

　　　人心惟危　道心惟微　惟精惟一　允執厥中
　　　위(偉) 주거니 받거니 성인의 심법이
　　　다들 잇을 뿐이다
　　　　　　　　　　　　　　　　『晦軒先生實記』 卷四 初獻時 樂歌

작자 주세붕은 우리나라에 주자학을 맨 처음 받아들인 고려 말의 학자 회헌(晦軒) 안향(安珦)을 위해 풍기군수(豐基郡守)로 재직 중 1542년(중종 37) 안향(安珦)의 고지(故地)인 죽계(竹溪) 백운동(白雲洞)에 1543년 백운동서원(白雲洞書院) 일명 소수서원(紹修書院)을 창설했다. 이 서원은 한국최초의, 주자(朱子)의 백록동서원(白鹿洞書院)을 모방하여 세운 것으로 전한다.

또 그는 안향에 대해 『매헌선생실기』(晦軒先生實記)를 지어 순흥백운동(順興白雲洞) 사당(祠堂)에서 문성공(文成公) 안향(安珦)의 제삿날에 첫잔을 올릴 때 위의 「도동곡」(道東曲) 9장을 불렀는데, 위의 노래는 제3장이다.

위의 「도동곡」(道東曲)은 경기체가(景幾體歌)인데, 주자학이 우리나라에까지 미친 것을 찬양한 노래이다. 제3장의 내용은 중원에서 순(舜)임금이 우(禹)에게 왕위를 물려줄 때 왕이 된 자의 행실의 중요성과 백성의 귀중함을 옳게 여겨 중용의 도(道)로써 다스릴 것을 16자(字)의 비결로 제시한 것이다. 즉『서경(書經)』권(卷)3 대우모(大禹謨) 편(篇)의 “人心惟危 道心惟微 惟精惟一 允執厥中”[사람의 마음은 위태롭고 도를 지키는 마음은 미약하니 오로지 정성스럽게 하나로 해야 그 중(中)을 잡으리라]에 있는 내용이다.

사람은 중용을 지켜나가는 데 인간다운 인간이라 할 수 있으니, 『인부경』(人符經)의 “천지간의 큰 근본을 이루는 것을 중정인(天地大本中正人)”이라 한 것과『중용』(中庸)의 “중야자는 천하지대본야 ”(中也者는 天下之大本也)고 한 것을 되새기면 위의 시조의 내용을 이해할 수 있으리라 본다.

주지하는바 중용(中庸)은 모든 일을 할 때에 알맞게 행하는 일이기 때문에 주세붕이 시조에서 본받아야 함을 나타낸 것이라 할 수 있다.

하늘의 이치를 잃지 않게 바르게 알려주는 것은 자라나는 사람들이 반드시 행해야 할 일이다. 그중에서 우리는 중용의 이치를 깨달을 필요가 있다. 천지의 이치는 중용의 도로써 행하는데 정위치가 자리 잡히고 있는 것이다.

주세붕은 백운동서원(白雲洞書院)에다 안향의 초상화를 보관하고 학전(學田)을 두며 도서를 두어 주자학을 진흥시키는 데 기여를 했다. 그리고 서원에도 경기체가(景幾體歌) 「도동곡」(道東曲)과 시조 「군자가」(君子歌)를 비롯한 8수를 지어 학생들이 배우도록 했다.

2. 중용의 실천

작가들은 자라라는 세대에게 작품 중의 중용의 도리를 실천케 하는 것이 가장 중요한 일이라 생각하는데, 작가가 중용의 도를 실천하는 주인공을 소개하면 젊은 세대들이 본 받을 것이다. 중용의 실천은 쉽고도 어려운 것이다. 중용은 알맞게 시대추이에 따라 살아가는 것이니, 실천이 쉽지가 않다. 작가들은 한 주인공이 중용을 실천하는 것으로 나타내야 하니, 기발한 아이디어로 작품을 써야 사람들이 본받을 것이다.

요즘은 사람들이 천리와 가까워지는 생활을 바라고 있다. 친자연의 생활은 중용을 실천하는 일환이니, 알맞게 살아간다는 마음에 부담을 둘 것이 아니고 자연의 이치로 살아가면 그것이 바로 중용을 실천하는 길이다.

요즘 젊은이들은 학교교육을 통해 중용의 도는 익히 알고 있으면서도, 실천을 하지 않고 있다. 과불급(過不及)이 없는 상태가 바로 중용의 경지니, 천리에 의해 살아가면 실천을 하는 것이다.

옛날의 성현들은 중용지도로써 후를 이을 왕에게 실천할 것을 권했으니, 오늘의 경우도 마찬가지이다. 작가들이 작품을 통해 시대를 따라 정도에 맞게 살아가는 내용으로 작품을 출간하면 좋은 방법 중에 하나라고 생각한다.

제102사(事) 심적(心蹟: 마음의 자취): (愛 1範 5圍)－놀부의 이중성－

본 조항의 심적(心蹟)은 '마음의 자취'란 뜻이니, 속과 겉이 다른 이중인간들에게 용서로 대처해야 함을 나타냈다. 작가는 이중인격자들을 경계하는 내용으로 작품 중의 한 인물로 나타내면 젊은이들이 사회생활을 하는데 참고가 될 것이다.

겉과 속이 다른 이중인격자들은 예전에도 있어왔고 오늘에도 사회전반에 널려 있다. 단군시대는 사람들이 자연의 이치로 사는 시대였으므로 순박했다. 그런 시대에도 사람들 중에는 표리부동의 인간성을 지닌 사람들이 많았던 것으로 본 조항이 마련된 것이다.

『흥부전』의 내용은 단군신화의 동굴모티프의 수용으로 볼 수 있는터, 흥부의 경우 곰과 같이 움집과 수수대로 엮는 집에서 고난을 겪었다. 그의 형 놀부는 단군신화에서의 범의 생태와 같은 야성을 지녔다.

곰은 환웅과의 약속을 지킨 것으로 웅녀로 환골탈태(換骨奪胎)로 사람으로 변신하였고, 범은 환웅과의 철옹성 같은 약속을 했으면서도 동굴에서의 쑥과 마늘을 먹으면서 살 수가 없어 동굴을 나와 동물서계로 돌아갔다.

그중 놀부는 범의 야성을 지닌 관계로 이중적인 사람이 되었다. 그중 놀부는 새끼제비의 다리를 일부러 부러뜨리고 구렁이한테 전가시키는 내 승을 새끼제비에게 떨었다.

본 조항은 놀부의 인간성을 이해하는데 도움을 주므로 다음과 같이 인용한다.

제102사(事) 심적(心蹟): (愛 1範 5圍)(애, 1째 본보기, 5번째 범위)

心蹟者는 表善裏惡하며 未有顯隱而哲人猶視之也라. 水塞源則過流하고 草 去根則無葉也니 此는 恕之自然이니라.

해석: 마음의 자취(心蹟)이란 겉은 착하고 속은 악하여 숨은 것을 드러내지 않으나, 철인은 오히려 이를 알아 보니라. 물은 근원을 막으면 넘쳐흐르고, 풀은 뿌리를 없애면 잎이 없어지니, 이것은 자연에서 본받을 용서이니라.

위 조항의 내용은 마음에 숨겨진 이중적인 자취를 없앤다는 뜻이니, 마음이 악하여 드러나지 않는 구밀복검(口蜜腹劍) 같은 무리일지라도 모르는 척 용서하여 주라는 것을 가르치고 있다.

철인은 이중성향의 사람들의 마음을 꿰뚫어보고 있기 때문에 겉은 착한 척 위장하고 속은 이용하려는 심보를 알더라도 모르는 척 용서하여 주는 아량이 있어야 함을 말한 것이다.

위의 "철인(哲人)"에 대해서 『성경팔리』에는 "군자(君子)"라고 하였다. 본 조항은 자연의 이치로 이중성향의 사람들을 깨우쳐 주기 위해 대처방안을 내세웠다. 철인은 천지자연의 이치를 통효하므로 이중적인 성향으로 대하는 것을 알아차리므로 천지인(天地人) 삼재(三才)의 세 가지 이치로 행한다. 바로 이 삼재의 이치는 우주관을 통효하게 되니, 소인(小人)의 이중성향의 표리부동의 마음가짐을 헤아리고도 남음이 있다.

철인은 진리의 구현자이기 때문에 선량하지 못한 사람이라 할지라도 잘못하는 것을 알더라도 내색을 하지 않고, 바른길로 인도해 주면 인간미(das mensch Schöne)가 흐르므로 본받는다.

사회는 예로부터 단순치 않고 복잡하다. 더구나 단군은 마을단위의 통일 국가를 세웠으니, 다양한 토템종족이 난립하였다고 할 수 있으니, 자기들 토템종족의 주도권을 잡기 위해 기회주의자와 이중인격자들이 많아졌다고 할 수 있다.

단군시대 백성들은 홍익인간(弘益人間)과 홍악인간(弘惡人間)의 무리로 나눠져 있었다고 할 때 철인들이나 366사(事)의 교육을 받은 관리들이 홍악인간(弘惡人間)의 무리들로 하여금 인간교육을 시킨 결과로 인해서 이화세계를 세우게 되었다. 본 조항은 철인이 악한 이를 아량 있는 용서로써 이들을 교훈한 것으로 인해, 홍익인간(弘益人間)의 정신으로 이중성향의 간사한 사람을 바르게 살아가게 했다.

1. 놀부의 이중성향의 삶

우리는 서사문학 중에 이중성향의 인격자는 『흥부전』의 놀부를 들 수 있다. 그는 일부러 새끼제비의 다리를 절단하고 치료하는 척 내숭을 떨었지만 새끼제비는 놀부의 인간성을 알고 있었다. 이 새끼제비는 세상에서 흔히 보는 제비가 아니고 제비 왕이 파견한 사자(使者)로 보면 된다.

흥부 또한 놀부가 박대하고 새끼제비와 같은 미물의 다리를 부러뜨리고 일부러 치료하는 척 한 간악한 행동을 알면서, 형제간의 우애로 감싸

안아 재산을 나눠주고 이웃에 살게 한 것은 홍익인간의 정신이다.

흥부는 놀부와 같은 홍악인간(弘惡人間)의 인간성을 알면서도 형제간의 우애로써 대해주어 패가망신한 놀부에게 많은 재산을 반으로 나누어 이웃에 살게 하였으니, 철인의 너그러운 마음의 소유자라 할 수 있다.

철인은 『천부경』(天符經)에서의 3수와 같이 동적인 기수(起數)로서 단 가지 변화가 벌어지는 이치를 알게 되므로, 선량하지 못한 사람의 잘못을 보면 정직과 사랑으로 이끌어 바른길로 인도한다.

흥부는 비록 철인의 경지에 이르지 못한 평범한 농부일지라도 천리에 따라 성실과 근면과 사랑 정신으로 인해 인간미(人間美)를 간직한 것으로 인해 놀부와 같은 악한 이를 선인이 되게 했으니, 본 조항의 철인의 마음을 지녔다고 할 수 있다.

2. 작가들이 본 이중인격

작가들은 본 조항이나 놀부의 이중인격자의 성격을 참고하여 치유하는 내용으로 작품을 구성하면 청소년 선도에 좋은 반향을 일으킬 것이다.

이 두 내용은 친자연적인 내용과 관련되므로 작중의 이중인격자들의 행함을 자연의 이치로 개과천선하는 방법을 취하면 오늘의 교육과는 차원을 달리한다.

악의 근원과 원천을 봉쇄하기 위해선 철인과 같이 자연스러움으로 대처하면 많은 이중성향의 사람들을 바르게 살아가게 안내역할을 할 것이다.

소설은 작가 나름으로 의도가 들어 있으나 현실적인 내용을 뿌리정신으로 은근히 작중 즈인공을 통해 나타내면 독자들이 감명을 받게 된다.

작가의 사명은 독자들에게 한 주인공을 통해 공명 공감하는 바를 불러일으키면 작가로서 성공을 한 것이다.

제103사(事) 유정(由情: 정에 말미암음) -『사씨남정기』의 교씨-

본 조항의 유정(由情)은 '정에 말미암음'이라는 뜻인데, 인정상 도와준 일이 배신을 당하는데 계속 배신하는 경우는 용서받을 수 없게 된다는 내용이다. 사람 중에는 여러 층위의 사람이 있게 되는데 은혜를 입는 사람이 배신하는 행위를 하는 사람도 있다.

이런 배신자는 자기의 잘못을 알면서도 마음이 좁은 관계로 배신하게 된다. 은인에게 은인으로 대하면 자기의 사람됨이 남이 보기에도 원만한 사람으로 인정을 받는다. 그런데 배신자는 그 은인에게 신세를 갚기 싫어서 돈 한 푼이라도 드는 것이 아까워서 은인을 사람들에게 헐뜯고 다닌다.

작가들은 배신자를 작중에 나타낼 때 남들로부터 인정을 받지 못하는 것으로 나타내면 독자들이 그런 배신자를 외면하게 되어 발붙이지 못한다. 은혜를 베푼 사람이 배신을 당하면 세상인심을 안 후에 놀라고 뉘우침이 앞서고 허탈해 할 뿐이다. 그런 배신자는 용서하는 마음으로 베풀어도 기회주의인 성향이 있기 때문에 그때 뿐이고 사람을 이용하려 두는 것이 특징이니, 그런 행위가 일어나지 않도록 사람들이 경고가 있어야 한다.

우리는 서사문학 중 서포(西浦) 김만중(金萬重, 1637~1692)이 지은 『사씨남정기』에 나타난 교씨의 행위를 알면 천인공노(天人共怒)할 일로 취급할 것이다. 교씨는 유한림의 첩이었다. 교씨는 유한림의 부인 사씨 부인이 시집온 지 10년이 되도록 자녀를 낳지 못하여 유한림 가문의 대를 잇게 하기 위해 교씨를 첩으로 맞아들였다.

교씨는 처음에 첩으로 들어와서는 사씨 부인을 존경했다. 그런데 교씨는 달이 가고 해가 바뀜에 따라 본성을 드러내 사씨 부인을 음해하고 유문에서 축출하려는 뜻을 둔다.

사씨 부인은 아무 잘못이 없이 인정을 잘못 베푼 것으로 화를 당하게 된다. 본 조항은 사씨 부인의 배신당한 일을 이해하는 데 도움이 되어 다음과 같이 소개한다.

제103사(事) 유정(由情): (愛 1範 6圍)(애, 1째 본보기, 6번재 범위)

由情者는 出諸情之無奈也라. 愕然是悔오 悵然是鎭이니 不知
然而知之하고 知之然而知之者는 恕之輕重也니라.

해석: 유정(由情)이란 모든 정이 나오는 것은 어찌할 수 없는 것이니라. 깜짝 놀란 후에 뉘우쳐 바로잡고, 슬퍼한 후에 진정하여 바로 잡아야 하니, 그러함을 알지 못하다가 알게 되고, 그러함을 알면서 알게 되는 것은 용서하는 데 경중이 있느니라

유정(由情)의 직역은 '정어 말미암음'이라는 뜻이다. 사람은 인정이 있게 마련이다. 사람은 인정을 베풀면 좋은 일이다. 그런데 인정을 베푼 사람에게 악용하는 무리가 있어, 도리어 인정을 베푼 사람이 낭패를 당하는 수가 있다.

세속의 인심은 좋은 일을 함에도 도리어 역이용 당하여 배신하는 경우가 사회일각에선 가끔 일어난다.

사람은 인정이 있어 어려울 때 돕는 일이 있다. 인정을 베푼 사람은 아무런 대가도 바라지 않고 순수한 마음으로 도와주었을 뿐이다. 그런데 세상에는 날벼락을 맞는 것으로 역 이용당한 것이다.

말하자면 취직난에 시달리는 사람을 직장상사에 부탁하여 취직을 시켰다. 그런데 취직을 한 사람으로부터 그런 직장은 안 다니는 것만 못하다고 욕설을 퍼붓는다. 사람들은 서울 시내에서 좋은 직장이고 보수도 그만하면 많이 받는데 아무런 연고 없이 트집을 잡는다. 그럴 때 취직을 알선해 준 사람은 몹시 놀라 뉘우치고 사람이 이럴 수가 있는 것인가 하고 한탄을 하고 허탈해할 뿐이다.

취직을 시킨 사람은 세상의 인심이 이럴 수기 있을 것인가 홀로 놀라기도 하고 실망한다. 그는 다시는 취직을 시키는 일을 하지 않기로 하였다. 만약에 두 번 다시 이런 실수는 하지 않기 위해서다.

취직을 하기 전에는 그토록 잘 하면서 취직만 되면 신세를 갚겠다고 하던 그가 그렇게 돌변할 수가 있을까. 그의 인간됨은 그런 자리에 취직을 시켜주면 신세를 갚겠다고 한 말을 실천하지 않으려고 만나면 피하는 사람도 있다는 말을 들었다.

사람은 별사람이 다 있는 것이지만 배신이나 배은망덕을 한다는 말은 사회일각에서 들어보는 말이지만 좋은 일을 하고서도 억울한 일을 당하는 경우도 있다. 이런 것은 정치권에서도 종종 일어난 일이니, 일반인들 사이에는 배신자가 많다.

1. 고소설에서의 배신자

고소설 등장인물 중 적반하장(賊反荷杖)격인 인물이 등장한다. 서포 김만중의 작『사씨남정기』의 교씨의 행위에서 나타난다. 사씨 부인은 결혼한 지 10년이 되어도 아들을 출산하지 못하자 부군 유한림에게 첩을 둘 것을 종용하여 교씨를 맞아들이게 한 것이 화근이 되었다.

교씨의 행의는 사씨 부인을 유문에서 출거케 하여 교씨가 정실부인의 자리에 오르게 되니, 사씨는 교씨를 첩으로 맞아들인 것이 화를 자초하게 된 것이다.

교씨는 사씨 부인을 음해하여 유문에서 출거시켰는데, 사씨 부인도 세상인심이 험악한 것을 미쳐 깨닫지 못한 것이며, 유한림 또한 단순하여 교씨의 말을 덮어놓고 믿은 데서 가정의 풍파가 일어났다. 후에 교씨는 죄상이 탄로되어 죄의 대가로. 비참하게 죽었다.

광산 김씨 대종회 이사 김용석(金容錫 71)은 문중에는 숙종→유한림과 민비→사씨 부인, 장희빈→교씨 관련으로 지은 것으로 전해온다고 필자에게 알려 준다. 이 관계에서 장희빈이 사약을 받아 죽어간 것은 교씨의 죽음으로 보고 풍자한 내용으로 전해온다고 알려준다. 장희빈과 교씨는 죄가 극에 달해 인과응보의 죄로 죽은 것이다.

인정은 사람이 베풀기를 좋아하지만 잘못 베풀었다가는 큰 화가 돌아온다. 본 조항에 나타난 인정의 용서는 경중의 문제가 따르므로, 나쁜 것을 알면서 행할 경우『사씨남정기』의 교씨와 같이 사랑으로 용서받을 수 없으므로 비참하게 죽는다는 것을 깨달을 수 있다.

2. 작품 중 작중 인물

작가들은 세태인정을 잘 아는 관계로 배신자의 행위를 작중 등장인물로 나타내면 독자들이 속지 않게 하는 데 도움을 준다. 물른 작중 인물 중 주인공을 배신자로 등장시키면 주인공이 세태인정에 놀라고, 그러함을 알지 못하다가 알게 되는 내용으로 쓰면, 독자들에게 피해를 줄이는 일이다.

남에게 인정을 베풀어 준 것은 고맙고 좋은 일이다. 그런데 세상은 단순하지 않고 은혜를 베풀면서도 화근이 되는 일을 작품 중에 나타내면, 배신하는 자들이 자리를 설 수 없게 하게 될 것이다. 작가는 사회를 바로잡는 차원에서 은혜를 배신하는 이가 나타나지 않도록 등장인물을 나타내야 한다.

제104사(事) 용(容: 포용함)-흥부와 같은 금도(襟度)

본 조항의 용(容)은 '포용할 (용)'이란 뜻이니 만물을 포용하라는 말이다. 즉 이 말은 바다나 태산같이 넓고 높은 마음으로 만물을 감싸야 포용미(das Einschließen Schöne)를 이룰 수 있음을 나타냈다.

작가들은 사람이 만물의 영장으로 태어났으니, 영장류답게 인정을 베풀 때는 포용력을 작중 인물에 나타내면 많은 독자들이 인정 간의 통하는 의식으로 어려운 형편에 있는 형편을 돕는 생각을 가질 것이다.

우리는『흥부전』하면 마음이 넓은 흥부를 생각하게 된다.『흥부전』의 탄생은 오랜 옛날부터의 설화나 외래적인 경전의 내용도 함유되었다고 할 수 있다. 대체로『흥부전』은 신화→설화→판소리→소설의 과정을 거쳤을 것이다.

더구나『흥부전』은 18세기 후반이나 19세기 초에 발생한 것이라고 코면 이때는 산업화가 일어나는 때 서구의 사조도 들어오는 시기에 도덕관념보다는 산업자본이 마련되는 시대를 맞을 때이다. 흥부와 같은 고리대금업자로 등장한 것은 18세기 영조시대 이후 발생했던 일이다. 이럴 때 도덕을 우선시하는 흥부와 배금주의를 우선하는 놀부가 등장하게 되는데,『흥부전』에는 물질주의 숭배보다는 도덕적으로 인간이 되어야 함을 흥부로 나타냈다.

『흥부전』에서의 흥부의 넓은 금도(襟度)를 이해하기 위해서는 본 조항을 참고하면 도움이 되므로 다음과 같이 그 내용을 소개한다.

제104사(事) 용(容): (愛 2範)(애, 2째 본보기)

容은 容物也라. 萬里之海에 逝萬里之水하고 千仞之山에 載千仞之土니 濫之者도 非容也며 崩之者도 非容也니라.

해석: 용(容)은 만물을 포용하는 것이니라. 만리(萬里)의 바다에는 많은 물이 흘러 들어가고, 천 길의 태산에는 천 길의 흙이 쌓여 있음이니, 넘치는 것도 용납함이 아니며, 무너짐도 용납함이 아니니라.

사랑이 가득한 사람은 포용미(das Einschließen Schöne)를 지니게 되어 바다처럼 넓고 태산처럼 깊은 마음으로써 살아간다. 그러나 사람이 좁은 소견으로 살아가면 넓은 바다와 높은 산과 같은 마음씨와는 전혀 다르게 쓴다.

사람은 대인과 소인으로 나누어 볼 수 있는데, 대인의 마음씨는 천지와 같이 마음이 크고 넓어져 포용미로 승화된다. 대인은 천지와 같이 높고 넓은 마음을 지닌 이를 이름 하는데, 사람들이 대인처럼 깊은 마음으로 만인을 감싸주면 홍익인간의 도량을 지닌 사람이라 할 수 있다.

사실상 사람은 철인을 가릴 것 없이 천지보다 더 좋은 혜택으로 이 세상에서 만물의 영장류로 태어난 것이다. 다시 말해 하늘은 위에 있고 땅은 아래에만 있다. 그러나 사람은 위아래를 마음대로 다닐 수 있다. 따라서 사람은 천지보다도 더 좋은 혜택으로 태어났으니, 이보다 더 높고 넓은 마음을 지니고 살아가야 할 것이다.

아래에서만 살다가 높은 데로 올라가면 상쾌한 기분을 느낄 수 있고 위에만 있다고 땅 위에서 살면 만물이 음양조화를 이루는 것을 보게 되니, 천지이상의 위치에 있는 것보다 더 자유로운 생활을 하고 있다. 인류는 천지보다 행복한 존재인 것을 알고 천지이상의 높고 넓은 도량으로 만물을 포용하는 마음을 지니며 살아가면 본 조항의 의미를 이해할 것이다.

1. 『흥부전』에 나타난 흥부와 놀부의 인간됨

우리의 서사문학 작품 중 『흥부전』에서 흥부는 홍익인간을 떠올리며 하늘과 같은 포용미를 지닌 이로 볼 수 있다. 그는 자기학대와 박대를 했던 놀부를 형제간의 우애로써 살았기 때문에 본 조항과 관계된 포용의 품격(courtliness)을 지닌 인물이라 평가할 수 있다.

우리는 흥부가 놀부에게 박대를 당했지만 형제간의 우애를 나타낸 것을 본으로 살아가면 사람이 틀이 커질 것이다. 흥부는 식구들이 굶어 놀부를 찾아가 양식을 꾸어달라고 했을 때 자기의 치부(致富)만 과시하는 내용으로 말만 하고 외면하였다.

흥부는 이 기회에 형님 놀부가 도와주지 않으면 아이들이 먹지 못해 들피져 있는 상태에서 굶어 죽게 된다고 사정했으나 아랑곳하지 안했다. 흥부는 양식을 재차 꾸어달라고 하자 놀부는 형의 말을 무시한다는 듯 흥부를 법고 치듯 매질을 당했다. 흥부는 절뚝거리는 다리를 이끌고 오래간만에 왔으니 형수나 뵙고 간다고 부엌으로 들어가 인사를 하자 남자가 부엌에 들어오면 안 된다고 밥을 푸던 주걱으로 흥부의 뺨을 후려치는 등 소동이 벌어졌다.

한국의 예절 중 형수가 자식을 둔 시동생을 마구 때리는 예는 역사 이래 없는 일이다. 더구나 형수는 흥부에게 부엌을 빨리 나가라고 부지깽이로 시동생을 후려치는 것도 한국 풍속에는 일찍이 볼 수 없는 촌극이다.

흥부는 패가한 형 놀부를 그전 날 박대하고 괄시했던 생각을 하면 패가한 형을 돕기는커녕 의절로 살아갈 것이다.

흥부는 동기간에 우애로 많은 재산을 반분하여 놀부를 도와주어 저택을 지어 이웃에 살게 했으니, 홍익인간의 정신을 발휘한 것이다.

놀부는 한말로써 홍악인간(弘惡人間)이다. 흥부는 그러한 가추악(假醜惡)의 몰염치한 인간을 바다와 태산 같은 마음으로 도와주어 홍악인간(弘惡人間)→홍익인간(弘益人間)으로 변신케 했다는 것은 본 조항의 의미와 통한다고 할 수 있다. 대인의 포용미는 바다와 태산같이 넓고 높은 용납함이니, 실천 방안에는 두 번째 범위인 다음과 같이 7가지의 사례가 있음을 알 수 있다.

용이범(容二範)

조항＼내용	주요 내용	대상	조항
1. 고연(固然)	잘못→뉘우침→바른길→영생함	용납	제105사(事)
2. 정외(情外)	뜻 밖에 상황→대처→참된 마음임	용납	제106사(事)
3.면고(免故)	그릇된 길→이끄는 사람→관용 베풂	용납	제107사(事)
4.전매(全昧)	정욕→물리침→인도와 천리→자각함	용납	제108사(事)
5.반정(半程)	사람들과 어울림→중도(中道)를 앎	용납	제109사(事)
6.안념(安念)	자가의 분수→맞게 살면→심신이 편함	용납	제110사(事)
7.완급(緩急)	완급의 경우→받아들임→입장이 다름	용납	제111사(事)

위의 7가지 조항은 넓은 마음인 포용미(包容美)를 지니며 살아가라는 교훈이니, 중도를 지키며 살아갈 것을 권유한 내용이다. 중도(中道)로써 분수에 맞는 생활을 하면 심신이 편안해져 세상이치로 살아가게 되어 행하는 일이 절도에 맞아 살아가게 되니, 넓은 도량을 지니게 된다.

위의 내용은 흥부가 고집불통의 악인 놀부를 넓은 금도(襟度)로써 대함으로써 착한 사람이 되게 했다. 이런 어진 마음은 자연의 큰 포용력처럼 사랑의 바탕이 되는 용서하는 마음으로써 대한 것으로 인해 개과천선하게 된 것이다.

2. 작가들의 포용미 발휘

작가들은 작품을 통해 포용력을 발휘할 수 있다. 작가는 상상력이 뛰어나므로 주인공을 통해 악인들을 사랑을 바탕으로 용서하는 마음으로써 더하면 착한 사람으로 돌이킬 수 있는 것이다. 악인이 훌륭한 스승이나 주변에서 좋은 친구를 만나도 좋은 사람이 되는 경우도 생활 주변에서 흔히 볼 수 있다.

그런데 작가로서 주인공이 착한 사람과 부주인공을 악인으로 등장시켜 악인을 선도하는 내용으르 나타내 착한 사람으로 변신케 하는 과정을 나타내면 독자들이 감명을 받을 것이다.

작가들이 주인공을 통해 악인을 선도하는 내용으로 나타낼 때 재래적인 권선징악적인 내용과 다른 작가 나름의 현대적인 방법을 찾아 디지틀 스토리텔링으로 나타내야 한다. 작가들은 요즘 형제간의 재산 문제로 재판을 하는 것을 보게 되는데, 우애를 다지는 작품을 쓴다면 형제간 재산을 많이 차지하려는 욕심을 발하지 않게 될 것이다.

제105사(事) 고연(固然: 도리에 떳떳함)-『옹고집전』의 실용과 가용-

본 조항의 고연(固然)에서 고(固)는 '떳떳할 (고)'연(然)은 '그러할 (연)'자(字)니, '그러함에 떳떳함'을 나타내므로 사람의 도리에 항상 떳떳함으로 살아야 함을 말한 것이다.

사람은 하늘의 이치나 사람의 도리를 항상 따르고 지켜야 사람다운 사람이라 할 수 있다. 사람은 천리나 인간의 도리에 어긋나는 행위를 하면 그에 상응하는 벌을 받게 되어 있으니, 진리에 따라 사람의 도리를 떳떳이 지켜나갈 것을 교훈한 것이다.

작가들은 고전소설에서 본 조항의 내용을 첨단과학의 기술로써 상상력을 나타내면 새로운 작품으로 각광을 받게 된다. 그중 영화인들이 새로운 기술로써 『옹고집전』의 학대사의 도술을 본으로 영화를 제작하면 외국에서도 신한류(新韓流)를 불러일으키리라 본다.

『옹고집전』의 실옹과 가옹이 등장하게 된 것은 18세기 사회를 나타냈다. 옹고집이 지어진 18세기는 산업화로 인해 도덕이 흐려지고 물질숭배 관념이 대두됨에 따라서 인간의 존엄보다 물질 위주로 전락되어가는 부도덕성을 풍자한 것이다.

옹고집은 물질에 탐혹되어 80노모를 봉양하지 않고, 불승이 시주하러 오지 못하도록 신체적 학대를 하여 학대사가 옹고집의 행위를 고쳐주기 위해 도술로써 그를 대했다. 18세기 송만재는『관우희』에서『옹고집전』의 실옹과 가옹의 실태를 파악할 수 있게 된다. 즉 "옹생원이 한쪽두각씨와 다투니/ 맹랑한 이야기 맹랑한 마음에 전하네/ 이 만약 금부처의 힘이 아니라면/ 어느 누가 진짜이고 가짜인지 분간할 수 있으랴"에서 실옹과 가옹을 해학적이고 풍자적으로 다루고 있는 것을 볼 수 있다.

옹고집은 본 조항의 내용과 같이 천리에 어긋나는 일을 행했기 때문으로 철인과 같은 불승인 학대사가 옹고집의 행위를 좌시할 수 없어 도술로써 가옹을 초인으로 만들어 실옹을 내쫓아 내고 처자를 거느리며 살았다. 가옹은 실옹을 집안에서 내쫓는다. 후에는 실옹이 개과천선함으로써 학대사가 도력으로 가옹이 물러나게 하고 실옹을 집안에서 살게 했다.

본 소설을 이해하기 위해선 본 조항의 내용을 다음과 같이 인용한다.

제105사(事) 고연(固然): (愛 2範 7圍)(애, 2째 본보기, 7번째 범위)

固然者는 人理之常然也라. 於天理에 失運하고 於天道에 失正이라. 然이나 尺蠖은 不上石하고 山鷄가 不戾空者는 容之始也니라.

해석: 고연(固然)은 사람의 도리를 떳떳이 함이라. (사람이) 천리에 운행하는 이치에 따르지 않으면 하늘 도리에서는 바름을 잃기도 하니라. 그러하나 자벌레는 돌 위에 오르지 않고,

산에 꿩이 공중으로 날지 않는 것은 (생명을 유지하기 위하여) 용납하는 시작이니라.

　위의 내용은 사람의 이치에 떳떳함이니 천리에 따라 분수를 지키는 것으로 보면 된다. 본 조항에서는 미물도 분수를 지키며 살아간다는 것을 소개하였다. 그런데 요즘 사람들은 천리의 분수를 넘어서는 일을 서슴지 않고 행하고 있는데, 환경파괴를 일삼아 공해에 시달리며 살아가게 하는 것을 들 수 있다. 본 조항은 사람이나 미물일지라도 천리대로 살아가면 떳떳한 삶이 된다는 것을 일깨워주는 내용이니,『옹고집전』의 실용과 가용의 인간됨을 파악하는 데 도움이 될 것이라 믿고, 그 실태를 도표로 나타내면 다음과 같다.

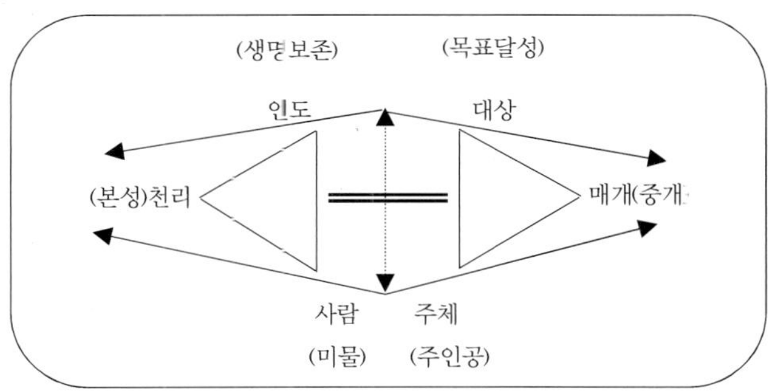

　환경파괴는 인류의 큰 재앙을 불러일으키는 것이므로 큰 문제 거리가 아닐 수 없다. 만물의 영장인 인간이 인류의 회(禍)를 자초하는 일을 서슴지 않고 행하는 일은 반성해야 할 일이다.
　본 조항은 천리를 따라 사람의 도리를 떳떳이 지킬 것을 교훈하고 있는데, 특히 미물이 분수를 지키며 살아가는 교훈을 놓칠 수 없다.『인부경』(人符經)의 중정인(中正人)으로서 살아가면 좋을 것이다. 사람은 중정(中正)의 도(道)로써 살아가면 자기의 분수를 지키게 되어 천리에 어긋나는 일을 하지 않게 된다. 요즘 여름이 무덥고 소낙비가 산발적으로 내리고 벼락을 치는 횟수가 잦아지는 등 이상기후가 자주 발생하는 것은 사람들이 자연의 도를 벗어나는 행위를 일삼았기 때문이다.

주지하는바 CO₂(이산화탄소)의 발생량이 많기 때문에 지구가 더워져 수중기기가 대량으로 발생해 전에 볼 수 없었던 게릴라식의 소낙비가 전국에서 내려지고 벼락을 치는 횟수가 2007년 8월 들어 처음으로 많아졌다.

따라서 사람은 잠깐 천리에 벗어났더라도 뉘우치고 사람으로서의 떳떳한 도리로 돌아와 중정인(中正人)으로서 살아가면 분수를 지키는 생활을 할 수 있다. 심지어 미물도 분수를 지키고 있는데 사람으로서 천리에 어긋나는 일을 무작위로 행하는 것은 반성을 요할 일이다. 사람이 인륜과 천리를 벗어나는 행위를 행하면 죄를 받는다는 것이『옹고집전』에서 나타나고 있다.

1. 『옹고집전』의 실용

본 조항과『옹고집전』에 나타난 실용은 윤리적으로 볼 때 천리에 어긋나는 일을 한 장본인이다. 옹고집은 노모를 박대하고 패륜적인 일을 일삼고, 불승들에게 손찌검으로 상처를 입히는 관계로 학대사가 도술로써 초인(草人)을 만들어 도술로써 가옹을 만들어 진짜 옹고집인 실용 행세를 하게 했다. 이들 간에는 송사문제로 번져 급기야 실용이 가옹에게 패소해 실옹이 집안에서 곤장을 맞고 쫓겨났다. 가옹은 많은 재산과 아내와 자손을 차지하며 살았다.

가옹은 부인에게 실용 행세를 하며 살아가니 부인이 의심하지 않고 살아간다. 한편 실용은 걸인신세가 되어 억울함을 달래며 걸인신세로 지내다가 산중에 들어가 신세 한탄을 했다. 학대사는 실용이 한탄하는 것을 크게 꾸짖으니, 자기의 행위를 크게 뉘우쳐 용서를 해주었다. 실용이 집에 돌아오니, 가옹은 초인(草人)으로 되어 있는 것을 보고 학대사의 도술에 감탄하고 개과천선하여 노모에게 극진한 효성을 다하였다. 실용은 올바름(correctness)과 어울림(suitability)의 도리로써 노모에게 효도하고 불도를 닦으며 살아갔으니, 인도와 천리에 어긋나는 일을 하지 않게 됐다.

학대사는 실용의 행위가 첫째 천리에 어긋나는 행위로 삼천 가지 죄 중에 가장 무거운 불효를 행함을, 둘째 까닭 없이 동냥 승에게 폭력을 행하여 그 잘못을 가르쳐주기 위해 도술로써 가옹인 옹고집을 등장시킨 것이다.

2. 『옹고집전』의 기발한 아이디어

실옹이 학대사에게 잘못을 빌어 학대사가 도술을 부리니 가옹이 짚으로 만든 허수아비로 변하여 실옹이 아내와 자손과 같이 살게 했다. 작가는 이런 일을 애니메이션이나 영화로 제작하여 해외시장에 선브인다면 신한류(新韓流)를 일으킬 수 있는 소재이다.

요즘의 작가가『옹고집전』의 학대사와 같이 기발한 아이디어로 작품을 쓰면 세계적으로 선풍적인 신한류(新韓流)의 바람을 일으켜 닳은 사람들을 열광시킬 것이다.

고전소설인『옹고집전』에서 학대사의 도술은 요즘 작가들이 본을 삼아 21세기 맞는 첨단과학과 결부하여 작품을 쓰면 세계인이 놀랄 소재이다. 고전소설에서 이런 기발한 탁월한 소재가 방치되어 있다는 것이 안타까울 뿐이다.

이 작품을 본으로 한 소설작품의 출현을 기대하는 마음 간절하다. 과학기술과 접목시켜 디지털 스토리텔링의 작품을 상상력을 발휘하여 출간하면 신한류(新韓流)를 일으키게 될 것이다.

제106사(事) 정외(情外: 뜻밖) -『삼국사기』 권41 「구토설화」 -

본 조항의 정외(情外)란 정(情)이 '뜻 (정)'이고, 외(外)가 '밖 (외)'자(字)이니 '뜻밖'이란 뜻이니 뜻하지 않는 일을 당하여 목숨을 보존하려는 것은 참된 마음이다.

작가는 예로부터 전하는 「구토설화」에서 거북이와 토끼와의 속고 속아 넘어가는 내용을 소재로 하여 현대인들의 삶을 반영하면 남을 속여 사는 사람은 결국 자가당착으로 결국 속아 넘어가는 내용으로 작중인물을 나타내면 독자들이 재미있게 읽을 것이다.

『삼국사기』(三國史記) 권41 열전 제1 김유신 조(條)의 「구토설화」에는 거북과 토끼가 등장한다, 거북은 토끼를 바다로 유인하는 데 성공을 한다. 토끼는 거북이에게 속아서 당하곤 있을 수 없어 또한 바다로 끌려가다가 다시 묘책을 써서 육지로 돌아왔다는 설화이다, 사람은 상대방이 속였으면 그대로 있을 수 없고 또한 속인 자를 속여야 살아남을 수 있으니, 속은 채 앉아서 그대로 죽을 수는 없는 일이다. 「구토설화」는 사람이 생사기로(生死岐路)의 위급존망에 있을 때 취하는 급박한 상황에 놓였을 때 취하는. 방식이다.

이 설화는 김춘추가 고구려의 원병을 청하러 갔을 때가 보장왕 원년(642년)의 일이다. 보장왕(寶藏王)이 춘추를 가두므로 고구려의 총신 선도해(先道解)가 「구토설화」를 말해주므로 그 계책으로 고구려가 신라의 땅을 돌려주겠다는 방향으로 선덕왕에게 알리겠다고 하여 풀려났다. 김유신이 춘추가 고구려에 간 지 두 달이 지나도록 돌아오지 않으므로 군사 3,000명으로 치려고 하였을 때 고구려 첩자가 이 사실을 보장왕에게 전해 주므로 춘추를 돌려보낸 것이다.

「구토설화」의 내용은 토끼가 용왕의 딸이 심장병을 앓게 되어 토끼의 간을 먹으면 살아날 수 있다고 하여 거북이 육지에 돌아와 토끼를 만나 바다 가운데는 토끼가 살기 좋은 섬이 있다고 꾀여 등에 업고 데려갈 때다. 거북은 한참 바다 가운데 갔을 때 토끼를 데려가는 이유를 알려주었다.

토끼는 그대로 간을 빼내는 죽음을 당할 수 없어 자기는 신령의 후예인 관계로 간을 빼어 바위 밑에 두었으니, 돌아가서 가져오면 너도 좋고 나도 용왕에게 후한 대접을 받을 것이 아니냐? 는 내용으로 말했다.

거북이는 그 말도 옳을 것 같아 그렇게 하자고 육지로 돌아왔다. 토끼는 육지에 도착하여 거북이에게 미련한 놈이라고 놀려주었다. 이 설화는 속고 속아 넘어가는 내용이니, 토끼와 같이 죽게 될 때 살아갈 계책이 필요하다는 것을 나타낸 것이다. 본 조항의 내용을 소개하면 다음과 같다.

제106사(事) 정외(情外): (愛 2範 8圍)(애, 2째 본보기, 8번째 범위)

情外者는 非眞情也라. 扁舟遇颺에 孰不析順이며 重樓失火
에 孰不跳下리요. 遇颺失火는 是情外也오. 析順跳下는 是
容機也니라.

해석: 정외(情外)란 뜻하지 않는 일이다. 조각배가 회오리바람을 만나 뒤집어진다면 누가 나무쪽을 붙들지 않으며, 높은 다락에 불이 나면 누군들 아래로 뛰어내리지 않겠는가? 회오리바람과 화재를 당하는 것은 뜻밖에 일이요, 나무쪽에 매달리고 아래로 뛰어내림은 아는 사람의 진정한 뜻에서 용납하는 기운을 발동케 함이니라.

사람의 생명은 지구보다 무거우니 사람이 뜻밖에 일을 당해 죽을 고비에 이르러도 살려는 의지를 잃지 말아야 한다. 사람은 조상의 덕으로 일평생 고생을 모르고 살다가 재난(災難)을 만나는 수가 있다. 이런 때 뜻밖이란 말이 무색치 않다.

본 조항에서와 같이 뜻밖이란 말은 강에서 조각배를 타고 뱃놀이를 할 때 회오리바람을 만나 뒤집어지는 일과 누각에 있을 때 불이 번지는 경우를 들고 있다.

사람은 이런 두 가지 급박한 상황에 처할 때 본능적인 행동을 하게 되는데, 전자의 경우 나뭇조각을 잡으려고 할 것이요, 후자의 경우 아래로 뛰어내릴 것이다. 이 두 가지 일은 뜻밖에 당하는 일이지만 살려는 본능적인 행동을 하는 것은 인지상정(人之常情)이다.

이런 것은 모든 생물들에게도 마찬가지로 생명의 위협을 당할 때는 살기 위해서 나름대로 행동을 취할 것이다. 뜻밖에 환란이란 뜻밖에 오는 것인데 예측하지 못한 일이다. 이런 경우 사람은 만물의 영장인 만큼 살려는 의지로 행해야 한다. 일회성의 생명은 죽으면 끝나게 되므로 살려는 의지로 대처해야 할 것이다.

사람은 본 조항의 내용과 같이 뜻하지 않은 일을 당할 경우 자포자기해
서는 안 되고 판자조각을 붙들고 뛰어내리는 기회가 주어져 있으니, 최대
한으로 그러한 상황을 적극적, 긍정적으로 활용해 활로를 찾아야 한다.

이러한 일은 일상생활에서 일어나는 일이니, 세심한 사람이라면 뱃놀이
를 할 때 만약을 위해서 뒤집힐 때를 미리 생각해 두고, 고층건물을 올라
갈 때 화재가 났을 때를 미리 방비해 두는 것도 세상을 살아가는 지혜라
고 할 수 있다.

요즘은 예전과 다르게 위의 두 가지 일이 자주 발생하므로 위험을 당하
였을 때를 미리 방비하기 위해 나름대로 준비를 하거나 미리 방비를 생각해
두는 것도 쓸데없는 기우(杞憂)라고 할 것이 아니라 살아가는 한 방법이다.

1. 『삼국사기』(三國史記) 권41 열전 김유신 조(條) 「구토설화」

우리는 위급한 상황에서 생명을 보존하는 교훈을 「구토설화」에서 배울
수 있다. 토끼는 거북의 감언이설에 속아 용궁으로 갔다. 거북이 육지에
토끼를 만나 용궁이 살기 좋은 곳이라고 자랑을 늘어놓자 끌려갔는데, 용
왕의 딸의 심장병을 고치기 위해 배를 해부하여 간을 빼내는 잔혹한 죽음
에 당면한 것이다. 토끼는 간을 내는 참혹한 죽음을 당하게 됐으니, 토끼
도 억울하게 죽을 수는 없어 묘책을 내여육지로 돌아왔다.

모든 생물은 생명을 완전(perfection)하게 보호하며 살아가듯이 토끼도
위험한 일을 당하여도 침착하게 대처해 살아 돌아올 수 있었다.

사람은 뜻밖에 일을 당하여도 자기의 목숨을 지키려는 한결같은 본능
으로 행동하게 된다. 곧 『천부경』에서의 일(一)을 지니면 되는 것이다. 일
(一)은 하늘의 마음이며 한결같은 정성이 들어 있으니, 한결같은 일(一)의
마음을 지니고 살아가면 위험한 일에도 정신을 차리게 되어 생명을 지킬
수 있다.

토끼가 살려는 노력을 하지 않고 꾀를 내지 않았다면 자기의 배를 갈라
간을 빼내는 비참한 죽음을 당했을 것이다.

거북은 육지로 돌아와 토끼를 감언이설로 속였다. 거북이가 토끼에게

바다 가운데 있는 섬에는 먹을 것이 많고 매나 독수리도 없고 추위도 없
고 살기 좋은 곳이라며 살 의향을 물으니, 토끼가 혹하여 가자고 했다. 거
북은 토끼를 꾀어 등에 업고 바다에 떠서 2~3리를 가다가 토끼를 바라보
고, 용왕의 딸이 심장병을 앓아서 의사의 말이 토끼의 간을 얻어서 약을
지어 먹어야만 치료할 수 있다 하기에 수고로움을 무릅쓰고 너를 데려가
는 것이라는 말을 했다. 토끼 또한 거북이 말을 듣고 그대로 죽을 수 없어
꾀를 내어 거북에게 말했다. "나는 신명의 후예이므로 오장(五臟)을 꺼내
어 깨끗이 씻어 바위 밑에 두었는데 네가 좋다는 말을 듣고 왔구나. 육지
로 돌아가서 가져오는 것이 어떠냐"고 말하니, 거북이 그 말을 듣고 그렇
게 하자고 하여 육지로 다시 돌아왔다. 토끼는 살았다는 안드감으로 숲 속
으로 뛰어 들어가면서 놀려 댄다. "거북아, 너는 참으로 미련하구나. 어찌
간이 없이 살 수가 있겠느냐" 거북은 토끼의 말을 듣고 돌아갔다.

　「구토설화」에서 토끼가 살려고 한 것은 본 조항에서와 같이 살려는 의
지를 보인 것이니, 그러한 삶의 의지를 거북이에게 말하지 않았다면 토끼
는 간을 빼내는 죽음을 당하였다. 물론 이야기는 김춘추가 백제를 치기 위
해 고구려에 구원병을 청하러 갔는데 왕이 가두고 죽이려 하여 총신(寵臣)
선도해(先道解)가 춘추에게 살아갈 계책을 알려 주어, 그대로 왕이 원하는
대로 신라에게 빼앗긴 땅을 돌려주겠다는 말을 보장왕(寶藏三)에게 전하여
풀려났다는 설화다.

　김유신은 춘추가 고구려에 돌아가 60일이 지나도록 돌아오지 않자 군
사를 내어 고구려를 치려 하였다. 고구려 첩자는 왕에게 이 사실을 알리
니, 또 춘추가 돌아가서 땅을 돌려주는 것에 대해 왕과 상의를 한다고 하
고 김유신의 군대와 싸우면 복잡하게 되므로 춘추를 돌려보냈다.

　춘추는 고구려의 지경을 나와 전송자에게 살기 위해 본능적인 말을 다
음과 같이 하게 된 것이다.

　　"나는 백제와의 숙원을 풀려고 고구려의 구원병을 청하러 왔었는데
　왕은 허락하지 않고 도리어 강토를 요구하였다. 그러니 이는 나의 마

음으로 처리할 수 없는 문제이다. 왕에게 글을 보낸 것은 오직 죽 음
을 면하고자 도모한 것이다.”

이와 같이 춘추가 살아 돌아온 것은 선도해가 일러준 「구토설화」를 이
용해 살아야 하는 계책을 도모한 것이니, 본 조항과 통하는 내용이라 할
수 있다.

2. 삶을 포기하지 않은 계책

젊은이는 앞길이 구만리 같은 인생이니, 자신의 생명을 잘 간직해 창창
한 꿈을 펼치는 일에 힘써야 할 것이다. 작가는 한 주인공을 등장시켜 요
즘 취직난이 보통 수백 대 일의 경쟁을 치러야 합격할 수 있다. 사람에겐
칠전팔기(七顚八起)란 말이 전해오듯이 포기하지 않는 자세가 필요하다.
보통 공무원시험이나 대기업에 입사하려면 치열한 경쟁을 치러야 한다.
몇 번 시험을 치러 낙방하였다고 해서 취직시험을 포기해선 안 된다.

세상은 넓게 봐야 한다. 남들은 아침 일찍이 도서관에 가서 밤늦도록 공
부하는 사람들이 많아 자리를 못 잡을 정도로 학생들이 있는 힘을 다해 공
부를 하고 있다. 작가는 한 주인공을 내세워 10번 응시해 공무원 시험에 합
격하는 실례를 작품상에 나타내면 대학을 졸업 후 백수가 되지 않게 된다.

본 조항이나 「구토설화」는 현대적으로 슬기롭게 살아가는 것으로 작품
을 재구성하면 위험에 처할 때 슬기롭게 살아가는 방법이 될 뿐 아니라
앞날의 꿈을 개척하는 데 도움을 줄 것이다.

제107사(事) 면고(免故: 고의를 벗어남)-『최고운전』의 최충-

본 조항에서 면고(免故)란 면(免)이 ‘벗어날 (면)’이고, 고(故)자(字)가 ‘일
부러, 짐짓, 까닭(고)’를 나타내는 뜻이니, 일부로(故意) 벗어난다는 뜻이므
로 ‘고의를 벗어남’을 말한다. 본 조항의 “일부러(고의)로 행하고 일부로
그치는 것에서 벗어나는 것이라”고 했느니, 잘못된 것을 알면서도 계속 고

집부리는 버릇을 고쳐 주는 것이니, 고집불통의 아집(我執)을 고치게 하는 것을 말한다.

고집은 택선고집(擇善固執)이 필요하다. 그러나 고집불통은 융통성이 없고 자기만의 고집이므로 당연히 물리쳐야 한다. 작가들은 이 점을 참고로 하여 쓸데없이 고집을 부리는 사람을 작중에 나타내어 개선토록 하는 방향으로 나타내야 할 것이다. 고집불통은 일종의 아집이므로 점잖은 사람이 관용미로 대해주면 고칠 수 있으며, 사람들과 자주 대화를 나누면 고칠 수 있다.

『최고운전』은 최치원(崔致遠, 857~?)을 영웅시해서 허구화한 한문소설이다. 이 소설은 고운(孤雲) 최치원(崔致遠)이 12세에 당나라에 유학하여 문장으로 이름을 날린 것과 경주최씨가 금 돼지의 자손이라는 토템의식을 나타내 부귀와 길상을 나타낸 것이다.

고운의 아버지 최충은 부인이 임신한 지 4개월 만에 금 돼지에게 잡혀가 6개월 만에 고운을 낳았는데 손과 발이 금 돼지와 닮았다고 하여 자기의 아들이 아니라고 바닷가에 버렸다. 그런데 버려진 고운은 하늘의 선녀들이 내려와 젖을 주어 양육했다.

고운은 아버지 최충이 바닷가에 버렸으니 기아(棄兒)모티프로 밝혀야 한다. 이 모티프는 한국의 신화와 설화에는 영웅들이 지닌 일대기 유형 패턴에서 가장 두드러진 특성 중의 하나이다. 그 예는 동명왕(주몽)과 발해의 탈해는 알로 태어난 관계로 비정상으로 인해 유기되나 구원자의 도움으로 육성되거나 위험에서 벗어난다. 이런 맥락으로 보면 그운의 탄생도 이런 인물과 비슷한 유형이다.

『최고운전』에서 고운은 이물교혼(異物交婚)으로 금 돼지인 지부신(地府神)과 모친인 지모신(地母神)의 결합인 설화적인 내용이 함우되어 있다.

한국 신화에서 단군·주몽·박혁거세 탄생은 천신을 부계로 하고 지신을 모계로 하여 천지음양으로 결합했음을 나타낸 것으로 미루어, 고운의 출생도 그 수용인 것이다. 예로부터 돼지는 행운의 상징으로 꿈에 돼지를 보면 가정이 재물로 융성하는 길몽으로 여기여 왔으니, 고은은 최씨가문을 빛낼 상징적인 인물이다.

최충은 치원이 손과 발이 금돼지를 닮았다고 하여 자식이 아니라고 했으나 후에 자기의 자식이라고 했다. 최충은 자기가 천신적, 부인이 지모신적으로 보면 문제 될 것이 없다.

최충은 최치원이 자기의 아들이 아니라고 우기다가 후에 인정했으니, 본 조항과 관계를 이룬다, 본 조항의 내용을 인용하면 다음과 같다.

제107사(事) 면고(免故): (愛 2範 9圍)(애, 2째 본보기, 9번째 범위)

免故者는 免乎故行故止也라. 導誤勸錯은 升斗沒量이니 性이
偏小하고 性이 虛誕하며 性이 輕燥하며 不知所反眞而謂之自
眞者는 大容生焉이니라.

해석: 면고(免故)라 함은 고의로 행하고 고의로 멈추는 것을 벗어나는 것이라. 그릇되게 이끌고 어긋나게 권하는 것은 되나 말로도 헤아리지 못하는 것이니, 성품이 치우쳐 좁고 허망하며 경박하고 조급하여 진실에 돌아옴을 알지 못하면서도 스스로 진실하다고 하는 사람은 크게 용납하는 마음이 생기느니라.

고집은 고의로 억지를 쓰는 행위니, 추악(醜惡)에 해당한다. 대개 지난날에 고집불통이란 사람을 겪어온 바로는 안 되는 줄 알면서 고집을 부리다가 여론에 밀리면 할 수 없이 자기의 고집을 거두는 이들이 허다했다. 이런 고집불통의 사람들은 자신의 주장이 옳고 다른 사람의 의견은 안중에 두지 않고 고집을 부리니, 크게 용납하는 마음으로 대해 주어야 한다.

제107사(事) 면고(免故)란 일부러 행하고 일부러 그치는 것에서 벗어나는 것이니, 순수하지 못하나 이들에게 큰 관용을 베풀어야 할 것이다. 본 조항의 내용과 같이 억지를 쓰는 관계로 일을 수행하는 데 있어 그릇되게 이끌고 어긋나게 되는 것이니, 통량이 좁은 탓이다. 예전에는 우물 안에

개구리 식으로 살았던 관계로 자기의 성향에 맞지 않으면 무조건 남의 좋은 의견도 듣지 않고 자기고집을 부리기가 일쑤였다.

한때 지나간 역사 중 우정자가 자기 고집만을 내세우다가 나라를 혼란으로 내몰거나 위태롭게 한 일도 빈번하게 발생했는데, 순전히 아집(我執) 때문이다. 자기의 잘못을 알면서 남에게 지기 싫어서 고집을 부리는 것은 자기 자신을 위해서도 좋지 않은 일이고 제삼자가 볼 때 피곤하고 안타깝기 그지없는 일이다. 고집은 택선(擇善)으로 부리면 높이 사게 되지만 되지도 않은 일에 고집불통은 삼가야 한다.

고집은 미학적으로 볼 때 적합하게 어울림(suitability)이 없는 가추악(假醜惡)이니, 마땅히 추방해야 될 대상이다. 개인도 고집을 부리면 안 되지만 특히 위정자는 고집을 부려서는 안 된다.

위정자는 개인과 다른 공인이므로 자기 한 사람의 잘못이 국민의 몫으로 돌아오니, 단순히 남에게 지기 싫어해서 고집불통으로 형해서는 안 될 것이다.

우리는 위정자가 쓸데없는 고집을 부리다가 나라를 그르친 일이 과거 역대의 왕들에선 여러 번 있었다. 그뿐인가. 제왕적 대통령의 경우 대통령 자신이 고집을 부리다가 온 나라에 경제위기를 몰고 온 1997년 IMF(국제통화기금) 한파는 나라와 국민에게 막대한 손해를 끼쳐 그 후유증이 십 년이 지난 오늘에도 가시지 않은 상태이다.

김영삼 대통령은 경제 각로들이 외환보유고가 바닥난 상태라고 충정 어린 마음으로 여러 번 말을 했으나 묵살했다고 하니, 5천 년 사상 수치스런 경제적 한파를 만나 온 국민이 고통을 겪으며 살아야 했다. 이 때문에 달러 가치는 치솟아 모든 경제활동이 마비되어 파산자들이 속출하고 자살자도 많이 생겼다. 김영삼 대통령은 국민에게 진정 어린 사과도 없었다. 그 대통령은 김대중 대통령 시절 김포공항에서 어떤 노인으로부터 달걀세례를 받기도 했으나 반성하는 기미가 없고 김대중 대통령만 치안부재로 자기가 봉변을 당했다고 나무랐다.

요즘 21세기는 위정자가 과거식에 뒤떨어진 생각으로 밀어붙이기식으로 자기만의 편협한 생각으로 고집을 부려서는 안 될 것이다. 당연히 위정자라 할지라도 혼자만의 고집이 아닌 여론을 종합해 국정에 임해야 되며, 구시대적이고 시대착오적인 고집을 청산해야 한다.

요즘 세계는 과거식의 고집불통으론 남과 의견교환이 이뤄지지 않는다. 이런 사람은 자기만이 옳다고 우겨 대는 사람이니, 상대해 주지 않는다.

이런 옛날식의 고집을 부리는 사람은 집안의 어른이나 스승이나 친구가 되는 분이 타일러 주어야 한다.

고집은 상황에 따라서 옳은 일을 주장할 때 필요하다. 말하자면 고집은 중용적인 것이 바람직한 것이다. 고집불통은 고루(固陋)한 것이므로 대화를 잘하면 택선(擇善)의 방향으로 유도할 수 있으니, 이런 사람을 바로 이끄는 데는 관용이 필요하다.

우리는 개인의 재산이 파산되거나 나라가 위태롭게 되는 원인이 고집불통으로 비롯되었다는 것을 알면 주변에서 그런 사람을 방치해 두고 볼 수만은 없다. 이런 자의 치유책은 관용미를 베풀어 주고 제자리에 돌아올 수 있도록 하면, 본 조항의 의미를 되새겨 볼 수 있다.

1. 『최고운전』의 최충의 고집

『최고운전』에는 최치원의 아버지 최충이 문창 벼슬에 나아가 객사에서 집무하고 있을 때 비바람과 뇌성벽력이 땅을 무너뜨리는 소리에 정신을 잃고 깨어나니 부인이 간 곳이 없었다.

누런 금 돼지가 아내를 납치해 간 것이다. 그는 밤이 되어 금 돼지 굴에 들어가 아내를 데려왔다. 그의 아내는 임신 4개월 만에 금 돼지에게 잡혀갔고, 돌아온 지 6개월 만에 아들을 낳았다. 그런데 최충은 고운(孤雲)이 손과 발이 금돼지를 닮았다고 자신의 아들이 아니라고 했다.

돼지는 115－117일 만에 새끼를 낳게 되어 고운을 금 돼지의 아들로 볼 수 없다. 최충은 고운이 자기 아들이 아니라고 고집하다가 후에 자기 아들임을 인정했다. 그러나 고운은 부모 곁에 돌아오지 않았다.

『최고운전』에서 고운의 손과 발이 금 돼지를 닮았다는 것은 금 돼지가 최씨 가문에 조상으로 여기는 토템의식으로 풍요와 행운을 상징하고 지부신(地府神)에 해당되는 것으로 보면 된다.

『최고운전』에서 최충의 아내는 임신한 지 4개월 만에 금 돼지에 잡혀갔으니, 이 사수(四數)와 그 후 6개월 만에 고운을 났다는 육수(六數)는 고운(孤雲)의 앞날을 예고한 수(數)라고 보면 될 것이다.

사(四)란 수(數)는 음수(陰數)이니 땅을 상징하며, 육수(六數) 또한 땅을 상징하여 풍요를 상징한다. 더구나 『천부경』에서의 육수(六數)는 노음수(老陰數)로서 음(陰)이 왕성한 수리적(數理的) 표현인 모태(母胎)·모육(母六)이니, 생산성과 관계되어 좋은 길상의 뜻을 나타낸다.

훗날 고운은 한국 문학사에서 한문학의 비조로 숭앙되고 있으니, 이보다 더 훌륭할 수가 있는가. 최충은 아내가 금 돼지에게 잡혀가 최치원을 낳았을 때 손과 발이 금 돼지를 닮았다고 자기의 아들이 아니라고 한 것은 쓸데없는 고집이다. 후에 최충은 최치원이 자기의 아들이라 믿었다.

최충은 손과 발이 상징하는 것이라든지 사수(四數)와 육수(六數)가 길상의 수를 알지 못하는 것으로 자기 아들이 아니라고 한 것에 불과하다. 그는 후에 자기 아들이라고 했으니, 끝까지 고집을 부리지 않은 것이 다행이다.

2. 고집불통을 철회하는 주인공

작가는 본 조항과 관련해 『최고운전』을 새로운 시각으로 디지털 스토리텔링으로 작품을 재창작하면 고집불통의 사람도 고집을 철회하게 되어 원만한 사람으로 사회생활을 하게 된다.

금 돼지의 상징은 부귀와 길상의 뜻을 함유하고 있으니, 고운이 한문학의 비조가 된 것이나 경주최씨의 만석꾼이 되는 것을 이해하는 데 도움을 줄 것이다. 고운의 탄생과 관겨된 4수(數)와 6수(數)는 풍요를 상징하는 수가 되어 부귀공명을 나타내 『최고운전』을 이해하는 데 도움이 된다.

작가는 『최고운전』을 이해하는 데 있어, 부귀와 길상의 상징으로 작가 나름으로 동화나 소설을 지으던 독자들이 흥미진진하게 읽을거리가 될 것이다.

작가는 요즘 노인들 중 완고함과 젊은이 중 남에게 지기 싫어해서 고집불통의 마음을 지닌 이들이 있는 가운데 마음을 열어 깨우쳐 주면, 고집을 부리지 않고 보편타당한 마음으로 살아가는 데 도움을 줄 것이라 믿는다.

제108사(事) 전매(全昧: 전적으로 우매함)―석북의 『관서악부』(關西樂府)―

본 조항의 전매(全昧)는 전(全)이 '완전할 (전)'이고 매(昧)가 '어두울 (매)'자 이므로 '전적으로 어두움'의 뜻이다. 본 조항에서는 "정욕이 심한 사람→사람의 도리를 폐함, 하늘의 이치→잠김, 신령한 성품→무너짐"이라고 했으니, 정욕→ 물리쳐야→ 인도(人道)→천리(天理)→신령의 성품→자각(自覺)할 수 있다는 말이다.

작가들은 영조(英祖)~정조(正祖)에 명상(名相)으로 알려진 번암(樊巖) 채제공(蔡濟恭1720~1799)을 소재로 하여 소설을 지으면 독자들이 그런 훌륭한 분이 있었느냐고 재미있게 읽을 것이다. 18세기 석북(石北) 신광수(申光洙 1712~1775)는 18세기 문명으로 일세를 풍미한 시인(詩人)이다. 그의 한시창(漢詩唱)『관산융마』(關山戎馬)는 오늘날까지 전해오며 서도창 무형문화제 29호로 지정된 창(唱)이다. 그리고 그의 악부(樂府)『관서악부』(關西樂府)는 친우 번암(樊巖) 채제공(蔡濟恭)이 평양감사로 부임하자 108곡을 지었다. 석북은 조선조 500년 동안 과시(科詩)와 악부(樂府) 방면에 가장 유명한 분으로 알려져 있음을 참고적으로 밝힌다.

평양은 색향으로 유명하여 세인들이 꽃방석과 돈방석에 앉은 자리라고 하여 부러워하고 평양감사로 부임하면 세인들이 놀라워하는 일등 감사직이다.

석북(石北)은 번암(樊巖)에게 그러한 자리에서 여인의 추파와 금전을 멀리하라고 당부하기 위해 『관서악부』(關西樂府) 108곡(曲)을 지어 선가수주(禪家數珠)로 여기고 자성할 것을 권유한 노래다.

번암(樊巖)은 석북에게 강부한 내용을 실천해 평양감사 직에서 재정관리를 잘해 흑자를 내어 백성의 세금을 탕감해 주는 등 치적을 쌓은 것으로 인해 병조판서→우의정→좌의정→영의정을 맡아 10년 동안 우상(右相)이나 좌상(左相) 없이 독상(獨相)을 역임했다.

번암(樊巖)이 평양감사직에서 여인들이나 돈의 유혹에 탐닉되었다면 재상에 오르지 못했을 것이다. 이런 훌륭한 업적을 남긴 것은 본 조항과 같은 정욕과 물욕을 물리친 데 있으므로, 그 내용을 인용하면 다음과 같다.

제108사(事) 전매(全昧): (愛 2範 10圍)(애, 2째 본보기, 10번째 범위)

全昧者는 全沒覺性理也니라. 靈性은 包天理하고 天理는 包人道하며 人道는 藏情慾故로 情慾이 甚者는 人道廢하며 天理沈하고 靈性壞하니 闢安閉 混則已容을 自覺하니라.

해석: 전매(全昧)는 성품의 이치를 완전히 몰각하는 것이라. (사람의) 신령한 성품은 하늘 이치를 포용하고, 하늘 이치는 사람의 도리를 품었으며, 사람의 도리는 정욕을 감추는 까닭에 정욕이 심한 사람은 사람의 도리를 폐하며, 하늘의 이치가 잠기고, 신령한 품성이 무너지나니, 편안함을 열고 혼란함을 닫으면, 이미 용납함을 스스로 깨닫게 되느니라.

위의 내용은 『천부경』(天符經)에 하늘의 마음인 일(一)의 경지를 망각하는 것으로 보면 된다. 전매(全昧)는 정욕이 심하면 하늘이 준 착한 성품과 이치를 전혀 깨닫지 못할뿐더러 이성에 대해 아주 몰지각해진다.

사람의 정욕이 심한 사람은 하늘이 부여한 착한 품성과 인륜의 도리를 몰각하게 되어, 사람의 할일을 하지 못하게 된다. 대개 정욕이 심하면 자연히 과음을 하게 되어 주색에 빠지게 되어 취생몽사(醉生夢死)하는 사람이 된다고 할 수 있다.

가장(家長)이나 위정자가 정욕이 심할 경우 패가망신하게 되고 나라를 혼란의 늪으로 빠지게 한다. 우리는 이러한 실상을 생활 주변에서 많이 보아왔다 그리고 위정자는 나라를 바르게 다스리는데 힘을 기울이지 않고 정욕에 빠져 나라를 그르친 경우도 있어 왔다.

정욕이 지나치게 강한 사람은 본 조항에서 이르는 바와 같이 사람의 도리→ 폐하고, 하늘의 이치→잠기게 하고, 심령한 양심→무너뜨리게 하는 것으로 된다.

이에 반해서 본 조항에서 지나친 정욕을 물리친 사람은 인도(人道)와 천리(天理)와 양심(良心)을 자각하게 되어 양심→천리를, 천리→인도를, 인도→정욕을 감싸는 관계로 사람다운 사람으로 살아간다.

정욕은 사람의 마음을 가장 어지럽혀 혼돈(混沌)의 세계를 조장하는 것이라 할 수 있으니, 성욕을 자제해야 본인 스스로도 신상이 편한 것이다. 그런 의미에서 정욕은 인간 윤리강상에서 가장 으뜸으로 취급할 대상이다.

그러한 것으로 인해 제108사(事) 전매(全昧)는 정욕에 노예가 되는 것을 밝힌 내용이라 할 수 있다. 사람이 정욕에 빠지게 되면 인성과 천리를 깨닫지 못해 양심이 무디어져 어두움에 빠져들어 경계 대상으로 삼은 것이다. 본 조항에서 남성들이 우선 조심할 일을 첫째로 여인들과의 지나친 정욕을 경계대상으로. 삼았다.

오늘날의 위정자 또한 정욕을 자제하지 않고 성추행으로 물의를 빚는 일이 발생해 사회적으로 물의를 일으켜 망신을 당하는 일이 발생한다. 정욕을 자제하는데는 중용의 도가 가장 바람직한 방법이다.

본 조항에서는 성도덕의 문란함을 바로잡기 위해 신령한 성품→하늘 이치를 포용하고, 하늘이치→사람의 이치를 품고, 사람의 도리→또한 감정의 욕심→감춤을 나타냈다.

그런데 역대 임금들은 여인을 가까이 해 나라를 그르친 이들이 많았는데, 현재 지구상에 나라 중 후진국에서 벗어나지 '못하고 있는 나라가 많다, 대개 이들 나라들은 임금이 많은 궁녀를 거느렸기에 윤리강상의 기강이 해이해져 그 영향이 오늘에 이르렀다.

3단군은 366사(事)로서 백성을 바르게 다스려 온갖 비리와 성도덕의 문란을 엄히 다스려 예의 바른 나라를 세웠던 것이다.

1. 번암(樊巖) 채제공(蔡濟恭)에게 당부한 석북(石北) 신광수(申光洙)의 108곡(曲)

석북(石北)은 색향으로 유명한 친우 번암(樊巖) 채제공(蔡濟恭)이 평양감사로 부임하자 당부하는 한시 108곡을 지었는데 그중 한 장권을 인용하면 다음과 같다.

우두머리 기생은 가만히 ㅁ 색을 살피나니.
수청은 우방좌방에서 각별히 고르렷다.
금비녀 열두 폭 붉은 비단 장막 속에,
제일가는 미인 일점홍이네.

行首偸看氣色工.
守廳別揀兩坊中.
金釵十二紅綃帳,
第一佳人一點紅

『石北文集』 卷10 關西樂府 其 16曲

석북은 평양감사로서 미인 일점홍(一點紅)과 같은 수청기생이 선발되었다. 평양은 예로부터 색향으로 유명한 곳이니, 그런 미색에 유혹되면 정치를 그르치게 할 염려가 있으니, 특별히 미인을 경계하라는 내용으로 위의 시를 지은 것이다.

석북이『관서악부』108곡을 지은 것은 선가의 백팔염주르 선(禪)을 닦으면 미녀의 추파와 관현의 7락이 번암의 마음을 흔들리지 않기 때문에 선가수주(禪家數珠)로 여기고 선정을 베풀라는 당부를 하기 위해 지었다. 번암은 1년 동안 선정을 베풀어 백성들이 못 치른 세금을 탕감해 주고도 3천 냥이 남아 도내 백성을 돕는 데 썼으니, 위정자로서 지켜야 할 도리로 올바름(correctness)의 순수미를 지녔던 것으로 본 조항과 통한다.

젊은이들은 본 조항과 번암의 선정을 본받으면 정욕을 자제하고 앞을 내다보는 생활을 하면 자기의 앞날이 빛날 것이다. 요즘도 주요관직에 있으면 여러 유혹을 물리치기 어려운 경황이 있을 것이다. 오늘의 사람 또한 미인들의 유혹을 물리치는 정신력을 지니면 떳떳하게 살아갈 수 있다. 번

암은 원래 인간다움이 원만하고 석북의 권유도 있어 선정을 베풀어 조선
조 후기에 명재상이란 말을 듣게 되었다.

번암과 석북의 관계는 남인(南人)으로서 노론계가 집권할 때 남인계니
야당인사다. 영조의 탕평책(蕩平策)으로 야당이 평양감사와 그 후 승상의
자리에 오르게 된 것이다. 번암을 위해 석북이 지은『관서악부』(關西樂府)
108곡(曲)에 대해 다룬 논문과 저술이 전하니, 이를 참고하여 연구하면 인
간적인 정리를 깨닫게 되리라 본다.

2. 문학작품으로서 여인 경계와 뛰어난 치적

작가는 주인공을 통해 여성의 유혹을 물리치는 내용으로 작품을 쓰면
자라나는 청년들에게 많은 도움이 될 것이다. 여기에는 석북(石北)은 평양
감사 번암(樊巖) 채제공(蔡濟恭)을 위해 108곡(曲)을 지어 선가수주(禪家數
珠)로 삼아 여인을 가까이하지 말 것을 당부한 것과 같이 시(詩)로써 나타
내도 좋고 여러 종류의 내용도 상관없다.

번암은 1774년 55세 평양감사로 재직 중 치적이 뛰어나 1775년 병조판
서(兵曹判書)로 임명되고 1788년 우의정(右議政), 1790년 좌의정(左議政),
1793년 영의정(領議政), 1798년까지 우상(右相)이나 좌상(左相) 없이 10년
동안 독상(獨相)이란 말을 들을 정도로 치적이 뛰어났다.

만약에 번암(樊巖)이 여인의 분 향기 날리는 평양감사로 있을 때 미인으
로 유명한 평양에서 다른 감사처럼 여인에게 탐닉되었다면 조정(朝廷)의
대사(大事)를 독상으로 맡기지는 않았을 것이다.

석북은 1774년 63세 때 번암에게 육신의 소리로써 여인들과 같이 놀 때
라도『관서악부』(關西樂府) 108곡을 선가수주(禪家數珠)로 생각하라고 부탁
하여 치적을 빛냈음이『영조실록』(英祖實錄)권(卷)122 영조(英祖) 50년 5월
9일~권(卷)124 51년 5월19일조와『승정원일기』(承政院日記)1363책(冊)에도
같은 해 같은 날 기사로 전한다.

번암(樊巖)은 1년 동안 평양감사의 녹(祿) 30만 전(萬錢)도 백성을 위해
썼다. 번암(樊巖)이 전화지향(錢貨之鄉)으로 불리는 평양감사직에서 재정관

리도 잘하여 토민들이 못 치른 세금 12,7000냥을 탕감해 주고도 3,000냥이 남아 도내(道內) 백성들 군포대전(軍布代錢) 중 30전(錢)을 경감해 주었음이 정범조(丁範祖)의 『해좌문집』(海左文集) 권(卷)24에 전하고 있다.

이와 같이 번암(樊巖)이 백성을 위해 자기의 녹을 쓴 것은 석북의 당부가 크게 작용한 것이다. 석북이 『관서악부』(關西樂府) 제18곡(曲)에서 "청사실로 꿴 삼십민전은(靑絲三十緡錢)/ 강가의 정자 사지 않고 밭도 사지 않네(不賣江亭不買田)/ 돌아오는 날 보국하는 일편단심(歸日報君心一片)/ 흰 나귀 등으로 건네며 다만 차 찍하나 드리우네.(白驢東渡但垂鞭)"라고 나타냈으니, 번암(樊巖)이 그대로 실천을 한 것이다. 작가들은 18세기 영·정조연간 치적이 뛰어난 번암(樊巖)이 선정을 베푼 재상으로 후세에 전하여오는 만큼 그의 캐릭터를 개발하여 선보이면 위정자들에게 좋은 본이 된다.

제109사(事) 반정(半程: 절반 길)－청마 유치환의 「원수」(怨讐)－

본 조항의 반정(半程)은 반(半)은 '반 (반)'이고, 정(程)은 '길 (정)'이니, '절반 길'을 뜻하므로 착하지도 악하지도 않는 상태니, 중용의 길을 택해야 할 것이다.

청마(靑馬) 유치환(柳致環, 1908~1967)은 일제강점기에 일제에 야합하지 않고 친일 문인 대열에 들지 않았다. 그러나 그는 약간 친일적인 글을 쓰기도 했지만 친일 문인의 명단에 빠져 있는 것이 다행이다. 청마는 약간의 친일적인 글을 쓰기 전에는 강점기에 끝까지 지조를 지켜 조국광복의 바람을 시에다 담았다. 그중의 『청마시초』(靑馬詩抄) 55편은 항일시라 할 수 있다. 그는 세칭 생명파(生命派)라 불린다. 『청마시초』(靑馬詩抄)는 조국광복의 모습이 마치 생명이 약동하는 것처럼 느껴진다.

그는 한민족이 독립을 하는 길만이 생명의 길이라는 것을 그의 시에서 보여 주고 있다. 1939년에는 친일 문인 이광수(李光洙)가 일제의 어용단체인 조선문인협회(朝鮮文人協會)를 조직하여 친일 문인의 수가 늘어나는 때다. 문인들은 친일 문인이 되어 민족의 아픔을 더하는 식의 작품을 발표하여 청마가 한민족의 살길을 찾는 일에 힘써 반기를 들고 『청마시초』(靑馬詩抄)를 발표했다.

그는 친일 문인의 대열에 휩쓸리지 않고 한민족의 생명이 되는 길을 택해 조국광복의 날을 기다리는 시를 썼다. 그중의 「원수」(怨讐)는 친일 문인들과 어울리면서, 도리어 애국심을 나타내는 것으로 지었으니, 본 조항과 통하는 일면이 있다. 이에 본 조항을 다음과 같이 인용한다.

제109사(事) 반정(半程): (愛 2範 11圍)(애, 2째 본보기, 11번째 범위)

半程者는 止於中程也라. 間於善否하여 中立而無進退者는 能悟善而悟不善 也니 可容物理나 不可容性理라. 然이나 戒物理自衰則性理自盛이니 容이在乎戒니라.

해석: 반정(半程)은 중도에서 그치는 것이니라. 선함과 선하지 않음의 중간에 서서 나아감도 물러남도 없는 것은 선함과 선하지 않음을 깨달았음이니, 사물의 이치는 용납되었으나, 성품의 이치는 용납하지 못했음이라. 그러나 사물의 이치가 스스로 쇠함을 경계하면 성품의 이치는 스스로 성하게 되니, 수용하려면 밝게 살펴서 경계해야 하느니라.

위의 내용은 중간 정도에서 그치라는 뜻이나 사람은 중용의 도를 지켜야 하므로 그른 일에선 과감하게 물러나야 하고 정의로운 길을 밟아야 할 것이다. 『인부경』(人符經)의 천하의 대본을 이루는 이는 중정인(中正人)이라 한 것은 여러 번 인용한 바 있는데, 본 조항을 이해하는 데 많은 도움을 준다.

제109사事 반정半程에선 착함과 착하지 않은 중간에서 물론 선한 길을 택해야 한다. 천지인(天地人)은 한결같이 하늘의 길인 하나(一)에다 두고 있으니, 선악의 구별도 하나(一)의 도에다 두고 택해야 할 것이다. 한결같은 하나(一)의 도는 중용의 도로써 행함을 이른다. 천지인(天地人)은 무과 불급(無過不及)의 도로 인해 존재해 왔다.

사람은 중용(moderation)을 실천하는 여하에 따라 선인이 되고 악인이 되는데, 행동양식을 어울림의 미의식을 지니고 살아가면 중용미(中庸美)를 이루는 생활을 할 수가 있다.

위의 내용대로 살피면 착함과 착하지 않은 가운데 중간에 서서 나아감도 물러서지도 않은 사람은 선악을 깨달아서 사물의 이치를 포용할 수 있다. 그런 사람은 사람을 올바르 보는 사람이다. 그러나 선악을 초월한 성품의 이치까지는 포용하지 못한다고 했으니, 중용미로써 살아가는 사람은 선악인의 인간성을 파악하는 사람인 까닭에 사물의 이치도 깨닫게 된다.

물질과용은 지나침에 해당한다. 그 과용은 물질을 없애는 것이니, 부족현상을 일으킨다. 그럴 때 사람은 무과불급(無過不及)의 중용의 도를 행하게 한다. 천지는 중정(中正)의 도인 중용의 도를 한결같은 하나(一)의 도를 행함으로써 만물을 낳아 지상을 풍요롭게 하고 있다. 사람 또한 천리의 하나같은 진리의 길을 가는 것으로 인해 풍요다산으로 살아갈 수 있는 것이다.

사람은 시비선악(是非善惡)을 잘 가려서 살아가면 물성도 알게 되어 옳고 그름의 갈림길을 잘 헤아려서 살아갈 수 있다. 본 조항에서 이런 교훈을 일깨워주고 있으니, 완성의 길을 가려면 중용의 길을 택해야 한다.

위의 내용은 인성(人性)에서 물성(物性)을 터득하는 방법을 알려준 것이니, 사람을 착한 사람과 악한 사람도 겪으며 살아가면 사물의 이치도 알게 된다. 사람은 사회에서 살던 이런저런 사람과 더불어 사는 것도 좋은 일이다. 여기에 물아일체를 이루는 경지를 통달하게 되면『인부경』(人符經)의 중정인(中正人)이 된다.

1. 청마(靑馬) 유치환(柳致環)의 시(詩)

청마(靑馬)는 일제 강점기에 끝까지 지조를 지켜 친일문인의 대열에 끼지 않고 가야 할 길과 가지 말아야 할 길의 갈림길에서 정으로운 길을 택했다.

그는 욕된 삶을 단호하게 거부하는 자세를 보인 「원수」(怨讐)에서 다음
과 같이 나타냈다.

<blockquote>
내 애련(愛憐)에 피(疲)로운 날,
차라리 원수를 생각하노라.
어디 메 나의 원수여 있느뇨.
내 오늘 그를 만나 입 맞추려 하나니,
오직 그의 비수(匕首)를 품은 악의(惡意) 앞에서만,
나는 항상 옳고 강했거늘.
</blockquote>

위의 시는 1939년 12월 30일 제1시집 『청마시초』(『靑馬詩抄』) 중에 실려
있어 변절하지 않겠다는 각오가 여실히 보이니, 친일 어용단체인 조선 문
인협회에 합류하지 않았던 것을 알 수 있다.

본 조항의 내용은 옳고 그름의 갈림길에서 중용적인 택함을 실천할 것
을 교훈한 것이니, 청마의 지조를 조명해 보게 된다.

젊은 세대들은 물질에 현혹되어서는 안 될 것이고, 정신과 물질의 사이
에서 편중되지 않는 중용미(中庸美)의 생활 태도가 바람직하다. 일제하에
서 친일파들은 물질적으로 혜택을 받았으나, 정신적인 면에서는 추악한
인간군상들이다. 청년들은 앞길이 창창하므로 물질적 유혹에 현혹되어서
는 안 될 것이다. 더구나 자신의 앞날은 물론 가문에 누를 끼치는 행위를
해서는 안 되고, 천리에 따라 떳떳하게 살아가야 한다.

본 조항은 중용의 길을 행해야 함을 나타냈다. 청마가 일제강점기에 행
한 길은 친일파의 길을 택하지 않고 변절하지 않고 민족이 나아갈 길을
걸었으니, 중용의 길을 택했음을 알 수 있다.

일제강점기에는 친일대열에 어울려야 물질적으로 혜택을 받으며 살아
갈 수 있는데, 이들과 야합하지 않고 조국독립의 희망을 안고 작품 활동을
했으니 그의 지조를 칭송할 만하다. 그러나 그는 끝까지 지조를 지키지 못
하고 친일적인 글을 썼으나 친일 문인 대열 명단에 들어 있지 않았다. 「원
수」(怨讐)를 발표한 것으로 친일적인 행위는 행하지 말았어야 했는데 한때

한눈을 팔게 되었다. 전에도 언급한 바와 같이 친일 시인이라는 명단에 들어 있으면 본 조항에서 청마에 대한 시를 빼겠다.

2. 청마(靑馬)의 시를 븐으로 한 시(詩)

『청마시초』(『靑馬詩抄』) 중의 「원수」(怨讐)는 본 조항의 내용과 통하는 일면이 있다. 청마도 사회에서 일제시대 살게 되니, 민족의 원수인 일본인과 친일문인도 만나게 된다. 자기는 원수가 없다가 생각했지만 이들은 자기가 일제를 증오하는 시인인 관계로 이들은 마음속의 비수를 품고 있는 악의 앞에서 강했다는 것으로 본 조항의 의미를 깨닫게 하준다.

『청마시초』(靑馬詩抄) 는 1939년에 출판했으니, 일제 강점기다. 이때는 친일문인의 대명사였던 이광수(李光洙)가 일제의 어용단체인 조선문인협회(朝鮮文人協會)가 조직되어 내선일체(內鮮一體)를 주장하고 조선 문단의 새로운 건설은 내선일체로부터 출발되어야 함을 주장하고 나설 때, 청마는 1939년 『청마시초』(靑馬詩抄) 55편을 발표했다.

청마는 일제 밑에서 조국광복의 노래를 시에다 담고 훼절하는 친일 문인을 원수로 여기고 일제하에서 시를 발표했다는 것은 용기 중의 용기 있는 문인이라고 할 수 있다.

작가는 청마에 대해서 시를 내용으로 디지털 스토리텔링으로 작품을 내면 독자들이 새로운 시각으로 읽을 것이다. 청마는 일제하에서 친일 문인에 대열에 빠져 있다는 것을 다행으로 생각하고 일제 강점기 친일적인 글을 쓴 것은 옥석의 결점사항으로 보는 것이 좋겠다.

제110사(事) 안념(安念: 안일한 생각)-『변강쇠전』의 강쇠-

본 조항의 안념(安念)은 '무사안일한 생각'을 뜻하니, 분수에 맞게 살면 심신이 편안할 것을 교훈한 내용이다. 왜냐하면 본 조항에서 밝힌 바와 같이 "안일한 생각이 크면 성품을 멸하게 되고, 작으면 뜻을 멸할 수 있으니,

성품과 뜻이 다 멸하면 존망을 가리기 어렵게 된다”는 내용으로 되어 있기 때문이다.

작가는 주인공을 통해 안일(安逸)에 젖어 생을 그르치는 사람에게 깨우쳐 주는 일환으로 생활 주변에서 게으르게 살아가는 일을 소재로 나타내면 독자들이 근면의식으로 살아가게 하는 데 도움을 줄 것이다.

사람이 안념(安念)으로 살아간다는 것은 자기의 품성과 인간의 본성을 게으르게 하므로, 제3장의 애(愛)나 본 조항의 뜻을 이해하고 살아가면 해결된다. 더 나아가서 단군이 366사(事)를 백성들에 가르쳐 군신민(君臣民)이 함께 천리로 살아가게 하여 홍익인간의 이화세계를 세운 것을 본받으면, 안념(安念)으로 살아가는 무사안일을 물리치고 근면하게 살아갈 수 있으리라 본다.

『변강쇠전』은 판소리 12마당 중 6마당의 하나로 일명 『가루지기타령』, 『변강쇠가』, 『횡부가』 등으로 불리었다. 지금 현존하는 『변강쇠전』은 『변강쇠가』를 소설로 개작한 것으로 볼 수 있다.

이 소설의 주인공 강쇠는 무의도식하며 엽색만을 일삼으며 살아가는 잡것으로 안념(安念)으로 살다가 비참하게 생을 마감했다. 따지고 보면 안념(安念)으로 살아가면 최후에 패가망신은 물론 최후를 비참한 삶을 마감하는 내용으로 인식하면 된다. 본 조항은 변강쇠전』의 강쇠를 이해하는데 도움이 되어 그 내용을 소개하면 다음과 같다.

제110사(事) 안념(安念): (愛 2範 12圍)(애, 2째 본보기, 12번째 범위)

安念者는 大可滅性이요. 小能滅志니 性與志俱滅이면 存亡難辨이라. 遂而 人覺에 火焰이 燒身이니 猶望容乎아 其容者誰이니라.

해석: 안일한 생각인 안념(安念)은 크게는 성품을 소멸할 수 있고 작게는 인간의 뜻을 소멸할 수 있음이니, 성품과 뜻이 함께 소멸하면 인간의 존망을 가리기 어렵게 되니라. 마침내 남

이 알게 될 때에는 불꽃이 몸을 터우니, 어찌 사람들에게 받아지기를 바라겠는가? 그 용납할 자는 누구이겠는가!

　사람이 세상에 태어난 것은 일도 안 하고 편안히 살라고 한 것이 아니고, 천지와 같이 힘써 살라는 것이다. 만약에 사람들이 편안함과 무사안일로 세월을 허송하면 그 파장이 크다는 것을 본 조항이 밝히고 있다.
　제110사(事) 안념(安念)의 내용은 나태하게 무사안일로 허송세월로 인생을 허비한다면 개인적으로도 불행한 일이다. 또한 이런 사람이 가정과 사회에 있다면 국가적으로 큰 손해를 끼치게 된다.
　무사안일하게 산다는 것은 개인이나 국가 사회를 위해서 큰 손실을 가져오게 되니, 과감하게 퇴치대상으로 삼아야 한다. 우리가 사는 지구도 끊임없이 자전을 하고, 태양 또한 햇볕을 발산해 천지(天地)는 만물을 생육해 인간이 살아가는 것이다. 인간은 당연히 대자연인 대우주와 어울림으로 끊임없이 움직여야 천지간에 안심하고 살아갈 수 있다
　우리는 대우주와 합일하는 물아일체(物我一體)의 경지를 논할 때가 있는데, 사람이 이와 어울리면 편안하게 안심임명(安心臨命)으로 살아갈 것이다.
　위의 내용은 무사안일하게 살아가는 것을 용납하는 사람이 없다는 내용이니, 한국의 5천만 인구의 이름으로 물리쳐야 한다.
　요즘은 세계화로 살아가는 때이다. 북쪽과 서해바다 건너편에 13억 인구가, 남쪽에는 일본이 즐비하고 있으니, 한시라도 안념(安念)으로 살아가서는 안 된다. 원래 한국은 국토가 좁은데다가 남북으로 분단되어 있고, 한국에는 5천만 인구가 살아가니, 일자리가 없어 백수로 살아가는 젊은 젊은이들이 많다.
　요즘은 취직하기가 어려운 상황에서 무사안일로 살아간다는 것은 한국인 정서에도 맞지 않는다. 이런 안념(安念)에 길들어져 살아가는 사람은 인간의 품성과 뜻을 함끼 소멸시켜 만물의 영성을 잃어 자포자기 상태에 있으니, 친구나 스승이나 뜻있는 분들의 가르침이 있어야 하겠다.
　인간의 영성이 구제 불능에 이르렀다면 사회적으로 심각한 문제이다.

대개 패가망신한 이들은 안념에 사로잡힌 이들이 대부분인데, 근래에는 노무현 정부가 경제정책을 실패한 관계로 주변에서 힘써 살아온 이들도 많다.

위정자의 할 일은 이들 청년들이 직장이 없이 길거리에 돌아다닌 것을 생각하여 일자리 창출에 힘을 기울여 안념에 빠지지 않게 이들을 구제하고 선도할 필요가 있다. 무사안일하게 살아가는 사람은 위정자가 근면의식을 고취하고 솔선수범을 보이고 취업을 하게 일자리를 만들어 취업케 하면 안념으로 살아가는 이들이 깨달을 것이다.

우리 사회는 아직도 신용불량자가 많은 것으로 되어 있다. 이들에게 희망을 안겨주기 위해선 안념(安念)으로 살아가는 이에게 활력(vitality)이 넘치는 근면의식으로 살아가게 하면 심신이 편안하게 살아갈 것이다. 그 방법은 본 조항의 내용을 깊이 새기게 하면 해결되리라 본다.

1. 문학상에 나타난 『변강쇠전』의 강쇠

문학상에서 본 조항과 같이 세상을 허랑방탕(虛浪放蕩)하게 산 주인공을 들라면 『변강쇠전』의 강쇠를 들 것이다. 그는 천하의 잡놈으로서 여기에 잡년 옹녀와 동거하며 무사안일로 세월을 보내다가 비참하게 죽었다.

이들은 천하의 잡놈, 잡년으로서 무사안일로 음행을 하기 위해 태어난 인상을 받게 한다. 이들은 지리산에 들어와 빈집에서 살 때도 점잖지 못한 버릇을 고치지 못하고 편안함으로 인륜의 도리에 어긋나는 음행을 일삼는 세월을 보냈다.

옹녀는 날마다 무사안일로 보내는 강쇠에게 땔나무를 해 오라고 하니, 강쇠는 마지못해 지게를 지고 산에 들어가 낮잠을 자다가 해가 질 무렵에 장승 하나를 뽑아 지게 위에 짊어지고 돌아왔다. 옥녀는 강쇠에게 장승을 나무로 패어 땔나무로 때면 벌을 받게 된다고 원상대로 해 놓고 오라는 당부를 하였으나 막무가내로 말을 듣지 않았다.

강쇠는 장승을 패어 때니, 따듯한 방에서 사랑의 정을 나누고 한 밤을 지냈으나, 강쇠가 목신동증(木神動症)으로 온몸에 농창(膿瘡)이 나 죽었다.

본 소설은 본 조항과 통하는 면이 있어 인용한 것이나, 강쇠와 옹녀는 부부유별(夫婦有別)의 윤리를 지키지 않고 음란행위를 일삼아 온 데 죄를 받아 그 죄과로 이승을 떠났다.

앞날이 창창한 젊은이들은 본 조항과 강쇠의 무사안일로 세월을 허송한 것을 배격하고 『천부경』에서 하나를 쌓아 10차원까지 커지는(1~10) 이치를 염두에 두고 힘써 살아갈 것이며, 신의 노여움을 사는 행위는 삼가야 할 것이다. 무사안일은 인류의 공적이라 할 수 있다. 사람은 먹고살 일을 위해 힘을 다하여도 살아가기 어려우니, 무사안일하게 살아가면 자기를 파멸케 한다는 것을 인지해야 한다.

인간의 삶은 힘써 행함으로 살아가는 것이니, 인과적이라 한다면 『변강쇠전』의 강쇠가 무사안일로 음행을 일삼다가 장승을 패어 땐 죄로 인해 목신동증(木神動症)으로 온몸에 쿠스럼이 퍼져 죽은 것은 그 인과응보이다.

2. 무사안일의 삶

작가는 주인공과 부주인공의 예를 들어 부지런히 사는 사람을 등장시켜 이들이 살아가는 정황을 나타내면 독자들이 근면 성실하게 살아가는 본받게 하는 데 도움이 된다. 하늘과 대지는 사람들에게 힘써 일하는 교훈을 보여주고 있다. 사람은 천지의 모습을 그대로 닮은 존재니, 흔히 천지(天地)는 대우주, 인간은 소우주라고 일컫는다. 인간은 천지의 본을 받으면 근면의식으로 살아간다.

인간은 근면의식뿐만 아니라 천지가 만물을 생육하는 본을 받아 사람을 사랑하고 어려운 처지에 있는 사람을 구제하면 모두 행복하게 살아갈 것이다.

작품상에 나타난 주인공을 천지와 살아가는 내용으로, 부주인공을 나태한 사람으로 나타내 패가(敗家)하여, 주인공이 돕는 내용으로 성실과 신의와 사랑을 베풀어 구제하는 내용으로 나타내면 천지의 행함을 본받는 사람이 되게 할 것이다.

본 장 애(愛)는 천지의 사랑을 본받게 하는 데 있고, 본 조항은 게으르게 사는 사람을 경계하는 내용이고, 천리 또한 용납하지 않는다.『변강쇠전』
의 강쇠는 하늘이 용납하지 않는 안일한 생각을 가지고 나태하고 추악하
게 살아간 것으로 인해 응보가 따라 생을 비참하게 마쳤다. 작가는 주인공
을 통해 독자들이 천리에 맞는 생활을 하는 내용으로 작품을 써야 한다.

제111사(事) 완급(緩急: 느림과 급함)-『채봉감별곡』의 위기극복 능력-

본 조항의 완급(緩急)은 '느림과 급함'을 뜻한다. 사람의 생활은 복잡다
단하므로 특수한 상황에서의 경우 정당치 못한 행동의 용납이 가능한 것
으로 받아들일 수 있다는 말이다.

사람을 상황에 따라 본의 아닌 일도 할 때가 있다. 작가 또한 주인공이
대의를 위해 일을 할 때 불가피적으로 소수인들에게 피해를 입히는 일을
할 때가 있는 경황을 작품으로 선보이면 인생살이를 알게 하는 데 도움을
줄 것이다. 독자들도 그런 행위는 긍정적으로 받아들여 대의를 위해서 하
는 일에 작은 일이 불가피적으로 손해를 보는 수도 있다는 것을 알고 크
게 문제 삼지 않으리라 믿는다.

『채봉감별곡』은 앞서 소개한 바가 있다. 이 작품은 조선조 말에 매관매직
(賣官賣職)이 공공연하게 횡행하던 시대적 배경을 설정한 것으로 당대의 현
실상을 드러낸 작품이다. 이 작품은 중국의『금고기관』(今古奇觀) 중에「왕
교란백년장한」(王嬌鸞百年長恨)을 번안(飜案)한 작품이라고 말하나 앞부분
에서 청춘남녀의 만나는 과정을 모방했을 뿐 내용은 조선조 말에 있었던
벼슬을 사고파는 내용으로 되어 있다.

이 소설의 주인공 김채봉(金彩鳳)은 강필상(姜弼成)과 약혼한 사이인데,
채봉의 아버지 김 진사는 벼슬의 눈이 어두워 돈 만 냥과 딸 채봉을 후실
로 삼게 하면 현감 벼슬을 준다는 말에 혹하여 가산을 정리하고 평양의
허 판서 댁으로 가게 됐다.

채봉은 부친의 말을 듣고 거절했으나 이미 가산을 정리한 관계로 허 판서의 후실이 된다고 하고 중간에 도망할 셈이었다. 그런데 도적 떼가 덮칠 때 몰래 달아났다.

만약에 채봉이 급박한 상황에 도망하지 않으면 후실로 살게 되어, 부모에겐 안 된 일이지만 자신의 앞날을 어두운 그늘에서 살아갈 수 없다는 판단 아래 도망을 친 것이다. 채봉의 행함은 본 조항과 관계되어 그 내용을 다음과 같이 인용한다.

제111사(事) 완급(緩急): (愛 2範 13圍)(애, 2째 본보기, 13번째 범위)

緩은 緩界也이고 急은 急界也라. 急界에 妖孼은 人或可容이요. 緩界에 妖孼은 人不可容也라.

해석: 완(緩)은 느린 지경을 갈하고, 급(急)은 급한 지경을 말함이라. 급한 지경의 간악한 행동은 사랑으로 사람들이 간혹 받아들일 수 있으나, 느린 지경의 간악한 행동은 사람들이 허용하지 않느니라.

사람은 상황에 따라 느리고 다급한 경황으로 행할 때가 있다. 전자는 허물을 사람들이 받아들일 수 없음을, 후자는 간악하고 요망한 허물일지라도 용납할 수 있음을 나타냈다. 사람은 긴박한 상황에는 처할 때 본의 아닌 일이면서도 옳은 일이라면 상대방의 요구를 들어주는 경우가 있다.

이런 일은 간악한 일이라도 사랑으로 받아들일 수 있다. 요즘은 여름 장마가 게릴라식으로 전국일원에 퍼부어지고 있다. 폭우는 그칠 줄 모르게 내려 저수지를 관리하는 사람의 입장에선 저수지의 물이 넘쳐 비상수단을 쓰지 않으면 안 되어 수문을 열어 놓는다.

이렇게 되면 저수지의 많은 물이 아래 농경지로 흘러들어 물에 잠긴다. 그 농경지 농민은 불만을 나타낸다. 그러나 만약에 저수지의 물을 빼지 않으면 저수지의 둑이 붕괴되어 막대한 피해를 입게 된다. 급한 일이 발생할 때는 그 상황에 따라 대처하여 비상수단을 강구하여야 된다. 특수한 상황에서 간악한 행동이 통할 때는 사랑으로 받아들여야 대의에 맞는 행위인 것이다.

이에 반해서 급한 상황이 아님에도 불구하고 보통의 경우에 간악한 행동은 받아들일 수 없다. 보통의 경우는 사람들의 일상적으로 살아가는 경황으로 살아가게 때문에 급한 때의 경우가 통하지 않아 사람들로부터 용납할 수 없다.

1. 『채봉감별곡』에서의 채봉의 처신

채봉은 김 진사의 무남독녀이나, 부친 김 진사가 벼슬에 눈이 어두워 채봉을 허 판서의 별실로 바치게 한다. 채봉은 그 말을 듣고 절대 그런 생활을 하지 않겠다고 불가 입장을 밝히니, 부친이 듣지를 않는다. 여기에 모친도 채봉을 별실로 보내는 데는 찬성하지 않았으나 현감부인이 된다는 말에 채봉에게 별실이 되기를 바라고 설득한다.

채봉은 부모를 설득시켰으나 마이동풍(馬耳東風) 격이어서 일시방편으로 별실이 되겠다고 했다. 채봉의 부모는 좋아하며 가산을 정리하고 평양의 허 판서 댁으로 향했다. 마침 이들 가족이 투숙하고 있는 주막에는 화적떼가 나타나 북새통을 일으키는 가운데 채봉과 시비 취양이 함께 도망하여 평양의 취양의 집으로 갔다.

채봉은 부모의 마음과 통하지 않아 정당방위의 차원에서 화적떼가 나타난 틈을 이용해 부모 곁을 탈출해 별실이 되는 것을 모면했다. 더구나 채봉은 강필성이란 청년과 약혼한 사이이다.

그녀가 행한 것은 본 조항에서의 다급한 행동의 상황과 통하니, 정당방위의 차원에서 필요한 선택이며 시중(時中)의 미(美)를 이루는 일환으로 볼 수 있다.

사람은 상황에 따라 느리고 다급하게 일을 슬기롭게 대처해야 한다. 자신이 피해를 입게 될 때는 비상수단으로 자신이 행할 일이 있고 느긋하게 할 일이 발생할 때는 또 상황에 맞춰 행하면 된다.

2. 작중 인물의 처신

작가들은 자라나는 청소년들에게 상황에 따라 처신하는 내용으로 작품을 선보이면 이들이 살아가는 데 도움을 줄 것이다. 대개 순진하게 살아온 사람들은 상황에 따른 처신을 하지 못하고 손해를 보는 데도 대처하지 못하고 당하고 있는 이들이 개중에는 많다. 작가들은 이들에게 앞날을 위해서 그 대처방안을 알려 주는 방안도 필요한 것이다.

급한 상황에 이르렀을 때는 피해를 보지 않기 위해 간악한 행동도 행할 수가 있는데, 만약에 그런 상황에 당하고만 있을 수 없다. 이런 행동은 자기만의 이익이 아니라 다른 사람들에게도 도움이 되는 일이어야 한다.

앞에서 예를 든 바와 같이 폭우가 쏟아져 저수지가 범람하게 될 경우 아래 농경지가 물에 잠기더라도 수문을 열어 놓아야 한다. 만약에 그대로 놔두면 둑이 터져 농경지는 매몰되어 막대한 손실을 가져오기 때문에 불가피적으로 행할 때가 있다. 작가들은 급한 경우와 느긋한 경우에 따라 행동하는 것을 작중의 주인공을 통해서 알려 주면 처신하는 데 도움을 줄 것이다.

제112사(事) 시(施: 베풂): (愛 3範)-『도솔가』(兜率歌)의 구제-

본 조항은 어려운 사람에게 재물을 나누어 가난을 구제하고 도덕을 펴 선악을 초월하여 아울러 베풂을 이르니, 사랑정신이라 할 수 있다. 『삼국사기』(三國史記)권1 유리왕 5년 11월, 신라 제3대 유리왕(儒理王?~57 재위 24~57)이 국내를 순시하다가 기한(飢寒)에 죽어가는 노인을 구제하고 어의(御衣)를 덮어주고, 사궁지수(四窮之首:鰥寡孤獨)로 살아가는 백성을 도왔다.

백성들은 유리왕이 기민(飢民)을 도와 민속이 환강(歡康)하여 백성들이 『도솔가』(兜率歌)를 지어 불렀다고 했으니, 그를 대상으로 작품을 쓰면 독자들이 2,000년 가까운 때 그런 훌륭한 임금이 있었는가 하고 즐겨 읽을 것이다.

임금이 어렵게 사는 사람에게 인정간에 먹을 것을 줄 수가 있지만, 어의(御衣)를 벗어 기한에 떠는 늙은이를 덮어주었다는 것은 불인지심(不忍之心)의 발로이니, 인정이 넘치는 임금이며 홍익인간의 정신이라 할 수 있다. 작가는 유리왕이 백성에게 베푼 일을 작중에 나타내면 독자들이 임금 중에 그런 어진 임금도 있었다는 것을 깨닫고 어려운 사람을 돕는 일에 나설 것이다. 유리왕의 구휼은 본 조항과 통하는 의식이므로 그 내용을 인용하면 다음과 같다.

제112사(事) 시(施: 베풂): (愛 3範)(애, 3째 본보기)

施는 賑物也며 布德也라. 賑物하여 以救艱乏하고 布德하여
시 　진물야 　　포덕야 　　진물 　　이구간핍 　　포덕
以明性理니 라.
이 명 성 리

해석: 베풂은 재물을 나눠주는 것이며, 덕을 펴는 것이니라. 재물을 나눠주어 궁핍함을 구제하며, 덕을 널리 펴서 인성과 천리를 밝혀야 하는 것이다.

예로부터 한민족에겐 홍익인간의 이념이 있어 왔기에 어려운 처지에 있는 사람을 돕는 구휼미(救恤美)·구제미(救濟美:das Hilfe Schöne)가 잘 실행해 왔다.

위의 내용은 홍익인간의 정신을 내용으로 하고 있으니, 우선 남을 돕는 정신은 일차적으로 물질이 풍부해야 도울 수 있다. 따라서 홍익인간은 인간 세상을 넓게 유익하게 하는 것이니, 물질이 풍부한 나라를 세우는 데 목표를 두었다.

단군은 1년 366¼일 동안 농경에 힘쓰는 내용으로 교육하여 물질생산에 힘써 광대(廣大)한 나라를 세워 홍익인간의 이화세계를 세운 것이다. 누구

나 아는 상식이지만 물질이 궁핍하면 사람들이 가난에 찌든 생활을 하게 된다. 물질이 풍부한 나라사람들은 길거리에 다니는 사람도 활기가 넘쳐 생동감을 준다. 물질이 풍부한 다음에 도덕을 펴야 명실(名實)공(共)히 내실이 있는 사람들이 예의를 지키게 된다.

인간이 잘 살아가기 위해서는 물질이 풍부해야 홍익인간의 정신을 펼 수 있는 것이다. 물질이 궁핍한 사람에겐 물질을 베풀어 주어야 예의를 지키는 생활을 하게 된다. 죽어가는 사람에게 곡식을 주어 살아가게 하는 것은 생명을 살리는 행위이니, 자선행위이다.

기아선상에 처한 사람에게 도덕을 편들 공염불에 불과하다. 물질이 풍부한 가운데 포덕(布德)해야 육신을 조정하는 정신세계를 슬찌게 한다. 빈민구제는 물질과 정신이 아울러진 베풂에서 효과를 볼 수 있으니, 조화미를 이룬 사랑일 때 홍익인간의 인정미가 베풀어진다.

1. 신라 유리왕의 구휼(救恤)

신라 3대 유리왕은 5년(28년) 11월인 겨울에 국내를 순행하다가 늙은이가 기아선상에서 죽어가는 것을 발견하고 이는 '나의 죄'라 하고 어의(御衣)를 벗어 덮어 주고 먹을 것을 주어 살려 냈다.

유리왕이 베푼 구휼미는 본 조항의 내용과 같이 물질과 도덕을 베푼 것이다. 왕은 그 후 관리들에게 곳곳에 사궁지수(四窮之首: 鰥寡孤獨)에 든 사람들은 위문케 하여 돕도록 명하여 어려운 처지에 있는 많은 사람을 도왔다.

유리왕과 신하들이 물질과 도덕으로써 환과고독(鰥寡孤獨)으로 고생하는 백성들을 도우니 민속이 환강(歡康)하여 백성들이 처음으로 『도솔가』(兜率歌)를 불렀다고 한다. 그러나 오늘에 가악(歌樂)의 시초라고 전하는 『도솔가』(兜率歌)가 전하지 않으니, 안타까울 뿐이다.

유리왕의 백성구제는 물질구제이나, 도덕심이 들어 있으니 물질과 도덕이 함유된 베풂인 것이다. 유리왕 때 불러진 「도솔가」는 물질과 함께 덕의 전포(傳布)라고 할 수 있다.

제112사(事) 시(施)의 세 번째 범위인 용납은 8조항으로 분류되는데, 소개하면 다음과 같다.

시삼범(施三範)

조항 \ 내용	주요 내용	대상	조항
1. 원희(原喜)	사람을 사랑하고 베푸는 것을 좋아 함	베풂	제113사(事)
2. 인간(認艱)	베풂이란 남의 어려움을 자기처럼 여김	베풂	제114사(事)
3 .긍발(矜發)	자비로운 사랑은 맹수의 목숨도 구제함	베풂	제115사(事)
4. 공반(公頒)	정상생활로 널리 전하여 두루 모범이 됨	베풂	제116사(事)
5. 편허(偏許)	사랑이란 급한 사람부터 먼저 도와줌	베풂	제117사(事)
6. 균련(均憐)	만물에 물질과 도덕을 고르게 베풂	베풂	제118사(事)
7. 후박(厚薄)	사랑은 중용적으로 적당한 양을 행함	베풂	제119사(事)
8. 부혼(付混)	사랑은 베풀면 그 보답을 바라지 않음	베풂	제120사(事)

위의 8개 조항은 유리왕이 환과고독(鰥寡孤獨)으로 지내는 백성들을 구제한 것과 통하는 의식이다. 한국인은 오랜 옛날로부터 홍익인간 정신이 집단적 무의식으로 전하기 때문에 남을 돕는 정신이 잘 실천되고 있다. 젊은이들은 예로부터 전하는 홍익인간 정신을 본받아 어려운 사람을 돕는데 앞장서야 할 것이다.

2. 작중 주인공을 통해 구휼미 반영

작가들은 선조들이 지위고하를 물론하고 어려운 처지에 있는 사람을 구제하여 왔으니, 이를 거울삼아 어려운 처지에 있는 사람을 돕는 정신으로 주인공을 내세워 작품을 쓰면 좋을 것이다.

신라 제3대 유리왕은 사궁지수(四窮之首)에 든 사람들을 돕는 데 힘써 왔다. 사실상 역대 임금치고 어려운 처지에 있는 사람을 구제하지 않은 임금은 없을 정도다. 남을 돕는 일은 한국인의 일상적인 일이므로 기록에 전하지 않을 뿐이다.

작가들은 이미 전하는 신라 유리왕이 환과고독(鰥寡孤獨)에 처한 사람을 구한 행함을 기조로 하여 작가의 상상력으로 나타내면 독자들이 홍익인간으로 백성을 다스렸다는 것을 알게 하는 데 도움이 되리라 믿는다. 대개 국민들은 역대 왕들이 궁중에서 궁녀들과 유흥을 즐기는 것으로 보고 있으나, 실제에 있어서는 그들 나름대로 백성을 구휼하는 데 힘써 왔다.

요즘은 빈부의 양극화가 심해져 독거노인들이 궁핍하게 살아가는 것을 봉사자들이 이발과 목욕을 시키고 있다. 작가들은 이들 노인의 생활상을 문학적으로 나타내면 봉사자들이 이들을 보살피는 데 나설 것이다.

제113사(事) 원희(原喜: 원래의 기쁨)—윤희순의 독립군 돕는 노래—

본 조항의 원희(原喜)는 '원래의 기쁨'이란 뜻이니, 사람의 천성이 원래 사랑하고 베푸는 것을 좋아하는 관계로 그런 사람이 되도록 남에게 베풀라는 말이다. 작가는 3대에 걸쳐 독립운동의 뒷바라지를 한 윤희순(尹熙順, 1860~1935)에 대해서 작품을 쓰면 독자들이 그런 애국부인이 있었다는 것을 알게 하는 데 도움을 줄 것이다.

윤희순(尹熙順)의 『안사람의 의병가(義兵家) 노래』는 시아버지 유홍석(柳弘錫)이 춘천유림과 더불어 가평일대에서 의병운동을 일으켰을 때 윤희순은 의병의 사기를 진작시키기 위해 위의 노래를 지었다. 그녀는 남편 유제원(柳濟遠)에 출가하여 아들 유돈상(柳敦相)과 유민상(柳敏相)도 독립운동에 가입하여 맏아들은 일경에 체포되어 삼한 고문 끝에 순국하여, 3대에 걸친 의병활동을 뒷바라지를 하다가 만주에서 76세로 세상을 떠났다.

윤희순의 노래는 그녀 자신 육신의 노래라는 데서 본 조항의 내용을 소개하면 다음과 같다. 유한대학 교수를 역임헌 유무상(柳武相 76)은 윤희순(尹熙順)이 독립군을 위해 돈도 대주고 밥도 해 주어 뒷바라지를 했다고 필자에게 알려 준다.

제113사(事) 원희(原喜): (愛 3範 14圍)(애, 3째 본보기, 14번째 범위)

해석: 원희(原喜)란 사람의 하늘 성품이 원래 사람을 사랑하고 베푸는 것을 기뻐함이라. 사람이 하늘 성품을 역행하여 사람을 사랑하지 않으면 외롭게 되고 베푸는 것을 기뻐하지 않으면 외롭게 되고 천하게 되니라.

사람이 태어날 때 착하다는 것은 맹자(孟子)의 성선설(性善說)을 생각한다. 그런데 사람은 하늘의 성품을 배반하는 일을 일삼으면 천하게 된다는 것인데 후귀박천(厚貴薄賤)의 말을 떠올린다. 사람의 마음이 본래 착하다는 것은 천품을 타고난 것이니, 『천부경』의 "본심본태양앙명"(本心本太陽昂明: 본래 마음은 태양의 밝음을 근본으로 함)과 "인일삼"(人一三: 사람이 하나가 창조가 되니 사람의 기본수는 3이다)이라고 한 것과 같이 사람의 마음은 태양의 밝음과 한결같은 하나(一)로써 근원을 이뤘기 때문이라 할 수 있다.

위의 내용은 두 가지로 나뉘는데, 첫째, 하늘의 성품을 부여받아 착한 인성을 지니고 있는 관계로 인성으로 말미암아 사람을 사랑하게 된다. 둘째, 천성과는 반대로 사람을 사랑할 줄 모르는 사람은 도도해져 인정이 메말라지고 베푸는 것을 모르게 되어 천하게 된다는 내용이다.

제113사(事) 원희(原喜)는 『천부경』의 내용으로 이해하면 밝은 마음과 한결같은 마음을 이해하는 데 좋은 자료이다. 사람은 천성적으로 착한 마음을 지닌 관계로 남을 도우면 마음이 즐겁다. 이것은 사람에겐 하늘의 원리인 밝음과 하나(一)가 함유되어 있기 때문이다. 『인부경』(人符經)의 "천지합덕인"(天地合德人)과 같이 하나로 이룬 것으로 보면 된다.

『삼일신고』(三一神誥)·진리훈(眞理訓)에는 참함으로 돌이키면 일신(一

神)을 자각할 수 있게 된다고 했다.

> 人物이 同受三眞하니 曰性命精이라. 人은 全之하고 物은 偏之니라. 眞性은 無善惡하고 上哲이 通하고, 眞命은 無淸濁하니 中哲이 知하고, 眞精은 無厚薄하니 下哲이 保하나니 返眞하얀 一神이니라.

해석: 사람과 만물이 세 참됨을 받나니, 일러 성품(性)과 목숨(命)과 정기(精)이라. 사람은 세 가지를 온전히 받으나 만물은 치우치게 받느니라. 참된 성품은 착함도 악함도 없으니 으뜸 철인이 통하고, 참목숨은 맑음도 흐림도 없으니, 중간 철인이 알고 참된 정기는 후함도 박함도 없으니, 하등 철인이 보전하나니, 참으로 돌이키면 한얼과 하나가 되니라.

제1단 참이치인 진리훈(眞理訓)은 44자이다. 사람은 천지의 이치를 갖춘 만물의 영장이라 한다. 만물의 연장이란 것은 만물보다 성품(性)과 목숨(命)과 정기(精)를 온전하게 받았기 때문이다. 종교경전에서 사람은 한얼님의 형상대로 창조하였다는 것은 성(性), 명(命), 정(精)을 온전히 받았기 때문이다.

다시 말해 사람의 상단(上段)인 얼굴은 하늘의 형상이므로 둥글게, 몸의 중단(中段)인 흉부(胸部)와 복부(腹部)는 네모진 형상으로 동서남북의 대지를, 하단(下段)인 각부(脚部)의 다리는 음양의 갈래를 나타낸 것으로 보면 될 것이다.

사람은 한얼님의 형상대로 창조한 것이니, 성(性), 명(命), 정(精)의 세 가지를 완전하게 받고 태어난 관계로 만물의 영장이라 할 수 있다.

참성품인 진성(眞性)은 물질적이 아닌 순선무악(純善無惡)한 영성(靈性)인 이치를 갖추어 막힘이 없으므로 한얼님의 덕을 합한 대인의 경지로 상철(上哲)과 통한다. 참목숨인 진명(眞命)은 순청무탁(淸濁無濁)한 생존의 이치를 갖추어 미혹됨이 없으므로 한얼님의 슬기를 합한 중철(中哲)이 잘 알게 된다.

참정기인 진정(眞精)은 순후무박(純厚無薄)의 운동 이치를 갖추어 어질러짐이 없으므로 한얼님의 힘을 합한 하철이 보전한다. 이 삼진(三眞)으로 돌아오는 3품은 수행 여하에 따라 득도하게 되니, 그 성통공완에 이르면 한얼과 하나가 된다는 것을 가르친 것이니, 곧 『천부경』(天符經)의 하나(一)의 이치로 성(性), 명(命), 정(精)을 밝힌 내용이라 할 수 있다.

따라서 성(性), 명(命), 정(精)은 참이치인 하나(一)의 이치로 돌이키면 일신을 자각할 수 있다는 내용이니, 쉽게 말하면 착함에는 악함이, 맑음에는 흐림이, 후함에는 박함이 개입될 여지가 없는 것이다. 위 제1단 참이치인 진리훈(眞理訓)을 도표로 나타내면 다음과 같다.

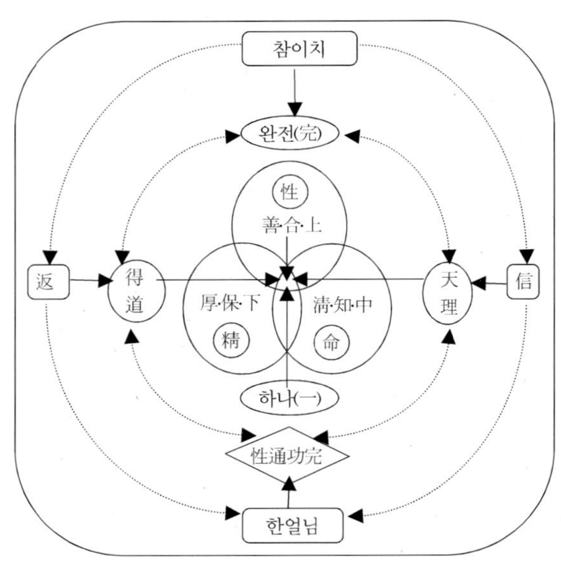

성(性), 명(命), 정(精)의 이치로 기리는 글을 다음과 같이 전한다.

하나는 셋이 되니　　　　　　　　　　自一而三
착함과 가닥이 그림을 나눴네.　　　　　眞妄分圖

셋을 모아 하나에 가니,   會三之一
미로와 깨침 길이 가름되네.   迷悟判途
안 되고 잘되는 사이   任化之間
재앙과 경사 불렀네.   殃慶自呼
섞이고 얽이는 이치   錯綜至理
한얼님의 믿음이네.   惟檀之府

사람은 삼진(三眞)의 경지에 이르러 사람을 사랑하고 베풀면 마음이 상쾌해져 기쁘게 되어 보람을 느낀다. 이런 하늘의 마음을 지니지 않고 남에게 사랑을 베풀면 그 사랑의 진미를 느끼지 못해 마음이 공허해진다.

사람은 천부적으로 하늘의 품성을 지닌 관계로 밝음과 하나의 마음을 지니면 자기의 몸 건강을 위해 좋을 것이다. 여기에 하나의 건전한 생각을 가지고 남에게 사람을 베풀면 심신일체가 건강미(das Gesundheit Schöne)와 애미(愛美, das Liebchen Schöne)를 펴면『지부경』(地符經)의 "건곤배합"(乾坤配合)과 같이 천인일체(天人一體)가 되는 마음가짐으로 살아가게 될 것이다.

1. 윤희순(尹熙順)의 『안사람의 의병가(義兵家) 노래』

윤희순(尹熙順)은 독립 운동가 시아버지 유홍석(柳弘錫, 1841~1913)과 남편 유제원(柳濟遠) 아들 유돈상(柳敦相)과 유민상(柳敏相)은 삼대에 걸쳐 독립운동을 뒷바라지하였고,『안사람의 의병가(義兵家) 노래』를 지어 의병들의 사기를 돋우는 데 기여가 되었다. 그녀는 만주에서 76세로 일생을 마쳤으니, 애국부인이라 할 수 있다.

본래 사람은『천부경』의 "본심본태양앙명"(本心本太陽昂明: 본래 마음은 태양의 밝음을 근본으로 함)과 같이 착한 성품을 태양에서 본 것으로 보면 된다.

윤희순이 지은 노래는 구구절절이 애국충정의 내용이 아롱져 있는데 그 가사를 인용하면 다음과 같다.

우리나라 의병들은 나라 찾기 힘쓰는데,
우리들은 무얼할까 의병들을 도와주세.
내 집 없는 의병대를 뒷바라질 하여 보세.
······ 중략 ······
의병들이 오시거든,
따뜻하고 안옥하게 만져 주세.
우리 조선 아낙네들 나라 없이 어이 살며, ······
만세 만세 만만세요 우리 의병 만세로다

『안사람의 의병가(義兵家) 노래』

그녀는 의병들을 돕는 데 여인들이 동참하자는 것이다. 독립군은 일본
군과 싸우게 되니, 집에 오면 따뜻하게 맞아 주어 돕자는 것이니, 구구절
절이 독립운동의 아내로서 와 닿는 말이다.

본 조항에서 밝힌 바와 같이 남에게 사랑을 베풀면 마음이 기뻐하게 된
다는 것을 밝혔으니, 독립 운동가들을 도우면 나라를 찾는 일이 되어 앞으
로 일본군을 물리치면 모두 만세를 부르며 살게 된다는 것이 노래의 요지
이다. 이에 반하는 행동을 할 때는 홍악인간(弘惡人間)이 된다는 것이니,
의병들과 같이 홍익인간의 길을 가야 할 것인데, 당시 친일파들이 늘어만
갔으니 안타까운 일이다.

윤희순은 삼대에 걸쳐 독립운동을 뒷바라지한 애국부인이다. 그의 노래
는 애국의 정신이 아롱져 있어 되새겨 볼 만하다. 그녀는 이국땅에서 조국
을 되찾기 위해 3대에 걸쳐 내려오는 동안 세상을 떠났으니, 독립운동사
에 길이 남을 것이다.

본 조항은 윤희순의 『안사람의 의병가(義兵家) 노래』를 이해하는 데 도
움을 준다. 작가들은 삼대를 독립운동을 하는 데 뒷바라지한 윤희순의 뜻
을 모든 여성들이 본받게 하고, 그것도 만주에서 독립운동을 하는 데 도왔
으니, 장하고 장한 일이라 아니 할 수 없다. 우리는 일제강점기 친일파들
이 생활걱정 없이 살아가는 것을 보았다. 그런데 독립 운동가들은 숨어 살
면서 집안이 편안한 날이 없이 박해를 받으며 살았다. 그럴 때 필자의 나

이는 십 대 소년이었지만 어른들이 3 · 1운동 이야기를 들려주어 일본이
야만적인 행동을 했다는 것을 알게 되어 속으로 미워했다.

2. 작가의 윤희순 독립심 고취

윤희순은 독립 운동가의 아내로서 독립 운동가들의 사기를 돕우는 노
래를 지었다. 그의 남편, 시부아버지, 아들 형제가 독립운동에 참가했다.
그는 삼대에 걸쳐 독립운동 뒷바라지로 고생을 많이 했다.

그는 독립 운동가들이 간주에서 고생하는 실상을 노래로 나타냈다. 그
녀에 대한 것은 잘 알려지지 않아 생소하게만 느껴지는데, 작가들은 그녀
에 대해 자료를 발굴해 독립 운동사를 쓰는 마음으로 작품을 쓰면 독자들
이 그런 부인 애국자가 있었느냐고 할 것이다. 작가들은 그녀에 대해서 작
품을 써서 세상에 알리면 요즘 여성들이 깨닫는 바가 있으리라 본다.

윤희순은 만주에서 세상을 떠났다. 십 년만 더 살았다면 조국광복을 맞
이했을 것이나, 사람의 운명은 마음대로 할 수 없다. 그의 시댁은 독립 운
동가의 집안이라는 데 관심을 기울일 필요가 있다. 그녀는 1983년 정부에
서 대통령 표창을 추서했다.

제114사(事) 인간(認艱: 어려움을 앎)-윤희순의 『신세타령』-

인간(認艱)의 뜻은 한자 자의(字意)상에서 나타나 있으니, '알 (인)'(認)
자(字)와 '어려울 (간)'(艱)이므로, '어려움을 앎'이라는 뜻이다. 곧 남의 어
려움을 이해한다는 뜻이니, 사랑정신이라 할 수 있다.

작가들은 윤희순이 독립군이 어렵게 지내는 실상에 대해 지어 독립군
의 사기를 돋워 주었다. 그녀는 삼대에 걸쳐 독립운동의 아내로서 시아버
지, 남편, 아들의 뒷바라지를 하였으니, 그의 고충을 이해하는 의미에서
그녀에 대해 작품을 출간하면 당시 독립군 집안의 실상을 알리는 데 도움
을 줄 것이다.

의병들의 간난(艱難)한 생활상은 윤희순의 『신세타령』에서 구구절절이 아롱져 있는 것을 보게 된다. 그녀의 시아버지 유홍석(柳弘錫, 1841~1913)은 1907년 가평에서 적과 교전하다가 부상을 당하고, 1910년 한일합방으로 국권이 상실되자 1911년 만주 환인현(桓仁縣)으로 망명하여 독립운동을 계속하다가 1913년에 세상을 떠나고, 남편 유제원(柳濟遠)이 독립운동의 과업을 수행하다가 1915년에 세상을 떠났다. 맏아들 유돈상(柳敦相)이 대한독립단에 가입하여 일경에게 체포되어 고문 끝에 1935년을 세상을 떠난다.

윤희순은 3대에 걸쳐 독립운동을 뒷바라지하여 어려움이 많은데 1923년 『신세타령』을 지었다. 이 『신세타령』은 본 조항의 내용과 상통하므로 그 조항을 인용하면 다음과 같다.

제114사(事) 인간(認艱): (愛 3範 15圍)(애, 3째 본보기, 15번째 범위)

認艱者는 人之艱難을 認若己當也라. 人有急難이면 懇救方略이니 不在乎力 이요 在乎愛人如己니라.

해석: 인간(認艱)이란 남의 어려움을 자기가 당한 것처럼 생각하는 것이니라. 남에게 급한 어려움이 있으면 간절하게 해결 방도와 계략을 구해야 하나니, 이는 그 역량에 있는 것이 아니요, 남을 자기처럼 사랑함에 있느니라.

해설: 제114사(事) 인간(認艱)의 실천은 남의 어려움을 안다는 것이니, 위정자일 경우 자기의 본분을 다하면 백성을 사랑하는 길이다. 위정자는 백성을 다스리는 의무가 있는 공인이므로 백성의 어려움을 자기의 어려움처럼 여기며 정치를 하면 되는데 실천이 문제이다.

남의 어려움을 이해한다는 것은 홍익인간의 정신이다. 이 정신은 사랑 정신에서 나타나게 되므로 남이 위급한 상황에 처하면 그곳에서 벗어날 방법을 찾아내 구해 준다. 이런 것은 남의 위급한 환란을 자기의 환란처럼 여기는 사랑이 있기 때문인데 홍익인간 정신과도 유관한 것이다.

한국인은 남을 돕는 일에는 적극적이다. 그것은 반만년 이전부터 단군의 건국이념이 홍익인간 사상으로 되어 있는 관계로 집단적 무의식에 의해 전수되었기 때문이다.

남의 어려움을 돕는 것은 그중에 위급한 상황에 처한 사람에게 자기의 일처럼 벗어날 방법을 정성껏 찾아 준다는 것은 한마로 하면 홍익인간 정신이다.

위의 제114사(事) 인간(認艱)은 홍익인간 정신을 염두에 두고 이해하면 금방 그 뜻을 이해할 수 있는 것이다.

1. 윤희순의 『신세타령』

남의 어려움을 자기의 어려움처럼 실천한 이는 동학(東學)의 제2대 교주(敎主) 해월(海月) 최시형(崔時亨, 1827~1898)이 주창한 애인지기(愛人知己)로 독립운동을 실천했다. 본고에서는 의병을 돕자는 윤희순의 『신세타령』에서 의병들의 간난(艱難)한 생활상은 구구절절이 아롱져 있는데 소가하면 다음과 같다.

> 이 내 몸도 슬프련만 우리 의병 불쌍하다.
> 가는 것이 내 땅이오. 가는 곳이 내 집이라.
> 배고픈들 먹어 볼까 춥다한들 춥다 할까.
> …… 중략 ……
> 이역만리 찬바람에 발작마다 어름이오.
> 발끝마다 백서리라 눈썹마다 어름이라.
> 수염마다 고드름이 눈동자는 불빛이라

『신세타령』

이 노래는 작자가 1923년에 추운 만주에서 지은 것인데, 일제가 1920년 10월에 청산리 싸움에서 대패한 이후 만주 한인에게 압박을 가할 때니 의병을 돕기란 어려운 상황이다.

제114사(事) 인간(認艱)의 사랑정신은 바로 남을 사랑하는 정신이니, 그녀의 육신의 절규는 고상미(高尚美, das Elegantedel Schöne, das Vornehm Schöne)의 정서가 풍긴다.

이런 때 윤희순의 노래는 조국애를 애미(愛美)로 승화시켜 이해하는 데 도움을 준다. 1919년 3·1운동과 20년 청산리 싸움에서의 승리는 일제의 식민지에서 벗어나 나라를 찾겠다는 구국의 일념이다.

일제하 독립운동은 자신의 목숨은 물론 자손들에게 담보되는 것인 만큼 너무나 어려운 일이다. 당시 2천만 민중은 일제의 압박을 받는 고통을 자신의 것처럼 생각한 것이니, 나라를 찾는 사랑정신의 발로라 할 수 있다.

2. 독립운동가 아내의 고충

윤희순은 시아버지 유홍석이 일본군과 싸우다가 부상을 당하고, 만주 환인현으로 망명하여 독립운동을 하다가 세상을 떠나고 남편도 맏아들도 죽었다. 그녀는 삼대에 걸쳐 독립운동을 뒷바라지 했으니, 그 고충은 말할 수 없었다고 할 수 있다. 일경의 감시는 삼엄했을 것이니, 마음 놓고 한시인들 살지를 못하였다.

윤희순은 일경이 감시하는데도 독립군의 사기를 돋우기 위해 노래를 지어 독립군들이 부르거나 부르게 했으니, 한민족의 정신적인 지도자라 일컬을 만하다.

작가들은 그녀에 대해 작품을 쓰면 한국의 그런 훌륭한 여성이 있었다는 것을 알고 남다른 감회(感懷)에 젖게 할 것이다.

더구나 친일파들의 후손들은 일제로부터 후한 대접을 받고 산 것을 부끄럽게 생각하고 조상들이 또는 시댁 어른들이 민족반역자로 산 것에 반성해야 하는데 그런 사람은 보지 못했다.

윤희순은 독립운동의 아내로서 독립군들이 너무나 만리타향에서 조국을 찾기 위해 불철주야 애쓰는 고통을 자기의 어려움처럼 생각하고 노래를 지었다. 숭고한 정신은 작가들이 모든 여성들이 알게 작품으로 출간하면, 나 한 사람뿐만 아니라 남을 위해 일하는 정신을 본받게 하는 데 도움이 되게 하며, 또한 홍익인간의 정신을 일깨우는 데 기여가 되리라 믿는다.

제115사(事) 긍발(矜發: 불쌍히 여김)—윤희순의 『안사람 의병가』—

본 조항의 긍발(矜發)이란 '불쌍한 마음이 일어남'의 뜻이니, 자비로운 사랑의 마음은 불인지심(不忍之心)이 있으므로 맹수가 도움을 청하면 구해 주는 것을 말한다.

일제강점기에는 독립군들이 만주에서 일제와 싸우게 되므로 남녀가 합심하여 싸워야 할 때다. 그런 절박한 시대에 윤희순은 그 당시 실상을 『안사람 의병가』에서 나타낸 것이다.

작가는 윤희순이 육신의 소리로 한 『안사람 의병가』의 내용으로 당시 독립군의 실상을 작품으로 나타내면 독립군의 실상을 이해하는 데 도움을 준다.

윤희순의 『안사람 의병가』는 남녀를 가리지 아니하고 일제와 싸우는 데 나서라는 것이다. 일제는 많은 군대와 군수물자를 가지고 있고, 독립군은 이들에 비해서 열세어 놓여 있다.

이럴 때 윤희순은 그런 열세를 만회하기 위해 여성들도 일제와 적극적으로 나서라는 절규는 독립 운동가의 아내로서 그 시대의 절실함을 나타낸 것이다.

독립 운동가들이 일제와 싸우는 것은 조국이 일제의 속국이 되어 많은 국민들이 압박을 받고 살아갈 때 주권을 찾아 편안하게 살아가기 위해 조국을 되찾자는 운동이다.

독립 운동가들은 피압박민족으로 살아가는 참상을 보고 조국을 찾겠다는 마음으로 독립운동을 하는 것이니, 본 조항과 통하게 된다. 윤희순은 조국을 구하기 위해 『안사람 의병가』를 지었으므로, 그 노래를 이해하기 위해 본 조항을 인용하면 다음과 같다.

제115사(事) 긍발(矜發): (愛 3範 16圍)(애, 3째 본보기, 16범위)

矜發者는 慈心이 無親疏하고 又無善惡하여 但見矜則發이니
是以로 猛獸依 人에 猶且救之니라.

해석: 긍발(矜發)이란 자애로운 마음이 친함과 소원함을 가리지 않고, 또 착하고 악함도 없이 단지 불쌍함을 볼 때 일어나는 것이니라. 이런 까닭에 맹수가 사람에게 의지해 오더라도 오히려 또한 구해 주느니라.

사람은 착한 본성을 지니고 살아가는 관계로 불쌍한 것을 보면 자애로운 마음이 일어나게 된다. 자애로운 마음을 지닌 사람은 짐승도 사랑하는 마음을 지닌다. 제115사(事) 긍발(矜發)이란 불쌍한 마음이 생기는 것을 의미한다. 사람은 원래 천성을 부여받아 착한 마음을 지닌 관계로 불쌍한 것을 보면 자애로운 마음이 생겨 돕게 된다. 남을 불쌍히 여기는 마음을 가진 사람은 착함도 악함도 가리지 않으니, 자애로움이 충만한 사람이다. 이런 사랑정신이 충만한 사람은 무차별적이므로 인류애를 구현할 수 있다. 나라가 위태로울 때는 우국휼민의 정을 나타내게 되므로 조국을 위해 싸워야 한다.

나라에는 사람만이 아니고 뭇 생물이 살게 되므로 만물을 사랑하는 차원에서도 나라를 잃으면 짐승도 사랑할 수 없게 된다.

사람은 원래 천성을 부여받아 착한 본성으로 착한 마음을 지녀 불쌍한 것을 보면 측은히 여기는 마음이 생겨 동물에게도 사랑을 베풀어야 한다. 더구나 한국인은 단군을 성조(聖祖)로 숭배하므로 건국이념이기도 한 홍익인간 정신을 마음속에 무의식적으로 지니고 있으므로, 친소(親疏)와 선악(善惡)을 가리지 않는 홍익인간의 정신을 마음속에 지니고 있다.

환웅은 백성을 366사(事)로써 교화를 펴 금수(禽獸)도 가리지 않는 사랑을 베풀었다. 신화적인 내용이기는 하나 곰을 웅녀로 환생케 했다. 본 조항의 내용 또한 짐승도 사람에게 도움을 청하면 이들 짐승을 돌봐 주는 내용이다.

요즘도 강원도에는 겨울에 폭설이 내리면 짐승들이 인가로 내려와 도움을 청한다. 그러면 사람들은 폭설이 녹을 때까지 집 안에서 먹여 살리기도 한다는 말을 듣는다. 사람들이 짐승을 구해 주는 것은 다름 아니라, 먹을 것이 없어 살려 달라고 하는 짐승을 해칠 수 없다는 것이다. 이런 사랑의 마음은 인간의 본성이 착한 것을 실천하는 홍익인간의 정신 때문이다.

홍익인간(弘益人間)이란 말에는 남을 사랑하는 마음이 함우되어 있으니, 인간이 사는 사회를 풍요롭게 살아가게 한다. 홍익인간 정신은 남을 돕는 정신이므로 사람만을 돕는 것이 아니라, 짐승도 사람에게 도움을 청하면 도와주어야 한다. 홍익인간이란 인간만을 유익하게 하는 것이 아니라 동물들도 사랑하여 공생하는 것을 말한다.

1. 윤희순의 독립정신 고취

앞 조항에서 소개한 윤희순은 일제의 압박에서 벗어나기 위해 남녀 할 것 없이 모두 의병을 하러 나가자는 『안사람 의병가』를 지어 독립정신을 고취시켰으니, 본 조항을 이해하는 데 도움을 준다.

일제강점기에 한민족은 일제로부터 가혹한 식민지 정책으로 갖은 학대를 받으며 살았다. 독립 운동가들은 많은 사람들이 피압박민족으로부터 벗어나서 살게 하기 위해 독립운동을 전개하여 일본군과 혈전을 벌이기도 하였다.

독립군은 일본군과의 싸움에서 열악해 여인들도 의병을 하러 나가자고 한 것이다. 윤희순은 1920년대 긴박한 상황에서 다음과 같이 노래를 지었다.

아무리 왜놈들이 강승(승)한들,
우리들도 뭉쳐지면 왜놈 잡기 쉬울 새라.
아무리 여자인들 나라 사랑 모를 소냐.
아무리 남녀가 유별한들 나라 없이 소용 있나.
우리도 나가 의병 하로 나가 보세.

의병대를 도와주세.

『안사람 의병가』

1920년대는 독립군들이 일본군과 무시로 싸우게 되니, 열세에 놓인 의병들을 돕자고 한 것이다. 나라를 찾는 의병은 숭고한 정신이니, 남녀를 가릴 필요가 없다. 그녀의 노래는 애국애족의 고귀함(nobility)과 품격(courtliness)의 미가 풍기니, 한민족의 자비로운 마음이 가사 중에 나타나 있다. 한민족은 단군신화에서의 건국이념에 나타난 바와 같이 환웅이 짐승을 도와 사람으로 환생케 한 자비로운 마음이 있어 왔으니, 모든 중생을 사랑하는 자비로운 마음을 지니며 살아왔다. 자비로운 사랑의 마음을 지니면 선악의 차별을 가리지 않고 야생의 짐승들도 도우며 살아가는 것이니, 조국을 찾는 일에 힘써야 함은 당연하다.

윤희순의 노래는 일제의 압박을 받으며 많은 한민족이 비참하게 살아가는 것을 구하기 위해 이들과 싸우는 데 여성들도 참여하자는 노래니, 숭고미의 정신이라 할 수 있다. 본 조항에 나타난 내용 중 사나운 짐승이 사람에게 의지해 도움을 청할 경우 구해 준다는 내용이니, 오늘날 강원도 산간지대에 겨울에 눈이 많이 내릴 때, 짐승들이 먹을 것을 찾아 민가 근처로 내려올 경우 사람들이 먹이를 주어 살린다.

이런 짐승에게 먹이를 주는 것은 본 조항의 내용과 통하는 의식이며 홍익인간의 정신 중 사랑과 관계된다. 윤희순의 의병을 돕자는 내용은 독립운동가의 아내로서 당시 절실한 절규였다. 독립군을 도와야 일본군을 물리치는 상황이 아닌가? 열세에 놓인 독립군이 강한 일본군과 싸울 때 가장 필요한 것은 병력을 보충하는 일이다. 여성도 함께 참여하여 싸워야 하는 『안사람 의병가』의 내용은 당시 상황을 나타낸 바람이었다고 할 수 있다.

2. 윤희순의 캐릭터 개발

작가들은 윤희순이 독립 운동가의 아내로서 시아버지, 남편, 아들 대에까지 삼대에 걸쳐 독립운동을 뒷바라지했다는 것과 국내에서는 일제와 싸우는 의병의 사기를 진작시키기 위해 노래를 지어 많은 사람들에게 유포시켰다. 만약에 이런 노래가 일본 관헌에 알려지면 심한 고문을 받아야 하는 가운데도 당당히 노래를 지었다.

하여튼 일제를 물리치기 우해서는 남녀를 가리지 아니하고 싸워야 한다. 여성은 독립 운동가들을 가정에서 돌보는 것도 독립운동이라고 할 수 있기 때문이다.

윤희순은 일제를 물리치가 위해 여성들도 나서야 함을 나타냈으니, 그 당시 독립운동의 아내로서 절실히 와 닿는 요구사항이기도 하다.

작가들은 윤희순의 활동을 작품으로 형상화시키면 많은 여성들이 독립운동가들이 일제와 싸우는 데 애쓴 것을 이해할 것이다.

제116사(事) 공반(公頒: 공평하게 나눔)－최돈상의 「최초의 애국가」－

본 조항에서 공반(公頒)이단 공(公)은 '공평함, 바를 (공)'이고, 반(頒)은 '널리 폄, 나눌 (반)'이니, 공평하게 베푼다는 뜻이 함유되어 있으므로 사랑을 널리 펴야 한다.

작가들은 우리에게 최초의 애국가가 있다는 것을 『독립신문』 3호, 1896년 4월 11일 「최초의 애극가」에서 찾아볼 수 있으니 감격스런 일이다. 내용은 중국을 500년 이상을 사대모화(事大慕華)로 섬겨 왔는데 고종황제가 자주국가로서 이들의 지배를 벗어나 황제의 지위를 차지하게 됨을 선포했기 때문이다.

작가는 중국을 왕으로 섬겨 왔던 것을 황제의 나라로 자리 잡게 된 일들을 작품으로 남기면 독자들도 감개무량하게 생각할 것이다. 여기에 최초의 애국가도 있었다는 것도 소개하면 더욱 기쁠 것이다.

최돈상의 「최초의 애국가」는 고종황제(1852～1919)가 1866년 1월부터 중국과의 관계에서 사대의식을 청산하고 조선이 자주국가임을 선언한 이

후 최돈성이 그 영향으로 문명사회를 이루자는 내용으로 지었다.

조선조는 500년 이상 중국을 사대모화 사상으로 섬겨 온 관계로 우리 국왕을 왕이라 하고 저들을 황제로 섬겼다. 왕은 황제의 지배를 받는 나라이니, 조선이 자주권을 행사하지 못했다.

그런데 청국이 세력을 잃자 고종황제가 사대의식을 청산하고 연호를 건양(建陽)이라 하고, 1887년 10월 12일 고종은 원구단(圓丘壇)에서 문무백관을 거느리고 황제 즉위식을 거행하고 조선의 국호를 대한제국으로 내외에 선포했으니, 신천지의 개벽을 맞이해 자주독립 국가를 세웠다. 말하자면 고종은 당시 2천만 민중에게 자주적으로 살게 하는 희망을 던져 주었으니, 최돈성의 「최초의 애국가」를 이해하는 데 도움을 주어, 본 조항의 내용을 다음과 같이 인용한다.

제116사(事) 공반(公頒): (愛 3範 17圍)(애, 3째 본보기, 17번째 범위)

公頒者는 普施天下也라. 布一善에 天下向善하고 矯一不善에
天下改過라. 一夫之不善은 道家之過也니라.

해석: 공반(公頒)은 널리 천하에 착함을 베푸는 것이다. 한 번 착함을 펴면 천하가 착함으로 향하며 한 번 착하지 못함을 고침에 천하가 허물을 고침이라. 한 지아비의 착하지 못함은 도리를 펴는 사람들의 허물이라.

공반(公頒)이라 함은 천하에 착함을 편다는 것이니, 위정자의 역할이다. 고종은 선왕들이 중국을 사대의식으로 섬겨 온 것을 과감하게 청산하고 조선의 국왕을 중국 황제와 대등한 지위로 둠을 공포하고, 1896년 1월부터 연호를 건양(建陽)이라 하였으니, 조선개국 505년 만에 일이니 역사에 빛나는 일이다.

위정자의 모범적인 전형은 성군의 치적에서 볼 수 있을 뿐만 아니라,

현대의 선진국에서도 볼 수 있는 바와 같다. 이러한 위정자상은 자연 현상 중에서도 볼 수 있는데, 북극성이 제자릴 지키고 있는 바와 같은 것이다. 모든 별이 북극성을 중심으로 돌고 있는 것은 태양도 마찬가지 현상이다. 태양은 제자리를 지키며, 햇빛을 모든 만물에 비치어 온 우주를 밝혀 주고 그 에너지로 만물을 생육하고 있다. 이러한 솔선수범은 단군과 요순의 정치에서 볼 수 있는 바와 같다.

위의 내용은 단군이 고조선을 366사(事)로써 나라를 다스려 홍익인간의 이화세계를 이루어 선정을 베풀었던 것과 같이 통한다. 홀해인간(弘害人間)·홍악인간(弘惡人間)의 정치는 폭군들의 정치에서 볼 수 있는 바와 같다.

성군의 치하에서의 백성은 선정의 덕화를 입어 착하고 폭군 치하의 백성들은 그 폭군의 행을 닮아 사회가 어지러웠다. 요즘의 정치는 국민들의 의식이 위정자의 행함을 그대로 닮는 경향이 있다. 위정자의 행위는 국민들의 생활 지표나 잣대와 같이 기준이 되어야 한다.

본 조항은 위정자의 각성을 요하는 내용이니, 위정자의 행동이 모범적이어야 함을 일깨워 주는 내용이라 할 수 있다. 이러한 미의식은 백성을 사랑하는 것이므로, 우미(優美)와 올바름(correctness)의 의식을 나타냈다. 따라서 본 조항의 내용은 완성의 인간상을 이루는 길이다.

1. 최돈성의 「최초의 애국가」

19세기 후반기는 변하고 또 변하는 시대를 맞은 것이다. 조선조는 500년 동안 중국을 사대모화 사상으로 섬겨 온 것을 과감하게 쇄신하고 당당히 주권국가로 세계사조에 맞게 등장하게 되었다. 1895년 1월 7일 고종은 종묘에 나아가 조상에게 홍범 14조를 공포했다. 이 제1조에 "청국에 의부(依附)하는 생각을 끊어 버리고 자주독립의 기초를 세운다"라고 하여 사대주의에서 벗어나는 한 방편으로 조선의 국왕을 황제로 중국 황제와 대등 지위로 둠을 공포하였다.

500년간을 우리의 왕들이 중국 황제 앞에 굽혀 살았던 것이 동등한 지위를 확보하게 된 것이다. 왕이 다스리는 나라는 황제가 다스리는 제후국에 불과할 뿐 자주적인 지위를 확보하지 못하고 섬겨야만 했다. 이런 시대 상에서『독립신문』제3호, 1896년에 4월 11일자에 최돈성이「최초의 애국가」를 지어 문명개화를 열자는 내용으로 다음과 같이 지었다.

> 대조선국 건양 원년 자주독립 기뻐하세.
> 천지간에 사람 되어 진충보국 제일이니,
> 임군께 충성하고 정부를 보호하세.
> ...... 중략 ......
> 우리나라 흥하기를 비나이다 하느님께,
> 문명지화 열린 세상 말과 일과 같게 하세.

『독립신문』3호, 1896년 4월 11일「최초의 애국가」

위의 노래는 앞으로 2천만 백성들이 합심하여 나라를 위해 진충(盡忠) 보국(報國)하면 훌륭한 문명개화의 나라를 세울 수 있다는「최초의 애국가」이니, 오늘날 친일행위를 한 안익태(1906~1965)가 작곡한「애국가」를 다시 생각해 보게 된다(『조선일보』제26501호 2006년 3월 8일(수) 라㉮ A1쪽·A6쪽).

본 조항의 내용에 의하면 민족을 배반한 친일파나 친일행각을 한 이들은 민족의 정통성을 부정한 이들이니, 민족의 앞날을 위해서도 단호히『애국가』는 다시 작곡돼야 마땅하다.

오늘날 한국사회가 투명성의 문제가 될 만큼 고위공직자들의 뇌물수수 관계가 한때 종종 발표되는 것을 보곤 한다. 그러나 위대한 지도자가 나타나 청렴결백한 위정자상을 나타내는 리더십을 발휘하면 사회의 기강이 잡힐 것이며 사람들이 위정자를 믿고 살아갈 것이다. 앞으로 2008년 이후 한나라당 이명박 대통령이 정치를 잘하면 한국의 미래는 아침 해가 떠오르는 밝은 나라를 세우게 될 것이라 믿는다.

2. 작가들의 착함을 펴는 작품 기대

작가들은 사회정화를 이루는 작품을 디지털 스토리텔링으로 재구성하여 선보이면 사람들의 의식이 바뀌어 사회는 안정기조에서 살게 될 것이다. 우선 정의사회는 정부와 고위관리가 진실로 새로워져서 솔선수범을 보이면 마음 놓고 살아갈 수 있다.

작가는 위정자가 먼저 콘 즈항의 내용과 같이 한 번 착함을 펴면 천하가 착함으로 향한다는 내용으로 작품을 쓴다면 국민들이 읽고 감명을 받을 것이다. 대개 선진국에 진입한 나라들은 위정자의 수범이 사회를 바르게 하는 데 동력이 되어 왔다. 우리는 그런 본을 받으면 이뤄지게 되어 있으니, 우리나라라고 못 할 리가 있는가.

단군이 천리(天理)인 360여사(餘事)로써 홍익인간의 이화세계를 세운 것은 삼상(三相) 오부(五部)들이 앞장을 서서 가르쳤기 때문이다. 작가들은 착함을 펴는 내용을 본 조항을 소재로 하여 작품을 쓰면 독자들이 많은 감명을 받게 될 것이니, 작가들의 작품을 기대해 본다.

제117사(事) 편허(偏許: 한쪽을 도와줌)-유인석의 『논의원』(論義員)-

본 조항의 편허(偏許)란 편(偏) 자(字)가 '치우칠 (편)'이요, 허(許)는 '즐(허)'이므로 치우쳐 허락한다는 뜻에서와 같이 다급한 사람부터 먼저 도와야 되는 관계로 순서대로 하지 않을 때가 있다. 돕는 방법은 선후완급(先後緩急)의 정상을 살펴야 하니, 너무 원칙만 따져서는 안 되고 다소 방술을 겸해 융통성 있게 처리해야 됨을 말하고 있다. 사람의 생명은 중환자의 경우 분초를 다투게 되므로 급한 사람부터 먼저 구원해야 할 것이다.

작가들은 윤희순의 남편 유홍석의 육촌 동생 유인석(柳麟錫, 1842~1915)이 의병장으로 활약한 것을 내용으로 작품을 남기면 독자들이 그를 이해하는 데 도움이 된다.

유인석(柳麟錫)은 1876년(고종 13년) 강화도조약(＝丙子修護條約)을 체결할 때 상소하여 반대했그, 1884년(고종 31년) 갑오경장(甲午更張) 이후 김홍집(金弘集) 내각이 조직되자 의병을 일으켜 충주(忠州), 제천(堤川) 등지에서 싸워 부패관리를 죽였으나 관군에 패해 단양(丹陽)으로 퇴거한 후 만주 회인현(懷仁縣)으로 망명했다. 1962년 대한민국건국공로훈장 복장(複章)이 수여되었다. 그는 강화도조약(江華島條約) 체결로 인해 외세를 물리치는 데는 군비보다 정신 면을 강조한 것이『논의원』(論義員)이다. 그는 그 후 의병장으로서 외세를 물리치는 것으로『논의원』(論義員)을 통해 투쟁의 노선을 밝히는 데 도움을 준 한시라고 할 수 있다. 그의 주장을 보다 잘 이해하기 위해 본 조항을 인용하면 다음과 같다.

제117사(事) 편허(偏許): (愛 3範 18圍)(애, 3째 본보기, 18번째 범위)

偏許者(편허자)는 援急(원급)이요, 不助贍也(부조섬야)라. 施亦兼術(시역겸술)하니 愛中有愛(애중유애)하고 慈中有慈(자중유자) 하며 仁中(인중)에 有仁(유인)하니 博以其通(박이기통)이면 施無不合(시무불합)이라.

해석: 치우쳐 줌이란 위급함을 도와주는 것이요, 넉넉하면 돕지 않음이라. 베풂에도 또한 방법을 겸해야 사랑 중에 사랑이 있고, 자애 중에 자애가 있으며, 어짊 중에 어짊이 있어서, 널리 통하면 베풂이 합하지 않는 것이 없느니라.

남을 돕는 정신은 사랑으로써 대해야 하므로 때에 맞는 중용의 도로 운용의 묘를 살리면 문제가 잘 해결되게 되어 있다. 이런 중용의 마음을 지니기 위해서는 사심을 버리고 순수미의 의식으로 도우면 베풂의 순서가 자연스럽게 이뤄진다. 사람을 돕는 데는 다급한 상황에 처해 있는 사람을 먼저 구해야 함은 말할 것도 없거니와 이런 일은 오늘날 병원 입원자의 경우 잘 지켜지고 있다. 시간을 다투는 환자가 도착했을 때 보통 치료하는 이들보다 먼저 치료하게 된다.

사람들은 선후완급(先後緩急)의 문제는 알아서 나름대로 잘 지켜지고 있으나, 근본은 다급한 일을 도와주는 것이 인지상정이다. 그런데 문제가 되는 것은 사사로이 안면식이 있다고 순수를 무시하고 돌봐 주는 일이 문제가 된다.

따라서 남에게 베푸는 일은 순서대로 하는 것이 의당한 일이나, 다급한 처지에 있는 사람을 먼저 도와야 함을 본 조항에서 나타냈으나, 남을 돕는 데 방술(方術)이 필요한 것이다. 따라서 본 조항은 남에게 베푸는 데는 방술을 겸해야 하고 급한 사람의 정상을 통찰하여 급한 순서대로 베풀어야 효과적인 구제가 된다는 것을 내용으로 하였다.

1. 병기보다 정신 면을 강조한 의병장 유인석(柳麟錫)

유인석은 1875년 9월 일본 군함 운양호(雲揚號)를 강화도의 수병이 포격함으로써 일어난 사건으로 일본이 강압적으로 불평등조약을 맺게 하여 부산, 인천, 원산의 세 항구를 개항하게 되었으며, 일본은 우리나라 침략의 첫 단계를 실현하게 되었다. 우인석은 이런 상황에 일제와 싸우는 데 마음과 힘이 병기보다 앞서는 것이라 한 것이다. 그는 앞에서 소개한 바 있는 윤희순의 남편 유제원의 육촌동생이다. 그는 마음과 힘이 우리의 첫째 의무임을 『논의원』(論義員)의 한시(漢詩)에서 의병의 투쟁 노선을 다음과 같이 밝혔다.

마음과 힘을 다함이 오직 우리의 임무이고,　　　竭心盡力惟吾爾,
병기가 예리한가. 둔한가는 다음 일이네.　　　利刀鈍兵且次之.
다만 정성이 얕고 깊은가. 이르지 못하는가 근심하고,

　　　　　只患淺深誠未到,
강약 세력이 달라 어렵다고 말하면 안 되네.　　　莫云强弱勢難爲.
예절과 의리로 이름 있는 나라가 조선인데,　　　有名禮義朝鮮國,
섬나라 오랑캐는 속임수만 일삼네.　　　從尙欺邪海島夷.
기우는가. 마는가. 이지러짐과 꽉 참과는 하늘에 달렸어도,

　　　　　傾否虧盈天可待,
사람의 생각은 힘써 일을 해야 하는 이 말이네.　　　克修人事念言玆.

『論義員』

위의 한시는 당시 독립군의 사기를 진작시키는 데 큰 역할을 했는데, 우선 정신자세가 확립되어 있지 않고서는 막강한 일본군과 대적할 수 없다. 본 조항에서의 편허(偏許)란 급한 것을 구원하는 제도이니, 『논의원』(論義員)으로 이해하면 될 것이다.

유인석은 의병장으로서 외세와 맞싸우며 이기는 전략을 첫째, 병기보다 선행되는 요건을 마음과 힘에 두었다. 둘째, 군대는 그 수가 많은 데 있지 않고 진충보국을 실천하는 데 있음을 들었다. 셋째, 힘써 일할 것을 나타냈으니, 당시 일본군과 비교해 열세에 있는 독립군이 취할 자세였다고 할 수 있다. 유인석이 밝힌 세 가지 전쟁 수행 방식은 정신무장이다. 군대는 사기를 돋워야 하므로 어느 군대든지 사기를 진작시켜야 하므로, 사기가 떨어진 군대는 백만 군대도 무력하기 마련이고 전쟁에서 패주했다.

우리의 의병과 독립군은 일본군과의 대전에서 너무나 열세에 놓여 있었지만, 정신무장으로 대승을 거둔 사실도 있다. 우리는 위기를 극복하는 정신적인 교훈은 단군정신으로써 무장하면 극복하게 된다. 다시 말해 단군정신은 신교(神教) 정신이므로 최치원이 주장한 신바람을 일으키는 풍류도(風流道)로 이해하면 될 것이다.

우리는 만주 청산리대첩을 생각하면 정신력이 군 사기에 막대한 영향을 끼치는 것을 증명하게 된다. 군비 면과 병력 면에서 일본군과 독립군과는 하늘과 땅 차이가 날 정도로 독립군이 열세에 놓여 있다. 당시 병력은 독립군 수천 명이고, 일본군 수만(數萬) 대군과 일주일 동안 포위가 된 상태에서 3차에 걸쳐 싸워 이겼다.

이러한 정신무장은 우리가 너무나 잘 알려진 임진왜란 당시 이순신의 경우에서도 증명된다. 당시 일본 해군은 조선군의 선단보다 월등하게 많았다. 그럼에도 일본 선단과 23번 싸움에서 전승은 "필사즉생(必死則生), 필생즉사(必生則死)"에서 온 정신무장에 있었다는 것은 익히 알고 있는 사실이다.

유인석은 물질적인 병력이 많은 것보다 정신 면을 먼저 강조하여 의병들의 사기를 북돋아 주었으니, 의병장 유인석의 말이 적중한 것이다.

『논의원』(論義員)에 나타난 정신은 정신의 고귀함(nobility)과 우미(elegance)이라고 할 수 있으니, 정신무장은 『인부경』에 천지합십일(天地合十一)과 통하는 의식이다. 십(十)은 완전함을 뜻하니, 정신무장이 완전함에 이르러 조금도 하자가 있을 수 없다. 여기에 하나로 통일되는 의식이니, 정신적으로 완전무결해 흔들림이 없는 상태다. 『인부경』에는 이러한 사람을 천지간의 큰 본을 이루는 중정인(中正人)이라고 하였다.

유인석이 말한 정신은 중정인(中正人)의 경지에 이른 것이니, 완전성과 관계된다. 우리는 1910년대 국술국치를 당해 민족의식의 각성이 필요할 때이다.

친일파들은 날이 갈수록 늘어나고 독립군은 일본군과 수조으로나 양적으로 보잘 것 없었지만 정신력이 확고한 것으로 인해 빛나는 전과를 거두었다.

본 조항과 『논의원』(論義員)은 나라를 위난에서 구하는 데 활력소가 되어 왔고, 선인들의 행함에서 찾아 행하면 많은 도움이 될 것이라 믿는다.

유인석의 『논의원』(論義員)은 본 조항의 내용과 같이 급한 것을 구하는 내용을 나타낸 것이다. 독립근이 일본군과 맞싸우는 데는 병력과 군비 면에서 열세에 놓여 있다. 독립군의 사기를 진작시키는 일이 급선무인 것이다. 이에 시 내용에서와 같이 물질 면보다 정신력을 우선하는 것으로 독립군을 무장시켰던 것은 선후완급(先後緩急)의 정상을 잘 통찰한 혜안이었다. 그 결과 청산리 싸움에서 우리는 정신무장으로 대첩을 이룬 것이다. 따라서 『논의원』(論義員)은 상황에 따라 급한 처방을 하면 효과적인 구제가 된다는 것은 좋은 본보기라 할 수 있다.

2. 작가들이 방술을 겸한 구제

작가는 본 조항을 근거로 베푸는 데 방술을 겸해야 하는 것을 인지하고 상황에 따라 선후완급(先後緩急)의 정상을 통찰하여 돕는 방법도 있음을 참작하면 된다. 작가가 작품상에 사람을 도울 때 순리대로 하는 방법도 있고, 급한 사람을 돕는 문제가 있음을 나타내면, 사람들의 원망을 듣지 않게 될 것이다. 사람이 요령이 있고 융통성 있는 내용으로 작품을 쓰면 사람들이 그 방술을 알고 남을 돕는 일에 힘쓰면 슬기로운 사람이라 할 수 있다.

작가는 사람을 돕는 일을 슬기롭게 처리하면 죽을 사람도 살리게 되니, 남을 돕는 데는 외골수로 곧이 곧대로만 할 것이 아니라, 정상을 참작하여 돕는 것도 필요하다는 것을 깨닫게 하는 데 도움을 준다.

제118사(事) 균련(均憐: 고르게 가여워함)-『오원집』, 「만덕전」(萬德傳)-

본 조항의 균련(均憐)은 '고루 불쌍히 여김'의 뜻이니, 남에게 사랑을 베풀 때는 이해득실을 떠나 고루 베풀어야 함을 말한 내용이다.

작가는 김만덕(金萬德, 1739~1812)이 기민을 도운 일에 대해 작품을 내면 독자들이 만덕에 대해서 알고 있는 가운데 재미있게 읽을 것이다.

김만덕(金萬德)은 제주의 기생으로서 내륙에서 식량을 수입하여 기민(饑民)을 구했다. 이재채(李載采, 1806~1833)는 『오원집』(五園集), 「만덕전」(萬德傳)에 의하면 김만덕이 서울에 올라왔을 때 악소배(惡少輩)들이 재물이 탐이 나서 사랑하려는 이가 많았으나 기민 구휼로 틈이 없다고 거절했다는 기록이 전한다.

만덕이 살았던 시대는 지금부터 200년 가까이 전하는 세월이니, 이때는 제주뿐만 아니라 내륙에서도 기민(饑民)이 많이 발생하여 재물이 많은 사람에 대해선 하늘과 같이 받들게 된다. 만덕은 자기를 만나서 살기를 원하거나 만나고 싶어 하는 자에 대해선 재산을 탐내는 탕자로 보고 가난한 사람을 돕는 데 여념이 없다고 거절했다. 더구나 만덕은 제주의 전 기민을 본 조항과 통하는 내용으로 도왔으니, 그 조항을 다음과 같이 인용한다.

제118사(事) 균련(均憐): (愛 3範 19圍)(애, 3째 본보기, 19번째 범위)

均憐者는 聞遠艱하면 如目覩하고 非犍困이라도 如殘傾也라.
천유우랑
天有雨粮에 不雨莠之理乎아. 施之均은 如雨之霑이니라.

해석: 가련함을 고르게 함(均憐)이란 멀리 있는 가난함을 듣고서도 눈앞에 보는 것처럼 하고, 소의 불알을 거세하여 새끼를 치지 못하는 피곤함이 아닐지라도 남은 (재산을) 기울어짐같이(정도로 골고루) 베풀어라. 하늘이 강아지풀에 비를 내림에 잡초라 해서 비를 내리지 않을 리가 있겠는가! 베풂을 고르게 함은 비가 적시는 것과 같다.

균련(均憐)이란 사랑이 뒷받침되는 말로 세상 만물을 고루 불쌍히 여기는 것이다. 이 말은 홍익인간 정신과 관계가 깊다. 홍익인간이란 인간세상을 유익하게 살아가게 하는 데 의미가 있는 것이니, 차별의식과 거리가 멀다.

하늘은 만물을 생육할 때 차별을 하지 않고 균등하게 대하고 있다. 그와 같은 원칙 아래 사람 또한 이해득실을 떠나 모든 만물을 고루 사랑해야 할 것이다. 말하자면 사람은 하늘의 이치대로 만물을 대하면 고루 사랑을 베풀어 차별의식을 배제할 수 있다.

위의 "비건곤"(非犍困: 소의 불알을 거세하여 새끼를 치지 못하게 하는 것과 생각하는 것)은 『성경팔리』(聖經八理)를 비롯하여 이본(異本)에서 주로 "비건곤"(非健困: 모진 곤궁이 아니라)이라 했다.

하늘의 사랑과 대지는 만물을 차별하지 아니하고 고루 대하고 있는데, 사람도 그와 같이 차별을 하지 말아야 하는데, 군주시대는 사람 간의 차별이 극심했다. 21세기 민주화된 오늘에도 세계 각국은 인종 간의 차별이 아직도 가시지 않고 있다. 한국은 인간 차별이 많이 가시기는 했으나 부자와 빈자 간의 차별이 다소 잔존하고 있으나 전에 비해서 많이 그 차가 무너진 것이 사실이다.

요즘은 고위층의 관리라 할지라도 어렵게 살아가는 이들을 찾아 도와 어렵게 살아가는 실상에 대해 잘 이해한다. 천지(天地)는 본 조항의 내용과 같이 만물을 무차별적으로 생육하는 것으로 되어 있다. 그 예를 하늘이 강아지풀과 같은 잡초에도 빠짐없이 햇빛과 비를 내려 대지가 이들 잡초를 차별하지 않고 고루 키운다.

인간은 천지간에 무차별적인 사랑이 충만하게 가득 차 있음에도 차별의식으로 살아오고 있다. 다시 말해 사람들은 민주주의가 정착되기 전, 즉 없이 살거나 벼슬을 하지 못하면 사람대우를 받지 못하고 살아왔다. 특히 남녀 간의 불평등 사농공상(士農工商)의 차는 하늘과 땅의 차이라고 할 수 있다.

오늘의 위정자는 민주화된 의식으로 사람을 차별하지 않는 경향이나 천지(天地)의 베풂을 본받아 정치를 베풀면 단군과 같이 훌륭한 나라를 세울 수 있을 것이다.

366사(事)는 일 년간 천지가 행하는 이치를 본으로 한 교육이므로 친자연의 교육방침이다. 단군이 사람이 살아가는 세상을 유익하게 다스린 것은 천지의 이치를 본으로 366사(事)를 가르쳤기 때문이다. 천지의 도는 무차별적이므로 단군과 같이 나라를 다스리면 홍익인간의 이화세계를 세울 수 있다. 따라서 천지의 도는 본 조항과 같이 균등원칙에 입각한 사랑이다.

1. 제주(濟州)의 기민(饑民)을 구휼한 김만덕(金萬德)

만덕(萬德)은 기민을 돕는 것이 우선이며 탕자들과 놀 틈이 없다고 하였는데, 고루 베풀었음이 『오원집』(五園集), 「만덕전」(萬德傳)에서 나타난다.

예전에는 흉년이 들면 먹을 것이 없어 굶어 죽는 이가 많았다. 지금으로부터 200년 전 우리나라에는 아사자(餓死者)가 많이 발생했다.

18세기 제주에는 특히 아사자가 많이 발생하는 고장이다. 오늘날은 관광객들이 몰려들어 잘살고 있지만 18세기 당시에 식량 사정이 열악한 상태였다.

이런 상황에서 만덕(萬德)은 굶어 죽어 가는 제주민을 구휼하는 데 앞장섰다. 만덕은 어려서 부모를 잃고 기생이 되었는데, 결혼을 하지 않고 재산을 늘려 그 돈으로 기민을 도왔다.

그녀의 구휼은 이재채(李載采, 1806~1833)가 만덕에 대하 다음과 같이 전하고 있다.

> (만덕이 서울에 올라왔을 대) 서울의 악소배들이 만덕의 재물이 탐이 나서 가까이 사랑하려 하자, 만덕이 "내 나이가 50살이 넘었도다. 저들은 내 용모가 아름답지도 아니한데, 나의 재물을 탐내는 것이니라. 나는 이제 한창 많은 기민들이 발생하여 구휼을 돌볼 겨를이 바쁜데, 어찌 탕자와 놀 틈이 있겠는가" 하고 거절하였다.
>
> (初萬德入京師) 京師惡少聞萬德財雄, 欲褻狎之, 萬德曰, 吾年五十餘矣. 彼非艶我貌也, 吾方且顧連之周恤不瞻, 奚暇肥蕩子乎? 拒絶之.
>
> 『오원집』(五園集), 「만덕전」(萬德傳)

그녀는 『오원집』(五園集)에서 밝힌 바와 같이 기민을 구제하였으니, 바쁘게 살았다. 그는 기민을 구제하기 위해 탕자들과의 놀음에는 신경을 쓰지 않아 인간미질의 소유자로서 제주민을 사랑하는 홍익인간이 되었다.

만덕의 빈민구제는 홍익인간 정신이므로 오늘의 젊은 세대들이 단군이 실천한 홍익인간 정신으로 살아가면 민족의 정통성을 이어 나가는 데 닳은 도움이 될 것이다.

그는 정조(正祖)가 기민을 도운 관계로 그녀의 소원을 들어 주어 금강산 구경을 다녀오게 은총을 내렸음이 『정조실록』에도 기재되어 있으니, 역사에 길이 남을 인물이 되었다.

2. 작가들의 김만덕 캐릭터 개발

만덕의 사람됨을 이해하기 위해서는 본 조항의 내용과 통한다. 말하자면 하늘의 사랑과 같은 것이다. 18세기 만덕은 기생이면서 돈을 모아 기민을 돕는 데 앞장섰다. 그는 굶어 죽어 가는 제주민을 양곡으로 구제하여 살렸다.

굶어 죽어 가는 사람에게 양식을 대어 주어 살게 하는 것만큼 더 좋은 적선(積善)이 있겠는가. 살아생전에는 그 덕선의 베풂을 잊지 못할 것이다.

만덕은 제주도의 많은 기민에게 양곡을 내지에서 수입하여 살렸으니, 홍익인간을 실천한 여장부이며 인간미질의 여성상으로 칭송할 만하다. 작가들은 만덕의 캐릭터를 개발하여 작중의 인물로 널리 전해야 한다. 육지에서 양곡을 수입하여 제주의 기민을 여러 차례 도왔으니, 이러한 내용을 작품으로 나타내면 남을 돕는 데 독자들이 참여하게 될 것이다.

제119사(事) 후박(厚薄: 후하고 박함)−흥부의 보은박(報恩瓢)−

본 조항의 후박(厚薄)은 '후하고 박함'을 뜻하니, 사랑은 지나치지도 부족하지도 않게 중용지도(中庸之道)를 행할 것을 교훈한 내용이다.

흥부는 사랑을 제비나 놀부에게 후하게 베풀어 홍익인간이고, 놀부는 사랑을 제비나 흥부에게 박하게 대하여 홍악인간(弘惡人間)이 되었다. 그럼에도 한국사회는 흥부보다 놀부를 더 선호한다. 작가들은 흥부를 놀부보다 더 선호하는 내용으로 작품을 쓰면 그 잘못된 의식이 고쳐지리라 본다. 흥부와 놀부의 사랑은 '후하고 박함'으로 그 응함을 받았는데, 흥부는 부호로 놀부는 패가망신하였다.

우리는『흥부전』하면 흥부의 보은박(報恩瓢)을 떠올린다. 흥부는 구렁이가 제비둥지를 덮치자 떨어져 아픔에 떠는 모습을 보고 불인지심(不忍之心)으로 정성껏 치료해 주어, 그 제비는 강남으로 돌아갔다. 제비 왕에게 자초지종을 말하니, 그다음 해 봄에 보은박씨를 흥부에게 전해 주라고 하여 그 제비는 흥부가 보는 앞에 그 박 씨를 떨어뜨렸다. 흥부는 그 박 씨를 봄~가을 동안에 잘 가꾸어 4통(5통)이 열렸다.

흥부는 가을에 박을 탈 때 그 박속에서 온갖 보물이 쏟아져 나와 부호가 되었다. 놀부는 흥부가 행한 일을 모방하여 제비를 박하게 대하여 패가망신하여 걸인신세가 되었다. 흥부는 패가한 형 놀부에게 자기의 재산을 똑같이 나눠 이웃에 살게 했다. 흥부는 박속에서 나온 보물로 인해 부호가 되어 형제우애의 도리를 행했다. 본 조항은 흥부의 우애를 이해하는 데 도움이 되어, 다음과 같이 인용한다.

제119사(事) 후박(厚薄): (愛 3範 20圍)(애, 3째 본보기, 20번째 범위)

厚는 非過也오 薄은 非不足也라. 施不適盡이라도 勺水解渴
이면 不可斥이니 當準必準하며 當略必略이니라.

해석: 후(厚)함이란 지나치지 않은 것이고, 박(薄)이란 부족함이 않음이라. 베풂이 적당량이 아니면 한 잔의 물이 해갈도 물리칠 수 없으므로 기준에는 반드시 기준만큼 하고 간략하게 함이 마땅하면 반드시 간략하게 한다.

남에게 고루 베풀 때는 중용의 도에 입각해서 행하면 아무런 문제가 발생하지 않는다. 중용은 널리 알려진 바와 같이 지나치거나 부족함이 없는 상태를 이르게 되므로 중용에 따라 행하면 문제 될 것이 없다. 남에게 좋은 일을 베푸는 것은 좋은 일이나 차별을 두고 베풀면 도리어 구설수에 오르게 된다.

남에게 사랑을 베푸는 일은 적당량이 필요한 것이다. 또 남을 지나치게 후하게 대하는 것도 바람직한 것이 아니다. 남에게 적당한 양을 베푸는 것은 본 조항 후박의 문제를 이해할 수 있다. 세상의 모든 일은 적당하게 행하는 데 의의가 있으니, 사랑도 지나치면 익애(溺愛)가 된다. 인간의 지나친 삶도 비정상적이니, 적당한 양이 필요하다.

이런 양은 천지(天地)의 이치가 그렇게 마련되어 있으니, 사람도 이에 맞추어 살아가야 한다. 그 예는 일상생활에서 자주 접하게 되지만, 본 조항에서와 같이 한 모금 물로 갈증을 해소할 수 없는 이치와 같다. 목마른 이에게 물을 줄 때는 적당량의 물을 주어야 해갈하게 된다.

이런 문제는 중용의 도리와 관계되는 것이니, 본 조항에서와 같이 고르게 하는 것이 마땅하다. 또 간략하게 하는 것이 마땅할 것 같으면 간략하게 행해야 중용의 도리니, 남을 돕는 일도 중용의 도로 행하면 문제 될 것이 없고 안전하다.

1. 흥부의 보은박(報恩瓢)

우리는 흥부 하면 성실하고 믿음직스럽고 남다른 자식사랑은 물론 미물에게도 사랑을 베푼 착한 사람이라는 것을 연상케 한다. 그는 구렁이가 새끼 제비를 덮치는 바람에 둥지에서 떨어져 다리가 부러져 있는 것을 미물일지라도 측은하게 생각하고 치료를 해 주어 낫게 했다.

그는 선인선과(善因善果)로 그 이듬해 제비가 흥부에게 보은박씨를 전해 주어 심고 가꿔 가을에 그 보은표(報恩瓢)를 켜 많은 보물이 쏟아져 나와 거부가 되었다. 놀부는 흥부가 부자가 되었다는 말을 듣고 그를 본떠 새끼 제비의 발을 일부러 부러뜨려 내숭을 떨며 치료를 했다. 그 제비는 강남으로 돌아가 제비 왕에게 자초지종을 말하니, 그 이듬해 보수(報讎)박씨를 놀부에게 전해 주라고 제비에게 전해 주었다. 그런데 놀부는 가을에 보수표(報讎瓢)를 탈 때 그 박속에서 불량배가 나와 재산을 뺏겨 거지신세가 되었다.

부호가 된 흥부는 패가한 놀부에게 자기의 집과 똑같이 짓고 재물도 나눠 이웃에 살게 했다.

흥부가 놀부에게 자기의 재산을 공평하게 나눠 놀부에게 준 것은 자기 형편에 맞춘 본 조항의 내용과 베풂이라 할 수 있다.

흥부는 천상의 보물이 보은표(報恩瓢)에서 나왔으니, 세상에 흥부보다 재산이 많은 부자가 없는 것이다. 사람은 많은 재산이 있으면 적선도 베풀어야 사람다운 사람이라 할 수 있다.

사람들은 불쌍한 사람이 있으면 돕는다. 놀부와 흥부는 형제간이니, 혼자 쌓아 두고 살면 아무런 의미가 없다. 흥부는 형제우애로 살았으니, 홍익인간을 실천하였다고 볼 수 있다.

본 조항은 흥부가 놀부에게 형제우애를 돈독히 행했으니 흥부의 입장에서 보면 많은 재산을 반분한 것이지만 형제우애를 돈독히 행한 것이다. 흥부는 세상에 가장 잘사는 거부가 되었으니 놀부에게 재산을 반으로 나눠 줘도 재산이 여전히 많기 때문이다.

청년들은 세상인심과 같이 놀부를 본받거나 선호해서는 안 된다. 그는 홍악인간(弘惡人間)이고, 흥부는 홍익인간이기 때문에 흥부를 본받아야 한다.

2. 형제우애의 주인공

작가들은 형제우애를 나타내는 주인공을 작중의 인물로 나타내면 독자들이 작품의 주인공을 본받는 이들이 있게 될 것이다. 작가가 본 조항의 내용대로 남을 도울 때는 적당량으로 베풀어야 하는 내용으로 작품을 전개시키면 독자들이 다른 일에도 지나친 행위를 하지 않게 될 것이다. 흥부는 제비새끼의 절단된 다리를 치료해 준 대가로 그 제비가 강남에서 다시 돌아올 때 보은박씨를 전해 주어 이를 여름내 잘 가꾸어 가을에 5통의 박을 켤 때 그 박속에서 천상의 보물을 비롯한 지귀한 보물이 쏟아져 나와 부호가 되었다. 흥부는 지상에서 가장 재산이 많은 부호가 되었다. 이와 반대로 놀부는 패가망신하여 흥부가 재산을 똑같이 분배하고 이웃에 살게 했으니, 형제우애를 다지는 재산을 나눈 것이다.

현실에서 흥부와 같이 행하는 사람은 없다고 하더라도 작품의 주인공으로 가능한 일이다. 작가는 상상력을 발휘해 흥부와 같이 잘살게 되면 못사는 형을 돕는 것이 인지상정(人之常情)이니, 돕는 일에 앞장서야 할 것이다.

한국은 70년대부터 놀부를 흥부보다 선호하는 풍조가 일기 시작해 2008년 들어 시중에 놀브의 음식점이 많이 있고, 놀부장학회도 있고 홈페이지도 있다. 그런데 비해서 흥브에 대한 것은 없다. 홍악인간(弘惡人間)인 놀부를 홍익인간(弘益人間)인 흥부보다 더 우위에 놓은 일이 한국의 현실상이지만 하루빨리 시정되어야 한다. 이런 일은 작가들이 흥부를 놀부보다 선호하는 일을 작품을 통해 나타내면 사람들이 올바르게 살아가는 지침이 될 것이다.

제120사(事) 부혼(付混): (愛 3範 21圍)−흥부의 새끼 제비 치료−

제120사(事) 부혼(付混)이란 부(付) 자(字)는 '줄 (부)'이고, 혼(混) 자(字)는 '덩어리질 (혼)'이므로, 나누어지지 않고 한데 엉키어 있게 준다는 뜻이니, '구별되지 않게 줌'이 된다. 이 뜻은 시혜자(施惠者)와 수혜자(受惠者)의 구별 없이 주는 것을 이른다.

또 부(付)는 준다는 의미이고, 혼(混) 자는 '큰물 흐를 (혼)'이므로 준 것은 흘려버린다는 뜻이 담겨 있다. 이런 뜻을 전한 장자(莊子)는 남을 도울 때는 무기명(無記名)으로 할 것을, 그리스도 또한 왼손이 한 일을 오른 손이 모르게 하라는 것과 통하는 의식이다.

흥부는 새끼 제비를 불인지심(不忍之心)으로 치료해 주었을 뿐 그 대가를 바라지 않았는데 보은박씨를 전해 주어 부호가 되었다.

작가는 사랑을 베풀었으면, 그 보답을 잊어버리는 내용으로 작품을 선보이면 봉사성에 기초한 참여를 한 것으로, 즉 공으로 여기지 않게 나타내면 본 조항의 부혼(付混)과 통하게 된다.

흥부는 구렁이가 제비둥지를 덮쳐 그중 새끼 제비가 떨어져 다리가 부러졌다. 흥부는 제비가 아파서 발발 떠는 것을 보고 차마 볼 수 없어 재래식 치료법으로 치료해 주어 날아다니게 했다.

흥부는 제비를 치료해 준 일을 까맣게 잊었다. 그런데 그 제비는 보은박씨를 전해 주어 그 박을 잘 가꾸어 가을에 박을 탈 때 부호가 되었다. 이 교훈은 미물도 사랑을 베풀면 은혜를 잊지 않는 것으로 이해하게 된다. 흥부는 시혜자(施惠者)이면서 수혜자(受惠者)를 잊은 것을 본 조항과 관련해 조명하게 되어 있으므로 다음과 같이 인용해 본다.

제120사(事) 부혼(付混): (愛 3範 21圍)(애, 3째 본보기, 21번째 범위)

付混者는 施之而不忘報也라. 愛心而動하고 慈心而發하며 仁
心而決하나 故로 隨施隨忘하야 無自德之意니라.

해석: 준 것(付)을 구별하지 않는다(混)는 것은 남에게 베풀고 그 갚음을 바라지 않는 것이라. 사랑의 마음에서 움직이고, 자비의 마음으로 일으키고, 어진 마음으로 결정하나니, 그러므로 보답을 따르며 잊음을 따라 자기의 덕이라는 뜻이 없느니라.

사람은 남의 도움을 받을 때가 많다. 그 은혜를 베푼 사람은 보답을 받으려고 베푼 것은 아니다. 그 은혜를 베푼 사람은 잊어야 하고 입은 사람이라면 그 은혜를 잊지 말고 감사하는 마음을 잊지 말아야 한다. 그런데 현실에선 그렇지 않다. 좋은 일을 하면 이름을 남기고, 은혜를 입으면 잊는 경향이 있다. 심한 경우는 배은망덕(背恩忘德)하는 일이 다반사로 발생하기도 한다. 우리는 남에게 은혜를 입고 베푸는 일을 천지가 은혜를 무저한으로 입으며 사는 것을 본받으면 될 것이다. 천지(天地)는 만물을 생육하는 공을 베풀면서도 공을 내세우지 않는다. 사람은 천지의 공덕과 같이 남에게 은혜를 베풀면 잊어야 한다.

홍익인간은 인정미, 인간미, 도덕미가 구현된 사회이므로 은혜를 베풀었으면 은혜를 베푼 사람답게 의연하게 살아갈 일이다. 이 뜻은 남에게 좋은 일을 베풀었으면 그 갚음을 바라서는 안 될 것이고 잊어야 하는 것이 천리에 순응하는 도리이다. 남에게 알리는 것은 자기를 나타내는 한 수단에 불과하니, 무기명(無記名)으로 하는 것이 바람직한 일이다.

남에게 은혜를 베푼다는 것은 사랑하는 마음이 움직인 것이고, 자비로운 마음이 피어난 것이므로 어진 마음으로 결정하는 것이니, 이름을 남기지 않는 것을 천지와 성인의 공덕으로 생각할 수 있다. 은혜를 베푸는 일은 미시적인 견해를 떠나 거시적으로 생각하면 본 조항의 뜻을 이해하게 된다.

1. 『흥부전』에서 흥부의 은혜 베풂

흥부 내외는 새끼 제비가 둥지에서 떨어져 다리가 부러져 아파하는 것을 보고 불인지심(不忍之心)으로 치료해 주어 날아다니게 한 후 이들 내외는 그 일에 대해 잊었다. 이들 내외가 치료를 할 때 마음가짐과 행한 일은 참된 정성과 어진 마음에서 우러난 사랑정신이라 할 수 있다.

그런데 그 이듬해 그 제비는 보은박씨를 물고 와 흥부에게 전해 주어 흥부가 심어 가꿔 그 박을 탈 때 그 속에서 갖은 재물이 나와 일약 부호가 되었다.

흥부 내외가 새끼 제비를 치료해 준 것은 본 조항의 의식과 통하며 홍익인간의 정신이라 할 수 있다. 남에게 사랑을 베푸는 것은 보답을 바라지 않더라도 그 베푼 만큼의 사랑이 확산되어 아름다워진다.

흥부는 구렁이가 새끼 제비를 잡아먹으려고 덮칠 때 한 마리가 허공으로 뚝 떨어져서 피를 흘리며 발발 떠는 것을 보고 애처롭게 여기고 부러진 다리를 칠산(柒山)조개 껍데기가루를 넣고 찬찬히 감고 아내에게 제비다리를 동여매라고 한다. 흥부 아내는 시집올 때 가지고 온 당사실을 찾아 흥부에게 주어 정성스럽게 감아 주었다. 10여 일이 지난 후 상한 다리가 제대로 소생되어 줄에 앉아 남남 소리(喃喃之聲)로 짖어 댄다. 그 제비소리는 '지지위지지(知之爲知之)요 부지위부지(不知爲不知) 시지야(是知也)'라는 소리로 들리는 것을 흥부는 그 뜻을 알아듣는다. 이 말은 『논어』(論語) 권(卷)2 위정 편(爲政篇)에 나오는 공자(孔子)의 말이다. 공자(孔子)는 제자 중유(仲由), 자(字)는 자로(子路)에게 안다는 것을 가르쳐 준 내용이다. 즉 "아는 것을 안다고 하고 모르는 것을 모른다고 하는 것이 이것이 아는 것이다" 제비가 짖어 댄 것은 은혜를 안다는 내용으로 이해하면 된다. 그 제비는 다음 해 봄에 보은박씨를 전해 주어 흥부는 그 박 씨를 심어 가을에 탈 때 그 박속에서 금은보화가 나와 거부가 되게 했다.

흥부는 그 제비의 다친 다리를 치료 후 잊었지만 그 제비가 은혜를 갚은 것이다. 흥부가 부호가 된 것은 착하고 부지런히 산 데 있으니, 인과응보의 결과이다. 은혜를 베풀었으면 흥부와 같이 시혜자(施惠者)는 수혜자

(受惠者)를 그 베푼 순간부터 잊어버려야 한다.

2. 작중 주인공의 은혜 베풂

작가는 작중인물 중 주인공을 통해 은혜를 베푸는 방법으로 무기명(無記名)으로 사회에다 어려운 사람을 위해 돕는 일을 작품에 소개하면 독자들의 마음을 넓게 쓰는 방법을 알려 줄 것이다. 남을 무기명으로 돕는 이는 천지의 마음으로 살아가는 풍토를 조성하는 이들이니 홍익인간의 실천자라 할 수 있다.

사람은 천지의 마음을 가질 때 어질어지고 자비로운 마음이 생겨 사랑으로, 참된 마음으로 남을 돕는 것이다. 요즘 사람들 중에는 이름을 매스컴에 밝히지 않고 어려운 사람을 위해 쌀 수십 가마를 희사(喜捨)하는 이가 있음을 보게 된다.

기부자는 이름을 밝히지 말라는 것이 부탁이다. 작가들은 한국사회를 미풍양속으로 살아가기 위한 일환으로 사랑을 베풀었으면 그 보답을 바라지 말아야 하는 풍토를 전 극민이 실천할 수 있도록 작중에 주인공으로 나타내면 독자들이 본받게 된다. 그렇게 실천하면 모든 사람들은 공치사하는 일이 없게 되며, 단군이 고조선을 홍익인간의 이화세계를 세워 동방예의지국(東方禮義之國)으로 세운 것과 같이 단군의 후손답게 살아갈 것이다.

제121사(事) 육(育: 가르쳐 기름)-오광운(吳光運)의 「백사가」(百死歌)-

제121사(事) 육(育)이란 하늘의 이치로 사람을 가르쳐 기름을 이르는데 그 가르침은 하나(一)의 진리로 밝히고 있다. 우주의 진리는 하나(一)로써 관통되었다고 할 수 있는데, 하늘, 땅, 사람도 하나를 근본으로 바탕을 세웠다. 특히 『천부경』에서 하나(一)란 하늘의 진리로서 천하의 큰 근본임을 밝혀 만 가지의 이치가 전개된다. 그러면서도 하나(一)는 다함이 없어 시작도 끝도 없이 곧 1~∞과 같이 계속되는 것이다.

작가는 작중의 인물이 사회생활을 할 때 지조나 절개를 나타내면 독자들이 사숙하게 될 것이다. 한 번 정한 마음은 백 번 죽어도 변치 않겠다는 「백사가」(百死歌)도 전하여 오고, 이보다 몸이 백골이 진토(塵土)가 되어 넋이라도 변하지 않겠다는 충절의 시조도 전하니, 대장부라면 그런 변치 않는 마음을 지녀야 한다.

약산(藥山) 오광운(吳光運, 1689~1746)은 『영조실록』과 『승정원일기』에 전하는 인물로서 홍문관(弘文館) 수찬(修撰)·교리(校理)를 역임하고 예조참판(禮曹參判), 개성부유수(開城府留守)를 역임하고 이조판서(吏曹判書)·대제학(大提學)에 추증(追贈)되고, 문장이 뛰어나 시호는 충장(忠章)이다. 약산(藥山)은 포은(圃隱) 정몽주(鄭夢周, 1337~1392)의 『단심가』(丹心歌)를 내용으로 「백사가」(百死歌)를 지었는데, 일편단심으로 충절을 내용으로 한 위국충절(爲國忠節)의 노래다. 약산(藥山) 오광운(吳光運)은 「백사가」(百死歌)는 본 조항과 뜻이 통하므로 그 본 조항의 내용을 소개하면 다음과 같다.

제121사(事) 육(育): (愛 4範)(애, 4째 본보기)

育은 以敎化育人也라. 人無定敎則罟不綱하고 衣不領하여 各
自樹門으로 奔雜成焉하니 因此로 一其主敎하여 保育人衆이
니라.

해석: 기른다(育) 함은 교화로써 사람을 기르는 것이라. 사람이 정해진 교육이 없이는 그물에 그물코가 없고, 옷에 깃이 없어서 각자가 자기의 가문만을 내세워 분잡만을 일으킬 것이니라. 이로 인해 하나로 그 교화의 주장을 삼아 사람 무리를 보호 육성할지니라.

고대 한민족은 하늘의 진리인 하나(一)로써 자손들을 변치 아니하는 마음으로 살아가는 교훈으로 사람을 가르쳤다. 충신과 열녀는 일편단심으로 절개를 지켰으니, 순수미(cas Reinschöne)의 의식으로 살아 절개미로 승화시켜 후세의 전범(典範)이 되게 했다. 사람을 기르는 데는 본 조항에서 밝힌 바와 같이 하늘의 한결같은 하나(一)로 일관된 가르침의 주장을 삼으면 사람들을 보호하고 육성할 수 있는 것이다.

따라서 사람들의 가르침은 하나로 하여야 성과를 거둘 수가 있다고 했으니, 『천부경』(天符經), 『삼일신고』(三一神誥), 『참전계경』(參佺戒經)을 들 수 있다. 이 세 경전은 하나의 진리를 바탕으로 천지인(天地人) 삼재(三才)에서도 나타나는 바와 같다. 그 예는 『천부경』(天符經)의 "인중천지일"(人中天地一: 사람 가운데 천지가 있어 하나가 된다)이라고 했으니, 단군이 하나의 진리로써 홍익인간의 이화세계를 세우게 된 것이다.

하나(一)의 도는 『천부경』(天符經)의 "일종무종일"(一終無終一: 하나로 마치되 하나(一)에서 마침이 없는 것이다)과 같이 다시 순환하여 끝이 없음을 나타낸 말이다. 따라서 창조주 하느님의 천리로 사람을 기르면 사람다운 사람이 된다.

1. 약산(藥山) 오광운(吳光運)의 「백사가」(百死歌)

우리는 포은(圃隱) 정몽주(鄭夢周, 1337~1392) 하면 『丹心歌』를 떠올린다. 약산(藥山) 오광운(吳光運)은 포은(圃隱)의 『丹心歌』 내용으로 「백사가」(百死歌)를 지었다. 포은(圃隱)은 태조(太祖) 이성계가 고려를 멸망시키자, 하나(一)의 진리로 충절을 지키는 데 마음을 굳힘으로써, 방원의 회유에도 마음을 굳혔으니, 어느 누구도 그의 마음을 움직이게 할 수 없다.

포은은 『천부경』의 하나(一)의 마음으로써 굳혔으니, 신흥세력의 왕권으로도 그의 충절을 굽히지 못하고, 방원의 자객(刺客) 조영규(趙英珪) 등에게 귀가 도중 선죽교에서 죽었다. 그는 죽기 전 순간까지 하나(一)의 도를 실천했다. 그의 죽음은 절개미로 승화되어 후세인들이 충신의 전형으로 그를 그리게 된 것이다. 우리는 그 전형을 약산(藥山) 오광운(吳光運)이 포은(圃隱의 『단심가』(丹心歌)를 내용으로 「백사가」(百死歌)를 지었는데 소개하면 다음과 같다.

이 몸이 죽고 또 죽어 백 번을 거듭해도,
백골이 티끌이 되어 또 재가 되어 날려도,
넋이야 있든 없던 님을 향한,
일편단심은 어찌 버리겠는가?
가련하구나! 천수문 앞을 흐르는 물은,
길이 선죽교 밑을 흐르리.

此身死復死百廻,
白骨塵沈復灰飄,
魂兮有也無向君,
一片丹心那可銷,
可憐天壽門前水,
千古東流善竹橋.

『樂山漫稿』 卷5, 海東樂府, 「百死歌」

포은은 방원의 회유에도 굴하지 않고 끝내 충절을 지키다가 선죽교에서 철퇴를 맞아 세상을 떠났지만 고려 오백 년을 이어 온 충신이라는데, 오광운이 충신의 전형으로 그를 기리는 「백사가」(百死歌)를 순수미의 의식으로 지은 것이다.

「백사가」(百死歌)가 지어지기까지의 과정을 도표로 나타내면 다음과 같다.

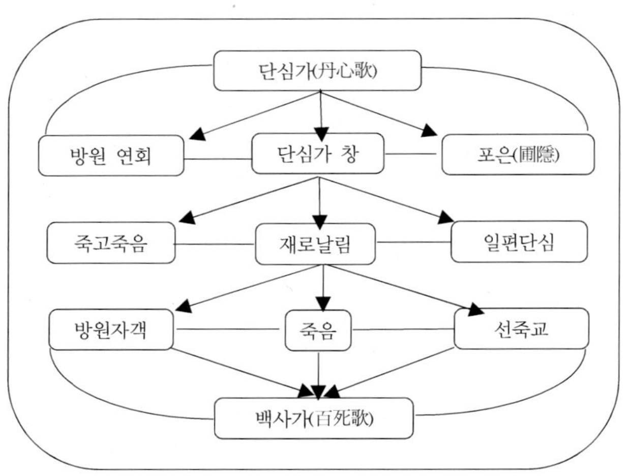

제121사(事) 육(育)에는 하나의 길로 교화를 펴고, 백성을 보호 육성하는데, 사랑의 네 번째 범위인 기름을 8가지 조항으로 다음과 같이 들었다.

육사범(育四範)

조항 \ 내용	주요 내용	대상	조 항
1. 도업(導業)	사람은 살아갈 수 있게 교화를 베풂.	교화	제122사(事)
2. 보산(保産)	사업의 보존은 마음과 뜻이 굳세야 함.	교화	제123사(事)
3. 장권(獎勸)	육아법에 의거하여 심성의 변화를 시켜 줌.	교화	제124사(事)
4. 경타(警墮)	교육이 뒤떨어진 자에게 경계심 조장.	교화	제125사(事)
5. 정로(定老)	능력 있는 노인의 교화를 정착시켜 줌.	교화	제126사(事)
6. 배유(培幼)	어린아이는 사랑으로 북돋아 기름.	교화	제127사(事)
7. 권섬(勸贍)	너그러운 덕을 권해 나아가도록 함.	교화	제128사(事)
8. 관학(灌涸)	마른 내에 물을 대듯 사람이 길러짐.	교화	제129사(事)

위의 여덟 가지는 애인(愛人) 정신에 의한 교육으로 사람을 키우는 것이다. 사람이 잘 살기 위해서는 교육이 필요한 것은 단군이 366사(事)로써 나라를 다스려 홍익인간의 이화세계를 이룬 것에서 알 수 있는데, 삼상(三相) 오부(五部)들이 360여사(餘事)로써 백성을 가르친 데 있다.

포은(圃隱) 정몽주(鄭夢周)의 절개는 『천부경』의 하늘 진리인 하나(一)의 도를 지키는 데 이뤄진 것이다. 오광운(吳光運)은 포은(圃隱)의 『단심가』(丹心歌)를 내용으로 「백사가」(百死歌)를 지었는데, 오백 년의 충절을 지킨 충신이라는 데 있다.

본 조항은 여덟 가지로 나눴으니, 『천부경』에 하나(一)의 진리로써 교육을 펴면 포은(圃隱)과 같이 지조 있는 사람이 될 것이다. 사람은 일정한 가르침이 없으면 사물을 분별하는 능력이 무디어 가르침으로 사람을 키워야 한다.

2. 작가들은 주인공을 통한 지조 있는 인간상 부각시킴

작가들은 본 조항의 내용을 살려 하나(一)의 진리로 살아갈 수 있는 가르침이 필요한 것이다. 포은 정몽주가 하나의 마음으로 절개를 지킬 수 있었던 것은 부모의 가르침과 교훈에서 온 것이라 할 수 있다. 오광운은 포은의 『단심가』(丹心歌)를 내용으로 「백사가」(百死歌)를 지었다.

작가들은 어린이나 사람들이 포은의 절개를 본받게 하는 내용의 작품을 내야 할 것이다. 요즘은 만화영화를 어린이나 청소년들이 주로 시청하는데 포은의 캐릭터를 개발하여 선보이면 지조 있는 사람이 되게 하는 데 도움을 준다.

제122사(事)의 도업(導業: 생업을 인도함)−박지원의 「허생전」(許生傳)−

사람은 살아가는 방법이 다르게 나타나는데, 인성과 기질이 다르기 때문이다. 제122사(事) 도업(導業)이라 함은 '생업을 인도함'을 뜻하니, 그 인도를 위정자·교육자인 지도급에 있는 이가 바르게 가르치고 인도하면 자기 몫을 챙기며 살아가게 된다.

현대는 물질 속에 풍요를 누리며 살아가고 있으면서도 빈곤을 느끼며 불안하고 괴로운 생활을 하고 있는데, 제대로 된 교육을 받지 못한 데 있다.

작가는 단군이 삼상(三相) 오부(五部)로 하여금 360여사(餘事)로 교육을 편 바로 홍익인간의 이화세계를 누리며 살아가게 한 것을 거울삼아 교육이 국민생활에도 중대한 의미를 지니는 것을 작중에 알려야 한다. 오늘의 한국 교육은 국민들이 믿지를 않고 위정자의 자제들도 외국으로 유학을 보냈고, 2007년 미국의 경우 외국의 유학생 60만 명 중 한국의 유학생이 십만 명에 이른다니, 한국의 공교육이 제대로 이뤄지지 않아 유학생이 많아진 것이다.

한때 부부가 자녀교육으로 부인은 자녀를 따라가 뒷바라지를 하고 있고, 부군은 한국에 혼자 살아 기러기 아빠라는 유행어가 생겨나기도 했다.

연암(燕岩) 박지원(朴趾源, 1737~1805)은 실학자이자 문인이다. 「허생전」(許生傳)은 무능한 속유(俗儒)를 풍자하고 상업을 장려하여 국토를 개발하고 해외수출을 하여 외화를 벌어들여 이상적인 나라를 세우고 자녀교육을 바르게 가르치는 내용으로 되어 있다.

고루한 양반들은 사농공상(士農工商)의 관념으로 상업을 천시했다. 당시 18~19세기는 양반이 상업을 하면 자녀들의 혼인도 양반 자녀들과 할 수 없을 정도로 상업을 무시하는 시대였다.

이런 시대적 상황에서 연암은 상업을 장려하고 해외에 스출하여 자녀 교육을 바르게 가르치는 내용으로 『허생전』을 지었다는 것은 앞을 예시하는 문인이라 할 수 있다.

「허생전」은 『열하일기』(熱河日記)의 옥갑야화(玉匣夜話)에 수록되어 전한다. 이 소설은 도적들이 조정에서 지명수배를 내린 도적 2천 명을 데리고 무인도를 찾아 농산물을 성산하여 일본 장기에 팔아 돈을 벌어들였다는 내용이다. 이 소설은 본 조항의 내용과 같이 생계를 꾸려 나갈 수 있게 교화를 베풀어 주어야 한다는 것과 통하여, 먼저 본 조항을 다음과 같이 인용한다.

제122사(事)의 도업(導業): (愛 4範 22圍)(애, 4째 본보기, 22번째 범위)

業은 生計也라. 人之性理가 雖同이나 性質及性氣가 不同하여 剛柔强弱이 行路各殊하니 敎化大行하여 潤性質而安性氣則穴處巢居라도 自營其業이니라.

해석: 업(業)이란 생계이니라. 사람의 성품과 이치는 비록 같으나, 인성의 바탕과 인성의 기질은 같지 않아서, 강유(剛柔) 강약(强弱)의 행함이 각기 다르니라. 교화를 크게 행하여 성질을 윤택하게 하고 인성과 그 기질을 안정시키면 동굴에 거처하고 둥우리에 살아도 스스로 그 생업을 번영하게 할지니라.

사람은 인성과 기질이 각기 다른 관계로 교화를 폄에 있어서도 크게 펴야 성품의 바탕을 윤택하게 하고, 성품의 기운을 제대로 다스리게 되어 궁핍하게 살더라도 그 생업이 영화롭게 된다.

현대인은 물질적으로 풍요로우면서도 사람들이 풍요로움을 누리지 못하고 풍요 속의 빈곤을 겪는다. 이것은 철인과 같은 위정자가 인성의 바탕과 성품의 기운에 대한 교화가 행해지지 않은 데 있다.

위정자나 교육자는 그 개성이 각기 다른 것을 감안하여 억센 이에게 부드러움으로, 유연한 이에겐 억센 것을 겸하도록 하고, 강하고 약한 사람에게 각각 강약을 지니도록 하면 자기의 생계 정도를 해결할 수 있게 될 것이다.

제122사(事) 도업(導業)이라 함은 생계의 인도를 뜻한다. 부모를 위시해 위정자 스승들이 자제나 국민과 제자에게 강유(剛柔)와 유약(柔弱)을 중화(中和)의 기로써 겸하도록 하고 인도를 하면 교화가 원만하게 이뤄져 자기 몫을 챙기며 살아갈 수 있게 될 것이다.

이런 교육으로 가르치면 원만한 인격의 소유자가 되어 처세상에는 아무런 하자가 발생하지 않으리라 믿으며, 각자가 담당할 일에 공부하고 사회에 진출하면 문제 될 것이 없으리라 믿는다.

위정자와 스승은 사람들의 방향키이고 잣대라고 할 만큼 수범을 보여야 하고 원만한 교육을 펴면 된다. 위정자의 경우는 성군의 치적에서 그 본보기를 찾아 행하면 될 것이고, 스승상의 경우 역대의 인물들이 훌륭한 스승의 가르침에서 배출되었으니, 일일이 예를 들지 않아도 익히 알고 있는 사실이다. 위정자나 스승은 백성에게 교화와 교육을 펼 때 자기의 앞길을 개척해 나갈 수 있도록 새로운 리더십을 펴야 젊은이들이 그 의식을 변화시킬 수 있다.

오늘날 젊은이들은 생계 정도는 자기가 꾸려 나갈 수 있도록 각자가 힘써야 할 정도로 교육이 이뤄져야 한다. 위정자의 교화는 스승과도 다르다. 위정자는 온 백성에게 영향을 미치게 되므로 책임이 막중한 것이다. 이들은 정치를 덕치주의로써 수범을 세우고 교화를 잘하면 백성들이 저절로 따른다. 스승 또한 젊은이들이 시대변화에 따른 교육을 실행하면 어떠한 악조건에도 잘 살아갈 수 있다.

본 조항의 교화는 더운 여름날과 같이 적극적인 대상으로 사랑을 베풀어 나가면 무난하게 사회에 나가 자기의 몫을 다하는 사람이 된다.

어느 시대를 막론하고 국민들은 일차적으로 위정자를 잘 만나면 행복한 것이다. 우리는 교화로써 개혁과 개방정책을 추진한 중국의 등소평(鄧小平: 덩샤오핑)을 들 수 있다. 그는 13억 인구를 잘살게 하였는데, 2004년 8월 22일 그의 탄생 100주년을 맞아 추모 행사가 열렬하게 거행되었다. 우리는 13억 인구가 한 달 이상 기념행사로 중국 대륙을 뜨겁게 달구었으니, 전 중국인을 잘살게 한 데 있다. 그의 추모행사가 현재는 물론 중국의 21세기를 설계한 지도자로서 미래를 인도했기 때문에 그의 정책은 본 조항과 통한다.

아시아의 정치인 중에는 싱가포르에 이광휘(李光輝) 수상도 기적을 낳았던 인물인 것을 생각하면 우리도 그런 위정자가 탄생해야 한다. 우리는 이웃나라의 위대한 위정자의 영도력만 부러워할 것이 아니라 한국의 기적을 낳는 위대한 리더십의 위정자가 배출되면 그들 나라 이상으로 나라를 다스릴 것이다. 그래서 많은 청년실업자들이 제각각 일자리가 생겨 마음껏 자기의 이상을 펼 수 있도록 해야 한다.

1. 연암(燕岩) 박지원(朴趾源, 1737~1805)의 『허생전』(許生傳)

『허생전』(許生傳)에는 주인공 허생이 죄인들을 위해 갈 곳 없는 사람들을 위해 무인도를 개발하여 이곳에서 농산물을 생산하여 일본 장기(長崎)로 수출하여 잘 살아가게 했다. 마치 수호(水滸)의 양산백(梁山泊)과 『홍길동전』의 율도국(硉島國)과 같이 이상 국가를 건설한 것이다.

허생은 죄인들을 바르게 교화하여 바르게 자신의 생계를 꾸려 갈 수 있게 하고 이상향을 세웠다. 20세기~21세기에도 이런 훌륭한 위정자가 세계 도처에 있다. 이들은 솔선수범을 실천한 분들이니, 이들을 거울삼으면 될 것이다. 문학상에 낡은 제도를 개혁하는 연암 박지원의 『허생전』(許生傳)은 오늘날 위정자의 홍익인간 정신을 일깨워 준다. 홍익인간의 정신은 백성을 잘 교화하고 교육을 시켜 그 인재들이 부강한 나라를 세우는 것을 의미한다.

연암의 『허생전』(許生傳)은 연암소설 중에서 가장 가치가 있고 사농공상(士農工商)의 제도에 얽매여 상업을 천시하던 것을 외국과의 무역을 적극적으로 활용하게 한 소설이다. 그는 상행위를 통하여 속유(俗儒)들의 학문을 풍자하고 경제치용학(經濟致用學)을 주장하여 빌린 돈으로 돈을 벌어 지명수배가 내려진 2천 명의 도적들을 데리고 무인도를 개발하여 이상국을 세웠다. 그리고 무인도에서 나는 곡식을 흉년이 든 일본 장기(長崎)에 수출하여 많은 돈을 벌어들였다.

허생은 지명수배를 내린 도적들에게 아내를 얻게 하여 무인도로 데리고 가 개발하여 풍요롭게 살게 했으나, 홍익인간의 정신을 실천한 것이다. 사람이 허생과 같이 생계를 인도해 주는 것은 개인이나 국가적으로도 민생문제를 해결해 준 것이니, 좋은 일이다. 사람이 직업이 없이 집에 있으면 답답하기 그지없다. 특히 연암은 조선조 18~19세기에 위정자들이 개혁할 줄 모르고 속유(俗儒)들이라 전근대적으로의 방침만 고집하고 변천하는 시대상을 읽지 못함을 안타깝게 여기고, 첫째, 상업을 장려하고, 둘째, 국토를 개발하고, 셋째, 해외무역을 주장하여 외화를 벌어들여야 한다는 취지에서 『허생전』(許生傳)을 지었다. 당시 양반들은 사농공상(士農工商)이란 관념 아래 공상(工商)을 천히 여기고 글공부만 하는 사(士)만을 으뜸으로 여겨 나라경제는 말할 수 없이 피폐했다.

일찍이 환웅과 단군은 백성들이 올바로 천리에 의해 살아가게 하기 위해 신하들인 삼상(三相) 오부(五部)로 하여금 백성들에게 360여사(餘事)로써 교육을 펴 홍익인간으로 살아가게 하여 이상적인 나라를 세웠다. 본 조항은 그중에 그 교육을 실천한 그 하나에 속한다.

21세기 한국이 세계의 11번째 경제대국으로 부상할 수 있었던 것은 수출로써 달성했다. 연암은 200년 전에 민족의 나아갈 바를 예시했으니, 훌륭한 경제정책을 편 것이다. 한국의 미래는 수출을 많이 하여 외화를 벌어들이는 일이 살길이라는 것을 200년 전에 연암이 주장했으니, 그런 점에서 『허생전』(許生傳)은 연구할 가치를 지닌다.

2. 작가들이 주장하는 젊은이들의 도업(導業)

사람은 특히 국민은 위정자나 지도자를 잘 만나야 사람들을 바르게 잘 살아갈 수 있다. 작가들은 지도자가 백성을 살아갈 수 있도록 하는 리더십을 발휘하는 내용으로 작품을 내면 좋을 것이다. 허생은 오갈 데가 없는 죄인들을 무인도로 데려가 이상국을 세워 이상향을 누리며 살게 했으니, 기발한 아이디어를 내여 위정자가 실행할 수 있는 작품을 내야 한다.

요즘은 노무현 대통령이 경제를 살리지 못한 관계로 국민경제는 불경기를 맞이하게 됨에 따라 많은 실업자(失業者)들이 취직을 못 해 백수로 살아가는 이들이 많다.

작가들은 실업난을 해결해 주는 일환으로 작가 나름의 아이디어를 내어 취직이 안 되면 스스로 창업할 수 있는 내용으로 작품을 선보이면 작가들의 그 뜻을 따르는 이도 있을 것이다.

제123사(事) 보산(保産: 산업을 보전함)-『농가월령가』의 12월령(月令)-

제123사(事) 보산(保産)은 '산업을 잘 보전함'이라는 뜻이니, 예나 지금이나 산업을 이루기 위해서는 마음을 굳게 하고 뜻을 단단히 해야 할 것이니, 그럴수록 한결같은 마음으로써 산업에 임해야 한다.

작가는 사업가나 농사짓는 사람이나 이상의 마음이 굳고 뜻이 확고해야 작가생활을 할 수 있다. 사업하는 사람의 경우 산업을 보전하기 위해 산업에 전력투구해야 하고, 농사도 사시사철 하나의 마음으로써 농사에 전념해야 의식주(衣食住)의 문제가 해결된다.

작가는 정신적으로 작품을 통해 선도하는 막중한 책임을 지고 작품을 쓰는 관계로 하나의 정신적인 뒷받침이 되지 않고서는 독자의 마음을 감동시킬 수 없다. 본고에서는 작가가 지녀야 할 마음가짐을 『농가월령가』(農家月令歌)에서 보기로 한다.

『농가월령가』(農家月令歌)는 작가가 광해군 때 경상도 상주 출신의 태촌(泰村) 고상안(高尙顔, 1553~1623)이 지었다고 하나, 최근에 와서는 헌종(憲宗, 1827~1849) 때의 다산(茶山) 정약용(丁若鏞)의 둘째 아들 운포(耘逋) 정학유(丁學游)가 지었다는 설이 정확한 것으로 분명해졌다. 이 가사(歌辭)는 월령체(月令體)이다. 작가가 농경을 소재로 하였는데, 농민이 어떠한 고난이 있더라도 농경에 힘쓰라는 권농사상(勸農思想)을 나타낸 것이다. 19세기는 산업사회로 발전단계라고 하지만 거의 그 시대는 농경을 위주로 하는 이가 대부분이었으니, 농경에 힘쓰지 않으면 백성들이 살아갈 수 없었다.

본가 중 12월령을 소개하는데, 농경에 힘쓰라는 전통적인 권농사상(勸農思想)을 나타냈다. 이러한 정신적인 유산은 본 조항에서 산업을 보전하기 위해선 한 가지 마음으로 산업에 전력투구하는 내용과 관계된다. 따라서 본 조항을 소개하면 다음과 같다.

제123사(事) 보산(保産): (愛 4範 23圍)(애, 4째 본보기, 23번째 범위)

保産者는 不失産業也라. 心固志硬하여 放肆不售하므로 業久
則通하니 有振 無縮하여 能保乃産이니라.

해석: 산업을 보전한다 함은 그 산업을 잃지 않음이라. 마음이 굳고 뜻이 튼튼하여 방자함을 함부로 팔지 않고 산업을 오래하면 통하며 떨침이 있고 줄어듦이 없어서 그 산업을 보전하느니라.

세속에 이르는 말로 산업을 보존한다는 것은 우물을 파도 한 우물을 파는 마음으로써 한 가지 일에 정성을 쏟는 일이다. 『천부경』에 하나(一)란 하늘의 도이므로 순수미(純粹美)와 항심(恒心)을 지녀는 마음과 통한다. 특히 사업을 하는 이가 하늘의 하나(一)의 마음가짐으로 임하면 성공을 하게 되며 경제력의 여유가 있게 잘 살아갈 수 있다.

아담 스미스는 『국부론』에서 경제인(homoeconomicus)의 모델로 근면, 절약, 노력이 부(富)에 이르는 길임을 밝혔으니, 하나(一)의 마음으로 이뤄지는 행함이다.

하나의 마음을 지닌다는 것은 하늘의 마음이자 태양과 같은 밝음의 길이다. 태양은 태양계 중 우주의 중심이니, 사람의 마음도 태양에 근본을 두고 사람의 중심을 밝히면 항심(恒心)을 지녀 산업에 성공할 수 있다.

사업자 중에는 직업을 바끄지 않고 새로운 발명품으로서 제품생산을 하여 성공하는 이들이 있는데, 순수미(純粹美)의 항심(恒心)이 선행되어야 함을 말한 것이다. 순수미의 항심은 한 가지 일에 몰두해야 성공률이 높은데 하나의 마음을 지니는 길이다.

선인들은 농경을 위주로 일 년 사시절에 맞추는 생활을 하였으니, 천리에 따르는 생활을 한 것이다. 천리는 하나의 마음으로 살아가게 하는 교훈이니, 선인들이 하늘의 진리를 믿고 살게 하였다. 사업하는 이들은 물건을 생산할 때 함부로 만들어서는 안 되고 하늘의 한결같은 마음으로써 생산활동에 임해야 소비자들이 다음 놓고 구입한다.

1. 『농가월령가』의 농경생활

예전에 농업이 주산업이었는데 육체노동이었던 관계로 힘이 들고 부지런해야 수확을 기할 수 있다. 농경은 『조선왕조실록』에는 음력 1월 1일 조에 어느 왕조(王朝) 할 것 없이 권농(勸農)이라 기록해 놓은 의미도 부지런히 농사를 지으라는 뜻이다. 『농가월령가』에는 철마다 다가오는 풍속과 지켜야 될 예의범절이 잘 반영되어 있는데, 그중 12월령(月令)을 소개하면 다음과 같다.

천만 가지 생각 말고 농업을 전심하소.
하소정 빈풍시(豳風詩)를 성인이 지었으니,
이 뜻을 본받아서 대강을 기록하니,

이 글을 자세히 보아 힘쓰기를 바라노라.

기구(起句)는 하나의 마음으로써 농사에 전념하라는 내용이니, 의식주(衣食住)의 문제 해결에 힘쓰지 않으면 안 되는 것을 이르고 있다. 승구에서의 빈풍시(豳風詩)라 함은 전한(前漢)의 대덕(戴德)이 지은『대대례』(大戴禮)의 하소정 편(夏小正篇)에 전하는 월령가(月令歌)이니 권농을 내용으로 한 것이다.

『농가월령가』는 권농을 한 내용이니,『천부경』의 '부동본'(不動本)과 통하는 의식이다. 무슨 일에나 마음의 중심을 잡지 않으면 성공을 할 수 없으니, 하나의 마음을 지녀야 한다. 농경은 정성과 부지런함이 우선이니 하나(一)의 마음에서 행해지니, 본 조항과 뜻이 통하는 의식이다. 본 조항의 미적 범주는 순수미의 항심(恒心)과 통하니, 이런 마음이 산업을 보전하는 것이 된다.

2. 한 가지 마음을 쏟는 작중 주인공의 성공담

작가들은 조상님들이 하나의 마음으로써 사시절 농경생활을 한 내용으로 보낸 마음가짐으로 작품을 쓰면 사람들의 마음을 감동시킬 것이다. 또 작가들은 사업가들이 사업을 보존하기 위해 온 정열을 쏟는 것 이상으로 작품을 쓰는 데 힘을 기울여야 한다.

작가가 글을 쓴다는 것은 보통의 노력만으로 쓰이는 것이 아니다. 마치 이는 사업가들이 남다른 노력을 기울여 성공하는 것 이상의 수도의 정신 집중과 같은 것이다.

사람들은 자기들이 사는 집도 장만하려면 어렵다. 그런데 사업가들은 큰 빌딩을 짓고 큰 공장을 지어 수백 명, 수천 명, 수만 명이 살아갈 수 있도록 사업을 한다는 것에 대해 존경심을 가진다.

작가들은 사업하는 이들의 성공담을 작중 주인공으로 소개하면 사업하는 이들이 주인공을 본받아 큰 사업가가 될 수 있게 안내자적인 역할을 할 수 있도록 나타내야 한다.

작가는 오랜 경험을 바탕으로 사업하는 한 주인공의 성공 사례를 내용으로 작품을 쓰면, 많은 사업가들이 참고하게 되니, 책임이 막중한 것이다.

제124사(事) 장근(獎勤: 부지런함을 권장함)-『가사집』(歌詞集) 「농부가」-

제124사(事) 장근(獎勤)이란 '부지런함을 권함'이니, 어른들이 아이들의 장점과 재능을 칭찬해 주며 교화와 양육에 힘쓰는 것을 뜻한다. 이런 일은 어른들이 앞장서서 부지런히 어린이를 바르게 가르치고 교화하는 방법과 비슷하다.

우리는 농경민족으로서 농사의 부지런함을 천하의 근본으로 삼아 왔다. 농경은 부지런함을 제일로 삼아 농자(農者) 천하지대본(天下之大本)이라 여겨 왔다. 부지런함을 권장한『가사집』(歌詞集), 「농부가」에서도 부지런함을 권장하였다.

농사는 부지런함을 으뜸으로 꼽는다. 곡식의 낱알은 근면의식의 산물이다. 작가들은 청소년·소녀들을 하여금 부지런함으로 일깨워 주기 위해 농경생활을 예로 들면서 작중의 주인공을 나타내면 도움을 줄 것이다.

「농부가」(農夫歌)의 근면의식은 농경생활에서 필수적 조건이다. 한국인은 대대적인 산업화가 이뤄지기 전에는 농경생활을 하여 왔다. 기계화되기 이전 한국의 농촌은 육체노동이었다. 노동의 괴로움을 잊기 위해선 「농부가」를 불러야 능률을 올릴 수 있다. 이 노래는 일을 할 때에 한 사람이 메김 소리를 내면 나머지 사람들은 받음 소리로 그것을 반복하면서 부른다. 이러한 내용은 논에서 김을 매고나 훔칠 때 농촌에서 있었던 풍습이다. 우리의 노랫소리는 1940년도 후반까지 농촌에서도 들을 수 있는 노래였다. 본 조항은 「농부가」(農夫歌)의 내용과 상통하는 근면의식이 들어 있으므로 인용하면 다음과 같다.

제124사(事) 장근(獎勤): (愛 4範 24圍)(애, 4째 본보기, 24번째 범위)

獎勤者는 獎人之勤化育也라. 育人而人化하니 春物은 漸滋하
고 塵鏡은 轉 明이라. 掩短揭長하며 開善揚能이니라.

해석: 부지런을 권한다(獎勤) 함은 사람을 부지런히 교화하고 기르도록 권장함이라. 사람을 기르면 사람이 감화하나니, 봄철에 만물이 점차 자라고 먼지 긴 거울이 밝게 바뀜과 같으니라. 단점을 가리고 장점을 높이 들며, 착함을 열어 주고 능력을 펴게 하느니라.

농경에선 부지런함을 제일순위로 하였는데, 이를 실현하기 위해 가장을 비롯하여 위정자가 이를 권장하는 데 힘써 왔다. 식량의 증산은 개인에게 한한 것이 아니라 국가적으로 발전을 기약하는 원동력이 되기 때문에 부지런함을 권장했다. 부지런함은 농경뿐만 아니라 아이들을 국가 동량지재(棟樑之材)로 키우는 데 기여를 하였다. 농경문화에서 가장 힘써야 할 부분이 부지런함인데 그 정신적 유산으로 훌륭한 인재를 키워 냈다.

천지는 한시도 쉬지 않고 만물을 생육하고 있다. 사람은 바로 천지와 본을 받아 『인부경』의 "천지합십일"(天地合十一)의 경지에 이르도록 힘써야 하는데 부지런함을 제일로 삼아야 한다. 여기에서 "천지합십일"(天地合十一)에서 십일(十一) 수(數)는 "천육지오"(天六地五)를 합한 수이다. 천(天)은 육수(六數)를 땅은 오수(五數)로, 이 두 수를 합하면 천지(天地)는 십일(十一)로 된다. 이 십일(十一)에서 십(十)은 완성이자 땅을 상징하고, 일(一)은 하늘과 한결같음을 나타낸다. 곧 일(一)은 천지의 합일을 나타내는 수이다. 사람이 천지와 합일하기 위해선 한결같은 마음을 지녀야 하니, 근면 성실해야 한다.

원래 일(一)은 하늘의 기본수이니, 『천부경』에는 일(一)에 대해서 다음과 같이 나타냈다.

일석삼극무진본(一析三極無盡本)

해석: '一'을 나누면 세 극점(天地人)이 되지만 근본은 다함이 없느니라.

'一'은 보이지 않으면서 끝없이 전개되지만 본체가 분열하거나 없어지지 않고 그 근본은 무진장한 것이다. 무극이 태극에서 음양을 만들고 음양이 세 개의(삼태극) 조화를 이루나 그 근본은 무궁무진하여 다함이 없는 것이다. 무극과 태극 안에는 삼태극(天地人)을 지니고 있으니, 이들 셋이 모두 같은 것이다. 사람의 육체 안에는 천지의 진리가 함유되어 소우주라고 하는 삼위일체(三位一體) 사상을 도출해 낼 수 있다.

다시 말하면 이기(理氣)는 우주 대자연에 충만해 있으므로 이 큰 응결체를 대우주라 한다. 소우주는 일부의 이기(理氣)가 모여서 형성된 만물 가운데 한 개체라고 할 수 있다. 따라서 인간은 만물 가운데 살아 있는 작은 생명체에 해당한다. 무극은 태극운동을 하면서 생명을 탄생시키고 끝없이 변화를 하면서도 새 생명을 끝없이 만들어 내어 우주의 시작과 끝은 다함이 없는 것이다. 즉 1→∞로 진전된다.

이에 교육자나 부모는 어린이를 육아법으로써, 사랑으로 부지런함을 일깨워 주면 무한한 가능성을 지닌 국가 동량지재(棟樑之材)로 자라게 할 수 있으니, 온정미(溫情美, das Reine Schöne), 애미(愛美)로써 아이들을 가르치고 키워야 할 것이다. 어린이는 자라나는 단계니만큼 무한 가능성을 지니도록 천지인(天地人)의 음양이기(陰陽二氣)를 육체에 지니도록 해야 한다.

본 조항에서의 육아법은 봄철의 식물이 싹터서 자양분을 흡수해 자라나고 먼지 낀 거울이 닦여 닦게 변함과 같이 몸을 기르고 변화시키는 것이다.

이와 같은 단계를 본보기로 삼아 단점을 가려 주고 장점을 높이 들어 칭찬해 주면 신바람이 나서 더욱 분발하여 모든 일에 힘쓰게 하는 것이, 본 조항에서 이르는 육아법이다.

1. 「농부가」(農夫歌)의 근면의식

우리는 농경으로 살아온 관계로 장근(獎勤)의 내용을 「농부가」(農夫歌)
에서 인용하면 다음과 같다.

> 사해 창생 농부들아 일생신고(一生辛苦) 한 치 마라.
> 사농공상 생긴 후에 귀중할 손 농사로다.
> 만민지(萬民之) 행색이오 천하지 대본이라.
> 교민화식(敎民火食) 하온 농사밖에 또 있는가?
> 신농씨(神農氏)의 갈은 밭에 후직(后稷)이의 뿌린 종자.
> 역산(歷山)에 갈은 밭은 순(舜)임금의 유풍(遺風)이라. ……
> 밤이 오면 잠깐 쉬고 잠을 깨면 일이로다.
> 녹음방초 저문 날에 석양풍이 어둑 불어,
> 호미 매고 입장구에 이 또한 낙이로다.
> 일락 황혼 저문 날에 달을 띄고 걷는 걸음,
> 동리로 돌아오니 시문에 개 짖는다.
>
> 『가사집』(歌詞集), 「농부가」

이 노래는 작자, 연대 미상으로 되어 있으나, 선인들의 농사를 지은 일
상사가 담겨 있다고 할 수 있다.

고대에는 농사에서 근면, 성실 등의 교훈을 배워 농경을 농자천하지대
본(農者天下之大本)이라고 일컫게 된 것이다.

농경생활은 근면, 성실해야 하므로 어린이가 공부를 하는 데 있어 천하
의 큰 근본을 인지하고 행하면 훌륭한 사람이 되는 데 좋은 교훈이 될 것
이라 믿는다.

2. 본 조항의 육아법 소개

작가는 본 조항을 근본으로 하는 내용으로 아이들의 장점과 재능을 발
휘할 수 있도록 교화하고 양육하는 작품을 쓰면 어린이들이 깨닫는 바가
되어 힘써 행할 것이다. 어린이에게 심성을 변화시켜 주는 가르침을 작품
으로 배울 수 있도록 하면 사랑의 교육이 이뤄진다고 할 수 있다.

어린이는 칭찬을 듣기를 좋아하는데 잘하는 일이 있을 때 칭찬을 하면 칭찬을 듣기 위해 모든 일에 힘써 능률을 올린다. 칭찬을 할 때는 가끔가다 남보다 잘하는 것이 있을 괘 다른 일에도 이렇게 잘하라는 격려와 함께 신바람이 나도록 칭찬을 해 주면 그 칭찬 바람으로 더욱 분발케 된다. 작가는 어린이가 칭찬바람으로 힘쓴 결과로 인해 성공하게 된 사례를 작중에 나타내면 어린이들 교육에 도움이 될 것이다.

제125사(事) 경타(警墮: 게으름을 경계함)—김천택의 『교주해동가요』 427—

경타(警墮)라 함은 '게으름을 경계함'이란 뜻이다. 이는 자의(字意)상으로도 경(警)은 '경계할 (경)'이고, 타(墮)는 '깨뜨릴 (타), 게으를 (타)' '떨어질 (타)'를 나타내기 때문이다. 이 말은 떨어짐을 경계한다는 내용이니, 게으른 자를 사랑으로 이끌어 주면 될 것이다.

작가는 배우는 자가 부족하다 하더라도 사랑으로 나아갈 길을 이치로써 지도하면 긴 물가 깜깜한 밤에 먼 곳에서 번갯불이 번쩍이는 것과 같이 지혜의 밝음을 열어 주면, 본 조항과 통하는 내용과 같이 교육에서 뒤떨어지는 일이 없도록 된다.

남파(南波) 김천택(金天澤)은 영조 때의 시조작가로서 음악가로 널리 알려졌다. 그는 시조를 잘 지어 현존 57수(首)가 전하며 창곡도(唱曲道)에 뛰어난 천재로서 시가집 『청구영언』(靑丘永言)을 편찬하여 시조문학상 중대한 의의를 지니게 했다. 그는 김수장(金壽長)과 더불어 평민 출신의 가객으로 영조 때 시조부흥 운동에 뛰어난 공적을 남겼다.

본 조항에서 인용하는 시조는 『교주해동가요』(校注海東歌謠) 427을 소개한다. 이 시조에 남긴 내용은 본 조항과 통한다. 그런 의미에서 본 조항의 내용을 소개하면 다음과 같다.

제125사(事) 경타(警墮): (愛 4範 25圍)(애, 4째 본보기, 25번째 범위)

警墮者는 警之墮敎育也라. 行而復回하고 醒而復睡라도 猶勝乎不行不醒 矣니 明之以理면 長洲黑夜에 遠電이 閃閃이니라.

해석: 떨어짐을 경계한다(警墮) 함은 교육에 뒤떨어짐을 경계함이라. 가다가 다시 돌아오고 깨었다가 다시 잠자더라도 자지 않고 깨지 않음보다는 나으니, 이러한 이치로써 밝게 하면 긴 물가 섬 안의 캄캄한 밤에도 멀리서 번갯불이 번쩍번쩍하리라.

사람은 게으르면 모든 것을 잃게 되니, 부지런함을 일깨우는 교육이 필요하다. 부지런을 일깨워 준다는 것은 장래 희망을 성취할 수 있게 되니, 이보다 좋은 일이 없는 것이다. 더구나 사람은 건강한 것이 일생을 살아가는 데 더없이 소중하다. 사람이 부지런하면 몸을 움직이므로 신체의 리듬이 이뤄져 건강상에도 좋은 것이니, 일석삼조 이상에 좋은 몫이 돌아오게 된다.

교육에서 뒤떨어진다는 것은 게으른 자의 행위이다. 공부도 부지런히 노력하는 자가 잘하게 되어 있으니, 스승은 학생들에게 부지런함을 일깨워 주어야 할 것이다.

본 조항에서는 배운 대로 잘하다가 중지하거나 공부를 하다가 잠들더라도 노력하지 않는 것보다는 낫다고 하였는데, 노력하는 사람이 되라는 내용이다.

교육자가 이런 사람에게 사랑으로 끌어 주면 물가의 칠흑(漆黑) 같은 밤에도 번개가 번쩍이듯이 머리가 둔한 사람의 머릿속에도 번쩍이는 것과 같이 지혜의 밝음이 저절로 그 모습이 드러나게 된다는 것이다.

본 조항에서 스승은 학생들을 상처 입히는 것을 경계하고, 애인정신으로 게으른 학생으로 하여금 부지런함을 일깨워 주어야 하는 가르침으로 교훈한 내용이라 할 수 있다.

1. 18세기 남파(南波) 김천택(金天澤)의 『교주해동가요』(校注海東歌謠) 427의 교훈

남파(南波) 김천택(金天澤)은 일을 행해다가 중지(中止)하는 교훈을 경계하는 시조를 지어 인구에 회자(膾炙)되곤 했다. 이 시조는 자라나는 젊은 이에게 좋은 교훈이 되어 왔는데, 일을 하다가 힘들다고 중지하는 경우, 이 시조를 생각하고 끝까지 감내하여 일을 마무리 짓는 데 효과가 있다.

본 시조는 본 조항의 계으른 자의 경우 중간에서 일을 중지하는 일이 없도록 하는 데 좋은 역할이 되어 왔다. 그런 점에서 본 시조를 다음과 같이 인용한다.

> 잘 가노라 닫지 말며 못 가노라 쉬지 말라.
> 부디 긋지 말고 촌음을 아껴서라.
> 가다가 중지만 하면 안이 감만 못하니라.

『校注海東歌謠』 427

이 시조는 작자가 중도에서 중지하는 것을 경계하는 내용으로 되어 있으니, 본 조항의 내용과 뜻이 통하는 내용이라 할 수 있다. 게으른 사람은 중도에서 중지하는 사례가 현저하게 많은 것이니, 이를 바르게 지도하면 부지런한 사람이 될 것이다.

위의 시조는 자아실현을 이루기 위해서는 힘써 행하라는 교훈인데 드 표로 나타내면 다음과 같다.

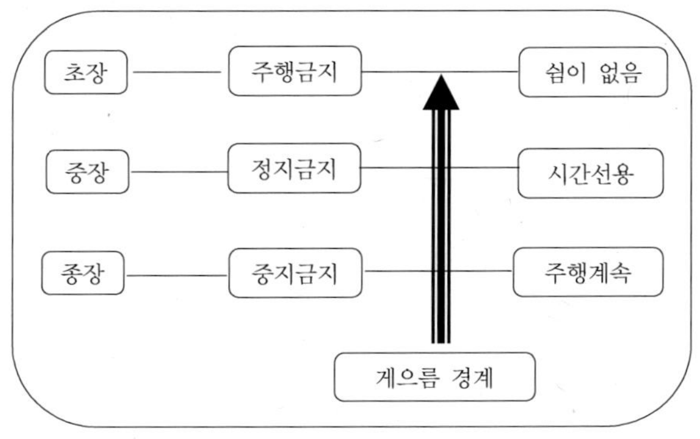

스승은 게으른 사람을 부지런한 사람으로 인생관을 바꿔 놓을 수 있으니, 그 효과는 중대한 의미를 지닌다고 할 수 있다. 스승이 게으른 학생의 인생관을 바꿔 놓는다는 것은 미적 범주의 경우 온화미·애정미(愛情美)에 해당한다. 이런 인생관의 변화는 게으른 자도 완성인간이 되는 데 손색이 없을 것이다.

2. 작가들은 게으른 사람의 경계

작가들은 인생관을 바꿔 놓는 데 효과가 있게 작품을 써야 한다. 작가는 이런 작품을 쓰기 위해선 전부터 내려오는 설화와 민담, 고소설 등에서 소재를 참고하여 작가 나름의 상상력을 나타내면, 독자들이 깨닫는 바가 있어 새로운 인간이 되는데 도움을 줄 것이다.

요즘은 전보다 사람들이 책을 잘 읽지 않는 경향이 현저하다. 그럴수록 작가는 재미를 더하기 위해 소설을 형성하는 데 새로운 시각으로 게으른 자가 부지런한 자로 인생관이 바뀌는 작품을 쓰면 좋은 반응을 일으키리라 믿는다. 작가는 독자들의 취향을 살려서 게으른 자를 부지런한 자의 인생관으로 바꾸도록 새로운 아이디어로써 환골탈태(換骨奪胎)하는 내용을 소설로만 극한 할것이 아니라, 만화영화로 시청토록 하고, 더 반응이 좋으면 영화로 제작하여 독자들에게 선보이면 된다.

더구나 작가가 게으른 사람을 일깨워 주는 작품을 쓰면 부모들이 자녀

교육의 좋은 본이 된다고 생각하고 친지들에게 읽도록 권할 것이다.

제126사(事) 정로(定老: 노인을 안정하게 함)-한유신(韓維信)의 시조-

본 조항의 정로(定老)란 정(定)이 '정할 (정)' 노(老)가 '늙을 (로)'이므로 '노인을 안정하게 함'을 뜻하니, 노인이 교화를 할 수 있도록 안정된 환경을 마련해 주는 것을 말한다.

작가들은 노인들이 평성 쌓은 지식을 펼 수 있도록 스승으로 모시어 후세대들에게 교육하는 내용으로 나타내면, 노인 자신이나 후세대들에게도 많은 지식을 전수받는 내용으로 나타내면 좋을 것이다.

한유신(韓維信, 1690?~1765)은 젊은이가 행할 바를 시조에서 나타냈다. 그는 18세기 전·중반에 걸쳐 경상도 대구에서 활동했으며, 소년들이 마음가짐을 바로 가지라고 강부하였다. 첫째로 충효(忠孝)와 공검(恭儉)을 행하고, 둘째로 주색(酒色)을 가까이하면 위태로워 망하게 된다는 것을 『해동가요 박씨본』(海東歌謠 朴氏本)에서 나타냈다.

본 시조는 작자가 후인들에게 행할 것과 행하지 않을 것을 나타냈으니, 본 조항과 통하는 내용이다. 그런 점에서 본 조항을 인용하건 다음과 같다.

제126사(事) 정로(定老): (愛 4範 26圍)(애, 4째 본보기, 26번째 범위)

定老者는 定老人之敎化也라. 賢老는 爲師하여 傳布敎化하므로 自育其德하고 篤老는 爲翁하여 誠守敎化하므로 自育其安이니라.

해석: 노인을 안정시킨다(定老) 함은 노인의 교화를 안정시킴이라. 어진 노인은 스승으로 모시어 교화를 전하여 펴게 하고 스스로 그 덕을 기르고, 도타운 노인은 옷어른으로 모시어

교화를 정성껏 지키게 하여 스스로 그 편안함을 기르게 하느니라.

현명한 노인은 후세대를 위해 교화를 펴거나 행하며 덕과 심신을 길러야 할 것이다. 노인은 젊은 세대보다 평생경륜을 쌓았기 때문에 경험과 학식이 풍부하다.

단군은 환인, 환웅을 천제(天帝), 천신(天神)으로 받들었다. 이와 동시에 백성들은 숭조관념과 경로사상의 미풍양속으로 예의지국을 세워 5천 년의 문화민족임을 나타냈다.

노인생활의 안정은 숭조(崇祖)·경로(敬老) 사상에서 이뤄지게 되는데, 이를 뒷받침하는 제도가 뒷받침되지 않고서는 젊은 세대에게 교화를 펼 수 없게 된다.

요즘 한국의 노인들 중에는 젊은 사람들이 본받을 만한 입지전의 인물이 많다. 그런데 현 실정은 이들 노인들의 담론을 펼 수 있는 장이 마련되지 않고 TV에만 의존하는 경향이나, 젊은이에게 좋은 교훈을 펼 수 있는 노인이면 교화를 펼 수 있게 도와야 한다.

본 조항은 세 가지로 나눴는데, 첫째로 노인이 교화를 펼 수 있도록 안정된 환경을 제공하는 문제, 둘째는 어진 노인을 스승으로 모시어 교화를 널리 펴서 덕을 기르게 하고, 셋째로 독실한 노인은 원로(元老)로 모시어 편안함을 기르게 해야 한다는 점을 들고 있다.

원로노인은 평생 동안 지식과 생활 경험에 대한 지식을 쌓았기 때문에 젊은 사람들에게 가르칠 수 있도록 자리를 마련해 주면 국가적으로 유익한 일이다. 원로노인들은 국가적으로 교육사업을 펼 수 있도록 뒷받침을 마련해 주면 노인의 건강증진을 위해서도 좋고, 젊은 세대들이 교육을 받아 앞날을 개척해 나가는 데 일석이조(一石二鳥)의 도움을 줄 것이다.

1. 한유신(韓維信, 1690?~1765)의 교훈

18세기 전·중반에 걸쳐 경상도 대구에서 활동했던 한유신(韓維信, 1690?~1765)은 젊은이가 행할 바를 시조에서 다음과 같이 나타냈다.

성남 소년(城南少年)드라 존심(存心)하여 드러스라.
충효 조행(忠孝操行) 공검(恭儉) 섯거 하려니와,
그러나 위망(危亡)이 가까울 선 갓가올손 주색인가 하노라.

『海東歌謠 朴氏本』

이 시조는 젊은이들을 교훈하기 위해 『훈민가』(訓民歌)를 연상케 하는 내용으로 지었는데, 마음의 흔들림이 없는 항심(恒心)을 지녀야 함을 시적 화자를 통해서 나타냈다. 이 존심(存心)은 『천부경』의 하나(一)와 관련되므로 일편단심의 불변인 것이다.

위 시조의 내용은 젊은이들이 하나의 마음으로써 '충효'(忠孝), '조행'(操行)'과 '공검'(恭儉)을 실천하면 숭조의식과 경로사상이 이뤄지게 됨을 밝혔다. 그중에 사회적인 물의를 일으키는 음주와 여성 문제인 주색은 가정과 나라를 파탄케 한 역사적 사실도 있으니, 위 시조의 교훈은 경시할 수 없는 내용이다.

노인의 경시풍조는 사회를 퇴폐케 하는 원인이 된다. 단군이 세운 동방예의지국(東方禮義之國)은 근본을 세운 데 있는 것이니, 경로사상이 실행되면 미풍양속의 도덕미가 재현되는 나라가 될 것이라 믿는다. 노인들은 오랫동안의 경륜을 쌓은 관계로 문화적 가치가 되는 가르침을 젊은이에게 전달하면 그만큼 민족문화의 유산이니, 노인들의 많은 지식을 후인들에게 전수받을 수 있도록 국가적인 시책이 따라야 할 것이다.

2. 작가들의 경로사상 고취

작가는 단군이 홍익인간 사상으로 이화세계를 이룬 것을 교훈 삼아 노인들이 사상과 경륜을 펼 수 있도록 하는 작품을 선보이면 사람들이 본 조항을 실천하게 된다. 으리 사회는 현명한 노인이 많다. 이들이 젊은이에게 스승이 되어 교화를 펴면 그만큼 지식이 사장되지 않고 재활용되는 것이다. 작가들이 현명한 노인의 예를 들어 작품으로 선보이면 젊은이에게 좋은 본이 되며, 오랫동안 쌓은 경륜을 후인들에게 펴는 니용을 작중 주인공을 통해 보이면 노인들을 공경하는 풍조를 불러일으키게 된다.

작가들이 원로노인들의 살아온 배경과 성공하기까지의 과정을 들려주면 젊은이들이 그 과정을 받아 헛되게 세월을 허송하는 일이 없도록 할 것이다.

제127사(事) 배유(培幼: 어린이를 북돋음)−양주동의 「조선의 맥박」−

본 조항의 배유(培幼)는 배(培)는 '북돋을 (배)'이고, 유(幼)는 '어릴 (유)' 자이므로 '어린이를 북돋음'을 뜻하니, 어린이를 사랑으로 북돋아 길러야 함을 말한 것이다.

어린이는 나라의 보배이므로 어린이를 사람으로 북돋아 길러야 훗날의 국가동량지재(國家棟梁之材)가 된다.

작가는 본 조항의 내용으로 어린이를 새싹을 정성스럽게 북돋아주듯이 사랑으로 교화하여 기르는 내용으로 작중에 나타내면 독자들이 자녀의 앞날을 위해 탐독할 것이다.

무애(无涯) 양주동(梁柱東, 1903∼1977)은 자칭 국보라고 하고 자랑풍의 강의를 40년대와 70년대까지 동국대학교의 국어국문학과에서 행했다. 그의 강의는 들으려고 서울시내의 대학생들이 몰려들었으며, 방송 매체에서도 출현해 달변(達辯)으로 인해 전 국민을 놀라게 했다. 무애(无涯)는 달변에다 열강을 하는 관계로 자칭 국보라고 자랑하였지만 사람들이 당연히 한국의 국보적인 존재라고 인정하였을 정도다.

그는 1929년 5월 식민지 시절 평양 숭실전문학교 교수 재직 시에 『문예공론』(文藝公論)을 발간해 「조선의 맥박」을 발표했다. 이때는 조선의 문인들이 이광수의 회유로 친일파나 친일 문인의 수가 늘어난 때 민족의 앞날을 위해 시작 활동을 했다는 것은 본받을 일이다.

그의 「조선의 맥박」은 어린이에게 당시 나라의 광복을 기대해 보는 내용으로 나타냈으니, 본 조항과 통하게 된다. 366사(事) 중 본 조항은 어린이 교육의 중점을 준 내용이니, 「조선의 맥박」을 심도 있게 이해하기 위해서 다음과 같이 소개한다.

제127사(事) 배유(培幼): (愛 4範 27圍)(애, 4째 본보기, 27번째 범위)

培幼者는 培養幼穉也라. 萌不霑露면 雖莖必萎요. 童不服育이면 雖長必頑이라. 培而植之하고 養而成之면 敎化與枝葉으로 相繁이니라.
배유자   배양유치야   맹불점로   수경필위   동불복육   수장필완   배이식지   양이성지   교화여지엽   상번

해석: 어린이를 북돋운다(培幼) 함은 어린이를 북돋아 기르는 것이라. 싹기 이슬에 젖지 않으면 비록 줄기가 나더라도 반드시 시들 것이요, 아이가 육성되지 않으면 비록 자라도 반드시 어리석을 것이라. 북돋아 심고 길러서 키우면 교화는 가지와 잎과 같이 서로 번성하게 되니라.

어린이를 보살펴 장래 국가의 동량지재(棟梁之材)로 키우기 위해서는 교육이 있어야 하는 것이다. 어린이는 식물의 어린 싹과 같으므로 잘 보살핌이 있어야 가정뿐 아니라 나라의 보배로 키운다. 어린이는 유년에서 소년→청년→장년→노년의 과정을 거치므로 장차 가정과 나라의 기둥이기 때문에 어린이를 북돋우어 새싹과 같이 키워야 한다. 가정과 나라의 장래는 자녀와 어린이를 얼마만큼 키웠느냐에 흥망성쇠가 달려 있다고 할 수 있으니, 자녀 교육은 중대한 의미를 지닌다.

단군이 8천 리나 넓은 강역(疆域)을 다스릴 수 있었던 버경에는 어린이를 본 조항과 같이 북돋아 길렀기 때문이다. 어린이는 새싹과 같으므로 정성스럽게 북돋아 사랑으로 교화하여 기르면, 나뭇가지와 잎이 서로 번성하듯이 가정과 학교에서 제대로 된 교육을 펴면 올바른 사람이 될 것이다.

단군시대는 소도교육(蘇塗敎育)을 실시했으므로 후에 이 제도를 고구려가 수용하여 젊은 인재를 교육하는 경당(扃堂)을 설치하여 서민의 자제들이 교육현장에선 366사(事)를 가르치고 실천케 했다고 할 수 있다.

앞서 제126사(事) 정로(定老)에서는 어른을 공경하는 경로사상을 실시했다면, 본 조항과 같은 어린이나 젊은 인재를 키우는 교육이 있어 온 바로 인해 단군조선 1,500년간 홍익인간의 이화세계를 세우는 동력이 되게 했다.

홍익인간은 사람이 유익하게 살아가는 인간세(人間世)이니, 어른을 잘 대우하고 어린이를 잘 키우는 경로사상과 어린이 보호를 잘한 데서 세워졌다. 곡식이나 식물의 성장은 뿌리가 잘 내려져야 무성하게 잘 자랄 수 있는 이치와 너무나 같다.

『천부경』의 근본은 하나(一)로 나타난다. 하나는 한결같은 의식이고 하늘이나 태양이 햇볕과 비를 내려 만물을 고루 생육시키는 것과 같이, 연약한 어린이는 어른들의 보살핌이 필요하다. 어린이는 장래 나라를 짊어질 동량지재(棟梁之材)이므로 나라의 장래를 위해서 아이들일지라도 애인정신으로 잘 키워야 할 것이다.

우리는 일제강점기에 국내는 물론 만주에다 사재를 털어 학교를 세운 것은 나라를 찾기 위한 것이다. 여기에서 많은 청년들이 교육을 받아 독립군이 되어 일제에게 항거한 것은 그 좋은 예이다. 우리의 선조들은 나라의 장래를 어린이들에게 기대를 걸었다는 것은 본 조항의 통하는 내용이라 할 수 있다.

1. 무애(无涯) 양주동의 「조선의 맥박」

무애(无涯) 양주동(梁柱東)은 1929년 5월 『문예공론』(文藝公論)에서 「조선의 맥박」을 발표하여 나라의 앞날에 대해 어린이에게 기대를 걸었다. 그 시를 제1연부터 다음과 같이 인용한다.

> 한밤에 불 꺼진 재와 같이,
> 나의 정열이 두 눈을 감고 잠잠할 때에,
> 나는 조선의 힘없는 맥박을 짚어 보노라.
> 나는 임의 모세관, 그의 맥박이로다.

무애(无涯)는 「조선의 맥박」을 20대 후반(1929년)에 발표한 것이다. 그는 1928년 일본 와세다대학(早稻田大學) 영문학과를 졸업하고, 평양 숭실전문학교 교수 재직 중 1929년 5월 『문예공론』(文藝公論)을 발간해 「조선의 맥박」을 발표했다.

위의 시 제1연의 내용은 한밤중에 화로의 불기가 삭아 다 꺼지면 싸늘한 재와 같이 자기의 뜨거운 열기도 식어 갈 때 눈을 감고 생각해 보게 된다. 그때 그는 힘없는 조국의 맥박을 짚어 보고 식민지 백성들이 기백 없음을 자신이 조국의 모세혈관과 조선의 맥박 같은 존재라고 보고 있다.

그는 50~70년대 동국대학교 국어국문학과에서 강의를 할 때 '나는 국보'라고 자칭 자랑하였다. 그의 자랑풍의 강의는 자랑할 만했다. 그는 백가사전과 같이 박식하거니와 여기에 열강은 많은 학생들을 고무시켜, 동국대학교의 학생과 서울 시내의 대학생들이 그의 강의를 듣기 위해 그가 강의하는 교실로 모여들었다.

그의 강의는 한민족 정통성의 숨결을 일깨우는 동방을 나타내는 향가와 고려가요가 그 내용이니, 자신을 모세혈관과 조선의 맥박이라고 한 것과 연관된다. 모세혈관(毛細血管)은 피가 흐르는 것을 조절하고 영양도 운반하고 탄산가스나 노폐물은 심장으로 운반하여 몸 밖으로 내보내는 역할을 하니, 생명을 담보하고 있는 실핏줄이다. 여기에서 맥박(脈搏)은 생동하는 힘을 가진 움직임을 말한다. 그는 말로만이 아닌 실천으로 『고가연구』(42)와 『여요전주』(麗謠箋註)(47)를 해석해 학문의 업적을 이루었다.

그는 조국의 인재를 키우기 위해 자신을 모세혈관이나 맥박이라 하며 동국대학교 국어국문학과에서 많은 대학교수와 문인들을 배출해 냈다. 그는 일제강점기나 조국에 대한 지조를 변하지 않고 친일시(親日詩)를 발표한 적이 없다. 일제강점기 무애가 친일파가 되면 일제로부터 많은 혜택을 받을 것이나 친일시가 발견되지 않으니, 자신이 조선의 맥박과 같은 존재로서 국보라고 일컬을 만하다.

제2연은 새벽이 되면 동녘에서 해가 떠오르는 훤한 하늘 밑에서 두 팔에서 조선이 소생되는 긴 한숨의 소리는 허파를 통하여 새어 나오는 숨결이니, 자신을 모세혈관이나 맥박으로 보고 있는 것이다. 제1연의 시상을 다시 확인시켜 준 내용이니, 활력을 불어넣는 내용이다.

새벽의 햇빛은 어둠을 물리친 밝음이다. 그 밝음은 삼신(三神)인 환인, 환웅, 환검에서 '환'이니, '환하다'와 관련되는 것이니, 한민족의 밝은 광명을 시인 자신은 민족의 숨결이라 보고 있다. 따라서 제2연은 여명(黎明)에서 태양의 광명이 찾아오듯이 조선의 소생되는 숨결을 위에서 밝힌 바와 같이 밝히면 시의 내용을 이해하는 데 도움을 준다.

> 이윽고 새벽이 되어, 훤한 동녘 하늘 밑에서,
> 나의 희망과 용기가 두 팔을 뽐낼 때면,
> 나는 조선의 소생된 긴 한숨을 듣노라.
> 나는 임의 기관이요, 그의 숨결이로다.

일찍이 그는 위의 시 외에 10구체 향가를 '사뇌가'(詞腦歌)라고 하여, 이 어원을 동방(東邦) 동토(東土)로 관련시켜 밝음과 관계를 지었으니, 그의 시상을 이해하는 데는 한민족의 정통성인 '환' 또는 '한' 사상과의 관계로 밝혀야 할 것이다. 무애(无涯)는 민족의 앞날을 위해 시를 발표하고 고전문학을 한국 정통성의 밝 사상으로 연구하고 한 점으로 미루어 지조를 지킨 시인이자 학자라고 자랑풍으로 학생들에게 말할 만하다.

그는 자신을 한국의 국보라고 자랑해도 나무랄 수 없다. 그는 학생들이 한국의 얼을 불어넣는 열강을 하고 인재를 키웠으니, 국보라고 할 만하고 그의 지조와 열성적인 강의를 본받을 만하다. 여기에 금상첨화 격으로「조선의 맥박」에서 나타냈으니, 본 조항의 내용과 통하게 된다.

제3연에서 무애(无涯)는 시적 화자를 통해서 젊음의 일거수일투족(一擧手一投足)과 얼굴을 보고 조선의 맥박이 아닌가 하고 확인한 내용을 다음과 같이 나타낸다.

> 그러나 보라, 이른 아침 길가에 오가는,
> 튼튼한 젊은이들, 어린 학생들, 그들의,
> 공 던지는 날랜 손발, 책보 낀 여생도의 힘 있는 두 팔,
> 그들의 빛나는 얼굴, 활기 있는 걸음걸이,

아아, 이야말로 조선의 산 맥박이 아닌가.

무애(无涯)는 아침 해가 솟아오르는 그 기운을 한민족의 모세혈관이자 조선의 맥박으로 본 것이니, 그의 심중에는 집단적 무의식어 의해 조선(朝鮮)이라 한 것과 부합하게 나타냈다.

역사적으로 조선(朝鮮)이라 한 것은 아침 햇살과 관계되는 밝은 나라를 세운 단군조선이라는 말에서 비롯되는 이름이다. 작자는 젊은이들이 이른 아침부터 아침햇살을 받으며 활기찬 모습으로 학교에 가는 젊은이들과 운동하는 것을 보고 조선의 민족의 맥박이라 한 것이다.

무애(无涯)는 제3연에서 민족의 장래 희망을 아침해살이 비치는 가운데 젊은이들에게서 찾은 것이니, 지속적인 발전 가능성을 나타냈다.

제4연은 민족의 정기를 어린이가 자라나는 활기찬 모습어서 찾을 수 있음을 발견하고 조국의 광복과 희망을 이들에게 걸어 본다는 내용을 나타냈는데, 그를 인용하면 다음과 같다.

> 무럭무럭 자라나는 갓난아이의 귀여운 두 볼,
> 젖 달라 외치는 그들 우렁찬 울음,
> 작으나마 힘찬, 무엇을 잡으려는 그들의 손아귀,
> 해죽해죽 웃는 입술, 기쁨에 넘치는 또렷한 눈동자.
> 아아, 조선의 대동맥, 조선의 폐는,
> 아기야, 너에게만 있도다.

『文藝公論』 1號, 「朝鮮의 脈搏」

위의 제4연은 본 조항의 내용과 통하는 내용이니, 어린이를 나라의 보배로 여기고 잘 키우고 가르치라는 의미성이 내재되어 있다.

한민족의 저력은 단군이 고조선을 세운 때 366사(事)를 통한 생활교육에서 비롯되는 것이니, 따지고 보면 오랜 역사와 관계성(reationality)을 이룬다. 그런데 5천 년의 역사성을 지닌 민족이 2,600년밖에 안 되는 일본의 식민지 지배를 받으며 살아가는 데는 그 칠흑 같은 어둠어서 벗어나 아침

햇살을 받으며 광명 천지에서 살아가야 한다. 그 맥박을 어린에게 작자는
기대해 보는 것이다.

어린이는 아침햇살과 같이 티 없이 깨끗하고 나라의 보배다. 여기에는
본 조항의 내용과 같이 새싹과 같다. 어린이는 부모나 스승이 잘 키우면
순수미의 품격(courtliness)으로서 성장하게 되면 나라의 동량지재(棟梁之
材)가 되어 지덕체(智德體)의 홍인인간 나라를 세울 수 있는 것이다. 이 지
덕체(智德體)의 교육은 단군의 366사(事) 교육으로써 홍익인간의 정신으로
나라를 세웠으니, 어린이의 가르침을 본 조항의 내용과 같이 잘 보살펴 주
어야 한다. 특히 1929년 일제하에서는 민족의 앞날을 위해 어린이를 잘 키
워야 광복의 날을 맞을 수 있다.

무애(无涯)는 식민지 시절 「조선의 맥박」에서 어린이에게 장래 조국의
광복을 기대하는 내용으로 나타냈으니, 당시 지성인이라면 당연히 그런
민족의 앞날을 내다봐야 한다. 그것은 무애 한 사람의 희망이 아니라 전
국민의 애타게 바라는 절규였다.

2. 작가 나름의 육아법

작가는 본 내용이나 무애(无涯)가 어린이를 대할 때 나무의 싹과 같이
잘 키우면 나라의 훌륭한 일꾼이 된다는 내용으로 나타내면 부모들이 더
욱 사랑의 육아법(育兒法)으로 자녀를 키우게 될 것이다. 대개 부모들은 자
녀들이 자라면 훌륭히 될 것이란 기대를 걸고 키운다.

작가들이 성공한 이들의 예를 들어 작품으로 나타내면 희망을 가지고
더욱 잘 키우게 되리라 본다. 그렇지 않으면 한 주인공이 성공한 배경에는
훌륭한 부모의 뒷받침이 있었다는 것을 오늘의 맞벌이하는 부부상으로 나
타내면 독자들이 그 육아법을 본받을 것이다.

제128사(事) 권섬(勸贍: 너그러움을 권함)-길재(吉再)으 인재 양성-

권섬(勸贍)이란 너그러운 덕을 권함을 이르니, 이는 자의(字意)에서도 나타나는 바와 같다. 권섬(勸贍)에서 권(勸) 자(字)가 '권할 (권)'이고 섬(贍) 자(字)가 '넉넉할 (섬)'이므로 넉넉함을 권한다는 뜻이니, 너그러운 덕행을 점잖게 권함을 일컫는 말이라 할 수 있다.

작가는 후세의 남는 일로 인재 양성하는 교육을 하도록 학교를 세우는 일을 작중인물로 나타내야 한다. 요즘은 학교를 세우는 이들이 많아져 200개가 넘는 대학이 세워졌다. 80년도 후반만 해도 4년제 대학이 80여 개에 불과했다. 그런데 20년이 지난 오늘에는 200개로 늘어나, 단군 이래 많은 인재들이 배출되고 있다.

고려 말 야은(冶隱) 길재(吉再, 1353~1419)는 고려의 유신으로서 신흥 조선조를 섬기지 않고 귀향하여 경상북도 선산(善山) 봉계리(鳳溪里) 금오산 아래 마을에 살면서 서원(書院)을 세워 많은 인재를 양성해 조선조의 성리학을 잇게 하였다. 그는 피교육자의 신분을 가리지 않고 인재를 키운 것으로 인해 포은 정몽주의 성리학을 조선조에 잇게 하였다.

그러한 훌륭한 인재가 한양도 아닌 시골마을에서 조선조의 성리학의 정통을 계승하는 인재가 그의 문하에서 배출되었다는 것은 놀라운 일이다.

당시 조선 초기 14~15세기는 상민과 양반과의 차별이 심했던 때 평등 교육을 오산서원(吳山書院)에서 실천해 포은의 성리학을 잇는 훌륭한 업적을 남겼다.

길재는 귀양해 훌륭한 인재를 키우게 된 것은 자신의 뜻도 있었지만, 이색(李穡)의 문인이고, 포은(圃隱) 목은(牧隱)과 같이 삼은(三隱)으로 불리는 분이고, 주변에서 권학으로 서원을 세운 것이다. 그가 세상을 떠난 지 160여 년 만에 오산서원(吳山書院)을 재건하였다. 그의 사업은 본 조항과의 관계로 볼 수 있는데, 그 조항의 내용을 인용하면 다음과 같다.

제128사(事) 권섬(勸贍): (愛 4範 28圍)(애, 4째 본보기, 28번째 범위)

勸贍者는 勸裕德也라. 有裕德者는 性或好勝하여 不事流育하
고 自善其賢하니 宜勸而進就니라.

해석: 넉넉함을 권(勸贍)함이란 너그러운 덕을 권하는 것이니라. 유덕자는 성품이 혹 이기기를 좋아하여 기름의 펴기를 일삼지 아니하고 스스로 착하고 어지니, 마땅히 권하여 나아감에 성취케 하니라.

본 조항은 하늘의 이치로 가르쳐 기름에 네 번째 범위인 8가지 중 7번째 해당하니, 그 기름을 점잖게 권해야 할 것이다. 그의 육영 사업은 자라나는 제2세 국민을 키워 냈으니, 훌륭한 정신이며 순수미적인 발로라 할 수 있다.

본 조항에서는 유덕자에게 너그러운 덕을 권하여 자라나는 신세대를 위해 가르쳐 주어야 함을 나타냈다. 그런데 유덕자 중에는 간혹 성품이 고상하여 세속적인 사람들이 언행불일치로 살아가는 것을 좋아하지 않고 자기의 장점을 자위하며 사는 관계로 남에게 지기를 싫어하고 이기는 것을 좋아하여 남에게 가르쳐 주려 들지 않는 기질이 있다. 유덕자는 천성적으로 어질고 착하게 살면 되고 남에게 유식하다는 말을 들으며 사는 것을 만족하게 여긴다.

이런 유덕자에겐 주변 사람들이 알아듣도록 이해시켜 후세대를 위해 교육사업에 나서도록 점잖게 권해야 할 것이다. 또 유덕자가 재산이 많으면 자산을 교육에 쓰도록 설득을 잘하면 성과가 있게 되리라 믿는다.

1. 고려 말 야은(冶隱) 길재(吉再)의 인재양성

야은(冶隱) 길재(吉再)는 조선조를 섬기지 않고 고향으로 돌아가 금오산 아래 마을에 살면서 오산서원(吳山書院)을 세워 상민이나 양반자제를 가리

지 않고 인재를 키워 포은 정몽주의 성리학을 잇게 하는 교량적 역할을 했
다. 길재는 14~15세기에 걸쳐 상민과 양반과의 차별이 심했던 조선 초에
평등교육을 실시했음을 높이 평가한다. 야은(冶隱)은 오산서원(吳山書院)에
서 훌륭한 교육을 실천하고 프은의 성리학을 잇는 훌륭한 업적을 남겼다.
이런 공덕으로 그가 세상을 떠난 지 160여 년이 지난 후 그곳 사람들이 그
의 학덕을 기리기 우해 오산서원을 재건하였음을 다음과 같이 전한다.

> 편액(扁額)을 양정(養正)이라 하고, 앞뒤와 좌우를 담으로 둘러 이를
> 오산서원이라 하였다. 구자년(戊子年) 삼월에 준공하고, 4월 14일 정묘
> (丁卯)에 학생이 크게 고여 야은 선생을 사당에 받들어 제사하였다.

『야산선생언행습유』(冶隱先生言行拾遺) 권중(卷中)
「오산서원사적략」(吳山書院事蹟略)

야은은 본 조항과 같은 너그러운 덕으로 인재를 배출한 것으로 볼 수
있으니, 그의 교육관은 오늘에도 조명하여 볼 필요가 있다.

인재양성은 곧 나라의 융성한 발전을 기약하는 것이니, 조선조가 5백
년간 왕조를 이어 온 동력이 성리학을 정신적인 지주로 삼은 데 있는 것
이니, 야은(冶隱)의 공로가 있음을 밝히지 않을 수 없다. 인간이 원만한 인
격을 이루기 위해서는 너그러운 덕이 필요하고, 임시방편적인 언행불일치
의 교육은 불필요한 것이다.

사람 중에는 넉넉한 덕이 있는 자라 할지라도 교육을 펴는 일을 하지 않
는 수가 있는 데 주변 사람들이 교육사업을 할 수 있도록 권해야 한다. 남
에게 점잖게 권하고 행하는 것은 유덕자의 행위에 속하므로 지덕체(智德體)
의 교육을 실천해 인재를 키울 수 있으니, 야은과 같은 이라 할 수 있다.

2. 작가들의 교육 사업 권하는 내용

작가는 너그러운 덕을 지닌 분이나 재산이 많은 사람들이 작중의 주인
공으로 등장시켜 교육사업을 하는 내용으로 펴면 독자들이 그런 주인공을

선호할 것이다.

요즘은 지방이나 시골은 도시화로 인해서 수도권이 포화상태로 되었다. 그런 가운데 지역사회에 공헌하는 교육사업을 하는 이들이 나타나면 그 지역은 교육열이 높아져 훌륭한 인재가 배출되어 교육의 중심이 되는 마을이 형성될 것이다.

작가는 이런 내용으로 작품상에 주인공과 그런 사업가를 등장시키면 홍익인간의 교육을 편 사례가 된다.

이렇게 성공적인 사례로 작품을 만들면 독자들이 수는 늘어날 것이다. 고려 말의 학자 야은은 너그러운 덕으로 반상의 차별을 가리지 않고 교육을 실행해 성리학을 잇는 교량적 역할을 하였다.

성리학은 야은 나름의 독창적인 육아법을 실천해 성리학의 학통을 잇게 했으니, 오늘의 실정에 맞는 작가 나름의 육아법을 창안해 작중에 피교육자에게 가르치면 좋은 반응이 있을 것이다. 작가들은 오늘날 교육에 관심이 있는 분들이 많으니, 기발한 상상력으로 교육사업을 하는 이들의 성공담을 나타내면 독자들이 관심 있게 작품을 읽을 것이라 믿는다.

제129사(事) 관학(灌涸: 마른 데 물을 댐)—『퇴계집』 언행록, 교인(敎人)—

본 조항에서 관학(灌涸)이란 관(灌) 자(字)는 '물 댈 (관)'이고, 학(涸) 자(字)는 '마를 (학)'이므로, 바짝 마른 내에 큰 물결을 대 줌으로 되니, 불우한 어린이에게 사랑을 베푸는 것과 같은 내용이다.

작가는 훌륭한 인재를 키우는 방법을 작중에 나타내면 독자들이 특별한 관심을 가지고 읽을 것이다. 그 내용은 마른 냇가에 큰물을 대는 것과 같이 학동들에게 사랑을 쏟는 일로 가르치고 퇴계(退溪)의 교육법과 같이 게을리하지 않고 정열을 쏟는 방법을 가르쳐 주면 된다.

퇴계(退溪) 이황(李滉, 1501~1570)은 조선의 대유학자로서 주자(朱子)를 연구하여 동방의 주자라는 칭호를 받게 되어 사방에서 학자들이 모여들어 학문을 배웠다. 그의 사상은 주자의 이기이원론(理氣二元論)을 발전시켰다. 그는 철학적 사색을 통해 연역적 방법으로써 겸손과 신중한 태도로 임해 독단을 배격하고, 이(理)를 말함에는 순선무악(純善無惡)을 기(氣)는 가선가악(可善可惡)한 것이라고 하였다. 그의 교육관은 하늘의 이치인 형이상학(形而上學)인 이(理)에다 두어,『퇴계집』(退溪集), 언행록(言行錄) 권(卷)1, 교인(敎人)에서와 같이 제자를 가르침에 하늘의 마음인 인간적인 사랑으로 대했음이 김성일(金誠一)의 증언에서도 나타나는 바와 같다.

그의 교육관은 본 조항과 통하는 것으로 훌륭한 인재를 키웠다. 본 조항의 내용을 인용하면 다음과 같다.

제129사(事) 관학(灌涸): (愛 4範 29圍)(애, 4째 본보기, 29번째 범위)

灌涸者는 灌洪波於涸川也라. 川涸에 産物이 靡殘하니 不得生成之理라. 惠霈降之는 如人受育이니라.

해석: 마른 땅에 물을 댄다(灌涸) 함은 마른 내에 큰물을 대는 것이니라. 냇물이 마르면 농산물이 없어지거나 적어지니 생성의 이치를 얻지 못하니라. 은혜로운 큰비가 내리는 것은 사람이 길러짐을 받는 것과 같으니라.

바싹 마른 논에 물을 댄다는 것은 농사짓는 일 중에 큰일에 속하는데, 그와 같이 사랑에 주린 어린이에게 사랑을 베푸는 일과 일치함을 교훈한 것이다.

우리는 가뭄에 단비가 내릴 때 산천초목은 말할 것도 없고 농작물이 생기를 찾아 싱싱하게 활기차게 자라는 모습을 볼 수 있다. 불우한 어린이들은 사랑에 목말라 있는 것과 같으니, 그들에게 사랑을 베푸는 일이 곧 용기를 북돋아 주는 일이기도 하다.

단군조선은 관개(灌漑)시설이 잘되었다는 것이 『시경』 권3 대아(大雅) 한혁(韓奕)에 전한다. 농경에서 냇가의 수로가 농경지에 잘 이어졌다는 것은 농작물의 다수확을 할 수 있는 것이니, 물산을 풍부하게 하는 원인이기도 하다. 단군조선이 홍익인간의 이화세계를 세운 것은 물산이 풍부해 경제적으로 여력이 있어 온 여건으로 동방예의지국(東方禮義之國)·군자국(君子國)을 세운 것이다. 제129사(事) 관학(灌漑)과 관련된 교육은 교육과 농산물을 대등한 입장으로 본 것이니, 교육을 사회 자본으로 본 것과 일치한다. 그 자본은 사랑의 교육에서 이뤄진다.

1. 퇴계 이황(李滉, 1501~1570)의 교육관

퇴계(退溪)의 교육관은 일본(日本) 메이지시대(明治時代) 교육이념의 기본정신을 형성하였으니, 제자를 가르침에 사랑으로 대했음이 김성일(金誠一)의 증언에서도 나타나는 바와 같다.

> 선생은 후학을 교육함에 있어, 싫어하거나 게을리하지 않았고, 마치 친구같이 대하였으며 끝내 스승으로 자처하지 않았다. 젊은 선비들이 멀리서 찾아와 묻고 가르침을 청하면, 그들의 수준에 따라 깨우쳐 주었으며, 반드시 뜻 세우기를 앞세우고, 다음에 공경함을 주로 마음을 지니게 하고, 깊은 이치를 생각게 함으로써(主敬窮理) 공부의 바탕을 삼도록 순순히 계발시켜 주었다.
> ―김성일―

> 訓誨後學, 不厭不倦, 待之如朋友, 終不以師道自處. 士子遠來, 質疑請益, 則隨其淺深而告詔之, 必以立志爲先, 主敬窮理爲用工地頭, 諄諄誘掖, 啓發乃已.
> ―金誠一―

『퇴계집』(退溪集) 언행록(言行錄) 권(卷)1, 교인(敎人)

사람의 입신출세 중에 첫째, 스승을 잘 만나야 성공할 수 있다. 퇴계 문하에서 훌륭한 인물이 배출한 요인은 "가르침에 있어 게을리하지 않았으며, 친구같이 대했다"라든가 "공경함을 마음에 새기게 하고 공부의 바탕을 삼도록 계발시켜 주었다"는 것에서 사랑의 교육이 전지된 것으로 볼 수 있다.

단군이 360여사(餘事)로써 홍익인간 이화세계를 세웠다는 것은 성실, 믿음, 사랑, 구제에 관계되었음 알 수 있는 바와 같으니, 그의 교육관은 특히 자라나는 어린이들어게 성명수와 같은 구실을 한 것이다. 오늘에도 인재는 각 대학에서 배출되고 있는데 스승의 가르침에 의해서 좌우되는 것을 볼 수 있다. 퇴계의 교육은 후학들이 소개하고 있는 바와 같이 인간적인 교육을 실시했다.

2. 주인공을 통한 인재 소개

작가는 주인공을 통해 인재를 기르는 방법을 나타내면 독자들이 관심을 기울이게 될 것이다. 인재를 키우는 데는 스승의 교육 여하에 달려 있다. 요즘은 고등학교를 졸업한 후 대학진학이 82%에 이르니, 젊은이들 중 10명 중 8명 이상이니, 거의 대학생이다. 이들의 성공 여부는 스승의 지도 역량에 달려 있으니, 스승을 잘 만나야 한다.

요즘 대학교수들은 예전과 같지 않아서 모두 연구실에서 세월을 보낸다. 젊은이들이 이들 교수를 만나 배우는 것은 행운이다. 그렇지만 그중에서 학생들의 사회진출 여부는 학과교수들의 열성적인 가르침과 학생들 개개인의 능력과 노력에 달려 있다. 학과교육열은 학과교수의 교육열과 관계되므로 교수들이 밤늦게 연구실을 밝히고 열심히 공부하는 풍토를 조성하면 학과 학생들이 공부하지 않을 수 없게 분위기가 돌아간다.

작가들은 주인공을 통해 교수의 연구열과 열강을 본받아 학생들이 열심히 공부하여 성공한 사례를 작중에 나타내면 많은 대학생들이 면학풍토에 맞추어 더욱 분발할 것이다 더구나 작가는 본 조항을 다루어 스토리텔링으로 작품을 내면 교육자가 사람을 가르치는 방법을 알려 주는 것이 된다. 사람은 지능의 차이가 있거 마련이지만 훌륭한 스승을 만나면 마른 땅에 물을 대는 것과 같이 사랑에 굶주린 어린이에게 많은 관심을 쏟으면 훌륭한 인재가 배출될 것이다.

제130사(事) 교(敎: 가르침): (愛 5範)-춘향의 절개-

본 조항의 교(敎)는 '가르침'이란 뜻이나, 사람에게 있어 윤리의 떳떳함과 도학(道學)으로써 가르치는 내용을 밝혔으니, 마치 이는 목공의 먹줄과 같음을 나타냈다.

작가는 사람인 소우주로 태어난 것으로 인해 대우주인 천리를 수용한 인륜의 떳떳함과 도덕의 학문으로써 가르침을 받으며 사람답게 살아갈 수 있음을 나타내면 그 내용을 읽고 싶어 할 것이다.

『춘향전』에 나타난 춘향의 절개는 단군신화의 웅녀 수용으로 보면 된다. 곰이 어두운 동굴에서 환웅과의 약속을 지키기 위해 쑥과 마늘을 먹으면서 100일 정성을 달성하는 중 호랑이는 동굴에서 괴로움을 참지 못하고 동굴 밖으로 나가 동물 되는 길을 택한 것이다. 그런 데 비해서 곰은 환웅과의 약속을 지켜 지극한 정성으로 도를 닦은 결과 삼칠일(21일) 만에 사람으로 변신하는 데 성공했다.

곰과 호랑이가 환웅을 찾아간 목적은 환웅과 같은 사람이 되고 싶어 하는 욕망으로 볼 수 있다. 곰은 환웅의 배필이 되고 싶어 해 끝까지 입사식의 고난을 겪으며 미인인 웅녀로 변신했다.

곰→웅녀로 환생했으니, 환웅과 배필이 되고 싶어 신단수에서 빌고 빌어 마침내 천신인 환웅이 감동하여 웅녀와 신성혼(神聖婚)이 이뤄졌다.

곰은 환웅의 가르침을 받아 그대로 실천해 웅녀로 환생했다. 곰이 동굴에서 도를 닦을 때는 사람이 되는 윤리와 도덕을 일찍 익혀 100일에서 79일을 앞당긴 것으로 볼 수 있다. 웅녀는 인간화의 길을 일찍 터득한 것으로 인해 인간으로 환생한 것이다. 웅녀의 환생은 본 조항과 통하는 의식으로 조금도 어긋남이 없이 실천한 것으로 인해 웅녀가 되는데 성공했다. 본 조항의 내용을 소개하면 다음과 같다.

제130사(事) 교(敎): (愛 5範)(애, 5째 본보기)

教는 教人以倫常道學也라. 人이 有教則百行이 得體하고 無
敎則雖良工이라 도 無繩墨이니라.

해석: 가르침(敎)이란 인륜의 떳떳함과 도덕의 학문으로써 사람을 가르침이라. 사람에게 가르침이 있으면 모든 행실에 근본 됨을 얻고, 가르침이 없으면 비록 뛰어난 장인(匠人)이라도 먹줄이 없음과 같으니라.

단군시대는 자연의 이치로 살아갔던 시대다. 그 시대의 가르침은 자연의 도리와 이치로 형성된 것이니, 윤리와 도덕이 생활과 밀접한 관계를 맺고 있었다고 할 수 있다. 말하자면 366사(事)의 예절교훈이 바로 우주자연을 모범한 것이다.

참교육은 어린이가 반드시 받아야 할 대상이지만 윤리도덕의 기준을 두어야 사람다운 사람으로 성장할 수 있다.

윤리는 우주자연의 이치를 따르는 차례에서 온 것이므로 사람이 살아가는 질서의식을 지키는 것으로 되고, 도덕은 사람이 또한 살아가는 데 있어서 마땅히 지켜야 할 도리이니, 이 또한 자연의 이법에서 얻는 사람이 지켜야 할 도덕률(道德律)이다. 이 질서의식과 도덕률은 한말로써 천도(天道)에서 온 것이라 말할 수 있다.

어릴 때 윤리와 도덕은 목공의 먹줄이나 잣대와 같으므로 인성을 바로 잡는 역할을 하는 것이다. 따라서 일차적인 교육은 도덕미(道德美)에 관계된 지덕체(智德體)의 교육이 바람직한 것이다.

교육의 핵심은 윤리와 도덕에 있으며 백 가지 행실의 체모를 얻게 되기 때문이다. 따라서 오늘의 교육은 이 두 가지를 제대로 가르치지 않는 관계로 사회 곳곳에서 인륜과 도덕의 강상이 무너지는 끔찍한 현상이 자주 일어나고 있다.

이러한 현상은 본 조항에서 밝힌 바와 같이 사람에게 있어 윤리와 도덕은 장인(匠人)의 먹줄과 같으므로, 먹줄이 없으면 중심에서 벗어나게 된다. 사람이 윤리와 도덕의 가르침을 제대로 받지 못하면 사람으로서 도리를 다하며 살기 어려운 것이다.

1. 『춘향전』에 나타난 춘향의 절개미 승화

우리는 『춘향전』 하면 고전문학의 백미라는 것과 춘향이 변 부사의 수청을 거부한 절개 있는 여성임을 떠올린다. 춘향은 변 부사의 수청을 거부하고 절개를 지킨 것은 어려서 배운 관계로 윤리와 도덕이 잣대나 먹줄 역할을 한 것이다. 춘향은 윤리와 도덕의 기준을 먹줄이 일직선으로 그어진 대로 똑바로 갔기 때문에 조금이라도 비뚤어진 길을 가지 않았다. 그렇기 때문에 그 배운 바와 그 준칙대로 행하여 이 길이 아니면 고문을 당하고 옥살이를 시켜도 듣지 않았다.

춘향이 절개를 생명보다 중시한 것은 윤리와 도덕에 어긋나는 행위를 할 수 없었기 때문이다. 그녀는 그 교육을 도덕미(das Moralisch Schöne)로 승화시켜 열녀 춘향을 탄생시킨 것이다. 그녀는 어려서 일차적인 교육을 잘 받았던 관계로 변 부사의 수청을 들라는 명을 거역하여 괘씸죄가 적용되어 곤장세례를 받고 옥살이를 하게 되면서도 끝끝내 절개를 굽히지 않았다. 춘향의 절개는 다름 아닌 어릴 때 서책에 착미(着味)하여 예모(禮貌)와 정절(貞節)에 대한 교육을 받은 데 원인을 찾아볼 수 있으니, 그의 행실을 우미(優美)와 올바름(correctness)으로써 조명해 둘 필요가 있다. 단군시대 인성교육은 다섯 번째 본보기인 가르침을 8조항으로 나눴다.

교오범(教五範)

조항 ＼ 내용	주요 내용	대상	조항
1. 고부(顧賦)	하늘이 부여한 품성을 돌아봄	가르침	제131사(事)
2. 양성(養性)	천성을 넓혀 충실하게 하도록 함	가르친	제132사(事)
3. 수신(修身)	몸을 닦고서 천리대로 행함	가르침	제133사(事)
4. 주륜(湊倫)	사람은 만 먼저 인륜을 가르침	가르침	제134사(事)
5. 불기(不棄)	사랑교육은 사람을 버리지 않음	가르침	제135사(事)
6. 물택(勿擇)	사랑은 누구든지 가르쳐 줌	가르침	제136사(事)
7. 달면(達勉)	가르침→힘쓰고→통달함	가르침	제137사(事)
8. 역수(力收)	전력을 다해→사랑→교화시킴	가르침	제138사(事)

이 같이 인성교육은 윤리와 도덕에 바탕을 두고 사람을 가르치면 위의 조항과 통하는 교육이라 할 수 있다. 즉 인성교육은 어려서 윤리와 도학으로써 가르치면 남성일 경우 지조 있는 인간으로, 여성일 경우 절개를 지키는 사람이 될 것이다. 어려서 윤리와 도학을 배우면 목공의 걱줄과 같아서 원만한 인격으로 자랄 수 있다. 춘향은 윤리와 도덕적인 강상(綱常)으로 강권자(强權者)인 변 부사의 스청을 거부함으로써 여성으로서 지켜야 할 절개를 지켜 절개미로서 승화시켜 소설적인 인물이라도 실제적인 인물로 떠올려진다.

2. 작가들 춘향 캐릭터 개발

춘향은 본 조항을 일깨우는 일환으로 어려서부터 인간이 되는 교육을 받아 절개를 절개미로 승화시켰다. 춘향은 어려서 여성으로서 지켜야 할 윤리와 도덕을 양공(良工)의 먹줄처럼 조금도 어긋남이 없이 따랐던 것으로 인해 절개를 목숨보다 중히 여겼다.

작품상으로 춘향의 절가를 나타내면 재래적인 방법이 아닌 새로운 스토리텔링의 모색으로 나타내면 사람들이 춘향을 재래적으로 보는 시각과는 차원을 달리하며 브게 된다. 말하자면 춘향의 사람됨을 나타낼 때 새로운 디지털 문화와 연관하도록 춘향의 절개를 예술미로 승화시키는 방향으로 캐릭터를 개발하여 발전시키면 신한류(新韓流)를 불러일으킬 수 있다.

사람은 첫째, 인간이 되지 않고서는 모든 것이 무가치한 것이니, 윤리도 덕으로 기초가 다져진 사람이 인간다운 인간이라 할 수 있다.

제131사(事) 고부(顧賦: 품성을 돌아봄) – 김복한(金福漢)의 「獨坐」 –

본 조항의 고부(顧賦)는 고(顧)는 '돌아볼 (고)'이고, 부(賦)는 '받을 (부)'이니, '품부하여 받은 바를 돌아봄'이란 뜻이므로 타고난 품성을 돌아보는 것을 말한다.

사람은 하늘이 부여한 것이 이치와 기운에 따라 상철(上哲)·중철(中哲)·하철(下哲)이 정해졌다고 하는데 구한말 위정자들이 상철(上哲)로 태어났지만 하철(下哲)로 살아 만고의 역적이 되었다.

작가들은 구한말 갑신년(1894) 사적(四賊)과 을사년(乙巳年, 1905) 오적(五賊)에 대해 나라의 역적으로 간주하고 위정자답지 않게 간사한 행동으로 처신한 것에 대해 작품으로 남기면 독자들이 감명 깊게 읽을 것이다.

김복한(金福漢, 1860~?)은 구한말 의사(義士)로서 그는 1892년 문과에 급제하여 홍문관교리(弘文館校理)로, 94년 승지(承旨)로 되었다. 95년 을미사변(乙未事變)으로 명성황후 민비(閔妃)가 살해되자 벼슬을 버리고 낙향하였다. 이해 단발령(斷髮令)이 내려지자 의병을 일으켜 싸우다가 피체 서대문 감옥에 수감되고, 이듬해 특지로 석방되었다. 그는 1905년 을사늑약(乙巳勒約)이 체결되자 이완용(李完用) 등 매국노 5적(賊)을 참수하라고 상소하여 투옥되었다가 후에 석방되었다. 06년 의병을 일으켜 일본군과 싸우다가 피체되고, 19년 3월 유림(儒林) 대표로 파리강화회의에 독립청원서를 발송했다가 피체되어 서대문 형무소에서 옥사했다.

그는 갑신년(1894) 사적(四賊)에 대해 나라를 그르치는 간사한 놈이라고 한시(漢詩) 「독좌」(獨坐)를 지었다. 역사적으로 사적(四賊)이란 내각총리대신 김홍집(金弘集)과 농상공부대신 조병하(趙秉夏), 내부대신 유길준(兪吉

瀋), 군부대신 조희연(趙羲淵)을 가리킨다.

김복한(金福漢)은 「독좌」(獨坐)에서 사적(四賊)을 간사한 놈이라고 했다. 이들 사적(四賊)은 상철(上哲)에 속하는 구한말의 위정자들이다. 그럼에도 이들은 역사의 죄인이 되었으니, 하철(下哲)보다도 못한 가추악(假醜惡)의 홍악인간(弘惡人間)·홍해인간(弘害人間)이다.

그의 한시(漢詩)의 사적(四賊)들은 본 조항의 상철(上哲)→하철(下哲)의 행위자이므로, 먼저 그 조항의 내용을 다음과 같이 인용한다.

제131사(事) 고부(顧賦): (愛 5範 30圍)(애, 5째 본보기, 30번째 범위)

顧賦者는 顧稟賦也라. 天之賦與以人者는 理也며 氣也라. 未有不依諸理而合之者나 不付諸氣而行之者니 故로 上哲은 命賦요 中哲은 轄賦요 下哲은 顧賦니라.

해석: 태어남을 돌아본다(顧賦)라 함은 하늘이 부여된 바를 돌아보는 것이라. 하늘이 사람에게 부여한 것은 이치이며 기운이니라. 그 이치에 의하지 않고 합하는 자와 그 기운에 부합하지 않고 행하는 이는 있지 아니하니라. 그러므로 상철은 타고남을 부리고, 중철은 타고남을 거느리며, 하철은 타고남을 돌아보느니라.

하늘은 인간에게 이(理)와 기(氣)의 이치를 부여했으니, 제131사(事) 고부(顧賦)는 하늘이 준 이(理)와 기(氣)의 성품을 돌아본다는 뜻인데 곧 천지의 진리를 부여했다고 볼 수 있다.

여기에서 이(理)란 형이상학(形而上學), 기(氣)는 형이하학(形而下學)에 해당하는 원리이다. 이미 인간의 육체는 머리 부분을 형이상학(形而上學), 목 아래 부분을 형이하학(形而下學)이라 할 수 있으니, 인간의 육체는 『천부경』(天符經)의 인중천지일(人口天地一: 사람 가운데 천지가 있어 하나 됨)과 같이 천지의 이치가 들어 있으므로, 진리에 의해 살아가야 한다.

그런데 사람은 하늘로부터 받은 천품이 같지 않고 상철(上哲)과 중철(中哲)과 하철(下哲)로 구분되어 있으니, 자신이 처해진 천성대로 소임을 다하며 살아가야 할 것이다.

『삼일신고』(三一神誥), 「진리훈」(眞理訓)에서의 상철(上哲)은 진성(眞性)의 착함이 하느님의 덕→합함을, 중철(中哲)이 진명(眞命)의 깨끗함은 하느님과 슬기→합함을, 하철(下哲)이 진정(眞精)의 후한 마음은 하느님과 힘을 합해→보전하는 것이라고 밝혔다. 이 의미는 그 태어난 바로 자신이 할 일을 지켜 나가야 함을 드러낸 것이라 할 수 있다.

본 조항은 『삼일신고』, 「진리훈」의 내용과 비슷함을 나타내고 있는데, 상철은 하늘에서 받은 것→부리고, 중철은 그를→맡아보고, 하철은 그를→돌아본다는 것이 그것이다.

상철(上哲)·중철(中哲)·하철(下哲)은 그답게 살아가야 하는데 상철에 해당하는 위정자가 중철(中哲)·하철(下哲)의 행함으로 처신하면 하늘이 부여한 품성과 어긋난다.

이러한 행함을 한 위정자는 논거조차 할 수 없이 많으나, 천추만대의 죄를 자행한 자들이다. 이들은 병자년(1876) 이후에서 20세기 초반 경술년(1910)에 이르는 35년 동안에 민족을 배반한 갑신년(1894) 사적(四賊), 을사년(1905) 오적(五賊), 경술년(1910) 칠적(七賊) 등이 매국노(賣國奴)이다. 이들은 나라를 일본에 넘겨주는 데 앞잡이 노릇을 한 홍악인간(弘惡人間)들이라는 데 충격을 받는다.

1. 구한말 의사(義士) 김복한(金福漢)

김복한(金福漢)은 갑신년(1894) 사적(四賊)에 대해 간사한 놈이라고 한시(漢詩)를 지었다. 사적(四賊)이란 내각총리대신 김홍집(金弘集)과 농상공부대신 조병하(趙秉夏), 내부대신 유길준(兪吉濬), 군부대신 조희연(趙義淵)을 가리킨다.

이들은 당시 상철(上哲)의 위정자였으나, 행함이 하(下)에 속하는 인간이었다. 사람은 하늘로부터 받은 품성이 각기 다르다 하더라도 그 성통공완

(性通功完)의 경지에 이르면 다 같이 하나로 돌아가 하느님 자리에 나아가게 되어 있다. 그러나 이들은 가추악(假醜惡)의 인물로 처신했으니, 역사의 죄인이며, 만고역적의 홍악인간(弘惡人間)이다.

하늘은 사람을 세 가지 품수로 나눴으니, 특히 상철자는 상철인답게 적재적소(適材適所)에 맞는 일을 해야 할 것인데, 사적(四賊)들은 친일파가 되었으니 할 말을 잊게 된다.

원래 상철자라 할 수 있는 이들이 친일파로 나서는 바람에 많은 친일형위자가 기하급수적으로 늘어났다. 친일파가 발생한 시대는 19세기 후반 병자년(1876) 이후에서 20세기 초반 경술년(1910)에 이르는 35년 동안에 이른다. 이 35년 동안 친일파가 셀 수 없이 늘어나자 의병(義兵)의 한 사람인 김복한(金福漢)이 자신의 심정을 다음과 같이 한시(漢詩)로 나타냈다.

의기소침 홀로 앉아 누구와 이야기하랴.	獨坐怊然誰公談.
담 벽만 면대하니 남산이 보이지 않네.	面墻無路見終南.
대쪽 같은 절개로 임금에게 보답하는 이 적고,	報君人小堅如竹,
새파랗게 추한 얼굴 나라 그르치는 간사한 놈 많네.	誤國姦多醜似藍.

中東漢 엮음, 『抗日民族詩集』, 「獨坐」, 정음사, 1976, 50−51쪽

위의 내용은 갑오·을미년(1894·1895) 사적(四賊)들에 대해서 지은 내용이니, 이들이 곧 만고의 역적(逆賊)이다. 이 사적(四賊)들은 천인공로할 일을 자행했으니, 하늘이 준 상철자의 품성을 완전히 저버린 인간군상(人間群像)인 홍악인간(弘惡人間)들이다. 이들의 행위는 『고종실록』 고종 34년 2월 27일 조(條)와 11월, 12일 조에 의하면 일본공사 삼포오루(三浦梧樓)를 시켜 민비(閔妃)를 시해하고, 고종과 태자(융희)의 머리를 직접 깎았으며 단발령(斷髮令)을 내린 대역무도한 역적들이니, 상철답지 않은 역사의 죄인이다. 가추악(假醜惡)의 인간군상들은 해방 이후 이승만 대통령 시절에 친일파를 요직에 앉히는 관계로 친일파 천국이 되었다. 도리어 이들의 득세로 인해 8·15광복 이후는 독립 운동가들이 기를 펴지 못하고 지냈다.

앞으로 상철자인 위정자는 상철인으로 살아가야 할 것이나 실천이 문제다. 때문에 상철인이라도 유년기에서 청년기에 윤리와 도덕의 인간 교육이 필요하다. 친일파들은 상철자로 처신함에도 불구하고 사람의 도리를 어겨 천리에 부합하지 못한 행위로 인해 정상적으로 살지를 못하고 역사의 죄인이 되었으니 안타까운 일이다.

2. 민족을 배반한 역적(逆賊)

작가들은 친일파들이 상철자로 태어났으면서도 매국노(賣國奴)로 둔갑했으니, 이들이 자손만대의 역사 죄인임을 각인시켜 작중에 나타내면 젊은 세대들이 전철을 밟지 않게 될 것이다.

우리 역사에서 소위 사적(四賊)들을 위시하여 오적(五賊)·칠적(七賊)들은 고위층에 있는 자들이었으나 부귀영화에 눈이 어두워 민족과 나라를 배반한 천추만대에 걸쳐 씻을 수 없는 죄인이다. 작가들은 상철자(上哲者)들이 상철인(上哲人)답지 않게 산 것으로 인해 천리를 떠난 행위를 하여 민족반역자가 된 내력에 대해서 소상하게 밝히는 내용으로 작품을 출간해야 한다.

이들 친일파의 후손들은 정계(政界), 재계(財界), 학계(學界)에서 주름을 잡다시피 막강한 요직에 두루 포진하고 있으니, 겸허하게 살아가도록 이들의 죄상을 밝혀야 하는데, 그런 작품을 밝혀야 한다. 작가들은 한민족의 정통성을 친일파들이 흐려 놓았기 때문에 이들에 대한 죄상을 밝혀 놓으면 역사를 바로잡는 일이다.

제132사(事) 양성(養性: 성품을 기름)-『흥부전』에서 흥부의 행함-

양성(養性)은 타고난 '성품을 기름'이란 뜻이므로, 천성을 넓혀서 충실하게 실천해야 할 것이다. 『삼일신고』 천궁훈(天宮訓)과 『환단고기』 소경전본훈(蘇塗經典本訓)에 의하면 천성의 진성(眞性)은 오직 착하여 악하지 않다는 내용으로 되어 있으니, 그를 실천궁행으로 충실하게 실천해 나가는 데 의미가 주어진다.

본 조항은 하늘이 부여한 천성을 진실로 확충하면 물욕을 극복하고 하늘의 기본 틀인 하나(一)의 한결같은 건전한 정신으로 살아가게 될 것이다. 작가들은 물욕은 한이 없으니, 하나(一)의 정신으로 살아가는, 즉 하나(H)의 마음으로 건강(H)하고 건전(H)하게 살아가는 내용으로 작품을 쓰면 하늘의 근본으로 살아간다고 할 수 있다.

『흥부전』에서 흥부의 행함은 하늘이 준 품성을 넓혀서 충실하게 이행한 한국 전형의 순수무구(純粹無垢)한 농군이다. 흥부는 형 놀부와 달리 인성이 물욕에 뒤섞이지 않고 천성대로 살아 그 보응(報應)으로 가난에서 벗어나 부호가 된 것이다. 이에 비해서 놀부는 천성을 악으로 물들여 물욕의 노예가 되어 인간의 기본 바탕인 천성이 소멸되어 패가망신하게 된다. 이들 형제의 인간성은 선인과 악인으로 구별하게 되는데, 하늘이 준 착한 본성대로 산 것과 인성이 물욕으로 뒤섞여 산 것으로 나뉜다.

흥부와 놀부의 삶은 본 조항과 관계되는 면이 짙다. 그러므로 본 조항의 내용을 아래와 같이 소개한다.

제132사(事) 양성(養性): (愛 5範 31圍)(애, 5째 본보기, 31번째 범위)

養性者는 擴充天性也라, 天性은 元無不善이나 但人性은 相雜하여 物慾이 乘釁하니 苟不擴充이면 天性이 漸磨漸消하여 恐失其本이니라.

해석: 성품을 기른다(養性) 함은 타고난 성품을 넓혀서 충실하게 하는 것이다. 천성은 원래 착하지 않음이 없으나 다만 인성(人性)이 서로 섞여서 물욕이 틈을 타나니(일어나게 되니), 진실로 넓히고 충실하게 하지 않으면 천성이 점점 사라져 그 근본을 잃을까 두려우니라.

사람이 본래 착한 본성을 지니고 태어났다는 것은 맹자(孟子)의 성선설(性善說)에서 이미 밝혀진 바이지만, 그 착함을 널리 펴 많은 사람들이 본받게 행해야 할 것이다. 사람의 본성은 원래 착하지만 살아가는 과정에서 인성(人性)이 선과 악이 뒤섞여서 물욕이 생기게 되어 욕심이 끓어오른다. 물욕은 끝이 없는 것으로 사람이 타고난 천성을 넓혀서 착함으로 억제하지 않으면 물욕이 기회를 틈타서 일어나게 되면 물욕의 노예가 된다. 이런 때 착한 사람은 물욕의 노예가 되어 천성이 소멸되지 않도록 지도해 주어야 한다.

한민족은 백의민족으로 흰색을 좋아했다. 흰색은 깨끗함을 상징하는 것이므로 조상들이 순수하게 순결하게 살았음을 의미한다. 1940년대만 해도 사람들은 흰옷을 입고 살았다. 단군시대의 전통이 이어져 내려왔다는 것이 된다.

단군시대는 제정일치 신본주의로 살았기 때문에 천성대로 순박하게 살았다. 후에는 제정분리시대로, 후대에 내려올수록 강대국 사이에서 외세의 침략으로, 또 산업화시대를 맞아 순결미를 뒤로한 채 인성과 물질과 야합하여 물질생활을 선호하였다. 물질적인 생활은 하늘이 준 천성인 인륜과 도덕적인 생활을 잃어 오늘과 같이 인심이 야박하게 된 것이다.

이럴 때 위대한 위정자나 훌륭한 스승이 앞장서서 물욕을 배제하고 천성을 넓혀 충실하게 살아가는 지도가 있어야 했다.

1. 『흥부전』에서 흥부의 홍익인간 정신

우리 문학에서 홍익인간 정신으로 발휘한 작품은 『흥부전』에서 흥부의 행함에서 나타나게 되므로, 본 조항과 관련하여 살펴보기로 한다.

흥부는 수숫대 집에서 살 때 제비가 둥지를 틀고 새끼를 키울 때 구렁이가 제비새끼 둥지를 덮치어 그중 한 마리가 떨어져 다리가 부러졌다. 흥부는 미물이라도 아픔을 참지 못하는 새끼 제비의 측은함을 차마 볼 수가 없어 정성껏 치료해 주었다. 인간이 착하다는 것은 흥부가 불인지심(不忍之心)에 의해 새끼 제비를 치료해 준 것으로 볼 수 있다.

흥부는 그 새끼 제비의 보은으로 부호가 되었는데, 본 조항이 천성을 보유하고 확충하는 일과 부합된다. 그의 착한 본성인 자선(慈善)으로 행했다. 사람은 성선설(性善說)에서와 같이 착한 본성으로 태어난 관계로 착한 일을 하면 마음이 즐겁고 그 응보에 의해 복을 받는다.

인간은 착한 본성으로 태어났으면서도 선인과 악인이 뒤섞여서 살게 마련되어 있다. 『흥부전』에서 흥부와 놀부의 경우는 그 좋은 예가 될 것이다. 사람은 흥부와 같이 천성의 진성을 넓히고 확충해 나가면 홍익인간을 실천할 것이고, 놀부와 같이 물욕의 노예가 되면 인간본성이 홍악인간(弘惡人間)으로 변신하게 된다.

『인부경』(人符經)에서 사람에게 큰 보배는 첫째, 진성(眞性)을 지니는 것으로 되어 있으므로, 본 조항의 내용과 같이 그를 넓혀 확충하는 것이 바람직하니, 물욕을 극복하는 자세가 필요하다. 사람의 물욕은 끝이 없으니, 물욕을 자제하고 지덕체의 인성교육이 필요하다. 현시대는 천성을 확충하는 홍익인간의 교육이 필요한 때이니, 흥부와 같이 홍익인간의 정신을 실천해야 할 것이다.

2. 작가들의 인간다운 삶 반영

작가는 사람들이 물질 위주로 경도된 삶을 각성시키는 일환으로 인륜도덕을 중시하는 내용으로 글을 지어야 한다. 현실은 물질주의로 인해 인륜을 드높이는 작품을 선보이면 현실을 여유롭게 살아가는 데 도움을 줄 것이다.

사람은 천성대로 살아가면 착하게 살아간다. 물론 여기에 인성교육을 중시하면 인간성을 잃는 물욕이 솟아오르지 못하여 인정이 피어오르는 삶으로 살아가는 데 도움을 줄 것이다.

제133사(事) 수신(修身: 몸을 닦음)−춘향의 숭고미−

제133사(事) 수신(修身)은 '몸을 닦음'이란 뜻이니, 세상을 다스리는 중심체라고 할 수 있다. 사람은 천심을 지켜 천리를 거스르지 않는 올바른 마음으로써 몸을 닦으면 천하도 평정할 수 있는 기틀을 지니게 된다. 수신(修身)은 글자 그대로 몸을 닦는 것이다. 몸이란 영혼(靈魂)이 사는 집이며, 마음이 부리는 종이기 때문에 우선 마음을 천리에 두고 바르게 지녀야 한다.

수신은 마음을 천리에다 두고 닦으면 바른 사람으로 자랄 수 있으니, 이 길잡이는 어렸을 때의 교육이 큰 몫을 차지한다. 사람의 본성은 하늘로부터 받았다고 하지만 선과 악이 있으니, 선악의 선택을 각자가 할 나름으로 되어 있다. 이럴 때 어렸을 때 몸을 잘 닦은 바로 인생의 길잡이가 된다.

작가는 수신이 모든 행동의 중심점이 되는 것을 작중에 나타내면 독자들이 몸을 닦는 일에 힘쓰게 될 것이다. 특히 작가는 수신이 제대로 된 사람은 천성을 잃은 사람이 없는 것으로 나타내면 독자들이 수신하는 일이 인생을 바르게 살아가는 길이라는 것에 의미를 둔다. 아울러 부모는 자손에게 스승은 제자에게 수신을 하는 일에 목적을 두고 키우고 가르치게 된다.

춘향의 숭고미는 바른 정신으로 불의와 맞서 싸운 것으로 이뤄졌다. 춘향은 하늘의 품성을 지녀, 속세의 탐관오리 위정자의 행위를 물리쳤으니, 숭고미의 정신이라 할 수 있다.

춘향이 속세의 위정자에 불과한 치한을 물리친 데는 그의 육신이 천리에 의한 윤리도덕으로 일편단심의 마음으로 뭉쳐져 있기 때문이다. 그는 가정교육과 훈장에 의해 윤리도덕의 교육을 철저히 받은 관계로 변 부사의 수청을 일언지하에 물리쳤다. 춘향은 그 반감에 의한 변 부사의 보복으로 육신이 자기 몸이 아닐 정도로 피멍이 온 전신을 휘감을 정도로 곤장을 맞고, 그래도 말을 듣지 않자 큰칼을 씌워 옥살이를 시켰다.

춘향의 절개는 숭고한 정신의 발로이며 만인이 『춘향전』을 읽을 때 절개미와 숭고미를 우러르게 된다. 춘향의 정신은 본 조항의 내용과 같이 육체를 움직이게 한 것이니, 그의 정신을 이해하기 위해 본 조항을 다음과 같이 인용한다.

제133사(事) 수신(修身): (愛 5範 32圍)(애, 5째 본보기, 32번째 범위)

身은 靈之居宅也며 心之所使也라. 不由諸心而由於忘意肆氣하여 輒行不善이면 反害元理故로 修身而失天性者는 未之有也니라.

해석: 몸은 정신이 사는 집이며, 마음이 부리는 곳이다. 마음에서 비롯되지 않고 망령된 뜻과 방자한 기운으로부터 비롯되어 대수롭지 않게 착하지 않는 것을 행하지 않으면 도리어 근본 이치를 해치는 것이니, 몸을 두고서도 천성을 잃은 자는 아직 없었느니라.

사람은 어려서부터 수신의 교육을 철저히 배워야 몸에 영혼이 깃들게 하는 집이 되고 마음이 부리는 바가 된다. 그렇게 되면 마음이 몸을 조종하여 일을 하게 되니 마음이 몸을 부린다고 할 수 있다. 올바른 마음이 몸을 조정하면 바른 행동을 하기 되는데, 그 예를 춘향에서 찾을 수 있는데, 권력이 막강한 변 부사가 수청을 들라고 청할 때, 열녀(烈女)는 불경이부(不更二夫)를 주장하여 절개를 지켰다.

춘향은 앞에서 누누이 소개한 바 있지만 어려서 여성이 지켜야 할 도리를 배웠던 것으로 뇌리에 영혼이 자리 잡아 마음이 몸을 움직여 절개를 지키는 바로, 몸이 따르게 되어 옥살이를 하면서도 변 부사의 수청을 수락(受諾)하지 않았다.

우리는 『팔만대장경』(八萬大藏經)을 방대한 자료로 알고 있지만, 그 중심골자는 마음을 바로잡자는 뜻이다. 몸은 마음에 따라 행하기 때문에 마음의 종인 것이다. 그렇다면 마음의 집이 몸이니, 양심으로 육신을 부리는 참사람이 되어야 한다. 마음을 바르게 하는 것은 우선 수신(修身)이 잘되어 있는 것을 의미한다. 춘향은 어렸을 때부터 여자로서 지켜야 할 도리를 배워, 정신적인 지주가 확립되었기 때문에 마음이 육체를 잘 조정했다고 할 수 있다.

『대학』(大學)에서는 정심(正心) 후에 수신하는 단계를 밝혀 마음을 잘 닦은 데 있다고 하였다. 『대학』(大學), 팔조목(八條目)은 격물(格物), 치지(致知), 성의(誠意), 정심(正心), 수신(修身), 제가(齊家), 치국(治國), 평천하(平天下)인데 이 중 수신(修身)이 되어 있지 않은 상태에선 천하를 평정할 수도 없다. 수신(修身)은 정심(正心)이 바탕이 되어야 제대로 몸을 닦았다고 할 수 있다. 본 조항도 이런 맥락에서 이해하면 된다.

1. 춘향의 불사조(不死鳥) 같은 절개

춘향은 어려서 수신(修身)에 대해서 잘 배웠기 때문에 자신의 육체를 절개로 지켜 절개미로 승화시켰다. 그녀는 모진 악형과 옥살이를 가혹하게 당하면서도 굴하지 않고, 철옹성같이 굳은 절개를 지닌 것은 어려서부터 여성이 지녀야 할 몸가짐을 배웠기 때문이다. 더구나 춘향은 생사권(生死權)을 쥐고 있는 변 부사가 수청을 요구했는데도 거절한 것은 수신을 어려서부터 배운 체질화로 인해 생명을 던져 절개를 지켰다.

춘향의 불사조 같은 정신은 어려서부터 배운 바로 인해서 영혼이 뇌에 안주하여 몸을 조정하는데 죽음보다 절개를 우선시한 것이다. 인간의 행실에 대한 교훈은 『인부경』(人符經)에는 진성(眞性)과 진명(眞命)과 진정(眞情)인 삼진(三眞)을 일편단심으로 실천하면 하늘의 진리를 자각할 수 있는 순수미(das Reinschöne)로 살아갈 수 있음을 밝혔다.

이런 순수미의 삶은 영원한 복락(福樂)을 이르게 하는 길인데, 춘향이 절개를 지킨 것으로 인해 정렬부인에 오르게 된 것도 이런 관계로 볼 수 있다.

춘향의 숭고한 정신은 숭고미와 함께 이상미를 이룬 여인상으로 받아들이게 되니, 어려서 가정교육과 연관된다. 건전한 정신은 건강한 육신에서 나오는 만큼 육신을 영혼의 집이라 할 만큼 마음을 잘 간직하여 육신을 부린다면 건전한 정신은 건강한 육체미로 살아갈 수 있다.

　본 조항에서는 몸이 영혼의 집이고 마음의 종이라고 했으니, 중심을 잡는 길이 곧 몸을 닦는 길이다. 수신(修身)이 잘된 상태라면 몸은 영이 거주하는 집과 마음을 다스리는 곳이 될 것이다. 춘향의 수신은 윤리도덕을 실천한 데 있으니, 정신적인 영역이다. 그러한 내용이 춘향의 전신을 휘감고 있었던 관계로 그 숭고한 정신에 의해 불의를 물리쳤다. 수신을 제대로 한 사람이라면 춘향과 같이 고난과 역경하에서도 천성을 잃지 않고 절개를 고수한다.

　『대학』(大學), 팔조목(八條目) 중 수신이 중심체가 되는 것도 생각해 볼 수 있다. 수신이 된 상태라야 제가(齊家)와 치국(治國)도 평천하(平天下)도 이룰 수 있으니, 이 수신(修身)이 정심(正心)에서 이뤄져, 천리의 마음을 지니면 천리대로 행한다.

　춘향은 변 부사의 막강한 권력 앞에서도 천심의 마음으로 육신을 무장시켜 항거하는 말마디가 근졸이 되어 변 부사라는 적을 쳐 물리쳤다. 따라서 그녀의 숭고한 정신을 본받아 살아가면 불사조와 같은 화신으로 살아갈 수 있다.

2. 수신을 나타낸 작품의 주인공

　작가는 사람의 몸을 영혼이 살도록 바른 인간상의 주인공을 통해 참사람이 되는 길을 나타내면 독자들이 돌려 가며 그 작품을 읽을 것이다. 사람의 몸에 영혼이 사는 집이 되게 하여 그 몸에서 영혼이 자라게 하여 마음이 육체를 조정하면 마음을 부린다고 할 수 있다. 이 말은 어렵게 생각할 것이 아니라 가정이나 학교 교육을 원만하게 받은 사람이면 몸에는 이미 바른 정신이 숨어들어 있어 그 바른 마음이 몸을 움직인다.

　작중의 주인공이 하늘의 마음을 뇌리에 각인시켜 체질화되면 변화무상한 속세를 살아가는 데 흔들림이 없이 살아갈 것이라 믿는다.

　독자들은 영혼이 마음속에 자라는 작품을 기대하고 있다. 좋은 작품은 신선한 충격을 주는 영감이 떠오르는 내용이라면 일반 독자들이 말할 것

도 없고 초일류기업 최고경영자(CEO: Chief Executive Officer)가 산업화
시대를 맞아 작가의 영감을 훔친다는 말이 있으니, 영(靈)과 관계되는 말
을 문학적으로 나타내면 신한류(新韓流)를 불러일으킬 것이다.

제134사(事) 주륜(湊倫: 윤리에 합함): (愛 5範 33圍)-『大東風雅』 70-

본 조항의 주륜(湊倫)이란 주(湊)가 '모일 (주)'이고 윤(倫)이 '인륜 (윤)'
이니, '윤리에 합함'이란 뜻이므로, 먼저 인륜의 이치를 바로 세워서 사랑
하는 뜻을 바르게 가르쳐야 함을 나타냈다.

인륜은 인륜의 대의이니, 인륜이 없다면 사람은 어디에다 비교할까. 따
라서 사람을 가르침에 있어서는 인륜을 먼저 하고 사랑하는 이치를 바르
게 해야 한다.

오늘의 시점에서 사람들의 의식은 물질과 명예에 집착하여 윤리는 뒷
전으로 물러나 있는 가운데, 또 학교교육도 윤리를 주요과목으로 다루지
않아 도덕적인 관념이 비중 있게 지켜지지 않고 있다. 작가들은 윤리도덕
을 작중인물을 통해서 중점적으로 다루면 도덕성 회복운동이 될 것이다.

『대동풍아』(大東風雅) 70에는 작자·연대미상의 시조가 보이는데 유교
의식으로 구성되어 있다. 그렇다고 하더라도 거시적으로 보면 단군의 예
절교훈(禮節敎訓)의 내용과 통하게 된다.

이 시조에는 초장에는 인심(仁心)이 집터가 되고, 효제충신(孝悌忠信)이
기둥이 되고, 중장이 예의염치(禮義廉恥)가 지붕이 됨을, 종장이 풍우를 만
나도 집이 기울 염려가 없다는 내용이다.

366사(事)는 366가지 일이나, 일 년이 366¼일 동안 춘하추동에서 한 계
절을 둘로 나누면 봄의 경우 초춘(初春)→중춘(仲春)과 중춘(仲春)→계춘(季
春)의 두 단계로 나눈다. 이런 식에 의하면 춘하추동(春夏秋冬) 4×2＝8이니
여덟 가지 ① 성(誠)→② 신(信)→③ 애(愛)→④ 제(濟)→⑤ 화(禍)→⑥ 복

(福)→⑦ 보(報)→⑧ 응(應)으로 나눈다. 이를『팔리훈』(八理訓)이라 이른다.

여기에서 초장(初章)은 인심(仁心)→효제충신(孝悌忠信)의 집터에다 기둥을 세우는 격이니, 극식을 심어 가꾸기 위한 땅이니, 하늘이 겨울을 지나 초봄을 맞아 만물을 키우기 위해 ① 성(誠)인 정성을 나타내는 과정이다. 사람들은 하늘의 믿음으로 효제충신(孝悌忠信)하게 되니, ② 신(信)으로 보면 될 것이다. 신은 곧 기둥을 세우는 것으로 된다. 또 하늘이 만물을 사랑하고, 만물을 키우기 위해 여름날의 열기로 곡식을 자라게 구제하니, ③ 애(愛)→④ 제(濟)의 과정이다.

중장(中章)은 예의염치(禮義廉恥)이니, 사람의 살아가는 데 예의염치(禮義廉恥)가 있으면 손색이 없다. 이는 지붕을 올려 집을 완성해 놓은 것을 의미한다.

농사는 가을이면 수확하게 되므로 가을을 나타내는 ⑤ 화(禍)→⑥ 복(福)으로 나타낼 수 있다. 사람이 예의염치를 알면 인간의 윤리도덕을 알 만큼 아는 사람이고, 모르면 예의염치를 모르는 사람이다. 또 이 비유는 초봄→늦여름까지 힘써 일하지 않으면 가을 추수에 수확이 없으므로 화(禍)를 만날 것이다. 반면에 힘써 일했으면 복이 돌아오게 도고, 겨울에 그 ⑦ 보(報)→⑧ 응(應)으로 살아가니, 종장에서와 같이 풍우에도 걱정 없이 살아간다.

종장(終章)은 초동(初冬)→계동(季冬) 사이니, 가을의 다수확으로 거둬들인 곡식이 창고에 가득하니, 고대농경국가에서 이보다 더 행복한 삶이 없다. 이런 비유로 살아가면 아무 걱정이 없다는 것이니, ⑦ 보(報)→⑧ 응(應)의 관계라 할 수 있다.

본 조항은 본 시조를 이해하는 데 도움을 준다. 본 조항은 윤리도덕을 세운 다음에 사랑을 펴야 하는 내용이니, 하늘의 진리로 살아가는 것이 사랑을 베푸는 일이다. 그 내용을 소개하면 아래와 같다.

제134사(事) 주륜(湊倫): (愛 5範 33圍)(애, 5째 본보기, 33번째 범위)

> 湊倫者는 合於倫常也라. 倫은 人之大義也니 無倫이면 與畜
> 生과 相近이라. 教於人에 必先倫理하여 以正相愛之義니라.

해석: 주륜(湊倫)이란 인륜의 떳떳함에 부합하는 것이라. 윤리는 사람의 큰 뜻이니, 인륜이 없으면 짐승과 서로 가깝게 되니라. 사람을 가르침엔 반드시 윤리를 앞에 세워서 서로 사랑하는 뜻을 바르게 해야 하느니라.

한민족은 예로부터 환웅이 환인의 뜻에 따라 360여사(餘事)로 천리에 맞는 생활을 춘하추동에 걸쳐 실천해 왔다. 일 년 사계절에 맞는 생활을 농경문화로써 실천했으니, 천리에 맞는 생활은 무의식적으로 실천해 왔다고 할 수 있다.

제134사(事) 주륜(湊倫)이란 인륜이 떳떳함에 합함이니, 사람에게 가장 먼저 인륜이 무엇인지 가르쳐 주어야 하는 것이다. 물론 윤리란 천리에서 온 것으로 하늘의 뜻대로 살면 되는 것이지만 천리를 어떻게 실천할 것이냐에 대해 배움이 있어야 한다. 윤리의식은 유교의식에서도 잘 나타나고 있지만 유교가 전래되기 이전에 단군예절 교훈의 360여사(餘事)가 무의식적으로 수용되어 실천해 왔다.

360여사(餘事)는 366사(事)를 가리키는 말이니, 춘하추동의 이치에 맞는 생활이므로, 천리에 순응하는 농경생활과 직결되는 것이다. 366사(事)의 기조는 ① 성(誠)→② 신(信)→③ 애(愛)→④ 제(濟)→⑤ 화(禍)→⑥ 복(福)→⑦ 보(報)→⑧ 응(應)의 여덟 가지 교훈(八理訓)이니, 인과응보와 권선징악의 실천내용이다.

이런 권선징악의 교훈은 반만년을 경과하여 온 것이다. 환웅과 단군시대는 366사(事)를 삼상(三相) 오부(五部)들이 백성들에게 가르쳤으니, 후대에 이르러 농경문화로써 자연적으로 습득되었다고 할 수 있다. 366사(事)

는 자연 질서에 맞는 생활이자 윤리에 맞는 생활인 것이다. 말하자면 한국인은 농경생활과 윤리생활이 일체화된 의식으로 살아왔던 것으로 인해 권선징악의 관념으로 살아오게 되었다.

인륜은 하늘의 이치에서 온 것이니, 366사(事)를 실천하면 윤리와 맞아 인륜에 어그러짐이 없는 생활을 이룬다고 할 수 있다. 우리 한민족은 오랜 전통의 권선징악 교훈과 그 실천으로 인륜을 바로 세우게 되어 바르게 살아왔으니, 서로가 서로를 사랑하여야 할 것이다.

1. 『大東風雅』 70에 나타난 유교의식

『大東風雅』 70에는 유교의식의 골격으로 나타냈는데, 윤리도덕의 강상(綱常)을 기본으로 하고 사랑이 뒷받침된다는 점에 대해선 같은 맥락을 이루고 있다.

> 인심(仁心)은 집터 되고 효제충신(孝悌忠信) 기둥이 돼야,
> 예의염치(禮義廉恥)로 가지런히 (지붕)이었으니,
> 천만년(千萬年) 풍우(風雨)를 만난들 기울 줄 있으랴.

『大東風雅』 70

위의 시조는 ① 인심(仁心)→집터, ② 효제충신(孝悌忠信)→기둥, ③ 예의염치(禮義廉恥)→지붕으로 비유한 것을 이해하면 바르게 살아가는 도리를 알 수 있다. 이 3가지 형태는 366사(事)의 내용에서도 나타난다. 제134사(事) 주륜(湊倫)은 윤리도덕이 기본임을 나타냈고 사랑을 기조로 한 것이다. 위의 내용을 알기 쉽게 하기 위해 도표로 나타내면 다음과 같다.

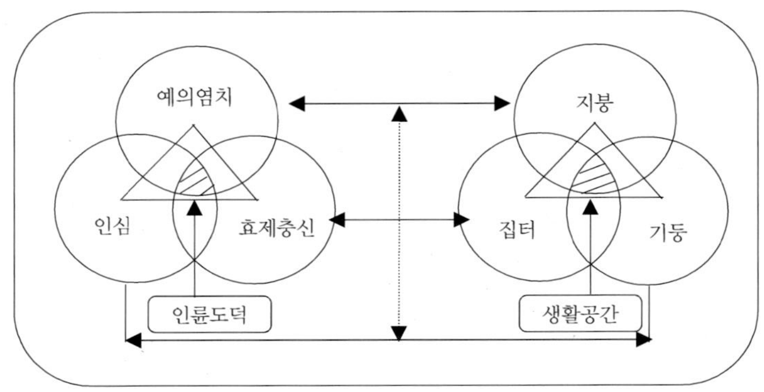

사람이나 위정자 또한 도덕이 뒷받침되어야 사람다운 사람이며 나라다운 나라를 세울 수 있다. 단군이 1,500년 동안 동방예의지국(東方禮義之國)을 세운 것은 366사(事)와 같은 예절교육을 배워 실천했기 때문에 이뤄진 것이다. 사람에겐 윤리도덕이 체를 이룬 연후에 사랑의 교육도 애미(愛美)로서 의의가 있게 된다고 할 수 있다.

2. 작가의 윤리도덕과 사랑

작가들은 한민족의 농경문화 유산인 366사(事)를 독자들에게 이해시키기 위해 정신과 물질의 합일체인 인륜에 맞는 생활을 춘하추동 이치에 맞게 이해시키는 일이다. 물론 작가들이 366가지나 되는 조항을 소개하라는 것이 아니고 대충 소개하면 춘하추동에 맞춰 농경과 관계를 지으면 농산물 생산은 다수확을 이룬다. 다수확은 하늘의 성실과 믿음과 만물 구제하는 일이니, 이 이치를 실천하면 그 여하에 따라 화(禍)와 복(福)은 인과(因果)에 의해 돌아온다.

하늘의 이치는 정신적인 영역으로 설정하고 물질적인 영역은 힘써 일하여 농산물을 생산하는 일로 나타내면 권선징악의 교훈을 익히 알게 되므로 인륜(人倫)→물질과 합하는 생활을 이해할 수 있다. 인륜이 선후에 사랑을 가르쳐 주면 본 조항을 이해할 수 있으리라 믿는다. 작가들은 본 조항의 내용을 작품상으로 나타내면 독자들의 정신적인 영역을 천리로 원만하게 인도하는 데 도움을 줄 것이다.

제135사(事) 불기(不棄: 버리지 않음)-흥부의 우애와 놀부의 감화-

본 조항의 불기(不棄)는 '버리지 않음'의 뜻이 들어 있으니, 가르침에 사람을 버리지 않는다는 말이다.

작가들은 흥부와 놀부에 다한 국민들의 선호도가 『흥부전』의 내용과는 다르게 인식되고 있는 사실에 대해 바르게 나설 때가 되었다.

우리는 『흥부전』 하면 흥부의 착함과 놀부의 악함이 연상된다. 그럼에도 사회에서는 홍악인간(弘惡人間)의 놀부를 더 선호하게 되어 놀부 음식점이 많고 놀부의 홈페이지가 있고 놀부장학회도 있으니, 이제는 바르게 시정할 때가 되었다. 이런 기현상은 1970년대 S대 모(某) 교수가 흥부보다 놀부를 선호하는 내용의 논문을 발표해 그로 인해 초중등학생들로 하여금 지지도에서 놀부를 선호하는 학생이 월등하게 많아져, 오늘에도 사회일반인들이 흥부는 경제적 능력이 없는 것으로 간주하고 놀부를 선호하는 추세다.

이 문제는 흥부와 놀부의 사람됨이나 성공 사례를 잘못 이해하고 있는 것으로 진단할 수 있다. 흥부는 사랑으로 살아 그 인연으로 인해 부호가 되었고, 놀부는 흥부가 농사를 잘 지은 것으로 부자가 되고 고리대금업을 한 것이다. 그런데 놀부는 세인들의 평판이 나빠짐에 따라 탐욕을 부려 사악하게 살아 패가망신했다.

흥부는 패가망신한 놀부를 형으로 대우하여 재산도 주어 이웃에 살게 했으니, 형제애를 나타내 놀부가 흥부의 어진 사랑으로 인해 착한 사람이 되게 한 것이다. 흥부는 악한 놀부를 선인이 되게 했으니, 본 조항의 사랑과 관계가 되므로 그 내용을 인용한다.

제135사(事) 불기(不棄): (愛 5範 34圍)(애, 5째 본보기, 34번째 범위)

不棄者는 敎不棄人也라. 非敎면 靈不配人하고 無敎면 心不
合人이라. 不 聽天靈하며 不守天心者는 不知不棄之理니라.

해석: 버리지 않는다 함은 가르침에 사람을 버리지 않는 것이라. 가르침이 아니면 그 신령함이 사람과 짝하지 않고 가르침이 없으면 마음이 사람과 합하지 않음이라. 하늘 영혼이 듣지 않고 하늘 마음을 가지지 않는 이는 버리지 않는 이치를 모른다.

제135사(事) 불기(不棄)의 뜻에는 사랑의 뜻이 있으니, 사람을 버리지 않는 내용이 들어 있다. 교육자는 사랑의 교육이 전제되어야 하니, 사람을 가르칠 때 포기하는 법이 없이 감화를 받게 해야 한다.

사람의 됨됨이는 천차만별이란 말과 같이 어린이 또한 여러 층위로 그 됨됨이가 되어 있다. 교육자는 어린이가 어리석다고 가르침을 포기해서는 안 된다. 그 대신 교육자는 사랑으로 베풀면 어리석고 몽매한 자라 할지라도 훗날에 훌륭한 인재로 거듭나는 인물이 될 수도 있다. 사람은 재능이 각기 다르기 때문에 공부만으로 사람을 평가해서는 안 된다. 인간형성은 어렸을 때 교육자가 사랑으로 돌보는 데 따라 장래 문제가 결정되므로 그 사명이 중대한 의미를 지닌다.

예전의 집안 어른들은 자녀들에게 시간만 있으면 이야기를 들려주거나 한문을 배워 권선징악과 인륜도덕에 관한 내용이 주류를 이루어 착하고 예절을 지키며 살아가게 했다.

구연자인 할아버지와 할머니의 구수한 이야기를 들으면 밤이 가는 줄 모른다. 두 분의 이야기는 보통 200가지에서 300가지로 이야기를 할 수 있고, 많으면 500가지나 들려줄 수 있을 정도로 풍부한 소양을 지녔다. 면(面) 단위로 보면 이야기를 잘하는 이는 천 가지 이야기 이상 구연자도 있을 정도로 1950년 이전에는 이야기가 성행했다.

50년대 전반에는 50호 정드 사는 마을에 겨울밤이면 이야기꽃을 피워 그런 권선징악의 이야기를 들을 수 있으니, 아라비안나이트가 못지않을 정도로 많은 이야기를 들으며 자랐다. 또 몇십 리 안에 친척들이 오면 그 분들이 또 이야기를 들려주어 전국의 이야기를 들을 수 있을 정도로 이야기의 전성시대를 맞았다.

선인(先人)들은 항시 틈만 있으면 낮에 학교나 서당에서 공부하고 돌아온 자녀들에게 구전식수(口傳心授)로 이야기를 들려주었다. 이런 가르침은 본 조항의 내용과 같이 배우지 못하고 무식하면 영(靈)이 사람과 짝하지 않으므로 천령(天靈)의 소리를 들을 수 없고, 마음이 사람들과 합하지 못하고 천심을 알지 못하는 것을 해결해 주는 배움이었다. 그 이야기는 주로 권선징악이나, 천리를 알게 하는 내용이므로 착하게 살라는 가르침이다. 그 가르침은 착하게 살면 하늘이 복을 내리고, 악하게 살면 재앙을 받게 되는 내용이다. 50년대 이전의 어른들은 자손에게 천리를 거역하면 안 되는 일로 구전심수하였다. 사람은 천리를 따라야 착하게 살게 되며, 사람을 사랑하게 되고 사람도 버리지 않는다는 교훈이다.

선인들은 본 조항이 오랜 옛날부터 전하여 무의식적으로 자녀들에게 구전심수로 교훈하였다. 오늘날 한국인 교육열이 다른 나라에 비하여 월등히 높은 것은 단군의 366사(事)와 같은 교훈이 전해진 것으로 볼 수 있다. 한국인의 교육이념을 홍익인간 원리에 두었으니, 조상님이 구연하는 것과 같이 사랑의 가르침이 이뤄져야 한다.

1. 흥부의 우애(友愛)

흥부와 놀부는 형제간이었지만 놀부의 경우 부모가 남의 집 종살이를 하는 관계로 교육시키지 못해 제멋대로 자라 홍악인간(弘惡人間)이 됐다. 그의 부모는 놀부가 의낙 나쁘게 자라 그 전철을 밟지 않게 하기 위해 흥부를 잘 교훈시켜 홍익인간으로 키웠다고 할 수 있다.

훗날 인간성이 저질인 놀부가 흥부의 감화로 착한 사람이 된 것은 인간의 본성이 착하다는 것을 입증하는 것이다. 따라서 사람은 어려서 교훈과 교육을 사랑으로 받으면 착한 사람이 될 수 있으니, 사랑이 그만큼 어린이 교육에 영향을 끼친다는 것을 깨닫게 된다.

흥부가 인정과 사랑이 있는 사람이 될 수 있었던 것은 그의 부모가 흥부에게 착한 사람이 되라는 교훈이 있었기 때문으로 볼 수 있다. 흥부가 미물을 사랑하는 마음을 지닌 것은 우연으로 이뤄진 것이 아니고 부모 가르침의 뒷받침이었다.

사람은 교육을 통해 사람과의 대화를 하게 되고 배우지 못하면 하늘이 준 천성을 알지 못하여 영(靈)이 짝하지 아니하므로 천령의 소리를 듣지 못하는 관계로 사람과 상합하지 못한다. 이런 인물은 놀부가 될 것이고, 흥부는 부모로부터 인간이 되는 가르침을 받았던 관계로 천심을 알게 되어 미물과 형제 우애를 하게 된 것이라 본다.

교육자는 홍익인간의 마음가짐으로 가르치면 천리를 깨닫게 해 흥부와 같이 사랑을 베푸는 사람이 된다. 이에 대해 놀부는 가르침이 없었던 것으로 인해 하늘 마음을 지니지 않은 것으로 인해 사악한 사람이 되었다.

교육은 '사람을 버리지 않는다'라는 것은 사랑의 교육을 나타낸 것이다. 이 말은 하늘이 만물을 차별하지 않고 사랑으로 만물을 키우는 것으로 보는 이치와 같다. 사람의 교육은 천리를 깨닫는 데 있으니, 흥부는 천리를, 놀부는 천리를 거역한 것으로 이들은 각기 홍익인간과 홍악인간이 되었다.

2. 작중의 사랑을 통한 교육 소개

작가는 주인공이 사랑의 교육을 실시하는 교사를 주인공으로 작중에 보이면 독자들이 친밀감을 가지게 될 것이다. 한 교사가 남다른 교육 방법을 실천하여 성공한 사례를 펴면 독자들이 호감을 가지고 읽는다.

특히 어린이는 교육자가 사랑으로 어린이를 가르치면 공부를 잘하게 되어 있다. 어린이는 어려서 받는 교훈과 교육이 일생을 결정하는 것이 되므로, 이들에게 빈부의 차별도 우열 관계를 나타내서는 안 되고, 사랑으로 관심 있게 대해야 한다.

우리는 하늘이 만물을 키울 때 사람이나 미물도 곡식과 하찮은 풀도 가리지 않고 키운다는 것을 염두에 두면 본 조항을 이해하는 열쇠가 되리라 본다.

흥부가 홍익인간이 될 수 있었던 것은 사랑하는 마음을 지녔기 때문이다. 즉 그는 하늘의 마음으로 산 것으로 인해 극빈자가 부호로 변신을 하게 되었다. 우리는 홍익인간의 교육이념이 교육법에도 명시되어 있으므로 피교육자인 어린이를 차별화하지 않는 사랑의 가르침이 필요하다. 작가는 본 조항과 같이 피교육자에게 실천하는 내용을 작중의 주인공을 통해 펴면 홍익인간의 교육을 실천한 것이다. 사랑은 교육자와 피교육자 간에 감동을 주는 사제동행의 교육방법이라 할 수 있다.

제136사(事) 물택(勿擇: 가리지 않음)-야은(冶隱) 길재(吉再)의 교육관-

물택(勿擇)이란 '가리지 않음'이란 뜻이니, 가르침에 가림이 없음을 나타낸 말인데 현우(賢愚)는 물론 귀천(貴賤)을 가리지 않고 가르치라는 교훈이다. 작가는 예전의 한 스승을 주인공으로 현우(賢愚), 빈부(貧富), 반상(班常)의 차별을 하지 않는 교육방법으로 많은 인재를 배출한 것을 내용으로 작품을 쓰면, 독자들이 사람을 차별하지 않는 그 스승의 교육방법을 선호할 것이다.

야은(冶隱) 길재(吉再, 1353~1419)의 교육관은 오늘의 교육관으로 조명해 볼 수 있지만 600년 이전 조선 초에 평등교육을 실시했다는 것은 놀라울 일이다. 1960년대에도 지방이나 시골마을의 서당에서 반상의 차별이 잔존해 양반의 자제와 상민의 자제가 같이 교육을 받지 못했다.

야은(冶隱)의 가르침은 천족(賤族)에게도 양반자제와 같이 차별하지 않는 교육을 실천했는데, 목재(木齋) 홍여하(洪汝河, 1621~1678)가 증언하고 있는 바와 같다.

야은은 인재를 키워 성리학을 잇는 교량적 역할을 했다는 데 의미가 크며, 그의 교육관은 반상의 차별을 철폐하고 우수한 인재를 키웠다는 데 본 조항과 관계를 이룬다. 그 내용을 소개하면 다음과 같다.

제136사(事) 물택(勿擇): (愛 5範 35圍)(애, 5째 본보기, 35번째 범위)

物擇者는 不拘碍也라. 教化之流行은 如日影隨物하여 無物不照라. 何擇賢者而教之며 不賢者而教不教리요. 故로 教者는 以愚而返賢也니라.

해석: 가리지 말라(勿擇) 함은 구애받지 않는(거리낌이 없는) 것이라. 교화가 널리 행해짐은 해 그림자가 물건을 따라감과 같아서 비춰지지 않는 것이 없느니라. 어찌 어진 이를 가리어 가르치며, 어질지 않다 하여 가르치지 않겠는가! 그러므로 가르침이란 어리석음을 고쳐 어진 데로 돌이킴이라.

인재(人才)를 키움에는 차별교육이 있어서는 안 되고 당연히 철폐시켜 홍익인간의 이념으로 교육을 실시해야 한다. 제136사(事) 물택(勿擇)이란 가르침에 가림이 없이 사랑으로 가르쳐 준다는 뜻이다. 사람은 우열(優劣)이 있게 마련인데, 교육자가 우수한 자만 우대하고, 열등한 차를 차별해서 가르치면 교육을 포기하는 거와 같아 구시대적 발상의 교육을 실시해서는 안 된다.

하늘은 만물을 무차별의 원칙으로 키우고 있으니, 『천부경』의 하나(一)의 이치로 어린이를 인재로 키워야 할 것이다. 교육의 가치는 어리석음을 현명(賢明)으로 돌이켜 훌륭한 인재를 배출하는 데 있으니, 하나(一) 되는 천리로 나가야 바람직한 인재로 키울 수 있다.

더구나 단군의 교육이념은 홍익인간에 목표를 두었으므로 무차별적인 가르침이 실천돼야 할 것이다. 다시 말하면 교육은 누구를 막론하고 사랑으로 가르쳐야 함을 나타내야 한다. 사랑은 하늘의 이치에서 본받으면 차별교육을 베풀 수 없다.

하늘의 해는 만물을 고루 비춰 주는 것과 같이 사람을 차별화하면 천리에 어긋나는 행위라고 생각한다. 피교육자 중에는 성적이 우수한 자와 뒤지는 자가 있게 되면 우수한 자만을 똑똑한 사람으로 특별히 사랑함으로써 차별교육을 시켜서는 옳지 않다. 사람은 저마다 타고난 소질이 있게 마련이므로 적성에 맞게 교육시키면 성적이 뒤지는 학생이라도 사랑으로써 가르치면 현명하게 만든다. 이럴 때 교육자로서 사명과 보람을 느끼는 것이다.

홍익인간의 교육은 천리에 의해 사랑을 베푸는 관계로 다수의 사람에게 유익함이 돌아오드록 하는 것이지 어느 특정 대상으로 하는 것은 아니기 때문에 평등의식의 교육이라 할 수 있다.

홍익인간의 교육이념은 천심(天心)에 의한 사랑의 교육이니, 인간차별은 하지 않는 것을 의미한다. 군주제도하에서의 평등교육을 논하는 것은 쑥스런 일이지만 단군의 366사(事)에 의한 교육은 오늘의 교육이상의 평등관에 의한 교육제도였다.

제136사(事) 물택(勿擇)은 어진 사람이든 어질지 못한 사람이든 가리지 않는 것을 뜻하니, 어리석음을 고쳐 어질도록 돌이키는 데 있는 것이다. 이런 가르침은 하늘의 원리에 의한 교육관이므로 평등교육이라 할 수 있다.

1. 야은(冶隱) 길재(吉再)의 가르침

야은(冶隱)의 가르침은 천족(賤族)에게도 양반자제와 같이 차별하지 않는 교육을 실천했는데, 그 증언을 숙종 때 문관 목재(木齋) 홍여하(洪汝河, 1621~1678)가 다음과 같이 밝히고 있다.

> 동자(童子)와 성인(成人)이 물밀듯이 모여들어 강송(講誦)하는 소리가 주야로 그치지 않았으며, 일가(一家)가 감화하여 밥 짓는 종들도 시를 노래하여 방아타령을 지을 정도였다. 이에 사람들은 중국의 학자 정현(鄭玄)이 살았던 마을에 비유했으며, 학자들은 높이어 야은 선생이라 하였다. 근방의 승려들이 효도와 의리를 감모(感慕)하여 머리를 자르고 돌아와 부모를 봉양하는 자가 수십 명이었다.

童岫佥集, 講學之聲, 晝夜不轍, 一家化之, 爨婢歌詩相杵. 人比鄭公郷焉,
學者尊之曰, 冶隱先生. …… 傍近緇流, 感慕孝義, 長髮歸養者數十人.

『冶隱先生言行拾遺續集』 卷2 敍述, 「彙纂麗史儒學傳」

야은의 교육은 천족(賤族)과 양반의 신분 차를 가리지 아니하고 부지런
히 가르쳐 집안의 종들도 방아타령을 한시(漢詩)로 지을 정도에 이르렀다
고 하니, 획기적인 일이다.

야은은 600년 이전 조선조의 경우 반상(班常)의 차별이 엄연히 존재했
는데, 차별 교육을 배제하고 평등교육을 실천했으니 놀라운 일이다. 그는
향리에서 인재를 길렀으니, 맹자(孟子)가 이르는 삼락(三樂)의 생활을 누리
는 것으로 자족했다고 할 수 있다.

길재는 무차별적인 교육을 실시한 것으로 인해 그의 문하에서 훌륭한
인재가 배출되어 성리학의 학맥을 이은 계기가 되었다. 젊은이들이 본 조
항과 야은의 교육관으로 어린이를 교육하면 훌륭한 인재를 키울 것이라
본다.

2. 작가들의 평등교육관 작중에 반영

작가들은 본 조항에 나타난 가르침에 가림이 없어야 하는 내용으로 한
주인공을 나타내면 독자들이 관심을 가지게 될 것이다. 더구나 반상(班常)
의 차별이 심했던 조선조 때 야은(冶隱)이 무차별교육을 실시했으니, 놀라
운 일이다.

오늘날은 그런 차별이 철폐되었지만 교육현장에서 아이들을 빈부차별
로 교육하는 일이 발생할 경우 시정하는 내용으로 작품으로 나타낸다면
학부형들이 환영할 것이다. 한국인은 "단군시대 홍익인간에 의한 천리(天
理)에 의한 평등교육이 있었는가"라고 반문하는 이들이 많을 것이다. 솔직
히 말해서 2007년 3월 이전의 교육은 단군에 대해 왜곡된 내용의 교재를
배우다가 3월 신학기 때부터 정식으로 단군이 기원전 2333년 이전에 통일
국가를 세웠다는 내용으로 교재에 기재되었기 때문에 단군의 교육관에 대

해서 관심을 가져야 한다.

작가들은 본 조항의 내용으로 사람을 가리지 않음이란 교육을 본으르 하여 야은(冶隱)에 대해 작품을 쓰면 독자들이 훌륭한 교육을 600년 이건에 실시했다는 데 놀라움을 나타낼 것이다. 작가들이 야은(冶隱)을 소재로 하여 작가 나름으로 작품을 쓰면 독자들이 관심을 가지리라 본다.

제137사(事) 달면(達勉: 달통에 힘씀)-야은의 『오산학원 청풍루기』-

본 조항의 달면(達勉)은 '달통(達通)에 힘씀'이란 뜻이니, 가르침에 통달하는 것을 말한다. 이 의미를 밝혀 가르침에 힘쓰면 기라성(綺羅星) 같은 인재를 배출할 것이다. 작가들은 그러한 내용을 실천한 이에 대해서 작중 인물을 나타내면 독자들이 흥미 있게 읽는다.

야은(冶隱) 길재(吉再, 1353~1419)의 『오산학원 청풍루기』(吳山學院 淸風樓記)에는 맑은 덕풍으로 피교육자들을 가르쳐 동방의 성리학(性理學)의 종주(宗主)가 되게 하여 터평시대의 문명(文名)을 열어 준 것을 야은(冶隱)의 공으로 돌리고 있다. 야은의 교육관은 가르침에 힘쓰면서 가르침에 통달한 본 조항과 일맥상통한다. 야은은 지식 면에서도 달통하고 가르침에도 통달했던 것으로 고려 말의 포은 정몽주의 성리학 학통을 조선조에 잇게 한 것이다.

더구나 그의 학통이 고려 말의 도읍지 개성(開城)도 조선즈의 한양(漢陽)도 아닌 시골 마을인 경북 선산(善山) 봉계리(鳳溪里) 금오산 아래 서원(書院)에서 무수한 인재가 배출도 었다는 것은 놀라운 사실이며 기적이다. 이런 인재를 배출한 것은 야은의 맑은 덕풍의 가르침에 통달했다는 것으로 볼 수 있다. 그의 맑은 덕풍을 이해하기 위해 본 조항을 소개한다.

제137사(事) 달면(達勉): (愛 5範 36圍)(애, 5째 본보기, 36번째 범위)

> 達勉者는 勉敎而達敎也라. 行敎는 難於知敎하고 勉敎는 難
> 달면자 면교이달교야 행교 난어지교 면교 난
> 於行敎하며達敎는 難於勉敎니 達敎則能知愛物之理하니라.
> 어행교 달교 난어면교 달교즉능지애물지리

해석: 달통(達通)에 힘씀이란 가르침에 힘쓰면서 가르침에 통달하는 것이니라. 가르침을 행함은 가르침을 앎보다 어렵고, 가르침에 힘씀은 가르침에 행함보다 어려우며, 가르침에 통달함은 가르침에 힘씀보다 어려우니, 가르침에 통달하면 사물사랑의 이치를 알 수 있느니라.

교육은 스승이라 할지라도 처음부터 아는 것이 아니라 가르치기 위해 공부하는 과정에서 알게 되며 가르침에 통달하는 것이라고, 제137사(事) 달면(達勉)에서 언급하고 있다.

교수들이 학생들 한두 시간을 가르치기 위해 3~5시간 공부를 하여 학생들을 지도하는 과정과 같은 것이다. 흔히 교육은 국가의 백년대계를 이루는 것이라고 한다. 인재를 키우는 것은 어려운 일이다. 인재는 가르침에 통달하여야 피교육자를 원만한 사람으로 키울 수 있게 되고 감동을 받게 되어 있다.

사람은 지식에 달통해야만 하지만, 실지 아는 것보다 가르치는 것이 어렵다. 또 가르침에 힘쓰는 것은 가르침을 행하는 것보다 어려우며, 가르침에 통달하는 것은 가르침에 힘쓰는 것보다 어렵다. 국가의 백년대계를 이루는 교육으로써 인재를 키운다는 것은 교육자로서 당연한 행함이라 생각한다.

실제로 국가의 백년대계를 위한 인재를 키우기 위해선 아는 것도 많이 알아야 하지만 아는 지식을 잘 활용하여 지도력이 달통할 만큼 뛰어나야 사람다운 사람을 키울 수 있다.

특히 위 내용의 가르침은 366사(事)를 가리킨다. 366사(事)는 천지자연의 이치를 내용으로 한 것이니, 곧 이를 바르게 알기 위해 힘써 노력해야 한다. 환웅이 처음에 366사(事)를 관리나 백성에게 가르칠 때는 하늘의 신하라고 할 수 있는 삼상(三相)과 오부(五部)의 신하들이 가르쳤다. 이들은 천지인(天地人)의 이치를 통효한 천상에서 내려온 신하들이니, 가르침에 통달한 이들이다.

홍익인간은 천리의 이치로 자연친화적으로 이뤄진 중생을 유익하게 하는 인간 세상이다. 단군은 환웅이 백성을 366사(事)의 교화(教化)로 마을사회를 치화(治化)로써 통일연맹국가를 세운 것은 또한 삼상 오부와 같은 지식에 달통하고 가르침에 달통하여 홍익인간 사회를 세운 것이다.

교육은 환웅과 단군이 삼상(三相) 오부(五部)의 신하들과 같이 달통의 가르침에 의해 단군조선의 학통을 세울 수 있어 홍익인간의 나라를 세웠다.

삼상(三相) 오부(五部)는 완성적인 인격체이고 피교육자들은 미완성체이니, 이들이 달통의 지식과 사랑의 가르침으로 국가천년대계(國家千年大計)를 세워 가르치니 많은 인재가 배출되어 단군조선 1,500년 동안 홍익인간으로 나라를 다스리는 기틀이 되었다.

단군시대 삼상(三相) 오부(五部)와 같이 천리에 의한 자연과 합일하는 경지에 이르는 교육은 인간이 지니는 최고단계라 할 때 교육자가 피교육자의 마음과 통하는 달통의 가르침이다. 이런 교육이 완성 인간을 배출하게 된다.

1. 야은(冶隱) 길재(吉再)의 순수미적 맑은 기풍

야은(冶隱)은 본 조항과 관련되는 교육관으로 인해 성리학을 잇는 학통을 길재가 세웠는데, 약산(藥山) 오광운(吳光雲, 1689~1745)은 그의 교육관에 대해서 다음과 같이 밝혔다.

> 하늘의 진리를 붙들고 인륜을 세워 하늘과 땅 사이에 우뚝하게 독립하게 된 것은 선생의 맑음이요, 교육에 전념하여 후학들을 떨쳐 일으켜 동방 이학 종주가 되어 태평시대의 문명 문을 열어 준 것은 선생의 조화인 것이다. ……
> 오산서원은 바로 선생의 영을 모신 곳이요, 청풍루가 있으니 그 이름

만 들어도 마음이 두근거린다.

扶天綱植人倫, 挺然獨立於天地之間者, 先生之淸也. 諄諄善誘 興起後
學, 爲東方理學之宗, 啓昭代文明之運者, 先生之和也. 吳山書院, 卽先生
妥靈之所, 而有樓曰淸風, 聞其名者, 已起立矣.

『冶隱先生文集言行拾遺續集』 卷3 附錄 著「吳山學院 淸風樓記」

야은의 교육관은 『오산학원 청풍루기』(吳山學院 淸風樓記)에서와 같이
맑음이었으니, 헌신의 노력을 사제동행으로 하나(一)가 되는 가르침에서
이뤄졌다고 할 수 있다. 그는 『천부경』의 하나(一)의 진리로 가르침을 베
푼 것으로 인해 그의 학통은 이어져 동방이학을 잇게 되었다고 할 수 있
다. 그의 교육관은 한말로써 사랑의 결실로 이뤄진 것이니, 도덕미와 인간
미가 어우러진 맑은 덕풍의 결정체이다.

길재는 600년 전에 상민의 자제도 사랑의 교육을 실시했으니, 홍익인간
에 의한 순수미적인 맑은 덕풍의 교육이념으로 가르친 것으로 인해 후학
들이 몰려들어 많은 인재가 배출된 것이다.

그는 하나의 이치로 가르침을 베풀어 반상의 차별을 하지 않는 하늘의
이치로 자연스럽게 학동들을 대했기에 감명을 받아 무수한 인재가 배출되
었다. 말하자면 하늘이 만물을 대하는 자연스런 리듬성(rhythmicity)과 어
울리는 내용으로 교육을 펴 성리학을 잇는 학통을 계승시킨 것이다. 그의
교육은 본 조항의 내용과 같이 박통의 지식과 가르침에 통달해 사물의 이
치를 알게 되어 하늘의 맑음과 사랑의 가르침을 베풀어 성리학의 학통을
잇게 하였다.

2. 작가들의 작품을 통한 달통(達通)의 교육

작가들은 작중 주인공을 통해 맑은 기품의 가르침을 내용으로 하는 작
품을 선보이면 독자들이 이색적인 내용으로 간주하고 읽을 것이다.

요즘은 산업화시대에서 정보화시대를 맞이하여 친자연과 관계되는 내

용의 작품을 선호하는 경향이다. 요즘시대는 과학화로 인해 날이 갈수록 자연이 훼손해 가는 때 친자연적인 음식과 함께 자연과 대화를 나누는 작품을 독자들이 좋아하는 경향이다.

더구나 요즘은 국정교과서에서 단군이 기원전 2333년 전에 나라를 세웠다는 것이 인정되어 일제로부터 광복 60여 년 동안 약 100년 동안 단군에 대해 배우지 못했으니, 홍익인간의 교육에 대해서 관심을 기울여야 한다.

홍익인간(弘益人間)에 대한 지식은 널리 인간을 널리 유익하는 낱말 풀이 정도로밖에 모른다. 홍익인간은 천리의 이치를 깨닫는 사랑과 관계되니, 그 내용의 실상을 단군이 삼상(三相) 오부(五部)의 신하에게 명하여 366사(事)를 가르친 내용으로 소개하면 많은 독자층을 형성하리라 본다.

또 야은의 교육관을 작품으로 재구성하여 선보이면 인재를 키울 수 있는 교육자가 많아질 것이다. 제자를 훌륭히 키우는 데는 스승을 잘 만나는 데 좌우되는 것이니, 야은의 교육관을 작품을 통해 펼 필요가 있다.

제138사(事) 역수(力收: 힘써 공을 거둠)-『옹고집전』의 학대사-

역수(力收)란 힘을 다하여 공을 거두는 일이다. 스승은 어리석은 자를 주위 사람들에게 피해를 끼치지 않도록 특별한 관심을 기울여 지도해야 한다. 작가는 교사가 미련하고 어리석은 학생을 특별한 관심으로 가르친 결과로 정상학생이 된 내력을 내용으로 작품을 출간하면 정상인에 못 미치는 학생이 희망을 가지게 되는 데 도움을 준다.

『옹고집전』은 18세기 이후 창극의 극본으로 제작된 것을 소설화한 것으로 볼 수 있는데, 이때는 산업구조가 형성되면서 화폐경제가 발달하자 도덕관념이 혼란스러워지는 사조를 맞게 되었다.

18세기에는 세계사조적으로 풍자문학이 공시적으로 나타나는 때, 조선조 중엽에 『옹고집전』에서와 같이 물질주의로 인해 노모 봉양을 하지 않고 불승이 동냥을 청하면 자신의 재물이 축남을 생각하고 슨찌검을 해 다시는 오지 못하게 했다.

한국은 예로부터 도덕의 나라인데 물질주의 경도로 인해 인륜도덕이 몰락해지는 풍조에서 불효자와 불량자들을 경계하기 위해서, 『옹고집전』 옹고집의 사람됨을 풍자적으로 나타낸 것이다. 불효막심하고 불량자였던 옹고집은 학대사의 도움으로 개과천선하여 노모에게 효자로 착한 사람으로 개과천선하였다. 그가 변신하고 요즘의 사람들 모양을 개혁한 것은 본 조항과 상통함을 지니므로, 그 내용을 다음과 같이 소개한다.

제138사(事) 역수(力收): (愛 5範 37圍)(애, 5째 본보기, 37범위)

力收者는 專力以收功也라. 磅石은 不能琢하고 樗木은 不能直하며 獸愚는 不能化니 必用力收하여 勿染漬於隣이니라.

해석: 힘들어 거둠(力收)이란 힘을 오로지 하여 공을 거두는 것이라. (높은 곳에서) 굴러떨어진 돌은 (곱게) 쪼아서 다듬을 수 없고, (가죽나무) 구부러진 나무는 곧게 못 하며, (우둔하고 우매한 사람은) 못난 어리석음은 교화시키지 못하게 되니, 반드시 힘써 거두어 이웃에 물들게 말지니라.

제138사(事) 역수(力收)란 힘을 다하여 힘을 거두어들이는 일에 힘쓴다는 것을 뜻하는 말이니, 비록 미련하고 어리석은 사람을 사랑으로 힘을 다하여 교화하는 것을 말한다.

그러나 선천적으로 미련하고 어리석은 사람은 정신박약이나 지능미달자이므로 이들을 분리시켜 교육을 실시하여 사람들에게 피해를 입지 않도록 한다.

요즘은 예전보다 정신이상자들이 사회의 물의를 일으키는 일이 많이 발생하고 있는데, 이들에게 특별히 교육을 시켜 어느 정도 교정이 된 후에 가족의 품 안으로 돌아오게 하여 가족들의 보호 속에 살게 해야 할 것이다.

우리에게는 2003년 2월 18일 대구지하철 중앙역에 방화사건이 발생했다. 이 사건은 정신이상자의 방화로 인해 많은 인명이 죽어 간 전대미문의 참사이다. 그 방화자는 신병을 비관한 50대 남자로서 '혼자 죽기 싫다'며 지른 불이 24초 만에 번져 지하철 2대의 객차 12량을 태워 192명의 사망자와 148명의 부상자가 발생했다. 2006년 3주기를 맞을 때 가족들의 오열은 볼 수가 없는 정경이었다. 한 사람의 잘못으로 많은 인명이 죽어 갔으니, 정신이상자나 치료를 받은 경력이 있는 사람일 경우 정기적으로 검진을 받는 제도가 실행되어야 한다.

이런 정신이상자는 외국의 경우에도 제대로 보살피지 곳해 국제적 망신을 시킨 일이 발생했다. 2004년 8월 30일 한국시간 새벽에 제28회 그리스 아테네 올림픽 마라톤 경기 때 한 정신이상자가 37㎞ 지점에서 1위로 달리던 마라톤 주자(走者) 브라질의 반데를레이데 리마를 인도로 밀쳐 낸 관중 난입 사건이 발생했다. 이로 인해서 주자는 결승점 6㎞쯤 남겨 두고 38㎞ 지점에서 1위의 자리를 내주게 되어 3위로 골인하는 장면을 목격하고 국제경기에서 이런 치안부재현상이 일어날까 의아했다.

이런 광경을 TV로 시청할 때 그리스의 엉터리보안 현장을 보고 놀라움을 금치 못하였다. 한국의 경우라면 옆에 있던 민중들이 그 난입자를 막았을 것인데, 달리던 도로 밖으로 주자를 잠시나마 데리고 갈 때 수수방관하는 것을 볼 수가 있었다. 달리던 중계자도 신속대응을 하지 못하는 것을 보고 놀란 바가 있다.

지구 위에 이런 일이 일어난 일과 사람들이 난입자가 주자를 길 밖에 데리고 가는 데도 보고 있는 사람들을 보고 한국과는 전혀 다른 사람이라는 것을 생각하게 된다. 경기 중 관중 난입자는 아일랜드계 한때 가톨릭 사제였으며 종말론을 주장하는 57세의 남성으로 밝혀졌다.

보도에 의하면 그는 이전에도 난동사건의 경력이 있는 감옥생활을 한 전과자였고 그 후도 난입 사건을 행한 정신이상자였다고 밝혀졌으나 한 사람의 정신이상자 감시 소홀로 인해 국제적 행사에 먹물을 끼얹는 일이 발생해서는 안 될 것이다.

우리는 국보 제1호인 남대문이 2008년 2월 10일(일요일) 오후 8시 48분 쯤 방화로 인해 전소(全燒)되었다. 방화범 70세 노인 채종기는 보상금 마찰 끝에 집이 강제 철거되자 극단적 집착으로 2006년 4월 창경궁 문정전 문에 방화하여 징역 1년 6개월, 집행유예 2년 선고를 받고 유예기간 중에 방화를 한 것이다.

남대문은 이성계가 1392년 조선을 세우고 1398년 음력 2월(양력 3월) 조선을 세운 지 7년 해에 건립한 것이 610년에 역사를 마치며 불탔다. 원래 남대문은 숭례문(崇禮門)이란 이름으로 정도전(鄭道傳)이 지었다고 전하는데, 남대문이란 명칭은 『태조실록』 5년 9월 조에 기재되어 있다.

610년이란 세월을 거치는 동안 임란(壬亂)과 호란(胡亂)을 거쳐 6·25까지 잦은 전란에도 아무 이상이 없이 지내온 국보가 정신이상자에 의해서 불타 무너졌으니, 정신병자는 국가에서 특별히 보호대상으로 취급해야 한다. 앞으로 이런 정신이상자들이 효과 극대화를 위해 이목집중 대상을 선택하는 데 있어 모방범죄가 있을까 걱정스럽기 때문이다.

1. 『옹고집전』에서 옹고집

문학상에 나타난 정신이상자류에 드는 인물을 든다면 『옹고집전』에서 옹고집을 들지 않을 수 없다. 그는 정상인이 아닌 정신이상자에 해당한다. 그는 물욕에 집착해 인사불성이 된 불효자요 불량배였다. 그는 노모에게 불효막심하고, 걸인이나 중이 와서 구걸을 하면 몸에 상처를 입히는 등 행패를 일삼는 부랑자였다.

월출봉 취암사(翠庵寺)의 학도사는 도술로써 그를 각성하게 하여 정상이 되게 인간개조를 시키기 위해 초인(草人)으로 가짜 옹고집을 만들어 사랑방에 앉아 하인들을 호령하게 하여 진짜 옹고집 행세를 하였다. 진짜 옹고집은 가짜 옹고집과 송사 문제로 번졌지만 원님이 가짜 옹고집이 진짜 옹고집이라는 판정을 내리어 진짜 옹고집이 쫓겨나고 가짜 옹고집이 아내와 자식의 가장이 되는 일이 발생했다. 걸인신세가 된 진짜 옹고집은 자신의 신세를 비관하고 산중으로 들어가 자살하려고 했다. 이때 학대사는 진짜 옹고집이 자신의 죄를 깊이 뉘우치는 것을 보고 자살하려는 것을 크게 꾸짖고 개과천선하게 한다.

그는 집으로 돌아왔다. 가짜 옹고집은 짚으로 만든 허수아비임을 알고, 도사의 신통력에 감탄하고 그는 깊이 전날의 잘못을 크게 깨달아 노모에게도 효하고 걸인이나 등냥승에게 손찌검을 하지 않고 살아갔다.

이 소설에서 옹고집은 정신병이라 할 만큼 고집이 세고 인색하여 노모를 몰라보는 불효막심(不孝莫甚)하고 배불론자(排佛論者)이고 부랑자였다.

이런 사회악을 조성시키는 사람을 사회에 방치해 두면 많은 사람들이 피해를 입게 되어 사회와 격리시키는 일환으로 특별히 감찰해야 한다. 더구나 옹고집이 사는 마을에는 이웃이 있다. 이웃에는 어린이들이 있게 되니, 그런 불선(不善)에 젖어 들게 되면 마을이 윤리도덕이 없는 도덕불감증의 현상이 발생해 무법천지가 된다. 그런 의미에서 조선조에는 옹고집과 같은 사람이 있게 되어 격리시키는 차원에서 집에서 쫓겨나게 한 것이다.

『옹고집전』에서는 악인을 선인으로 바뀌게 하는 데 주안을 두고 있으니, 학대사의 가르침으로 옹고집을 추악(醜惡)한 인간성에서 고귀함(nobility) · 우아미(優雅美, das Eleganz Shöne)로 돌아오게 했으니, 미래지향적인 의미가 담긴 본 조항과 통한다.

우리는 본 조항과 학대사의 가르침에서 금전의 노예가 된 사람이라도 특별히 다른 시설물에서 수용하고 사랑으로 교육을 받으면 정상적인 사람과 별다름이 없는 사람이 될 것이다.

2. 작중인물을 통한 정신이상자의 격리

작가들은 물질만능주의로 인해 선량했던 사람들이 물질의 노예가 되어 인사불성이 되는 사람이 늘어나는 세태인심 속에 『옹고집전』의 옹고집을 사회와 격리시킨 학대사의 도술은 본 조항을 이해하는 데 좋은 자료가 된다.

작가들은 정신이상자나 물질의 노예가 된 정신병자들을 특별히 교육시키는 한 방도로 사회와 격리시켜 특별교육을 시키는 내용으로 작중에 나타내면 된다. 작가는 이들을 요양원(療養院)이나 정신병원에서 치료를 받아 정상인이 된 후 봉사활동을 하는 내용으로 작중의 주인공을 통해 나타내면 많은 정신이상자들이나 그 가족들이 그 작품을 탐독하게 될 것이다.

한국은 정신이상자들을 특별히 수용하는 시설이 많지 않으므로 이들을 돌보는 가족들도 애를 태우고 있는 실정이다. 이들은 정부에서 정상인이 될 때까지 철저히 치료를 받게 한 후 퇴원을 시켜야 한다. 그를 돌보는 가족은 이들을 허술하게 방치를 하면 살인이나 대형사건이 발생하게 되므로 항시 살펴야 한다.

작가들은 정인이상자를 돌보는 부인에게서 헌신적인 특별한 보살핌을 받아 정상적인 사람이 된 후 사회에 헌신하는 예를 작품에 나타나면 사회를 정화시키는 차원에서 좋을 일이다.

제139사(事) 대(待: 기다림): (愛 6範)-『구운몽』의 61년간의 환생기간-

제139사(事) 대(待)란 가장 큰 사랑을 기다림이란 뜻으로 나타냈다. 기다림으로 이뤄지는 이치는 하늘의 도와 농경에서 찾아보면 좋을 것이다.

주지하는바 천도와 농경의 경우 순리에 의한 움직임은 정상적인 것이니 느린 것도 빠른 것도 아닌 상태이나 중용적이다. 우리는 천리에 의해 살아온 민족이다. 그중의 농경은 춘하추동에 의해 곡식을 생산하는 것이니, 천리에 의한 영농방식이다. 작가는 오늘의 시점에서 자연과 친화하는 생활을 사람들이 선호하고 있으니, 세월이 흐른 후에 일이 원만하게 이뤄진다는 것을 깨닫고 '빨리빨리'식으로 하는 일을 천리에 맞추어 행하는 일로 작중에 나타내면 조급하게 일을 서두는 것을 고치는 한 방법이다.

『구운몽』(九雲夢)의 주인공 성진(性眞)은 한때 잘못된 생각을 가진 것으로 스승 육관대사가 그를 바르게 살아가기 위해 꿈속생활에서 그의 소원을 풀어 주었다. 성진(性眞)은 팔선녀(八仙女)를 보고 산중에서 비구승이 된 것을 후회하였다. 육관대사는 그의 생각을 알아차리고 선몽(禪夢)에 들게 하여 61년 동안 여인들과 엽색(獵色)으로 세월을 보내는 생활을 하게 했다.

성진이 팔선녀(八仙女)들과 만난 후 유가(儒家)의 집안에서 태어나면 꽃과 같은 여인들과 살게 될 것인데, 산중에서 비구승(比丘僧)으로 살다가 죽으면 남는 것이 무엇인고라고 자기의 신세를 한탄하였다.

육관대사는 성진의 소원을 이뤄 주기 위해 꿈속에서 당(唐)나라 유가(儒家)인 양소유(楊少游)로 태어나 과거급제를 하고 출장입상(出將入相)하게 되니, 팔선녀(八仙女)의 흑신인 여덟 미녀들과 궁사극치(窮奢極侈)한 엽색적인 음란 생활로 한평생을 보내게 된다.

여덟 미인들과 한평생을 보냈지만 쓸데없는 생활이니, 부귀영화를 누리는 삶도 일장춘몽에 불과한 것을 깨닫고 그 후 불도를 잘 닦고 극락왕생했다는 내용으로 되어 있다.

이 소설은 서포 김만중이 유배지 남해에서 모친 윤 씨를 위로하기 위해 지었다고 전한다. 육관대사의 제자 성진의 그릇됨을 개과천선케 하는 내용이니, 그 기간이 61년간이다.

성진은 61년간에 걸쳐서 양소유→성진으로 돌아오게 했으니, 인간성을 회복하는 데 오랜 세월이 소요된다는 것이니, 요즘 자연친화적 슬로 모션(slow motion)의 운동과 관계된다. 이 운동은 천리에 의한 삶의 형태니, 톤 조항과 상통하는 점이 있어 다음과 같이 그 조항을 소개한다.

제139사(事) 대(待: 기다림): (愛 6範)(애, 6째 본보기)

愛之諸部에 待最大焉者는 以其不見不聞으로 蘊愛於將來之
無窮也라. 非徒 蘊愛며 亦有方焉이니라.

해석: 사랑의 여러 부분에서 기다림(待)이 가장 크다 함은 그 보이지 않음과 들리지 않음으로 사랑을 장래의 무궁함어 쌓음이라. 다만 사랑을 쌓아 두는 것이 아니라 또한 그 방도가 있

음이라.

농부가 가을 추수를 거두기 위해서는 봄의 파종, 여름날 잘 가꾸는 데 비례해서 농작물의 생산이 좌우된다. 한 알의 곡식은 겨울→봄→여름→가을의 순리를 거쳐야 생산되는 것과 같이 기다림이 있어야 한다. 한국인은 춘하추동을 걸쳐 곡식이 생산되는 이치로 인해 한국인 특유의 사랑의 기다림이 존재해 왔다고 할 수 있다.

한국인은 60년대부터 예전부터 전하는 기다림의 미학이 점차 퇴색하기 시작했는데, 박정희 군사정권이 18년 동안 군대식으로 빨리 처리하게 되어, 그 영향으로 '빨리빨리'라는 신조어가 생겼다. 일을 수행함에 있어 빨리 서두르는 일은 필요한 것이다. 그렇지만 이에 대한 부작용이 너무나 컸다.

외국인들은 한국인들이 일을 재빨리 서두르는 것을 신기하다는 듯이 보고 있다. 이것은 좋게 볼 수도 있고 그렇지 않게 볼 수도 있는 문제이다. 심지어 외국인들은 한국 관광객을 보면 신기하다는 듯 '빨리빨리'라는 말로 놀려 대기도 한다.

선인들의 삶은 느린 편이었다. 1950년대 이전 양반들이 걸음걸이마저 느린 것을 볼 수 있었고 모든 일을 빨리 서두르지 않았다. 한말로써 양반풍의 슬로 모션(slow motion)이었으니, 오늘날에 비하면 비교할 수 없을 만큼 느린 편이었다. 농경문화는 천리(天理)인 춘하추동에 따라 살아가는 삶이니, 느린 행보로 살아왔다. 십 리 길도 빨리 걸을 수는 있지만 보통 걸어서 가는 것이 일상사였다.

산업사회를 맞아 지금은 예전과 같이 느리게 아날로그(analog) 방식의 생활 태도는 살아갈 수 없는 것이다. 중용적인 실천이 바람직한 태도라고 할 수 있다. '빨리빨리'의 방식은 양적인 문제를 해결하는 데 효과가 있고, 질적인 물질을 생산하는 데 문제가 따른다.

요즘은 남보다 한 발이라도 1분 1초라도 앞서 갈 욕심으로 '패스트'(fast)로 살아가고 있는 이때 슬로 모션(slow motion)인 대기만성(大器晚成)이 되는 교훈을 이 『구운몽』(九雲夢)의 주인공 성진(性眞)→양소유→성진의 환생과정에서 깨달아야 할 것이다. 슬로 모션(slow motion)은 느리게 살아가는 것이 아니라 천티에 의한 자연친화적 삶의 형태로 깨달으면 된다.

1. 『구운몽』(九雲夢) 성진(性眞)의 환생 61년

우리는 『구운몽』(九雲夢)의 주인공 성진(性眞)이 잘못된 생각을 고치는데, 몽유공간에서 61년 세월이 걸렸다. 육관대사는 제자 성진을 사랑하는 정에서 기다림의 미학으로 원대로의 성진으로 돌아오게 한 것이다.

성진의 스승 육관대사는 제자 성진의 잘못됨을 사랑정신으로 원시반본(元始返本)하는 데 한평생이 소요되었으니, 오늘날의 '빨리빨리'식과는 도저히 대조해 볼 수 없는 일이다. 그러나 기다림의 미학은 사랑을 차곡차곡 쌓을 수 있기 때문에 위대한 것이다. 이러한 사랑을 쏟는 정성은 보이거나 들리지 않지만, 참고 기다리는 것을 가르치고 있다.

한 인간이 잘못을 깨우쳐 개과천선의 기틀이 하루 이틀 간에 급조로 이뤄지는 것이 아님을 『구운몽』(九雲夢)의 주인공 성진(性眞)이 환생하는 기간이 61년의 세월이 흘렀다는 것으로 알아야 한다.

흔히 우리는 교육을 백년지대계(百年之大計)란 말로 대변한다. 인재는 하루 이틀의 급조로 이뤄지는 것이 아닌 오랜 세월을 경과해야 배출되는 것이다.

불승인 성진은 몽유공간(夢遊空間)에서 유가(儒家)의 양소유(楊少游)로 태어나 여덟 미녀들과 궁사극치(窮奢極侈)한 음란생활로 세월을 보냈다. 양소유는 한평생을 여인들의 치마폭에서 세월을 허송했으니, 정상적인 생활로 돌아오기까지 환갑 나이에 개과천선한 것이다.

1960년대 이전만 해도 대기만성(大器晚成)이란 액자가 집 안에 걸려 있는 것을 보게 되나 오늘에는 그런 액자를 볼 수 없다. 한 인물을 훌륭하게 키워 내는 데는 100년 동안 세월이 경과한 후에 인간이 형성되는 것이다.

『구운몽』(九雲夢)에서 성진→양소유→성진으로 다시 돌아오기까지는 오랜 세월이 경과된 후에 이뤄진 것이니, 한 인간을 키움에는 백 년 세월이 걸린다는 것이 맞는 말이다.

홀륭한 인물은 천리(天理)와 같이 기다림의 사랑이 담겨야 배출된다.『천부경』에 하나(一)에서 십(十)에 이르는 과정으로 이해하면 시일과 세월이 경과돼야 완성에 이르게 된다는 것을 알게 될 것이다. 그런 점에서 훌륭한 사람을 길러 내는 데는 100년 세월이 소요된다는 것을『구운몽』(九雲夢)의 주인공 성진에서 깨달을 수 있다. 본 조항은 여섯 가지 기다림 - 대육범(待六範)을 다음과 같이 나타냈다.

대육범(待六範)

조항 \ 내용	주요 내용	대상	조항
1. 미형(未形)	원대한 사랑은 보이지 않는 싹을 아끼고 사랑함.	기다림	제140사(事)
2. 생아(生芽)	원대한 사랑을 가진 사람은 대기만성하길 바람.	기다림	제141사(事)
3. 관수(寬遂)	사람은 너그러울 때 즐거움이 이루어짐을 맛보게 됨.	기다림	제142사(事)
4. 온양(穩養)	사랑은 무의탁 생명들을 자립할 때까지 돌보아 줌.	기다림	제143사(事)
5. 극종(克終)	사물을 사랑함에는 유종의 미를 거두는 데 있음.	기다림	제144사(事)
6. 전탁(傳托)	철인은 못다 한 일을 후계자에게 부탁하여 끝냄.	기다림	제145사(事)

위의 6조항(條項)은 시작과 끝을 극진히 해 유종의 미로 거두는 것이 소중하다는 것을 나타낸 것이니,『천부경』의 하나에서 비롯됨과 끝의 십(十)에 이르는 과정으로서 완성수에서 끝남을 나타냈다. 완성수 십(十)에서 끝날 것이 아니라 다시 시작해 완성에 이르도록 하니, 끝맺음은 완성단계에 이르러야 유종의 미를 거둘 수 있음을 밝혔다고 할 수 있다.

우리는 농경생활로 살아온 민족이기에 일정한 시일이 경과한 뒤에야 수확을 하게 되는 것을 잘 알고 있기 때문에 사람을 키우는 부분에서도 예외일 수 없다. 곡식의 수학을 거두기 위해서는 농부가 사랑을 담지 않으면 이루지 못한다. 기다림의 미학은 본 조항에서 그 실행하는 방법을 6개 조항으로 설정했는데 탄생→유년기→소년기→청년기→노년기의 인생항로(人生航路)가 100년에 걸치는 생활로 본다면 탄생→1살→10대에는→20대서 100살에 이르는 과정이 기다림의 과정으로 이뤄졌는데, 여기에 사랑의 미학이 담겨 이뤄진 것이다.

완성인간에 도달하기 위해서는 사랑이 전제된 가운데 기다림의 미학으로 끝마침을 할 수 있는 것으로 나타냈다. 그 이유는 원대한 사랑을 가진 사람은 자신이 한 일을 아끼기 때문에 자기가 못다 한 일이라면 후계자에게 부탁을 해서라도 일을 끝마치기 때문이다.

1. '빨리빨리'의 근성 시정

1960년대 군사정권은 산업화를 빨리 이루기 위해 군대식으로 '빨리빨리'식으로 일을 했다. 양적인 면에서는 성과를 거두었다고 할 수 있으나 이에 따른 부작용이 엄청나게 발생했다. 이에 따른 피해는 많은 인명이 죽어 갔다.

작가들은 '빨리빨리'식으론 질적인 성장을 기할 수는 없는 것을 감안하여 천리에 의해 모든 일을 해 나가는 방향으로 일을 해 나가는 내용으로 독자들에게 작중인물을 통해 나타내면 독자들이 선호할 것이다.

슬로 모션(slow motion)으로 슬로 시티(slow City)를 창시한 이탈리아 파올로 사투르니니(Paolo Saturnini, 58)는 2007년 9월 6일(금)에 한국관광공사를 방문하여 기념세미나를 마쳤다. 그는 취임사에서 '빨리빨리'의 생활은 인간을 망가뜨리는 바이러스라고 했다. 사실 '슬로'라는 개념은 '패스트'(fast)의 반대말이 아니라는 그의 말과 같이 "환경, 자연, 시간, 계절을 존중하고 우리 자손을 존중하며 느긋하게 사는 것, 이것이 더 나은 삶을 향한 진정한 '슬로'입니다. 느리게 사는 것이야말로 '라 돌체 비타(La Dolce Vita: 달콤한 인생)'가 아니겠냐" 하며 여유로운 미소를 지었다고 했으니, 작가들이 한 번 '슬로'를 나타내는 한국인의 삶 형태를 변화시키고 개혁시키면 독자들이 반길 것이다.

이 '슬로'는 예전 단군의 여절교육과 상통한다. 즉 천리에 의한 친환경으로 살아가는 것이니, 한번 슬로 모션(slow motion)을 나타내는 작품이 나올 만하다. 작가들은 한국인의 조급성을 치유하는 내용으로 '빨리빨리' 장단점을 소개하고 천리대로 기다림에 미학으로 살아가는 방식을 중용주의(中庸主義)로 나타내면 사람들의 삶을 양적에서 질적으로 향상시키는 데 도움이 되게 할 것이다.

제140사(事) 미형(未形: 형체를 갖추지 못함)-『유충렬전』의 기자정성-

본 조항의 미형(未形)은 '형체를 갖추지 못함'을 뜻하니, 사물의 형체를 못 이룬 상태를 말한다. 이는 농부가 파종한 싹이 돋아나지 않았다고 하더라도 그것을 사랑하고, 그것이 돋아나면 보호해 주며, 그 씨를 받아 좀 더 개량하여 좋은 씨로 다수확을 하는 것과 같은 것으로 보면 된다. 한 사람이 훌륭히 되기까지는 태내에서부터 비롯되는 것을 알 수 있다. 어느 부모든지 임신 중이면 훌륭한 아기가 태어나기 위해 좋지 않은 일을 행하는 일을 삼간다. 요즘은 태교가 유행하는 가운데 태아를 위해 좋은 일과 산모가 편한 마음으로 정신 수양하는 이들도 있다.

임산부들은 남에게 내색을 하지 않고 있지만 태아를 위해 많은 노력을 기울이고 있다. 작가는 임산부들이 태내의 아기를 위해 정성을 기울이는 내용을 작품으로 나타내면 젊은 신혼부부들이 많이 읽을 것이고, 남자들도 그 작품을 읽고 한 사람이 태어나는 과정이 쉽지가 않다는 것을 알게 하며 자손을 키우는 데도 힘을 다할 것이다.

『유충렬전』에서의 기자정성(祈子精誠)은 유심 부부가 중국의 남악 형산의 제단을 찾아 제물을 차려 놓고 천지신명에게 빌어 충렬을 낳았다. 오늘날 상식으론 그런 미신행위를 하여 낳았다는 것에 대해 탐탁하지 않게 생각하는 이들이 많을 것이다.

한민족은 단군신화에서와 같이 웅녀가 아들을 낳기 위해 태백산 신단수 아래서 제단에 제물을 차려 놓고 아들 낳기를 발원하여 단군을 낳은 것으로 되어 있다. 이 단군신화는 민속적으로나 설화 고소설의 수용으로 기자정성을 행한 내용이 수없이 나타나 있다.

명산을 찾아가 아들 낳기를 비는 것은 본 조항 미형(未形)의 형체를 그

만큼 사랑하는 의식으로 나타낸 것이다. 기자정성(祈子精誠)은 본 조항과 관계되므로 그 내용을 소개하면 다음과 같다.

제140사(事) 미형(未形): (愛 6範 38圍)(애, 6째 본보기. 38번째 범위)

> 未形者는 事物之未形也라. 見未形而愛之하며 待現形而護之하니 若種仁而 變之니라.
> 미형자는 사물지미형야 견미형이애지 대현형이호지 약종인이 변지

해석: 모습을 갖추지 않았다(未形) 함은 사물이 아직 형체를 갖추지 않은 것이니라. 모습 없음을 보고 이를 사랑하며 모습이 나타남을 기다려 이를 보호하니, 이는 마치 씨앗을 심어 변하게 하는 것과 같음이라.

제140사(事) 미형(未形)이란 아직 모습을 갖추지 않은 것을 아끼고 사랑하는 것을 이르니, 농부가 파종한 후 싹이 돋지 않는 상태를 이른다. 미형은 결혼하여 자녀를 낳기 전에 정성을 드리는 단계로 보게 된다. 우리는 이러한 단계를 단군신화에서 웅녀가 훌륭한 아들을 낳기 위해 신단수 아래에서 기자정성을 드렸다. 우리는 그 기자정성을 드리는 단계를 미형(未形)이라 할 수 있다.

이러한 미형의 단계는 농부가 씨를 심고 난 후에 싹이 돋지 않으면 기자정성에 맞먹는 정성을 들여 싹을 돋게 하는데 그 돋기 전에 과정으로 보면 될 것이다.

예전에는 태교가 성행해 아직 태어나지 않은 생명을 위해 온갖 정성을 기울였는데, 요즘도 태아의 교육을 시키기 위해 마음가짐을 바르게 하고 웰빙(참살이) 농산물로 음식을 먹거나 태아를 즐겁게 해 주기 위해 마음을 편히 하는 음악도 즐겨 듣는 등 온갖 정성을 다 기울이고 있다는 말을 듣는다.

한 생명이 아직 점지되지 않았는데도 자식을 낳기 위해 목욕재계하고

명산대천에 찾아가 천지신명에게 빌어 자손을 낳은 일은 선인들이 해 왔던 풍습이다. 한국의 여인들은 지성이면 감천이라는 교훈으로 천지신명에게 정성을 들여 낳으면 그 정성을 들인 만큼 비례해서 훌륭한 자녀를 두는 것으로 인식을 하였다. 단군신화에서 웅녀가 단군을 낳기 위해 신단수에서 정성껏 빌어 단군을 낳아 한민족의 국조가 된 것은 그 예라 할 것이다.

1. 기자정성(祈子精誠)에 의한 출생 인물

우리가 잘 아는 『춘향전』에서 월매가 명산인 지리산을 찾아가 정성을 들인 관계로 춘향을 낳아 승상부인에 오른 것이라든지 『심청전』에서 심청이 곽씨가 명산대천에 빌어 심청을 낳아 그 정성으로 왕비로의 신분상승을 이룬 것은 미형의 생명에 의한 정성이 뒷받침되었다고 할 수 있다.

우리는 부모들이 자녀를 낳기 위해 명산을 찾아가 기자정성(祈子精誠)을 행했다는 말을 들었다. 대개 이러한 정성은 생명탄생 이전의 아직 형체를 이루지 않은 본 조항의 미형을 의미하는 것이다. 대개 부모들은 명산을 찾아가기 전 목욕재계하고 천지신명(天地神明)께 치성(致誠)을 다하면 그 후 자녀를 두는 것으로 믿었다.

이러한 기자정성은 웅녀가 태백산의 신단수 아래서 빌어 단군을 낳은 유래를 수용한 것이다. 한국 서사문학에 나타난 춘향, 심청 등은 기자정성에 의해서 태어난 인물이니, 단군신화의 수용으로 볼 수 있다.

『유충렬전』에서의 유심은 세대명가의 자손으로 대명영종황제(大明英宗皇帝)의 신하로서 부러워할 것이 없는데 슬하에 일점혈육이 없는 일로 슬프게 살아간다. 부인 장씨 또한 남편이 슬퍼하는 모습을 볼 때마다 슬픈 감정을 억제하지 못한다. 장씨는 남들도 명산을 찾아가 기자정성을 들여 아들을 낳는다고 하여 남편에게 기자정성을 한 번 하자는 말을 건네는 것이다.

> 상공의 무후함은 소첩의 박복한 탓인 줄로 아오. 첩의 죄를 논하자면 벌써 버리셔야 할 것인데, 상공의 은덕으로 지금까지 부지하오니 부끄러운 말씀 어찌 다 할 수 있겠소. 듣자오니, 천하의 절승 한 산이 남악

의 형산이라 하오니, 수고를 생각하지 말고 산신께 발원하여 정성이나
들여 봅시다.

유심은 장씨의 소원으로 삼칠일 재계를 하고 소복으로 정성껏 단장하
고 제물과 축문을 갖추어 가지고 부인과 함께 남악 형산어 찾아가 제단을
마련하고 제물을 차려 놓고 분향 제배하고 유심이 축문을 읽었다.
지성이면 감천이라는 말이 있는 바와 같이 일몽을 얻어 태몽에 한 선관
이 청룡을 타고 내려와 장 씨 부인에게 말을 한다.

<blockquote>
나는 청룡을 차지한 선관인데, 익성이 무도하기 때문에 상제께 아뢰어
익성을 주라 하여 다른 방으로 귀양을 보냈도다. 그러나 익성이 글로
함험하여 백옥루 잔치 때에 익성과 대전한 후로 상제께 득죄하고 인
간에 내치게 되어 갈 바를 모르던 중 남악산 신령들이 부인 댁으로 지
지해서 왔으니, 부인은 애휼하오소서.
</blockquote>

선관은 청룡을 풀어 놓아 장씨 부인 품에 달려들어 놀라 깨어 일어났다.
장 씨는 이날부터 태기가 있어 충렬을 낳았다. 충렬은 기자정성에 의해서
태어났다. 그는 청룡의 운명으로 태어난 관계로 초년은 고생하고 후에는
왕이 될 운명이다. 그는 승상에서 달왕에 오른 것은 청룡의 운명으로 태어
난 것을 의미한다.
충렬은 부모의 깨끗한 마음가짐과 지극한 정성으로 출생하였는데, 단군
신화의 수용이었다고 본다. 요즘도 명산을 찾아가 기자정성을 행하는 이
들이 있는데, 이는 단군시대 웅녀의 기자정성이 오늘날까지 이어져 내려
오는 풍습이라 할 수 있다. 기자정성에 의해 서사문학에 태어난 인물은 대
개 위대한 인물이므로, 민속상으로 많이 행해졌다.

2. 기자정성(祈子精誠)의 주인공

요즘도 아들을 낳기 위해 젊은 부부가 명산을 찾아가 기자정성을 행하
는 이들이 있다는 말을 듣는다. 작가들은 나름의 아이디어로써 명산을 찾

아 제단에서 제상을 차리고 아들 낳기를 발원하는 소재로 하여 작품을 쓰면 독자들이 요즘도 이런 일을 행하고 있다는 것을 신기하게 생각하고 읽을거리가 될 것이기 때문이다.

아들을 낳기 위해 백방으로 노력했으나 허사로 끝나 수목이 수려하고 맑은 물이 흐르는 명산을 찾아 제물을 차려 놓고 천지신명에게 정성을 다하면 아들을 낳았던 이들이 많아 한번 소원이 없이 해 보는 것이다.

명산에는 맑은 공기와 물이 지천으로 많으니, 오염된 속세의 풍진을 떨쳐 버리고 천지신명에게 정성을 바치니, 명산의 기운이 몸에 스며들어 임신이 되는 수도 있다.

작가들은 선인들이 행한 기자정성을 충렬이나 춘향과 심청을 스토리텔링으로 나타내면, 젊은 부부들이 자녀를 낳기 위해 선인들이 마음가짐을 바르고 깨끗이 했던 바를 몸소 행하게 될 것이다.

제141사(事) 생아(生芽: 싹이 틈): (愛 6範 39圍)-춘향의 인간 형성-

제141사(事) 생아(生芽)란 '싹이 틈'을 이르니, 처음부터 사랑함을 일컫는 말이다. 곡식이 싹이 난다는 것은 시작이고, 열매를 잘 맺는다는 것은 유종의 미를 거둠을 의미한다. 추수 후 양질의 열매는 씨앗으로 골라 다음 해 종자로 삼아 가꾸면 많은 양의 곡식을 생산하게 된다.

인간생활은 농사를 짓는 부지런함으로 살아가면 좋은 방법이다. 그 예는 일 년 사시절에 따라 곡식이 열매를 맺는 과정과 같은 방식이다. 사람은 너무 조숙하여 빨리 성공해도 잘못되는 수가 있으므로 농작물을 수확하는 방법과 같이 기다려야 하는 대기만성형의 인간이 바람직하고 좋은 일이라 생각한다.

작가들은 인재의 탄생을 나무를 키우는 방법과 비유해서 작중에 나타내면 독자들이 자녀를 키울 때 너무 서둘지 않을 것이다.

우리는『춘향전』하면 춘향이 곧은 절개로 살아간 사람됨을 떠올리게 된다. 춘향이 바른 인간으로 성정할 수 있었던 것은 모친 월매의 가르침이다.

마치 그 비유는 나무를 가꾸는 일이나 곡식재배로 볼 수 있다. 나무를 키울 때는 온대지방인 한국에선 100년을 키워야 집을 지을 수 있는 기둥감이나 대들보가 된다. 국가백년대계의 인물은 100년 성장으로 키워야 국가 동량지재(國家棟梁之材)로 키울 수 있다.

월매는 춘향이 어릴 때부터 사람됨의 교육으로 키웠다. 월매는 퇴기이므로 딸 춘향이만은 누구보다도 잘 키워 자기와 같이 살게 하지 않으려고 사람됨을 철저히 가르쳤다. 월매의 육아법은 나무를 심어 놓고 거목으로 자라게 하는 배려로 가지도 쳐 주고 가물 때는 물도 주고 병충해가 발생하면 잘 자랄까를 염려하여야 하고 태풍이 몰아닥칠 때 꺾이지 않을까를 생각하여 버팀목도 설치해 주는 등 세심한 배려로 키웠다.

춘향의 외모가 미인의 용모인 월태화용(月態花容)과 행동을 수중지연화(水中之蓮花)와 같이 자랄 수 있었던 것은 월매가 키울 때 몸이 수척하거나 비대해지면 거기에 맞는 육아법으로 키운 데 남다른 외모와 교양을 지녔다.

춘향의 사람됨은 월매의 자식 사랑으로 춘하추동에 맞게 기다림의 대학으로 키워 미인(美人) 중의 미인(美人)의 외모를 지니며, 바른 마음을 지니며 자란 것이다. 춘향의 인간형성은 어려서부터 모친의 원대한 사랑으로써 키워 일편단심의 인물로 키워 본 조항과 상통하는 면기 있다. 그 내용을 소개하면 다음과 같다.

제141사(事) 생아(生芽): (愛 6範 39圍)(애, 6째 본보기, 39번째 범위)

生芽者는 物之始也라. 凡愛物者는 愛物之始에 慮有中廢하며 克待晚榮하니 結果則反之니라.

해석: 싹이 난다(生芽) 함은 만물의 시작이니라. 무릇 만물을 사랑하는 일은 만물을 사랑하

는 시초에 혹 중간에 그만둘까 염려하며 마침내 늦게 번영함을 기다리고, 그 결과를 맺으면 처음으로 돌아오느니라.

만물을 사랑하는 사람은 만물의 씨앗부터 아끼고 사랑한다. 혹시 그 싹이 중도에 나지 않을까를 검토하고 씨앗을 심어야 한다. 파종을 하는 사람은 씨앗을 심었을 경우 병충해로 인해 중간에 잘못되지나 않을까 걱정하며 잘 자라기를 보살피고 좋은 열매를 맺을 때까지 기다려야 한다.

나무를 키우는 정성은 부모가 자식을 키우는 일과 너무나 비슷하다. 자식이 너무 조숙하면 부모가 걱정을 하며 자라는 과정을 살펴야 한다. 나무의 경우 양질의 씨앗은 사람들이 심고 가꾸는 정성에 비례해서 거목으로 자라게 된다. 거목은 꽃을 피워 향기를 발산해 사람들의 마음을 상쾌하게 할 뿐만 아니라 뭇 새들의 서식처가 되어 새소리로 인해 사람들의 마음을 순화시켜 주는 역할도 한다.

거목은 사람들의 마음을 순화시켜 줄 뿐만 아니라 청량한 공기도 마시며 살게 되니 건강한 몸을 지닐 수 있다. 뿐더러 나무는 정자(亭子)로서 사람들의 휴식공간으로의 안식처가 되고 풍치림으로 아름다운 자연경관을 이루어 일석삼조(一石三鳥)의 효과를 거두게 된다.

농부는 농경에서 파종을 한 후 싹이 트게 되면 곡식을 정성으로 키우면 재배에 힘쓰고 결실 후 거둬들이면 한 해의 농사는 마무리 짓게 되는데, 다수확이면 집안이 풍성하게 지낸다. 농경국가에서 곡식이 많은 것보다 더 좋은 일이 없을 것이다. 식량이 태부족이었던 시절에 풍족하게 사는 것은 부귀영화를 누리는 첫째 조건이다. 그 조건은 씨앗을 잘 가려 종자로 삼고 파종기에 어린아이를 키우듯 잘 살펴야 한다.

요즘은 곡식을 가꿀 때 과학적인 영농을 하게 되어 다수확도 가능하다. 작물 재배를 수시로 살펴 거름과 비료를 적당히 주고 가을 추수기까지 기다리면 자식을 키우는 정성과 비례된다. 사람을 키우는 것도 정성을 다하고 기다리면 대기만성(大器晚成)형으로 키운다.

1. 『춘향전』에 나타난 춘향의 인생과정

『춘향전』은 춘하추동의 이치로 구성되었는데, 춘향의 인격형성도 농경에서의 춘하추동 이치로 이뤄졌다. 다시 말해 춘향의 신분상승은 봄→파종 후 싹은 춘향이 이 도령과 만남, 여름→싹을 가꿈이니 이 도령과 춘향의 사랑이 열정적, 가을→추수기이나 이때 찬바람이 일기 시작하는 숙살(肅殺)의 기운으로 춘향이 수난을 만남, 겨울→동장(冬藏)의 계절이나 춘향이 수청거부로 옥살이를 할 때다. 춘향은→초춘(初春)→중춘(仲春)→계춘(季春)에 이르러 꽃이 만발하여 꽃향기가 발산하는 계절에 춘향이 정승의 아내가 되었다. 이때는 이 도령과 부귀영화를 누리게 된 과정이니, 일 년 사시절의 농경과정과 부합된다.

춘향은 월매의 기자정성으로 태어나 처음부터 사랑을 받아 왔다. 춘향은 기생의 딸이지만 어려서부터 여성이 지녀야 할 예절교육을 배워 변 사의 수청을 거절하고 절개를 고수하게 되었다. 이로 인해 춘향은 승상부인·정렬부인에 올라 부귀영화를 누렸다. 춘향의 신분상승은 어려서 여자로서 지켜야 할 도리를 배워 강권자 앞에서도 인간미질인 절개를 지켰기 때문에 이뤄진 것이다.

춘향이 성공할 수 있었던 것은 모친의 지극정성으로 이뤄졌다고 보고, 본 조항과 뜻을 같이한다.

2. 작중인물의 대기만성형 인재 배출

작가는 작중의 인물을 대기만성형으로 나타내면 요즘 경쟁적인 자식 키움에 대해 다소 완화시킬 수 있으리라 본다. 곡식의 재배는 농부들이 씨앗부터 잘 추려 양질의 곡식을 생산하면 다시 다음해에 그 씨앗을 뿌려 좋은 싹이 트게 하여 다수확을 기한다.

이와 같은 정성은 곧 등량지재(棟梁之材)로 키울 수 있는 방법이니, 작가는 부모가 자식을 키우는 정성을 곡물을 재배하는 과정으로 춘하추동에 맞춰 기다림의 미학으로 자식을 키우면 대기만성의 국가 동량지재로 인재를 배출할 수 있는 방법이 될 것이다. 한국은 온대지방에 위치해 있으므로 춘하추동에 맞춰 살아가게 된다. 작가들이 계절과 어울리는 인재를 키우는 방법을 나타내면 독자들이 친근감으로 읽을 것이다.

작가는 한국인의 특성에 맞는 작품을 쓰면 되는데 인재를 키울 때 '빨리빨리'식에서 벗어나 대기만성형으로 키워야 훌륭한 인재가 배출되는 내용으로 작품을 출간해야 한다. 현대 한국인이 조급성에서 벗어나는 생활을 고치는 일은 친자연적으로 살아가는 것이 가장 좋은 방법이며, 그 개선이 필요한 때이다.

제142사(事) 관수(寬邃: 너그럽게 이룸)−처용의 관용미−

본 조항의 관수(寬邃)는 '너그럽게 이룸'이란 뜻이니, 너그러운 때에 일이 이뤄지게 된다고 할 수 있다. 대개 도량이 넓은 사람은 너그럽게 사람을 대하며 여기에 따르는 즐거움을 맛보게 된다. 이 세상에서 기분 좋게 대해주는 데 싫어할 사람이 없는 것이다. 이런 경황은 즐거움을 주는 측이나 받는 측이 좋은 일이니, 상호 간 즐거움을 맛보게 된다. 작가는 상호 간 즐거움으로 대하고 받는 내용으로 작중인물을 등장시키면 독자들의 기분도 즐거움으로 전환시켜 줄 것이다.

『삼국유사』(三國遺事) 권(卷)2 「처용가」(處容歌)에는 처용은 자기 아내와 동침하는 역신(疫神)에게 분풀이를 하지 않고 가무(歌舞)를 행하여 즐겁게 해 주어 역신이 그의 관대한 행위에 대해 앞으로 처용의 화상만 보면 나타나지 않겠다고 물러났다.

역신은 마마(천연두)를 퍼뜨리는 귀신이다. 처용은 이러한 무서운 귀신에게 가무를 행해 준 관대함에 감복하여 신라사회를 천연두가 없게 한 것이다. 자기 아내와 동침한 역신에게 관대함으로 가무(歌舞)까지 행해 준 넓은 관대함은 일찍이 어느 나라에서나 문학의 등장인물에게도 없는 일이다. 처용의 관대한 행위는 본 조항과 통하므로, 그 조항을 소개하면 다음과 같다.

제142사(事) 관수(寬遂): (愛 6範 40圍)(애, 6째 본보기, 40번째 범위)

寬遂者는 寬時而觀遂也라. 人이 有我寬則樂하고 不寬則憂者는 不寬이면益我하고 寬이면 妨我者하니 我寬時에 觀其樂遂니라.

해석: 너그럽게 이룸이란 너그러운 때에 일이 이뤄짐을 보는 것이다. 사람에게는 자기에게 너그러운 대접이 있으면 즐겁고, 너그럽지 않으면 걱정하는 것은 너그럽지 않으면 내게 이익이 되고, 너그러움이 있으면 내게 방해되기 때문이니, 내가 너그러울 때 일이 즐겁게 이뤄짐을 보게 된다.

제142사(事) 관수(寬遂)란 너그러운 때에 일이 이루어진다는 뜻이다. 사람이 너그럽다는 것은 통량이 넓다는 것이니, 견문도 넓고 이해성과 사랑도 착함도 지니고 있어 홍익인간이라 할 수 있는 인물로 볼 수 있다. 마음이 너그러운 사람은 여유 있게 대하는 관계로 용서하는 아량도 있는 반면에 너그럽지 못한 사람의 경우 상대방의 마음을 상하게 하고 불쾌하게 한다.

인간 대 인간이란 말이 있듯이 이왕 사람을 대할 때 마음을 언짢게 대할 필요가 없는 것이다. 사람을 대할 때는 상대방을 즐겁게 대하면 결국 자기에게 좋은 일과 즐거움이 돌아온다는 것을 잊어서는 안 된다.

오늘에는 사람들이 사람을 대하는 방법이 잘되어서 상대방 마음을 즐겁게 대해 주고 처음 만날 때부터 악수를 하게 되므로 첫인상부터 즐겁게 맞아 준다. 예전에는 반상(班常)의 차와 사농공상(士農工商)의 신분과 빈부(貧富)의 격차로 차별대우를 받고 살아왔던 것으로 경우에 따라 상대방으로부터 박대를 받는 경우가 많았다. 차별대우를 하는 사람은 예사롭게 한 것이지만 받은 사람의 경우 그 차별대우를 평생 잊지 않고 그 행위자에 대해 생각만 해도 거부감을 느끼게 된다.

오늘에는 대개 자영업자들이 고생을 겪은 후 잘살게 되어, 없이 사는 사람의 처지를 역지사지(易地思之)로 이해할 줄 안다. 예전어는 부모의 재산을 대대로 물려주는 관계로 고생을 모르고 잘사는 관계로 자기보다 못한 사람을 얕보는 경향이 많았다. 오늘에는 세계적 부호도 어려운 형편에 있는 사람을 돕는 형편이니, 세상은 변하고 변해 사람들이 너그럽게 대해 주어 언짢게 하지 않는다.

1. 『처용가』에서의 처용 관대함

우리 문학에서 관용미(寬容美, das Tolerasnz Schöne)를 베푼 이를 든다면 『처용가』의 처용을 들 수 있다. 그는 역신(疫神)이 자신의 아내와 간통하는 장면을 목격하였으나 울분의 마음을 삭이기 위해 그 고뇌를 정화하기 위해 노래와 춤으로 대해 준다. 이러한 관대한 마음은 성인의 교훈이나 어느 나라 문학에서 찾아보기 어려운 것이다. 처용의 관대한 처사는 하늘의 마음을 느낄 수 있게 한다. 처용이 역신에게 춤을 추었다는 신라의『처용가』는 다음과 같다.

> 서울 밝은 달에/밤새도록 놀다가,
> 들어와 자리를 보니/다리가 넷이어라.
> 둘은 내해거니와/둘은 뉘 것인고?
> 본디 내 것이다마는/빼앗긴 것을 어찌하리?

『三國遺事』 卷2 「處容歌」

처용의 넓은 도량에 감복한 역신은 처용이 너그럽고 통량이 넓고 아량 있는 사람으로 대하여, 처용에게 현신(現身)하여 무릎을 꿇고, 앞으로 처용의 화상(畵像)만 봐도 나타나지 않겠다고 한다. 이 일로 나라 사람들은 처용의 형상을 문에 붙여서 역귀(疫鬼)를 물리치게 되었다. 처용은 역신에게 넓은 아량으로 대해 주어 도리어 역신이 나타나 용서를 빌게 된다.

처용이 역신에게 베푼 도량은 고귀함(nobility) · 온정미(das Warmherzigkeit Schöne, das Wärme Schöne, das Mild Schöne) · 관용미에 해당한다고 할 수 있다. 귀신은 양성 앞에 힘을 쓰지 못하고 도망가게 되어 있는데, 처용이 자기 아내를 품고 자는 역신에게 노래를 선사한 것은 관용미에 해당한다.

2. 처용의 관용미를 작품으로 형상화

작가들은 본 조항을 근거로 하여 처용의 관용미를 스토리텔링으로 나타내면, 사람들의 심성을 순화하게 되어 상호 간 이해심고 협동심을 불러일으켜 사람 간에 인정을 베푸는 사회를 이루게 될 것이다.

처용의 관대함은 세계문학에서도 찾아보기 힘든 자료이다. 사람에 따라서 자기 아내와 정을 통한 사람과 합의 아래 용서를 하는 사람도 있지만, 그 상열(相悅)의 장견을 목격하고 노래와 춤을 베풀어 주는 사람은 없을 것이다.

역신이 처용의 처사에 대해서 감복하고 앞으로 처용 화상만 보이면 나타나지 않겠다고 하여 물러났다. 역신은 천연두 마마를 펴지는 악신이다. 물론 처용이 탈을 쓰고 역신이 자기의 아내와 정을 통하는 장면은 정월 보름달 밝은 날 신라인어게 천연두를 물리치는 날에 연희(演戲)를 한 것으로 본다. 귀신은 사람들보다 여자를 좋아한다. 특히 귀신은 미인이라면 사족을 못 쓸 정도다. 정월에는 천연두가 퍼지는 때 신라인에게 천연두를 퇴치하는 연회를 처용과 아내와 역신 삼자를 등장시켜 역신을 퇴치하는 장면을 사람들에게 연극을 한 것이다.

귀신은 음성을 띠고 있으므로 처용이 양성으로 무장한 탈을 썼다. 그 탈에는 복숭아로 만든 귀걸이와 붉은 모란으로 장식되고, 노태와 춤 또한 양성(陽性)이므로 귀신이 싫어한다. 그래서 처용이 가무(歌舞)를 행한 것이다.

처용이 역신에게 가무로 행한 것은 아직까지 음양론으로 밝히지 못한 것을 작가가 『처용가』에 대해 작품을 쓰면 한국만이 아니고 신한류(新韓流)를 불러일으키리라 믿는다.

제143사(事) 온양(穩養: 편안하게 길러 줌)-유리왕을 칭송한
『도솔가』-

　　본 조항의 온양(穩養)은 '편안할 (온)' 자(字)이고, '기를 (양)' 자(字)이므로 '편안하게 길러 줌'이란 뜻이니, 버림받는 사람들을 거두어 편안하게 자라도록 돌본다는 말이니, 사랑정신이 함축되어 홍익인간의 정신을 나타내는 기본골격이라 할 수 있으니, 사랑정신의 승화라 할 수 있다.

　　작가는 신라 제3대 유리왕이 기한(飢寒)으로 죽어 가는 노인을 구한 내용을 역사소설로 쓰면 독자들이 관심 있게 읽을 것이다.

　　유리왕(儒理王)에 대해서는 소개한 바 있다. 왕은 민정을 살피고 직접 백성이 살아가는 현장을 찾았다. 그런데 유리왕은 기한(飢寒)으로 환과고독(鰥寡孤獨)으로 죽어 가는 백성들을 접하게 된다. 왕은 이들을 가엽게 여기고 어의를 벗어 주고 이들을 자활할 수 있도록 신하에게 명하여 실제로 이들을 구제하여 그 소문이 널리 알려졌다. 백성들을 감격하여 백성들 스스로가 『도솔가』(兜率歌)를 지어 불렀다고 하는데 그 가사가 전하지 않는다.

　　그 가사는 성은(聖恩)이 감사하여 태평세대를 이루었다는 내용으로 지어졌을 것으로 추측해 볼 수 있다. 유리왕(儒理王)의 치적은 『도솔가』(兜率歌)에 들어 있었겠으나 전하지 않으니, 미루어 보건대, 본 조항과 상통하는 바가 있으니, 그 조항을 소개하면 다음과 같다.

　　제143사(事) 온양(穩養): (愛 6範 41圍)(애, 6째 본보기, 41번째 범위)

穩養者는 安以養之也라. 有物無依하여 孤危且患하면 收以養
온양자　　　안이양지야　　　유물무의　　　고위차환　　　수이양
之하여 安其成 長하고 養之有地하여 相質就業이니라.
지　　　안기성 장　　　양지유지　　　상질취업

해석: 편안히 기른다(穩養) 함은 편안하게 그 몸을 기르는 것이니라. 사물이 있는데 의지할

곳이 없으면 외롭고 위태로우며, 또한 환난이 있다면, 거두어 양육하고 그 성장을 편안하게 하고, 양육과 마땅한 장소를 마련하여 그 바탕을 도와주어 생업에 나아가게 하니라.

홍익인간의 정신은 무의탁 사람들을 자립할 때까지 길러 주는 관계로 후원자의 경우 이들이 훗날 훌륭한 인물이 되었을 때 보람과 함께 즐거움을 느낄 것이다.

더구나 한민족은 단군의 나라를 세운 이념이 홍익인간이고 그 후 예의지국(禮儀之國)으로 칭송하여 왔다. 21세기 한국은 OECD(Organization for Economic Cooperation and Development: 경제협력개발기구) 30개 회원국 30개 중 11~13위를 따라 오르내리고 있고, GNI(Gross National Income: 국민총소득)은 세계 10위이고 1인당 GNI는 2만 달러 정도로 이르는 나라에서 의지할 것 없는 어린이나 노인들을 돌봐 주지 않으면 안 된다.

더구나 다른 나라에 어려운 일이 있으면 돕는 차제에 노약자가 살 방침을 마련하지 않으면 나라의 체면을 구기는 일이다. 다행히 이들 무의탁자들을 위해 나라에서 기초생활자들에게 다소의 생활비를 보조해 주고, 민간단체에서 돕고 있기는 하지만 근본적인 대책이 있어야 하겠다.

예전과 같이 가난은 나라도 돕지 못한다는 말은 21세기 한국에서 어울리지 않는 말이다. 외국 노동자들이 수십만 명이 한국에 와서 일하고 있는 상황에서 불우한 처지에 있는 사람들을 돌봐야 한다. 어린이들이 자라 교육을 마치면 직장도 마련해 주어야 책임을 다하는 것이고, 문화민족의 사명을 다하는 것이다.

1. 유리왕(儒理王)의 구제와 『도솔가』(兜率歌)

우리 역사상에는 위정자가 무의탁 사람을 보살펴 준 임금은 많았으나 그중 신라 삼대 유리왕(儒理王)을 들지 않을 수 없다. 그는 환과고독(鰥寡孤獨)으로 자활할 수 없는 사람을 살아갈 수 있도록 구제해 백성들이 스스로 『도솔가』(兜率歌)를 지어 널리 불러졌다고 전한다.

다시 말해 유리왕은 국내를 순시 중에 기한(飢寒)에 죽어 가는 노인에게 어의(御衣)를 벗어 덮어 주었으니, 임금다운 인간미가 풍긴다고 할 수 있다. 임금이 손수 기한(飢寒)에 떠는 백성에게 어의를 벗어 백성을 사랑했다는 것은 휼민(恤民)의 정신이 아니고서는 실천하기 어려운 일이다. 그 휼민(恤民)은 임금이 심장에서 우러나는 구제미의 승화니, 홍익인간의 정신이라 할 수 있다.

신라 3대 유리왕(儒理王)은 관리에게 명하여 환과고독(鰥寡孤獨)과 스스로 생활할 수 없는 사람들을 살도록 마련해 주었다. 이로 인해 이『도솔가』(兜率歌)는 백성들이 성은에 감격하여 유리왕의 인정(仁政)과 국가의 번영(繁榮) 등을 축복하고 송도(頌禱)하는 내용이 들어 있었을 것이니, 고귀함(nobility)과 숭고미의 정신이 함유되어 있는 내용이라 할 수 있다. 그러나 그 노래는 전하지 않아 안타까움을 더한다.

신라는 단군의 숭고한 홍익인간 정신인 사랑이 박혁거세 신화에서도 반영되고 있어 유리왕(儒理王)에게도 수용된 것으로 본다. 신라가 삼국을 통일한 배경에는 단군의 홍익인간 정신이 바탕을 이루었다는 것을 부정해서는 안 될 것이다.

더구나 신라의 화랑정신이 홍익인간의 정신으로 그 바탕이 이뤄졌다는 것을 잊어서는 안 된다. 홍익인간의 정신과 유리왕의 인간미는『천부경』의 완성수 십(十)에 이른 사랑이라 할 수 있다. 그 사랑은 완성미에 이르렀다.

2. 유리왕(儒理王)의 치적 찬양

작중의 무의탁 사람을 돕는 내용은 유리의 치적을 내용으로 하면 좋을 것이다. 아직 유리왕의 치적과 백성들에 의해『도솔가』(兜率歌)가 자연발생적으로 널리 불린 경위에 대한 소설이 나오지 않았으니, 그를 소재로 지으면 독자들이 관심을 기울이게 된다.

그 임금은 원대한 사랑으로써 무의탁생명을 거두어 편안히 살게 했으니, 본 조항의 내용과 통하는 정치를 베풀었다.

작가는 유리왕과 같이 환과고독(鰥寡孤獨)으로 살아갈 수 없는 사람들을 살아가게 한 인정(仁政)을 베푼 사실과 작가 나름의 박진감 있는 구성과

탄탄한 줄거리를 절묘하게 조합하여 픽션역사소설을 쓰면 독자들이 흥미진진하게 읽을 것이다. 신라는 단군의 영향이 역력하므로 그 임금을 홍익인간의 마음으로 나타내면 독자들과 위정자가 인정을 본받은 데 도움을 줄 것이다.

제144사(事) 극종(克終: 끝맺음을 잘함)-『홍길동전』의 율도국-

본 조항의 극종(克終)이란 '능할 극(克)' 자(字)이고, '끝날 종(終)'이ㄴ, '끝맺음을 잘함'을 뜻하므로 마무리를 잘함을 말한다.

사람은 마무리를 잘해야 자기가 한 일을 완성한 것이 된다. 유종의 미를 맺지 못하는 노력은 헛수고에 불과하니, 결실을 얻기 위해서 끝까지 힘써 할 것이다. 대개 원대한 뜻을 가진 사람은 자기가 하는 일을 어느 일이든 유종의 미를 거두었다는 것을 소개하지 않을 수 없다. 작가는 입지전적인 사람이라고 하는 이들의 경우 유종의 미를 거둔 사람이므로 이들에 대해서 그 내력으로 작품을 쓰면 독자들이 끝까지 힘을 다하는 자세를 배우는 데 도움을 줄 것이다.

『홍길동전』은 17세기 허균(1569~1618)이 사회변혁을 이루기 위해 지은 소설로 전하는데, 흔히 이 소설의 성격을 사회소설·혁명소설·반항소설이라 규정한 것은 사회적 변혁과 밀접한 관계를 이룬다. 특히 길동이 내륙인 육지를 떠나 율도국을 세웠다는 내용은 주몽이 동부여를 떠나 졸본부여로 남하하여 고구려를 세운 것과 유사하다. 길동이 바다 가운데 율도국을 세운 것은 주몽이 엄수를 건너 물이 흐르는 비류국의 송양을 홍수로써 굴복시켜 고구려를 세운 것과 비슷하다.

『홍길동전』은 원초으로 다양한 내용으로 구성되어 있는데, 중국소설→국조신화→주몽신화→민담→설화→고소설→역사적 실재사건 등에서 수용되었던 것으로 인해 범문학적인 성격을 띠고 있다는 것을 밝혀 둔다.

역사적인 내용으로 허균이 살았던 때는 광해군 시대니, 현실이 암담했다. 여기에 적서(嫡庶)의 차별은 심하고 사농공상(士農工商)으로 상인(商人)은 천대로 사회 밑바닥에 처하며 살아갈 때, 허균이 혁명적인 과업을 이루었다. 허균은 서자로서 발붙이고 살아가기 어려워 섬나라를 개발하여『홍길동전』의 주인공 길동이 왕이 되었다.

또 길동은 양반유자들이 천시하는 상업을 하여 많은 돈을 벌어들이고, 더구나 율도국을 개발하여 많은 농산물을 일본 장기로 수출하여 돈을 벌어들였으니, 양반들의 시대착오적인 생활을 뒤엎는 발상이다.

길동은 율도국의 왕위에 오르기까지 차별대우를 받았으나, 고루한 양반들의 삶을 고치기 위해 초지일관으로 행하여 율도국이란 이상국을 세워 유종의 미를 거두었다. 길동이 율도국을 세운 것은 본 조항과 상통하는 의미를 지니므로 그 조항을 다음과 같이 인용한다.

제144사(事) 극종(克終): (愛 6範 42圍)(애, 6째 본보기, 42번째 범위)

克終者는 善其終也라. 愛始不愛終이면 物無終局이니 老蠶이
落枝면 尺絲를 何得이리요. 愛物에 必克終이니라.

해석: 이기어 마친다(克終) 함은 그 끝맺음을 잘하는 것이라. 사랑으로 시작하여 사랑으로 마침이 없으면 사물에 끝이 없음과 같으니, 늙은 누에가 뽕나무 가지에서 떨어지면 한 자의 실을 어찌 얻겠는가! 사물을 사랑하는 데에는 반드시 마침을 잘해야 하느니라.

우리는 일상생활에서 유종의 미를 거둔다는 말을 많이 한다. 끝을 잘 마무리 짓는다는 것은 아름다운 것이다. 대개 세속인들은 처음 시작은 환심을 사기 위해 잘하지만 이용가치가 없을 땐 배신하는 이들이 더러 있다. 그래서 사람들은 유종의 미를 자주 쓰이는 것으로 볼 수도 있지만, 그보다는 매사의 끝을 마무리 잘할 때 아름다우므로 끝을 잘 맺어야 함을 이른 말이다. 그 예는 농경문화에서 볼 수 있는데 겨울, 봄, 여름 동안 땀 흘려

농사를 지었다 하더라도 가을에 게을리하면 추수할 것이 없게 되는 경우와 같은 이치다.

제144사(事) 극종(克終)이라 함은 마무리를 잘 맺는다는 뜻이니, 끝을 잘 맺기 위해서는 시작부터 하나(一)의 마음으로 일관해야 하는 것이다.

성실한 마음과 사랑하는 마음으로 시작하여 끝을 잘 맺지 못하면 노이무공(勞而無功)이란 말이 있듯이 아무 소용이 없으니, 헛수고를 한 것에 불과하다. 본 조항에서 예를 든 바와 같이 늙은 누에가 한참 실을 감다가 뽕나무 가지에서 떨어지면 한 자의 명주실을 얻을 수 없는 것과 같은 이치다. 사물은 사랑함에 있어서는 끝맺음을 잘해야 한다. 천재지변으로 가을 작물의 추수를 앞두고 터풍이 몰아닥치면 많은 비를 뿌려 논바닥이 물바다를 이루는 경우는 인력으론 불가항력적이니, 어찌할 수 없는 일이다. 그러나 사람이 하는 일은 어느 일이든 성실과 사랑하는 마음으로써 초지일관으로 나아가면 헛수고가 되는 일이 없이 유종의 미를 거둔다.

1. 『홍길동전』에서 길동의 율도국

『홍길동전』은 17세기 허균이 지은 소설로 전하는데, 길동이 율도국을 세워 이상적으로 다스렸다는 내용으로 되어 있다. 허균이 『홍길동전』을 지은 것은 혁명사상으로 부패한 정치를 바로잡기 위해 율도국을 세웠다. 그는 육지 밖 바다 한가운데 무인도를 개발하여 율도국을 세웠는데 가상적인 환상의 나라이다. 그가 육지와 동떨어진 바다 한가운데 율도국을 세운 것은 내육(內陸)에서 철두철미 유가제도로 되어 있기 때문에 모순과 부정비리를 척결할 수 없어 무인도에서 나라를 세웠다.

길동이 율도국 왕위에 올라 다스린 지 3년 만에 태평국을 세웠는데, 백성들을 사랑으로 다스린 데서 이뤄진 것이다. 길동은 홍 판서의 아들로 태어났으나 서자(庶子)로 태어나 적서차별(嫡庶差別)로 인해 많은 박해를 받아 왔던 터라 환멸을 느낀 나머지, 조선을 떠나 바다 밖에서 율도국을 세워 차별의식이 아닌 무차별로 백성을 사랑으로 다스렸다. 길동이 세운 율도국은 지구 상에 없는 가상의 나라이지만 백성을 이상적으로 다스렸다는 데 의미가 있다.

말하자면 작자 허균은 광해군 혼정으로 인한 부패와 적서차별 인륜 강상(綱常)의 해이(解弛) 등을 바로잡기 위한다는 명목으로 이와 상대적인 태평한 나라를 세운 것으로 이해하면 될 것이다. 길동은 내륙에서 율도국을 세우기까지 험난한 세파에 시달리기도 했으나 백성을 사랑하는 한결같은 마음으로 다스려 유종의 미를 거둔 것이니, 본 조항과 통하는 의식이다.

끝을 잘 맺는 것은 한결같은 마음으로써 살아야 함을 일컫는데,『천부경』의 끝맺음에 대해 "일종무종일"(一終無終一: 하나(一)의 끝남은 끝없는 하나(一)에서 마친다. 끝은 다시 순환함, 끝이 없음을 나타냄)이라고 했다. 끝맺음을 잘해야 시작이 있게 된다.

우리는 유종(有終)의 미(美)라는 말을 일상생활에서 자주 사용하는데, 다시 시작이 있다는 말로 이어지니,『천부경』의 이치로 본 조항과『홍길동전』에서 길동의 율도국을 유종의 미로 다스린 경과를 이해할 수 있으리라 본다.

2. 유종의 미를 나타낸 작품

작가는 유종의 미를 거두는 작품을 쓰게 되는데, 주인공이 어려운 역경을 이겨 내고 성공하는 내용으로 마무리를 맺으면 흔히 그 작품이라 할 수 있다.

일상적이고 상식적인 내용은 독자들이 싫어하게 되는데, 좀 더 거시적인 내용으로 누가 손을 대지 않은 부분을 개척하는 내용으로 각고의 노력으로 유종의 미를 거두는 내용으로 작품을 내면 독자들이 관심을 기울일 것이다.

요즘 한국사회는 양극화로 인해 많은 국민들이 갈등을 겪으며 살아간다. 이 갈등 문제를 해결하는 일은 경제 활성화가 이뤄져야 특히 가진 자와 못 가진 자와의 간격이 좁혀진다.『홍길동전』은 무인도를 개발하여 이상국을 세움으로써 백성들이 신분과 빈부의 격차를 해결해 예의지국(禮儀之國)을 세웠다.

작가들은 요즘 양극화 현상을 해결하는 문제는 경제문제를 해결하는 문제니, 단군이 366사(事)로 백성들을 가르침으로써 물질이 풍부한 홍익인간의 이화세계를 세운 것을 본으로 주인공을 나타내면 양극화 현상이 해결되리라 믿는다.

홍익인간의 이상국은 모든 행함을 천리대로 살아가는 것이니, 어렵게 생각할 필요가 없다. 그 내용은 366사(事)를 이해하는 일이니, 작가가 한 번 그 내용으로 작중에 주인공을 나타내면 된다.

제145사(事) 전탁(傳托: 전하여 맡김)-상해임시정부의 개천절 행사-

본 조항의 전탁(傳托)은 '전하여 맡김'이란 자기가 못다 한 일을 남에게 부탁하여 일을 마친다는 말이다. 작가는 상해에서 1919년 4월 11일 독립운동가들이 임시정부를 세운 내력에 대해서 작품을 쓰면 독자들이 새로운 감회에 젖어 읽을 것이다. 이해 3·1운동은 온 겨레가 일제에 독립 만세를 외친 날로서 그 독립정신을 계승하여 외국에서 나라를 세웠다는 것은 감격스런 일이며 전탁(傳托)의 내용이라 할 수 있다.

1919년 중국 상해에서 한극 독립운동가에 의해 임시정브를 선포한 이후 상해에서 중경(重慶)으로 옮겨 1945년 8·15광복으로 해체될 때까지 독립운동의 중추적 구실을 하였는데, 단군정신으로 세워 10월 3일에 개천절 행사를 매년 실시하였다.

단군이 나라를 세운 지 반간년이 경과되도록 후대 나라들도 기념행사를 행하고, 일제 식민지 치하에서도 중국 상해 임시정부에서 매년 10월 3일 개천절 기념행사를 거행한 것은 나라를 찾기 위한 일이다.

단군을 기리는 정신은 「개천절역」(開天節歷), 『獨立新聞』(1921. 11. 11.)에서 나타난 바와 같으므로 본 조항의 내용을 다음과 같이 소개한다.

제145事 전탁(傳托): (愛 6範 43圍)(애, 6째 본보기, 43번째 범위)

傳托者는 傳物而托也라. 哲人愛物에 必克始終이니 終之非難
이라. 時正不適 이면 傳之托之하여 續我克終이니라.

해석: 전하여 부탁한다(傳托)는 것은 사물을 전하여 맡기는 것이라. 철인은 만물을 사랑함에 반드시 처음과 마침을 잘하니, 그 마침이 어려움이 아니라 때가 바로 맞지 않으면 그것을 전하고 부탁하여 나를 이어 잘 마치게 하니라.

단군은 한민족의 국조이다. 단군의 건국이념은 반만년 동안 계승해 왔으니, 제145사(事) 전탁(傳托)의 의미가 가미된 것이라 할 수 있다. 우리는 외세에 의한 숱한 침략을 받아 왔음에도 매년 어천절(음력 3월 15일)과 개천절(10월 3일)을 국가적으로 행하거나 민간단체에서 고을 단위로 행하여 왔다. 혹독한 일제강점기에는 대종교나 상해 임시정부에서 기념일로 행하였다.

개천절 행사는 『명사』(明史) 속완위여 편(續宛委餘篇)에 상세하게 기록되었는데 나라마다 그 기념하는 명칭이 다르게 나타나 있다. 이에 의하면 부여→대천교(代天敎), 고구려→경천교(敬天敎), 신라→숭천교(崇天敎), 발해→진종교(眞宗敎), 고려→왕검교(王儉敎), 조선→종교(倧敎), 만주지방→주신교(主神敎)의 형태로 소개하고 있다.

일제강점기는 1909년 단군교→1910년 대종교(大倧敎)로 이어졌다. 오늘에는 10월 3일 개천절로 이어져 매년 기념행사를 실행한다.

특히 조선의 태조 때(1392) 예조전서 조박이 상소를 통해 "단군은 동방에서 처음으로 나라를 세운 임금, 평양부에서 철 따라 제사를 지내게"(命平壤府 以時致祭) 상신(上申)한 내용이 『태조실록』 권1 태조원년 8월 경신조에 기록되어 있다. 후세 조선왕조마다 단군 치제(致祭)에 대한 기록이 『조선왕조실록』에 두루 수록되어 있으니, 오늘의 대통령을 위시해 정부각료들이 개천절 행사에 참여하여 단군을 건국영웅으로 받들어야 한다.

단군시대 전해진 유습은 오늘날에도 농촌에서 해마다 음력 10월 상달이면 햅쌀로 고사떡을 만들어 이웃에 돌려 먹는 풍습이 전해지고 도시에도 70년대까지 존속되었으나 현재는 그 풍습이 사라진 지 오래되었다.

일제강점기 상해임시정부에서는 개천절을 10월 3일에 거행했다. 이 연중행사는 오늘에도 전해져 2002년과 2003년 10월 3일에 남북한이 서울과 평양에서 개천절 행사를 거행하여 국조 단군을 기리었다.

1. 『독립신문』에 나타난 상해임시정부 매년 개천절 행사거행

단군을 기리는 제의식이 5,000년 동안 유구한 전통을 이어 온 것이다. 일제강점기에는 단군의 실존을 부인하는 데 앞장을 섰으나 상해임시정부에서 개천절을 매년 기념하였다. 김두봉은 상해시절에 개천절 경축회 석상에서 개천절에 대해 다음과 같이 그 유래를 밝히고 있다.

> 오늘은 단군께서 우리나라를 처음 세우신 건국기념일이다. …… 독립을 선언한 지 금년까지 3년 동안 국경일로 지냅니다. 이제로부터 13년 전에 대종교 곧 단군이 세우신 교가 부흥하게 됨으로부터 그 교중에서는 이날을 기념하여 …… 단군이 건국하신 후 단군조(檀君朝)는 물론이고 그 뒤를 계승한 역대의 모든 나라들이 다 단군의 건국 위업을 기념하기 위하여 월일을 택하여 성대한 의식을 거행한 일이 있었습니다. 역대로 그 기념의 명칭과 의식과 그 월일의 차이는 불무(不無)하나 단군을 건국시조라 하야 그를 불망(不忘)함이 건국을 기념함으로 생각함은 역대의 공통된 정신으로 볼 수 있으며, …… 교조로 신봉하여 기념함도 사실이었습니다.
> 명칭으로 말하면 삼한(三韓)의 천군제(天君祭)라든지 부여(夫餘)의 영고회(迎鼓會), 예(濊)의 두천회(舞天會), 기씨(箕氏)의 보본제(報本祭), 고구려(高句麗)의 동맹회(東盟會), 신라(新羅)의 태백산사(太白山祠), 백제(百濟)의 사중제(四仲祭), 발해(渤海)의 단계축(檀戒祝), 요(遼)의 군수제(君樹祭), 금(金)의 장백산책(長白山柵), 고려(高麗)의 삼성사제(三聖祠祭), 조선(朝鮮)의 숭령전제(崇靈殿祭) 등이 이명동체(異名同體)의 기념(紀念)올시다.
> 기념으로 말하면 삼한(三韓), 부여(夫餘), 예(濊), 고구려(高句麗) 등

모든 나라에서는 전국(全國) 공동거행(共同擧行)으로, 삼한(三韓)은 대표자를 선출하여 국읍(國邑)에 제(祭)하고 그 남아 세 나라는 민중이 회집반축(會集頒祝)하였으며, 기씨(箕氏), 신라(新羅), 발해(渤海), 요(遼), 금(金), 고려(高麗), 조선(朝鮮) 등 모든 나라는 국군(國君)이 친제(親祭)하거나 혹(或) 강향대제(降香代祭) 하였습니다.

金斗奉, 「開天節歷」, 『獨立新聞』, 1921. 11. 11.

위의 「개천절력」(「開天節歷」)을 도표로 나타내면 다음과 같다.

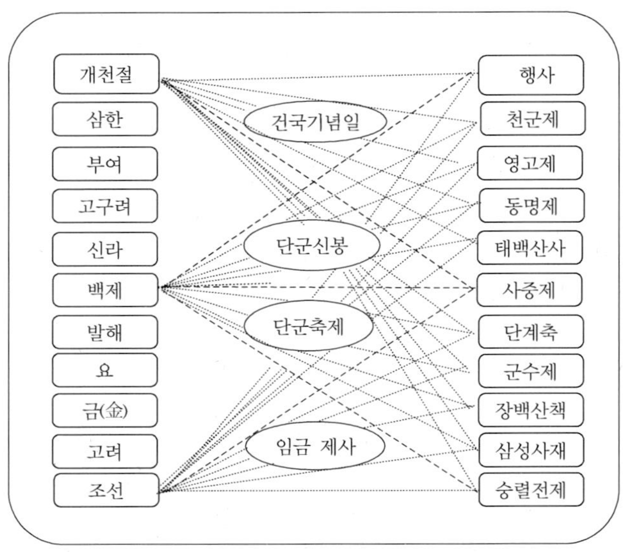

이와 같이 개천절의 유래를 역사적으로 나타내 국조(國祖) 단군을 기려 왔음을 알 수 있고, 상해임시정부에서 개천절을 기념하였다. 그럼에도 오늘에는 이런 유구한 역사를 지니며 단군을 숭배해 왔는데, 친일파의 후손들이나 그 제자들이 이 땅에 들어온 지 150~200년 정도의 외세 종교가 예로부터 단군이 고조선을 홍익인간으로 다스리고 후세인들이 기린 것을 모르고 단군의 존재를 부인하고 개신교 목사가 우상숭배로 매도하여 여러 차례 단군상을 파괴하는 일이 여러 번 발생했다.

이런 잘못된 역사는 기성세대들이 젊은 세대에게 단군이 국조임을 알려 주어야 하는데, 친일파의 후손과 외세종교의 세력이 막강해 제대로 단군에 대한 인식이 결여되어 있는데 원인이 있다. 이들 세력은 개천절 10월 3일이 국경일인데도 기념행사에 참석하는 예가 없다. 노무현 대통령은 성탄절 전야에 부부가 동반하여 참여하였음이 TV에서 시청한 적이 있다. 그러나 임기 중 국경일 중 개천절에 한 번도 참석하지 않고 임기를 마쳤다.

위의 개천절 기념식 축사에서 잘 나타나고 있는 바와 같이 개천절 행사는 상고시대 이래 시행되어 왔다는 것을 알 수 있으니, 반역사적(反歷史的)인 생각을 가져서는 안 될 것이다.

21세기는 남북한이 단군을 역사미(das genchichtlich Schöne)로 개천절을 의미 있게 기려야 할 과제를 남긴다. 2002년과 2003년 10월 3일에 남북한이 서울과 평양에서 개천절 행사를 거행하여 국조 단군을 기리었다. 그런데 한두 번 실행하다가 중지하는 데 문제가 따른다. 기성세대들은 젊은 세대들에게 단군이 나라를 세운 국조이고 개천절 행사를 행한 역사를 알려야 하는데 단군존재를 부정하는 일이 있어서는 안 될 것이다. 21세기 한국인은 단군이 홍익인간으로 나라를 세운 역사를 바르게 인식하는 일에 앞장서야 한다.

단군을 기리는 기념일을 매년 일제강점기 상해임시정부에서 개천절을 10월 3일에 거행했다는 것은 단군정신으로 나라를 찾자는 열망이 들어 있다. 이 연중행사는 현정회(顯正會)에서 매년 서울 사직단(社稷壇)에서 거행한다. 그런데 단군성전에서 개천절과 어천절(御天節)과 대종교에서 행하는 강화도 마니산에 참석하는 이는 각각 300명이다.

본 조항을 바로 알기 위해서는 처음과 끝을 잘 맺는 『천부경』에 "일시무시일"(一始無始一)과 "일종무종일"(一終無終一)로 대하면 진의를 알게 되는데, 단군을 기리는 기념일에 무관심으로 살아왔다. 이것은 외세에 의한 침탈로 인해 단군을 말살하려는 책동으로 반만년의 역사를 제대로 알지 못하는 것이 큰 원인으로 지목된다.

우리는 한민족의 뿌리정신을 바로 아는 역사미로써 국경일을 기념하는 자세로 임해야 하는데 국조에 대한 숭조관념이 너무나 소홀하다. 국민들은 10월 3일 단군이 나라를 세운 날로 정한 국경일이자 공후일인데도 단군에 대해 관심이 별로 없어 보인다.

2. 작중 주인공 개천절 행사 참가

작가는 작중에 주인공을 통해 개천절 행사에 참가하는 내용을 나타내면 단군을 국조로 숭배하는 숭조의식이 독자들에게 알리는 데 도움을 줄 것이다. 요즘 국민들은 10월 3일 개천절을 단군이 나라를 세운 것에 대해 별로 관심이 없다.

작가는 국민들이 외세 종교인이 인구에 반이 넘게 되니, 국조에 대해 관심이 없다. 작가들은 작중의 한 주인공을 내세워 개천절행사에 참여하는 내용으로 나타내면 국조에 대해 숭조의식이 생기게 된다.

2007년 3월 이전에 학생들은 단군에 대해서 제대로 배우지 못했다. 기성세대들은 단군에 대해 제대로의 역사교육을 받지 못하고, 개천절행사에 대통령이 참석하지 않으니, 관심이 없다.

작가는 한민족이 정통성이 있는 나라를 나타낸다는 의미에서 작품을 통해 국조단군과 개천절에 숭조의식을 높이는 내용으로 나타내면 이 또한 국조를 드높이는 일이라 생각한다.

지구 상에는 200개 나라가 넘는다고 한다. 그런데 오직 한국인만이 국조를 부인하는 나라가 되어서는 안 될 것이다. 이에 앞장을 서는 학자는 역사가일 것이며 일반에게 널리 알리는 데는 작가들의 기여가 큰 것이다.

단군조선과 단군이 나라를 세운 개천절을 기리는 내용을 작품으로 나타내면 많은 국민들의 의식이 바뀐다.

방송매체에서는 외세종교의 교주의 탄생을 대대적으로 기리는 내용으로 일색을 이루지만 개천절에는 그에 미치지 못하고 있으니, 후손들의 앞날을 위해서도 10월 3일은 전 국민이 국조를 기념행사로 거행하는 날이 되어야 할 것이다.

Ⅲ. 나오며

제3장 애(愛)는 50가지의 일(50事)로 이뤄졌으니, 그 내용을 오늘날 21세기에 맞는 상상력에 맞는 내용으로 이해해야 한다. 작가 또한 제3장 애(愛)의 내용으로 작품을 쓰거나 50사(事)에 걸친 어느 한 조항을 대상으로 홍익인간과 연계해서 상상력을 발휘하는 작품을 쓰면 본 장을 현대적으로 널리 알리는 것이 된다.

제3장 애(愛)는 만물을 사랑하는 내용이다. 만물 사랑은 홍익인간과 밀접한 관련이 있다. 본 장의 사랑은 초하(初夏)~중하(仲夏)에 관계되니, 양력 5월 6일~6월 21일에 날씨로 보면 될 것이고, 인생의 나이로는 20~29세에 해당한다. 366사(事) 중 애(愛)·애리훈(愛理訓)은 제96사(事)~제145사(事)에 걸쳐 있으므로, 천지의 사랑과 같은 역할을 하고 있다.

이 50사(事)에 걸친 사랑은 천지와 같은 사랑이니, 위정자가 백성을 사랑으로 다스리라는 치국의 요도(要道)로 보면 된다. 이 요도는 『천부경』(天符經) 태양의 밝음을 근본으로 하는 것과 『지부경』(地符經)의 천지인(天地人) 삼재(三才)의 완전함으로써 밝은 나라를 세우고, 『인부경(人符經)』에서도 천지가 덕인과 합하는 경지가 함유되어 있는 것이다. 50사(事)에 걸친 사랑은 천지와 같은 사랑이니, 단군의 건국이념인 홍익인간과 관련되어 있다. 그 이념은 이화세계를 세우는 데 원천이 되게 한 것이다. 사랑의 소재는 한국 서사문학에 두루 걸쳐 있는데, 권선징악의 관념과 관련되어 있지만 애미(愛美)와 관계를 이룬다. 본 조항의 사랑은 여름날의 날씨와 상응하는 관계로 적극적인 내용이 들어 있다고 할 수 있다. 이런 사랑은 조항마다 미적 기본형태(asthetischo Grundgestalten)가 포함되어 있으므로 미의식(Ästhetisches Bewuβtsein)과 범미주의(panästhetizsmus)적인 면이 많이 내포된 관계로 문학작품으로 조명하여 본 것이다.

문학작품으론 여주인동이 남성에게 열렬한 사랑을 한 『이생규장전』(李生窺墙傳)의 최낭(崔娘)과 『채봉감별곡』(彩鳳感別曲)의 채봉(彩鳳)을 시작으로 들었고, 다른 조항에서 자녀사랑과 제자사랑 등 위정자가 백성을 사랑하는 관련 작품을 예로 들었다.

제3장 애(愛)는 천지와 같은 높은 사랑은 50사(事)에 걸쳐 있는데, 문학 작품에서 그와 관계되는 작품을 일일이 예로 들었다. 제3장에 나타난 50 사(事)에 걸친 사랑은 문학에서 다루는 사랑을 넘어서서 범인류애적 사랑이며 우주애적인 것이다. 이 사랑은 천지와 같은 사랑이므로 태양의 햇빛, 밤하늘에 달빛, 대지가 만물을 무차별로 낳아 기르는 작용과 같다고 비유할 수 있다. 이러한 사랑이 곧 인간세상을 유익하게 하는 홍익인간의 사상인 것이다.

홍익인간은 사랑 중에서 가장 높은 뜻을 지니는 사상이므로 하늘의 태양과 달과 같은 사랑으로 비유할 수 있다. 이 광명이 없는 세계는 암흑이니, 암흑을 밝게 비추는 사랑의 소중함을 깨달을 때 사랑의 진가를 이해하게 될 것이다.

사랑은 이괘(離卦☲)로 비유할 수 있다. 이 괘(卦)는 상중하에서 상하가 양(陽)으로 되어 있으므로 여름날과 같은 날씨로 만물을 싱싱하게 자라게 하는 뜻이다.

이괘(離卦☲)는 불을 상징하며 열렬한 사랑을 나타낸다. 더구나 제삼장 (第三章)의 사랑·애리훈(愛理訓)에서 위정자의 사랑은 불과 같은 사랑으로 비유하면 될 것이다.

이 사랑은 제6장 복(福)·복리훈(福理訓)과 관계를 이루며 복을 누리며 살아간다. 제3장 애(愛)는『역경』의 이괘(離卦☲)인 불(火)을 상징하고, 제6 장 복(福)은 감괘(坎卦☵)의 물(水)을 상징하므로, 수화기제괘(水火旣濟卦☵☲)의 대성괘(大成卦)를 이룬다. 대지는 불과 물의 조화로 만물을 생육하게 하는 것이니, 인간계에서는 남녀·부부관계로 보게 되니, 신혼 중에 20대의 생활과 같은 것이니 행복을 누리며 살아가게 되는 내용이다.

사랑과 행복이 어우러진 조화미는 인간완성의 최고 진선진미한 것으로 받아들이면 홍익인간의 사랑을 이해할 수 있게 된다. 이러한 풍부한 유산의 사랑이 제3장의 사랑에 함유되어 있는 것이다.

본 3장의 애(愛)는 50사(事)에 걸쳐 있으니, 제6장 복(福)과 합일을 이루면 수화기제괘(水火旣濟卦☲☵)에서와 같이 완성세계를 이룬다. 위정자가 물과 불의 조화로써 정치를 하면 태평세계·지상낙원을 이루는 세계를 이룰 것이다. 이 세계가 곧 신선세계인 것이다.

이 세계는 천지의 조화를 이루게 되니, 위정자가 이 괘(卦)를 본받아 홍익인간의 애미(愛美, das Liebchen Schöne)와 이상미의 정치를 하면 단군이 다스린 홍익인간의 이화세계를 이해하는 데 도움이 된다

제3장 애(愛)는 홍익인간의 내용으로 사람과 만물을 사랑하는 내용으로 이해하면 되고, 또 그러한 나라를 세우는 데 상상력을 발휘하여 21세기에 맞는 나라를 세워야 할 것이다. 작가들 또한 새로운 발상으로 상상력을 나타내는 주인공으로 나타내면 독자들이 사랑에 대해서 새롭게 이해할 것이다. 자세한 내용은 제6장 복장(福章)에서 본 장과 관련하여 밝히기로 한다.

색인

윤경수(尹敬洙) ──────────────────────────────────────

단기 4267(1934)년 경기 화성시 출생
문학박사, 문학평론가, 수필가
성균관대학교 국어국문학과 졸업
건국대학교 석사과정 수료
성균관학교 박사과정 국어국문학과 수료
성균관대학교·한성대학교 국어국문학과 강사
부산외국어대학교 대학원 일어일문학과 강사
한성대학교 국어국문학과 강사
성균관대학교 국어국문학과 교류교수
부산외국어대학교 국어국문학과 교수
*現在: 世宗大王紀念事業會朝鮮王朝實錄人名事典編輯委員·古朝鮮檀君學會
우리文學會·東邦文學顧問·龍仁市民新聞 市民記者·中國北京自修大學校名譽教授.

石北詩 研究(1984)
鄕歌·麗謠의 現代性研究(1993)
韓國文學思想의 現代性研究(1994)
圖解·韓國神話와 古典文學의 原型象徵性(1997)
圖解·朝鮮朝小說의 神話的 分析(1998)
圖解·韓國古小說의 洞窟모티프 研究(1999)
圖解·弘益人間과 敍事文學(上·下)(2003~2004)
檀君禮節敎訓366事와 弘益人間思想(上·下)(2007)
『關山戎馬』의 美學的 考察(2007)
朝鮮王朝實錄 人名事典(共著)(2011)

詩人大會 및 外國學術大會發表

1990. 5. 13~17. Malaysia, KualaLumpur, ASIAN POETS CONFERENCE, 招請 'Korean Armistice Line'發表
1992. 10. 3~4. 日本 天理大學 主催 學術大會 招請 '茶山詩 哀絶陽ついて'發表
1993. 8. 20~23. SEOUL ASIAN POTS CONFERENCE 招請 'WIND'發表
1994. 10. 1~2. 日本 天理大學 主催 學術大會 招請(第145回 朝鮮學大會) 招請 '鄕歌文學·歷史 意識包容の宇宙科學的 考察'發表
1996. 7. 21~22. 中國民間文藝家協會 延邊分會 主催 韓國과 中國朝鮮族 口碑文學 比較研究 學術大會招請 '說話에 나타난 龍의 韓中 比較'發表

새로운 스토리텔링의 모색을 중심으로

한국고대문학사상의 탐구 상

초판인쇄 | 2011년 4월 5일
초판발행 | 2011년 4월 5일

지 은 이 | 윤경수
펴 낸 이 | 채종준
펴 낸 곳 | 한국학술정보㈜
주   소 | 경기도 파주시 교하읍 문발리 파주출판문화정보산업단지 513-5
전   화 | 031) 908-3181(대표)
팩   스 | 031) 908-3189
홈페이지 | http://ebook.kstudy.com
E-mail | 출판사업부 publish@kstudy.com
등   록 | 제일산-115호(2000. 6. 19)

ISBN   978-89-268-2086-5 94810 (Paper Book)
        978-89-268-2087-2 93810 (e-Book)

        978-89-268-2084-1 94810 (Paper Book Set)
        978-89-268-2085-8 98810 (e-Book Set)